POPELINE

Adrien Arcand

POPELINE

Reconquista Press

ISBN : 978-0-9933993-5-0

PRÉFACE

Nous connaissons bien Adrien Arcand le journaliste et le politicien qui a l'an dernier bénéficié d'un regain d'intérêt plus que mérité alors que l'on célébrait le cinquantième anniversaire du décès de celui qu'une presse hostile avait qualifié de « Führer canadien ».

Par contre, le Arcand romancier était à ce jour quasiment, voire totalement, inconnu et cela même de la part ceux qui ont côtoyé « l'ogre de Lanoraie » dans l'après-guerre. Son unique roman, *Popeline*, n'avait jusqu'à ce jour jamais été publié en tant que tel et n'existait que dans les pages jaunies du *Goglu*, premier journal lancé par Arcand. Il ne serait jamais sorti de cet oubli si ce n'avait été du travail acharné de ceux qui rendent aujourd'hui cette publication possible. Extraire et retranscrire à partir des originaux et de microfilms un roman de plus de 400 pages, c'est un travail de moine pour lequel l'amateur de littérature ou d'histoire ne peut qu'être reconnaissant.

En effet, le jeu en vaut la chandelle. Ce roman, qui prend des tonalités céliniennes de par l'usage constant du joual, argot typiquement québécois, dans les dialogues nous donne une photographie de la vie à Montréal au début du siècle alors que la littérature québécoise de cette époque s'intéressait plutôt à la vie calme, enracinée et pieuse des campagnes. En plus de cet intérêt ethnographique certain, ce roman de mœurs nous donne un angle de vue des plus originaux pour mieux saisir l'évolution de la pensée d'Arcand dans la période s'étalant de 1929 à 1933, un moment décisif de sa vie.

Écrivant au fur et à mesure, il ne suit pas de scénario fixe, mettant plutôt son quotidien en scène lorsqu'il manque d'inspiration et se servant des dialogues et des péripéties pour commenter l'actualité et diffuser une pensée politique qui se précise justement à cette période.

Pour simple rappel, avant son renvoi de la *Presse* pour des raisons syndicales et la fondation du *Goglu*, Arcand était un journaliste respecté et apprécié qui fréquentait les grands noms des lettres et des arts et c'est avec cette publication qu'il devint engagé politiquement, s'intéressant de plus en plus au nationalisme et à la question juive, jusqu'à fonder un parti fasciste canadien, le Parti national social chrétien, en février 1934, soit un peu moins d'un an après la parution du dernier numéro du *Goglu*.

Ces thèmes justement on les voit apparaître dans *Popeline*, puis devenir de plus en plus présents. Alors qu'au début, le roman-feuilleton signé Émile Goglu prend les allures d'un vaudeville avec des pointes décochées ici et là envers quelques ennemis politiques ciblés comme le ministre Léonide Perron ou le vice premier ministre Anathase David, la dénonciation s'étend rapidement à la politique en général, à quelques exceptions près comme Richard Bennett pour lequel il milite un certain temps et qu'il épargne dans le feuilleton. Ce n'est pas un parti en soi qui est problématique, mais le patronage, la corruption, l'incapacité d'apporter des solutions concrètes ; des traits intrinsèquement liés au régime parlementaire selon lui. Qu'importe que le « tyran » soit rouge ou houdiste, la politique s'apparente sous sa plume au grand banditisme : on se sert, mais on ne sert jamais les intérêts du peuple qui n'est bon qu'à payer pour les bien nantis de ce monde.

On constate une évolution relativement semblable avec la question juive. Arcand ne s'était jamais intéressé à cette question avant que Monseigneur Georges Gauthier ne lui demande en mai 1930 de s'investir contre la création d'écoles neutres, un projet émanant de la communauté juive. Ce premier combat politique marquera un tournant majeur dans sa pensée, la question juive devenant un élément clef de sa réflexion subséquente. Alors qu'ils sont absents des premiers feuillets, les Juifs, fort caricaturaux sous la plume d'un Émile Goglu satyrique, apparaissent dans le feuilleton au printemps 1930 et reviendront régulièrement. Passant outre certaines péripéties dignes de Ionesco, Arcand dénonce leur emprise dans différents domaines, notamment la politique et le commerce, mais aussi au sein du mouvement communiste qui prend tant bien que mal racine en Amérique. Il les associe également aux vices, à l'avilissement des mœurs et ultimement à la perte de nos traditions. Comme pour plusieurs commentateurs de son époque, Arcand met en lumière leur communautarisme qu'il aimerait voir être émulé par les « Canayens ».

La campagne « Achat chez nous » qui vise à favoriser le commerce avec les Canadiens français plutôt qu'avec les étrangers se répercute d'ailleurs dans quelques scènes du feuilleton, les héros du roman adhérant volontiers à cette philosophie nationaliste. Les « Canayens » mis en scène par Arcand sont tous animés d'une solidarité ethnique qui finalement n'a existé que dans l'imagination du romancier. Les commerces juifs n'ont non seulement pas disparu faute de clients, mais dans bien des cas, ils ont remplacé les commerces locaux auxquels ils faisaient concurrence. Il en est d'ailleurs conscient, car aussi paradoxal que cela puisse paraître, même s'il prête un ethnocentrisme affirmé aux différents protagonistes, il n'y croit pas trop et espère que les « Canayens vont (…) s'réveiller un jour et faire un clînoppe de tous les sans-cœurs qui nous vendent aux Juifs » (p. 142).

Les dénonciations du parlementarisme et de l'influence juive ne sont pas à cette époque une exclusivité d'Arcand, par contre celui-ci refuse le cynisme et plutôt que de se cantonner dans de stériles oppositions, il en viendra à proposer un modèle alternatif basé sur la doctrine sociale de l'Église dont l'Ordre patriotique des Goglus, souvent mentionné dans le texte, représente la genèse. On le sait, une fois la page des Goglus tournée, ce sera le chapitre du fascisme chrétien canadien qui s'ouvrira.

Il faut tout de même noter que la pensée arcandiste continuera à évoluer par la suite et ne se figera pas. On retrouve dans les pages de *Popeline* une certaine anglophobie et un certain désir de s'émanciper de Londres. Ces sentiments seront tempérés par la suite, Arcand espérant construire un mouvement d'amitié avec les Canadiens anglais, un mouvement qui reconnaît les bienfaits de l'Empire britannique qu'il ne souhaite non pas rejeter, mais réformer pour donner davantage de libertés et de respect au Canada.

Un autre point qu'il faut souligner dans la lecture de *Popeline* c'est qu'Arcand y dénonce l'aspect cosmopolite que la ville de Montréal, « deuxième ville française du monde », est en train de prendre avec l'immigration qui est alors, faut-il le rappeler, fort limitée si on la compare aux chiffres actuels. Quel constat ferait-il aujourd'hui alors que le français a complètement disparu de certains quartiers et que les minorités visibles représentent plus du tiers des habitants et plus de la moitié des écoliers ?

Rémi Tremblay

INTRODUCTION

Adrien Arcand est sans conteste l'un des plus grands penseurs du Canada contemporain. Il est une figure majeure de notre temps dont il faut lire et méditer les textes. Si l'on connaît bien ses idées politiques et religieuses, peu savent qu'Arcand était un artiste accompli.

Adrien Arcand s'est intéressé très jeune à l'art. Il est entré au journal *La Patrie* dès 1920, alors qu'il venait d'avoir 20 ans. Un an plus tard, il devenait journaliste à *La Presse*, quotidien francophone ayant le plus grand tirage en Amérique. Arcand a tenu des chroniques judiciaires et artistiques pendant près de huit ans pour ce journal.

Ce poste lui a notamment permis de devenir un pionnier de la radio et du cinéma canadien. Il était partie prenante de l'inauguration de CKAC, première radio francophone en Amérique. *La Presse* du 2 octobre 1922 nous apprend qu'Arcand a alors lu en onde « Les Musiciens de Brême », un conte des frères Grimm. Il a relaté plusieurs autres histoires du même genre dans les mois qui ont suivi. En 1924, il était devenu rédacteur de la station.

En 1923, *La Presse* a également organisé un concours de scénario pour produire ce qui allait devenir un des premiers films francophones du Canada. L'historien Germain Lacasse (*Études littéraires*, volume 26, numéro 2, 1993, p. 61) a révélé qu'Arcand a été le scénariste de *La Primeur volée*, film qui a remporté la compétition. Le synopsis du film a été publié dans *La Presse* du 8 mars 1923. Arcand utilisait alors le pseudonyme de Francis Amérique, fort probablement parce que le journal ne souhaitait pas donner ouvertement le prix à l'un de ses employés.

La Primeur volée était une comédie qui a été réalisée par Jean Arsin. On sait que le film a circulé au Canada français pendant plusieurs mois. Comme bien d'autres œuvres cinématographiques des années 1920, *La Primeur volée* est cependant aujourd'hui disparu. Il n'en existe plus aucune copie. *La Presse* en a toutefois abondamment parlé. Dans son édition du 2 juin 1923, le journal nous apprend que le rôle principal féminin a été tenu par Yvonne Giguère, future épouse d'Adrien Arcand. Les deux ont sans doute été un des premiers couples canadiens du septième art. Arcand a aussi été impliqué dans un autre film tourné sous les auspices de *La Presse*. Il a été directeur de la publicité pour *Diligamus vos*, réalisé en 1925 également par Jean Arsin. Cette implication dans les milieux du cinéma a perduré longtemps. Il a témoigné devant la Commission royale d'enquête sur l'incendie du Laurier Palace, instituée en 1927 pour s'enquérir de cette tragédie et de la situation du cinéma dans la province de Québec. Arcand a notamment déposé en preuve deux lettres qu'il a reçues de la Motion Picture Producers and Distributors of America. En 1931, il était présent au premier congrès des exploitants du film français au Québec.

La Presse a aussi permis à Adrien Arcand de faire plusieurs rencontres dans les milieux littéraires de son époque. Dans une lettre au Chanoine Panneton datée du 4 novembre 1965 (reproduite dans *Arcand ou la Vérité retrouvée*, tome 1, p. 327), Arcand expliquait qu'il déjeunait régulièrement entre autres avec le philosophe Victor Barbeau, Léon Lorrain, journaliste et professeur à l'École des hautes études commerciales, et le docteur Philippe Panneton. Ces contacts ont sans doute perduré longtemps. Le 28 juin 1928, Hugues Clément, beau-frère de Victor Barbeau, a épousé Édith Arcand, sœur d'Adrien.

La carrière d'Adrien Arcand à *La Presse* s'est terminée en 1929. Il avait essayé de fonder un syndicat de journalistes, ce qui lui a valu son renvoi. Il ne lui fallut que quelques mois pour se remettre sur pied. En août 1929, *Le Goglu*, un journal humoristique hebdomadaire, était en effet lancé par Arcand et son collègue Joseph Ménard. *Le Goglu* a connu un bon succès. Il a inclus un roman-feuilleton dès la deuxième parution : *Popeline ou le Cœur en peine*. Le roman, signé du pseudonyme d'Émile Goglu, a été publié chaque semaine jusqu'à la disparition du *Goglu*. Il est paru en 185 tranches. On notera que les éditions du 19 et 26 février 1932 passent directement de la 131e à la 133e tranche. Il n'y a donc pas eu de 132e parution.

Popeline est certainement un roman d'un grand intérêt historique. Il s'agit d'un des premiers textes littéraires écrits en joual, lequel correspond essentiellement au français argotique parlé dans la région de Montréal. C'est un argot avec un vocabulaire qui emprunte beaucoup à l'anglais et qui a ses propres tournures de phrase. On retrouve ainsi dans *Popeline* plusieurs mots anglais écrits phonétiquement et réutilisés dans un nouveau contexte linguistique. Cette langue si particulière nous force à publier *Popeline* tel quel sans grandes tentatives de correction.

D'après Arcand, c'est à lui-même, au docteur Panneton et au journaliste Louis Francoeur qu'on doit l'invention du terme « parler joual ». C'est du moins ce qu'il affirme dans sa lettre au Chanoine Panneton du 4 novembre 1965. Le docteur Panneton s'est lui-même inspiré du joual pour les dialogues de *Trente arpents*, roman considéré comme un classique de la littérature québécoise, publié quelques années après *Popeline*. On sait que le joual a été très populaire dans la littérature québécoise à partir des années 1960. Son promoteur le plus connu a été Michel Tremblay, dont l'œuvre théâtrale et romanesque a été traduite dans une quarantaine de langues. Il a été si populaire qu'on qualifie parfois le français québécois de « langue de Tremblay ». Avec *Popeline*, on se demande en fait si on ne devrait pas plutôt parler de la « langue d'Arcand ». Dans les années 1970, l'écrivain Victor-Lévy

Beaulieu eut l'idée de publier *Popeline*. Il n'y donna toutefois pas suite.

Le roman suit les aventures de Popeline Dubois, une jeune dame, et de trois de ses camarades. Dès la première parution, Popeline rencontre Jack White, avec qui elle entretient vite une relation sentimentale. Plus tard, nous sont présentés Flannellette, sœur jumelle de Popeline, et Ernest Lafrance dit Sirop. Les quatre protagonistes vivent des aventures variées au grès des semaines. Comme il s'agit d'un feuilleton, l'action suit souvent l'actualité. Adrien Arcand se sert de fait abondamment de *Popeline* pour expliquer son idéologie politique. Plusieurs tranches traitent ainsi des problèmes avec les vieux partis qu'étaient les rouges (les libéraux) et les bleus (les conservateurs). Arcand a aussi employé *Popeline* pour dénoncer l'influence juive dans la société. Dans *L'Humour au Canada français* (1968), Adrien Thério a dit de *Popeline* que c'était « un peu de joie au milieu de la dépression de 1930 ».

Les révélations concernant des politiciens ou des groupes ethniques, de même que le ton humoristique et incisif du *Goglu* ont fait qu'il a eu beaucoup d'ennemis. Son imprimeur a été attaqué et incendié dans la nuit du 16 août 1931, un peu plus d'une semaine avant des élections générales dans la province de Québec. Les dégâts ont été évalués à plusieurs milliers de dollars. Ce sabotage explique probablement pourquoi *Popeline* n'est pas paru dans le *Goglu* du 21 août 1931. En 1932, Peter Bercovitch, député juif à l'Assemblée législative du Québec, a par ailleurs introduit un projet de loi pour interdire les publications diffamatoires. Il visait notamment le *Goglu*. Son idée a été battue par seulement trois voix. Si aucune loi n'est venue entraver les publications d'Adrien Arcand et Joseph Ménard, les deux collègues ont autrement eu à subir plusieurs procès. Des historiens ont estimé qu'au début de 1933 il y avait une vingtaine de poursuites pour diffamation contre Adrien Arcand. Les revenus publicitaires étaient en baisse. C'est probablement ce qui explique que le *Goglu* a cessé de paraître brusquement le 10 mars 1933. Popeline se termine ainsi sur un « à suivre » et n'a pas de véritable fin. *Le Miroir*, un autre des journaux d'Arcand, a quant à lui cesser de paraître le 19 mars 1933. Dans l'éditorial du dernier numéro du *Miroir*, Adrien Arcand expliquait que les publications devaient cesser à cause de problèmes financiers. Il disait ainsi que :

> *S'il est toujours facile d'obtenir les fonds pour les mouvements de désordre et de chaos, il est difficile d'en obtenir pour les mouvements d'extrême droite, d'ordre et de principes. Cela est sans doute voulu pour mesurer les convictions et mettre la persévérance à l'épreuve.*

La disparition de ces journaux n'a effectivement pas eu de grande influence sur l'implication militante d'Adrien Arcand. *Le Patriote* a été lancé en mai 1933. Bien d'autres périodiques allaient suivre. En 1937, Arcand a fait paraître *Le Siffleux*. Le journal n'a vécu que quelques mois, mais contenait un roman-feuilleton : *Le Corset du mystère ou Toujours l'amour*. Ce roman se voulait la suite de *Popeline*. L'auteur était Oscar Siffleux, un autre pseudonyme d'Arcand. Il n'existe cependant aujourd'hui plus de collections complètes du *Siffleux*. Il n'est donc pas possible de reproduire entièrement ce récit.

On connaît bien l'engagement politique d'Adrien Arcand. Il a fondé le Parti national social chrétien en février 1934. Le Parti a attiré quelques proches de personnalités littéraires. Hugues Clément, dont nous avons parlé, est demeuré fidèle à Arcand jusqu'à son décès. C'est aussi le docteur Joseph-Gabriel Lambert qui a rejoint le Parti et est devenu un de ses principaux lieutenants. Le docteur était le frère de Thérèse Lambert, épouse de Claude-Henri Grignon, un des auteurs les plus populaires du Canada français. *Un homme et son péché*, son roman le plus connu, a été adapté à de multiples reprises autant à la radio, au cinéma, au théâtre qu'à la télévision. Anarchiste de droite, Grignon n'a pas lui-même été partisan d'Adrien Arcand. Le militantisme de son beau-frère explique toutefois probablement pourquoi il avait prévu un coup de force des fascistes au Canada dans l'édition de janvier 1938 des *Pamphlets de Valdombre* (p. 95). On sait que Lambert s'est brouillé avec Arcand en mai 1938. Cette dispute est peut-être une des raisons qui a mené Grignon à ridiculiser Arcand quelques mois plus tard dans les *Pamphlets* (édition de septembre 1938, p. 441-444, 454-455).

Au début juillet 1938, le Parti national social chrétien a fusionné avec divers mouvements fascistes canadiens pour former le Parti de l'unité nationale du Canada. Adrien Arcand en a été élu le chef. La Deuxième Guerre mondiale a cependant nui au succès de ce parti. Adrien Arcand a été arrêté en mai 1940 et a passé près de cinq ans en camp d'internement. Si la détention apporta son lot de malheurs, elle permit à Arcand de peaufiner ses talents en peinture. Il devint de fait un peintre accompli. À sa libération, Arcand a vite repris la publication de journaux. En 1946, une nouvelle version du *Goglu* a été lancée, mais n'a pas donné suite à *Popeline*. Elle a cependant inclus deux courtes nouvelles, elles aussi éditées en feuilleton. *Le Cœur torturé de Caroline* a été publié en dix parties entre le 30 novembre 1946 et le 25 janvier 1947. *Les Souliers enchantés* sont parus dans les quatre numéros de février 1947.

Nous choisissons de publier ici *Popeline* dans un format facilitant la lecture en continu. Nous incluons également les parutions du *Corset du mystère* encore accessibles. Nous souhaitons montrer le talent dont était doté Adrien Arcand en publiant son œuvre littéraire la plus importante et significative.

Ernest Leblanc

POPELINE

1

Le Goglu, vol. I, n° 2, 15 août 1929

Dix-huit printemps l'avaient vu éclore, s'épanouir et fleurir. Elle s'appelait Popeline Dubois. Aussi comprend-on qu'elle était une jolie brunette au nez agréablement retroussé et aux yeux noirs et scintillants comme ceux d'un petit rat musqué. Malgré son jeune âge, elle avait bu à longs traits à la coupe du malheur, ce qui lui donnait un parfum féminin très capiteux.

Cet après-midi-là, elle s'était matchée avec un beau grand blond, un Franco-Américain de Manchester natif de Saint-Joseph-de-Tring. Il s'était appelé Jean Leblanc autrefois et était maintenant connu sous le nom de Jack White. Il avait pris une chance de six mois comme *bootlegger* et s'était amassé dix-huit cents piastres. Ainsi, on ne sera pas surpris d'apprendre qu'il avait un Pontiac et portait des culottes de golf.

Comment Popeline et Jack s'étaient-ils matchés ? Elle, lisant les petites annonces de *La Presse*, était venue s'asseoir sur un banc du carré Saint-Louis, à côté du monument Crémazie[1], juste en face de l'école Aberdeen, entre le bureau du Dr Beauchamp et le Collège Elie. Elle était profondément plongée dans sa lecture quand le Pontiac de Jack fut attiré par la vue de la belle méditative, qui n'avait jamais paru si radieuse. Jack alla parker à quelques pas et s'avança nonchalamment vers la fontaine, faisant crisser les gravois sous ses pas. Il faisait semblant d'avoir soif, mais dans le fond il voulait seiner. Popeline, qui sentit son approche, le regarda à travers ses beaux cils, les yeux presque clos. Elle pensait : « Il n'est pas trop pire, cet inconnu ; c'est un Américain par sa licence d'auto, et il doit être riche parce qu'il a des culottes de golf ; je n'haïrais pas ça s'il voulait me flirter. »

Jack White fit bien les choses. Il alla d'abord acheter de la gomme chez le Grec d'à côté, après avoir sizé Popeline discrètement. Il revint tranquillement près du monument de Crémazie, examina en connaisseur la statue du soldat mourant de Carillon et s'approcha de la petite borne-fontaine où l'on jette généralement les écales de pinottes. Il parut hésiter devant le jet joyeux d'eau claire, puis se décida : « Pardon, mademoiselle, cette eau-là qui coule ici, est-ce pour le monde ou pour les animaux ? » Popeline sourit d'un air engageant et répondit, tout en repliant sa *Presse* pour faire voir qu'elle lisait la page financière plutôt que les petites annonces : « Pour les deux, monsieur, pour le monde et les beaux oiseaux. »

« Je vois en effet, rétorqua Jack, que les oiseaux viennent y boire. » La glace était rompue et la conversation engagée. Jack s'assit sur le banc et tendit une palette de gomme à Popeline, qui en prit deux.

Et la conversation continua, sur le temps, la récolte, la mode. Quand toute timidité fut vaincue et que l'on se sentit un peu de chaleur et de familiarité au cœur, Popeline devint plus expansive, et croisant son genou droit sur son genou gauche pour montrer un peu sa jarretière de lastic rouge, elle raconta l'histoire de sa vie, comme suit :

---

[1] Octave Crémazie (1827-1879), considéré comme le premier poète romantique du Québec. Le monument commémore la victoire des troupes françaises à Fort Carillon, le 8 juillet 1758.

— Mon père naquit à Sainte-Anne-de-la-Pérade, d'où est aussi venu M. DuTremblay, et c'est quand il alla travailler à Montmagny qu'il rencontra ma mère, alors orpheline et servante chez le notaire Trudeau. Nugent Dubois, mon père, était *steamfitter* de son métier, c'est pourquoi ça alla toujours mal dans le ménage. Il y avait trop de redoutance entre l'un et l'autre. Pour empirer les choses, ma mère avait une gastrite qui causait un sûrissement de son manger dans son estomac, et la pauvre femme traînait toujours la savate.

— Je connais ça, interrompit Jack, c'est la même chose chez mon oncle Nésime, du Lac Saint-Jean.

— Avant moi, il y eut six enfants et six ans de ménage. C'est du Canayen, ça ! Mais, à cause de la gastrite, ils sont tous morts. Zénon, le premier, mourut de méningite ; Carmelle, la deuxième, eut la diphtérie ; Irma fut emportée par la grosse gorge ; Tit Loup, le quatrième, se noya dans ses vacances à Saint-Marc-des-Carrières ; Blandine, la cinquième, fit un typhoïde, et Phonse, le sixième, fut écrasé par un auto en revenant de l'école. Ensuite, n'ayant pas eu d'enfants pendant deux ans, ma mère gagna un billet d'excursion dans un tirage et fit un pèlerinage à Sainte-Anne et nous sommes venues au monde, ma sœur Flannellette et moi, un vendredi 13, moins d'un an après. Nous étions jumelles et septièmes de la famille. Nous avons donc un don. Flannellette arrête le sang, mais moi je ne sais pas encore ce que j'ai.

2

Le Goglu, vol. I, n° 3, 22 août 1929

— Vous êtes numéro un et vous avez de l'attirance, interrompit encore le grand blond de Manchester.

Popeline rougit du compliment, ce qui la rendit encore plus jolie. Et elle savait qu'elle était belle. Après avoir relevé une couette qui retombait sur son front et avoir déplié une autre palette de gomme, elle continua :

— Après nous autres, il n'y eut plus que Zidore, le petit dernier, qui a aujourd'hui seize ans et qui est *smart* en pépère. Il va faire un vrai *swell*, quand il sera grand. Pensez qu'à son âge, il peut déjà overaller un char à lui tout seul.

— Woupi ! Il va arranger mon Pontiac, dit Jack épanoui.

— Oui, mais ça va tarder un peu car il est à l'École de Réforme, en ce moment ; je vous conterai ça plus tard. Pour continuer, laissez-moi vous dire que mes parents s'en vinrent à Montréal pendant la guerre, parce que mon père avait pu avoir une belle job dans les obus comme *steamfitter*. C'est effrayant comme il faisait de l'argent dans ce temps-là. Quinze piastres par jour c'était rien. Mais après la guerre les obus cessèrent et il se trouva un beau matin sans rien devant lui. On renvoya notre graphophone et notre chesterfield[2] chez Valiquette, et la machine « Signeur » nous ôta notre moulin. Avec ça que mon père se mit à boire avec les bums qui travaillaient pas plus que lui. Quand ma pauvre mère lui criait, le matin : « Lève-toi donc, sans cœur, et va te trouver un job », il partait en sacrant comme un maquignon, il allait flâner dans les salles d'union et sur le Champ de Mars et il revenait encore soûl. Il s'était même fait arrêter quatre fois, et c'est mon oncle Damase, l'ancien échevin, qui fixait ça avec le juge. Il nous a bien fait honte. Pensez donc, ma mère, qui crachait le sang en lavant les planchers pour les autres, avait été trouver M. LeMyre, de la Protection, et on nous avait tous amenés dans la grande salle du juge Monette, devant tout le monde, pour tâcher de le faire travailler. Ça n'a pas de bons sens comme j'étais gênée ; Flannellette pleurait et mon frère Zidore pouvait pas s'empêcher de rire, parce qu'il est nerveux. Mon père disait : « Pas d'ouvrage » et ma mère criait : « C'est un sans-cœur qu'aime pas sa femme et ses petits enfants, et qui vole l'argent de mes lavages pour se soûler comme un cochon. » Et c'était vrai. M. LeMyre lui dit aussi que c'était un bon à rien et parla dans l'oreille du juge, qui lui donna une chance. Depuis ce temps-là, mon père n'est jamais revenu et on pense qu'il s'est noyé dans le canal Lachine, parce que le lendemain un homme a été trouvé là et on avait trop peur d'aller à la Morgue pour la dentification. Parlons-en plus.

— C'est bien d'valeur pareil, soupira Jack. Ça m'avait l'air d'un vrai sport.

---

[2] Modèle de sofa.

— L'année suivante, continua Popeline, on lâcha le faubourg Québec, dans la rue Wolfe, pour aller rester dans le bout des Pieds-Noirs, passé le Fort à la Mélasse, sur la rue Laurier. Il nous restait plus de meubles. Zidore portait les ordres à la grocerie Pilon, et j'allais au couvent des Saints-Anges avec Flannellette parce qu'ils sont moins chèrants pour les livres et les cahiers. C'était loin à marcher mais fallait faire des sacrifices. Déjà assez que la Saint-Vincent-de-Paul nous fournissait le riz et la fleur. Mais malgré ça on était heureux parce que le père n'était plus là pour sacrer et se soûler.

Pourtant on n'était pas au bout de nos malheurs. Un bon jour, ma mère fut ramassée sur un plancher trempe, où elle lavait chez les Beaubien. Le docteur Thibault et le docteur Hardwood essayèrent de la ramener mais sans conséquence. Je me rappellerai toujours qu'ils l'ont sortie sur un brancard et qu'on l'a revue exposée chez mon oncle Maheu, le meilleur rebouteux de la Montée Saint-Michel.

Jack White mâchait plus lentement ; de grosses larmes roulaient sur ses joues hâlées.

— Faites-vous en pas, continua Popeline. C'est triste vrai, mais c'est fini et aujourd'hui on est mieux postés. En attendant j'ai bien soif.

Le fait est que Popeline commençait à cracher épais, car elle avait longtemps parlé. Jack, qui n'attendait que cette occasion pour se montrer blodde, la saisit par les cheveux (l'occasion).

— Si vous avez pas peur que ça dérange votre souper, dit-il en lui coulant un petit œil sucré, je vous paierais bien une orangeade… Et il mentionna une marque peu connue que nous ne voulons pas annoncer gratuitement.

3

Le Goglu, vol. I, n° 4, 29 août 1929

Popeline, parce qu'elle était bien élevée, ne répondit ni oui ni non à l'invitation, mais se leva et se dirigea vers le restaurant du Grec avec un empressement discret. Elle s'assit en face de Jack, dans un petit coqueron en imitation de chêne fumé. Après dix minutes d'attente, on entendit un vacarme semblable à celui d'une maison qui s'écroule.

— Sauvons-nous ! dit Jack. C'est un tremblement de terre. Je connais ça.

— Arrêtez, reprit Popeline. On nous a pas encore servis. C'est pas grand'chose, ce sont les élèves de M. Élie qui descendent dans l'escalier. Ça c'est un homme d'affaires, M. Élie. Il n'enseigne qu'aux malades parce qu'il veut leur vendre ses remèdes. Voyez-vous, tous les élèves traversent la rue avec leur prescription. Mais, entre nous autres, c'est pas une vraie pharmacie, ils ne développent même pas les films. Avec tout ça, on vient pas nous servir.

Et Popeline frappa légèrement avec le sucrier sur la vitre de la petite table. Une serveuse s'approcha nonchalamment.

— Dépêche-toi pas, on est pas pressés, dit Popeline d'un air fâché en toisant la serveuse.

— On n'a vu d'autres que toi, fais pas ta frappée, riposta la fille au tablier blanc.

— Tu sais pas à qui tu parles, dit encore Popeline. Je peux te le faire savoir espèce d'effrontée. Si je vas voir ton *boss*, dix pieds puis une *slide*, ça sera pas long. Hein ! tu te fermes la suce, à cette heure ! Passe-moi la carte.

La serveuse tendit le menu à Popeline qui, satisfaite de l'avoir fait taire, colla sa gomme sous la petite table. Jack l'imita et lui demanda :

— Qu'est-ce que vous prenez ?

— Un banana split avec du *fodge* au chocolat.

— Et vous ? demanda-t-elle en toussotant.

— Moi ? Oh... un *cherry smash* à quinze cents.

La serveuse revenait cinq minutes plus tard, avec les deux commandes et la note, que Jack avait saisie des yeux. Sur son cinquante cents, il revenait cinq cents qu'il voulut un moment prendre, mais sans en avoir le temps, car la serveuse avait retiré le plateau.

— Pousse-toi, pousse-toi, écœurante, lui dit Popeline pendant qu'elle s'éloignait. Puis, s'adressant à Jack : « Pensez-vous que j'y ai donné ça. Faut pas se laisser emplir, vous savez. Ces fraîches-là, donnez-leur un pouce et y vont prendre une verge. »

Jack souriait et contemplait d'un œil goulu la jolie Popeline, dont la petite scène coléreuse avait allumé la prunelle et empourpré les pommettes. Il tirait sans effort son *cherry smash* par la paille de papier ciré qu'il tenait dans le coin de ses lèvres pour se faire la bouche plus petite. Un délicieux bruit de glouglou accompagnait la succion de la paille, et quand Jack sapait on pouvait dire que quelque chose se passait dans son cœur. De son côté, Popeline, après avoir mangé d'abord la cerise et le *fodge* au chocolat, enfournait les moitiés de banane pour arriver plus vite à la crème à la glace. Celle-là n'était pas pasteurisée. « Elle n'est pas safre mais elle m'aime sans doute et elle apprécie ce que je lui paie », pensait Jack.

Cette pensée roulait encore dans sa tête quand la porte en *screen* d'en avant claqua. Jack laissa échapper un cri : « Sirop Lafrance ! »

En effet, c'était Ernest dit « Sirop » Lafrance qui entrait. Sirop entendit le cri et se dirigea vers le couple.

— Mon vieux Jack !

— Mon vieux Sirop ! Y a si longtemps qu'on s'est vus. Qu'est-ce que tu fais par ici ?

— Toutes sortes de choses. Tu m'introduis pas ta blonde ?

4

Le Goglu, vol. I, n° 5, 5 septembre 1929

Jack fit les présentations d'usage et Sirop ordonna une deuxième fois la même consommation, commandant pour lui-même un frappé Lecavalier à l'ananas.

— Je m'en vas te dire, continua Sirop Lafrance, j'arrive de la rue Fullum où je suis allé porter des oranges à ma vieille mère, qu'est en prison. Tu te souviens que mon père est mort le printemps dernier d'un cancer à Cartierville. J'ai eu juste le temps de revenir des bois pour l'enterrer. Puis je suis retourné pour la drave[3]. C'est dans cette escousse-là que c'est arrivé, avec de la bière qui restait de la veillée des morts. Les détectives ont pensé :

---

[3] Transport du bois coupé en billes par flottage.

« C'est une veuve et comme elle a besoin d'argent elle doit vendre de la boisson ». Ils sont allés trouver la mère et l'ont achallée pour se faire vendre un verre de bière. La pauvre vieille comprenait pas grand'chose et, comme elle avait encore deux bouteilles en-dessous du *sink*, elle leur a vendues. Le lendemain, elle recevait son ouarrante et, malgré que je lui ai envoyé cinquante-cinq piastres, tout ce que j'avais, elle est allée en prison. J'voudrais bien le voir, le gars qu'a inventé c'te loi-là ! Elle en a encore pour une couple mois et on a bien braillé tous les deux dans le parloir sur la rue Fullum. Les sœurs la traitent bien, c'est ce qui me console. Mais, vous savez, on nous paiera ça un jour ou l'autre. Ça se rencontre, deux hommes.

— Comment qu'a s'appelle, votre mère ? interrompit Popeline. Je vas aller la voir, dimanche, avec Flannellette. Je suis sûr qu'on va l'aimer.

— Demandez Mam' Lafrance et dites-lui que c'est son gars Nénesse, ou bien Sirop, qui vous envoie.

— A l'aime-t-y les chocolats ?

— Non, si vous voulez lui donner quèque chose, apportez-y des paparmanes fortes.

Quand la serveuse apporta la deuxième commande, Jack White fit semblant de vouloir payer, mais Sirop Lafrance lança rapidement trois trente sous dans le plateau.

— C'est quatre-vingts cents, dit la serveuse.

— C'est ça, ricana Popeline en la niquant, essaye de nous *soaker*. Donnez-y pas d'tip, monsieur Sirop.

— Vous êtes bien tous assez peignes pour ça, dit la serveuse en rougissant.

— Ah ! va donc brailler ailleurs, commence donc par te laver, le cou et le tablier.

Cette dernière apostrophe de Popeline Dubois fit déguerpir la fille au plateau de fer-blanc.

— Avec tout ça, il est six heures, dit Jack White. Ça serait le temps d'aller manger une vieille « binne » saignante.

— Faut que j'aille retrouver Flannellette, dit Popeline. On mange ensemble à notre chambre et elle va s'inquiéter. Vous comprenez qu'on s'est jamais laissées, on est jumelles.

— Si vous voulez dire comme moi, proposa Sirop, on va aller chercher Mam'zelle Flannellette et on va aller tous manger ensemble. Ça me fera une compagnie.

— O.K., dit Jack. Allons-y, mon Pontiac est à côté.

Et ils sortirent, accompagnés de quelques jurons que la serveuse, une vraie belle Toune du Faubourg Québec, mâchonnait entre ses dents.

— Quoi c'est ça ? cria soudainement Sirop.

En effet, une centaine de personnes étaient attroupées dans le débouché de la rue Cherrier, entre le poteau « *Keep to the right* » et le coin où se trouvait autrefois le *stand* à Salluste. En s'approchant, les trois amis virent d'abord une mare mouvante de sang épais où le brun cuir et le rouge sombre se mêlaient au vermillon, puis une grosse queue noire, puis un beau gros cheval de trait dont les flancs palpitaient encore faiblement. À côté du cheval, se tenait un constable qui disait : « Circulez », sans que la foule semblât l'entendre. Popeline, curieuse, demanda à un charretier au visage noir et au tablier de cuir qui était près du constable : « Quoi qu'ça veut dire, donc, missieu ? »

— C'est un autobus des p'tits chars qu'y a cassé la patte. On dirait que les rues sont rien qu'à eux autres, les p'tits chars. C'était le meilleur tireux de charbon de la ville, c'te ch'val-là ; il m'avait coûté cent seize piastres à la pâne. L'bon Dieu sait quand est-ce que j'vas en avoir un autre. Quand on a huit z'enfants, vous savez, c'est un bien mauvais coup...

Popeline s'apitoyait encore à écouter le charbonnier quand Sirop dit :

— Allons-nous-en, c'te odeur de sang-là va m'empêcher de souper.

5

Le Goglu, vol. I, n° 6, 12 septembre 1929

Ils montèrent tous les trois sur le siège d'en avant du Pontiac et filèrent vers la rue Sainte-Catherine pour aller prendre Flannellette, dans la petite rue Labelle, à côté du restaurant de Pierre Delbé. Ils se sentaient tassés, car Sirop était plutôt large des hanches. Il essayait de se faire petit pour donner plus de place à Popeline. En regardant ses pieds, qui étaient mêlés près de la clotche et du bréque, Sirop se trouva à voir les jambes de Mlle Dubois.

— Sans vouloir vous insulter, savez-vous que vous êtes saprement bien pattée ! remarqua-t-il.

Popeline en fut flattée, mais elle aurait préféré se faire dire cela par le grand blond de Manchester.

— C'est-y vrai que je suis bien pattée ? lui demanda-t-elle câlinement.

Jack eut un mouvement nerveux du volant et faillit renverser une vieille dame qui sortait de chez le tailleur Langlois. Il sourit et dit :

— Vous êtes pas rien que bien pattée.

— Fine guidoune ! ajouta Sirop dans un clin d'œil.

Et Popeline se sentit au comble du bonheur.

En tournant à la rue Sainte-Catherine, où il y avait congestion du trafic, parce qu'un tramway avait pris une mauvaise voie et essayait de reculer, Jack se méprit sur le signal donné et avança avant son temps. Le constable arrêta alors toute circulation et s'élança en mugissant vers le Pontiac.

— Vous êtes pas capable de le mener, votre bazou ? vous voyez pas clair ? vous avez jamais sorti en ville ? ousqu'à l'est votre licence ? voulez-vous coucher d'dans ? allez-vous reculer, oui ou non ? j'peux vous faire rire jaune ! une autre fois, restez chez vous ! on en a déjà vu des frais des Stétze ! ferme ta boîte ! chnaille, à c't'heure.

Le constable avait crié sa phrase tout d'une haleine, pendant que les sirènes d'autos et les cloches des *motormen* faisaient un vacarme d'enfer. Comme le Pontiac tournait, pour se diriger vers l'est, Popeline cracha sa gomme aux pieds du *policeman* et, sur un ton de suprême dédain, elle lui cria :

— Bouton jaune manqué ! T'as pas dû gagner dans l'concours du voyage à New-York ! T'essayes à t'venger !

Le constable pâlit, vacilla et tomba sans connaissance sous les roues de la bicyclette d'un messager des Canadian National Telegraphs.

Déjà le Pontiac de Jack arrivait devant la maison de pension de Popeline. Flannellette était à la fenêtre de leur chambre au deuxième, regardant pensivement dans les nuages. Elle était plus frappante encore que Popeline, car elle était aussi blonde que l'autre était brune. Si Popeline avait une petite bouche en cœur, Flannellette avait un beau petit bec carré comme Mae Murray[4]. C'était la seule différence entre les deux jumelles, qui étaient de même taille et de même grandeur, et avaient les mêmes traits. J'oubliais aussi que, si Popeline avait des yeux noirs très vifs, Flannellette avait de grands yeux violets très languissants et enamourés, ornés aux paupières de cils bruns très longs, qui battaient sous son front comme des ailes de papillon. Popeline lui fit signe de s'habiller et de descendre, et on vit le riche profil de Flannellette se mouvoir lentement vers le chiffonnier.

— Ça c'est une *slow*, dit Popeline. Vous allez voir si ça lui prend pas cinq minutes pour descendre.

— Ça m'a l'air d'un vrai beau pétard une minute et quart, dit Sirop Lafrance, que la première vision de la belle blonde avait intérieurement troublé.

— Si vous lui tombez dans l'œil, oqué ! ça peut vous faire la plus *smart* papaille en ville. Mais a n'a jamais aimé de vrai cavalier, pour dire sortir avec tous les jeudis.

— Plante-toi, Sirop ! dit Jack comme la porte s'ouvrait.

— Allo Popeline !

— Allo Flannellette. Es-tu fatiguée ?

— T'a qu'a ouerre, j'en ai des ampouilles.

— On va se r'poser et dîner en ville avec ces amis-là. On s'est matchés bien *funny*, au carré Saint-Louis. J'te conterai ça. C'beau blond-là, c'est Jack White. L'autre gros en gris, c'est Sirop Lafrance qu'on va aller voir sa mère en prison ; il va faire ta compagnie pour à soir. Donne-z-y la main, au moins.

---

[4] Actrice américaine qui fit l'essentiel de sa carrière à l'époque du cinéma muet.

6
Le Goglu, vol. I, n° 7, 19 septembre 1929

Et Sirop reçut une poignée de main terne comme une grippe de funérailles. Il lui semblait tenir la main immobile et insensible d'un mannequin, pas plus vivante qu'une pantoufle. Il comprit qu'il aurait fort à faire pour éveiller la flamme endormie de cette radieuse belle blonde, dont il avait aimé le regard et la silhouette dès son premier coup d'œil à la fenêtre du deuxième étage.

— Ousqu'on va manger ? demanda Sirop en faisant voir que c'est lui qui allait payer.

— Allons chez le père Delbé, à côté, on a une vraie bonne bouchée pour pas cher pantoute, dit Jack White.

— J'vas vous dire, repris Popeline, j'aime pas à m'montrer là avec des cavaliers. Puis, il y a des gros *boss* français de France qui y vont, et si ils prenaient Jack ou Sirop à faire des bêtises, y sont flambés pour la Légion d'Honneur. On sait jamais ce qui arrive, dans la vie. Allons chez Geracimo. C'est vrai que les cassés vont là, mais on rencontre des vrais beaux mâles à c'place-là, des vraies cartes de fassionne-craffe. Et puis, ça t'cassera pas trop, Sirop.

— On est capable de payer ! dit ce dernier en enfonçant la main dans sa poche pendant qu'il balançait son épaule gauche.

On sauta de nouveau dans le Pontiac, Flannellette assise sur les genoux de Popeline, malgré l'invitation de Sirop, et Jack vint parker dans la petite ruelle Notre-Dame-de-Lourdes.

— Djigalou ! fit remarquer Sirop en entrant, on va manger au son de la musique. Et pas besoin de se lever pour changer les aiguilles ni les *records*.

En effet, le gramophone de démonstration de chez Edmond Archambault jouait des gigues canadiennes et des solos de bombarde et d'accordéon.

Il y avait beaucoup de cassés dans le restaurant quand ils entrèrent, mais ils purent se trouver une petite table à quatre, dans le fond de la salle. Assis sur un stoûle de la fontaine à soda, un bel homme tenait dans chaque main un cornet de crème à la glace pendant qu'il pompait un cherry frappé Anatole avec une paille.

— Ça, dit Flannellette, la jolie blonde langoureuse, c'est Piasse Major, un sport vrai. Paraît qu'y vient manger seize cornets par jour. Faut en faire de l'argent pas pour rire pour se la rincer comme ça !

La serveuse vint prendre les ordres. Quatre soupes à l'alphabet. Et on se mit à manger en sapant avec le ton qu'il faut dans un café chic. Rêveuse, Flannellette essayait d'écrire son nom avec les lettres de pâte bouillie, dans le fond de son assiette, pendant que Sirop, la contemplant d'un œil amoureux et triste, cherchait vainement à lui toucher un pied qui fuyait, sous la table. N'ayant qu'un « T » dans sa soupe, elle se résigna finalement à écrire le nom de son père : NUGENT.

— A m'a l'air sure, cette soupe-là, fit remarquer Popeline.

— Non, dit Jack, c'est parce qu'elle est bien spaïcée.

Et la conversation s'anima lorsque la tranche de viande et la patate bouillie furent apportées.

— Tu parles d'un beau *swell*, qui rentre, dit Flannellette, avec des yeux qui s'allumèrent pour la première fois. Je l'vois souvent sur la rue Saint-Denis.

— Oh ! oui, dit Popeline. C'est le beau brun qui marche toujours nu-tête pour montrer ses cheveux peignés comme Becman. C'est l'opticien Benoît-Benoît. Y paraît qu'il fait bien de l'argent.

— En tout cas, on voit qu'il porte des habits de quarante piastres, ajouta Jack White.

Et le nouveau client, qui était en effet nu-tête, alla s'asseoir avec un groupe tapageur en criant : « Allo Piasse, allo Hubert, allo Adrien, allo Saint-Germain, allo notaire, allo Demers, allo Archambault, allo Barrette, allo Ravary, allo Gareau, allo Dufresne, allo le grand Gravel, allo Deshaies, allo Fortier, allo Bissonnette, allo Lazure, allo Trottier, allo Cléroux, allo Hardy, allo Allard, allo Chené, allo Monette ! » Et autant d'allos lui répondirent.

Tout en continuant à manger, le groupe des quatre amoureux, ou qui sont supposés l'être par l'auteur, s'intéressèrent à regarder faire la bande Benoît-Benoît, qui parlait et discutait si fort, par moments, qu'on avait peine à entendre les gigues du gramophone Archambault.

— *Le Goglu* est-y sorti ? criait Bissonnette. J'ai bien hâte de voir ce qu'il va dire de nous autres dans le roman de *Popeline*.

— As-tu vu ? Guillaume Dupuis est dans le concours, tonitruait le notaire Saint-Germain.

7

Le Goglu, vol. I, n° 8, 26 septembre 1929

L'avocat, frère de ce dernier, faisait un discours à deux filles, dans un coin. Qui dort dîne. Lazure, assis sur un petit banc avec une *Presse* empruntée, conseillait à son ami Deschêne de parler du nez pour ne pas user son palais. Debout, tenant en mains une bouteille de Soda-Zola, un peu flatte, Bissonnette offrait de signer un I.O.U. de 10 $ à celui qui lui présenterait la femme du soldat inconnu. Gravel tenait un langage que seul le jeune Gohier semblait comprendre. Il disait S.V.R., C^6H^5 $OHKMNO^4$, $C^2T^{11}PG^3S^{12}$, et Gohier répondait $MNSO^4H^2$ AKQ^2IV^{20} UP par IPA.

— Ça doit être des savants, fit remarquer Popeline.

Gareau se mit à parler de ponts. Flannellette, qui avait un penchant pour les architectes, voulut aller lui parler, mais Sirop Lafrance, qui défendait ses intérêts, lui dit que ce n'était qu'un dentiste. Et sa jolie bouche carrée fit une moue de dédain. Quand on fut rendu au blanc-mange, une querelle faillit éclater entre l'avocat Demers et l'avocat Trépanier, qui s'obstinaient sur la longueur des tables de ping-pong. L'avocat Dufresne les sépara et leur proposa de faire comme lui de l'argent dans les mines. Le Dr Ravary lui dit de ne pas les emplir, parce que Dufresne ne connaît que le smelletigne du catshoppe et des biscuits au soda. Trottier, qui fait tant d'argent avec ses vitres cassées à 10 $ par année, trouva une autre raison pour ne pas tipper la serveuse, quand elle apporta le café. Cléroux, le Camillien de Saint-Henri, faisait tâter à tout le monde la qualité de son nouvel habit en tapisserie, mais le dentiste Lapointe levait le nez dessus et demandait de tâter le sien. L'avocat Hardy et le Dr Allard discutaient des perturbations de la haute finance pendant que le notaire Chené, le Rothschild canadien, leur donnait des tuyaux, que le notaire Monette appelait des tuyaux crevés, conseillant d'investir à son bureau. Tous croyaient que Popeline et Flannellette étaient des veuves riches, et ils parlaient fort pour se faire de l'annonce indirecte. Choqué de ces manigances, Sirop Lafrance se leva et les fit taire d'une seule interpellation : « Tas de frais manqués, si vous voulez avoir des créatures en mangeant, soyez donc assez bloddes pour les amener et lâchez donc les filles des autres. On connaît ça des gars comme vous autres, vous allez voir vos blondes rien qu'après le souper pour pas leur payer la traite. Mais, avec vos grands mots, vous me switcherez pas la mienne. *Potitobus caracabam optimus satanitas autobus.* Je peux vous en sortir du latin, moi aussi. »

Puis s'adressant à Benoît-Benoît, qui menaçait de lui lancer son plat de salade : « Toi, mon pas d'chapeau, si tu veux l'avoir, t'as rien qu'à sortir. J'm'en vas assez t'en donner une qu'il va te falloir des lunettes fumées pour un bout d'temps ».

Un corps à corps de géants allait s'engager quand la langoureuse et éblouissante Flannellette se leva et, prompte comme l'éclair que Chené mangeait, elle s'interposa entre les deux athlètes en furie et, haletante, oppressée, le corsage soulevé par de profonds soupirs, elle dit à Al. : « Excusez-le, monsieur, c'est la première fois qu'on sort ensemble. »

Puis dans un geste gracieux d'aventurière et de reine, elle offrit à baiser sa main rose au docteur philadelphien, lui disant sur un ton de défi chaste et sec : « Essaye à m'aouerre ! »

En baisant la jolie main qui était tendue vers lui, Benoît-Benoît reçut une vigoureuse poussée de Chauvin, de sorte qu'il frappa Flannellette d'un coup de tête à l'épaule et, perdant l'équilibre, tous deux roulèrent sous le banc de Demers, parmi les allumettes éteintes et les bouts de cigarettes.

— Ayoye, maudit !

Ce fut le seul cri que fit entendre la jolie Flannellette, qui se releva, les genoux salis, les joues rouges, pendant que Benoît, tout dépeigné et furieux, disait : « J'pense que j'ai une entorse. »

— Entorse miaille, fit remarquer Sirop, je te repoignerai, toi, mon épinglette ! J'veux pas frapper un homme à terre.

— J'ai ton numéro, se contenta de répondre l'opticien, en sortant de sa poche de veste un peigne de caoutchouc pour refaire sa coiffure.

On se remit à table et l'incident parut tout à fait oublié. Se souvenant que Flannellette avait dit : « Essaye à m'aouerre », Lafrance lançait des regards furieux à droite et à gauche pour intimider les pique-assiettes des autres tables.

8

Le Goglu, vol. I, nº 9, 4 octobre 1929

Popeline et Jack, plongés dans des confidences personnelles, parlaient à voix basse. Sept heures, déjà, sonnaient au clocher de l'église Saint-Jacques, juste en face, et, fermant ses portes, la maison Archambault fit cesser sa musique. Un silence terne et plat aurait envahi la place, n'eût été la sonnerie du *cash-register* qui tintait avec chaque souper payé, et le vacarme que faisaient les jeunes professionnels en faisant fondre leur sucre à coups de cuillères dans le café.

— Ousqu'on va après souper ? demanda Popeline.

— Si ça vous mène pas trop tard, on peut bien aller au *show*, répondit Sirop en mettant encore sa main dans sa poche, geste libéral et large d'un homme qui n'est pas peigne.

— C'est correct, ajouta Flannellette. En tout cas, Sirop est un vrai sport !

Ces derniers mots jetèrent comme une rosée chatouillante dans le cœur de Sirop Lafrance ; ses yeux devinrent petits et ronds, il sentit son cerveau douceureusement stupéfié et se dit en lui-même : « Enfin, elle commence à m'apprécier. Ah ! chère belle petite blonde affolante, qui es là devant moi, à 17 pouces de distance à peine, je te donnerais ma vie et tout mon argent ». Flannellette, qui le visait gentiment de travers, sembla lire sa pensée sur les joues empourprées de Sirop et, pour lui marquer sa reconnaissance, elle frôla de son petit pied les grosses godasses de Sirop, sous la table. Il crut devenir fou de joie et de gêne, lui d'ordinaire si sang-froidé.

— Alors, dit Sirop dans une émotion qui le faisait presque grogner, à quel théâtre qu'on va ? J'ai des passes du Cercle Lafontaine, au Monument National.

— Aye ! Aye ! cria Popeline, je m'endors pas, et puis, j'ai assez entendu brailler dans ma vie. Ça coûte encore moins cher quand on n'a pas de passes, jette-les.

Obéissant et sans force, Sirop roula les passes et les jeta dans sa tasse de café.

— Si on allait à l'Electra ! hasarda Popeline. C'est toujours là que je vas. Ça coûte pas cher et on montre de vraies belles vues.

— N'aimeriez-vous pas le haut théâtre français ? demanda Jack White en soignant son langage comme on doit le faire pour passer pour littérateur au Cercle Universitaire. J'ai t'été au Saint-Denis, c'te semaine, et il y a là Mlle Réjane qui frappe pas pour rire avec m'sieu Filion dans leur scène. *Some* costume ! Ça vaut tout le reste de la pièce. Et on y voit z'aussi m'sieu Fred. Barry, qu'est dans l'grand concours de beauté.

— On dort pareil là aussi, pour moi au moins, rajouta Flannellette. Oh ! vous savez que Gary Cooper est en personne au Capitol ! Oh ! j'serais malade pour le voir. Y doit être si fin. Y a assez un beau bec, et des beaux grands yeux rêveurs !

— Allons-y, dit tristement Sirop, que cette exaltation de Flannellette, la jolie blonde à la bouche carrée, faisait craindre pour son propre sort. Et il pensait : « Pas de danger qu'elle en dise autant de moi ».

On se leva de table en s'étirant les jambes, Popeline arrangeant ses jarretières de lastic rouge, Jack White reprenant sa gomme, qu'il avait collée sous la table, Sirop refaisant d'un coup de pouce le pli des genoux pochés de son pantalon. En passant à côte du groupe Benoît-Benoît, Sirop ne put contenir une impulsion subite. Malgré lui son bras partit mais Benoît eut le temps de se baisser et ce fut Ticoune qui reçut l'énorme poing, un peu en bas des babines. La porte claqua et l'on n'entendit plus que le rire clair et gai des deux jolies jumelles s'élançant, sveltes, élégantes et légères comme des chevreuses printanières, vers le Pontiac de Jack, dans la ruelle Notre-Dame de Lourdes. Les passants se retournaient tous pour voir ces deux nymphes séduisantes au teint frais et à la peau rosée, rieuses, gazouilleuses et insoucieuses, nullement préoccupées par le problème du désarmement naval et encore moins par la scène hystérique que fit jadis un grand homme au gérant d'une compagnie de ciment. Un beau jeune homme aux yeux hypnotiques et fascinateurs et qui, a-t-on appris depuis, se nomme Constant Gendreau, croisa Flannellette au passage et, pour la première fois de sa vie, la blonde éblouissante se retourna pour regarder un homme. Mais heureusement Sirop Lafrance ne s'en aperçut pas, préoccupé à arranger le lacet cassé d'un de ses souliers.

9

Le Goglu, vol. I, n° 10, 11 octobre 1929

Les quatre jeunes gens sautèrent finalement dans l'auto, la sœur blonde assise sur la sœur brune, Flannellette ayant encore refusé l'invitation de Sirop.

— T'es pas d'dans, lui dit Jack à l'oreille, en revenant de crinquer son moteur.

— Pousse, pousse ton bazou riposta Sirop visiblement affecté, les traits tombés.

Et l'auto vint reprendre la rue Sainte-Catherine filant vers l'ouest. Devant l'édifice Saint-Denis, deux hommes se battaient, l'un disant que le Dr Plante est plus beau que le Dr Poulin. On les regarda faire quelques instants. Plus loin, au coin de l'avenue Hôtel-de-Ville, le passage d'une voiture de patrouille vint troubler un moment une assemblée improvisée de l'Armée du Salut. Un peu plus loin encore, une foule énorme regardait un mannequin mâle beau comme une fille dans la vitrine d'un grand tailleur. Tout le monde cherchait à le faire rire, mais sans succès.

Le *runabout* filait toujours lentement et on regardait de-ci, delà, les vitrines miroitantes d'illuminations, les affiches et les panneaux-réclames aux millions d'ampoules électriques et qui, malgré tout ce qu'écrit *La Presse*, font l'éblouissante beauté de Montréal la nuit, comme à New-York, comme à Paris. Les restaurants, les magasins, les trottoirs, les tramways remuaient partout d'une foule grouillante, animée, vivante, pittoresque. Toutes les langues s'y parlaient, tous les caractères s'y manifestaient. Et on lisait la gaieté et la joie sur toutes ces figures. Car, le soir, la foule montréalaise trahit plus qu'ailleurs l'insouciance du lendemain, dans ces heures où la journée est déjà oubliée, où les machines des ateliers et des usines dorment dans leur huile, où les collecteurs de comptes eux-mêmes sont au repos, où les patrons, même quand on les rencontre, sont comme les passants ordinaires et ne peuvent donner d'ordres.

— C'est t'y beau le soir, hein !

Dans cette phrase laconique, Popeline peignit tout ce qui se passait dans la tête de ces quatre grands enfants de la foule assis sur le petit siège d'un Pontiac.

Grâce à la prévoyance de nos autorités civiques, qui veillent sur la santé des citoyens, nos héros prirent une bonne marche d'un quart d'heure pour se rendre au Capitol, après avoir été parquer leur auto à l'endroit le plus rapproché.

— Y a trop de monde, on pourra pas rentrer, dit Popeline.

— On va voir ça, dit Sirop, sur un ton déterminé.

Et, tel un sanglier s'ouvrant un passage dans les taillis épais, tel un rhinocéros renversant les arbres serrés de la jungle sur son passage, l'amoureux Lafrance fendit la foule compacte, marchant sur les souliers vernis, culbutant trois femmes et arrachant les boutons de plusieurs paletots. En un clin d'œil, il était au guichet, achetait ses billets puis, faisant une large trouée de la force de ses puissantes épaules, cria aux trois autres : « Suivez-moi, vous autres. » Ce leur fut facile de parvenir jusque dans la salle, à la suite de Sirop, qui passait à travers la foule avec la facilité d'un rouleau à vapeur.

— Vite, dit Flannellette, vite, dépêchons-nous, j'pense que Gary Cooper est sur le stége.

Sans s'occuper des placiers qui voulaient le retenir en arrière, Sirop fonça dans l'allée, suivi du trio. Trois personnes venaient de se lever et Lafrance se précipita vers les sièges vides, forçant un jeune homme solitaire à se lever pour avoir une quatrième place. L'attention de tout l'auditoire se reporta vers les bruyants arrivants et l'acteur de cinéma, visiblement gêné et ayant fini de parler, quitta la scène.

— C'est donc d'valeur, soupira Flannellette. Juste comme on arrive, il s'en va. C'était pas la peine de venir.

Sirop ne dit rien, heureux de voir s'éclipser si vite le rival qui avait si profondément captivé la jolie blonde.

— Bah ! dit Jack White, on va le voir sur le film, ça va être aussi bon.

— Penses-tu qu'un souelle de même s'occuperait de toi ? dit Popeline. R'garde donc Pellerin, y nous r'garde même pas sur la rue.

— J'voulais pas qu'y me r'garde, c'est moi qui voulais le r'garder, dit encore Flannellette.

Et Sirop soupira de nouveau.

Jack White, qui essayait de prendre la main de Popeline, lorsque les lumières furent éteintes, se trompa et prit celle de Sirop, qui dit : « Aye ! Aye ! Pour qui s'tu m'prends ? »

10

Le Goglu, vol. I, n° 11, 18 octobre 1929

Le premier film qu'on projeta était un niouze. On y voyait la police française bûcher à coups de matraques sur les socialistes en procession.

— Tiens, dit Flannellette, les étudiants sont attaqués. La police les aime pas plus en France qu'ici, à ce qu'il paraît !

— C'est pas des étudiants, c'est des bolchéviques, fit remarquer Jack White en connaisseur.

Tout à coup, un mugissement se fit entendre dans toute la salle, on sifflait, on glapissait, on tonitruait. « Chou ! Chou ! » était le cri général.

— Qu'est-ce qu'ils ont donc ? demanda Flannellette.

— J'comprends pas, dit Sirop. On nous montre M. Perron[5] sur sa ferme modèle. C'est pas une raison pour tant crier.

— En tout cas, y a pas l'air aimé, ajouta Popeline.

— J'en ai bien entendu parler, dit Jack White. Un de mes cousins est allé le voir pour se faire placer à la Commission. Je me suis entendu dire qu'il est bien riche et qu'y va donner à chaque habitant une boîte en fumier pour mettre le ciment.

— Ça, c'est de la vraie bonne politique, trancha Sirop.

---

[5] Joseph-Léonidas Perron, d'allégeance libérale, est alors ministre de la voirie au Québec. Arcand le mentionne souvent dans les diverses parutions de *Popeline*.

Le jeune homme en uniforme galonné vint dire à nos héros de se taire parce que M. David était dans la salle et ne voulait pas être dérangé dans son sommeil. Après les nouvelles mondiales vinrent la comédie et le grand film. Quand le placier passa de nouveau, Sirop lui demanda : « M. David est-il réveillé ? Je voudrais parler ». L'autre se contenta, pour toute réponse, de grogner.

L'intrigue du film se déroula, avec les mêmes complications qu'on nous montre depuis vingt ans, pour finir par le baiser fondant traditionnel qui veut dire : c'est ça que vous vouliez voir, ça y est, allez-vous-en.

— C'est une vue plate vraie, dit Flannellette.

— Pas assez d'amour, insinua Sirop. C'est drôle comme les annonces nous font ça beau, et quand on est venus, on n'a rien vu de nouveau.

Les quatre jeunes gens se levèrent et remontèrent l'allée vers la sortie, Sirop faisant, avec ses grosses semelles, un bruit constabulaire qui lui attirait l'attention générale.

— Y n'est rien qu'onze heures, dit Jack White, en se dirigeant avec les autres vers la rue Union, où son auto était parquée. Y devrait y avoir moyen de finir la soirée quelque part, à moins que nos compagnies s'endorment. Qu'en penses-tu, Sirop ?

— On s'endort pas, dit Popeline. On peut veiller tard, mais on n'est pas des filles toffes, nous autres. Malgré qu'on n'a pas des permanentes comme les filles d'Outremont et qu'on se brosse pas les dents tous les jours, on n'est pas des bonnes à rien pour ça.

— Non, on nous tasse pas, nous autres, ajouta Flannellette dans un éclair de ses beaux yeux violets qui stupéfia Sirop.

— Ça nous dit pas ousqu'on va, intervint ce dernier.

— La place chic, dit Jack, c'est Kerhulu. Y a du bien beau monde et on peut faire les frais.

— On est-y assez bien habillées pour aller là ? demanda Popeline soudainement gênée. J'ai pas apporté mon renard.

— Ça fait rien. Du moment qu'on n'a pas les mains trop sales et qu'on parle un peu en tarmes, on est bien r'marqué, dit Sirop en la rassurant.

Chacun examina ses mains des deux côtés et on prit la direction du restaurant, après avoir conclu qu'on pouvait faire bonne figure.

Il y avait foule chez Kerhulu. C'était après le grand concert de Cortot. On sait, en effet, qu'on ne peut passer pour intellectuel et musicien si on ne va pas se faire voir chez Kerhulu après un concert.

— C'est du beau monde bien habillé en pépère, fit remarquer Sirop en s'assoyant sous les quatre petites jardinières mal suspendues au plafond et vers lesquelles le groupe jeta un regard inquiet. On serait peut-être mieux là-bas, ajouta-t-il en indiquant les petits palmiers, anémiques du fond de la salle.

11

Le Goglu, vol. I, n° 12, 25 octobre 1929

Mais les trois autres optèrent pour la place prise. Flannellette et Popeline se rougirent et se poudrèrent avec l'aisance de femmes du monde, pendant que Sirop, mouillant discrètement ses doigts avec sa langue, arrangeait une couette réfractaire de ses cheveux. Un garçon vint prendre la commande.

— Qu'est-ce que vous avez de bon ? demanda Jack.

— Des meringues, petits fours, conversations, éclairs, mocas, nègres blancs, pets-de-nonne, jalousies, pâtes d'amande, marguerites...

— On n'est pas venu icitte pour manger des bouquettes et des fleurs, interrompit Sirop. Vous avez pas des mains à la m'lasse ?

— Non, monsieur.

— Pas de donottes ? Non ? Pas même de biscuits village ? Ben, quoi ce que c'est qu'a mange, la grosse femme d'en face ?

— C'est un baba au rhum.

— J'vas m'risquer. Donnez-moi-z-en sept ou huit. Quoi c'vous prenez vous autres ?

— Faites-nous un doux mélange pour nous trois, dit Popeline en soignant son langage. Et apportez du thé, avez bien beaucoup du sucre dedans.

Et, en attendant qu'on fût servi, chacun prit imperceptiblement une pose de personne éduquée. Avec beaucoup de succès, car plusieurs clients de la salle les copièrent sans qu'on s'en aperçut.

— Y a des cassés icitte aussi, fit remarquer Sirop. R'gardez donc la gagne de gars près de l'entrée, y prennent rien que du café, des p'tites tasses, parce que ça coûte moins cher.

Et l'on se mit à regarder tranquillement autour de la salle. Près des jeunes gens qui n'avaient pris qu'une tasse de café se trouvaient des dames visiblement rajeunies et déridées par des lotions et des fards, accompagnées de deux petits vieux en plastron qui faisaient les galants et se trémoussaient gauchement avec l'air de collégiens qui ont encore le « it ». Une dame de ce groupe, les épaules nues et mal poudrées, se donnait des airs ravis, les yeux roulants, et, piaillant comme la poule qui vient de libérer avec effort un petit œuf, criait : « Ho ! Hi ! Ha ! Hia ! Hiu ! Il a joué divinement, le maître ! Savez-vous s'il aime les femmes, ce monsieur Cortot ? » Parlant par petits soubresauts à cause de son asthme, le mieux léché des deux petits vieux répondit : « Ya ! Yé ! Yo ! Yi ! Je ne crois pas, Ya ! Ya ! qu'il aime le beau sexe ! Ya ! Ya ! Il a un air tellement angélique ». Et il se mit à picorer dans son assiette.

Plus loin, le grand violoniste Taranto, s'examinant les mains, blanches et souples, discutait du prix des huîtres fraîches avec le célèbre éditeur Lanoix. De coco et de pain brun tous deux se firent servir. Rêveur et solitaire, beau comme seul dut l'être le berger Endymion, M. Montpetit grillait dans un coin une cigarette qui semblait être égyptienne. Non loin de lui, pareillement seul et lisant la dernière édition du *Livre jaune*, M. Bourassa faisait des couronnes parfaites avec la fumée d'un havane de vingt cents. M. Fournier, de chez Desjardins, parlait de cuir brut avec M. Lemire, qui lui montrait des photographies de chaussures. Quelques Américains, bien soûls, portant tous des culottes de golf, mangeaient des crèmes avec leurs couteaux et leurs doigts, lançant des mots à tort et à travers pour faire voir qu'ils savaient le français, comme « Dou you parlé-vous ?... Coiffeur... Crème de menthe... À la carte... Rendez-vous... Table d'hôte... Demi-tasse... »

Le garçon apporta finalement les huit babas de Sirop, un plat d'autres gâteaux assortis et le thé. D'un malhabile coup de coude, il fit choir un verre d'eau qui se brisa sur le plancher, non sans mouiller toute une jambe du pantalon gris de Sirop. Avant que ce dernier, le cou congestionné, se fût levé, Flannellette lui dit à voix basse : « Ne dites rien, on est dans une place bien, vous savez ». Sirop, tout mêlé, tendit un pourboire au garçon en lui disant merci.

12

Le Goglu, vol. I, n° 13, 31 octobre 1929

Le bruit du verre fracassé avait attiré l'attention générale et un jeune homme qui marchait en sautillant, d'un pas féminin.

Ce dernier qui, comme les pions d'école, tenait un petit crayon entre ses doigts, sortit un carnet de sa poche et, s'adressant au garçon de table, lui dit sur un ton fluet mais cassant : « Encore un verre brisé ? Vous allez le payer. Là, c'est inscrit dans mes notes ». Et il se retira sur le même pas autoritaire et féminin.

— Qui c'est que c'te faux-frère-là ? demanda Sirop au garçon.

Mais ce dernier, visiblement consterné, dit simplement : « Chtt, parlez pas, ça va être pire ».

Le garçon alla servir d'autres clients pendant que Sirop, se demandant s'il devait manger les babas avec une cuillère ou une fourchette, se donnait malgré tout un air dégagé d'homme du monde. Bientôt l'orchestre se mit à jouer sur le petit balcon du fond de la salle. Les notes sifflaient fausses sur un violon enrhumé qu'appuyait un tambour bruyant comme ceux des pianos automatiques dans les restaurants grecs. Les assiettes échappées occasionnellement par les garçons complétaient ce musical accompagnement. On vit que les notes étaient délibérément jouées fausses et qu'il s'agissait d'une danse exotique quand on vit une porte s'ouvrir pour laisser passer une danseuse vêtue avec un once et quart de soie, un demi-once de poudre, rouge, brillantine et mascara. Ce fut un « Oh ! » de surprise dans toute la salle. Les hommes eurent un sourire béatifique et les femmes firent la grimace, disant : « Qu'elle aille donc s'habiller, c'te mal faite-là ! »

Ce dernier reproche n'était pas justifié, car la danseuse, à part ses genoux à peau plissée qui semblaient deux petites têtes grimaçantes de singes, avait des lignes d'une juste proportion. Pieds nus, des clochettes d'argent aux chevilles, elle dansa tour à tour les pas de la mousmé, de la Fatma, du chevreuil folâtre, du papillon volage, du crocodile innocent, de la ministrelle, puis la danse hawaïenne, qui eut un succès considérable. Elle passa dans les allées et entre les tables en remuant électriquement ses hanches, ce qui décida plusieurs clients à donner une deuxième commande. En passant à côté de nos quatre héros, la jolie danseuse poussa soudainement un petit cri de douleur et se laissa tomber sur le plancher.

Prompt comme l'éclair, Sirop était déjà à genoux, près d'elle pour la relever.

— Elle s'est coupé un talon sur la vitre du verre cassé, dit-il à Jack White.

Puis soulevant facilement la ballerine qui ne semblait rien peser dans ses bras vigoureux, il la porta à travers la foule surprise et consternée, qui ne réalisait pas encore ce qui s'était passé, et disparut par la petite porte du fond. Ce n'est qu'au bout d'une demi-heure que Sirop revint, portant une rose à la boutonnière. Tous le regardèrent comme on regarde un aviateur sortant de sa cabine ou un lutteur descendant de l'arène.

— Ça vous a bien pris du temps ! dit Flannellette d'un ton sec.

Tiens, pensa Sirop en lui-même, elle n'a pas aimé ça ; c'est bon signe.

— Bah ! j'ai été obligé d'aller acheter des plasteurs pour lui mettre sur le talon.

— Vous en auriez pas fait autant pour moi, je suppose, continua la radieuse belle blonde. Je ne suis pas danseuse, moi, et je ne m'expose pas la peau du ventre...

13

Le Goglu, vol. I, n° 14, 8 novembre 1929

— Ah ! je ferais tout pour vous, répliqua Sirop.

— Pas vrai, interrompit Flannellette, l'œil allumé. Si vous aviez la moindre considération pour moi, vous m'auriez pas laissée seule ici une heure pour aller tripoter les jambes d'une bonne à rien... Et quelques larmes discrètes commencèrent à couler sur ses belles joues fraîches comme la pêche veloutée de la Matapédia.

— Elle a un peu raison, ajouta Popeline à voix basse.

— Je ne serais pas resté aussi longtemps avec cette danseuse, conclut Jack White. Ça paraît mal.

— Mais j'ai passé mon temps dehors, à courir les pharmacies, dit en se défendant Sirop Lafrance.

Et sa figure trahit un véritable malaise, qui semblait un mélange de remords tragique, de crainte de perdre Flannellette. Facile à convaincre, il réalisait qu'il avait mal fait en secourant la danseuse et qu'il s'était rendu indigne en lui posant un « plasteur » au talon.

— En tout cas, j'ai pus faim, je m'en vas, dit finalement Flannellette sur un ton décidé.

— Voyons, reprit Sirop, vous êtes pas raisonnable. D'abord, on aura rien mangé et on va payer pareil tous ces gâteaux-là.

— Quant à ça, c'est encore vrai, renchérit Jack White.

— Non, non, non, reprit Flannellette dont les nerfs étaient exaspérés. Tant pis pour vous autres, payez. On me fait pas manger d'avoine comme ça, moi, surtout quand je n'aurais qu'à me pousser un peu pour avoir des cavaliers smattes, des gars de Westmount[6]. Encore hier, j'ai refusé de me laisser reconduire par un monsieur docteur...

Sirop et Jack virent que toute discussion était inutile et que rien ne pourrait calmer Flannellette, insultée dans sa fierté de femme par l'attardement de Sirop auprès de la danseuse. Sirop paya la note, considérable pour le profit qu'il en avait retiré, et rejoignit les trois autres devant le restaurant.

— Pas besoin d'aller chercher l'auto, dit Flannellette, je vas marcher à pied.

— Hein ? s'écria Jack. Y est rien que minuit, on aurait bien pu aller faire trois pinnes au bowling.

— Bowling miaille, dit Flannellette, je vas me coucher, et pas besoin de personne pour me reconduire.

Les trois autres se regardèrent, déconcertés. Ce fut Popeline qui fixa la situation.

---

[6] Ville voisine de Montréal, peuplée de gens généralement aisés et anglophones.

— Moi, j'sors pas le soir à c't'heure ici sans ma sœur. Comme a veut pas embarquer, j'peux pas non plus. Bonsoir donc et à la r'voyure !

— Maudit fou ! dit Jack à Sirop. On voit bien qu't'as pas d'expérience avec les femmes. C'est-y d'même qu'on traite une belle fille comme ça ? Tu sais, quand j'te présente des femmes, c'est des vrais pétards qui savent vivre. Une autre fois, tâche de t'la fermer, tu ne diras pas de bêtises.

Et Sirop, comprenant de moins en moins, hocha la tête comme s'il eut voulu dire : « C'est vrai, je suis bête et je ne pourrai jamais rien apprendre ». Il soupira et suivit Jack vers le Pontiac, marchant comme un enfant qui traverse un rêve, le cerveau écrasé par l'éblouissante beauté de Flannellette, son indifférence, ses reproches. Cette blonde langoureuse à petite bouche carrée était entrée dans sa vie, dans son âme, dans sa peau, et le dominait comme une oppression.

En trois minutes, Popeline et Flannellette furent rendues à leur chambre de la rue Labelle. En trois autres minutes, elles furent en jaquette de coton jaune, débarbouillées, dépeignées, mais toujours belles et fraîches, de cette beauté que seule peut donner la jeunesse. Popeline, assise devant un vieux chiffonnier déverni, se regardait dans un de ces anciens miroirs à vitre ridée qui élargissent un côté du visage et rapetissent l'autre.

— As-tu soigné les rats ? demanda-t-elle soudainement à Flannellette.

— Non, mon Dieu, j'ai oublié répondit la blonde.

Et la brunette jumelle ouvrit un tiroir du chiffonnier, d'où sortirent joyeusement deux gros rats blancs, agitant leur longue queue rose, reniflant de tous les côtés. Il était visible qu'ils avaient été négligés et qu'ils avaient faim.

Popeline alla chercher, entre les deux châssis de la fenêtre, le reste d'une bouteille de lait et quelques biscuits sodas qu'elle y fit tremper.

14

Le Goglu, vol. I, n° 15, 15 novembre 1929

Les rats blancs s'en régalèrent puis, pendant que, la lampe baissée, les deux jumelles agenouillées disaient leur prière, ils gambadaient sur les chaises et les oreillers, heureux pour un moment de ne pas respirer l'air du tiroir.

Le silence se fit bientôt et, dans le grand lit que léchait une large coulée de lumière de lune, la tête blonde et la tête brune s'endormirent, roulant pêle-mêle les événements de la journée, les rats furetant du museau dans les souliers, les boîtes de poudre de riz et les vêtements jetés sans ordre dans la chambre.

Le lendemain, à 10 heures, il y avait une activité sans pareille au sous-sol du magasin Eaton, où Flannellette travaillait. Il y avait un monde fou, des cohortes de femmes s'arrachant les manteaux, les chapeaux, les cheveux, parce qu'on avait annoncé que les terrines de 30 cents étaient en vente à 29 cents. Et, aux cris et aux vociférations de ces femmes déchaînées, si différentes de ce qu'elles sont ordinairement dans leurs salons, s'ajoutait le vacarme étourdissant des terrines et des chaudrons manipulés par mille bras de tous les calibres.

Yvonne Beaupré aidait Flannellette à empaqueter les ventes, qui étaient enregistrées par Éva et Aimette Marchand. Vers onze heures, la furie des acheteuses s'étant apaisée, on commença à jouir d'une agréable accalmie et les vendeuses se mirent à poudrer leur nez et à réparer de leurs doigts leur mauvaise permanente à trois piastres. Tout à coup André Dulieux et Henri Laveluy firent leur apparition, feignant d'être des acheteurs, mais dans le seul but de dire des mots doux à Bébé Cloutier. Voyant cela, Paulette Duval, Lauro Shimmy Simpson et Charlotte Beauchemin se rapprochèrent l'une de l'autre pour passer des remarques, peut-être même pour voir comment faire manger de l'avoine aux deux autres. Puis, comme si c'eut été une conspiration, ou une habitude, Maurice McAvoy vint saluer Laurette Lafontaine, Henri Carignan vint dire un mot à Juliette Vezina, Ildéfonse Goglu sortit d'une allée pour venir aborder Cécile Moussette et Jean-Jacques

Roy passa près du comptoir en faisant un clin d'œil à Violette Desfossés.

Ce semblait un « *flirting party* » général, et à plus forte raison lorsque la « grosse Fréda » Maréchal vint inviter Jeanne Larivière à aller au Capitol le même soir, et Tit Pit Dupras se mit à critiquer la robe teinte de rouge de Margot Maynard.

Flannellette qui, reprenant son souffle après l'excitation intense de la vente, causait avec Rose Richard, Yvette Raymond et Cécile Laurin, n'en crut pas ses yeux lorsqu'elle vit venir Sirop Lafrance, porteur de volumineux paquets.

— Qu'est-ce que vous faites ici ? lui demanda-t-elle.

— J'vas vous dire, commença Sirop. C'est Popeline qui m'a dit que vous travailliez icitte. Je suis allé voir Jack pour lui demander ousqu'on irait demain, dimanche. Il m'a envoyé voir Popline à l'expédition de *La Presse* et a m'a envoyé vous voir, à cause de la chicane d'hier qu'a veut que j'arrange avec vous avant de décider quequ'chose.

— C'est fini, la chicane. Moi, j'suis pas rancunière. Pourquoi en parler encore ?

Le visage contrit de Sirop s'illumina d'une joie indicible qu'il ne cacha même pas.

— Ça, c'est parler, dit-il. Comme ça, ousqu'on va ?

— On va voir votre mère, sur la rue Fullum, puis ensuite, n'importe où.

— Je vous ai pas dit. Quand on vous a laissées, hier soir, Jack a eu une collision avec un taxi Diamond…

— Oh ! les Diamond, on les connaît !

— Et son Pontiac a été tout massacré. Mais j'avais un beau bicycle à gazoline avec un saille-car que j'avais prêté à mon cousin Lesueur, de Maisonneuve, et je suis allé le r'chercher. On pourra sortir avec, vous sur le petit siège derrière moi, et Popeline avec Jack dans le saille-car.

— Fine gidoune ! dit Flannellette, j'aime ça, le p'tit siège d'en-arrière, à condition que le sprigne soit pas trop dur. On mettra-t-y nos brittechezes ?

Comme vous voudrez. Il fait froid et vous êtes mieux de mettre des souetteurs et des casses.

15

Le Goglu, vol. I, n° 16, 22 novembre 1929

Flannellette examinait les paquets de Sirop, qui, apparemment gêné, cherchait à les cacher.

— Qu'est-ce que c'est ça ? Vous avez acheté ça ici ? Voyons, m'sieur Lafrance, des secrets avec moi ?

— Ça s'appelle comme vous, dit Sirop en rougissant.

— Dubois ?

— Non, c'est pas du bois, c'est de la flannellette rouge pour ma mère, elle aime ça, c'est chaud. Mais c'est pas une flannellette belle comme vous...

Flannellette se mit à sourire. Elle fut très flattée du compliment et pensa que Sirop, sous des dehors pamphiliens, cachait de quoi faire un homme du monde.

— Bonjour et à demain, dit-elle en se remettant devant ses terrines. J'peux pas vous parler. V'là M'sieu Noël, un gros *boss*, et faut pas qu'y nous poigne à laufer.

— Salusse, dit Sirop en disparaissant avec ses paquets, d'un pas léger qui trahissait tout ce qu'un homme peut contenir de joie jeune et candide.

Le lendemain, à dix heures précises, un bruit retentissant de cylindres de motocyclette envahissait la petite rue Labelle et venait pétarader une aubade sous la fenêtre de nos jolies jumelles. La tête de Popeline parut dans la vitre du châssis et fit signe à nos héros de monter.

— Y fait bien du train, votre bicycle ! leur fit remarquer Popeline.

— Mon exâce est un peu bouchée, mais ça va revenir en marchant, dit Sirop.

— Vous êtes souelles en pépère, fit Jack après avoir jeté un regard de connaisseur sur les sœurs Dubois.

En effet, elles étaient radieuses et belles toutes deux, dans leurs chandails blancs qui les moulaient comme des statues, leurs casquettes grises qui donnaient aux visages roses de la brune et la blonde un air un peu gamin. Leurs yeux s'éclairaient de joie à la pensée de faire un long voyage en dehors de la ville.

— Vous êtes allés à la messe, toujours ? demanda la langoureuse Flannellette.

— Oui, à la messe de sept heures, répondit Jack. Sirop est venu me cri et on a été déjeuner ensemble au Northeastern.

— Mouseusse de mouseusse que vous êtes belles, dit encore Jack. Où avez-vous pris ces belles culottes brunes-là ?

— C'est mon frère Zidor qui avait souîpé ça dans un *militari store*. C'est pour ça qu'il a été condamné à l'École de Réforme.

— C'est du vrai bon stoffe, ajouta Sirop en avançant, pour tâter, une grosse main velue qui fit reculer de timidité les deux sœurs.

C'étaient, en effet, de magnifiques culottes d'officier de cavalerie en whipcord, avec protecteurs en chamois souple, sur le côté des jambes. Popeline et Flannellette avaient mis, en plus, des bas golf et des souliers jaunes. On aurait dit deux skieuses en uniforme.

— On met ce qu'on a, et c'est pas trop pire, déclara Popeline. Et c'est chaud pour un froid sec comme aujourd'hui.

Portant chacun un petit paquet, ils descendirent s'installer sur la bicyclette. Sirop enfourcha le siège du chauffeur, ayant derrière lui la blonde Flannellette ; Jack s'assit sur le siège du panier de côté, la brune Popeline se résignant à s'asseoir sur ses genoux.

— T'es chanceux, observa Sirop.

— Pousse, pousse, dit Flannellette en lui donnant dans le dos une petite tape qui lui sembla une affolante caresse.

D'un coup de sa lourde chaussure, il faillit broyer la pédale et le léger véhicule, geignant des ressorts sous la charge, démarra dans un nuage de fumée noire et un vacarme de pistons encrassés.

. . . . .

Dans le vieux parloir de la prison de la rue Fullum, propre comme la salle d'attente d'un couvent, nos jeunes gens attendirent quelques instants, respirant la senteur des planchers souvent lavés au savon fort, regardant avec tristesse les barreaux de fer qui séparent la section des visiteurs et des visités.

— Dire que ma mère est ici à cause de la loi Taschereau[7], et pour une bouteille de bière, murmura Sirop, dans un énorme soupir avec deux grosses larmes.

— Si vous commencez à brailler, j'm'en vas, dit Flannellette sur un ton ému qui annonçait quelques larmes.

16
Le Goglu, vol. I, n° 17, 29 novembre 1929

Après deux minutes d'attente, des petits pas sourds de savates se firent entendre du fond du corridor. Le bruit indiquait la venue de deux personnes, marchant sur le même rythme court et discret. Derrière les barreaux, on vit sourdre d'une vieille porte grise une religieuse à l'air grave et digne, puis la figure interrogative d'une femme d'environ soixante ans, frêle, petite, toute blanche.

— Mmmm'an ! cria Sirop en se levant pour se précipiter vers les barreaux.

— Nénesse ! cria à son tour la petite vieille en versant quelques larmes d'émotion, la figure illuminée de bonheur et de surprise.

On les laissa s'embrasser et se regarder, tous les deux, s'entrelaçant les mains et les bras entre les grosses barres de fer. Ils furent quelques instants sans pouvoir se parler. Ce fut la mère de Sirop qui, la première, rompit le silence.

— Des amis ? demanda-t-elle en indiquant les trois autres visiteurs.

— Oui, Jack White avec nos deux blondes.

Le trio s'approcha de la petite vieille qui, toute rayonnante, les accueillait avec un regard d'une indicible douceur.

— Ils ont l'air honnêtes et ça a l'air du bon monde, tes amis, dit-elle en souriant.

— Pour sûr, du vrai bon monde, surenchérit Popeline. Ça fait rien qu'une journée qu'on s'connaît, mais on s'adonne pas trop pire. J'vous ai apporté des clondailles, aimez-vous ça ?

— Merci, dit Mme Lafrance en tendant des mains tremblantes.

---

[7] La Loi sur les boissons alcooliques, ici nommé Taschereau du nom du Premier Ministre du Québec, a été adoptée en 1921. Elle a donné le monopole de la vente d'alcool à l'État. Elle a créé une « police des liqueurs ».

Jack White tendit à son tour un sac contenant six oranges et Sirop sortit de ses poches trois palettes de chocolat pur. « Torriâble, j'ai oublié des paparmanes », ajouta-t-il.

— Oh ! Oh ! mais je ne les ai pas oubliées, moi, dit Flannellette. Je savais qu'elle aimait ça.

Une autre grosse larme mouilla la paupière de Sirop, à la vue de tant de prévenance. Il en fut presque congestionné d'émotion.

— Tu sais, mmmm'an, c'est la mienne, ça, ma blonde. Si a veut bien l'être, en tout cas. A l'est pas fine bbb'en bbb'en, non, c't'un rêve !

Flannellette baissa ses longs cils sur ses yeux violets et rougit imperceptiblement, agréablement flattée.

On continua de parler à voix basse pendant un quart d'heure et, quand la religieuse se mit à toussoter, on comprit que le temps de la séparation était venu. À l'exemple de Flannellette, tous embrassèrent la petite vieille et partirent en disant : « On viendra vous chercher, le jour de votre sortie, dans douze jours ».

Dans la cour de la prison, où la motocyclette était remisée, près de la guérite des gardes, chacun reprit sa position comme auparavant et, criant des ressorts et tonnant des pistons, le petit véhicule franchit les grandes portes avec un train d'enfer.

On s'arrêta au coin des rues Sainte-Catherine et Berri pour se demander où l'on irait. On décida finalement d'aller faire un tour du côté de Québec, devant revenir lorsqu'on jugerait le temps assez avancé pour ne pas être rendus trop tard à la ville. Sirop proposa d'aller acheter des beignes pour manger en chemin, au cas où on aurait trop faim avant le dîner. Et il continua jusqu'à la binnerie, en face de *La Patrie*.

— Tiens, r'garde donc, dit soudainement Popeline.

— Quoi ?

— Mais là, sur le coin. Ma foi ! c'est le grand Oscar Larose au teint rose, le *sheik* de la rue Saint-Denis, qui sort du journal. Ça c'est un homme important. C'est le notaire de M. Nicol, c'est tout dire.

— Certain ma catin, fit remarquer Sirop, être le notaire de M. Nicol, c'est quelque chose.

Jack entra dans la binnerie et en sortit avec une douzaine de beignes qui révélaient leur graisse à travers le papier du sac. Puis la motocyclette fit un tour et s'élança rapidement dans la direction de l'est, Flannellette sautant par bonds secs à chaque intersection de rails de tramways et se passant une main sur les reins après ces secousses.

— Si ça djomppe trop raide, gênez-vous pas de l'dire, lui cria Sirop qui semblait s'apercevoir du malaise de Flannellette, qui occupait toute sa pensée et qu'il se peignait mentalement comme la plus grande héroïne de l'histoire depuis qu'elle avait pensé aux paparmanes.

17

Le Goglu, vol. I, n° 18, 6 décembre 1929

— Occupez-vous pas d'ça, répondit la radieuse blonde à la bouche carrée. Le principal c'est d'arriver ousqu'on va.

Et la moto filait, filait, filait, passant les uns après les autres les autos de la route qui levaient sur leur passage des nuages de poussière qui incommodaient beaucoup Sirop. Popeline, à chaque cahot, se faisait plus légère pour rebondir moins lourdement sur les genoux de Jack, qui avait peine à se les sentir, tant ils étaient engourdis. Mais sa fatigue lui était douce car il pensait que pareille occasion d'avoir Popeline si près de lui ne se renouvellerait pas de sitôt.

Il était environ midi lorsque la bruyante motocyclette à panier passa devant l'église de Saint-Sulpice, ralentissant sa course pour ne pas frapper les paroissiens qui sortaient de la grand'messe et se dispersaient en petits groupes sur la route pour retourner chez eux à pied ou aller prendre leurs bogués et leurs autos. Jack White profita de cette accalmie du bruit et des ressorts pour s'étirer un peu les jambes et dire quelques mots.

— Sais-tu, Sirop, que ça commence à être draille ?

— T'es pas un toffeux, Jack. On va arrêter un peu plus loin et prendre une bouchée, ça sera pas long.

— Les hommes, ça pense rien qu'à manger, ajouta Popeline sans être entendue, car les pistons s'étaient remis à tonitruer de plus belle.

Sirop, qui semblait connaître les lieux, arrêta finalement devant la crémerie, en face de la petite école du rang. Il souriait aux amis d'un œil goulu qui voulait dire : « Vous allez voir pourquoi je vous ai amenés ici ».

Il entra dans la petite crémerie sans rien dire et, trois minutes plus tard, en ressortait avec une chaudière, quelques assiettes et cuillères.

— Si vous avez jamais vu de la vraie crème à mottons, vous allez en voir, leur exposa-t-il en se dirigeant vers la galerie de la petite école grise.

Popeline et Flannellette, le visage fouetté par le vent de l'ouest et le vent soulevé par la vitesse de la moto, avaient les joues fermes et d'un rouge pomme fameuse qu'on ne trouve que chez nos Canadiennes, et ce rouge, qui prenait des teintes de carmin vif sur leurs lèvres, s'estompait en une douce et fraîche roseur vers leur gorge et leurs épaules.

— Maudit qu'y sont donc belles, nos blondes, murmura Jack à l'oreille de Sirop qui, pour toute réponse, se ferma les yeux bien dur et fit une grimace d'admiration qui signifiait plus que n'importe quel mot.

Et jamais, pourrait-on ajouter, le perron non cimenté de l'école du rang de Saint-Sulpice ne vit plus belles et plus séduisantes jumelles, jeunes, fermes et altières comme deux roses en éclosion, dont l'une serait pale et l'autre de teinte sombre.

Pour de la crème à mottons, c'était de la crème à mottons. Sirop la versa de la chaudière dans les assiettes creuses, et nos quatre affamés en avaient un vrai chatouillement au ventre à voir couler cette crème épaisse, riche, presque solidifiée, tombant en morceaux gros comme le poing.

— Y a rien qu'une manière de manger des beignes à la crème, dit en souriant Sirop, qui avait le visage congestionné par le froid, les oreilles noircies par la fumée de carbone de ses pistons, les yeux tout mouillés de grosses larmes tirées par la force du vent, car il conduisait sa bécane à moteur sans visière.

Et il plongea sa main épaisse comme un gros stéque et velue comme une noix de coco dans le petit sac de papier et en sortit l'un après l'autre les douze beignes. Chacun plongea ses trois grasses pâtisseries dans les mottons de crème et ce fut un avide et vorace pourléchage de babines, charmant dans son impromptu. On n'eut même pas besoin de se servir des cuillères.

— Ça colle au paquet, dit Sirop.

— Ça fait une bosse dans le corps, mais ce n'est pas encore un bon repas, intima Jack, qui aurait mangé la douzaine à lui seul.

— Hou-ou-ou ! s'exclama Flannellette, t'es ben fin, mon gros Sirop.

Le Mont-Royal se serait soudainement éventré, le gouvernement Taschereau aurait été réélu, le feu du ciel lui serait tombé sur la tête, le sol se serait ouvert sous ses pas pour l'engloutir que Sirop n'aurait pas reçu sur la cervelle une aussi gigantesque commotion.

18
Le Goglu, vol. I, n° 19, 13 décembre 1929

Un vertige étourdissant tomba lourdement sur ses yeux, une barre de fer traversa son plexus solaire, des carillons hurlèrent dans ses oreilles et des millions d'épingles lui tirèrent des millions de réflexes dans tous les nerfs. Était-il possible que Flannellette, cette insaisissable idole de ses rêves, le trouvât « ben fin » ; était-ce une chose réellement réelle qu'elle lui eût dit « tu » ? Non, non, c'en était trop, c'était au-dessus des forces humaines. Par un effort suprême, cependant, Sirop réussit à ne pas perdre connaissance, respirant avec effort, crispant de toute sa force de bœuf de trait ses deux grosses mains sur le rebord du perron pour ne pas tomber par terre. Et, bien qu'il fut à demi-gelé, des gouttes de sueur grosses comme des noisettes émergèrent des pores de son vaste front. Seule Flannellette s'aperçut de cette indisposition, car elle avait prononcé ces paroles sur un ton badin mais dans un but de petite femme malicieuse. La commotion qui s'écrasa sur la tête de Sirop lui fit plaisir et, comme la tigresse qui tient entre ses griffes un chevreau sans l'égorger, elle jouissait de voir souffrir sa victime sans défense.

Popeline et Jack parlaient de choses et autres, à voix basse, et le sujet tomba sur l'amour. « Oui, dit Jack, il n'y a rien de plus beau que l'amour ». Ce fut comme un deuxième coup de foudre pour Sirop, qui croyait qu'on parlait de lui, et il se leva soudainement en disant, sans réaliser la température : « Ouf ! qu'il fait chaud ici, on étouffe, allons prendre l'air frais. » Flannellette comprenait et elle était heureuse.

Assiettes, cuillères et chaudières ayant été reportées chez le cultivateur de la petite crémerie, la motocyclette se remit en branle vers l'est, sous un ciel lourd et gris qui semblait un ciel d'hiver. Le vent se refroidissait rapidement. Devant l'école du rang, le Dr Forest posait les volets à sa maison fermée.

Après une autre course d'une heure, la moto entra dans Berthier, la glorieuse et la chaude. Les gens n'y marchaient pas d'un pas très ferme, à cause des industries locales, mais les rues et les maisons étaient attrayantes. Sirop s'arrêta enfin devant le Manoir et chacun, les joues presque gelées, se précipita vers la large galerie. Lafrance entra le premier, disant aux autres : « Deux heures ! Fiaille ! On va probablement avoir rien que les restes pour dîner. C'est d'valeur, d'ordinaire on mange si ben. »

— Ça fait rien, dit Jack White, j'mangerais n'importe quoi.

Sirop lui lança un œil calme et dodu : « Tu mangerais n'importe quoi ? »

Et l'on se mit à rire, réalisant que Sirop avait beaucoup plus d'esprit qu'on ne croyait. Pour lui, c'était sa façon de briller, en réponse à ce qu'il croyait des avances de Flannellette.

Avant d'entrer dans la salle, Lafrance fit la remarque qu'il allait au sous-sol, se laver les mains.

— Pas rien que se laver les mains, surtout après un brassage de corps comme on a pris sur ton bicycle.

— Moi aussi, moi aussi, ajoutèrent presque câlinement les deux jumelles.

Et, deux par deux, on alla se laver les mains.

Jack et les deux sœurs attendirent Sirop plus d'un quart d'heure dans la salle à manger, à une belle table qu'ils avaient choisie, près de la fenêtre du coin, avec une vue donnant sur le fleuve et les îles d'en face. De désespoir, ils avaient englouti leur soupe, quand il revint, les yeux épanouis. On mangea, on s'empiffra jusqu'aux oreilles. C'était, devant chaque assiette, un beau combat sans prétention de mains, de couteaux et de fourchettes avec les petits pois, les patates frites, les sauces piquantes et les tirasses de viande.

— C'est-y bon, manger, quand on a faim ! s'exclama Popeline.

— Ça vous fait un vrai v'lours dans l'corps, ajouta Sirop en présentant un blé d'Inde de conserve à Flannellette qui, avec un geste gracieux d'archiduchesse, l'accepta du bout de ses doigts roses en disant : « Fais pas la safre, Popeline, passe le beurre par icitte ».

Au café, Sirop donna l'alarme : « De la neige ! De la neige ! » Tous se levèrent pour aller voir à la fenêtre et constater que c'était bien de la neige.

— On a l'air fins, dit Jack White. Ça va skidder pas pour rire, et avec ça qu'on n'a rien pour se couvrir.

19
Le Goglu, vol. I, n° 20, 20 décembre 1929

Sirop proposa de payer le retour de Flannellette à Montréal par le train, alléguant que les blondes ont une constitution délicate et sont sujettes au rhume, alors que Popeline, plus vigoureuse, pourrait peut-être revenir dans le saille-car, avec Jack sur le petit siège d'en-arrière.

— Pas d'farces, Gnace, dit Flannellette. Qu'on s'occupe pas d'ma constitution. A l'a résisté au p'tit siège à sprigne du bicycle, a résistera bien à aut'chose.

Et Sirop pensa : « Elle a un caractère d'héroïne. Elle ne veut pas se séparer de moi. Quel dévouement chez cette adorable petite blonde à bec carré qui m'affole de plus en plus à chaque instant ! »

On se remit donc sur la frêle motocyclette, grelottant sous la grosse neige fondante, et l'on repartit en trombe vers la ville, secouant en cours de route les croûtes de sloche qui collaient sur les cils et les sourcils. Les yeux de Sirop étaient tout petits dans sa grosse face, scrutant les cahots et les détours de la route glissante, tel un *bootlegger* conscient de la charge précieuse qu'il transporte. Son trésor était là, derrière lui, l'idole sans prix de ses rêves et sa vie, une gentille idole qui, quand elle avait trop froid, se penchait sur son large dos et s'y posait pour quelques instants jusqu'à ce qu'une douce tiédeur s'en fût dégagée. Et Sirop, ivre, fou, dopé, halluciné par ce contact, tournait à le tordre l'accélérateur pour arriver plus vite au chaud de la ville. Mais bientôt, sur la longue montée de L'Assomption, en plein bois, voilà que le moteur se met à tousser, éternuer et perdre graduellement le souffle. Puis tout s'arrête. On se détend les jambes, on secoue la neige, on examine. Plus de gazoline ! Que faire, en plein bois ?

— Ça s'ra pas long, dit Sirop déterminé. J'vas aller en charcher. Rien que trois milles, j'vas courir. Toi, Jack, passe ton côte à Flannellette, a est pas pour prendre les bronches, c't'enfant-là.

Presque au même moment, un gros Réo arrivait derrière eux. On eut juste le temps de lui faire signe d'arrêter.

— Quoi c'qu'y a ? demanda le chauffeur.

— Pu d'gasse, répondit Sirop.

— Ma foi du seigneur si c'est pas Gérald Archambault avec sa blonde, la fille du dentiste ! s'écria Popeline. Quiens, Jack, un ancien. Ça, c'est Nesse Lafrance, puis Flannellette que tu connais bien.

Gérald à son tour présenta sa blonde et la jolie Marie-Ange Laganière qui les accompagnait, assise entre les deux sur le siège d'en-avant. Sirop, à la pensée que Gérald connaissait bien Flannellette, le regarda avec un œil bovin défensif, avec des envies de refuser sa gazoline, et Jack, en apprenant que c'était un ancien cavalier de Popeline, l'examinait scrupuleusement en remuant rapidement son nez comme un lapin aux aguets. Mais il fallait bien partir et on se résigna à accepter les deux gallons que Gérald se préparait à transvaser.

— Jarmain m'a prêté son char, dit Gérald en accomplissant sa besogne, et je suis allé faire une commission pour Titoine à Cléophas, à Berthier. C'est drôle qu'on s'est pas rencontrés là.

— Nous autres, quand on est avec des femmes bien, on ne va que dans des places chic, affirma Sirop, on va pas aux binneries de la rue Montcalm. C'est pour ça qu'on s'est pas vus.

— C'est vrai, renchérit Popeline en se rapetissant la bouche, ces messieurs-là savent faire les choses et comprennent que des filles comme nous, pas toffes pantoute, peuvent pas aller partout.

Et Sirop rajusta sa sligne et se bomba la poitrine en soulevant une de ses puissantes épaules, ce qui voulait dire : « C'est vrai, on sait faire les choses, prends-nous pas pour ce qu'on a l'air. »

Jack et Lafrance ne se sentirent à l'aise, cependant, que lorsque Gérald, le petit noir aux yeux vifs et au sourire aisé, fut reparti avec son gros Réo et les deux jolies voyageuses. Ils n'avaient pas eu la force de le remercier et ce furent seulement les deux jumelles qui pensèrent à crier : « Aur'oir, Gérald, et bien marci ! »

Deux heures plus tard, le teuf-teuf de Sirop s'engloutissait de nouveau dans la petite rue Labelle, couverte de trois pouces de neige mouillée.

20
Le Goglu, vol. I, n⁰ 21, 27 décembre 1929

— Phiou ! cria Flannellette en se dégageant du petit siège avec la lenteur d'une personne qui aurait les os déboîtés et la chair en charpie, j'pensais qu'on n'arriverait jamais.

— J'sus pas fâché d'débarquer, dit Jack, Popeline est pas bien pesante, mais à la longue ça engourdit les jambes et les genoux. J'me sens pus le bas du corps pantoute.

On secoua la neige qui recouvrait légèrement les casquettes et les épaules, Sirop et Jack attendant ce qu'allaient dire les deux sœurs avant de prendre une décision.

— Monte-t-on ? dit finalement Popeline sur un ton invitant.

— C'est pas de r'fus, s'empressa Sirop de répondre.

On était las et fatigué du voyage et, chacun étant un peu trempé, on commençait à grelotter. En haut, dans la large chambre des deux jumelles, personne ne pensa à autre chose qu'à s'étendre sur une chaise, sauf Flannellette qui courut au tiroir de la commode pour voir aux deux rats blancs qui, dès qu'ils virent s'ouvrir leur prison, sautèrent joyeusement au-dehors et se mirent à courir sur le plancher, l'un d'eux se dirigeant vers Sirop.

Mais le gros Lafrance, qui ne s'attendait pas à cela, fut comme pris de peur et se dressa rapidement debout sur sa chaise en criant.

— Mais ce n'est qu'un tout petit rat blanc bien doux, dit Flannellette pour le rassurer. Vous parlez d'un homme ! Avoir peur d'un rat blanc !

Et elle prit le petit animal entre ses beaux doigts roses, l'embrassant du bout de son petit bec carré rouge, souriant à la pensée de l'énorme peur qu'avait eue Sirop. Ce dernier, dépité, encore ébahi de ce qu'il avait vu, pensait : « Si jamais j'ai mon mot à dire avec Flannellette, ils vont rien que sortir, ces maudits rats-là », sans se demander s'il en avait vraiment peur ou s'il était jaloux des caresses que la jolie blonde affolante leur prodiguait.

— C'est ben d'valeur, mais j'ai rien à vous offrir, dit à un moment Popeline. On n'a rien que des biscuits sodas, et c'est pour les rats. Si on avait su que vous étiez pour venir, on serait ben allé acheter quelque chose pour vous mettre sous la dent.

— Oh ! mais on n'a pas faim pantoute, répondit Sirop, que la faim tenaillait cependant jusqu'au péritoine.

Et la conversation continua jusqu'à ce qu'on se mit à parler du réveillon de Noël. On regarda les annonces et les réclames des hôtels, découvrant qu'à l'endroit le moins cher ça coûtait encore 1,50 $ pour le seul plaisir de s'asseoir.

— J'me d'mande une chose, dit finalement Jack White. Tant qu'à aller qu'que part et dépenser à nous quatre six piastres avant de commencer à manger, pourquoi c'qu'on mangerait pas ici ? Avec dix piastres, on peut faire un vrai bon *snack*.

— Ça, c'est une smatte idée, s'écria Popeline.

— Du moment que Sirop veut, ajouta Flannellette en lui coulant un regard de ses beaux yeux violets qui lui fit courir sur la peau un long frisson.

— J'pense ben, que j'veux.

Et nos deux gars se levèrent aussitôt pour discuter entre eux des préparatifs de la fête.

. . . . .

Gaies, pimpantes, les cloches de la chapelle Notre-Dame-de-Lourdes mêlaient leurs notes claires aux grosses basses du clocher de Saint-Jacques, annonçant la fin de la messe de minuit. La nuit était rayonnante, claire, avec des éblouissements multicolores sur la rue Sainte-Catherine car les cafés chinois étaient restés ouverts dans l'espoir de clients. Du groupe allègre qui sortait de la chapelle, on vit émerger nos jeunes gens, chacune des jumelles tenant son cavalier bien serré par un bras, car la joie des fêtes, le plaisir du congé, les couleurs, les senteurs jetaient dans l'atmosphère un air d'intimité chaude, de laisser-aller et de bonhommie agréables. Sirop, assimilant avec une large candeur toute cette ambiance, ne s'aperçut même pas que Flannellette lui serrait à deux mains son gros bras avec un bonheur évident. En quelques instants on fut rendu à la chambre, décorée de jolies bandes de papier rouge et vert, l'entablement de la fenêtre chargé de bouteilles et de petits plats.

— On se souhaite-t-y le Méré Crusmus ? demanda Jack en se serrant les lèvres.

— Gardons donc ça pour le Jour de l'An, dit Sirop en voulant éviter toute gêne à Flannellette, que la question avait fait tressaillir.

21

Le Goglu, vol. I, n° 22, 3 janvier 1930

Un silence plat s'abattit sur la chambre, mais, après quelques secondes de malaise et d'indécision, on se reprit à parler et la gaieté fit sa réapparition.

— On va d'abord commencer par prendre un p'tit coup pour mouiller la Noël, fit remarquer Jack, qui était toujours le plus agressif.

Et il sortit de dessus sa hanche un petit flacon brun dont il fit sauter le bouchon de vitre.

— Ça, c'est du raille-whisky. J'en prends pas souvent, mais à Noël, c'est pas comme les autres jours.

— J'en ai jamais pris, dit Flannellette.

— Ni moi, ajouta sa sœur.

— C'est pas trop pire, jugea froidement Sirop. Pour le prix, ça gratte assez.

Et, les petits verres remplis, Jack sirota en connaisseur, Sirop ingurgita comme s'il n'y en eut qu'une goutte, pendant que les deux jumelles, étudiant le goût, grimaçant, sentant la chair de

poule leur courir dans l'estomac, avalaient avec effort en disant :
« Ça brûle », « Tu parles que c'est fort » ou « M'en faudrait pas
gros pour m'étourdir ».

Lorsque les verres furent vidés, on mit sur ses pattes fragiles
une petite table de bridge échangée pour huit séries de cartes de
cigarettes et, courant à la fenêtre, les deux sœurs en rapportèrent
un poulet froid avec des cornichons sucrés, du fromage doux,
quatre tranches de galantine de veau, un pot d'olives à dix-neuf
cents, un petit pain, un bocal de confiture de fraises et six beaux
crimpoffes bavant leur crème fouettée.

— C'est pas si fort que j'pensais, c'te boisson-là, fit remarquer
Popeline en arrangeant couteaux et fourchettes.

Jack White proposa de finir le flasse et, comme personne ne
dit ni oui ni non, il divisa ce qui restait dans les quatre verres. On
but de la même façon qu'auparavant et on se mit à table, les deux
sœurs assises sur leur lit et les cavaliers assis sur les deux seules
chaises de la chambre, Sirop ayant la berceuse. De quelques coups
faciles de ses gros doigts, Sirop eut vite d'écarteler le petit poulet,
qu'on attaqua à belles dents.

Flannellette avait à peine pris quelques bouchées qu'elle se sentit soudain une chaleur douce et chatouillante à l'estomac, en
même temps qu'une agréable fraîcheur qui lui enveloppait le front
et les tempes comme un ruban humide ; ses petits pieds s'engour-
dirent dans une dolence curieuse, ses jambes s'amollirent, les arti-
culations de ses genoux perdirent graduellement leur force, les
sons frappèrent drôlement ses oreilles et deux petites flammes lui
semblaient courir sur la surface de ses yeux. Une gaieté très vive,
irrésistible, gambadait dans ses veines et elle la laissa bientôt fuser
dans des éclats de voix nerveux et clairs, des rires aigus et saccadés.

Lorsque, relevant le nez de dans son assiette, Sirop la regarda,
elle lui parut plus éblouissante que jamais avec ses joues mieux
empourprées, ses yeux plus violets et plus scintillants, ses lèvres
mieux bombées et d'un rouge beaucoup plus vif qu'à l'ordinaire.
Comme elle le fixait en riant de tout ce que son visage pouvait
rire, le gros Sirop se mit à rire de son côté, croyant à une délicate
attention amoureuse. Mais le manège se continuant, son propre
sourire prit toutes sortes de contenances et de nuances, car il finit

par se demander ce que la jumelle blonde, si jolie, pouvait bien avoir.

Flannellette, presque grise, ne pouvait plus contrôler ce fou-rire qui s'accentuait à mesure qu'elle fixait cette grosse tête carrée, velue, joviale, de Sirop, qu'elle voyait le malaise décomposer imperceptiblement les traits de sa large face.

Popeline commença à trouver la chose drôle, elle aussi, et fut prise à son tour d'un rire flûté, sonore, qui se déversa en flots de hi ! hi ! et de ha ! ha ! Puis ce fut Jack qui, moins bruyamment toutefois, se mit à gutturer de francs éclats de goule. Et plus Sirop manifestait son incompréhension et sa surprise, plus les trois autres riaient. On en pleurait, on se tenait les côtes.

— Ma foi ! je crois qu'ils sont soûls, murmura le gros Lafrance.

22
Le Goglu, vol. I, n° 23, 10 janvier 1930

Une grande tristesse plongea dans son cœur à la vue de sa Flannellette presque ivre, de Popeline incapable de reprendre son sens du sérieux. Sa tristesse se changea en colère et sa colère en rage, car il se dit que Jack avait dû mettre de la drogue dans les verres des deux sœurs car lui, qui avait avalé deux bons verres de la même boisson, n'en avait ressenti rien de plus que si c'eut été de l'eau. Il se leva soudainement, les yeux rouges, et d'un coup de poing formidable, enfonça tout le dessus de la table, faisant voler le réveillon aux quatre coins de la chambre. Et, regardant Jack White avec des yeux qui annonçaient un meurtre, s'écria d'une voix qui fit sursauter les débris du festin : « Tu as dopé ma blonde, espèce de bandit ! »

D'un bond il avait sauté à la gorge de Jack et l'avait terrassé.

— Mais tu es fou. Sirop, tu es fou !

Et les deux sœurs s'élancèrent vers le colosse déchaîné, lui tirant les bras, les cheveux, les oreilles et le nez, criant, hurlant de crainte, pendant que le pauvre Jack, ne comprenant rien à ce changement si subit, commençait à faire entendre des râles peu rassurants. Finalement il lâcha prise et porta les mains à son cou d'où les ongles pointus de Popeline avaient tiré quelques ruisselets de sang.

— Y est assez bête pour me tuer, c't'animal-là ! soupira Jack d'une voix usée, en se levant péniblement.

— Mais qu'est-ce qui vous prend ? demanda Flannellette entre deux sanglots.

Sirop, qui semblait sortir d'un rêve, promena sur les trois figures un regard de rat surpris car, n'y voyant plus les rires hystériques et incontenables mais plutôt des expressions de tristesse et de reproche, se demandait s'il n'avait pas été la victime d'une illusion. C'est bien vrai, pensait-il, personne n'est soûl, personne n'est dopé, on a simplement ri à cause de la joie de la fête, et c'est moi que le raille-whisky avait soûlé. Et un indéfinissable chagrin le saisit dans tout son gros être. Il restait là debout, telle une bête consciente d'avoir mal agi, si les bêtes peuvent avoir cette conscience, attendant, tête basse, qu'on change de conversation.

— Mon beau réveillon de Noël tout ruiné ! murmura Flannellette en larmes.

Et Popeline, Jack et Sirop, avec la même facilité qu'on avait ri, se mirent à pleurer, à renifler et à se moucher. C'était vraiment dramatique, et d'autant plus pour Sirop qu'il réalisait être la cause de tout cela. Du chagrin il passa au remords, puis au ferme propos, puis aux reproches à lui-même, puis au désir de réparer.

— Je vais payer le réveillon dans un restaurant, un hôtel, n'importe où, dit-il sur un ton déterminé.

Les trois victimes de Sirop discutèrent la proposition, Jack disant qu'il était bien tard et que toutes les tables devaient partout être prises, Popeline disant qu'elle n'était pas assez bien habillée pour aller au « Matou Botté » et Flannellette disant que cette scène de Sirop lui avait tellement amolli les jambes qu'elle ne pouvait plus se tenir debout.

— Ça m'a même tourné l'estomac, ce brisage de vaisselle-là et je pense que je vomirais dans l'escalier, ajouta Flannellette avec un hoquet sonore.

— Moi, j'pense que j'vas v'nir fou un jour, dit Sirop tristement ; y a des fois que j'comprends rien et que j'pense tout à l'envers.

— Ça prend rien qu'un fou pour faire c'que t'as fait là, jugea fermement Jack White ; j'te pensais bête, mais pas comme ça.

Et Sirop, que les larmes inondaient, poussa deux ou trois sanglots immenses dont le bruit se rapprochait des sirènes de paquebots. Et il réitéra son invitation, les suppliant de lui faire ce plaisir.

— On n'est toujours pas pour s'laisser comme ça la nuit de Noël ! ajouta-t-il.

Mais son insistance n'eut aucun effet, car Flannellette, qui venait d'enlever ses souliers, lui fit voir que ses petits pieds enflaient. Et Sirop, comme un pauvre égaré, descendit l'escalier, traînant par la ganse le paletot qu'il avait oublié de mettre. Jack White, après des excuses gênées pour son ami qui, suivant lui, avait pris un coup de trop, se retira sur un « Aurouère » qui tomba comme de la bière flate.

23

Le Goglu, vol. I, nº 24, 17 janvier 1930

— Y en a fait des belles, ton cavalier, commença Popeline, lorsqu'elle fut seule avec sa sœur blonde.

— Veux-tu savoir pourquoi il a fait ça ? demanda Flannellette. C'est parce qu'il m'aime et qu'il est jaloux.

— Ben ! c'est une drôle de façon d'aimer, en tout cas. J'voudrais pas être pris avec un butor pareil.

— Tu connais pas son cœur comme moi.

— Oyons donc, c'est moi qui te l'as présenté. Ça serait pas un fameux parti pour toi.

— Y f'rait toujours un meilleur mari que ton flâneux de Jack qu'est bon rien qu'à faire son frais et à se faire servir par Sirop.

— C'est une preuve qu'y est *wise* et qu'y peut mener les autres hommes. Ça s'enrichit toujours des gars comme ça. Prends Perron, prends Galipault[8], prends Taschereau de qui les journaux parlent, y sont pareils à Jack.

— En tout cas, c'est pas c'genre d'hommes-là que m'f'ra tourner la tête. Y a aut'chose qu'l'argent dans l'mariage !

---

[8] Antonin Galipault est alors ministre des travaux publics dans le gouvernement de Louis-Alexandre Taschereau.

— Ah ! moi, du m'ment qu'on m'donn'ra d'l'argent pour que j'me pousse aux vues et que j'fasse laver la vaisselle par une servante, j'me fich'rai ben du mari.

— Tu ouerras quoi c'qui t'f'ra, aussi ! ajouta Flannellette.

Popeline devint songeuse. Et Flannellette, les pieds endoloris, encore étourdie par l'alcool qui semblait ne vouloir ni descendre ni monter, alla se jeter sur le grand lit en disant : « Si tu veux, on f'ra le ménage rien que demain matin ». Et, pour la première fois, ce fut Popeline qui alla ouvrir le tiroir aux rats blancs qui, libérés, se précipitèrent avec la furie de rats noirs sur les débris du réveillon.

. . . . .

Quelques jours après les Rois, Jack et Sirop se rencontrèrent de nouveau chez les deux sœurs jumelles. La neige avait enfin repris et l'on semblait heureux d'avoir un véritable hiver, d'autant plus que cela faisait l'affaire des deux cavaliers.

— C'est effrayant c'qui y a d'la misère en ville, dit Sirop. J'viens d'chez mon oncle Brâme Lafrance ! L'pauvre homme ! Avec onze enfants, pas d'charbon, pas d'lait, pas même de pain. Il a eu une jambe écrasée dans une roue d'engrenage et ça fait vingt-deux s'maines qu'il attend l'rapport d'la Commisson Taschereau[9] sans avoir une vieille coppe. A fallu qu'j'y donne quasiment tout mon salaire pour qu'son p'tit monde mange un peu.

— Mais ousqu'est l'argent ? demanda Flannellette. Tout l'monde dit qu'il n'y a plus d'argent.

— Ousqu'est l'mien ? demanda Jack White. J'ai pas pu t'nir mon Niquelle et l'brôkeur m'a tout souïpé. Ousqu'il est l'argent qu'j'avais donné ?

— Mais l'gouvernement qui dit chaque année qu'il fait des millions de profit pourrait pas nous aider un peu ? demanda Popeline. C'est à nous autres, c't'argent-là, y m'semble !

— Bah ! quand on n'est pas instruit, on s'fait toujours fourrer, fit remarquer Sirop.

— Heureusement qu'on a la neige, continua Jack. Sans ça, j'me d'mande comment c'qu'on f'rait pour vivre. J'sus allé rester

---

[9] La Commission des accidents de travail a été créée en 1928 par le gouvernement de Louis-Alexandre Taschereau.

dans l'quartier de DesRoches[10]. En allant à son club et en faisant semblant d'être pour lui j'ai eu une chance.

— Moi j'fais la même chose dans l'bout à Jarry, dit Sirop.

— Vous d'vez savoir, commença Popeline, que j'suis partie de *La Presse*. On nous fait travailler sans bon sens, surtout le jeudi soir, avec rien qu'une demi-heure pour dîner, et seulement six piastres par semaine. C't'épouvantable être peigne comme Pamphile[11] ! Il peut bien être riche, s'il traite tout son monde comme à l'expédition ! Et dire qu'il nous a fait manger des huîtres pourries, à sa fête, croyant nous décider à travailler toujours pour lui.

— Pour ses beaux yeux, insinua Flannellette.

— Ses beaux yeux ! Tu ne lui as jamais vu la face ? Ma foi du Seigneur ! Avec ça qu'il a l'air d'un petit pâté insignifiant, oh ! bien plus petit que Sirop ; à peu près à mon épaule ! Hi ! Hi ! Hi !

— Qu'est-ce que vous pensez faire, à c't'heure ? demanda Jack.

— J'vas aller tester ma chance chez Dupuis[12], demain. Quand même ça paierait pas plus, au moins c'est plus beau et ça pue pas comme dans la cave à rats de *La Presse*.

24

Le Goglu, vol. I, n° 25, 24 janvier 1930

— J'vous souhaite bonne chance, dit Sirop sur un ton infiniment doux et des yeux convaincus.

. . . . .

Dès huit heures, le lendemain matin, Popeline arrivait chez Dupuis Frères, rayonnante de beauté, car, la veille en se couchant, elle s'était frisée sur les guenilles et, le matin, après un bain tiède,

---

[10] Alphonse-Avila Desroches, conseiller municipal de Hochelega (1918-1936), quartier de Montréal.

[11] Probablement Pamphile DuTremblay, un des directeurs du journal. On reconnait ici une référence directe aux activités syndicales d'Arcand, qui avait lui-même été mis à pied de *La Presse* à peine un an plus tôt.

[12] Grand magasin montréalais disparu en 1978. Il était tenu par des Canadiens français.

elle s'était mise sur son trente-six. En se dirigeant vers l'ascenseur qui conduit au bureau, un petit cri « Popeline » attira son attention.

— Tiens ! Délicia Prévost, qu'est-ce que tu fais icitte ?

— Oh ! j'suis l'assistante de M'sieu Brunelle au département de pharmacie, comme tu vois. Viens-tu pour acheter ? On a une belle vente de cure-dents, aujourd'hui.

— Non, j'viens chercher une djobbe. Penses-tu qu'j'ai une chance ?

— Y en a toujours, mais j'serais bien en peine de te dire dans quel département. En tout cas, si tu veux un conseil, va pas dans le département de Marne Parlier, à la confection des dames. Y a là toute une troupe de marsoins et de salois, car elle a bien du poulle avec M'sieu Montgenais, le surintendant.

— M'conseillerais-tu les bonbons, j'aime bien ça ?

— Non, t'as jamais la chance d'en manger un. Le meilleur département est le mien, mais Irène Serre n'est pas pour s'en aller rien que pour te faire plaisir. Les dentelles, c'est bien fin, mais un tempérament agréable comme le tien pourrait pas s'arranger avec Anna Larose.

— Sais-tu que t'es pas encourageante, Délicia ?

— C'est pas ça, mais on peut pas s'faire à toute sorte de monde. Prends par exemple le rayon des bas, j'pourrais pas y rester avec la p'tite Weir ou Annette Vincent.

Cette dernière phrase laissa Popeline songeuse, et avant de monter au bureau, elle décida de faire le tour des départements pour voir lequel lui plairait le mieux. Et, à mesure qu'elle examinait les comptoirs et ce qu'il y avait derrière, elle se disait : « L'magasin est p't'ête pas aussi beau que dans l'Ouest[13], mais les filles sont saprement belles pareil ! » Et elle questionnait tour à tour Catherine Chabot, s'agitant parmi ses centaines de coussins, Berthe Patenaude entre deux démonstrations de parfums, Berthe Brisebois au milieu de ses boîtes d'encens et de papier d'Arménie, la petite Lapointe au bureau d'échange, Madame Durocher, la caissière en chef, la petite Gauthier mesurant et enroulant ses

---

[13] L'ouest de Montréal est généralement considéré comme étant davantage anglophone et plus riche.

braids, la petite Lachapelle montrant comment peler des patates et couper des carottes, la petite Brosseau, avec une menue mâchée de gomme aux menus articles, la grande Esin coupaillant des coupons de ruban, montant jusqu'au bureau du surintendant, où elle prit des renseignements auprès de Maria Desroches.

N'osant se risquer après une enquête aussi complète, Popeline courut au magasin Teco où, comme chez Dupuis, elle questionna les employés les plus jolies et les plus en vue, qu'elle connaissait d'ailleurs toutes : Cécile Chouinard à la confection, Aline Gauthier au département des bébés, Thérèse Papineau, devenue gérante à la confection pour dames, Marie-Jeanne Phaneuf aux sacoches, Thérèse Dubois aux fleurs de fantaisie, Antoinette Therrien aux foulards et faux-cols, Dora Prud'homme et la p'tite Lamontagne aux dentelles, Albertine Beaudry dans les délicatesses de la lingerie, Marie-Anne Poirier, les petites Deslauriers, Plouffe et Girouard.

— Quoi c't'en penses, Marie-Anne, demanda Popeline. J'suist'y mieux d'aller chez Dupuis ou de venir icitte ?

— Icitte t'as pas d'chance. On n'a pas autant de départements que Dupuis et il y a bien des filles qui viennent tous les jours. Pourquoi qu't'essaierais pas ta chance au Syndicat Saint-Henri ?

— Fiaille ! Pourquoi c'tu m'prends ? J'vas r'tourner chez Dupuis. Après tout, c'est du canayen et on peut pas être pire qu'à *La Presse*.

Et Popeline sortit résolument, se disant en elle-même pour éviter toute tentation de ne pas y aller : « On est canayen ou ben on l'est pas ». Et, arrivée chez Dupuis, elle fila tout droit au bureau du surintendant, qui prit son pedigree au complet et lui dit : « On va prendre votre demande en sérieuse considération. »

<h1 style="text-align:center">25</h1>

Le Goglu, vol. I, n° 26, 31 janvier 1930

— J'suis pas v'nue d'mander un *bill* à M'sieu Perron, dit-elle. J'suis venue chercher une djobbe. Donnez-moi une autre réponse que ça. La sérieuse considération, laissez ça aux soffes gailles qui vont voir les ministres.

— Vous me semblez très pratique et très au point, dit le surintendant.

— J'sais pas c'que vous voulez dire, mais j'suis vendeuse, j'ai ça dans les sangs, à preuve ma sœur Flannellette qui a du succès vrai chez Eaton. D'mandez à son *boss* si elle en vend pas, des chaudrons et des saucepannes ! J'suis-t'y engagée ?

— On va vous essayer, Mam'zelle, décida le surintendant. Vous pourriez faire un beau travail dans la démonstration d'une nouvelle mine à poêle que nous mettons sur le marché. C'est l'espoir de la maison et si ça peut réussir comme nous pensons, Eaton et Simpson n'ont qu'à se bien ouatcher.

Une demi-heure plus tard, Popeline était installée au milieu des poêles de toutes sortes, dans un petit enclos, au département des meubles. Et, recouverte d'un tablier noir pour que les taches paraissent moins, les manches retroussées, elle commençait à frotter vigoureusement les poêles, se retournant quelquefois vers des clientes attardées à la regarder faire pour leur faire lire des pancartes sur lesquelles étaient écrites en peinture bleue des inscriptions alléchantes : « L'indispensable compagnon de la ménagère », « N'attaque ni la peau ni le teint », « Agit comme un beau rêve d'amour », « Argent remis si le poêle n'est pas noirci » et « Défiant toute compétition ». Une femme s'enhardit finalement à acheter une tinne, puis une autre, accourue pour voir ce que la première achetait, en prit deux, par instinct d'acheter, puis cinq femmes, dix femmes, vingt femmes s'attroupèrent autour de l'enclos, regardant et achetant, ce qui occasionna bientôt une ruée générale vers le département de Popeline. Dans un magasin à rayons, les femmes se précipitent là où elles en voient d'autres, car un groupement les convainc qu'il y a là de bonnes occasions à ne pas manquer. En présence de beaux poêles scintillants de mille feux et sur la force des pancartes, les magasineuses achetaient sans relâche et Popeline ne put enfin souffler, toute barbouillée au visage et aux bras, que lorsqu'elle eut vendu sa dernière tinne.

C'était un succès colossal, sans précédent. La mine à poêle était une véritable mine d'or. Tout le stock étant épuisé, Popeline eut congé pour l'après-midi, ce qui devait marquer une grande date dans l'histoire de notre commerce. Et c'est la tête haute et fière qu'elle passa devant ses compagnes des autres départements qui la regardaient avec le même respect qu'on regarde un vice-président, car le bruit de sa première victoire comme vendeuse avait déjà fait le tour du magasin.

— Si elle a vendu autant que cela, ce doit être une experte des grands magasins de New-York, fit remarquer une vendeuse au département des lacets.

— Mais non, c'est Popeline Dubois, la blonde à Jack White, riposta la petite Trottier. J'la connais, on a été élevées ensemble dans l'Fort à la M'lasse.

En sortant du magasin, Popeline, qui avait une bonne heure de loisir avant de rencontrer Flannellette pour le lunch, se dirigea lentement vers l'est, savourant la marche avec un air nonchalant de héros enfin heureux d'être seul après une longue série de réceptions et de démonstrations. Elle avait conscience qu'elle était quelque chose dans le commerce, ayant épaté tout le personnel de la maison Dupuis. Passant devant Bousquet, elle jeta un regard attendri sur les beaux anneaux d'or blanc et les gros diamants bleus, pensant : « J'sais pas si j'en aurai jamais des pareils, un jour ! » Puis, sans regarder les vitrines de Steele, elle traversa vers le Théâtre Amherst pour voir quels programmes étaient affichés à la porte. On annonçait Dolorès Del Rio dans « Violences d'un cœur amoureux » et Richard Barthelmess dans « Quand un cœur saigne ». Et elle se disait combien elle serait heureuse de venir voir ce programme si Jack voulait simplement l'inviter. « Mais, ajoutait-elle en elle-même, il ne peut travailler que deux jours par semaine à pelleter de la neige, pauvre Jack !

26
Le Goglu, vol. I, n° 27, 7 février 1930

Pauvre Jack, il a perdu son Niquelle et j'sais pas comment tout ça va tourner ». Puis, elle alla flairer dans la vitrine de Laura Secord, puis dans celle de la Pharmacie Montréal, où elle vit une bouteille de parfum annoncée à 125 $. Elle faillit crier, en voyant le prix. « Ça doit sentir bon pas pour rire, se dit-elle encore, et faut que l'mari ou l'cavalier soit au moins dans la gagne à Perron pour acheter de l'odeur comme celle-là. Ça r'présente cinq bons mois de mon salaire ! » Elle allait traverser la rue Amherst quand elle s'entendit appeler par une puissante et claire voix de jeune homme : « Allo Popeline ! »

Elle se détourna et vit, débouchant par la rue Saint-Christophe, Jack White en *mackinaw* assis sur le haut d'une charge de neige que traînaient difficilement deux vieux chevaux maigres. Son cœur se resserra à la pensée que Jack pourrait, comme tant d'autres, être derrière un beau comptoir de marbre, dans une banque, par exemple. Puis elle ne pensa qu'à Jack lui-même, tel qu'il était, et lui fit un joyeux salut de toute la longueur de son bras. Il sauta à bas de la charge et vint en courant vers elle.

— J'te fais pas honte, toujours, venir te parler comme ça sur la rue ? Non ! Ben, t'es blodde. J'vas dîner, j'sais pas encore où, mais j'ai une vraie faim.

— Allons donc dîner ensemble. Non, non, j'vas payer mon assiette. J'sais qu't'es pas mal cassé de c'temps-là et on va faire ça à la Bisaillon. Viens chez l'Chinois à trente cents, Flannellette va venir nous rejoindre là dans dix minutes.

Et ils marchèrent un bloc vers l'ouest puis gravirent le long escalier du café chinois, non loin de chez Dupuis. Flannellette était déjà rendue, ayant pu prendre un tramway qui, enfin, n'avait pas pris une demi-heure à venir de chez Eaton. Popeline, avec le calme d'un professeur d'université qui a conscience de parler à des étudiants distraits, raconta gravement son triomphe chez Dupuis et la façon dont elle avait épaté la haute direction avec sa vente prodigieuse de mine à poêle.

Flannellette, sceptique, se cracha dans le creux de la main en disant : « A colle pas, celle-là ».

— Ma grand' conscience, sur la tête de not' mère, et que l'bon Dieu m'écrase tout d'suite si c'est pas vrai, s'exclama Popeline.

Devant un tel serment, il fallut bien croire et l'on entra dans les détails. Pendant que l'on parlait, un petit Chinois au visage oléagineux vint servir trois maigres soupes au riz.

— A goûte drôle, dit Jack.

— J'pense qu'a l'est faite au taureau pourri, hasarda Popeline.

— Dans c'cas-là, on va faire poursuivre le Chinois pour 999,99 $ par M. Perron, trancha Flannellette.

Et l'on happa la soupe jusqu'au moment où Flannellette, avec un petit cri de surprise et de dédain, sortit une grosse coquerelle du fond de son assiette.

— Dites rien et donnez-moi la coquerelle, interrompit vivement Jack White. On va manger tant qu'on va pouvoir et, vers la fin du dessert, on dira des bêtises au Chinois en lui montrant la coquerelle, et il nous laissera sortir sans payer, pour que ça ne lui fasse pas perdre de clients.

Flannellette lui passa l'insecte mort dans le fond de sa cuillère et Jack le cacha sous sa saucoupe.

— As-tu des nouvelles de Sirop ? demanda ensuite Popeline à Jack. Car, nous devons dire que déjà Jack et Popeline se tutoyaient.

— Lui, il charrie de la neige dans le P'tit Nord, et quand il n'y a pas de neige, il travaille aux chantiers de la ville. Il est bon avec un échevin, qui a dit qu'il aurait besoin de lui pour casser des assemblées pendant les élections. Il reste avec sa vieille mère, qui est sortie de prison depuis un bon bout, et il a vendu son bicycle à saille-car pour r'nipper la vieille, qui n'avait presque plus rien.

— J'savais bien que Sirop se débrouillerait, dit Popeline en soupirant. Ça fait bien dix jours que je ne l'ai pas vu. J'aimerais pas qu'il fasse de la politique. Il peut nous arriver échevin, un de ces jours, et s'il avait de vraies idées pour moi, j's'rais bien trop gênée...

— Bah ! dit Jack White, j'ai rarement vu un échevin plus fin que sa femme.

27

Le Goglu, vol. I, n° 28, 14 février 1930

Là-dessus, le Chinois aux pommettes suiffées apporta d'une seule brassée du vieux porque-lègue avec une méchante sauce aux pommes sures, des tartes aux blanc-mange recouvert de coco râpé et du thé dans des petits pots de fer émaillé craquelé, déplaçant les assiettes et arrangeant devant chacun ses portions.

Le lunch fini, Jack tira sa saucoupe pour prendre la coquerelle, mais ne la trouva pas.

— C'est-y drôle, fit-il remarquer, la coquerelle a disparu !

— Elle est peut-être tombée sur le plancher, suggéra Flannellette.

Et tous trois se penchèrent, tâtèrent le prélart des mains, puis se mirent à quatre pattes pour retrouver le précieux insecte.

— Essayons quand même de trouver une autre coquerelle, dit Popeline. Il doit y en avoir un peu partout. N'importe quelle, le Chinois ne s'en apercevra pas. Ça sera toujours bien quatre-vingt-dix cents de sauvés !

Mais, malgré les recherches les plus actives en même temps que les plus discrètes, on ne put même pas trouver une pauvre petite aile de coquerelle, si toutefois les coquerelles ont des ailes.

Quand le Chinois revint une dernière fois pour apporter les notes, il dit froidement à Jack : « Moi oté coquerelle ; toi déjà fourré moi deux fois avec coquerelle pour pas payer ; aujourd'hui, c'est moi fourré toi. Toi fini de faire petit Perron avec moi ! » Et, dans la stupéfaction la plus glaciale et la plus plate qu'ils eussent probablement jamais éprouvée de leur vie, ils se levèrent tous trois sans mot dire et allèrent à la caisse, piteux, payer chacun son écot, pendant que le Chinois souriait de tous les plis et replis de sa peau oléagineuse.

Une fois seule, en congé, Popeline se demanda ce qu'elle allait bien faire pour passer l'après-midi sans s'ennuyer. La nouvelle d'un congé peut énormément faire plaisir à une personne active, mais quand arrive le temps d'en jouir, elle devient, si elle n'est pas rond-de-cuir, fort embarrassée pour en profiter. Principalement quand elle n'a pas d'argent à dépenser. « Je ne suis toujours pas pour aller seiner mon entrée dans un théâtre », pensait-elle en elle-même.

Par un de ces instincts subconscients dont nous n'entreprendrons pas d'étudier le caractère psychique ni les rouages délicats, pour ne pas faire de tort à Paul Bourget — qui, certes, nous en saura gré — Popeline Dubois se trouva devant la porte du théâtre Electra. Elle regarda les belles affiches à titres enamourés, pendant que le glapissement du haut-parleur parvenait par moments à ses oreilles. Soudain — et comment ne l'avait-elle pas ou plus vite ? — elle aperçut sur une pancarte ces mots magnétiques : « Filles demandées pour le Concours de Beauté ». En un quart de seconde, tout ce qui tomba jamais de lumière sur le cerveau de M. DuTremblay l'illumina d'un flot aveuglant. Une idée, une pensée ! Quelle fortune ! Elle entra en trombe dans le vestibule, courut vers le percepteur de billets et lui dit : « Vite, vite, le gérant ! » Affolement, course des garçons, chuchotements. On se répétait de bouche en bouche : « Vite, vite, le gérant ! » Finalement on la fait entrer et elle est présentée à un beau grand noir qui dit : « Je suis le propriétaire. Le gérant n'y est pas, puis-je faire l'affaire ? » Popeline le toisa, se disant : « Y a l'air smatte pas pour rire et y parle pas joual, celui-là ».

— C'est pour le Concours de Beauté que j'suis venue, répondit-elle. C'est-y des filles dans mon patron qu'vous voulez ? J'suis assez bien shépée !

— Vous n'avez pas l'air trop pire !

Elle sourit d'aise et continua :

— Vous savez, j'ai été dans un concours de Vardec, et si ma rivale n'avait pas amené sa gang avec des claquettes de bois pour applaudir, c'est moi qui s'rais allée à Ouolléououd. J'aurais donc aimé ça, pensez donc, j'aurais vu John Boles, j'aurais dansé avec Jack Gilbert, j'aurais p't'être chanté avec Ramon Novarro et j'aurais fait tirer mon portrait avec Gary Cooper, le beau grand blond si triste. Pensez donc...

— Je vais prendre votre inscription. Quel est votre nom ?

— Popeline Dubois.

— Qui pourrait vous recommander ?

— Sirop Lafrance.

— Hein ! Sirop Lafrance ? Ah ! non merci, je n'ai aucune envie qu'il vienne créer une panique à ce théâtre un soir qu'il ne sera pas content.

28

Le Goglu, vol. I, n° 29, 21 février 1930

Popeline sortit du bureau mais, au lieu de prendre la porte de la rue Sainte-Catherine, descendit l'allée centrale et alla s'asseoir sur un bon fauteuil, au milieu de la salle, murmurant dans un soupir : « J'ai toujours bien pas payé. »

Pendant deux heures, elle soupira à la vue de scènes d'un amour intense, ardent, de complications au cours desquelles l'héroïne, menacée par des inondations, des coups de tonnerre, des crocodiles, des serpents à sonnettes, des conspirations politiques et des détectives provinciaux, était toujours sauvée par son héros, qui put lui donner sur le bec un gros baiser sonore après avoir tué tout le monde, avoir ramené le soleil et le printemps. Dans le film des nouvelles mondiales, elle vit toutes sortes de curiosités : Primo Carnera mangeant du spaghetti, un sénateur libéral signant son adhésion à l'Ordre des Goglus, le lancement d'un navire nouveau-genre pour transporter des liqueurs en contrebande à Atlantic City, la première victoire de l'École Technique réussissant à placer un de ses finissants dans une grande usine, une représentation de marionnettes au Parlement provincial et, spectacle qui souleva un formidable « Chou ! » dans toute la salle, M. Perron distribuant des médailles aux propriétaires de taureaux de race. Sans rien comprendre, mais pour faire comme les autres, Popeline cria « Chou ! », elle aussi.

Quand elle sortit du théâtre, elle se dit : « Tout de même, pour le seul grand théâtre canayen que nous avons, avec le Français, ça vaut encore autant que dans les grands trusts ». Et elle appuya avec amertume sur ce dernier mot. Pourquoi ? L'auteur n'oserait aller sonder les raisons lointaines d'un aussi profond sentiment. Il n'était que quatre heures et demie, trop tôt pour rentrer chez elle. Et pourtant elle avait faim. Que faire quand on a faim et qu'on n'a pas d'argent, principalement quand on n'est pas ministre ? Mais Popeline était débrouillarde et une fatalité heureuse semblait la pousser vers des aubaines extraordinaires. En effet, descendant la rue Amherst, elle aperçut, dans la vitrine du magasin Légaré, une fille qui donnait des démonstrations sur un poêle, pas avec de la mine à poêle, comme elle, mais avec des recettes de cuisson. S'y connaissant fort bien en fait de poêles, puisqu'elle en avait miné tout l'avant-midi, Popeline entra résolument et se dirigea vers la démonstratrice. Celle-ci, croyant avoir affaire à une acheteuse, commença son boniment :

— Voyez, Madame, comme ce poêle cuit à merveille. Il n'est pas battu pour la cuisson des viandes et des pâtisseries. Il fonctionne par le système hermétique...

— Qu'est-ce que c'est que ça, le système hermétique ?

— Je ne sais pas, mais ça cuit quand même. Le grand avantage du nouveau poêle Hot-Hot, c'est qu'il ne prend presque pas de gaz. Voyez les belles viandes et les belles pâtisseries qu'il peut réussir.

— Mais, dit Popeline, s'il prend si peu de gaz que ça, il doit changer le goût du manger.

— Pas du tout, Madame. Goûtez vous-même, plutôt.

Et elle tendit à Popeline une belle tranche de rosbif coupée en petits morceaux servie dans une assiette-échantillon. Popeline avala un premier morceau, fit une petite grimace inquisitive, en avala un autre en faisant une grimace moins prononcée, puis, de grimace en grimace, enfourna toute l'assiettée.

— En effet, dit-elle, les viandes ne changent pas de goût. Mais je doute qu'avec si peu de gaz la farine conserve sa senteur. C'est curieux, j'ai de la misère à penser que ça soit si bon et que ça coûte si bon marché.

La vendeuse, constatant que la cliente mordait à ses arguments, devint nerveuse dans la perspective de faire une vente et lui tendit des deux bras un morceau de tarte au citron, des petits fours et des galettes au gingembre, disant sur un ton convaincu : « Oh ! goûtez, goûtez, Madame, et constatez par vous-même que le goût du gaz, la senteur de la farine, la farine du goût de gaz en senteur... », bredouillant sans plus savoir quoi dire. Popeline, pour ne pas faire voir qu'elle avait faim et montrer encore moins qu'elle pouvait être safre, mangeait du bout des dents, mais mangeait quand même, écoutant les arguments de la vendeuse.

29

Le Goglu, vol. I, n° 30, 28 février 1930

Elle se disait : « Si tu vends autant de poêles que j'ai vendu de boîtes de mine ce matin, ta fortune est faite, ma vieille ». Finalement, après avoir tout avalé et se sentant une bosse pesante au fond de l'estomac, elle dit à la vendeuse :

— Vous m'avez convaincue, ma fille, envoyez-moi un de ces merveilleux poêles en approbation, à l'adresse suivante : Lady Idola Baromètre, avenue Ontario, Westmount.

Et pendant que Popeline, repue et satisfaite, sortait du magasin Légaré avec des airs de grande dame, la petite vendeuse montait en courant vers le bureau, criant avec allégresse : « Vite ! Vite ! la voiture de livraison ! J'ai vendu un Hot-Hot à Lady Baromètre ! »

Popeline se dirigea vers la petite chambre du deuxième étage, rue Berri[14], qui, ce jour-là même, avait repris son ancien nom de rue Du Berri, les échevins craignant un nouvel abattage de M. Olivar Asselin[15]. Sa première pensée fut de libérer du tiroir de commode les deux rats blancs et de leur donner une galette farineuse qu'elle avait subrepticement glissée dans sa sacoche, chez Légaré, à l'intention des deux petites bêtes. Puis, en attendant le retour de Flannellette, qui ne devait pas tarder, elle se plongea dans la lecture d'une vieille copie du *Goglu*, dont elle avait déjà entendu parler par la maîtresse de maison. C'est probablement cette dernière qui avait laissé là cette copie par inadvertance. « C'est-y pas effrayant, rire du monde comme ça ! » pensa Popeline en repassant les grandes images de chaque page.

Après avoir finalement presque tout lu le petit journal, elle se dit : « C'est effrayant donner si peu de papier pour cinq cents, quand on pense que *La Presse* est obligée de nous donner un supplément en couleurs et quasiment cent pages chaque samedi pour avoir notre Nikeul ! C'est vrai que ce p'tit journal-là veut dire qu'qu'chose, au moins. L'homme qui fait ça va pourtant se faire fourrer en prison ou poigner un procès pas ordinaire. J'ai une cousine qui a été servante chez l'gros Perron, et quand il se fâche, il paraît que c'est pas drôle ».

---

[14] D'après les tranches 5 et 15, les sœurs Dubois habitaient la rue Labelle. Labelle est parallèle à la rue Berri. On peut supposer qu'elles vivaient dans un immeuble qui couvraient les deux rues. Labelle place l'édifice au sud de la rue Sainte-Catherine.

[15] Journaliste et polémiste, Olivar Asselin était alors rédacteur en chef du journal *Le Canada*.

Là-dessus arrivait Flannellette, radieuse, rayonnante, fraîche de jeunesse, riant de toute sa belle bouche rouge carrée et de toutes ses dents blanches et rondes.

— Hello Popeline ! cria-t-elle. On sort à soir, tu sais !

— Comment ça ?

— Sirop m'a téléphoné. Il a fait de l'extra depuis quelques jours et il nous a invitées avec Jack. Il demande si on veut aller dans une place chic pour réparer le réveillon de Noël qu'il nous avait fait manquer.

Popeline, flapie comme un pneu crevé, par la fatigue de n'avoir rien fait de l'après-midi et pour avoir trop mangé chez Légaré, fut comme ranimée par cette nouvelle. Déjà ses yeux avaient retrouvé leurs étincelles et ses lèvres leur vermeil. La joie soulevait même sa gorge qui n'avait rien à envier aux annonces des Pilules Persanes. Jack White serait sûrement devenu fou de la voir en cet état d'allégresse et de beauté.

— Quoi c'qu'on met ? J'sais pas encore ousqu'on va.

— D'la façon qu'il m'a parlé, ça m'a l'air de quequ'chose de bien. Mettons-nous sur notre trent'-six. On sait jamais qui c'qu'on peut rencontrer. S'il fallait, par exemple, qu'on rencontre M. Ananasse David[16], tu voudrais toujours pas qu'on ait honte de nous autres.

— Ananasse ou pas Ananasse, tu sais bien qu'Sirop ne laissera personne approcher.

— Dans c'cas-là, dit Popeline, vite, dépêchons-nous. Fais chauffer le fer pour me ouéver un peu. Moi, j'vas shaillener nos souliers. J'ai pas besoin d'souper, j'ai mangé pour deux jours chez Légaré.

— Comment ça ?

Et Popeline raconta son ingénieuse combinaison à la Perron pour manger son soûl sans que ça coûte rien. Puis, pendant que la sœur brune passait une vieille manche de combinaison de laine sur le bout des quatre souliers, la sœur blonde lui passait le fer rouge sur les tempes, la suivant dans ses mouvements.

---

[16] Anasthase David était secrétaire de la province de Québec dans le gouvernement Taschereau. Il est le grand-père de Françoise David, ancienne porte-parole de Québec solidaire, parti d'extrême gauche.

— J'ai pas bien faim moi non plus, dit Flannellette. On m'a souitché au département des pinottes salées cet après-midi et j'en ai assez mangées pour que ça colle au paquet. Si tu veux, on va prendre rien que du thé.

30

Le Goglu, vol. I, n° 31, 7 mars 1930

On se mit finalement à table, chacune devant sa tasse de thé, relisant le vieux *Goglu* pour passer le temps, car le temps paraît toujours long quand on attend, surtout son cavalier.

— C'gars-là me fait l'effet d'un homme comme Sirop, dit Flannellette en montrant le journal. Y a peur de rien. Y vont pourtant y sauter sur le croupion.

— Bah ! y sont tellement peureux. Il les a même traités de foireux et de ramollis, et le monde a ri d'eux autres.

— En tout cas, j'suis d'sa gang. Sirop m'a dit qu'il était Goglu lui aussi. Mais faut pas l'dire parce qu'il travaille pour DesRoches, qui va lui faire faire d'l'argent aux élections, p't'être bien le lancer comme candidat parce que personne veut se risquer en se disant l'ami de DesRoches.

— J'comprends pas ça, être détesté comme ça.

— Comment c'que t'aimerais voir ton enfant se faire tuer dans un feu et recevoir seulement le prix d'un chien de race pour te compenser et t'empêcher de poursuivre la ville ?

— C'est-y possible qu'il a fait ça ? Oui ? Ah ! bien l'monde peut bien l'haïr. Dans c'cas-là t'es aussi bien de dire à Sirop d'pas travailler pour lui. Rien qu'une affaire comme ça, c'est assez pour miner Sirop, même si c'est pas lui qui l'a faite.

— J'comprends pas c'qui s'passe dans not' pays, dit encore Flannellette. C'est drôle, y a pas d'injustice, il s'agit qu'un homme soit élu pour faire ce qu'il veut, on vole à gauche, on vole à droite, tout le monde les traite d'écœurants, et pourtant tout le monde vote encore pour eux autres quand vient le temps des élections. Il me semble qu'en France, en Allemagne, en Russie, c'est exactement pour des choses comme ça qu'on a tué tant de monde et qu'on a bouleversé le pays.

— Ça m'a l'air comme si Goglu voulait éviter ces tueries-là et profiter de l'expérience des autres sans aller aussi loin. Si on fait ce que tu racontes, j'comprends que Goglu essaie d'empêcher ce qui viendra comme dans les autres pays.

Là-dessus Sirop Lafrance arriva, accompagné de Jack White, qu'il était allé prendre à sa maison de pension.

— Bonsoir les créatures ! cria Sirop. On y va-t-y ?

— T'as qu'à ouerre, dit Flannellette en montrant ses souliers bien shaillenés.

— On va au Corona, si ça vous fait rien. Il paraît que c'est souelle et que ça danse bien. Un vrai jazz !

Quelques instants plus tard, le quatuor montait en tramway, coin Du Berri et Sainte-Catherine et, quelques instants plus tard encore, descendait à la rue Guy pour passer devant le théâtre His Majesty's et finalement disparaître dans la porte de l'hôtel Corona.

— Y fait frette en torrieu, pensez-vous ! fit remarquer le maître d'hôtel aux nouveaux arrivants.

— Aye ! aye ! riposta Sirop, on n'a pas gardé les cochons ensemble ; parle mieux que ça. Ousqu'est ton *boss* ?

— Bah ! Y a pas grand'monde, et l'*boss* lave la vaisselle dans la cuisine pour économiser. C'est lui, Piccolo Pete !

Heureux de voir arriver quatre gros clients, Mo Lesser fit attaquer par son orchestre une marche triomphale qui, malgré son tempo précipité, ne pouvait empêcher les cheveux de tomber sur ses manches. En effet, il était beaucoup plus chauve que la fois précédente. Charlie Pointu, le tambour tapait sa caisse en se donnant des airs de Fantôme de l'Opéra pour faire rire Flannellette, qui cependant garda son sérieux. Pat jouait comme s'il eut eu de la houle, Jim gardait son même air de croque-mort et Freddy Slater bûchait à tour de bras sur son piano en se rappelant qu'il avait été matelot et qu'il avait un jour lavé des ponts de navire du bout de la moppe.

— Un fameux orchestre, en effet ! fit remarquer Popeline, précieuse comme une fille de millionnaire à ses débuts.

— Pour de la mésique, c'est de la mésique, ajouta Sirop.

— C'est mieux qu'au Vénéshienne ? demanda Jack.

— C'est mieux que n'importe où, cria de loin « Mo » qui, écornifleur, avait tout écouté ce que disait notre groupe.

On s'assit, on se regarda, on regarda les autres groupes installés aux tables avoisinantes.

— On est aussi bien habillés qu'eux autres ! fit remarquer Popeline, contente.

— On va-t-y danser ? demanda Jack White.

31
Le Goglu, vol. I, n° 32, 14 mars 1930

— Regardons d'abord le menu, répondit Popeline.

— Les prix m'ont pas l'air ce qu'il y a de moins cher. Trente sous pour un verre de crimme-soda ! grommela Flannellette, qui protégeait les intérêts de Sirop.

— J'my attendais, riposta Sirop, et j'suis capable de payer. Si j'avais pas été capable, j'serais pas venu ici. Prenez c'que vous voudrez, j'suis d'dans pour jusqu'à quinze grinnebaques.

Se souvenant de la triste expérience de la nuit de Noël, personne n'osa parler d'apéritif ni de vin, encore moins de raille-whisky. On fit venir des banana-splittes, des sonnedés au *fodge*, du cherri-frappé et des sandwiches au poulet, avec du café grande tasse, demi-tasse et petite, tasse. N'ayant pu leur coller une bouteille de vin, le garçon de table fit la grimace en pensant au léger pourboire qui lui écherrait. Il les quitta en se disant : « J'vas toujours bien dire à Émile de leur monter l'*bill* au maximum ».

Et, en attendant d'être servis, les deux couples se levèrent pour aller danser. Sirop, qui avait des grosses têtes de clous sous ses épaisses semelles, écorchait le plancher ciré à chaque pas qu'il faisait.

Déjà Jack White et Popeline glissaient avec aisance parmi une foule dégageant des odeurs de parfum évaporé, de vin à moitié digéré et de transpiration. Ils étaient sûrement de tous le couple le plus élégant et le plus souple. Sirop, gêné dans ses manches d'habit, constatant que ses lourds souliers étaient mieux appropriés à la glace des trottoirs qu'à la cire du parquet, ne savait trop que faire ni penser.

— Écoutez, mamzelle Flannellette, vous allez m'aider un peu ; vous savez, tout ce que je sais danser, c'est le *set* américain et les ailes de pigeon, et j'connais pas c'te musique-là. Commencez et j'vas vous suivre.

— Mettez-vous le corps lousse, pour pas être dur à conduire, dit Flannellette dans un divin sourire.

Et tous les deux commencèrent un pas curieux, que la gaucherie de Sirop rendait presque classique, une espèce de marche oursonne, lourde, un enchevêtrement de pieds parmi lesquels ceux de Flannellette, comme timides et cherchant à fuir de sérieux dangers, se débattaient par mouvements saccadés. Une grimace de douleur crispait par moments le visage de la jolie blonde à laquelle Sirop répétait souvent et sur un ton de profond regret : « Estusez, j'l'ai pas fait exprès. » Parfois, les clous de semelle ne mordant pas bien au bois du plancher, Sirop se sentait partir une jambe, puis la moitié de tout son poids, mais il réagissait alors énergiquement en se pendant aux épaules de Flannellette qui, forçant des bras, des hanches et des reins, parvenait à empêcher la chute de la masse énorme qui était devant elle. Quand l'orchestre de Mo Lesser fit entendre son dernier gémissement, il était plus que temps car Flannellette pouvait à peine se tenir debout.

— Vous êtes pas mal pesant, sans vouloir rien dire de trop, fit-elle observer.

— J'suis pas c'qu'on peut appeler encore un bîfe-trosse, comme Pit Monette, mais j'en ai assez pesant en-d'sous du nez. Et vous, savez-vous que vous êtes forte comme un homme et qu'on n'est pas en danger avec vous ?

— Vous m'avez sorti tout ce que j'avais de force dans le corps et si j'me repose pas un peu avant une autre danse, vous allez être en danger pas pour rire.

Et Sirop se sentit un peu triste, réalisant qu'il avait fatigué son idole et qu'il lui avait vidé tout ce qu'elle avait de force dans le corps.

— Orraîte, trancha-t-il, on va se r'poser. D'un autre côté, j'aime autant pas danser pantoute, danser comme j'danse. On va jaser en r'gardant faire les autres.

— Mais c'est si fin quand les autres nous r'gardent !

Et Sirop, qui ressentit dans son torse bovin toute la profondeur de cette dernière remarque, en fut un peu plus triste encore. Il aurait donné dix ans de sa vie pour avoir aux pieds, au lieu de ses grosses godasses, des escarpins cirés, et danser aussi légèrement et avec des airs enjôleurs aussi « sarpent » qu'un Anatole ou un Athanase afin que sa Flannellette soit fière de lui, afin qu'elle se sente admirée et enviée, afin que les autres femmes, filles ou vieilles rôdassent autour de sa table.

32

Le Goglu, vol. I, n° 33, 21 mars 1930

Il aurait sacrifié tout son bonheur futur pour qu'en ce moment il eût pu danser comme il avait vu au cinéma, afin que les autres femmes fussent jalouses de sa Flannellette, pour qu'elles soupirassent, se désâmassent, se harrassassent et s'embarrassassent pour obtenir de lui la faveur d'un fox-trot ou d'un two-step bien souigné.

Sa rêverie fut mise à terme par l'arrivée du garçon de table, qui déposa devant chaque fauteuil de très petites assiettes au fond desquelles reposaient de petites boules de crème glacée recouverte de confitures et de noix râpées.

— Y sont pas floches dans l'sarvice ! dit Sirop en reluquant d'un œil de travers le fond des assiettes.

— Y veulent pas qu'on ait mal à l'estomac, ajouta Flannellette en prenant dans le creux d'une petite cuillère tout le contenu de l'assiette.

Elle venait d'avaler le tout avec la même facilité qu'elle aurait avalé un raisin lorsqu'elle s'aperçut que Sirop, le front rembruni, les yeux allumés, fixait avec une ténacité alarmante le tambour Charlie Pointu qui, souriant et moqueur, ne cessait de multiplier les œillades dans la direction de Flannellette. La minute était grave.

Flannellette pressentait une nouvelle tragédie. Son pressentiment ne fut pas trompé. Se levant tel un pachyderme provoqué par une petite proie, la nuque baissée, il s'avança d'un pas lent et mesuré, passant à travers les couples de danseurs qui s'arrêtaient et, figés de surprise, le regardaient aller, jusqu'à ce qu'il s'arrêtât près du piano, à côté des tambours. Un son rauque, profond, calme et chargé sortit de sa gorge :

— Quoi c't'as à saillezer ma blonde ?

— C'est pas ta blonde, c'est une autre fille qui est derrière elle.

— T'as menti.

— Menti vaut n' claque !

C'était plus qu'il n'en fallait. Sirop, relevant instinctivement sa manche gauche avec sa main droite, leva le bras. Mais avant qu'il n'eut eu le temps de faire un autre geste, reçut sur la mâchoire un formidable coup de mailloche de grosse caisse. Sirop en resta cloué sur place, abêti par cette attaque imprévue et réussie d'un aussi petit homme. Et, pendant qu'il tentait de se refaire le regard, la mailloche lui retombait par coups drus et secs sur le nez, sur le front, sur les joues, sur les babines. Un peu de sang se mit à couler lentement de son nez et, s'étant mouché du revers de la main et ayant vu le barbouillage rouge qu'il venait de se faire, il vit rouge, il se sentit taureau et, ramassant toute sa force jusqu'à ses jarrets, il s'élança parmi les instruments de musique, faisant voler saxophones et lutrins, renversant le xylophone, un violoncelle, repoussant violemment le piano jusque sur le mur.

Le propriétaire, Piccolo Pete, courut téléphoner à la police pendant que les danseuses se sauvaient en criant et que les membres de l'orchestre ramassaient les débris de leurs instruments. Mais Sirop fonçait toujours, recevant toujours de la main sèche de Charlie Pointu une grêle de coups qui devenaient toujours plus durs et plus précipités. Finalement, après avoir reçu trois fois la mailloche dans les yeux et ne voyant plus clair, Sirop, entendant les cris désespérés de Flannellette « Viens-t'en, la police s'en vient », s'avoua vaincu et dit à Charlie Pointu :

— J'en ai assez, s'tu veux. Ça doit pas être ma blonde que tu r'gardais.

Et les trois autres amis, pressés de sortir, lui apportèrent son chapeau et son paletot, puis l'emmenèrent vers la porte.

Piccolo Pete était là, cependant, qui criait « Au voleur » et demandait qu'on lui paie les pots cassés. Sirop sortit ses quinze piastres et, sans compter, les remit dans la main de Pete qui, ne comptant pas lui non plus, se montra satisfait et les laissa passer.

Dehors, Jack White, voyant le triste état de dépression dans lequel se trouvait Sirop, voyant ses yeux noircis, sa bouche et son nez ensanglantés, se sentit des instincts paternels et commença à lui faire des reproches sur un ton autoritaire. Il n'avait pas prononcé son dernier mot que Sirop lui appliquait sur la nuque une formidable claque qui l'envoya rouler dans la rue. Jack White, réalisant que c'était encore Sirop mais sans comprendre sa défaite précédente, héla un taxi dans lequel tous les quatre sautèrent.

33
Le Goglu, vol. I, n° 34, 28 mars 1930

Sirop et Flannellette s'assirent sur le grand siège, au fond du taxi. Jack White et Popeline se tinrent, rigides, sur les petits bancs de surplus que le chauffeur avait relevés. Flannellette pleurait. Sirop, sachant dans quel état il était, sentant de vives douleurs par tout le visage, sentant des bosses lui pousser autour des yeux, dont les paupières ne se mouvaient que difficilement, sentant deux de ses dents sanguinoler sur ses gencives et branler dans leurs châsses, fut frappé au cœur par les larmes de sa chère Flannellette. « Il faut qu'elle m'aime véritablement pour pleurer ainsi rien qu'à me voir », pensait-il en lui-même. Alors, se retournant vers la jolie blonde attristée, il la poussa légèrement du coude et fit entendre un sourd grognement qui voulait dire n'importe quoi mais marquait le commencement d'une conversation

— Quel homme de malheur, murmura-t-elle en soupirant. Chaque fois qu'on sort ensemble il me fait pleurer. Il a gâté mon plaisir, chez Geracimo, puis chez Kerhulu, puis chez Eaton, puis au réveillon de Noël, partout où on a passé.

Une bête recevant sur la tête un éclat de foudre ne pourrait être plus étourdie que le fut Sirop en entendant cette tirade. Il avait cru que Flannellette pleurait parce qu'il avait reçu des coups, il en avait été ému. Et voilà que la radieuse jumelle lui lançait à la tête d'amers reproches, lui exposant une toute autre raison de sa tristesse et de ses larmes. Il pencha sa grosse tête sur sa poitrine, honteux de lui-même, réalisant graduellement avec une lumière de plus en plus vive qu'en effet il avait toujours gâté ses sorties avec

Flannellette. Il avait voulu, ce même soir, réparer l'esclandre de la nuit de Noël et voilà qu'il faisait pire, au Corona. « Je serai donc toujours plus bête et plus borné ! » s'avouait-il avec une simplicité d'esprit qui le décourageait.

— Et puis, t'as l'air fin, à c't'heure, ajouta Flannellette, qui le tutoyait pour la première fois. T'as toute la face en forçure, tu m'fais honte, t'as l'air pareil comme le taureau pourri.

Cette dernière injure pénétra comme un poignard empoisonné dans le tréfonds du cœur de Sirop. « Pareil comme le taureau pourri ! » Jamais on n'aurait pu le ravilir à un plus bas niveau, jamais, pour lui, toutes les ordures et tous les déchets les plus hideux des trous les plus sales eussent pu l'éclabousser de plus injurieuse ignominie. Aussi, sentant toute sa bile se précipiter vers son cœur et le gonfler à le fendre, il se retourna vers Flannellette et lui dit d'un ton suppliant comme un mourant demandant un verre d'eau : « Dites-moi que je suis pas pareil comme le taureau pourri ou bien j'me jette en bas du taxi ».

— C'est correct, t'es pas taureau pourri, mais t'as pas l'air assez fin pour que j't'amènerais comme ça à Spencerwood.

Les mots magiques de Spencerwood furent tout ce que Sirop comprit et il en fut comme excessivement flatté. Sur les petits bancs d'en avant, Jack White et Popeline ne disaient rien, ne se regardaient pas, essayant l'un et l'autre de surprendre ce qui se disait en arrière. Quand le taxi fut arrivé devant la demeure des deux sœurs, rue Du Berri, Sirop dit à Jack White : « Tu sais que j'ai donné tout mon argent au gars du Corona. Tu vas payer le taxi. »

— Je suis ton invité et je n'ai pas apporté d'argent, dit Jack sur un ton de fausse surprise et d'indignation contenue.

— Oui, mais j'ai pas une vieille coppe, tu peux bien m'prêter le prix du taxi.

— J'te dis que j'ai rien.

— Faut qu'on m'paie, trancha sèchement le chauffeur.

— Ben, montez, dit Popeline. On va voir dans notre tiroir si on en a assez pour vous payer.

Tous les cinq montèrent dans la chambre des deux jumelles, les deux cavaliers se sentant petits et honteux. Popeline fouilla quatre ou cinq tiroirs, trois sacoches, rapaillant ici et là cinquante-sept sous.

— Comment qu'ça coûte ? demanda-t-elle.

— Soixante cents, dit le chauffeur.

34

Le Goglu, vol. I, nᵒ 35, 4 avril 1930

— Je n'ai que cinquante-sept cents, dit Popeline.

— Mais ça coûte soixante cents, rétorqua le chauffeur.

— Cinquante-sept cents et un tiquette de char, ça f'rait-t'y votre affaire ? demanda Sirop Lafrance.

— J'ai un auto, j'ai pas besoin de tiquette de char, dit sèchement le chauffeur.

— Disons cinquante-sept cents et trois cigarettes, suggéra Jack White en sortant un reste de vieux paquet de cigarettes.

— Oqué ! accepta le chauffeur de taxi, qui prit l'argent, les trois cigarettes et redescendit l'escalier.

Puis, les deux cavaliers, se sentant profondément humiliés, n'ayant aucune contenance, sortirent à leur tour sans bonjour ni bonsoir, sans seulement saluer des yeux les deux jumelles.

. . . . .

Pendant les trois semaines qui suivirent, aucune semelle de chaussure masculine ne monta les degrés de l'escalier des deux sœurs brune et blonde. Était-ce parce que Lafrance et White n'avaient pu encore économiser assez d'argent pour remettre à Popeline et Flannellette les 57 cents qu'elles leur avaient avancés ? Était-ce parce qu'ils avaient trouvé des blondes plus charmantes ? L'auteur de ces lignes est lui-même tout navré de ne pouvoir expliquer cette étrange conduite qui, sans jeter le désarroi dans l'âme des jumelles, leur causait une certaine inquiétude, un peu de malaise et quelque chagrin, car à force de voir nos deux héros, elles s'y étaient insensiblement attachées, tout légèrement que ce fût.

— Un après-midi d'avril, le sept pour être plus exact, au moment même où les sœurs Dubois, en chemisette et faisant leur toilette à leur retour du magasin, parlaient encore de l'absence étrange de leurs « anciens » cavaliers, un bruit d'enfer secoua la maison, la porte d'en-bas s'ouvrit et se ferma avec un vacarme d'artillerie lourde, de lourds sabots montèrent l'escalier par coups assez puissants pour en enfoncer les marches, la porte de la chambre s'ouvrit avec fracas et une énorme masse de chair entra en trombe, échappant un cri qui n'était ni humain, ni bestial, ni spirituel : « Barrez la porte ! »

C'était Sirop Lafrance, mais quel Sirop ! Le bloc pesant de sa tête pendant vers ses genoux, il n'avait même pas la force de lever le regard vers les deux sœurs qui, stupéfiées, ne pensaient même pas à recouvrir la transparence de leur tenue qui, d'ailleurs, malgré toutes les splendeurs qu'il aurait pu apercevoir, n'auraient pu en ce moment nullement frapper ni éblouir Sirop. Flannellette, dans son flair et son dévouement féminins, courut, fermer la porte à clef. Puis, la première surprise passée, elle courut revêtir sa robe carreautée jaune et rouge puis revint poser un silence interrogatif devant Sirop. Elle ne pouvait croire que c'était lui, malgré le souvenir de la tête mutilée qu'elle avait vue lors de leur dernière rencontre. Ce n'était pas une tête humaine. C'était un horrible mélange d'os et de chair meurtris et traînés dans la fange, une masse informe, dont la plus proche ressemblance pouvait être celle d'un gros paquet de terre.

— Tu t'es encore battu ? dit finalement Flannellette, bien enragée, cette fois.

— Non, je me suis fait battre, grogna Sirop d'un ton de vieille outre crevée.

— Qu'est-ce qui t'est donc arrivé ? Tu es tellement laid et tellement massacré qu'on peut pas comprendre comment tu as pu devenir comme ça.

Se mouchant, reniflant, remuant avec difficulté deux babines exagérément enflées et violacées, Sirop expliqua qu'il avait été engagé par trois candidats de la Clique[17] pour passer des télégraphes, qu'il avait été surpris par les Goglus dans un *poll* d'Hochelaga, qu'il avait été assommé à coups de triques et de bâtons, assailli à coups de poings et de pieds, roulé dans la boue du ruisseau, traîné

---

[17] Adrien Arcand fait certainement ici référence au Parti libéral, surnommé « la Clique » par ses opposants.

dans le crottin et la neige fondante de la rue par des gens enragés qui criaient : « Trahison ! Trahison ! Il a voulu voler la voix et la volonté du peuple. »

— J'ai pu me relever près des tinques à gaz, ajouta Sirop. Et j'ai couru depuis ce temps-là jusqu'ici. Ils sont à mes trousses et veulent me mener en prison.

35
Le Goglu, vol. I, n° 36, 11 avril 1930

— J't'avais dit, aussi, de pas essayer à emplir les Goglus et rester honnête. Vois-tu, tu pourras jamais te remontrer avec le monde honnête, à c't'heure. Comment veux-tu que je sois fière de sortir avec toi ?

Et Sirop se mit à pleurer des larmes qui, après avoir roulé sur ses joues, tombaient sur le tapis en boulettes de boue claire, se disant en lui-même : « Je suis une vache, je suis un cochon, je ne pourrai jamais être du monde et je ne mérite même pas que Flannellette me parle ». Puis, après un long silence, relevant la tête et les épaules, il s'écria, tel un grand pécheur exalté par le repentir :

— J'te jure, Flannellette, que j'ne f'rai jamais plus rien dans ma vie sans t'en parler et te demander ta permission.

Il s'aperçut qu'il venait de la tutoyer. Il vit que Flannellette n'en avait pas sursauté et n'en avait pas été insultée. « J'ai encore une chance, se dit-il. Elle ne me fait pas de r'proche. Quelle femme ! Quelle femme ! C'est un vrai trésor en or. »

Popeline, qui venait de terminer sa toilette, se dépêcha de sortir de derrière le paravent pour venir voir Sirop. En le voyant, elle échappa un cri aigu de surprise, n'en pouvant croire ses yeux.

— Mouzeusse que t'es laid ! C't'effrayant ! T'as l'visage comme un vrai morceau de taureau pourri et moisi exposé six mois dans la vitrine d'un Juif. Quoi c't'as fait ?

— Y a voulu passer des télégraphes ! dit Flannellette encore courroucée.

Et Sirop, la tête basse, reniflait toujours la boue claire qui lui coulait des yeux jusqu'au bout du nez. Tout à coup, Popeline s'écria :

— Mais es-tu folle, Flannellette ? Sais-tu que t'as pas ton jupon et qu'on t'voit toute à travers ? Ça as-t-y du bon sen' s'montrer comme ça d'vant un homme !

— J'vois rien, dit Sirop, comme pour calmer la timidité de Flannellette.

— J'comprends qu'y est pas pour le dire, s'il voit qu'qu'chose ! ajouta Popeline.

— C'est parce que j'ai pas mon Teddy.

Et Flannellette, se rendant aux pudiques raisons de sa sœur, se dirigea vers le paravent pendant que Sirop, relevant pesamment sa lourde tête meurtrie, coulait à travers la couche de lie et de sang séché qui lui couvrait les paupières, un filet d'œil terne et sans éclat. Il n'était donc pas tout à fait mort. Cependant, il ne put rien voir.

— Qu'est-ce qu'on fait, après le souper ? cria Flannellette tout en enlevant sa robe pour la remettre après avoir engaîné son Teddy.

— On va aller voir les résultats de l'élection[18], dit la sœur brunette.

— À quelle place ?

— J'sais pas si on s'rait admis aux bureaux du *Goglu* ! demanda Popeline.

— Allons pas là, dit Sirop. Y a là un nommé Rousseau qu'on est mieux de pas s'frotter d'sus. Y est assez *sharp* qu'y pourrait ouvrir une enveloppe rien qu'à la regarder. D'abord, j'sus pas en condition pour sortir, j'sais pas comment j'vas faire.

— Ôte ton col que j't'arrange, dit Flannellette.

Et, comme s'ils eussent vécu longtemps ensemble, dans cette intimité presque familiale que crée toujours le geste d'une femme soignant un homme blessé, Sirop enleva de ses grosses mains graffignées et velues un faux-col en accordéon, humide et sale, pendant que Flannellette, versant de l'eau tiède et une peu d'acide borique dans un bassin de fer émaillé, lui criait : « Avance que j'te lave ». Sirop alla s'asseoir près de la fenêtre, à côté de la petite commode, toute parfumée d'odeurs de poudre, rouge à lèvres, lotion et eau de Floride. Trempant une serviette dans l'eau tiède,

---

[18] Des élections municipales ont eu lieu à Montréal le 7 avril 1930.

Flannellette la frotta ensuite au savon d'odeur et se mit à laver la large face de Sirop comme ferait une mère à la fois fâchée et coléreuse avec un gamin qui, après une querelle de rue, lui revient tout crotté et couvert de plaies.

— Ça a pas d'bon sen' être sale comme ça ! murmura Flannellette en frottant à tour de bras sur le gros bloc charnu.

La vraie couleur de la peau commença enfin à se laisser voir, après trois changements d'eau. Les endroits où la chair était ou éraflée, ou fendue, ou bleuie parurent aussi l'un après l'autre.

36
Le Goglu, vol. I, n° 37, 18 avril 1930

Le fait que la barbe était longue et retardait comme une étrille le travail de la serviette ennuyait Flannellette, qui ne put s'empêcher de murmurer : « Si ça s'rasait, au moins, on aurait pas tant d'misère », phrase qui émut considérablement Sirop, en lui donnant conscience d'une certaine malpropreté. Commençait-il alors à sentir naître en lui le tempérament d'un gentilhomme ? Secret profond que n'a encore pu découvrir l'auteur de ces lignes.

Lorsque le visage fut propre et reluisant à force d'être savonné, Flannellette s'aperçut que les oreilles étaient sales et que le cou portait, au-dessous de la ligne du faux-col, une large barre noire. Sans se décourager, elle changea encore d'eau et se remit à frotter de plus belle, murmurant comme pour se venger de tant de travail : « J'plains la femme qui va marier c't'homme-là ! » L'effet de ces paroles fut effroyable. Le cou de Sirop se gonfla si soudainement, il devint si brûlant et si rouge, le pouls y battit si fort que Flannellette, dont les délicats doigts roses percevaient le changement, s'empara d'un grand plat d'eau froide et le lança vivement à la figure de Sirop en gémissant : « Un coup de sang ! Il a un coup de sang ». Popeline arriva en courant, criant de son côté : « Déchaussons-le pour lui mettre les pieds dans la moutarde ! » Mais Sirop, ramené à des réalités plus que sentimentales par l'eau fraîche, se leva péniblement et, se tenant une main sur le cœur, murmura sur le ton du suprême découragement : « C'que tu m'as dit là, Flannellette, j'vas en mourir. Tu plains la femme qui va me marier ? Eh ! bien, j'm'en vas et tu me r'verras jamais ».

— Qu'est-ce qui te prend, viens-tu fou ? demanda Flannellette interloquée.

— Non, j'm'en vas.

— À c't'heure qui s'est fait laver et torchonner, y va nous bougrer là. Ah ! le sans-cœur, le sans-cœur !

Et Flannellette piqua une légère crise de larmes et d'amers reproches, allant se jeter sur le grand lit, la tête enfouie entre deux oreillers.

— Tu s'ras donc toujours pareil lança Popeline à Sirop qui, hébété, démoralisé, enténébré, comprenait de moins en moins aux mystères de la vie, aux mystères féminins, doutant de son esprit, de ses sensations, voire même de son existence.

Il se fit un long silence. Cependant, l'instinct d'obstination qui sommeille dans tout cœur de Canadien-français s'éveilla en lui et, après avoir vainement cherché un peu de lumière dans sa lourde cervelle, il laissa éclater cet instinct :

— J'sus pas bon à marier, vous m'faites comprendre de m'en aller, quand j'veux m'en aller vous m'dites des bêtises, qu'est-ce que vous voulez donc ? Qu'est-ce que vous voulez que j'dise ? J'comprends plus rien et j'suis assez tanné de tout ça, de tout l'monde, de tout c'que j'entends que j'aurais envie d'aller m'flanquer dans le canal Lachine.

— Le v'là à c't'heure qu'il est tanné de nous autres qui s'dévouent et qui s'inquiètent tant pour lui ! cria Popeline dans un nouveau relent de colère.

— J'suis encore moins avancé qu'avant, riposta Sirop en élevant là voix. Vous autres, vous inquiéter pour moi ? Non, vous riez de moi, vous m'contez des histoires dans l'dos avec Jack, vous m'appelez grosse bête et vous dites que j'comprends rien.

— Le sans-cœur ! Le sans-cœur ! explosa Flannellette. Et la jumelle blonde, rouge de colère, devenue presque Irlandaise sous la provocation et les reproches immérités, s'élança vers Sirop, lui donna de ses deux bras une poussée qui le fit tomber assis sur la chaise berçante puis lui appliqua rageusement et de toute sa force cinq grosses gifles en pleine figure, hurlant sur un ton outragé : « Quiens ! Quiens ! Poigne ça ! Viens donc dire qu'on s'inquiète pas pour toi, qu'on t'aime pas ! » Figé par la quintessence de la stupéfaction, Sirop ne fit pas un seul geste défensif. Il ne ressentait qu'une chose, le contact nerveux des doigts roses de Flannellette sur son visage et, oubliant le mal, n'y pensant même pas, ne voyant que les yeux allumés et les cheveux en broussaille de la belle déchaînée, il pensait en lui-même : « Que c'est bon ! Que c'est bon ! Qu'elle est belle ! »

37

Le Goglu, vol. I, n° 38, 25 avril 1930

Et à la façon dont sa bouche était tordue, dont son front était épanoui, on n'aurait pu croire qu'il pensait autre chose. Il faillit suffoquer de nouveau quand il entendit Flannellette lui dire. « Viens donc dire qu'on t'aime pas ! » Pour lui, le « on » voulait dire « je », et il emplissait tout grand son cœur de ce « on », de ces gifles et de cette image de déesse en furie. Il aurait voulu que la talochade et que les cris rageurs continuassent, mais Flannellette, les mains sur les hanches, le regardait fixement, attendant qu'il dise ou fasse quelque chose. Comme il ne bougeait pas, elle lui dit d'une voix résolue : « Pousse-toi, gros sans-cœur ; quand tu comprendras mieux, tu reviendras ».

Il lui fallut bien se lever. Et le cœur gros, regrettant de n'avoir pas été giflé davantage, il descendit tristement l'escalier et marcha vers sa chambre à pas dolents, tel un bœuf pressentant son sort qui se dirige vers un abattoir.

. . . . .

Ce n'est que quelques semaines plus tard qu'on revit Sirop qui, pour se racheter, apparut devant la porte des deux sœurs avec son bicycle à saille-car[19], accompagné par Jack White. Comme il n'osait prendre un trop gros risque sur la réception qu'on pouvait lui faire, il se contenta de faire crier son claxonne pendant

---

[19] Comme Adrien Arcand l'explique dans la tranche 184, il ne relisait pas les épisodes passés et oubliait une bonne part de ce qui s'y trouvait. Ainsi quelques incohérences jalonnent-elles le récit. Nous ne les signalerons pas systématiquement mais nous en avons ici un exemple puisque Sirop est censé avoir vendu son side-car pour aider sa mère (tranche 26).

quelques minutes. Flannellette parut à la fenêtre et, après un signal qui indiquait qu'elle était contente, fit comprendre qu'elle allait descendre. Après cinq minutes d'attente, nos deux cavaliers virent s'approcher les deux jumelles, plus belles, plus fringantes, plus joyeuses que jamais. Elles semblaient avoir complètement oublié les méchants souvenirs du passé. On se salua gaiement et l'on monta en voiture, Flannellette derrière Sirop, sur le petit siège à sprigne, Popeline sur les genoux de Jack, dans le saille-car.

— On va aller voir des parents à Pont-Viau pis on r'viendra à la fin d'la soirée, proposa Sirop.

— Correct ! dit Popeline.

Et la motocyclette, plus bruyante que jamais, monta vers le nord pour aller prendre le nouveau pont.

— Y a du sacre là-dedans ! s'écria Sirop, à l'entrée du pont.

— Quoi c'qui y a ? demanda Jack White.

— Y a pas d'lumière et on peut pas passer, répondit Sirop.

— Quoi c'qu'on va faire ? demanda Flannellette.

— Va falloir laisser le bicycle icitte et traverser le pont à pied, dit Sirop.

— Coudon, j'me d'mande quoi c'que Balloune Legault[20] prétend faire avec c'pont-là. Veut-y rire du monde ? Y m'semble qu'y pourrait nous traiter mieux qu'ça. Y s'fait élire sur son pont, y a la caisse électorale, y est donc bon à rien, avec tout ça ?

Mais il fallut se résigner à cacher la motocyclette près de l'entrée du pont et marcher jusqu'à Pont-Viau. En chemin, on rencontra bien des connaissances. Ce fut d'abord Raoul Sicotte qui, à la porte de l'épicerie Cantin, parlait de haute politique avec le kaiser Labelle, ce Jos. Connaissant qui pense tout savoir et pourtant ignore combien il a de dents dans la bouche. Puis ce furent Rodrigue Thibault et Roger Arpin qui, les mains bien noires d'encre, revenaient de la boutique. Ils étaient suivis par Tit'Loup, que Popeline remarqua plus particulièrement et à qui elle fit un clin d'œil, mais Tit'Loup, gêné, se mit à rougir et hâta le pas. Près du restaurant de Tit'Cou Primeau, il y avait Pauline Huot, qui retournait chez elle eu mangeant un cornet de crème glacée et

---

[20] Probablement Alfred Legault, conseiller municipal à Montréal.

Quat'Sous Ouimet qui criait : « Il y a de la houle à soir, c'est dangereux d'aller en chaloupe ». Le chanteux Edgar Gelinas, adossé à la porte du restaurant, sifflait l'air de « Ta-Tatanasse » pour se faire de la voix.

On arriva enfin chez le père Jos. Thibault, qui vint répondre clopin-clopant. On pénétra jusque dans la salle à dîner pour prendre un verre de whisky blanc, car c'était de la visite rare.

— Comment c'qu'est ta hanche, Jos. ? demanda Sirop.

— Pas trop pire, dit Jos. Virginie me frotte tous les soirs avec du miniment su' une flanelle et ça r'vient tranquillement. Avez-vous vu D'jutor depuis queuqu'temps ?

— C'est vrai, dit Tititte, on n'n'entend pas parler. C'est-y vrai qu'y a loué une « traque » à la Côte Saint-Michel pour exercer son trotteux ?

38
Le Goglu, vol. I, n° 39, 2 mai 1930

— Oui, dit Sirop, j'ai été voir ça. Le père D'jutor est en train de mettre son p'tit noir en trimme.

— Y paraît que c'est un vrai bon routeux, son p'tit noir, fit remarquer Flannellette.

— Pas rien qu'un routeux, c'est un coureux qui s'garroche les pattes comme si y voulait jamais les ravoir, affirma Sirop. Pensez qu'y a battu tant qu'y a voulu la plogue à Latulipe.

— C'est pas une plogue qu'y a, le ferreux Latulipe, c'est un joual qu'y a payé 108 $ mais qui veut faire croire qu'y a payé mille piastres, dit Jack White.

— Cent huit piastres tant que tu voudras, dit Tititte, y s'est toujours ben fait battre tant qu'y a voulu par un p'tit coureux de cinquante-cinq piastres.

— Bah ! Latulipe est un braillard, il a toujours une excuse, dit Sirop.

— C'est pas rien qu'un braillard, dit Popeline, c'est un frais qui se vante pour mille piastres quand il a cinquante cents dans sa poche, un gars qu'est toujours à se vanter de vouloir gager vingt piastres, pis cent piastres. Mais y est tellement gratteux qu'y n'gage que quand il est sûr de fourrer les autres. Y a pas d'homme plus rat que lui. C'est pas surprenant, y a tellement de Juifs dans son bout.

La conversation se prolongea sur le dos de Latulipe qui, en effet, est un gratteux, un peigne fin comme n'en a jamais connu la rue Saint-Dominique. On prit un petit coup de whisky blanc puis, tout à coup, Sirop se leva avec des yeux grands comme des fonds de soucoupe et se mit à crier : « Y a du feu pas loin d'icitte ». En effet, on pouvait voir une épaisse fumée par la fenêtre, au bout de la rue.

— Allons voir le feu ! dit Popeline joyeuse.

Ce fut le signal de la sortie. On courut vers l'endroit d'où venait la fumée. On traversa une cour remplie de réservoirs de gazoline et on arriva à une petite cabane d'où sortaient d'épais nuages noirs et empestés. Le kaiser Labelle, qui ne connaît rien mais s'imagine toujours tout savoir, était aller chercher les pompiers. Sirop s'approcha prudemment de la cabane emboucanée et, ne voyant pas de flamme, se risqua à ouvrir la porte, pendant que tous les autres se tenaient à distance, méfiants. D'un coup sec, il tira la porte et... qu'aperçut-il ? Un lot de plorines et de petits vieux assis dans une cabane remplie de bidons d'huile et qui fumaient comme des cheminées. Leur mauvais tabac, qui faisait une fumée nauséabonde, sortait par les craques des planches. Verdis par le mauvais air, le front plissé, ils jouaient aux dames, s'imaginant avoir à régler des problèmes aussi importants que celui du traité de Versailles ou du désarmement naval. On y voyait le grand Roger Arpin aux prises avec Arthur Labelle, le propriétaire de la vieille cabane, Rémi Paquette chiquant de l'Irish Twist, et Dilas Chartrand qui venait d'infliger un pinozo et trois cochons à Hector Hamel, qui ne comprenait plus rien à sa haute science et qui riait jaune de se voir aussi platement battu. Enragé de sa défaite, Hamel se retourna vers Sirop Lafrance et lui demanda, sur un ton bourru : « Quoi c'tu viens faire icitte ? »

— On pensait qu'y avait l'feu, dit Sirop, gêné et poli.

— J'vas t'en faire, du feu, moé, dit Hector.

— Fais pas l'frais, répondit Sirop. On peut t'parler, t'es pus l'maire !

Comme on craignait une querelle, le groupe qui attendait dans la cour à Labelle reprit le chemin de chez Jos. Thibault, sur la recommandation de Flannellette qui connaissait si bien le tempérament de Sirop. Et comme on s'en retournait, les pompiers arrivaient, dirigés par le kaiser Labelle, ce connaissant qui sait tout mais ne sait rien. Revenus au point de départ, on offrit aux visiteurs un autre coup de whisky blanc, mais Popeline prétexta qu'il faisait déjà bien noir et qu'on devait retourner en ville. Après les salutations ordinaires et quelques crachats de travers sur le trottoir, les deux cavaliers et les deux blondes allèrent de nouveau traverser le pont si mal fait de Balloune Legault et, remontant sur le bicycle à saille-car, prirent le chemin de Montréal.

· · · · ·

39

Le Goglu, vol. I, nº 40, 9 mai 1930

C'était le premier dimanche de mai. Il faisait beau à faire momentanément reprendre espoir au Cliqueux le plus désespérément voué à la défaite. Bien que tous nos poètes à l'eau de rose et nos littérateurs de salon aient appelé ce mois le mois des fleurs, il n'y avait pas un brin d'herbe, pas même un pissenlit épanoui pour leur donner raison. Ça sentait l'haleine de trous d'homme et le relent des vidanges dégelant avec la neige dans les ruelles. Accoudée à sa fenêtre, Popeline, tôt revenue de la messe basse à Notre-Dame-de-Lourdes, regardait dans l'azur d'un ciel serein de toute la grandeur de ses yeux de biche, si toutefois les biches ont les yeux noirs. Sa pensée se portait vers les étoiles, car elle se demandait pourquoi on ne peut voir les étoiles en plein jour. Puis elle pensa aux fleurs, que cette belle journée faisait désirer, et dont les odeurs de la ruelle faisaient souhaiter les parfums. Pas une fleur, pas un brin d'herbe. « C'est peut-être parce que les poètes cherchent à nous emplir avec leurs fleurs du mois de mai que leurs livres ne se vendent pas, se disait-elle ; c'est drôle, j'ai lu toutes sortes de poésies et j'ai jamais rien vu qui soit pareil comme dans les vers. » Décidément, la belle jumelle brunette avait le sentiment romantique, par ce beau matin du premier dimanche de mai. Pendant qu'elle se laissait languissamment flotter dans ces considérations dignes d'une fille qui n'est pas toffe, Flannellette se frottait les dents avec de l'eau fraîche jetée sur une brosse de quinze cents. « Pourquoi se brosser les dents quand on les a si blanches et si étincelantes ? » aurait pu se demander celui qui avait déjà vu sourire la radieuse jumelle blonde. Mais il y a des choses dans la vie que seules les femmes comprennent.

Rien n'avait encore troublé ce touchant tableau des deux plus jolies filles de Montréal, deux jumelles comme jamais la rue Sainte-Catherine n'en a vu se promener, quand un bruit qui rassemblait en même temps toutes les sonorités de la ferraille, de l'explosion et de l'ouragan se fit entendre. C'était le bicycle à gazoline à saille-car de Sirop Lafrance qui s'amenait, avec Jack White sur le côté. Comme les deux sœurs étaient prêtes à partir, on fut installé sur le bazou en quelques secondes.

— On va à Sorel, dit Sirop.

— Faïne ! dit Popeline, ch'naillons !

— Oui, c'est aussi ben de décanner, dit Flannellette, on f'ra plus d'chemin.

Tout alla fort bien jusqu'à l'entrée du nouveau pont Jacques Cartier[21], qui conduit à Longueuil. Des centaines d'autos y passaient depuis le matin. Quand Sirop ouvrit son exâce pour avancer, un gardien au visage abruti par l'alcool lui cria : « As-tu ta passe ? »

— Quoi c'est ça ? demanda Sirop.

— C'est un papier qu'on donne aux amis qui sont rouges[22]. Si t'en as pas, tu pass'ras pas. Êtes-vous rouges, vous autres ?

— On est Goglus, répondit Jack White d'une voix qui ne permettait pas d'en douter.

— Dans c'cas-là poussez-vous, vous pass'rez pas. Décanillez d'icitte. Moi, j'sus rouge et j'laisse pas passer les Goglus.

— Mais les Goglus paient le pont aussi ben qu'les rouges, dit Popeline.

---

[21] Le pont a été ouvert à la circulation le 14 mai 1930.

[22] Les principaux partis politiques à l'époque étaient le Parti libéral (surnommé « les rouges ») et le Parti conservateur (surnommé « les bleus »). Il n'y avait guère de différence entre les deux.

— En tout cas, dit Sirop, laisse donc faire, toi, espèce de gringalet, on viendra te revoir le lend'main de l'élection. Viens pas brailler qu't'es Goglu, dans c'temps-là. D'abord t'as l'air ben trop bête pour être Goglu. On r'çoit pas des ivrognes comme toi. Va t'escouer, espèce de visage de Juif, de r'négat. T'as laissé passer deux Juifs avant nous autres et t'as pas l'cœur d'en faire autant pour les Canayens.

Les quatre firent ensemble un geste qui semblait une grimace au gardien du pont, puis la bécane à moteur refit le chemin parcouru et continua jusqu'au pont Victoria, où règne une politesse que n'ont jamais connue les Cliqueux qui travaillent au pont Jacques Cartier ni ceux qui les emploient. En moins de dix minutes, on fut à Longueuil. La motocyclette avait à peine passé le collège pour s'engager dans un petite rue vers le chemin de Chambly, quand un sifflement se fit entendre.

— Câline ! c'est un flatte, s'écria Jack.

— Quoi c'qu'on va faire ? demanda Flannellette.

40

Le Goglu, vol. I, nº 41, 16 mai 1930

— On va l'patcher, dit Sirop. Ça s'ra pas long. Débarquez, j'vas sortir les outils.

Et pendant que Sirop, aidé de Jack, démontait la bécane presqu'au complet, les deux sœurs, s'assoyant sur le rebord du trottoir, se mirent à écouter quatre grosses femmes, monumentales, titaniques, colossales, incroyablement grasses, se ressemblant comme des sœurs et qui se chicanaient comme quatre grosses rates sur une galerie qui, sous le poids et à chaque geste des cacasseuses, menaçait de s'écrouler.

— C'est pas vrai, La Skouïse, criait l'une des quatre femmes grasses à la plus grosse du groupe.

— Si j'te dis qu'c'est vrai, moi, c'est parce que je l'sais. J'sus allée près du nouveau pont et les chemins sont tellement mauvais qu'on s'croirait chez des sauvages.

— C'est la faute à Thurber[23], disait la troisième en grosseur, bien que toutes les quatre pesassent plus de trois cents livres au moins.

— Thurber, c'est un faiseux d'promesses comme j'en ai jamais vu, disait la quatrième. R'gar' donc mon gars, à moi, ça fait trois ans qu'il a promis de le placer à la Commission des Liqueurs et il se sauve de travers sur la rue quand il nous voit venir. Penses-tu pas que mon gars aurait fait un meilleur et plus beau vendeur que le grand air bête de fin-fin à Gravel, qui a l'air d'un vrai singe derrière sa cage et qui parle comme si y s'croyait un dictionnaire ?

— T'as raison, Toutoune, reprit la première. On n'est pas traité comme du monde par Thurber. Longueuil n'a jamais tant arraché que depuis qu'on a cet empâté-là. Mon vieux s'est bien promis de le déplanter la prochaine fois.

Une fois le tayeur patché et la bécane arrangée, on se remit en route pendant que les quatre grasses, certainement le plus gigantesque quatuor dont fasse mention les annales du continent depuis la venue de Christophe Colomb, recommençaient à se chicaner sur les qualités et les défauts des maris. Le bicycle à saille-car passa devant la ferme à Jos. Tarte, devant la grande île à Aimé Leblans, derrière la grosse statue de Madeleine de Verchères[24] qui, une fois devenue Madame de la Pérade, passa son temps à plaider avec ses voisins, puis, après avoir passé le bac à gros prix du Richelieu, à Saint-Ours, se trompa de chemin jusque devant chez le juge Coderre, revint passer devant la demeure de l'ex-bedeau de Saint-Ours et le manoir de la p'tite Taschereau puis arriva à Sorel, après s'être arrêté un instant devant la somptueuse résidence du P'tit Prospère Cardin[25], qu'on avait longuement contemplée avec des yeux d'envie, Sirop disant : « Penses-tu qu'c'est chanceux, v'nir riche si vite ça ! » En passant devant le restaurant de Nicholson, Jack White proposa d'aller se rafraîchir.

— Moi, j'paie le crime-soda, proposa-t-il

---

[23] Alexandre Thurber, maire de Longueuil de 1915 à 1925. Il a été élu député libéral dans le gouvernement Taschereau en 1923.

[24] Héroïne de la Nouvelle-France, qui défendit le fort Verchères en 1692.

[25] Surnom donné à Arthur Cardin, alors ministre de la Marine et des Pêcheries dans le gouvernement fédéral.

Les trois autres compagnons en furent stupéfaits, car c'était la première fois depuis le début de ce feuilleton que Jack White offrait de payer quelque chose. On ne se fit pas prier et on entra gaiement dans le restaurant où quelques jolies tounes avec leurs cavaliers endimanchés buvaient des liqueurs froides en se regardant. Il y avait, près du comptoir, une belle *slot-machine* brisée que le patron essayait de réparer. Derrière le comptoir, ô surprise ! une blonde et une brune qui ressemblaient si étrangement à Popeline et Flannellette que les deux sœurs crurent, un moment, que c'étaient leurs images reflétées dans le miroir, près duquel reposaient des piles d'assiettes et des pots de jus de cerises rouges et vertes. Les mouvements différents des deux serveuses purent les convaincre que c'étaient d'autres filles qu'elles voyaient là. Sirop, qui avait déjà été un champion de la *slot-machine* et y avait fait beaucoup d'argent en les tournant à l'envers pour en faire sortir les nikels, alla examiner la machine éventrée puis, jetant un coup d'œil derrière le comptoir, revint s'asseoir avec ses compagnons en disant : « Y ont l'air fort sur les bananes, à Sorel, y font rien que préparer des banana-splittes derrière le comptoir ».

41

Le Goglu, vol. I, nº 42, 23 mai 1930

Cette phrase malheureuse donna aux quatre l'envie d'en prendre un et Jack White entendit la commande générale de Flannellette en pâlissant légèrement, car il réalisait que les bananes devaient coûter cher dans une ville comme Sorel.[26] Et il eut mille fois raison de pâlir car, en apportant les quatre banana-splittes, la petite toune qui ressemblait si étrangement à Popeline lui dit d'un ton mi-sec mi-vaseux : « C'est une piastre et vingt ! » Il lui donna une piastre et quart en lui disant de garder le change, ce qui fit grimacer quelque peu la serveuse, qui ne put s'empêcher de murmurer entre ses dents : « Y m'prend-y pour un frilonneche ? » Jack White pâlit encore une deuxième fois quand Sirop Lafrance lui fit cette remarque : « Écoute, Jack, j'veux pas t'faire de r'proche,

---

[26] Phrase publiée à l'époque par erreur au début de la tranche suivante. Nous la replaçons ici dans un ordre qui apparaît logique.

mais fais attention et dépense pas trop, ou aura p't-être besoin de tout notre p'tit change en r'venant ».

— Dépense pas trop ! Dépense pas trop ! s'exclama Jack White. C'est pas d'ma faute si vous prenez tous des banana-splittes. D'abord, fie-toi pas trop à moi pour avoir d'l'argent. J'ai rien que trois piastres et quatre-vingts de reste. Ça casse un cinq-piastres vrai, quatre banana-splittes d'un coup sec.

— J'peux bien pas manger le mien, hasarda Flannellette. Essaye de le changer pour une orangeade.

— Moi aussi, dirent ensemble Sirop et Popeline, hantés par l'idée qu'ils pourraient revenir à pied faute d'argent, s'il leur arrivait un accident.

Sirop se résigna à aller au comptoir dire que les bananes étaient trop vertes, qu'on voulait changer les banana-splittes pour des orangeades. Mais il rapporta les trois plats quand la fille lui répondit qu'ils devraient payer les orangeades en surplus, car elle prétendit que les banana-splittes étaient délicieux, qu'elle en avait servi 140 avant ceux-là et que personne ne s'était encore plaint. Sirop revint en disant : « Y a pas moyen, sans ça on va payer plus cher ». Et, malgré la soif et la faim des quatre voyageurs, ils mangèrent avec amertume les tranches de bananes noyées dans la crème glacée et les confitures. On se hâta de remonter sur le bicycle à saille-car, dans cette idée que plus vite on irait, plus vite on avait des chances de revenir à Montréal, le soir, sans accident. Cette pensée constante qu'on n'avait pas beaucoup d'argent devait gâter la beauté des paysages et l'atmosphère de congé, tout le long du voyage. La bécane, dont les ressorts geignaient sous le poids des quatre, s'engagea sur le chemin de Nicolet et, à Yamaska, on se trouva sur le même bac qu'un ministre du gouvernement, que Sirop salua sans recevoir de réponse. Dès que le bac fut sur l'autre rive, la motocyclette prit le devant à la faveur d'une croisée de chemins et fila de toute sa vitesse, soulevant de gros nuages de poussière qui retombaient sur le gros Packard du ministre. Ce dernier donna apparemment ordre au chauffeur de dépasser la bécane, afin de cesser de manger tant de poussière et empêcher son auto d'être plus longtemps sali, mais Sirop qui ne voulait pas, lui non plus, manger la gravelle de ce mauvais chemin, accéléra sa vitesse et put se maintenir presque constamment à un arpent en avant du Packard, qui bondissait comme rageusement sur la route, menaçait d'arracher les ailes des autres autos dépassés, coupait les détours comme au rasoir, ronflait, butait, sautait, mais restait toujours désespérément dans le plus épais de la poussière. Flannellette, pour la première fois de sa vie, se sentait un peu d'admiration pour Sirop, qui s'affirmait comme un chauffeur extraordinaire, brûlait les distances avec la facilité d'un aigle et, par sa volonté, son sang-froid et son coup d'œil, parvenait à battre platement un orgueilleux Packard avec une insignifiante bécane. Après une course folle de plus de vingt-cinq milles, la bécane arriva sur le pont de Nicolet, glorieuse, triomphante, très propre, pendant que le Packard, tout poussiéreux et sale, presque blanc, le suivait de quelques pieds.

— À c't'heure qu'on est rendu, et qu'il n'y a plus de poussière à manger, on va les laisser passer, dit Sirop.

Et il se rangea sur le bord de la rue, laissant passer le ministre, qui lui lança un regard furieux et enragé. Et nos quatre voyageurs souriaient d'aise, tressaillaient de bonheur, car il est toujours doux au cœur de pouvoir faire, avec presque rien, de grandes choses contre quelqu'un qui a tout en mains pour faire ce qu'il veut et ne peut rien faire.

42

Le Goglu, vol. I, n° 43, 30 mai 1930

À Nicolet, on passa la fin de l'après-midi à visiter les environs, la grève de sable, le collège, où les jeunes Goglus écrasèrent les jeunes Cliqueux à la neuvième inigne d'une partie de baseball puis, après un excellent souper à l'hôtel Lemire, on revint à Montréal en grande vitesse, sans le moindre accident. Ce n'est qu'en arrivant à Montréal, une fois toutes craintes évanouies, qu'on réalisa avoir fait un beau voyage, qui aurait été parfait n'eût été le terrible état des mauvais chemins.

· · · · ·

Le mois de mai tirait à sa fin. Seule dans sa chambre, Popeline se berçait lentement au bruit de la vieille chaise dont les berceaux craquaient à chaque mouvement. Un regard mélancolique et doux, mêlé d'amour et d'indécision, embrumait ses beaux grands yeux. Entre ses doigts roses, elle tenait une lettre qu'elle venait de lire. Pour ne pas faire languir le lecteur, disons que c'était une lettre d'amour écrite en vers par le jeune poète Tit'Nour, élève du Collège Jean-de-Brébeuf, violemment épris de Popeline, dont la charmante image le dérangeait quelque peu dans ses études. Voici la poésie en question, pondue un soir, à l'étude, pendant que Tit'Nour aurait dû plutôt faire sa version latine :

Dédicace :
À Popeline
Cette héroïne
Du bon *Goglu*
Si bien connu.

La lettre :
Ma Popeline,
C'est par ta mine
Si angélique
Et si magique
Que tu me charmes
Et me désarmes,
Par ton odeur
De parfumeur
Alambiqué
Puis... relâché.
Tu es gentille,
Ta beauté brille
Comme une étoile
Qui se dévoile
Sous nuage
Après l'orage.
C'est ta démarche
Dont moi, potache,
Je fus frappé,
Moi magané
Depuis l'enfance
(Dit sans offense

Pour mes parents),
Je suis manquant
De tout amour.
Mais en ce jour
Je viens te dire
Que ton sourire
M'a tout gagné.
Sans me vanter,
Je suis passable
Près d'une table
Bien servie.
Ma bonne amie,
Tu as dompté,
Tu as charmé
Mon cœur rebelle
Car tu es belle.
Tes grands yeux pers
D'avant-hier
M'ont renversé,
Moi qui suis né
Dans la chaudière
De ma grand'mère.
Tes cheveux roux
Si longs, si flous
Me donnent envie
D'faire des folies.
Tes belles pattes
Aristocrates
Feraient très bien

Dans du satin ;
Malheureusement
Tu as seulement
De la flanelle.
    Si tu veux, belle,
Que j'aill' te voir
Tout' suite à soir
J'irai, sinon
J'serai en tornom.
Pis j'irai m'jeter

Dans l'eau salée
Comm' devraient l'faire
Les tristes hères
Du Parlement
En commençant
Par ce jambon
De Gros Perron.
    Je suis toujours,
Ton pauv' Tit'Nour.

On comprend que Popeline, peu habituée à être courtisée dans ce style romantique, était émue jusqu'en ses fibres sentimentales les plus reculées. Et elle pensait sérieusement en elle-même : « Dois-je répondre à Tit'Nour ? C'est un intellectuel, ce sera un grand homme. Dois-je le préférer à Jack, qui n'est bon tout au plus que pour être couque ou *peddler* ? Mon âme doit-elle abandonner le terre-à-terre pour s'élever vers les zones hyperphysiques ? »

Et entre les deux mondes son esprit balançait ; son cœur en suintait du sang sur ses parois ; ses mains en étaient moites. Devant elle se dressait la perspective de s'appeler un jour Madame Docteur Tit'Nour, avec une belle plaque de cuivre devant sa porte, ou encore Madame notaire Tit'Nour, Madame juge Tit'Nour, ou tout simplement Madame Jack White. Il faut convenir qu'elle était arrivée à un grand tournant de sa vie.

43

Le Goglu, vol. I, n° 44, 6 juin 1930

C'est à ce moment que lui vint une idée splendide, telle une éclaircie dans la tempête : « Je vais en parler à Flannellette et à Sirop ».

Un bruit se fit entendre dans l'escalier et Popeline, sa lettre en mains, courut vers la porte. Mais ce n'était ni Flannellette ni Sirop, mais bien Jack White. De stupéfaction, elle en laissa tomber la poésie, que Jack White, comme un héros des romans à

65 centimes, s'empressa de ramasser. Popeline, rouge de surprise et de gêne, murmura avec angoisse : « Donne-moi ça ».

— T'as ben l'air désappointée de m'voir, fit remarquer Jack sans remettre la lettre.

— Non, mais j't'attendais pas si vite.

— C'est-y une lettre d'amour, ça ?

— Non, c'est rien qu'une poésie.

— J'vas r'garder ça, j'aime ça les poésies, dit Jack White.

Et il alla s'asseoir en dépliant la lettre pendant que Popeline, rouge comme si elle avait été coupable de quelque trahison, se grattait délicatement la tête d'un doigt. Un silence écrasant emplit la pièce et les trois minutes que dura la lecture du document parurent une journée à la brune jumelle.

— Comme ça, t'as un autre cavalier ? demanda Jack White sèchement, sur le ton que prend un ex-échevin le soir de sa défaite.

— J'sais pas si c'est un cavalier ou autre chose, mais c'est sûrement un admirateur, répondit Popeline en défense.

— T'aurais dû me l'dire avant !

— C'était pas facile, la lettre vient rien que d'arriver.

— En tout cas, des poètes, c'est rien que des crève-faim qui ont toujours mis leurs femmes dans la misère.

— Y sont pas tous comme ça. Y a m'sieu Hugo et m'sieu Chauvin qui ont bien réussi dans la poésie et qui sont r'gardés comme des m'sieux.

— Si t'aimes mieux les poètes que moi, t'as rien qu'à l'dire.

— J't'ai pas dit qu'j'aime mieux les poètes que toi, dit Popeline. J't'ai dit que ça c'est une poésie et que j'connais pas l'gars qui m'a envoyé ça.

— Du papier puis des vers, c'est pas ça qui fait vivre une femme, dit Jack White.

— Non, mais ça donne d'l'honneur et un beau grand nom à une femme, riposta Popeline, en défense de la poésie. Pour être poète, il faut savoir dire de belles phrases, il faut être délicat, avoir la barbe rasée tous les matins et connaître sa grammaire. Toutes les femmes sont jalouses quand une autre femme dit que son mari est poète. Tit'Nour, qui m'écrit, m'est un parfait inconnu, mais c'est certainement un garçon de bonne famille. Sans ça, il ne serait pas au Collège Jean-de-Brébeuf, comme tu peux voir sur l'en-tête du papier. Il va faire un homme de pensée, peut-être un m'sieu docteur ou un avocat.

— C'est ben crasse, un avocat ! fit remarquer Jack, qui commençait à réfléchir sérieusement sur les idées de Popeline.

— C'est crasse si tu veux, mais ça vit bien. Si tu étais femme, aimerais-tu mieux vivre avec une belle maison, un auto et une servante pour pas laver la vaisselle, ou repriser les chaussons d'un gros travaillant ?

Cette question plongea Jack dans une profonde rêverie, dont il sortit en disant : « Oui, mais les avocats, ça a pas beaucoup d'enfants... »

— Quoi c't'en sais ? demanda Popeline.

Et l'on se reprit à songer, Jack ne sachant plus quoi dire pour défaire le mauvais effet de la lettre de Tit'Nour sur l'esprit de Popeline. Sans s'y être jamais arrêté, il aimait Popeline, d'un amour qu'aucun écrivain n'aurait pu définir, car il était né du contact, de la fréquentation, de l'habitude ; c'était un amour comme tous les amours ordinaires, sans saveur spéciale, sans caractéristique particulière. Jack n'avait jamais pensé qu'il pourrait perdre Popeline, qu'elle pourrait même avoir un autre cavalier. Aussi la lecture de la poésie et la conversation de sa brune blonde le jetaient-elles dans la plus grave perplexité.

— En tout cas, trancha-t-il dans un soupir, garde Tit'Nour si tu veux, j'ai rien qu'à me trouver une autre blonde !

— J't'ai pas dit que j'voulais l'garder. Je l'ai jamais vu ni connu, j'sais pas quoi il a l'air. Il m'a simplement envoyé des vers ; ça m'a ému, parce que personne m'en a jamais envoyés.

44

Le Goglu, vol. I, nᵒ 45, 13 juin 1930

— Dans c'cas-là, j'vas essayer de t'en faire. J'vas m'acheter un livre.

À ce moment arrivait Sirop Lafrance qui, suivant une habitude de quelques semaines, entra sans frapper. D'un coup d'œil, il s'aperçut que tout n'allait pas bien entre les amoureux. Comme il faut s'y attendre, il ne fut pas longtemps sans parler.

— T'as ben l'air bête, Jack ! Tu peux pas m'dire bonsoir ? Ben, quoi c'qu'y a ? Popeline t'as-t-y coupé la langue ?

— Non, mais elle aime la poésie.

— Tu devrais être content d'avoir une blonde qui aime la poésie. Ensuite, quoi c'que ça peut t'faire, qu'elle aime la poésie.

— Lis ça.

Et, avant que Popeline n'eut pu intervenir, Jack tendit à Sirop la lettre de Tit'Nour. Sirop lut avec un plaisir évident et fut très ardent dans ses conclusions.

— Ça, c'est souelle ! J'aimerais ben qu'une femme m'écrive des affaires comme ça. Puis, parce que Popeline est admirée et flattée par un grand poète, t'es pas content, t'es pas ordilleux ? Tu devrais comprendre Jack White, que t'as jamais été digne d'une créature comme Popeline, que tu n'es qu'un ver de terre, une vile chenille comme Dugas, un veau gourmeux comme Gauthier, un bêta comme Lapierre et un cornichon comme Lemieux[27], et que si Popeline ose jeter un regard sur toi, c'est par pitié pour ta petitesse et ton indignité. Tu ne réalises donc pas que de ses yeux tombent des trésors de lumière, de ses lèvres des paroles douces comme du miel, de ses joues un fin sourire de reine et que toi, grosse buse à la Pamphile, tu n'es pas plus digne du moindre de ces joyaux que Taschereau n'est digne de représenter davantage au Parlement une race qu'il a trahie et vendue à des Juifs pouilleux qui s'lavent jamais les pieds. Et parce que Popeline, comprise par des gens intelligents comme Tit'Nour, qui savent discerner la perle parmi le commun des papailles, tu te fais une gueule grosse comme un melon de Napierville, tu baves de jalousie et tu fais des reproches à une fille qui ferait courir les princes et les millionnaires après elle si elle daignait seulement le leur permettre. Je reconnais bien la stupidité que j'ai toujours cru percevoir en toi. Et quant à toi, Popeline, sirène d'eau douce, splendeur du crépuscule, toi la mieux pattée et la mieux bustée de Montréal après ma Flannellette, toi qui es digne d'être publiée en couleurs dans le supplément de *La Presse*, laisse-moi te faire des excuses pour cet ignorant de

---

[27] Probablement Lucien Dugas, Pierre Gauthier, Lauréat Lapierre et Gustave Lemieux, alors députés libéraux dans le gouvernement Taschereau.

Jack White, qui n'a jamais connu les beaux-arts et qui n'a jamais su apprécier la poésie. Laisse-moi te dire que tu as raison d'apprécier les écrits de Tit'Nour, plus digne de ton regard sombre d'Espagnole et de tes pensées que cette plogue que j'ai devant moi. Au nom de la poésie offensée, pardonne à cet idiot et jette-le dehors pour en recevoir un autre.

Lorsqu'il eut fini, Jack White et Popeline pleuraient. Jack se sentait définitivement coulé, et Popeline soupirait de bonheur en disant : « Sirop est un poète raffiné comme du sucre blanc ; il dit des choses comme je n'en ai jamais entendues. Quel vocabulaire, quel choix des termes, quelle souplesse, quelle finesse ! Enfin, j'ai vu un poète de près, enfin j'ai entendu un poète improviser. Quel bonheur me gagne ! »

— De grâce, arrêtez de parler comme ça, murmura Jack. Protégez-moi, j'ai besoin de tendresse et de protection. J'ai un cœur bien sensible.

— Va pas d'mander d'la protection à King[28], dit Sirop pompeusement. T'es sûr qu'y va t'mettre encore dans l'trou ben plus creux.

Et, pendant que Jack continuait à pleurer (le mot est doux, il aurait fallu dire brailler), Popeline se laissait aller à son exaltation, soupirant avec une chaleur de plus en plus vive jusqu'à s'écrier soudain : « Sirop, t'es poète et je l'savais pas ; j'ai été bien injuste envers un esprit subtil comme toi, avec Jack j'ai souvent ri de toi et critiqué tes manières. Mon cœur t'admire et regrette ce qu'il a fait. Laisse-moi t'embrasser ».

Et, sans lui donner aucune chance de revenir de sa surprise, elle lui sauta au cou et lui donna un gros bec sucré à pincettes dont le retentissement alla donner comme une grosse claque sur le plexus solaire de Jack. À ce moment, Flannellette entrait.

---

[28] William Lyon Mackenzie King est alors Premier Ministre du Canada. Il a été battu lors des élections fédérales tenues le 28 juillet 1930.

45
Le Goglu, vol. I, n° 46, 20 juin 1930

Et, en entrant, Flannellette avait entendu le bruit du baiser sonore de Popeline à Sirop, et en avait vu l'action. Ce fut pour elle une gigantesque surprise, d'abord parce qu'elle ne s'imaginait pas que Sirop, quoiqu'âgé de vingt-neuf ans, fût assez dégrossi pour se laisser embrasser par une fille ; ensuite parce que, connaissant les goûts de Popeline, elle comprenait difficilement qu'elle pût embrasser un visage comme celui de Sirop, ressemblant à un gros bloc de viande étalé dans une vitrine de boucherie plutôt qu'à une figure humaine.

Ces explications importantes étant données, disons tout de suite que Flannellette ne savait pas encore si elle devait rire ou grimacer de légitime jalousie. Tant est constamment perplexe et toujours agité un cœur de femme ! De son côté Popeline, qui aurait préféré ne pas être surprise sur le fait, tout licite que fût le motif de son poétique emportement, attendait les premiers mots que dirait sa sœur pour adopter une contenance à l'avenant. Quant à Jack White, qui était tout abasourdi par le bruit, le geste, la spontanéité, la force et la plénitude du baiser, il masquait mal une envie mitigée de jalousie.

Tant d'ébats d'âme, de nuances morales, de diversité sentimentale ! Qu'allait-il se passer ? Le romancier, toujours plus soucieux de la vérité et du réalisme que de l'idéalisme et de l'exagération, va raconter suivant ses faibles moyens ce qui se produisit à cette minute, oppressante et pour les héros et pour les lecteurs.

Se sentant rassuré et fortifié par la présence d'une quarte personne, Jack se leva, livide, marcha vers Sirop et lui appliqua sur le gras de la nuque une de ses claques comme seulement en donne un ami rencontrant un autre ami disparu pendant vingt ans. La claque dut être forte, car, malgré son énorme poids, Sirop en sursauta. Et Jack ajouta, sur un ton méprisant : « Écœurant ! » ce qui était la suprême insulte.

Sirop, qui aurait pu écrabouiller Jack d'un seul coup de pouce, dut se contenir, parce que le regard de Flannellette, fixé sur lui, exigeait une explication.

— Comment, écœurant ? demanda-t-il. A m'embrasse parce que j'aime la poésie.

— T'as menti. C'est parce que tu l'as vantée, que tu lui as dit qu'elle est une perle et qu'elle doit pas sortir avec une plogue comme moi, parce que tu l'as encouragée à m'lâcher pour sortir avec Tit'Nour, parce que tu lui as trouvé une raison de m'faire manger d'l'avoine. T'es sournois, t'es hypocrite, j'commence à m'en apercevoir.

— J'ai parlé avec candeur, rien que pour la poésie, sans rien dire de toi. J'ai dit qu't'es un jaloux qui veut pas que Popeline soit admirée et chantée par les poètes, et j'vois qu'c'est ben vrai qu't'es jaloux et qu'a s'rait ben malheureuse avec un fond noir comme toi.

— C'est-y une raison pour que Popeline lui saute au cou ? demanda sèchement Flannellette. J'vas-t-y être obligée de r'venir en courant du magasin tous les soirs pour les ouatcher s'parler d'la poésie ? Si chaque fois qu'y parlent de c'te chose-là, ça finit comme ça, j'suis aussi bien d'changer d'cavalier, puis toi d'changer d'blonde, Jack !

La logique de ce raisonnement tomba comme une masse écrasante sur la tête des deux accusés. Ni Sirop ni Popeline ne savaient que dire. Finalement Jack White représenta à Flannellette que le baiser n'avait absolument rien d'amoureux ni de personnel, que c'était moins la personne de Sirop que l'idée poétique que Popeline avait embrassée, que ce n'avait été qu'un bec sans conséquence, un vulgaire bec à pincettes bien primaire, une impulsion subconsciente sans cause volontaire, un élan du moment où le mental avait plus de part que le sentimental, une affaire absolument platonique et dont il ne fallait pas mal penser. L'auteur ne saurait cependant, malgré toute sa bonne volonté, répéter le vocabulaire exact dans lequel Jack put faire comprendre ces choses.

— Dans c'cas-là, j'voudrais ben savoir qui c'est qu'est l'écœurant, dit Sirop en reprenant son aplomb. Tu dis que c'était un bec de rien du tout, sans conséquence, puis tu me flanques une mornifle à ta force et tu veux m'faire séparer d'avec Flannellette en l'empoisonnant avec ton venin. Serpent ! Serpent !

46
Le Goglu, vol. I, nº 47, 27 juin 1930

Et, au moment où il traitait Jack de serpent, Sirop voulut lui remettre la gifle qu'il lui devait. Mais Jack, rapide et léger, sut l'éviter, de sorte que ce fut Flannellette qui reçut la formidable claque dans le creux du dos. La blonde jumelle faillit s'en tousser la rate hors de la gorge tant elle en fut ébranlée.

— Il embrasse ma sœur en cachette et v'là qu'il me bat à cause de ça, dit Flannellette en pleurant.

— Pas vrai, il m'a pas embrassée en cachette, dit Popeline. Jack était là.

— Dans c'cas-là, c'est pire ; c'est un défi à la pudeur et à l'amour de Jack, ajouta Flannellette.

Aigri d'avoir frappé sa blonde au lieu de Jack, auquel la claque était destinée, peiné de voir Flannellette pleurer des larmes de véritable douleur, Sirop bouscula Popeline, derrière laquelle Jack s'était caché, et s'avança vers le Franco-Américain. Mais Jack ne lui donna pas de chance et, lui présentant la main, s'écria : « En tout cas, j'n'ai pas d'rancune. Faut qu'ça s'règle c't'affaire-là ; comment c'qu'on va régler ça ?

Cette proposition désarçonna Sirop, qui était simple d'esprit et n'avait pas le don de réplique.

— Oui, faut qu'ça s'règle, dit sèchement Flannellette.

— J'sus ben prêt à régler comme vous voudrez, dit Sirop. Qu'est-ce que vous voulez que j'fasse ?

— J'proposerais une raïde, suggéra Jack White, et si on r'vient sans s'avoir chicané et avec les affaires comme elles étaient avant, ça s'ra correct.

— Oqué ! J'sus prêt, dit Sirop.

. . . . .

Le dimanche suivant, à la fin de juin, on s'embarquait à quatre dans le saille-car de Sirop Lafrance pour se rendre jusqu'à Arthabaska, car Jack White avait prétendu qu'on ne roulerait que sur des chemins de gravelle et que ces chemins étaient les meilleurs de la province. De nouveau, on passa sur le pont Jacques Cartier, où M. Cardin a fait placer un percepteur de péage juif, probablement parce que tous les Canadiens-français ont de l'ouvrage et parce que nos compatriotes sont trop bêtes pour occuper cette fonction. De nouveau on passa à Longueuil et on fila jusqu'à Saint-Hyacinthe, où l'on vit d'abord la cabane en briques jaunes de *La Presse*, poste de radio réputé fameux mais qui, malgré son dessin de forteresse, n'en ressemble pas moins à un vieux hangar fragile et délabré, tant la pingrerie pamphilienne et la chicherie du-tremblay-zoise s'est manifestée dans sa construction. On traversa la belle petite ville qui ouvre la porte aux Cantons de l'Est, la ville la plus mystique du pays, la ville aux nombreux clochers et aux innombrables institutions, qu'une population intimidée par un gros rhinocéros laisse conduire par l'irréligion et l'antichristianisme[29]. Après un bon dîner au Grand Hôtel, on fila droit vers Drummondville, pour redescendre par le sud vers Victoriaville. On s'aperçut que les chemins de gravelle sont, dans cette région, à peu près ce qu'il y a de pire en fait de voirie dans la province. On descendit une côte sablonneuse où les camions et les autobus avaient fait des rainures de six pouces de profondeur. Ce qui fit passer de nombreuses remarques aux quatre voyageurs, qui admirent qu'il faut vraiment être dans le comté du *boss* de la Voirie pour trouver de mauvais chemins. De Victoriaville, on prit un mauvais chemin qui conduit plutôt à Warwick, et l'on ne s'en aperçut que dans le village de cette belle paroisse. On s'arrêta au restaurant pour boire un crime-soda, puis on continua jusqu'à environ trois milles, la bécane étant soudainement forcée d'arrêter devant l'école du rang. Par un hasard extraordinaire, la maîtresse Morin, qui venait de faire la distribution des prix, se trouvait à son école, cet après-midi-là. Chose rare, pensa Sirop Lafrance, car on ne voit que peu souvent une maîtresse d'école venir flâner dans sa salle d'enseignement le dimanche. Pendant que Sirop patchait le tayeur, les deux jumelles et Jack entraient dans l'école pour demander un peu d'eau fraîche à boire. La maîtresse Morin, peu rassurée à la vue des étrangers, comme le sont toutes les institutrices de campagne, plus habituées à voir passer des oiseaux, des

---

[29] Arcand fait ici référence à Télesphore-Damien Bouchard, alors maire de Saint-Hyacinthe et orateur de l'Assemblée législative dans le gouvernement Taschereau. Bouchard était un anticlérical et franc-maçon notoire.

veaux, des charrettes et des moutons que des citadins, ne se rendit à leur demande qu'en marchant à reculons et en les regardant de travers.

47

Le Goglu, vol. I, n° 48, 4 juillet 1930

Pendant qu'on buvait ainsi l'eau du puits, Jack White, bien qu'il fût très américanisé, s'amusait à examiner des dessins floraux et des phrases de grammaire française, au tableau noir. À la surprise de ses compagnes, il sauta subitement sur un morceau de craie et courut au tableau placer une virgule qui manquait et un trait d'union à un mot composé. Là-dessus une vive discussion s'engagea entre la maîtresse intimidée et offensée, et Jack, qui prétendait beaucoup s'y connaître en français. Mais Sirop, entendant les cris et les arguments assourdissants des deux grammairiens aux prises, entra de son gros pas bonasse et demanda ce qui se passait. Il donna finalement raison à l'orthographe de la petite institutrice, ce qui n'eut pas le don de plaire à Flannellette, car elle s'imagina que Sirop lui donnait raison seulement parce qu'il la trouvait jolie. « Sortons », dit sèchement la blonde jumelle, sur un ton qui n'admettait aucune réplique ni aucun retard. Et tous les quatre sortirent en un instant.

Mais Sirop et Jack, qui s'étaient sali les mains à travailler au moteur de la motocyclette, rentrèrent aussitôt dans l'école, demandant la permission de se laver. La maîtresse Morin y accéda et sortit de la salle, pour ne pas gêner les visiteurs, car souvent les hommes n'aiment pas à être regardés quand ils se lavent.

— J'espère, par hasard, qu't'essaye pas à m'souiper mon cavalier ? lui demanda Flannellette.

— Aye ! Aye ! dit la maîtresse d'école, quand on lui a vu la tête, à ton gars, on vient pas folle comme pour le prince de Galles. Fais-toi-z'en pas accroire !

La conversation allait s'envenimer quand on vit arriver soudain un bel auto Packard flambant neuf, qui arrêta à côté du bicycle à saille-car. Deux jeunes gens d'environ vingt-deux ans en descendirent, vigoureux et bien mis, apparemment des universitaires juifs en vacances. Flannellette et la maîtresse Morin s'approchèrent pour voir ce qu'ils voulaient et, en moins de temps qu'il n'en faut pour l'écrire, les deux Juifs précipitèrent brusquement les deux filles dans leur auto et repartirent en vitesse, pendant que Popeline criait : « Y sont kidnappées ! Y sont kidnappées ! » Lafrance et White sortirent en courant de l'école et l'on monta sur la bécane, qui se mit à poursuivre l'auto avec son ordinaire vacarme infernal.

La situation était tragique. Le cœur de Sirop lui sautait à la gorge, le sang lui claquait aux tempes, une soif hystérique de vengeance lui pinçait la cervelle. Il donnait au moteur tout ce qu'il pouvait boire d'essence sans étouffer. Les deux Juifs s'aperçurent que la motocyclette gagnait insensiblement du terrain, malgré les cahots et les dangereux soubresauts qui la secouaient. Aussi prirent-ils une décision qui devait énormément compliquer les choses. Modérant devant la maison de Tit'Fred Pépin, ils tournèrent subitement vers la droite et s'engagèrent dans l'ancien chemin du postillon local, vers le haut d'une montagne située à environ un mille. Ayant une barrière à passer, ils ne prirent pas le temps d'aller l'ouvrir, mais l'enfoncèrent d'un élan de la voiture, puis continuèrent vers la butte. Pendant que le Packard filait à une allure assez rapide pour ne pas permettre aux deux filles de s'échapper, l'un des deux Juifs luttait contre les prisonnières pour leur attacher les bras et leur poser des bâillons sur la bouche. Les deux « enlevées » se débattaient avec une vigueur qu'aurait enviée un avocat de la ville ou un notaire de campagne, tirant les cheveux du Juif, lui griffant les babines, lui éraflant les oreilles, lui mordant les bras, le labourant de coups de pieds, l'une criant : « Attends un peu, Sirop s'en vient ! » l'autre gémissant : « Au secours, Donat ! Au secours ! » Mais le Juif, athlétique et fort, finit par ligoter les mains des prisonnières et leur attacher des mouchoirs sur la figure.

Bientôt, celui qui chauffait la limousine réalisa qu'il ne pouvait aller plus loin, le chemin s'arrêtant à la lisière d'une sucrerie[30]. Il descendit de l'auto avec grande précipitation, jeta un coup d'œil

---

[30] On comprend évidemment qu'il s'agit ici d'une cabane à sucre, c'est-à-dire un endroit où l'on fabrique les produits de l'érable.

sur les environs et, voyant une cabane tout près de l'endroit où l'auto était arrêtée alla prêter main-forte à son copain pour faire descendre les deux prisonnières et les traîner jusque dans la cabane. On ferma les portes et les barricada. Il était temps, car Sirop, le visage penché sur les poignées de gouverne comme une panthère provoquée par un mauvais chasseur, arrivait avec la bécane et les deux autres occupants.

48

Le Goglu, vol. I, n° 49, 11 juillet 1930

« Ouvrez la porte, espèce de bommes d'écœurants ! » cria-t-il de sa voix la plus menaçante et la plus coléreuse, en s'élançant vers la cabane à sucre.

« *Go to hell!* » fut la seule réponse qui se fit entendre de l'intérieur.

« On va vous en faire un *go to hell*. Défends-toi, Flannellette, ça s'ra pas long, on va défoncer ! » ajouta Sirop en regardant autour de lui s'il ne trouverait pas une hache ou un gros morceau de bois pour enfoncer la porte.

— Tâche des t'nir pendant que j'vas aller chercher du secours, dit Jack White en se préparant à descendre le monticule.

— Toi, mon sans-cœur, dit Popeline, tu vas rester ici et aider Sirop à les battre. Y ont l'air ben forts, ces gars-là.

Et Jack White, qui ne voulait pas être en reste avec Sirop, se mit à chercher le plus gros rondin qui pouvait se trouver autour. On découvrit, à côté de la cabane, un abri à chevaux tout rempli de bûches d'érable. Chacun des trois sauveteurs prit un morceau de bois franc de la grosseur la plus appropriée à la force de son bras et l'on revint devant la porte de la cabane, à travers laquelle on entendait les filles crier et les ravisseurs sacrer en juif. Par le ton de la voix et les bruits qui venaient de l'intérieur, on pouvait facilement comprendre qu'il s'y mordait des bras et qu'il s'y arrachait des cheveux.

— Ouvrez la porte, espèce d'écœurants de kidnappeurs ! cria encore Sirop.

N'ayant pas obtenu une meilleure réponse que la première, il se lança dans la porte de toute la force de son poids. Les gonds en gémirent, mais la porte résista. Sirop, ressentant par une douleur à son épaule qu'il ne réussirait à l'enfoncer que moyennant quelques contusions et la fêlure d'un os, tenta d'aller passer par une petite fenêtre que les ravisseurs n'avaient pu fermer. Comme il se passait la tête par le carreau, Sirop reçut en pleine figure une pleine chaudière de vieille eau croupissante. Il en cria un juron que nous ne pouvons répéter. Il se remit alors à foncer sur la porte pendant que Jack White l'aidait en donnant de petits coups de bûche à côté de la porte. Sirop perdait insensiblement sa force et commençait à réaliser que, si la porte résistait encore trop long-temps, il n'aurait plus de force pour battre les deux Juifs comme il voulait le faire.

Malgré les cris venant de l'intérieur, les bruits de chaudières renversées et de rondins volant de tous côtés sur les murs, l'atten-tion des assaillants fut tout à coup attirée vers le bas de la côte, d'où montaient d'autres cris sourds. C'était un groupe du village et du grand rang qui, après une alarme générale donnée au télé-phone, venait en courant pour sauver l'institutrice, que l'on avait vue se défendre dans l'automobile. Il y avait, armés de fourches, de pelles, de bâtons, de balais : Fleur-Ange, Irène, Yvonne, Lucienne, Cécile, Bernadette, Marie-Paule, Gérard, Noël et Fer-nand Pépin, dirigés par Tit'Fred Pépin, Noël Roy, l'oncle Gustin, Philippe et Arthur Laroche, puis Agé Kirouac avec une carabine. La vision de ce renfort décupla la force de Sirop, qui se remit à bûcher des épaules dans la porte, pensant qu'il devait avoir pour lui seul le mérite du sauvetage.

Le groupe de sauveteurs arrivait à la cabane comme la porte cédait. Sirop s'élança, front baissé, l'œil en feu. Un éclat de rire accueillit son entrée. Les deux prisonnières, échevelées, les vête-ments en lambeaux, étaient libres. Les ravisseurs n'y étaient plus.

— Ousqu'y sont ? demanda Sirop, enragé à la vue de Flannel-lette dans cette mise.

Les deux filles se reprirent à rire, faisant un signe du doigt et montrant le sol.

— Ousqu'y sont ? répéta Sirop.

— Dans le puits, dit la maîtresse Morin.

— Comment, dans le puits ?

— Viens voir.

Et Sirop alla se pencher au-dessus d'un trou pratiqué dans le plancher de ciment de la cabane et entendit sourdre de très loin des grognements plaintifs et des clapotis de corps se débattant dans l'eau.

— J'vas les sortir, dit Sirop qui ne voulait pas perdre sa chance de se venger.

Et il tendait, par l'ouverture du puits, un câble aux bras tendus des deux Juifs, pendant que Flannellette et sa nouvelle amie racontaient aux arrivants que pendant la bataille, les Juifs, ne sachant pas qu'il y avait une ouverture de puits dans la cabane, étaient tombés dans l'eau.

49

Le Goglu, vol. I, n° 50, 18 juillet 1930

Sirop se hâta à tirer le câble pour retirer les deux Juifs du puits, car il ne voulait pas qu'ils soient morts, ayant à leur parler de leur vivant. Les deux ravisseurs, épuisés, suffoqués par l'eau qu'ils avaient avalée, parurent bientôt dans l'ouverture du puits. On les tira par les bras et on les fit asseoir près du poêle à pont, que l'on avait allumé pour faire de la tire. Les filles de Warwick avaient décidé de profiter de l'occasion pour lécher la palette.

Au bout d'une demi-heure, les Juifs commencèrent à se remettre de leur bain glacé. Sirop leur offrit de leur masser le dos et les bras, ce qui arracha un cri de surprise et d'indignation à Flannellette.

— J'veux simplement les mettre en condition, car y vont en avoir besoin tout à l'heure, dit calmement Sirop, qui regardait ses ennemis d'un œil vif comme un chat regarde une souris prise entre ses pattes.

Pendant que Jack, Sirop et les autres hommes se donnaient des détails sur l'incident, les filles cherchaient sur elles des épingles pour arranger tant bien que mal les robes déchirées de Flannellette et la p'tite Morin. Ces deux dernières se lièrent vite d'amitié et, en un quart d'heure, se contèrent leur histoire. Flannellette fit une vraie sensation quand elle annonça qu'elle vendait des terrines chez Eaton et que Popeline était la championne vendeuse de mine à poêle chez Dupuis. On les regarda comme des personnages. Bientôt, les deux Juifs, dégourdis, réchauffés, sentant qu'il serait peut-être prudent de se retirer, profitèrent de ce que l'attention générale était attirée vers les palettes pour s'esquiver sur le bout des pieds et marcher prudemment vers leur automobile. Mais Sirop, qui ne pensait qu'à eux, ne fut pas lent à s'en apercevoir. Il sortit de la cabane en trombe et se mit à courir après les fuyards. Il les rejoignit alors qu'ils allaient monter dans l'auto et, les prenant par le collet, les tira vers lui. Se voyant seuls avec Sirop, les deux Juifs s'élancèrent sur Sirop réalisant leur chance de s'en débarrasser et, au besoin, d'intimider les autres qui voudraient venir.

Un bon coup de poing sur un œil, un autre qui lui mit le bout du nez en sang, eurent pour effet de réchauffer l'ardeur de Sirop, qui se mit à piocher de ses gros poings. Ses coups pleuvaient comme des ruades sur le corps et la tête de ses agresseurs, qui grimaçaient et ne pouvaient riposter que par des taloches qui ne semblaient pas affecter Lafrance. Les autres occupants de la cabane ne furent pas lents à entendre les cris guerriers de Sirop et les plaintes de plus en plus criardes des youpins. Ils sortirent en courant, Kirouac tenant toujours son fusil. Presqu'en même temps, Donat Morin, qui était venu de Victoriaville pour vendre des débentures dans Warwick et avait eu vent de l'affaire, arrivait échevelé dans son Chevrolet. En le voyant, la maîtresse d'école se mit à crier de sa voix la plus douce et la plus sympathique : « Oh ! Donat, mon sauveur, mon sauveur ! » N'écoutant que son cœur et son anti-juivisme, Donat sauta d'un bond sur l'un des Juifs et commença à lui administrer une de ces raclées comme Homère seul pouvait en décrire. Mais Sirop, voyant ce nouvel arrivé intervenir dans ses affaires privées, arrêta sa boucherie et dit sèchement à Donat :

— C'est-y ta *fight* ou ben si c'est ma *fight* à moi ?

— C'est-y ta cousine ou ben si c'est ma cousine à moi ? riposta Donat.

— Dans c'cas-là, tapochons ensemble.

Les deux Juifs n'en pouvaient plus. Ils avaient la figure enflée, rougeâtre, verdâtre, comme ces forçures exposées dans les vitrines des bouchers de la rue Saint-Laurent. Ne pouvant plus crier, ils faisaient signe avec leurs mains qu'ils en avaient assez et qu'ils voulaient s'en aller.

— Ah ! mon cochon, dit alors Jack White. T'écoutais pas les plaintes de nos blondes, toi ! Tu t'es pas gêné d'les attacher !

Et le petit Jack, sentant qu'il n'aurait pas de résistance à subir, se rua à son tour sur le plus gros des deux youpins et lui fit sortir du sang noir là où Sirop n'avait pas eu le temps d'en tirer. Il devait frapper assez sec, car à un moment son adversaire cracha une grosse dent sur le gazon.

— J'pense qu'y commencent à n'avoir assez, dit bientôt Popeline.

— Ça m'a l'air à ça ! conclut Fred Pépin.

Mais Donat frappait toujours, n'entendant pas les cris des autres qui lui disaient d'arrêter.

50
Le Goglu, vol. I, n° 51, 25 juillet 1930

Donat ne pensait qu'à une chose : un Juif avait touché à une Morin, et tout son héroïsme déferlait au bout de ses bras en des taloches à assommer un bœuf. Il ne s'arrêta que lorsqu'il eut la peau arrachée des jointures à force de bûcher.

Noël Roy et le père Gustin Laroche, qui auraient bien voulu donner une petite claque pour contenter leurs nerfs, décidèrent à leur tour que c'était assez. Les deux youpins, massacrés des pieds à la tête, prirent vingt bonnes minutes à se relever, puis une grosse demi-heure à aller s'asseoir dans leur auto.

— You take une leçon pas toucher à French Canadian girl, leur dit Sirop comme l'auto des youpins partait lentement.

— Et moi, dit Agésilas, j'ai apporté mon fusil pour rien ?

— Non, dit Fred Pépin, il va te servir pour Girouard. Charge-le pas trop fort, cependant, car Girouard n'est pas un bétail bien dur à descendre.

. . . . . .

Cette semaine-là, Montréal était dans l'effervescence des élections fédérales et Sirop, converti au mouvement patriotique des Goglus, après la raclée qu'il avait reçue aux élections municipales dans le quartier Hochelaga, travaillait jour et nuit pour la protection. Quand il n'adressait pas des enveloppes, il caballait de porte en porte, distribuait des circulaires ou faisait des discours improvisés dans les comités. Et il obtenait un succès inespéré. Les auditeurs étaient nombreux, enthousiastes ; c'était partout dans les rangs des « Canadiens d'abord », qui faisaient la guerre aux apôtres des États-Unis, de la Nouvelle-Zélande, de l'Australie et de l'empire, tout un peuple réveillé qui semblait fatigué d'avoir été longtemps négligé, exploité et berné, un peuple conscient de sa force, de ses richesses, de son avenir. Et toute la jeunesse bouillante des Goglus se levait comme une marée vengeresse pour renverser un régime antipatriotique et très corrompu. Dans les comités des rouges, amis des rouges russes et juifs qu'ils avaient importés, on avait la figure longue, les yeux atterrés ; le moral des rouges se sentait écrasé et balayé par cet électrisant courant patriotique qui secouait tout le reste du peuple, les vieillards, les femmes, les filles et les garçons. Pour la première fois depuis vingt ans, les protectionnistes faisaient la lutte en chantant et en riant, confiants dans les sains principes de leur cause, car ils voyaient que les événements leur avaient donné raison. Le même frisson qui avait fait vibrer la nation américaine aux élections d'Abraham Lincoln courait sur la nation canadienne, résolue de subvenir à ses besoins et se passer de l'étranger. Et Sirop travaillait dans l'enthousiasme général. Il avait charge d'une bande pour empêcher les rouges d'insulter les candidats des patriotes, mais cette charge ne lui avait donné aucun travail, car les protectionnistes avaient des assemblées de milliers et milliers d'auditeurs, alors que les rouges bolchéviques ne se faisaient entendre que de trois ou quatre cents personnes, et encore étaient-ils constamment interrompus par leurs anciens partisans. Sirop accomplissait avec un zèle joyeux sa modeste besogne, conscient comme le reste du peuple qu'il aidait à écrire l'une des plus grandes pages de l'histoire du Canada, un chapitre marquant la libération économique définitive des Canadiens et le commencement de leur indépendance financière. On pressentait que le vote serait partout écrasant, décisif, car toute l'âme fière et noble de la patrie canadienne planait sur les foules, soulevait les énergies, gonflait les cœurs, dirigeait les esprits vers la délivrance du joug des financiers juifs et américains. C'était un peuple rajeuni qui secouait la domination étrangère et devenait son propre maître. La horde rouge, rageuse, offrait vainement l'or corrompu des intérêts juifs et répandait inutilement des flots d'alcool pour attirer l'attention ou la sympathie des patriotes. Mais ceux-ci avaient trop souffert, trop chômé, leurs femmes avaient trop pleuré, leurs enfants avaient trop gémi, trop de leurs fils s'étaient exilés pour que ces faveurs passagères n'eussent aucun effet. Le peuple souverain enflammé d'un esprit de justice inexorable et sans amertume, allait faire sauter par le signe de la croix, fait sur des petits bouts de papiers, les tyrans qui l'avaient opprimé, livré aux Juifs et aux étrangers. Et Sirop travaillait, travaillait, travaillait, pour sa race et sa patrie.

51
Le Goglu, vol. I, n° 52, 1er août 1930

Il travaillait sans repos et sans trêve, et étaient des milliers de patriotes comme lui qui, dans l'obscurité, sans être connus de la foule, devaient assurer la renaissance de la nation canadienne.

. . . . .

La semaine suivante, Sirop Lafrance, Jack White, Popeline et Flannellette Dubois se rencontraient devant le magasin de Jos. Lagarde pour écouter le rapport des élections que donnait un haut-parleur radiophonique installé à la porte du magasin, angle Saint-Denis et Rachel. À peine les premiers rapports commençaient-ils à parvenir qu'un orage éclatait. La foudre hurlait d'une voix rauque et des éclairs fulgurants crevaient l'obscurité. Les provinces maritimes furent annoncées les premières, croulant les unes après les autres sous un vote protectionniste écrasant.

Vint ensuite le tour de Québec qui affirmait des majorités libérales réduites à leur plus simple expression. Puis des rapports qui jetaient les auditeurs dans la stupeur. Le bloc solide croulait à son tour, volant en éclats sous les coups du tonnerre, qui accompagnait chaque chute de comté. Québec vacillait, changeait, tombait. On pressentait que le bloc solide, qui avait tant trahi Québec, allait dans quelques heures être chose du passé. L'Ontario venait à la charge, puis l'Ouest, puis encore Québec, puis encore les maritimes. C'était un désastre sans précédent pour ceux qui avaient osé gaspiller l'œuvre du grand Laurier[31] et changer son libéralisme en rougisme bolchévique. On sentait dans ces rapports, que le peuple canadien avait secoué sa torpeur, secoué le joug étranger pour se protéger et redevenir son propre maître, se vengeant en même temps contre l'insulte des plus bas préjugés répandus par un sénateur avili et un conseiller législatif esclave de toutes les vilénies.

Le poste radio-transmetteur se mit bientôt à n'irradier que de la musique ou des bruits infernaux ressemblant à des grincements de dents, comme si le propriétaire de ce poste eut eu honte de donner les rapports que la foule était avide d'entendre et d'applaudir. Ce semblait une véritable manœuvre pamphilienne, nugentine et dutremblézienne. Tout de même, le poste dut s'exécuter et donner, toutes les demi-heures, des aperçus de plus en plus précis de la situation. Et le régime de trahison croulait lentement sous l'accompagnement de la foudre et le crépitement d'une pluie torrentielle.[32]

Sirop criait de joie chaque fois qu'on mentionnait un ministre battu. Par contre, chaque fois qu'un Cliqueux était déclaré élu avec une majorité de quêteux, il disait : « Eh ! ben, mon vieux, tu vas connaître l'opposition pour une fameuse mèche de temps », ce qui faisait sourire les auditeurs environnants et semblait répandre un baume réconfortant dans leur cœur.

— En tout cas, dit Jack White, on n'a toujours pas travaillé pour rien. On s'est dépensé gratuitement, mais le succès est bien notre plus belle paie.

----

[31] Sir Wilfrid Laurier, Premier Ministre du Canada de 1896 à 1911. Il a été le premier francophone à occuper ce poste.

[32] Le 28 juillet 1930, le Parti libéral a été battu par le Parti libéral-conservateur aux élections fédérales. Le Parti libéral a perdu 27 sièges au Parlement, mais est demeuré majoritaire dans la province de Québec. Il a toutefois repris le pouvoir en 1935 et l'a conservé jusqu'en 1957.

— Moi, dit Popeline, ma jouissance est de voir Tit' Coq Barrette faire prendre une *shire* à Gervais[33]. Y paraît que les Goglus ont fait fâcher le docteur noir de rage et l'ont picossé devant sa propre maison.

— Oui, dit Flannellette, Émile lui a même fait rater sa réplique.

— J'ai ben hâte au provincial, dit Sirop.

— Parle-z'en pas, dit Jack White ; on va t'leur donner une de ces ratatouilles à ces mal emmanchés qu'y n'en verront pas clair et n'auront même pas l'temps d'réchapper leur chemise en s'sauvant.

— Moi, dit Flannellette, j'aimerais bien à demeurer dans Terrebonne pour voter contre Sathanase.

— Ça serait une bien plus grande jouissance de voter dans Montcalm, contre le gros Toropoury.

— Non, dit Jack White, la vraie jouissance serait d'éplucher le Hareng Boucané dans Montmagny[34].

Nos quatre jeunes gens attendirent jusqu'au petit jour. Après cette nuit de tempête, le soleil se levait glorieux, resplendissant, et le ciel était d'un beau bleu vif. On sentait qu'après l'orage et le marasme, une ère nouvelle de bonheur et de paix se levait sur le pays. Tous quatre, ne pouvant dormir, promenèrent leur joie dans les rues, sous la brise fraîche, jusqu'à l'heure de courir à leur travail.

---

[33] Joseph Arthur Barrette a battu Théodore Gervais dans le comté de Berthier-Maskinongé. On se souviendra qu'Arcand a lui-même été candidat dans ce comté aux élections de 1953.

[34] Le député libéral Athanase David représentait Terrebonne, Joseph-Léonide Perron était dans Montcalm, Charles-Abraham Paquet dans Montmagny.

52
Le Goglu, vol. II, n° 1, 8 août 1930

Ce matin-là, après avoir examiné d'un œil d'envie le monument à Vauquelin[35] et avoir dûment constaté qu'on avait bien enlevé le nom insignifiant de Phiphile DuTremblay, petit-fils de Vildebon Tremblay, du socle de la statue, Jack White s'aventura dans la porte latérale de l'hôtel de ville. Devant les murs et les planchers de marbre, les grilles de bronze, les ascenseurs étincelants, il se sentait gêné. Il dut interroger vingt-trois fonctionnaires avant de savoir qu'il devait monter au premier étage. N'ayant pas fait frotter ses chaussures, il craignait de salir le plancher de l'ascenseur et décida de monter l'escalier. Quinze autres renseignements lui permirent de connaître le corridor qui le conduisit dans l'antichambre de la salle des petits caucus. Il y avait là une foule énorme comprimée entre les quatre murs. Dans le murmure général, on pouvait distinguer ici et là une voix qui disait : « J'vas avoir une bonne job, j'sus ben r'commandé. Ensuite, c'est moi qui ai fait élire mon échevin, c'est moi qui contrôle le vote de mon quartier ». Jack White ne fut pas peu surpris quand, entre ces voix qui disaient toutes la même chose, il crut reconnaître celle de Sirop Lafrance. Il se mit alors à pratiquer une trouée dans les rangs serrés, bousculé, poussé, repoussé, pratiquement désarticulé par les faiseurs d'antichambre qui lui criaient : « Attends ton tour, ça fait deux heures qu'on attend, nous autres ! » Mais Jack, suivant les remous et profitant des poussées, put avancer jusqu'au gros bonhomme dont il avait reconnu la voix. La surprise fut aussi agréable pour Sirop qu'elle avait été pour Jack, et tous les deux se mirent à parler des raisons de leur présence à cet endroit, de leurs chances d'être employés et de leurs recommandations.

— En tout cas, dit Sirop, y ont pas voulu me donner la job à Brizard, y vont toujours ben m'en donner un autre.

— Au fait, dit un voisin qui les écoutait, y est en train de s'bâtir une autre belle maison sur la rue Fullum, Brizard...

— J'aime ça, moi, un Canayen qui réussit, dit Sirop.

---

[35] Jean Vauquelin, officier de la marine française mort en 1772. La Place Vauquelin existe toujours à Montréal.

— Et, reprit le voisin, les employés de la corporation sont en train de faire un fameux beau parc devant ces maisons-là. Ça va faire l'affaire des voisins.

— Pis d'Brizard aussi, ajouta Jack White.

— Un autre qui a ben réussi, c'est Vaillancourt, dit le voisin. Y a une fameuse belle machine de cinq mille bocs et y reste dans une sapré belle maison d'pus quequ'temps.

— Moi, dit Jack White, j'sus r'commandé par Dubuque.

— C'est assez d'ça pour que vous soyez jamais placé, intervint un autre écouteur. Vous êtes mieux d'vous pousser, votre r'commandation vaut rien.

— Comment ça ? demanda Jack.

— Ben, d'pus qu'il a aidé à Auguste Boyer[36], il s'est fait mal ramoner. Y était trop bleu pour avoir d'la chance avec Brizard ou Crépeau.

— Vous m'ferez toujours pas croire qu'il aurait été mieux de travailler contre Boyer ? s'exclama Sirop Lafrance.

— C'est encore drôle, dit l'interrupteur en souriant.

— Dans c'cas-là, j'comprends plus c'qui s'passe en ville ! fit remarquer Jack White, tout estomaqué.

— D'mandez donc à William Tremblay[37] si y comprend queu'qu'chose, lui ; d'mandez donc à tous les bleus d'la ville, à tous les bleus d'la province ; personne peut vous dire qu'y comprend queu'qu'chose.

— C'est-y l'hôtel de ville ou si c'est nous autres qui est fous ? demanda Sirop. C'est-y nous autres qui a gagné ou si c'est les rouges et les Cliqueux. J'vas toujours voir c'qui a au fond d'ça, j'vas toujours ben voir si j'vas avoir ma job ou si j'l'aurai pas.

À ce moment, un grand jeune homme maigre et pâle vint crier : « Les échevins sont partis pour aller inspecter les égouts du Nord, y r'viendront rien que lundi prochain. Vous pourrez prendre une chance dans c'temps-là ».

---

[36] Boyer était candidat conservateur dans le comté de Saint-Henri à Montréal pour les élections fédérales de 1930. Il a été défait.

[37] William Tremblay était alors député du Parti ouvrier à l'Assemblée législative du Québec. Il est devenu ministre du travail sous Maurice Duplessis en 1936.

Et les six cents faiseurs d'antichambre, dont pas un seul n'avait été reçu pendant que les échevins tenaient leur conférence sur l'opportunité de revenir à l'éclairage au gaz, sortirent en maugréant, disant chacun à son voisin : « C'est-y les bleus ou si c'est les rouges qui mènent icitte ? C'est-y nous autres qui a gagné ou si c'est eux-autres ? »

. . . . .

53
Le Goglu, vol. II, n° 2, 15 août 1930

Ce dimanche-là, il faisait un temps le plus beau du monde. Fleurs, parfums, soleil, air vif, nature resplendissante. Dans la placide et tranquille petite rue Du Berri, car cette rue est toujours tranquille le dimanche, le vacarme de la bécane mécanique de Sirop Lafrance se fit entendre dès huit heures du matin. Nos quatre héros furent vite partis, filant à grande allure vers le Bout-de-l'Île. Sauf le bruit du moteur, qui était plus rauque qu'auparavant, l'ensemble de la bécane et ses occupants n'offraient rien d'extraordinaire, ce jour-là, sinon que deux grandes perches de bambou étaient attachées du côté du saille-car, car on s'en allait à la pêche. Aussi fallait-il tourner les coins doucement et de loin, car les lignes menaçaient partout d'accrocher. On subissait déjà assez désagréablement l'ennui de les entendre claquer sur la route chaque fois que les roues rencontraient un motton de la route. Et, comme la route Montréal-Québec n'est faite que de mottons, on devine la gravité de l'ennui.

Le premier arrêt se fit à Berthier, cette fois devant l'hôtel Victoria, où le compère Précourt avait fait bouillir quelques douzaines d'épis de blé d'Inde. Une heure plus tard, la bécane s'arrêtait, faute de gazoline, devant la maison à grosses colonnes du notaire Barrette, à Saint-Barthélemy. Heureusement qu'il y avait un garage tout prêt et qu'on n'eut aucune peine à refaire le plein d'essence et repartir. On fila ensuite jusqu'à Louiseville, où il fallait s'informer du chemin conduisant à Saint-Alexis. Ce fut le Notaire Coutu qui, revenant de la grand'messe, donna à Sirop une série d'indications assez compliquées.

La motocyclette à bruit de ferraille prit donc la route de Saint-Léon, longeant la petite rivière-du-Loup, puis monta vers les Laurentides par Saint-Paulin pour arriver enfin à Saint-Alexis. On avait conseillé à Sirop d'aller au Lac Caché, mais allez donc trouver le Lac Caché parmi trois ou quatre cents lacs rapprochés d'un demi-mille les uns des autres ? Ce fut Magloire Paquin qui, sortant avec une palette de gomme de chez Hector Lemay, tira nos quatre pêcheurs de leur perplexité. Il leur offrit même de leur montrer la route lui-même avec son Chevrolet neuf. Comme Magloire faisait du 40 à l'heure dans les côtes les plus atroces et sur les cailloux les plus glissants, Sirop avait grand'peine à le suivre. Mais il ne devait pas arriver plus tard que Magloire car ce dernier, par une fausse manœuvre, s'était embourbé jusqu'aux essieux dans une côte de sable fin. « Je n'ai pas l'air aussi fin que le sable », se dit-il, en voyant arriver la bécane. Bon cœur reconnaissant, Sirop s'offrit à l'aider à sortir de l'ornière, malgré la fragilité de sa bécane. Magloire ne pouvait refuser, même s'il en eut envie. Là encore, Sirop accomplit une prouesse, surpassant celle qu'il avait accomplie lorsque, sur le chemin de Nicolet, il avait fait manger sa poussière pendant trois quarts d'heure au Packard d'un ministre. Comment s'y prit-il ? Ce serait aussi long à raconter que la construction du pont de César. Mais, comme résultat pratique, il sortit Magloire du trou. Ce dernier fila ensuite moins vite, poursuivant une route qui n'a jamais connu les avantages de la gravelle, tourna à droite à la troisième fourche de chemins, puis s'arrêta devant un très coquet petit camp, sur la rive d'un petit lac étincelant comme une perle.

— Bonjour, Adolphe ! cria Magloire.

— Bonjour, Magloire, répondit un beau grand Canayen.

— J'vous amène de la visite de Montréal, Sirop Lafrance avec sa « gang ».

— On dit qu'c'est des Goglus ?

— Oui, des vrais pur-sang !

On descendit, on défit les lignes de pêche, on secoua la poussière, on jeta un coup d'œil sur les alentours, on entra, on fit les présentations, on demanda des costumes de bain à Mme Lemay, bref on fit comme partout quand on arrive pour une excursion de pêche. À peine se dirigeait-on vers les canots qu'on entendit un ronflement d'avion dans les airs. En effet, c'était un aéroplane, un véritable, qui passait au-dessus de la montagne d'en face. Mais l'avion ne fit pas que passer. Il se mit à survoler le camp, baisser, baisser, et atterrit finalement dans le champ voisin.

— Milette ! C'est Milette ! se mirent à crier quelques têtes qui sortaient de toutes les fenêtres du camp.

En un clin d'œil, on vit se grouper plus de cent personnes sur ce coin de terre où l'on n'aurait pas soupçonné la présence de dix êtres vivants.

54
Le Goglu, vol. II, n° 3, 22 août 1930

Ils semblaient sortir de terre tant leur nombre grossissait rapidement. Ils firent une ovation aux deux aviateurs qui descendirent de l'oiseau mécanique.

— Bonjour Milette ! T'es un blodde ! T'es ben fin ! On t'aime ben ! La belle surprise !

C'était bien Milette, l'unique, sans rival, exclusif, extraordinaire, seul de son espèce, qui arrivait, joyeux et triomphant, pour faire une surprise aux amis, ayant en même temps le privilège de faire atterrir le premier avion qui ait touché la terre de Saint-Alexis.

— C'est un autre Goglu ! cria Magloire.

Et Adolphe Lemay, songeur, semblait se demander si tout l'univers était devenu Goglu.

Pendant que la foule des gens de l'endroit se groupait autour de l'avion pour l'examiner, nos pêcheurs revenaient sur le bord du lac, cherchant du regard des chaloupes et des canots libres. Sirop vit une frêle embarcation en écorce de bouleau et, se sentant un peu sauvage au milieu de ces énormes montagnes, il ne put résister à l'envie de s'en servir. Flannellette fut la première à s'y asseoir, après un quart d'heure de manipulations délicates, tant le canot était chavirant. Puis ce fut au tour de Sirop qui, lourd, trapu, peu vif, prit un autre quart d'heure à s'y installer, pendant que Jack White et Popeline faisaient des prouesses pour empêcher l'embarcation de tourner à l'envers.

— À cette heure, dit Sirop à la jumelle blonde, prends l'aviron et rame.

— Comment, rame ?

— Ben oui, j'sais pas ramer, j'comprends rien là-dedans.

Flannellette, qui avait pris au Parc Lafontaine quelques notions de rame et d'aviron, aux premiers jours de son adolescence, quand elle allait regarder seiner les jeunes souelles du faubourg Québec, se mit à avironner timidement mais, il faut le dire, convenablement. Pendant ce temps, Sirop arrangeait sa ligne, qui s'était toute mêlée à seulement y toucher, et Jack pêchait déjà au ver sur un gros caillou, de l'autre côté du lac, où il avait eu amplement le temps de se rendre. Popeline, assise sur le même caillou, lisait le feuilleton du *Goglu*. Tout à coup, un cri formidable, pareil à un rugissement, se fit entendre de la rive du lac. C'était Magloire qui criait : « T'as pas honte, gros sans-cœur, de te faire avironner par une p'tite créature comme ça ? »

— Va donc sus l'iâbe, riposta Sirop sans relever la tête, sans savoir si l'apostrophe s'adressait à lui, mais sentant bien que lui, lourd de deux cents livres, était dans la curieuse position d'un simili-impotent locomotionné par une fragile jeune fille.

— Pour aller sus l'iâbe, faudrait qu'j'aille te r'joindre, et y a pas d'chaloupe, répondit Magloire.

— À c't'heure qu'on t'a sorti du trou d'sable, tu fais l'frais, mais on va se r'voir ! cria encore Sirop sur un ton qui ne promettait rien d'agréable.

Cette dernière apostrophe eut le magique effet de faire taire subitement la voix du rivage. Sirop continua à démêler sa ligne, Flannellette avironnant toujours, dans un gracieux mouvement des bras, de la gorge et des reins. Dans une embarcation aussi frêle et dangereuse, il valait mieux que Sirop fût occupé à regarder sa ligne plutôt que sa compagne. C'est, du moins, ce que croit le romancier.

De temps à autre, Jack White faisait entendre un petit cri triomphateur. À chaque cri correspondait la prise d'une perchaude dont la longueur variait entre deux ou trois pouces. Sirop, rongé par un dépit qu'il ne voulait pas faire transparaître, souriait d'un air de dédain, disant tout bas à Flannellette, fort intéressée à regarder quelques baigneurs prendre leurs ébats sur la grève de sable : « Pouah ! Des perchaudes ! Des ménés ! Voir si on pêche au ver dans un lac du Nord. Attends un peu que je trempe ma ligne, tu vas voir ce que c'est que pêcher à la mouche ». Et Flannellette, sans rien entendre, regardait toujours vers la grève.

Une grosse heure s'était écoulée à défaire les innombrables nœuds de sa ligne quand Sirop laissa échapper un énorme « Ouf ! » de soulagement. Sa grosse figure souriait d'aise, rayonnante, épanouie. « Ouatche ben ce qui va se passer », dit-il en lançant sur le fil de l'eau le fil de sa ligne.

— Tu grouilles un peu fort, dit Flannellette. 'Tention, tu vas nous faire verser.

— Pas peur, Fleur, tu vas voir sortir ça.

Puis, voilà que les yeux de Sirop s'arrondissent, ses traits se fixent.

55
Le Goglu, vol. II, n° 4, 29 août 1930

Il s'agite dans le canot, pendant que Flannellette commence à crier de crainte.

— Cht ! Pst ! Parle pas si fort, dit Sirop à voix basse. C'est une grise !

— Grise ou pas grise, grouille pas tant. Tu vois bien que c'est pas un poisson, t'es accroché après une branche morte, le canot tourne autour.

— Non, non, j'la sens, je l'ai !

Et, oubliant l'eau et le canot, ne pensant qu'à sauver son poisson ou sa ligne, Sirop fit le mouvement de se lever, malgré les cris déchirants de Flannellette, dont les yeux étaient presque sortis de leurs orbites, le teint livide, les lèvres blanchies. Ce qui devait arriver arriva. Le canot tourna d'un coup sec et nos deux sincères navigateurs furent plongés dans l'eau froide. En se sentant engloutir, Sirop cria : « J'sais pas nager », et il n'eut que le temps d'entendre un petit écho de voix flûtée répondre : « Ni moi non plus ».

Contrairement aux autres romans, il ne devait y avoir dans celui-ci ni noyade ni sauvetage héroïque. La vie a de ces curiosités plus étranges que la fiction !

En effet, l'eau était à cet endroit peu profonde, c'est-à-dire allant jusqu'au menton de Flannellette. Mais celle-ci, soit l'imprévu de la chute, soit la fraîcheur saisissante de l'eau, se croyait déjà noyée. Inutile de dire qu'elle criait en conséquence, et que ses cris déchirants furent entendus par Jack et Popeline, qui furent dans leur chaloupe en un instant, par Magloire qui sauta dans un canot, et par un baigneur du nom de Desrosiers, de Joliette, qui prenait des poses d'athlète antique sur la grève, non loin de là. Et ce fut aussitôt une course effrénée, en chaloupe, en canot et en semblant de nage, vers le canot renversé.

Il conviendrait peut-être de parler de Sirop Lafrance. Il était sous le canot d'écorce, les bras enchevêtrés dans les croisillons qui servent d'accotoirs. Sa tête était libre, dans le creux du fond du canot, de sorte qu'il pouvait respirer. Mais comme le canot le soulevait un peu et que ses pieds ne touchaient pas le fond du lac, Sirop n'avait pas conscience de l'endroit où il se trouvait. Un instinct spécial lui faisait plutôt croire qu'il flottait sur une mer sans fond et qu'il ne fallait pas s'y laisser couler. Aussi se cramponnait-il avec la force que donne le désespoir aux croisillons. Et, comme la terreur et l'eau glaciale lui coupaient quelque peu sa force pulmonaire, il ne pouvait que grogner sur un ton lugubre et presque funéraire : « Popeline, ousque t'es ? » Mais l'intérieur du canot devait seul entendre cette amoureuse et triste complainte.

Le nommé Desrosiers, de Joliette, devait arriver le premier pour secourir la frissonnante Flannellette. Feignant toujours de nager, il prit la blonde jumelle dans ses bras et, comme il mesurait plus de six pieds, pouvait confortablement se tenir debout dans l'eau.

— Sauvez aussi Sirop, dit Flannellette en claquant des dents.

— Oh ! belle princesse, le sirop ne m'intéresse guère. Laissez-le au fond de l'eau.

— Mais je veux que vous sauviez Sirop. Jack sait pas ronner le bicycle, et il faut qu'on r'toume chez nous à soir.

Le gros Lafrance, qui entendait tout de son fond de canot renversé, pensait en lui-même : « Qu'elle m'aime ! Qu'elle m'aime ! »

— Et vous comprenez, continua Flannellette, j'ai pas envie de r'tourner à Montréal à pied.

« Non, pensait encore Sirop, non, tu ne retourneras pas à pied à Montréal, mon gros bébé blond. Non, certain que tes petits petons roses iront pas s'égratigner sur la mauvaise gravelle des chemins si mal entretenus. Je te porterais plutôt comme un trésor précieux sur mes épaules. »

— Je crois que votre sirop, si c'est le nom de votre mari, a calé au fond de l'eau, dit le nommé Desrosiers. Il ne reparaîtra probablement jamais. Quant à moi, ça me fait pas de peine, car vous êtes pas pesante, vous êtes ben shépée et vous êtes belle une minute et quart. Ne vous inquiétez pas du bicycle, je vous conduirai moi-même dans ma limousine, sur le siège d'en-avant, tout près, tout près de moi. Ah ! dis, belle papaille, que tu vas venir dans mon auto !

« C'est ben maudit, être pris comme j'sus pris et pouvoir rien faire », pensa à ce moment Sirop.

— Vous avez pas tout à fait l'air de savoir à qui vous parlez ! dit assez sèchement Flannellette. J'sus pas une fille comme ça !

— Ah ! dit Desrosiers, j'sais rien qu'une chose. T'es l'plus beau patron qu'j'ai pas encore vu.

56
Le Goglu, vol. II, n° 5, 5 septembre 1930

— Laissez-moi ! Laissez-moi ! J'vas t'saprer une mornifle ! criait Flannellette.

À ce moment, un vacarme se fit entendre. C'était la tête de Sirop qui, par un violent soubresaut, passait au travers du fond du canot et apparaissait, encarcanée dans les éclats de bouleau, violette de rage, sur la surface lisse, comme une tête de buffle déposée sur un plateau.

— Si j'savais nager, y a longtemps qu'tu l'aurais cassée ! cria Lafrance.

Desrosiers, stupéfait, ébahi, laissa tomber Flannellette dans l'eau, qui fit un gros « pouf ». À ce moment, Magloire arrivait, essoufflé d'avoir avironné vite. Il monta Flannellette dans le canot puis repartit en hâte quand il entendit une voix féminine qui criait, de la grève, sur un ton n'admettant pas de réplique : « Magloire, viens-t'en icitte ! »

— Amène-moi avec, implora Sirop, le cou déchiré par l'écorce du canot.

— T'es trop pesant ! répondit Magloire. Puis, tu m'as fait des menaces ! V'là ton ami qui arrive en chaloupe. Arrange-toi avec.

Comme Jack White arrivait de toute la vitesse de ses deux rames, Desrosiers lui demanda au passage : « C'est-y l'mari ou l'cavalier ? »

— Ouatche-toi, se contenta de dire Popeline.

— Oh ! Jack, cria Sirop, viens m'déprendre que j'aille y faire son affaire, à c'voleur de blondes-là !

— C'est rien qu'ta blonde ! dit Desrosiers. T'as pas honte, jeter à l'eau une beauté pareille ? T'faire avironner par une reine comme ça ? Tu mérites qu'on coure après toi comme un galeux. Pousse-toi ! Pousse-toi, sans-cœur. Tu r'gardes rien que ton plaisir, tu fais forcer les autres et tu t'occupes même pas si ta blonde aime pas ça. T'étais là, sans-cœur, dans cinq pieds d'eau, caché lâchement sous ton canot, prêt à la laisser noyer comme une pauvre orpheline. Tu mérites pas de sortir avec une fille comme ça.

La colère de Sirop tomba. Il se sentit petit, mesquin. « C'est vrai, pensait-il. Pour mon plaisir égoïste, je l'ai laissée ramer et j'ai failli la noyer. Je suis un lâche. Autant mourir tout de suite. » Et, libérant ses bras des croisillons, il se laissa couler à pic. Mais ses pieds touchèrent aussitôt le fond et il avait encore toute la tête en dehors de l'eau.

Sa surprise fut tellement grande qu'il en perdit du coup toute idée de suicide. Penser qu'il avait bêtement passé dix minutes dans l'eau, s'accrochant au canot, alors qu'il n'en avait à peine qu'aux épaules. Quelle belle occasion il avait perdue de s'élancer comme un héros vers Flannellette, sans aucun danger, et faire croire à un sauvetage glorieux ! Il serait impossible de dire comment il se sentait humilié et mortifié.

Un peu avant l'heure du souper, tous les retrouvèrent au Manoir de bois rond, devant un bon feu de cheminée. Jack White racontait à tous comment, avec sa chaloupe, il avait sauvé la vie de Sirop en train de périr. Magloire renchérissait en parlant de son sauvetage de Flannellette. Sirop, qui aurait préféré se noyer pour de bon, n'osait rien dire car il savait que Desrosiers connaissait exactement la profondeur de l'endroit où ils avaient chaviré. Aussi était-il rempli d'un extrême malaise, d'une amertume gênante, quand il entendait Desrosiers, dans un sourire malin, demander à Jack des détails plus précis sur les graves dangers qu'avaient couru Flannellette et Sirop. L'histoire énervante, exaspérante, se serait peut-être prolongée si de nouveaux arrivants n'avaient fait irruption au moment où Jack, debout, gesticulant, décrivait les moments héroïques du sauvetage.

— On est au pouvoir ! dit en entrant un petit homme à figure joviale et aux yeux piquants. Quoi c't'en penses, Korad ?

— On l'est sans qu'je l'sois, répondit celui qui s'appelait Korad.

Puis on se mit à parler de pêche, de saumonée, de grise, de rouge, de mouchetée.

— La meilleure place pour en prendre, dit Magloire, c'est encore la Glacière.

— Ousqu'il est, le lac Glacière ? demanda Sirop, intéressé.

— J'irai t'montrer ça en s'en allant.

Et Sirop réalisa qu'il avait eu tort de parler durement à Magloire, quand celui-ci l'avait qualifié de sans-cœur.

57
Le Goglu, vol. II, n° 6, 12 septembre 1930

Après le souper, le linge de nos naufragés n'étant pas encore séché, on commença à craindre de ne pouvoir repartir pour Montréal avant le lendemain.

— Vous êtes mieux de ne pas vous risquer en saille-car avec des vêtements comme ça, dit Milette. Le froid des montagnes va vous gagner, c'est dangereux.

— En tout cas, dit Popeline, c'est demain congé pareil, la fête du travail, y a pas d'mal à rester icitte à soir.

Instinctivement, Jack White tâta ses poches comme s'il eut douté n'avoir pas assez d'argent pour payer deux jours de pension.

— Réchauffez-vous près de la cheminée, dit le petit homme qui avait affirmé être au pouvoir. Un bon feu, le soir, ça c'est d'toilette !

— Surtout quand on a avec nous autres des belles squaws comme ces demoiselles, ajouta Desrosiers en lançant un œil vlimeux à Flannellette.

Sirop toussa à trois reprises. Il ajouta, pour se donner de la contenance : « J'ai pas l'rhume, toujours ? » Discrètement, petit à petit, Korad et Milette approchaient leurs chaises de celles des étrangères. Les conversations roulèrent sur mille sujets jusqu'à ce que, bâillant, s'étirant, tombant, chacun parlât d'aller dormir. Les « criatures » montèrent les premières, choisissant naturellement les meilleures chambres, puis ce furent les hommes dont deux, Milette et son mécanicien, devaient coucher sur la véranda, enfouis sous d'épaisses couvertures.

Le lendemain matin, des cris perçants éveillaient toute la maisonnée, dès sept heures. La voix claire qui les lançait fendait les airs et faisait écho jusqu'à la septième montagne. C'était Magloire qui discutait des marques de radios, prétendant qu'il avait une patente capable de faire faillir et mettre en banqueroute toutes les compagnies sur le marché.

Si cette voix éveilla en sursaut tous les dormeurs et les fit maugréer sur un ton bourru, elle pénétra comme une musique dans les oreilles de Sirop, qui avait rêvé toute la nuit au lac Glacière, luttant en songe avec des poissons aussi gros que Magloire. Il s'habilla en grande hâte, alla éveiller Jack et les deux jumelles, puis descendit de tout le bruit de ses « bottorlaux » dans le petit escalier.

— On vat-t'y au lac Glacière ? demanda-t-il à Magloire.

— J'sus su'l'*spot*, répondit le radiogène. Embarque.

— On va attendre les autres.

— Non, viens tout seul, les autres nous rejoindront ben.

Et, pistonnant un beau Chevrolet tout neuf et presque tout payé, ils furent rendus en moins d'un quart d'heure sur la rive d'un grand lac tout entouré de montagnes.

— Y a-t'y du poisson là-dedans ? demanda Sirop.

— Y paraît. Viens, on va aller voir Jos.

Tous deux se rendirent à une grosse maison rouge, près de laquelle se trouvaient sept à huit autres maisons plus petites, d'un rouge aussi sombre. Jos. était là. Magloire fit la présentation. Quelques instants plus tard, après une autre présentation, Sirop s'aventurait en canot sur le lac avec le grand Tremblay, traînant une grande « trôle » dans l'eau.

Ce n'est qu'à huit heures, le soir, que Sirop devait revenir, ayant passé son temps à r'lancer des histoires à Tremblay, tous deux ayant perdu conscience du temps. Quand il arriva, la blonde qu'il avait laissée au Lac Caché était là pour le recevoir, les jumelles exaspérées par l'attente, anxieuses de s'en aller. Aubé, Pitou Leblanc, Précourt, Salva, Comtois et Desrochers, se rencontrant par un hasard extraordinaire, étaient avec le groupe, attendant anxieusement le résultat de la pèche de Sirop. Ce dernier, qui n'avait absolument rien pris, constata seulement en arrivant qu'il n'avait rien au bout de sa ligne et avait dû perdre sa « trôle » presqu'en partant, le matin.

— Poussons-nous, lui dit Jack, on va être ben tard à la ville

— Vous pouvez pas partir à soir, fit remarquer Magloire. Vous êtes mieux d'partir demain d'bonne heure.

— Oqué pour moi, dit Popeline.

— Fine guidoune, conclut Flannellette.

— Ça s'adonne bien, dit Jos., l'violoneux est arrivé. On va danser des *sets*.

— Vous allez voir si Albina et Marie-Anne dansent ben ça, ajouta le père Pagé. Avec Tit'Noir pis Vincent, c'est un vrai charme ! Ça souïgne comme vous avez jamais vu.

Et le groupe fut conduit dans une petite salle qu'on appelait la « salle des guides ».

58

Le Goglu, vol. II, n° 7, 19 septembre 1930

La salle des guides se trouvait dans une petite maison rouge sombre, un peu en arrière de la bâtisse principale. La fumée du tabac y était épaisse et âcre, tant on avait fumé depuis la fin du souper. Tous s'assirent, sur des bancs autour de la petite salle, près du poêle à pont ou dans l'escalier qui conduisait au grenier. Jos. avait pris place sur une chaise rustique recouverte d'une grosse peau de buffle gris. Il était heureux, au milieu de son monde et des invités de la ville, grave, souriant, silencieux, semblable à un prince dans son domaine, offrant une fête de divertissements à ses hôtes.

— Envoye ! Envoye ! cria-t-il au violoneux, qui était en même temps le plus beau chanteur de l'église de Saint-Alexis.

Ce fut le signal pour le « *set* ». Les danseurs allèrent inviter leurs partenaires et l'on vit peu après gambader d'un pas souple Tit'Noir, Vincent, Juneau, Magloire, donnant respectivement la main à Albina, Marie-Anne et les petites Frappier. Magloire, comme il faut s'y attendre, câlait, aimant à parler fort. On fit des marches, des croisements, des changements de partenaires, des salutations, des souignes, des roues, des ponts, mêlant les pas de la valse à ceux du menuet, du quadrille et de la polka. Les filles tourbillonnaient, virevoltaient, au rythme des claquements de mains et des frappements de pieds des assistants ; elles « souignaient » gracieusement, légères comme des oiseaux, semblant à peine effleurer le plancher. Tit'Noir et Albina formaient le couple le plus adroit des danseurs, et en même temps le plus infatigable. Ils dansèrent trois, quatre, cinq « *sets* », essoufflant et décourageant les autres. Le violoneux lui-même en avait les bras et les doigts tout engourdis, et quand il s'arrêta, incapable de jouer davantage, Albina s'écria, désappointée : « Quoi ! C'est déjà fini ! Mais on vient à peine de commencer ». Son regret était véritable, car rien ne lui plaisait plus au monde que de danser des « *sets* » pendant que d'autres compagnes, précieuses, levaient le nez sur ces amusements rustiques, rêvant de danser les *two-steps fashionables* en toilettes de princesse dans les salons étincelants du Ritz-Carlton, et pendant que d'autres, d'un caractère différent, se sentaient offusquées et avaient des envies de courir prendre le voile.

— Ah ! les beaux gars et les belles filles de not' race ! soupira le petit homme aux yeux vifs qui avait parlé du pouvoir.

— C'est beau, dans Québec not' patrie ! ajouta le gros Jos.

Et les gars de la ville se sentaient émus, baignant leur esprit et leur cœur dans la franche et saine gaieté du bon peuple des campagnes, participant à ces délassements candides que nos grandes villes, devenues cosmopolites et mécaniques, ne connaissent plus.

C'était le cœur même de notre race telle qu'elle est, ardente, vigoureuse, patriotique, qui vibrait. Sirop, Jack et leurs compagnes se retrempaient sans résistance dans cette atmosphère qu'ils n'avaient connue qu'au temps de leur enfance. Popeline et Flannellette étaient troublées, cependant, par la présence d'Albina et Marie-Anne, qu'elles jalousaient intérieurement parce qu'elles ne pouvaient, comme elles, danser le « *set* » et parce que, peut-être, sans l'artifice des fards, elles mettaient en danger leur prestige de citadines. On parla de politique, Juneau et Magloire (comme il faut s'y attendre) dirigèrent des chansons à répons, et la soirée se termina dans des chants patriotiques. Jos. (le petit) se chargea de loger pour la nuit ceux qui ne redescendaient pas au village, à Saint-Paulin ou Louiseville et il fut le dernier couché, après s'être assuré que tout son monde ne manquait de rien et que tout était à l'ordre, dans son merveilleux domaine. Albina et Marie-Anne dansèrent en rêve toute la nuit, pendant que Popeline et Flannellette continuaient de les jalouser, que Sirop tirait en songe une interminable « trôle » sans « riguinne » et que Jack White ne rêvait à rien.

Au petit jour, Sirop fut discrètement éveillé par Jos. (le petit), qui lui fit signe de le suivre et le conduisit dans une espèce de grand hangar rempli de glace, de bran de scie et de gros coffres gris. Sans rien dire, il ouvrit l'un des coffres et, splendeur ! miracle ! féerie ! Sirop y vit de magnifiques truites grises, énormes, longues d'une verge, pesant de cinq à dix livres. Sirop qui était nu-pied, se serait cru encore dans son rêve s'il n'avait senti la fraîcheur de la glace le gagner jusqu'aux chevilles.

— C't'effrayant ! dit-il.

59
Le Goglu, vol. II, n° 8, 26 septembre 1930

— C'est effrayant, murmura Sirop en voyant les énormes truites.

— Des belles, hein ? dit Jos.

— Une minute et quart ! ajouta Sirop.

— Combien c't'en veux ?

— Hein ? T'es pas fou !

Et Jos. sortit trois magnifiques grises, en fit un paquet qui pesait près de vingt livres et le donna à Sirop en disant : « Dis-lé pas à personne ».

— T'es t'un sacré blodde, en tout cas !

Et, fou de bonheur, Sirop courut cacher son paquet dans le saille-car et finir de s'habiller pour le déjeuner.

À six heures, après un repas rapidement pris, la bécane partait pour Montréal avec son vacarme habituel, ses grandes lignes encombrantes, les truites, les quatre amoureux, de charmants souvenirs et des regrets.

Le saille-car arriva à Montréal vers midi et demi. Sirop proposa d'attendre au souper pour commencer à manger les truites. « On a juste le temps de s'changer, dit-il, et d'aller manger chez l'Chinois. On a assez d'argent, Jack pis moi, pour payer les quatre repas. Pendant qu'on va dîner, on trouvera des excuses pour pas avoir travaillé à matin, car y a tant d'misère en ville qu'faut pas perdre nos d'jobbes. »

— La mienne est coulée frette, dit Jack White ; j'connais mon boss, y est ben bête.

— J'ai ben peur, moi aussi, dit Flannellette.

— En tout cas, dépêchons-nous ajouta Sirop. On pensera mieux quand on aura une soupe aux pois dans l'corps.

Une demi-heure après, ils étaient attablés dans un petit coqueron, chez le Chinois du deuxième coin de rue.

— Y a du lapin sus l'menu, fit remarquer Popeline.

— Quoi qu'ça goûte, c'est-y comme le lièvre ? demanda Jack.

— J'sais pas, mais faisons-en v'nir dit Sirop. Y a rien comme d'essayer.

Et le paternel et pesant Sirop Lafrance commanda quatre assiettées de lapin, que le Chinois aux yeux huileux leur servit avec des patates mal bouillies et quelques tranches de betteraves au vinaigre.

— C'est curieux, dit Flannellette, c'viande-là est toute plaquée.

— A sent un peu la pharmacie, renchérit Sirop.

— Moi, j'pensais qu'le lapin avait de la viande très rouge. C't'elle-là est d'un bleu qui tire sur le vert, ajouta Jack White.

— Ça dépend d'la façon qu'y les tuent, expliqua Popeline. Un lapin, ça s'saigne pas comme un goret. On étouffe ça, ou ben on les assomme ; comme le sang sort pas, la viande est un peu plus noire.

— J'aime pas l'effet qu'ça fait entre les dents, dit en soupirant Sirop. C'est comme si on mâchait d'la gomme.

— Y a du croquant, c'est gluant sur la langue, fit encore remarquer Flannellette.

— J'me d'mande avec quoi qu'c'est nourri, un lapin, dit Jack.

— On croirait que celui-là a été engraissé à la charogne, suggéra Sirop.

— Aye ! Aye ! dit Flannellette, c'est déjà pas assez bon, laisse-nous l'temps d'avaler l'dîner, au moins. Faut toujours qu'on ait l'profit d'notre trente cennes.

À force d'empiler les bouchées de patates, de betteraves et de pain par-dessus la viande, on finit par avaler. La hâte fut grande ensuite d'engloutir le dessert, un coin de tarte à la bouillie, et un café qui ressemblait par sa couleur et son goût à de l'eau de vaisselle propre.

Des cris venant du fond de la cuisine attirèrent l'attention de nos mangeurs, comme ils se levaient pour aller payer.

— Si c'est une faille-te publique, j'rentrerais d'dans, ça me débloquerait l'estomac, soupira Sirop. Allons voir ça.

Et ils se dirigèrent vers la cuisine, où les dîneurs commençaient à s'attrouper.

— Quoi c'y a ? demanda Sirop de sa voix la plus grosse.

— Y veut pas m'laisser prendre les boîtes, répondit une voix au milieu des cris de protestation des cuisiniers chinois.

— Laisse-z-y donc ses boîtes, c'est à lui, cria encore Sirop.

— Oui, mais j'sus inspecteur d'hygiène. Il a des boîtes de lapin, mais c'est pas d'la viande de lapin, c'est du chat crevé.

Quatre profonds soupirs, accompagnés de quatre larges et copieux vomissements, se firent entendre simultanément.

Le même soir, dans la petite chambre de la rue Du Berri, nos quatre amoureux se revoyaient. Ils étaient pâles, livides et avaient les yeux creux.

— Phh ! J'ai vomi toute la journée, dit Sirop. J'ai presque pus la force de souffler.

— As-tu perdu ta djobbe ? demanda Jack.

— Non, l'*boss* m'a dit que quand on est malade comme ça, on vient pas travailler avant d'être r'posé.

60

Le Goglu, vol. II, n° 9, 3 octobre 1930

— Moi aussi ! Moi aussi ! Moi aussi ! crièrent ensemble les trois autres.

— Dans c'cas-là, on n'a pas perdu nos djobbes personne, dit Sirop. On va manger notre première truite l'cœur en paix. Ça f'ra pas d'tort, à force d'avoir vomi j'ai pus rien dans l'estomac.

Puis il développa précieusement le paquet de truites et en déposa une toute ronde dans la grande lèchefrite qui commençait à rougir sur le petit poêle à gaz du coin de la chambre.

. . . . .

Le dimanche matin, en sortant de la messe à la chapelle Notre-Dame-de-Lourdes, nos quatre amoureux décidèrent d'aller faire une marche le long de la rue Sainte-Catherine, vers l'ouest.

— J'sais pas c'qu'y a, mais ça m'a l'air curieux aujourd'hui, fit remarquer Popeline.

— Moi aussi, j'ai remarqué qu'ça paraissait drôle, ajouta Jack White.

— Quoi c'qu'est drôle, demande Sirop.

— J'sais pas, répond Jack, mais il y a quelqu'chose qui m'fait un curieux d'effet.

On traversa la rue Saint-Denis, regardant les gens et les vitrines.

— Oh ! je l'ai ! s'écrie soudainement Jack. Les magasins sont ouverts.

— Hein ? s'exclame Sirop en bondissant.

— Mais oui, dit Popeline, r'garde en face, y en a un d'ouvert.

En effet, un marchand aux pommettes saillantes et au nez sémitique se tenait devant la porte grande ouverte de la boutique et montrait du doigt au passant des affiches se lisant ainsi, dans sa vitrine : « Aujourd'hui, grande vente de casquettes. Réduction spéciale ».

— Comment ça peut ben s'faire ? demande Flannellette, indignée.

— Si les journaux ont dit vrai, explique Jack White, le comité exécutif des archevins a permis aux Juifs d'ouvrir leurs magasins aujourd'hui parce que c'est d'main leur Jour de l'an.

— Tu parles d'une affaire ! interjette Sirop. Quand c'est not' Jour de l'an à nous autres un lundi, on n'ouvre pas pareil le dimanche.

— Quoi c'tu veux, dit Flannellette, les Juifs sont ben riches, et ben forts ; y peuvent avoir c'qu'on peut pas avoir, nous autres.

— Y sont pourtant pas à Jérusalem, icitte ! reprend Jack.

— Non, mais y sont mieux qu'à Jérusalem, ajoute Sirop ; c'est pour ça qu'y viennent icitte.

Et les quatre font entendre un profond soupir.

À mesure qu'ils marchent vers l'ouest, toute la ville leur paraît aux mains des Juifs. Ce sont des marchands de chapeaux, de chaussures, de chemises, de meubles, de bijouteries, qui s'agitent dans leurs magasins, le visage épanoui, apparemment heureux de faire commerce alors que les boutiques rivales sont fermées.

— C't'effrayant, on n'est pu chez nous ! murmure Popeline. Quoi ça va donc être dans vingt ans ? Ah ! les cochons ! R'gardez si y ont l'air contents et si y nous rient au nez. J'voudrais donc être un homme !

— Quoi c'tu veux qu'on fasse ! soupire Sirop. Y ont l'hôtel de ville avec eux autres. Si on fait queuqu'chose, la police peut pas prendre pour nous autres.

Et, remontant le boulevard Saint-Laurent après l'avoir descendu jusqu'à la rue Craig, ils virent encore tous les trous sales du ghetto montréalais, tous les restaurants à senteur de poisson pourri, des marchands de soie de contrebande, de mauvaises fourrures, de dentelles, rubans, les boucheries nauséabondes aux planchers couverts de crotte de poule et de sang coagulé, les boulangeries et les charcuteries fonctionnant, commerçant, vendant, comme dans les rues les plus malpropres des plus sales petites villes de Mésopotamie.

— Et ces gens-là nous traitent de chiens ! pense tout haut Sirop Lafrance.

— Les chiens sont nécessaires pour les rats, dit sentencieusement Jack White.

— En tout cas, j'vas toujours ben écrire ma façon d'penser au comité exécutif, conclut Popeline.

— J'peux pas crère qu'ça va continuer comme ça, dit Sirop. C'est décourageant. Les Canayens vont pourtant s'réveiller un jour et faire un clînoppe de tous les sans-cœurs qui nous vendent aux Juifs. C'jour-là, vous allez m'voir fesser dans l'tas.

· · · · ·

61

Le Goglu, vol. II, n° 10, 10 octobre 1930

Il faisait un froid humide et pénétrant. Et l'on grelottait d'autant plus qu'on avait passé la nuit à la brume, sans un coup à prendre pour se réchauffer, assis sur des bouts de planches recouverts de rosée, les jambes recroquevillées, lasses de fatigue et engourdies par le froid. On parlait à voix basse, car Sirop avait dit : « Ça fait peur aux canards. »

Il était trois heures et le jour semblait ne devoir jamais poindre. On était dans cette position depuis dix heures, le soir de la veille, on pourrait même dire depuis que la chaloupe, louée à deux piastres pour la nuit, était partie de devant chez Précourt, à Berthierville. Flannellette avait beaucoup hésité à descendre dans la chaloupe, car elle avait encore fraîche à la mémoire son expérience nautique du Lac Caché, à Saint-Alexis. Mais puisqu'il fallait aller en chaloupe pour chasser le canard, elle s'était résignée à s'y risquer. Mais elle n'avait cessé de répéter à raison de cinq fois par minute : « Grouille donc pas tant ! » chaque fois que Popeline, Jack White ou Sirop faisaient le moindre mouvement.

Donc, nos chasseurs, ahuris par Sirop lorsqu'ils parlaient, par Flannellette lorsqu'ils bougeaient, étaient transis, ankylosés, affamés, au point qu'ils commençaient à penser à s'en aller avant l'arrivée des canards. Heureusement que personne ne proposa la chose, car tous quatre auraient dit oui ensemble. On claqua des dents jusque vers cinq heures, lorsque des lueurs lointaines annoncèrent le lever du jour.

— Ça s'ra pas long à c't'heure, chuchota Sirop Lafrance. Ouat-chez ben descendre ça quand y vont v'nir.

Et il brandissait avec grand soin un vieux fusil à bourre dont le canon avait près de cinq pieds de longueur. « Si vous m'avez jamais vu, vous allez m'vouerre », ajouta-t-il dans un murmure.

— J'ai assez faim que j'mangerais un canard pas plumé, soupira Popeline.

— Chttt ! Pas si fort ! souffla Sirop. L'canard va v'nir ben vite.

À peine avait-il glissé ces mots que se faisaient entendre les coins-coins éveillés de quelques canards. Un silence écrasant se fit dans la chaloupe, chacun retint son souffle. Enfin ! Des canards ! Du coup, on oublia le froid, la faim, la fatigue, on fut heureux d'en avoir tant arraché pour ce beau résultat. Jack White, tout excité, fit signe à Sirop de lui passer le fusil. Lafrance, faisant une horrible moue défensive, pleine d'un dédain insultant, repoussa des yeux et de sa grimace la demande audacieuse de Jack.

Les canards continuèrent leurs cris enrhumés, se répondant les uns aux autres. Ils semblaient tout près, à peine à vingt pas, der-rière les roseaux. Une demi-heure se passa, les canards criant tou-jours, n'approchant pas, semblant rester au même endroit.

— J'pense qu'y nous sentent, susurra Jack de sa voix la plus éteinte.

— Si on ramait tranquillement de leur côté ? proposa Popeline.

Après dix autres minutes d'attente sans meilleur résultat, Jack White se mit à ramer sans demander à Sirop, diminuant autant que possible le bruit mouillé des rames plongeant dans l'eau et pliant les roseaux. On avançait lentement vers les canards qui, eux, coincointaient sans s'éloigner. On se sentit bientôt tout près, tout près, car on entendait le bruissement des ailes s'épouillant et le clapotis des becs se secouant sur la surface de l'eau. Les quatre cœurs battaient vite et sourdement. Tout à coup Jack s'arrêta. Ses yeux étaient grands et ronds comme des fonds de saucoupes. Il voyait ! Levant le bras, il fit un signe silencieux à Sirop et pointa le doigt devant lui, à dix pieds. Sirop pâlit à son tour. Cinq beaux canards noirs, apparemment gros comme il n'en avait jamais vus, glissaient gracieusement devant lui.

Avec les plus grandes précautions, il épaula. Popeline et Flan-nellette fermèrent leurs yeux et se mirent les mains sur les oreilles.

Un bruit d'enfer marqua la détonation.

— Rame avant qu'y calent ! cria Sirop affolé. J'les ai tous les cinq.

Jack se mit à ramer avec vacarme. Il s'arrêta sec devant une cache de dessous laquelle émergeaient deux figures congestionnées par la surprise et la colère : Pitou Leblanc et Jos. Salva.

— Quoi c't'as d'affaire à tuer mes canards apprivoisés ? hurla Pitou.

Sirop échappa son fusil dans l'eau, stupéfié comme ceux qui ont appris la démarche de Maurice Duplessis[38].

62
Le Goglu, vol. II, n° 11, 17 octobre 1930

Énervées par la fatigue, les deux sœurs éclatèrent d'un rire hystérique, strident, mottonneux.

— Poussons-nous ! dit Jack, qui était livide, sautant sur ses rames.

— Aye ! Aye ! Sauvez-vous pas comme ça ! cria Pitou. Payez au moins les canards.

Mais Jack n'entendit rien et, malgré sa petite taille[39], rama un sauve-qui-peut homérique comme il ne s'en est jamais vu dans aucune course de championnat, à tel point que Jos. et Pitou, estomaqués, médusés, jugèrent qu'il était inutile d'engager une poursuite. À peine une heure après, le bicycle à saille-car ferraillait de sa vitesse maximum vers Montréal.

. . . . .

Par un hasard qu'on ne doit pas trouver extraordinaire, Sirop et Jack s'étaient rendus avec leurs blondes aux bureaux de la maison Racine, ce jour-là, qui était un jeudi. En entrant, ils furent reçus par la grande Éva Turcotte, du département des cartes aux clients.

---

[38] Maurice Duplessis était alors député conservateur à l'Assemblée législative du Québec. Il fut Premier Ministre du Québec de 1936 à 1939 et de 1944 à 1959.

[39] C'est la deuxième fois qu'il est fait allusion à la petite taille de Jack pourtant présenté comme grand au début du roman.

— J'veux voir Lucien Riopel, demanda Sirop.

— Il n'est plus ici, il a quitté la maison pour beaucoup mieux.

— Dans ce cas-là j'veux voir Tit'Jean Barrette.

— Lui aussi est parti pour trouver encore mieux.

— Ben alors, pitchez-moi Guy Moreau.

— Encore un autre qui s'est poussé en temps, car ici nous expédions plus d'employés que de marchandises.

— Coudon ! dit Jack, avez-vous la manie d'saprer tout l'bon monde dehors ?

D'un signe, Éva fait venir le bonhomme Chevalier et lui dit : « Servez ces clients. Si vous leur vendez rien, ouatchez-vous pour le quinze janvier ». Et le père Chevalier emmena nos quatre héros, pendant que Jack grommelait à Sirop entre ses dents : « A parle en termes une minute et quart et a l'air smatte ». En se rendant à l'ascenseur, le père Chevalier demanda à Sirop s'il avait des recommandations.

— Oui, dit Lafrance, un nommé Brizard m'a donné une lettre qui donne droit au prix du gros.

— Ne craignez-vous pas de payer deux fois le prix du détail ? demanda M. Chevalier sur un ton poli.

— Ça se peut, mais j'vas prendre une chance, dit Flannellette.

— Vous êtes envoyés par un nommé Brizard ? demanda encore le fidèle serviteur. Mais est-ce bien l'ancien constable Brizard du p'tit rang de Saint-Cuthbert ? Alors, vous désirez sans doute acheter des toiles fines pour dire la messe ?

— C'est pas tout à fait ça, dit Popeline. On va j'ter un coup d'œil icitte et là, puis on va acheter à mesure.

On arriva enfin à la porte de l'ascenseur qui s'ouvrit pour laisser voir la personne imposante, athlétique, rayonnante, glorieuse et triomphante de Tit'Bert Vincent, dont les bras manœuvraient les poignées de portes et de commutateurs avec la précision mathématique et logarithmique d'une combine de Lacrosse. En trois sauts croches, on fut rendu à l'étage des tapis. Le frais et frappé Omer venait de s'enfarger les pieds dans un tapis et s'était étendu de tout son long devant Reine, qui n'avait jamais reçu de sa vie une aussi belle révérence. Et Tit'Cule Lavoie, dans son coin, riait à gorge déployée comme s'il eut chanté un air d'opéra, pendant que Monday faisait semblant d'éternuer pour ne pas rire au nez d'Omer. Les acheteurs, n'ayant rien trouvé d'intéressant dans ce département, furent conduits dans celui des bibelots, où Bordeleau, ayant enlevé ses bottines et ses chaussettes, se déployait en des exercices de culture physique, semblant apparemment se préparer pour un marathon quelconque ou un combat de lutte chez son ami Riopel. Là encore, on ne trouva rien. On alla dans beaucoup d'autres départements mais, ne trouvant presque personne qui parlât français, on descendit au rez-de-chaussée. Il faut dire que, pendant toute la randonnée, on avait été pisté, suivi, poursuivi par le bezouf et bozo de grand foin nommé Pitro et que tout le personnel regardait passer en riant comme un personnage d'un burlesque Tizounien.

Après avoir jeté un œil dodu et roucoulant (si toutefois un œil peut roucouler) sur les beautés féroces du grand bureau, telles Jeanne, Juliette, Jeannette, Marie, Cécile, Sirop s'adonna à regarder les deux importés Mériot et Robertson, poussa un hurlement de frayeur qui jeta les trois autres amis dans la consternation et les quatre s'élancèrent vers la rue, ne revenant pas de l'horreur que leur avaient inspiré les deux dernières figures.

. . . . .

63

Le Goglu, vol. II, nº 12, 25 octobre 1930

Ce lundi-là, Jack White arriva dans la petite chambre de la rue Du Berri avec une nouvelle extraordinaire.

— On va à la lutte ! cria-t-il, tout victorieux.

— Hein ? glapit Sirop en sursautant.

— Oui, à la lutte. J'ai trouvé deux passes bonnes pour à soir. On peut am'ner une femme fri avec chaque passe. Habillez-vous, ça commence dans une heure.

— Où c't'as trouvé les passes ? demanda Popeline.

— En face de *La Presse*.

— C'est sûrement Pamphile qui les a perdues, fit remarquer Flannellette. Y doit s'faire du mauvais sang, peigne comme il est !

En quelques minutes, on fut sur le départ. Sirop consentit à payer la taxe, Jack se chargeant de payer le tramway au retour.

On marcha donc de la rue Sainte-Catherine à la rue Mont-Royal, jusqu'à l'Aréna. Il y avait, comme toujours, une foule immense. À l'entrée, faisant le rond et gênant la circulation, on voyait Picard causant avec son grand ami Gus. Bourassa, le fameux Coton faisant des farces avec un constable de la Morgue, Dave Major regardant le grand Vaillancourt de travers, Pousse Millaire discutant avec Jargailles, Scor Major offrant un cornet à Jean Barrette, Léon Trépanier donnant la main à Félix Desrochers, Fred. Brizard faisant des compliments à Ménard (Gordien : ne pas confondre), Tancrède Marcil discutant du *Réveil de la Liberté* avec Ubald Paquin[40], Racicot surveillant les allées et venues de Dubuque, et autres personnages de moindre importance.

— Ça sent le Juif, ici, dit Flannellette en entrant.

— Ça doit être parce que le vendeur de pinottes est Juif, dit Jack White. C'est la même chose au Stadium.

— Y doit faire d'l'argent, avec des foules comme ça ? demanda Popeline.

— Y en fait pus, répondit Sirop. Les Canayens aiment mieux aller encourager l'Canayen d'en face.

Là-dessus l'énorme voix du petit Narbonne se fit entendre, annonçant le premier combat. Les lutteurs apparurent. Les deux sœurs jumelles rougirent légèrement, gênées.

— Tu parles de deux bîfe-trosses ! s'exclama Jack.

— Deux fameux paquets d'viande ! ajouta Popeline.

La cloche sonna et les deux lutteurs se ruèrent l'un sur l'autre, se donnant des claques dans le cou, des jambettes, des coups de tête dans le creux de l'estomac, des tours de bras, des dévissements de caboche, des frottements d'oreilles, des poussées, ruades, bousculades, jusqu'à ce qu'ils tombassent enfin sur un mince matelas sale et poussiéreux. Le véritable travail commençait à ce moment. En effet, les lutteurs se mirent à se crochir les doigts, se tordre les pieds, se masser les reins, se serrer les coudes, se plier les jambes,

---

[40] Léon Trépanier était alors échevin de Montréal, Félix Desrochers était conservateur de la Bibliothèque municipale de Montréal, Tancrède Marcil était journaliste, Ubald Paquin était journaliste et romancier. Marcil a été impliqué dans plusieurs journaux, dont *Le Réveil* et *La Liberté*. Arcand se moque sans doute de lui à sa façon.

se serrer le ventre, se renverser la tête, se râper la figure, se coincer le dos, se chatouiller, pincer, grafigner, égratigner, se mêlant tellement par moments qu'on ne savait plus à quel corps appartenait la tête, que les lutteurs eux-mêmes tordaient leurs propres bras, croyant travailler sur l'adversaire. Quand l'un était fatigué, il s'assoyait, sur l'autre et l'on soufflait paisiblement pendant cinq minutes pour reprendre haleine.

Alors, Tremblay s'accotait sur les câbles et demandait à Laberge ou Lavigne s'il avait une passe pour la boxe. Ce combat fut nul. Pour la joute suivante, on vit apparaître le Juif Meyers, salué par quelques milliers de « chous » frénétiques, et Frank Judson, de Harvard.

— Oh ! Tu parles d'un beau gars ben fette ! chuchota Flannellette.

— Ça commence à être platte, rétorqua Sirop. Si on s'en allait ?

— Aye ! Aye ! l'intéressant fait rien que commencer, répondit Popeline pour le rassurer.

Pendant que Narbonne détaillait le poids des rivaux, le Juif se grattait un peu partout.

— Ça a l'air comme si y avait des poux ! dit Flannellette.

— C'est pas surprenant, renchérit Jack, r'gar'-z'y l'museau !

Ce fut une mêlée furieuse : du sang, une dent youpine arrachée, des sueurs épaisses, des poignées de cheveux. Finalement, Judson éleva Meyers en l'air, dans ses bras puissants, puis le projeta avec force sur le tapis. Le youpin resta cloué au plancher, criant : « *Uncle!* » Gardini fit ensuite des farces paresseuses avec Zbysko, puis Deglane fut mis aux prises avec Demetrios Tofalos, un gros jujube qui, rien qu'à le voir, admettait être un enfant de la Grèce.[41]

---

[41] Probablement Frank Judson, Frederick Julius Meyer, Renato Gardini, Stanislaus Zbyszko, Henri Deglane et Dimitrios Tofalos, respectivement d'origine américaine, juive, italienne, polonaise, française et grecque. Tofalos était l'entraîneur de Jim Londos, un des lutteurs professionnels les plus populaires des années 1930. Les autres étaient des lutteurs bien connus à l'époque.

64

Le Goglu, vol. II, n° 13, 31 octobre 1930

On fit quelques sauts croches, on se pressura le caillou, on s'écartela, on joua au bélier jusqu'au moment où Henri, à deux reprises, fit voir la voie lactée au gros Demetrios en lui faisant prendre le plongeon à travers les câbles. Lui coller les épaules comme une crêpe molle fut ensuite l'affaire d'un instant.

Il faillit y avoir une bagarre, lorsqu'un groupe de Juifs, voyant revenir Judson tout habillé dans la salle, lui lancèrent quelques épithètes de mauvais perdants, en yiddish. Les Canayens vinrent à la rescousse de Frank en répondant par une kyrielle brizardienne qui fit voir rouge aux youpins. Les taloches auraient dégénéré en émeute générale si le gros Allan, d'une œillade amicale qui voulait dire : « Soyez gentils, je vous remettrai ça », n'eut convaincu les Juifs de se retirer dans l'ordre et le calme.

Ç'avait été une belle soirée.

. . . . .

Un froid sec figeait la ville. Un froid d'automne, avivé par un petit vent pénétrant. Bien que ce fût un dimanche après-midi, peu de gens circulaient dans les rues. Nos deux amoureux en avaient profité pour aller visiter les quais du port, que Popeline et Flannellette n'avaient jamais vus. Ce fut une visite peu intéressante, car quel port peut être intéressant, le dimanche, surtout en temps de crise ? Des quais poussiéreux, des wagons de fret endormis sur les rails, des élévateurs muets, quelques remorqueurs inertes, des tas de sable, des rats glissant lourdement sur les remblais. La visite ne fut pas longue.

On remonta par la place Bonsecours, déserte et silencieuse ; on s'arrêta devant le monument Vauquelin, examinant les pierres du socle pour voir si le nom de Phiphile DuTremblay y avait bien été enlevé. Un soupir de soulagement s'échappa de leurs poitrines quand ils virent que le nom n'y était pas. On allait s'aventurer sur le Champ de Mars quand Sirop Lafrance fit la suggestion suivante : « Allons donc voir dans les châssis de l'hôtel de ville ; on a p't'être une chance de voir Brizard dire la messe ». Et tous quatre coururent vers les murs de la maison de Concordia, mais sans rien y apercevoir.

— Y doit être allé examiner la nouvelle bâtisse de la rue Fullum ! conclut Jack White.

Le Champ de Mars traversé, on allait passer la rue Craig, angle Saint-Gabriel, quand soudain les deux couples furent accostés par un grand jeune homme qui leur dit à brûle-pourpoint : « Voulez-vous avoir du fonne et vous instruire ? »

— Quoi c'qu'y a ? demande Sirop.

— Une belle assemblée ! répond l'individu.

— Allons voir ça, décide Popeline, entraînant ses compagnons à la suite du grand jeune homme.

On s'aventura dans un escalier dont les marches étaient couvertes de morceaux de vitre et de débris de toutes sortes. On monta jusqu'au dernier étage, dans une salle où étaient déjà massées près de trois cents personnes, assises sur des chaises boiteuses, des caisses vides et des bancs de bois brut. Toutes les fenêtres étaient défoncées, les murs brisés, les portes fêlées.

— C't'effrayant, c'place icitte ! murmura Flannellette. Quoi c'qui a ben pu s'passer ?

— Ce sont les étudiants qui sont venus saboter notre local, dit l'inconnu. Mais Moscou a été prévenu et nous pourrons bientôt nous venger.

— Quoi c'que c'est, votre assemblée ? demanda Jack White.

— Vous allez voir. On veut rendre les pauvres riches, on veut faire disparaître ceux qui ont de l'argent, on veut vous rendre libres, heureux, les maîtres des richesses de la ville. Si nous avons la chance de pouvoir faire ce que nous voulons, les banques, les trusts, les manufactures et les magasins seront à vous.

— Comment qu'ça va nous coûter ? demanda Sirop.

— Rien du tout. On n'aura qu'à aller s'en emparer.

— Ça m'a l'air curieux, ces affaires-là, dit encore Popeline. J'comprends pas qu'on peut avoir rien pour rien. Si les riches le font pas, c'est toujours pas les quêteux qui vont pouvoir le faire.

— En tout cas, vous allez juger par vous-mêmes. Assoyez-vous, tenez, ici, sur ce banc, et écoutez. Notre grand orateur, le camarade Lonpi va répandre la lumière sur vos cerveaux arriérés. Quand vous sortirez d'ici, vous comprendrez que vous avez jusqu'ici vécu sans le savoir, que vous n'avez jamais réalisé pourquoi vous êtes nés, que tout le monde vous a toujours trompés.

Au même moment, le camarade Lonpi faisait son entrée sur le plateau, salué par des applaudissements timides et indécis.

65

Le Goglu, vol. II, n° 14, 7 novembre 1930

Il avait une figure de faux ascète, des yeux d'un jaune lumineux aux orbites sillonnées par des veinures d'un rouge sang, des joues creusées et tordues par la misanthropie, un menton audacieux, une bouche dure et constamment convulsée, une attitude de défi, des poses hystériquement énergiques et des gestes nerveux, saccadés, agités.

D'une voix forte, tranchante comme l'acier, le camarade Lonpi commença à déblatérer contre les curés, les églises, les hospices, les couvents, les orphelinats, leur attribuant tous les maux et tous les crimes.

— C'est curieux, dit Jack White à Sirop, que ces gars-là parlent jamais contre les synagogues et les rabbins.

— Moi, chuchota Sirop, j'sus allé à l'école et à l'église et j'ai jamais rien vu de c'qui dit là.

— D'abord, c'est d'nos affaires, si on veut n'avoir, renchérit Flannellette. Si y est pas content, y a rien qu'à pas y aller. C'est pas lui qui paie.

Et Lonpi, dont la voix devenait de plus en plus enflammée, décrivait les périls des clochers, des tombolas, de l'enseignement religieux, des congrégations, disant qu'il fallait abolir tout cela.

— Par quoi c'qu'on va les remplacer ? cria Sirop.

— Par rien ! répondit Lonpi, estomaqué par cette interruption imprévue.

Il y eut un moment de silence et d'angoisse. Puis Lonpi, sur un ton plus calme, se mit à dénoncer les banques, l'argent, les chèques, les compagnies, les patrons, les notaires, les rentiers, la milice, la police, le droit de posséder une maison, des meubles, un coin de terre. Puis il s'en prit à la famille, au mariage, disant qu'il fallait abolir tout cela.

— Quoi c'qui va rester ? cria encore Sirop.

Cette fois, Lonpi lança un œil de colère à Sirop, qui décidément faisait ses interruptions aux moments le plus ennuyeux : aux fins de phrases. Il calma en temps un mouvement nerveux qui avait fait pressentir une attaque furieuse.

« Ce qui va rester ? reprit Lonpi. Ce qui va rester ? Mais vous serez encore là, vous ne serez pas changés. Vous serez simplement libérés des chaînes qui pèsent sur vous et qui font votre malheur sans que vous vous en aperceviez. »

— Ça s'est jamais essayé, ça ? demanda Sirop.

— Oui, dit Lonpi, en Russie. Voyez la Russie nouvelle, évoluée, libérée, glorieuse.

— Un homme gagne-t-y cher par jour, là-bas ? demanda Sirop. Ça doit pas, parce que leur bois et leur blé arrivent icitte moins chers que les nôtres.

— En Russie, il n'y a pas de salaire. Le gouvernement vous donne trois repas par jour, une paillasse et des culottes quand vous avez travaillé vos huit heures.

— Pis quand y a pas d'ouvrage ?

Lonpi ne put répondre, ce qui fit éclater Sirop d'un gros rire sarcastique. L'atmosphère de l'assemblée commençait à être énervante. Lonpi cherchait à retrouver son éloquence enfuie et sa flamme apaisée. Il dut recommencer au chapitre des instincts.

« Oui, dit-il, vous avez la chance de votre vie de trouver votre liberté, de devenir les *boss* de la ville. Vous n'avez qu'à vous rallier à nos frères de Moscou, à entrer dans le mouvement, à être prêts à faire périr tout le monde de Montréal, s'il le faut, pour vous imposer. Nous avons tout l'argent voulu pour mettre nos plans à exécution. Mieux vaut rentrer avec nous autres, car si vous êtes contre nous autres, vous pourrez y perdre votre peau. »

— La mienne vous coûterait cher ! dit encore Sirop.

« Est-ce vous ou moi qui êtes l'orateur ? demanda rageusement Lonpi ? » Silence. Il continua : « Oui, et vous serez libres non seulement sur la rue, mais dans la maison. Plus de mariage ! Comprenez-vous ce que cela veut dire ? »

— Non ! cria de nouveau Sirop.

« Voici, expliqua Lonpi, d'une voix qui trahissait l'impatience. Maris et femmes peuvent se quitter quand ils sont tannés. Vous choisissez l'épouse qui vous plaît et quand ça vous plaît, personne n'a le droit de s'objecter. »

Sirop lança un regard enveloppant sur Flannellette et s'imagina pour une seconde qu'un autre pourrait venir la lui enlever à son nez sans qu'il puisse protester. Il vit rouge et se mit à hurler : « Penses-tu de nous emplir avec tes histoires de fou ? Essaye donc de v'nir m'ôter ma blonde sans que j'proteste ! »

— C'est un primaire, un ignorant, un arriéré ! cria Lonpi, dans l'espoir de calmer la foule, qui commençait à s'agiter.

— Pousse-toé, parce que j'vas t'arriérer la musique, reprit Sirop. Ah ! j'comprends qu'les étudiants et l'monde de bon sens viennent vous éplucher ! Si vous êtes pas contents du Canada, sacrez donc l'camp en Russie.

66
Le Goglu, vol. II, n° 15, 14 novembre 1930

L'assistance remuait, murmurait. « Y a raison ! », cri rauque lancé d'un coin de la salle, fut le signal de la mêlée. Les bancs et les chaises se mirent à valser dans la direction de Lonpi qui, se cachant le visage dans les mains, criait : « Pays de sauvages ! Peuple bestial, tu ne comprends pas le génie. »

Le bruit éloigné d'une cloche, qui ressemblait étrangement à celle des voitures de patrouille, eut l'effet miraculeux de faire évacuer la salle en quelques secondes.

Quand les constables montèrent, ils trouvèrent Lonpi, la figure tuméfiée, les babines enflées, les yeux noircis, qui murmurait d'un ton rageur : « Non, mais est-il bête, c't'animal-là ? Il pense qu'un gars a encore le droit d'avoir une blonde à lui tout seul ! Quel sauvage ! Quel arriéré ! Quel primaire ! »

— Y a pas d'école primaire icitte, dit le sergent de police. C'est une université. On commence à être tannés de venir faire la paix dans votre cambuse chaque semaine !

— Quand on a affaire à des cabochons, dit encore Lonpi, c'est dur de faire l'éducation populaire. Mais laissez faire, j'aurai mon jour, quand je serai chef du gouvernement bolchévique canadien.

— Du train qu'ça va, tu seras jamais autre chose que chef des babines fendues, dit le sergent avec un sourire de pitié. T'as vu rien qu'un Canayen, tout à l'heure. Attends donc, quand tu verras les autres, quand tu rencontreras la gang des Goglus !

Le lendemain était jour de congé : l'anniversaire de l'Armistice qui avait mis fin à la guerre et qui, après treize ans, avait perdu toute signification politique. En effet, le jour de l'Armistice ne suggérait plus que la menace d'une nouvelle guerre, de puissants armements de toutes sortes, des préparatifs de combat, une course à la suprématie navale et militaire.

Après le dîner, Sirop n'avait pas trouvé les deux sœurs jumelles à la petite chambre de la rue Du Berri. Cela lui parut étrange car, depuis un an, il avait vu sa blonde tous les dimanches et tous les jours de fête.

— Ousqu'a peut ben être ? pensait Sirop en retournant chez lui. C'est curieux qu'a m'a pas parlé de sa sortie d'aujourd'hui. A s'rait-y r'tournée chez l'bolchévique d'la rue Craig ? On sait jamais, c'est si à part des autres, les femmes !

Et il se remémorait les paroles ardentes de Lonpi, qui prétendait qu'aujourd'hui un homme n'a plus le droit d'avoir une blonde à lui tout seul. Il approfondissait encore cette théorie quand, soudain, une scène à n'en pas croire ses yeux le cloua sur place. Était-ce possible ? Flannellette, oui Flannellette en personne, venait de tourner le coin de la rue Saint-Hubert, à côté du magasin de corsets, donnant le bras à un beau jeune homme, élancé, bien mis, le visage radieux, épanoui, heureux.

— Ça y est, pensa Sirop, elle s'est laissé gagner à la doctrine de Lonpi. Ah ! les maudits bolchéviques, y m'ont fait perdre ma blonde !

Son cœur battait avec le bruit d'un tambour, ses yeux voyaient du feu. Résolu à confondre l'infidèle, Sirop emboîta le pas à Flannellette, suivant le couple d'assez loin pour qu'on ne le remarque pas, épiant tous les mouvements et toutes les paroles de sa blonde.

C'était vraiment un douloureux martyre. Flannellette, plus gaie et plus belle qu'elle n'avait jamais été, serrait très fort le bras de son jeune compagnon. Elle lui parlait avec effusion, avec de gros soupirs, criant presque sur la rue. Sirop put détacher quelques phrases de cette conversation, et chaque mot lui arrivait comme un *jab* au plexus solaire.

— ...je me suis tant ennuyée, disait Flannellette... comme je suis heureuse... j'avais peur de ne jamais te revoir... enfin ! enfin ! tu me reviens... la belle vie qu'on va faire ensemble ! ... je suis toute transportée de bonheur... en te voyant j'ai cru que j'allais devenir folle...

Sirop aurait voulu mourir. Il titubait. Son esprit lui disait d'aller pleurer sa détresse chez lui, mais un instinct irrésistible, une force qu'il sentait méchante, l'attirait malgré lui à leur suite. Hébété par le choc terrible qu'il venait de recevoir, il ne voyait et n'entendait presque plus ce qui se passait devant lui, comme le bœuf qui, mal frappé sur le sommet du crâne par un boucher novice, a réussi à s'échapper de l'abattoir et promène son sombre étourdissement, sans meugler, dans la cour.

Flannellette et son compagnon traversèrent la rue et entrèrent vivement au théâtre Amherst, leur contenance attestant un indescriptible transport de bonheur.

67

Le Goglu, vol. II, n° 16, 21 novembre 1930

Sirop traversa la rue lui aussi et, s'accotant sur un poteau, murmura entre ses dents : « Toi, mon jeune frais, mon voleur de blonde, t'es mieux d'mourir en d'dans si tu veux pas mourir sur le trottoir. » Après vingt minutes d'attente, un constable vint lui demander s'il avait l'intention de rester longtemps accoté sur le poteau, et Sirop se mit à marcher de long en large. Finalement, ne pouvant plus supporter le supplice de son imagination en travail, voulant voir, il entra lui-même dans le théâtre, oubliant même le change de sa monnaie au guichet tant son idée fixe le rendait distrait.

Suivant les émotions du moment, l'assistance riait, criait, soupirait, gémissait. Mais Sirop ne voyait ni n'entendait rien du spectacle. Ses petits yeux fouillaient l'obscurité, de rangée en rangée, de siège en siège, faisant des efforts inouïs pour distinguer entre tant de silhouettes vagues la décampe de Flannellette. Plusieurs fois il alla s'asseoir en arrière de couples dont les épaules étaient rapprochées, mais sans jamais pouvoir trouver celui qu'il cherchait. Les spectateurs grimaçaient et maugréait chaque fois qu'il les faisait lever pour aller s'asseoir ; ils protestaient et tempêtaient, deux minutes plus tard, quand il quittait son siège et les faisait lever de nouveau. Ce manège finit par énerver les deux gérants. MM. Vardec et Daignault, qui allèrent attendre Sirop, l'un à gauche, l'autre à droite, pour lui demander ce qu'il voulait, car on crut un moment que c'était un pickpocket.

— J'cherche quelqu'un, dit Sirop.

— Y a-t-y quelqu'un icitte ? cria Vardec.

Personne ne répondit. « Tu vois, lui dit Vardec, que la personne que tu cherches n'est pas ici. »

— Elle est p't'être en haut ! suggéra Daignault.

— Y a un haut dans l'théâtre ? demanda Sirop. Dans c'cas-là, j'y vas.

Et, accompagné des deux gérants peu rassurés, Sirop monta lentement l'escalier. Flairant quelque chose qu'il voulait éviter en même temps qu'une panique, Vardec dit à Sirop : « Donnez-moi le nom de la personne que vous cherchez ; je vais la trouver ou la faire pédger sur le scrîne. »

— Non, répondit sèchement Lafrance. Si quelqu'un y parle avant moi, y va y avoir un meurtre dans l'théâtre !

Les deux gérants arrêtèrent net, paralysés, dans l'escalier, la figure blanchie par la consternation. Ils redescendirent sur le bout des pieds, murmurant des mots inintelligibles à travers lesquels on pouvait discerner le mot police.

Une fois rendu dans le pitte du théâtre, Sirop recommença les mêmes recherches qu'en bas. Soudain son cœur bondit, poussant un large flot de sang au sommet de sa tête. C'était bien elle, là, juste à trois pieds devant lui. Son épaule s'appesantissait sur l'épaule du jeune frais, elle le regardait en ricanant avec bonheur, et ses yeux lançaient des flammèches joyeuses dans l'obscurité. Les dents de Sirop grinçaient ; il sentait ses nerfs tellement raidis qu'il s'imaginait faire sauter la tête du jeune homme d'une seule taloche.

Comme toutes les femmes qui sentent un regard s'appesantir sur elles, Flannellette se retourna plusieurs fois pour regarder en arrière mais chaque fois Sirop se cachait derrière la tête du spectateur d'en avant. Ce spectateur, cependant, quitta son siège à la fin de la comédie et Sirop se trouva exposé, sans abri possible, au regard de Flannellette. Il fut aperçu, car on s'imagine bien que toute personne qui a vu Sirop une seule fois le reconnaîtra toujours, en n'importe quel endroit, à n'importe quelle distance, sous n'importe quel déguisement, même dans les ténèbres.

Flannellette lui fit signe d'avancer, mais Sirop ne bougea pas. Elle se leva et vint s'asseoir à côté de lui.

— Sirop, dit-elle, tu viens aux vues seul, sans moi, ce n'est pas bien.

— Parle donc d'toi, riposta amèrement Sirop. Et pis tu y vas pas seule, toi ?

— Oh ! ça, c'est une belle surprise qui va t'faire plaisir. Viens que j'te l'fasse connaître.

— Une belle surprise ! Phoua ! J'vas y sacrer une volée, ça s'ra pas long, à ton Valentino. Y en verra pas clair !

— Comment tu serais assez lâche pour battre mon p'tit frère ?

— Hein ? Ton frère ?

— Ben oui, c'est Tit'Phonse[42], qu'est sorti d'l'École de Réforme aujourd'hui. Sa sentence est finie et j'suis allée l'chercher. Je l'cachais pour vous faire une surprise au souper.

— Moi, gémit Sirop dans un profond soupir, j'crois que j'vas v'nir fou. Plus y s'passe des choses, moins j'comprends.

68

Le Goglu, vol. II, n° 17, 28 novembre 1930

À ce moment, les deux gérants apparaissaient au haut de l'allée, escortés par trois énormes constables.

— C'est lui, l'gros, qui veut commettre un meurtre !

— V'nez-vous fous, vous autres ; c'est mon cavalier ! dit Flannellette, insultée. Dix pieds pis une slaille, hein ! Poussez-vous !

---

[42] Il est indiqué au début du récit que le jeune frère des jumelles à l'École de Réforme se prénomme Zidore, Phonse étant un frère plus âgé décédé.

Déconcertés, les constables remontèrent, disant aux gérants : « En tout cas, on vous enverra l'compte pour les frais d'la patrouille ».

. . . . .

C'était le soir de la fête de sainte Catherine. Sirop et Jack, qui ne travaillaient pas depuis six semaines, malgré leurs interminables visites dans tous les chantiers de la ville, se rendaient chez leurs blondes aussitôt après le souper, chaque soir. Ils ne pouvaient plus se passer de voir Popeline et Flannellette, et celles-ci, il faut l'avouer, n'auraient pas eu l'esprit tranquille si elles n'eussent pas eu leur visite journalière, qui était maintenant dans l'ordre des choses habituelles, indispensables au complément d'une journée bien remplie.

Ce soir-là, Sirop, toujours assis sur la petite chaise berceuse, qui avait fini par lui appartenir de droit, était d'une humeur sombre.

— C'est pas drôle, dit-il, penser qu'on a été slaqués si longtemps. Comment longtemps qu'ça va encore durer ? L'hiver s'en vient, on est rien qu'en guénilles, la maîtresse de pension veut pus attendre, et pis on s'fatigue plus à s'chercher une djobbe qu'à travailler !

— Faut pas s'décourager, dit Flannellette.

— Tu dis ça, toi, parce que tu travailles, reprit Jack White mais t'es pas dans not' peau !

— A l'a raison, trancha Sirop. A l'a dit qu'faut pas s'décourager. Ça sert à rien d'discuter. Apprends donc à pas ostiner quand Flannellette parle.

Comme elle plongeait ses rares assiettes dans de l'eau chaude pour les laver, Popeline fit la suggestion suivante : « Moi j'ai dix cents pour payer la tire si quelqu'un veut aller en chercher ».

— C'est vrai, dit Flannellette, y a pas de Sainte-Catherine sans tire.

— Sirop mit sa petite casquette mitée sur sa grosse tête, prit piteusement les dix coppes dans le creux de sa main et descendit l'escalier. Quand il revint, avec deux maigres palette de tire à la mélasse, les trois assiettes étaient lavées, essuyées. Et, pendant que chacun mâchonnait sa tire, prenant bien garde de ne pas croquer avec ses mauvaises dents, Popeline aborda un sujet de très grave importance.

— Y a queuqu'chose, dit-elle, qui m'fatique ben gros et que j'peux pus garder pour moi. D'pus qu'y est sorti d'la Réforme, Tit'Phonse est v'nu coucher icitte rien qu'une fois. On l'a pus r'vu. J'comprends qu'y couche sus l'plancher et qu'c'est un peu dur et pas ben chaud, mais ça m'travaille de pas savoir ousqu'il est. Y a-t-y été arrêté ? S'est-y fait assommer ? Est-y avec des mauvais amis ? Je l'sais pas. Mais après tout, c'est not' frère, y est encore jeune et y faut s'en occuper.

— M'as dire comme toi, interrompit Sirop, ça donne à jongler. Quoi c'qu'y a dit, la fois qu'y est v'nu coucher icitte ?

— Y a dit qu'on vivait comme des cochons et qu'ça avait pas d'bon sens pour du monde ben comme nous autres de rester dans un trou comme ça et travailler si fort rien que pour d'la pénille. Y a dit : « Laissez-moi faire, j'vas en trouver d'l'argent, et avant longtemps on rest'ra sus la rue Des Érables avec un radio et une machine ». Ensuite, y s'est l'vé l'matin, avant nous autres, y est parti et on l'attend encore.

— Y est encore jeune et y pense qu'y va m'ner la ville. Mais ça r'viendra, dit hautainement Jack White.

Presqu'aussitôt la porte d'en bas claquait et des pas légers et sonores montaient l'escalier. On attendit jusqu'au moment où Tit'Phonse, dont on venait de parler, apparut tout joyeux dans la chambre, chargé de paquets, criant : « Aye, Popeline, quoi c'tu penses de mon capot neuf ? »

En effet, Tit'Phonse était endimanché des pieds à la tête, beau comme Pit Lépine. Il s'avançait vers la petite table pour y déposer ses paquets, saluant au passage Jack et Sirop. Il avait apporté un carré de tire gros comme un petit coffre-fort, des noix, des gâteaux, un poulet cuit et le cadeau d'une paire de bas de soie pour ses deux sœurs. On s'imagine l'émoi, la surprise des jumelles et leurs cavaliers.

— Ça parle au bon-yenne ! s'exclama Popeline. Vas-tu m'dire quoi c'que t'as fait ?

— J'ai une souelle de belle djobbe. Ça fait rien que six jours que j'sus là et j'ai déjà fait quatre-vingt-sept piastres.

— Hein !

— Quoi !

— Es-tu fou !

— Tu m'feras pas accroire ça !

— Ben oui, j'sus ouéteur au Club de Réforme[43]. Comme j'sortais d'la Réforme, j'ai pensé à c'club-là, j'ai été pour me placer et y m'ont pris.

69
Le Goglu, vol. II, n° 18, 5 décembre 1930

— Dans ç'cas-là, dit Flannellette, t'es t'encore à la Réforme ?

— Non, c'est pas l'même genre de Réforme, c'est tout l'contraire.

— Mais comment c'tu peux faire tant d'argent ? demanda Jack White.

— C'est ben simple, j'ai ma paie comme ouéteur, j'fais ben des tippes, surtout à charrier les sacs de glace, pis j'joue d'la clarinette.

— Tu joues d'la clarinette ?

— Oui, j'ai appris ça à la Réforme.

— Attends un peu, dit Popeline, tu vas t'assir et nous conter tout ça. Déshabille-toi. Seigneur, le beau capot ! Rien qu'à toucher, on voit que c'est d'la qualité.

Tit'Phonse proposa de prendre une bouchée. Bien que les quatre autres eussent soupé, ils acceptèrent la proposition et, en moins de temps qu'il n'en faut pour le dire, poulet, cornichons, gâteaux et bonbons furent dévorés. Puis Tit'Phonse commença son histoire.

— L'Club de Réforme, c'est une place pour manger, parler, boire et s'engueuler, ousqu'y vient du monde ben riche. Y ont tous d'l'argent plein leurs poches. J'sais pas leurs noms, mais y ont tous des sobriquets pour se reconnaître. Y s'appellent Balloune, Cornichon, Vomissement, Baveux, Gravel, Hareng, Nénesse, Bedeau, le Veau et des noms comme ça.

— Ça m'a l'air d'une affaire comme un cirque ou un Zoo, interrompit Popeline.

---

[43] Le Club de réforme était un club privé associé au Parti libéral. Il a été fermé au début des années 1970.

— Non, c'est du monde, mais y ont du fonne à s'traiter comme ça et à s'faire choquer, parce qu'y font tous la grimace et lâchent un sacre en s'entendant appeler comme ça. Moi, j'les sers sur des beaux plateaux d'argent et y m'donnent des gros tippes, excepté Tellier qui, lui, paie pas et paiera jamais. De temps en temps, y en a un qui m'fait un clin d'œil. Ça veut dire de monter son voisin en haut et de lui mettre un sac de glace sur la tête pour lui geler le caillou et le faire dormir.

— Tu les voles pas, toujours, dans c'temps-là ? demanda Sirop sur le ton d'un magistrat de police.

— Non, mais, c'est dans c'temps-là qu'y sont le plus floches. Y en a un qui m'a donné trois fois un vieux fripé pour chaque sac de glace.

— Pis ta clarinette ? demanda Flannellette.

— Ben, à la Réforme j'étais dans la bande, on m'avait fait apprendre la clarinette. Au Club, dans l'temps slaque, j'pratique et je joue les airs que j'ai appris. Des airs tristes, parce qu'on suivait les enterrements avec la bande, et j'sais tous les airs d'enterrement. Aussi, chaque fois qu'y lisent les journaux, au Club, y d'viennent tristes, y prennent des visages de battus et y m'font jouer un air d'enterrement à cinquante cents chaque. Y m'ont dit d'en apprendre d'autres, s'y a moyen, parce que j'vas avoir à en jouer presque tous les soirs d'ici un an. Vous vous imaginez c'que j'vas faire d'l'argent.

— Y aurait pas moyen que j'me trouve une djobbe à c'place-là ? demanda Sirop, sur un ton beaucoup plus doux qu'auparavant.

— J'pense pas, dit Tit'Phonse, faut connaître les belles manières ; et pis, tu joues pas d'la clarinette. Si t'en jouais, ça m'f'rait du tort.

— Ah ! s'écria Popeline, j'savais ben qu't'vais du talent, Tit'Phonse, et que tu nous f'rais honneur, un jour. T'es ben d'not' famille, va, j'te r'connais.

Jack et Sirop se sentirent un peu rapetissés par cette derrière réflexion. Après quelques moments de silence, Sirop put dire : « Chacun a son genre de talent. Tit'Phonse peut aller loin si y peut ben s'conduire, comme nous autres. Y est dans un ben mauvais milieu ! »

— Bah ! dit Popeline, on a résisté aux dangers, Flannellette pis moi. Y résist'ra ben !

— En tout cas, dit encore Sirop, si on peut pas aller travailler là, on peut toujours ben y aller comme guesse. Un d'ces jours, j'irai visiter ça et Tit'Phonse me servira. J'en connais du gros monde, moi aussi !

— Faut une carte pour entrer, riposta sèchement Tit'Phonse, et y vendent les cartes rien qu'au monde chic.

— Ouah ! dit Jack White, c'est toujours pas la maison du prince de Galles. Moi, j'ai ben des tuyaux et j'irai quand j'voudrai !

— Quand on a du poulle, on fait c'qu'on veut, et on va voir avant longtemps si j'en ai du poulle ! surenchérit le gros Lafrance. Si Bray y a déjà été, j'pourrai ben y aller, moi aussi.

Ces dernières phrases relevèrent quelque peu le prestige des deux cavaliers aux yeux des deux jumelles, car la sortie de Tit'Phonse faisant entrevoir un monde nouveau, riche et « capable de payer », avait légèrement affecté leur crédit, par l'orgueil de famille.

. . . . .

70

Le Goglu, vol. II, n° 19, 12 décembre 1930

Le lundi qui précédait Noël, Tit'Phonse avait apporté à ses sœurs, pour acheter des étrennes, une somme de cinquante piastres. Ce fut un émoi extraordinaire dans la chambre de la rue Du Berri. On compta vingt fois les billets, on les examina, tâta, renifla, palpa, et l'on discuta pendant une demi-heure de l'endroit où l'on pourrait bien cacher tout cet argent : dans le petit tiroir, derrière un cadre, dans le fond d'un soulier, entre les pages d'un livre ou sous le petit poêle. On finit par trouver la chambre elle-même peu sûre, car peut-on savoir quand on va passer au feu ? Lorsque Jack et Sirop arrivèrent après le souper, on réexamina l'argent, on rediscuta d'une cachette et finalement on se rangea à l'avis de Sirop : Flannellette garderait un bas en se couchant, et elle mettrait l'argent dans son bas. « Puisque cet argent est pour dépenser, ajouta-t-il, vous allez faire vos achats demain et on vous accompagnera, car vous pouvez pas vous risquer dehors avec un si gros bonneche. »

Le lendemain, à neuf heures, les jumelles partaient avec leurs cavaliers pour aller acheter leurs étrennes. L'attention de Popeline fut attirée dans une vitrine de la rue Sainte-Catherine, près de la rue Montcalm. Il y avait là une robe de chiffon rose annoncée au prix de 9,89 $.

— Entrons voir ça, dit-elle.

Les deux cavaliers, qui ne connaissaient absolument rien aux robes ni aux étoffes, se tinrent un peu à l'écart, avec la contenance un peu gênée du garçon qui ne veut pas passer pour le mari.

— Quoi zi veut, madame, un beau robe ? demande le patron d'un air souriant, en se frottant les mains et en toisant de loin Jack et Sirop.

— Oui, dit Popeline. Une pareille comme y a dans la vitrine, en chiffon rose.

— Oh ! oui, bon stoffe, ça ; beau robe. Pas cher, rien que vingt piastres.

— Comment, vingt piastres ? C'est marqué 9,89 $ dans la vitrine !

— C'est vrai. Moi trompé. Viens voir beau robe, touche ça, ben cousu, capable teinturer, bon pour deux ans.

— Non, dit Popeline, c'est pas comme ça paraît. C'est pas absolument c'que j'veux. Merci pareil !

— Oh ! sors pas encore. Ben des autres robes. Viens voir. Le prix trop cher ? Moi donner le robe rose pour sept piastres. Toi bon client, moi couper le prix.

— Non, j'en veux pas. J'veux payer l'prix, mais j'veux avoir pour mon argent.

— Six piastres ! Six piastres ! C'est pour ton argent, le robe rose, six piastres ?

— Tu m'as l'air pas mal Juif ! hasarde Flannellette.

— Moi pas zouif, moi Grêque catholique. Pour prouver, prends le robe rose, cinq piastres ! C'est pour rien ! Non, pas zouif.

— J'te dis qu'j'en veux pas, d'la robe rose. A f'rait pas mon affaire.

— A f'rait-y ton affaire pour quat' piastres !

— Allons-nous-en, dit Flannellette, c'est un Juif, j'y vois ça dans la face. R'gard' ses cheveux frisés !

— Non, pars pas, gémit le vendeur sur un ton désespéré. Moi pas zouif, moi vendre beau robe pour trois piastres... deusses piastres... un piastre... deux beaux robes pour un piastre. Viens essayer en arrière, toi ben paraître avec beau robe, toi ben faite.

À ce moment, Sirop intervint, enragé de constater que le youpin avait vu que Popeline était « ben faite ». Il lui cria : « Veux-tu t'faire casser la yeule, sacré pouilleux ? »

— Moi pas parler à toi ! dit sèchement le Juif.

— Moi parler à toi et moi casser ton yeule, répliqua Sirop en s'avançant vers le Juif et en lui assénant avec sa main, épaisse comme un gros steak, une formidable gifle. On en entendit craquer la mâchoire du marchand.

— Bôlice ! Bôlice ! Bôlice ! se mit à crier le Juif, sur le ton d'un petit goret qu'on égorgerait à la mode kosher.

Ses cris se perdirent dans le fond du magasin, pendant que les deux couples sortaient.

— Un peu plus, on s'faisait poigner par un Juif ! dit Popeline.

— J'ouatchais ça, rétorqua Jack White. J't'aurais dit d'pas acheter.

— Penses-tu ! soupira Flannellette. Y d'mandait d'abord vingt piastres pour une robe qu'y voulait vendre ensuite à deux pour une piastre.

— Même à une piastre, on s'rait fait encore voler, dit Popeline.

— C'est tout d'même drôle, ajouta Sirop, qu'on a tant acheté chez les Juifs, les années passées, et qu'aujourd'hui on est pus capable d'les sentir. C'est vrai que si on leur en avait pas tant donné, y aurait plus d'chance pour les Canayens. Mais j'pense ben qu'ça va r'venir.

. . . . .

71

Le Goglu, vol. II, n° 20, 19 décembre 1930

Avec l'intervention de Tit'Phonse, qui commençait à avoir du poulle en politique, grâce à l'intimité que crée la fonction de mettre des sacs de glace sur des têtes importantes, Sirop avait pu obtenir une position au Club de Réforme. Il était assistant-cuisinier, c'est-à-dire qu'il pelait les patates, sassait les cendres, chauffait les fournaises, sortait les vidanges, balayait la cave et frottait les chaussures des membres quand, par mégarde, le grand Anatole avait vomi dessus. Cela lui donnait douze piastres par semaine, et encore on lui faisait du bon.

De temps à autre, Tit'Phonse descendait le voir, surtout quand il voulait pratiquer un nouvel air d'enterrement sur sa flûte ou remplir quelques sacs de glace devant le frigidaire. Il parlait à Sirop avec la même autorité qu'un ministre parlant à un sous-secrétaire, et le gros Lafrance s'en sentait humilié. Souvent, il pensait : « J'sais pas si j'sus assez pour marier un jour la sœur de c'gars-là ? » Mais il ne se décourageait pas, stimulé par une généreuse ambition, et se disait : « Ça va v'nir. J'connais rien que leurs chaussures et leur vomissure, mais j'finirai par y aller, en haut, et j'me f'rai r'marquer, moi aussi, quand y m'connaîtront ».

Étant peu payé pour l'énorme travail qu'il fournissait, Sirop se reprenait sur la mangeaille. Le cuisinier le nourrissait bien, car il avait peur de perdre un tel employé, qui aurait battu un bœuf dans un concours d'endurance.

Mais, bon cœur, Sirop pensait à Flannellette et Popeline, et il ne se passait pas un seul jour sans qu'il leur apportât quelque chose. À l'exemple de plusieurs membres qu'il voyait faire, il allait faire son tour dans le garde-manger, le matin, et y prenait un pot, un bocal, un panier, une boîte ou un paquet, qu'il cachait soigneusement, et apportait avec lui en sortant par la ruelle. De sorte que les sœurs Dubois eurent bientôt dans leur chambre de la rue Du Berri pour environ six mois des meilleures provisions de bouche. Elles avaient fini par connaître les bonnes choses et ne parlaient plus que caviar, anchois, truffes, limbourg, salami, conserves de câpres, hors-d'œuvre fins, champignons, asperges, cornichons importés, foies gras, légumes surextrafins, ballots de café, gingembre confit, faisans cuits, sardines authentiques, sans mentionner une provision respectable de liqueurs fines et de vins de choix, sans compter qu'on mangeait tous les jours des tomates importées, des endives, concombres d'hiver, fruits frais, volailles et filets qui restaient dans la glacière du club après les repas. La chambre des jumelles semblait plutôt un *back-store* d'épicerie en gros et le soir, pour veiller, on s'assoyait sur des caisses, entre les meules d'Oka et de Roquefort, les pieds sur des paniers de champagne. Ajoutons que Popeline et Flannellette avaient vu s'augmenter dans les mêmes proportions leur batterie de cuisine, leur coutellerie, leur vaisselle, leur verrerie et leur lingerie de table, avec un stock raisonnable de cendriers d'argent, crachoirs de cuivre, ampoules électriques, cigarettes de toutes les marques et quelques centaines de bons cigares que Sirop fumait tranquillement à la veillée. On parlait de déménager au printemps dans un appartement plus grand, car Sirop entrevoyait le moyen de déménager un Chesterfield, un radio, quelques Davenports[44], un pupitre, de petites tables, fauteuils de cuir, tabourets, cadres, vases, urnes, tapisseries, lampes de table, un électrolier du deuxième étage et quelques tapis. Le plaisir et le bonheur qu'il procurait aux deux orphelines aidaient Sirop à supporter son maigre salaire. Quant à Jack White, il commençait à en rabattre et suppliait Lafrance, à son tour, d'user de son influence politique pour le faire entrer au Club de Réforme. « Ce serait contre ma conscience de travailler avec des Cliqueux, avait-il dit, mais je ferai ce sacrifice pour Popeline. » Sirop lui avait répondu : « Je connais rien que leurs chaussures et leur vomissure, mais attends donc que j'les connaisse. Tu vas voir que ça va marcher et que ça prendra pas goût de tinette ».

· · · · ·

72

Le Goglu, vol. II, n° 21, 26 décembre 1930

La veille de Noël, on avait étendu au milieu de la chambre plusieurs rangées de caisse de façon à former une table. D'autres caisses formaient les sièges. Popeline et Flannellette avaient proposé de prendre le réveillon à la maison au lieu d'aller dépenser l'argent au café. L'idée déplaisait à Sirop, qui aurait voulu faire le floche, mais Jack, qui n'avait pas d'argent, avait victorieusement

---

[44] Marque de sofa.

défendu la proposition de sa blonde. Des toiles fines furent jetées sur la table, qui resplendit bientôt de belles argenteries, de cristaux, verres taillés, porcelaine de luxe. Quelques pigeonneaux et faisans furent sortis de leurs boîtes hermétiques, des hors-d'œuvre et antipasti furent appareillés, des salades furent composées, des vins mousseux furent mis sur la neige dans la fenêtre, quelques douzaines d'huîtres, choisies par le club pour les ministres, furent ouvertes, un filet d'orignal fut tranché, des bonbons importés, des noix et des fruits exotiques furent étalés de sorte que, quand on partit pour se rendre à la messe de minuit, l'humble chambrette de la rue Du Berri abritait la table la mieux garnie et la plus attrayante de la métropole.

Après la messe de minuit, célébrée à Saint-Jacques avec beaucoup d'éclat, les deux couples décidèrent de se promener un peu sur la rue Sainte-Catherine, où se pressait une foule très dense, comme en plein jour. Les tramways regorgeaient de voyageurs, les cafés se remplissaient de fêtards, les taxis filaient de tous côtés à des vitesses qui faisaient croire à des courses sur piste. C'était une nuit gaie, bruyante, agitée, éclairée de lumières crues. Ça sentait la fête, mais de cette saveur artificielle, mécanique et cosmopolite comme au cœur de toutes les grandes villes. Nos amoureux le ressentirent sans pouvoir le définir, disant : « Y sont-y plates ! » chaque fois qu'ils entendaient une personne crier ou la voyaient gesticuler. Aussi ne tardèrent-ils pas à rebrousser chemin vers la chambre de la rue Du Berri, d'autant plus que l'estomac commençait à leur parler avec une douce chaleur des bons petits plats qu'ils allaient dévorer.

— J'pense que personne à Montréal va réveillonner comme nous autres, dit Popeline.

— C'est toffe à battre ! opina Flannellette.

— En tout cas, y a de quoi se rincer le dallot ! affirma Jack White.

— On va s'en coller au paquet ! surenchérit Sirop.

— Avec ça, sur des plateaux d'argent !

— Du cristal et des toiles fines !

— Y manque rien que d'la musique !

— On a une bombarde ! dit encore Sirop.

Ce fut d'un cœur léger et d'une jambe alerte qu'on monta le petit escalier, qui avait entendu tant de soupirs. On s'engouffra dans la chambre en chantonnant et sifflotant les airs de Noël. Popeline alla, au fond, allumer la lumière.

— ??????

— !!!!

— ?!?!?!?!

— *?$*!?

C'était effrayant, affreux, épouvantable ! Qui aurait pu prévoir ?

— Les cochons ! les cochons ! ne put s'empêcher de crier Sirop Lafrance.

Et, abasourdis, consternés, les quatre examinèrent l'abominable ravaud qu'on avait fait sur la table. Les nappes étaient sales, les verres renversés, les plats vidés. On avait tout mangé, tout dévoré. Cependant, le pillage ne s'était pas exercé ailleurs. Caisses, boîtes et sacs étaient intacts, de même que les bouteilles.

— Qui c'que ça peut ben être ? murmura Sirop.

— Faisons v'nir la police ? suggéra Jack.

— Imbécile ! Pour qu'a rapporte toute notre mangeaille au Club ?

— C'est vrai, j'y pensais pas.

— En tout cas, ceux qui sont v'nus manger avaient faim martyr, fit remarquer Flannellette.

— Si y étaient pas v'nus, y auraient p't'être le ventre creux pour une mèche !

— Oui, mais on peut manger comme du monde, objecta Sirop. Ceux-là ont mangé comme des cochons.

— Bah ! dit Popeline, donnons-leur donc c'qui y ont pris. Y nous en reste encore pour une filée !

Cet avis fut écouté. Comme il n'y avait pas d'eau chaude pour laver la vaisselle, et que cette opération aurait retardé le réveillon, on décida de manger froid, à même les mille sortes de hors-d'œuvre, viandes, volailles, fruits et légumes de conserve. On se bourra, on s'empiffra, on se gava jusqu'aux oreilles.

Quand Tit'Phonse arriva, au petit jour, blême d'avoir trop veillé et monté trop de sacs de glace, il n'en put croire ses yeux. Jack White gisait, endormi, sur une pile de caisses en escalier ;

Sirop, un bout de cigare entre ses dents, ronflait comme un soufflet de forge, la tête sur les meules d'Oka et les pieds sur le rebord de la fenêtre ouverte ; Popeline et Flannellette, assises sur des chaises, la tête renversée, s'étaient endormies sans s'en apercevoir.

73

Le Goglu, vol. II, n° 22, 2 janvier 1931

Tit'Phonse laissa tomber une assiette sur le plancher et nos dormeurs furent surpris de s'éveiller dans leurs positions respectives.

— J'ai l'pesant, dit Sirop d'une voix éraillée. J'm'en vas dormir chez nous. J'ai d'la misère à m'grouiller.

— Pauv' Tit'Phonse ! dit Jack, y a travaillé fort, on va y faire à manger.

— Pas besoin j'sus v'nu hier soir avec mon tchomme, avant d'aller au club, et on a pris une petite bouchée.

Les quatre : « C'était lui ! »

Et Sirop, en lui-même : « Je l'ai traité d'cochon. On devrait jamais parler avant d'savoir ! »

. . . . .

N'ayant rien à dépenser pour manger, Sirop, Jack et les deux sœurs Dubois avaient pu économiser quelques piastres pour aller passer le Jour de l'An à la campagne, chez le vieux Gaspard Lafrance, un oncle de Sirop. De la gare de Saint-Romuald, on avait dû se rendre à pied jusqu'à la ferme, soit une marche de cinq milles, car l'oncle n'avait pas été prévenu et l'hôtel du village était fermé ce jour-là. Leur arrivée avait causé une fort agréable surprise chez le père Gaspard, car on n'y avait pas reçu de visite de la ville depuis trois ans, on avait fait boucherie la semaine même, on n'était pas pris au dépourvu, et Sirop avait apporté une caisse de gin importé, dont le Club de Réforme ne s'était pas aperçu de la disparition.

Grâce à la marche du matin, à l'air vif et dans la neige jusqu'aux genoux, on dévora le dîner de campagne avec une gloutonnerie et une safrerie dignes de ce qu'on mangea : tourtières avec cornichons salés, ragoût de pattes aux boulettes, cochon de lait farci, tête de cochon bouillie, guertons, boudin gras, tartes à la ferlouche et grand'mères. On s'était d'abord fait un fond avec du gin et de la trempette chaude. Après le dîner, Jack White sortit une boîte de cigares que Tit'Phonse lui avait apportée du Club, à Noël, et la conversation s'engagea entre Sirop et son oncle, pendant que les autres s'alignaient pour danser des *sets* et des rigaudons.

— Dis-moi donc, Sirop, qu'est-ce qui s'passe en ville. D'après les journaux, ça a l'air ben embrouillé. Une semaine on nous dit que c'est prospère, l'autre semaine on nous dit que c'est la misère. Quoi c'qu'y a au juste ?

— Ça va ben mal, mon onde. Les maisons sont petites, les salaires sont petits, la nourriture est petite. Ben du monde travaille pas.

— J'vois ben ça, on peut pas vendre c'qu'on produit. Faut quasiment donner pour rien. Quoi c'qu'y a dans l'fond d'tout ça ?

— Y a qu'y a pas d'argent nulle part. J'sais pas qui c'qu'y la garde.

— C'est-y vrai, Sirop, qu'ça dépend des bolchévistes qui viennent vendre du blé à moitié prix, du bois et du cuir, du fer et du cuivre pour presque rien dans tous les pays, même au Canada ?

— Pour sûr que c'est vrai. Comme ces choses-là coûtent cher à faire en Canada, à causes des salaires, et qu'elles coûtent rien en Russie parce que les bolchévistes conduisent les ouvriers comme du bétail pour les empêcher de devenir bourgeois ou de se ramasser de l'argent pour se reposer sur leurs vieux jours, les Juifs de Russie infestent tout le monde avec leurs produits. On parle même qu'y vont v'nir vendre de la viande, des volailles et légumes en Canada. Y s'sacrent ben d'ruiner la Russie et de l'envoyer au iâbe pourvu qu'y rendent tout l'monde juif, sans pays et sans patrie.

— Y a donc pas moyen d'rien faire contre ces gars-là ? demanda l'oncle Gaspard.

— Bennett[45] a commencé à leur mettre les bois. J'pense qu'y laiss'ra pus entrer rien qu'est pas fait par les Canayens. Au moins,

---

[45] Richard Bedford Bennett a été élu Premier Ministre du Canada lors des élections fédérales de juillet 1930. Arcand a reçu quelques fonds de Bennett pour financer ses entreprises journalistiques.

si la misère doit durer, on aura une chance de travailler dans les manufactures de ce qu'achètent les Canayens.

— Pis à Marial, qu'est-ce qui s'passe ? L'monde a pas l'air content !

— Ben, vous comprenez, mon onc', y a du pour, y a du contre. Les rouges sont contents. Y s'sont fait battre et y gardent quand même les meilleurs morceaux. Les bleus ont gagné, et y sont tout à l'envers de voir comment c'qu'y sont traités. On a j'té une gang dehors, mais y a une autre gang aussi pire qui a pris sa place. On donne rien de c'qu'on a promis, on fait rien de c'qu'on d'vait faire, j'sais pas l'iâbe comment ça va tourner. Y a des bons gars qui s'tiennent drette, comme Savignac[46], William Tremblay et queuqu's autres, mais y sont ben rares.

— C'est ben curieux comme on peut pas s'fier à grand'monde !

— Vous comprenez, l'père Gaspard, quand y en a qui voyent une chance de faire leur boule et qui savent pas s'y vont y rester, y en profitent une minute et quart.

— Pis c'est nous autres qui paient pour tout ça !

— Ben oui, pis y nous font payer vrai ! Va pourtant falloir qui s'lèvent des vrais hommes.

74

Le Goglu, vol. II, n° 23, 9 janvier 1931

Y doit pourtant en rester ; tous les Canayens sont pas des sang-sues ![47]

— J'ai ben confiance en Bennett, ajouta l'oncle Gaspard. Y a d'la poigne et y va pourtant s'décider à régler tout ça.

— C'est c'qu'on dit en ville. Y est clîne et y travaille comme cinquante, y ont d'la misère à l'suivre. Quand y va parler, ça va parler fort, et quand y va faire queuqu'chose, à la prochaine session, les écopeaux vont en r'voler. Ouatchez ben ça !

---

[46] Joseph-Marie Savignac était un conseiller municipal de Montréal.

[47] Cette première phrase est la suite de la réplique commencée à la fin de la tranche précédente, ce qui explique l'absence de tiret introductif. (Nous retrouverons ce cas au début des épisodes 105, 113, 144, 179, 181 et 186.)

— Pis, Sirop, parle-moi donc de c't'affaire des voies élevées et du C.N.R.[48] qu'on voit dans tous les journaux. Qu'est-ce que c'est au juste que c't'affaire-là ?

— J'va vous dire, mon oncle. L'gouvernement avait voté ben des millions pour am'ner les chars et faire un nouveau dépôt à Marial. Y paraît qu'une bande de gros bonnets a dit : « Achetons ben des maisons et r'vendons-les à un bon prix, on va s'faire une belle boule ». Si y avaient mis les traques de chars en-dessous d'la terre, ça aurait pas nui à Marial et ça aurait coûté moins cher, mais y auraient pas pu faire d'l'argent avec les maisons. Alors, y ont mis les traques au-d'sus d'la terre, ça défigure ousque ça passe et ça fait perdre gros à tous les Canayens qui sont placés près d'ça.

— J'comprends, Sirop. Ça s'rait ben achallant pour moi aussi si les chars v'naient couper ma terre en deux. A se r'vendrait ben moins facilement. Vous pouvez pas empêcher ça ?

— Bah ! Houde[49] s'est fait élire en disant qu'ça s'f'rait pas. Y avait trouvé qu'c'est l'plus gros scandale qui y a jamais eu. Pensez-y, cent soixante-quinze millions. C'est autant que le mal fait par dix cliques mis' ensemble. Mais, quand est v'nu l'temps d'empê-cher ça, y a dit : « Personne me soutient, j'sus ben forcé d'laisser faire ».

— Élu comme y l'a été, Sirop, y pouvait pas dire que personne le sout'nait.

— Y s'en est aperçu après, quand l'monde a commencé à r'vi-rer. Mais y était trop tard.

— À part de d'ça, Sirop, parle-moi donc des Juifs. Y paraît qu'ça commence à ch'nailler.

— Ça s'adonne ! Y ont jamais tant annoncé dans les journaux, jamais tant slaqué les prix. Y s'imaginent s'sauver avec ça, mais les Canayens les ont par la ganse et les lâcheront pas.

---

[48] Canadian National Railway. Son titre officiel en français est Compa-gnie des chemins de fer nationaux du Canada.

[49] Camillien Houde a été maire de Montréal de 1928 à 1932, 1934 à 1936, 1938 à 1940 et 1944 à 1954. Il a été interné en 1940 pour s'être déclaré contre la politique d'enregistrement pour service militaire. Il a fréquenté les mêmes camps d'internement qu'Arcand. Houde a été accueilli en héros à sa libération. La réalité a été bien différente pour Arcand...

— Icitte, on les laisse pus peddler. Le dernier qui s'est montré, les gars d'Arthur ont couru après jusqu'au p'tit bois. Si y avait pas eu une bonne routeuse, y attrapait queuqu'chose certain. On s'est tous mis ensemble pour ach'ter rien que chez nos marchands.

À ce moment, se sentant la gorge sèche, l'oncle Gaspard ouvrit une autre fiole de gin importé et remplit les verres des hommes. « C'est bon comme le iâbe, c't'affaire-là, dit-il à Sirop. Ça s'boit comme du p'tit laitte, on prendrait ça à pleins tomm'bleurs. J'en sers pas aux criatures, a l'aiment mieux les affaires sucrées. » Puis l'oncle Gaspard fit venir les hommes et l'on but un toast à la santé des Canayens.

— A s'ra prospère ! souhaita Gaspard.

— Avec une belle surprise ! dit Jack en lançant un œil allumé à Popeline.

— La loc pour les belles blondes ! dit Sirop en n'osant pas regarder Flannellette.

— Ben des p'tits Canayens ! cria Emma du fond de la cuisine d'été.

— Pus d'argent aux pouilleux ! dit Arthur.

— Qu'on s'laisse pus emplir ! ajouta Noé.

Un bruit de babines pourléchées termina le toast. Et le violoneux recommença son zigonnage.

La rumeur que Sirop et sa blonde étaient dans la paroisse se répandit comme une traînée de poudre et, en quelques heures, les filles des deux rangs voisins arrivaient avec leurs cavaliers, rien que pour faire un tour.

— Ça c'est blodde ! criait Gaspard en voyant entrer chaque nouveau couple.

Et Sirop ouvrait une autre bouteille de bibus chaque fois, et c'était chaque fois un nouveau toast qui faisait rougir la blonde de chaque cavalier. À six heures, Jack White rappela à chacun qu'on reprenait le train à neuf heures, parce qu'on devait travailler le lendemain même.

— Vous êtes pas pressés ! cria Emma. Restez jusqu'aux Rois.

— Aie ! Aie ! murmura Sirop, on veut pas perdre nos djobbes !

— Tu parles du monde, en ville, ça prend pas l'temps d'souffler ! s'exclama Gaspard. Y peuvent ben mourir jeunes !

— Ah ! dit Sirop, en voyant repasser tous les souvenirs de sa jeunesse : les bois, les foins, les labours, les veillées de campagne, les soirées tranquilles d'été, ah ! c'est donc bon de se r'sentir comme vous autres. Si on reste pas par icitte, c'est pas parce qu'on veut pas !

75

Le Goglu, vol. II, n° 24, 16 janvier 1931

Ce soir-là, par extraordinaire, Tit'Phonse vint souper à la maison. Ce fut toute une surprise.

— Quoi ça veut dire ? demanda Flannellette. C'est pas un r'proche, mais tu comprends, on t'voit jamais !

— Y a du nouveau, dit Tit'Phonse en riant ; on s'en va à Québec.

— Hein ! Quoi ? On s'en va à Québec ?

— Oui, j'ai une promotion pour le temps de la session.

— Explique-toi, dit Popeline. J'comprends rien dans tout ça.

— V'là l'affaire. Au Club de Réforme, j'ai gagné le grand championnat du sac de glace. Je suis l'artiste par excellence du sac de glace. J'ai une touïsse que personne a encore eu, disent ceux à qui je mets des sacs de glace sur la tête. Y paraît que c'est tout un art, je l'savais pas, et j'ai appris ça tout seul avec mon doigté naturel. Dans le travail du sac de glace, il faut d'abord considérer la froideur de la glace, ensuite la grosseur des morceaux qu'on met dans le sac, pour qu'il puisse prendre la forme de la tête et ses bosses, ensuite la façon de poser le sac sur la caboche pour ne pas surprendre trop le client, pour que le sac ne tombe pas quand il s'endort, pour que la glace ne fonde pas trop vite et bien d'autres détails. Il faut aussi être rapide au travail et, au club, je réussis parfois à poser près de cent vingt-cinq sacs de glace dans la même soirée.

— Mais, dit Popeline, tout ça ne nous dit pas pourquoi tu t'en vas à Québec.

— V'là l'affaire. À cause de la session de Québec, presque tous les clients du club s'en vont à Québec, et le besoin du sac de glace est transféré du Club de Réforme au Club de la Garnison[50]. Y sont tellement contents de moi qu'y veulent plus en avoir d'autre, et y m'ont demandé d'aller travailler comme *waiter* en chef de la glace à Québec pour le temps de la session. Y paient mes dépenses de voyage et m'donnent une augmentation pour le temps que j'serai là. Comme y travaillent toute la journée et une partie de la soirée au Parlement, je serai libre tout ce temps-là et je n'aurai à travailler qu'à la fin de la soirée. On va donc pouvoir aller les regarder faire aux assemblées de la magistrature ; y paraît que c'est ben drôle, d'après c'qu'y disent quand y parlent d'ça au club.

— C'est ben dommage qu'on soit pas capables d'y aller, nous autres ; ça nous donnerait une chance de paraître dans le grand monde ; au Parlement, quand même qu'on n'est pas assis à côté des minisses et des échevins, on est toujours ben dans la même salle avec eux autres, dit en soupirant Flannellette.

— Mais vous allez v'nir, dit Tit'Phonse. C'est pourquoi j'sus v'nu vous l'dire. Un gars qu'est ben peigne et n'donne jamais d'tippe m'a dit qu'y avait un grand journal et que quand j'en aurais besoin y pourrait m'faire avoir queuqu'billets d'char, à cause qu'ça lui coûte rien. J'en ai profité pour lui en demander tout d'suite pour vous autres, pour pas qu'y m'ait empli avec du vent. Y m'a envoyé à son journal et j'ai attendu deux heures, puis on m'a fait avoir des billets. Les v'là.

— Quand est-ce tu pars ? demanda Popeline.

— Moi, faut que j'parte à soir. Vous autres, vous viendrez quand vous voudrez, parce que vos billets sont bons pour un mois. Si vous voulez voir le Parlement, v'nez entre le lundi et l'vendredi soir. Durant l'ouiquenne y viennent prendre leurs sacs de glace à Montréal.

— On est jamais allé à Québec, dit Flannellette, on peut p't'être s'écarter.

— Sirop pourra aller vous rencontrer au dépôt.

— Oui, mais Sirop est pas à Québec.

— Y s'ra là, parce qu'on y va ensemble. Il a été trouvé champion, lui aussi, le champion pour nettoyer les bottines le plus vite

---

[50] Le Club de la Garnison a été fondé en 1879. D'abord ouvert aux militaires, il est encore en activité aujourd'hui.

et pour le mieux rincer le plat à vomir. Y paraît qu'y ont autant besoin de lui pour sa djobbe qu'y ont besoin de moi pour les sacs de glace.

— J'peux pas croire ! s'exclama Flannellette. Ben ! on va avoir du fonne.

Elle finissait à peine sa phrase que, tout essoufflé, Sirop entrait en courant dans la chambre pour annoncer la nouvelle. Il grimaça en voyant Tit'Phonse, réalisant qu'il n'aurait pas le plaisir de faire la sensation d'annoncer son départ. Il scruta du regard l'expression de Flannellette, pour voir si elle éprouvait du chagrin à la pensée qu'il partirait pour un pays inconnu, à cent quatre-vingts milles. Elle souriait d'aisance et de plaisir. « Ça y est, pensa Sirop, elle n'éprouve pas de chagrin et éprouve de la joie à me voir partir. Si elle est contente, c'est donc que ça fait son affaire ; si ça fait son affaire c'est parce que je ne serai pas là pour l'ennuyer ; si elle est contente que je ne sois pas là, c'est donc parce qu'elle sera plus à l'aise de sortir avec un autre. Non, elle ne m'aime pas, elle en aime un autre. » Et Sirop pencha lentement sa lourde tête, d'un air triste.

— Quoi c't'as, Sirop, demanda Flannellette, t'es pas content d'aller voir du pays ?

76

Le Goglu, vol. II, n° 25, 23 janvier 1931

— Ben, j'sus pas fâché, dit Sirop, mais j'pense qu'on s'voira pas ben souvent. Tu comprends, on s'voyait tous les jours, ça va faire un gros changement !

— On part avec vous autres. R'gard'ça, des billets d'char que Tit'Phonse a pu avoir d'un grand peigne.

— C'est pour ça qu't'es contente ?

— Ben oui, on va encore être tous ensemble.

« J's'rai donc toujours bête pareil, pensa Sirop. J'ai encore mal jugé Flannellette, elle qui m'a jamais donné raison de penser comme ça. Qu'c'est donc dur d'avoir d'l'intelligence, quand on n'n'a pas ! »

Le lendemain après-midi, Sirop et Tit'Phonse attendaient l'arrivée du train de Montréal à la gare du Palais. Ils étaient arrivés le matin même, après avoir à moitié dormi sur un banc de troisième classe, et étaient allés prendre possession de leurs quartiers, dans la cave du Club de la Garnison. Ils étaient mêlés à une foule assez nombreuse qui, comme eux, attendait l'arrivée des voyageurs. Pour passer le temps, ils allèrent admirer les empaillés d'Arthur Lavigne[51] dans la vitrine des spécimens de gibier de la province, département de Pouponne-Beaublond-Aimédéfâme Laferté[52].

— *Some* poissons, dans ce département-là ! s'écria Tit'Phonse, les yeux illuminés.

— Faut pas trop en parler, mais on va en prendre des pareils l'été prochain, dit Sirop. Un nommé Soulard m'a tapé de l'œil, au Club, en m'disant que si j'aimais l'poisson, y m'ferait aller à une place ousqu'y en a pas pour rire.

— L'gars à qui t'as parlé en sortant du Club ?

— Non, ça c'était Bill Donovan, qui a tant d'fonne avec tout le monde. Y fait toujours des farces en parlant et a un gros répertoire de camembert...

— Tu veux dire des calembours !

— C'est ça des camembourg. Y dit qu'y est capable battre Armand Lavergne[53] par trois camembourg à la demi-heure. Soulard[54], c'est le p'tit un peu chauve qu'était assis à écrire un discours pour un minisse ; y l'appellent la onzième édition du *Secrétaire Universel*.

---

[51] Arcand réfère ici à l'oncle de son épouse Yvonne. Lavigne habitait alors Québec. D'après les annuaires de l'époque, il vivait au 10 rue Sainte-Julie. Cette rue s'appelle aujourdhui Joly-De Lotbinière. Elle longe les édifices de l'Assemblée nationale du Québec.

[52] Hector Laferté était ministre de la Colonisation, de la chasse et des pêcheries dans le gouvernement Taschereau.

[53] Longtemps député nationaliste, Armand Lavergne a été élu pour le Parti Conservateur fédéral lors des élections de 1930. Dans une lettre, Arcand a expliqué que Lavergne aurait voulu faire de lui le chef du Parti conservateur au Québec. Cette volonté ne s'est jamais concrétisée.

[54] Arcand fait ici référence à René Soulard, secrétaire du ministre Hector Laferté.

— Dans c'cas-là, y doit être capable de nous faire poigner des truites comme ça ! conclut Tit'Phonse en montrant du doigt un saumon de Gaspé.

— Oui, mais à condition qu'on s'dise pas Goglu. Y les aime pas. J'me sus aperçu, aussi, que l'mot Goglu fait faire la grimace et leur donne des frissons dans l'dos à chaque club qu'on va.

À ce moment le train entrait en gare. À mesure que les voyageurs passaient la grille, des gens s'élançaient au-devant d'eux, les empoignaient à pleins bras et les embrassaient en rapport inverse des sexes. Les bruits de babines sonnaient aussi clairs que les profonds soupirs de la locomotive essoufflée. Enfin parurent Popeline et Flannellette, belles comme des fleurs fraîches, portant leurs valises de carton teint en imitation de cuir. Quelques députés, secrétaires et fonctionnaires, qui flânaient dans la gare, furent abasourdis par leur beauté et s'empressèrent de leur lancer des clins d'yeux illuminés qu'elles ne virent pas. La reine Marie et la princesse Iliane ne firent jamais plus profond effet. Sirop fut le premier à les voir et lança un cri retentissant : « Flannellette ! » Ils s'étaient vus la veille, mais le voyage et l'arrivée dans une gare créent cette impression d'avoir été absent très longtemps et, instinctivement, heureuse de voir des faces connues, amies, protectrices dans une ville éloignée, Flannellette se mit à courir à pas menus, laissa choir sa valise, lança ses bras au coup de Sirop et lui colla sur les lèvres une grosse empreinte de pommade rouge. Popeline fit de même.

Sirop sentit ses genoux plier, son cœur sauter comme un ressort. Il n'avait dans la tête que la senteur parfumée du rouge, la sensation des bras de Flannellette autour de son cou, son rire aigu, le contact de sa bouche. Il lui fallut plusieurs secondes pour rouvrir les yeux et avaler le motton qui obstruait sa gorge. Subconsciemment, il se lécha les babines pour ne rien perdre de la sensation, pensant en lui-même : « Je n'ai rien connu de la vie ni de l'existence avant de me faire embrasser comme ça ; enfin j'ai conscience d'être vivant ». Tit'Phonse parla le premier :

— Avez-vous eu d'la misère ?

— Pantoute, dit Popeline, on avait assez hâte d'arriver.

— La station est souelle ! fit remarquer Flannellette.

— Tout est souelle, icitte, dit Sirop. Le monde est ben r'cevant et ça vit ben. On travaille dans *some* club !

— Y sont plus avancés qu'à Montréal, dit encore Tit'Phonse, et j'ai peur de pas être capable de charrier les sacs de glace assez vite.

— On en viendra ben à boutte ! encouragea Sirop.

— Quoi ç'la ville a d'lair ? demanda Flannellette.

— Les rues sont étrettes mais on s'sent plus chez nous.

— Tu vas voir ça, l'fleuve gèle pas par icitte.

— Y a des côtes à pus finir.

77

Le Goglu, vol. II, n° 26, 30 janvier 1931

— Les p'tits chars ont l'air bêtes ici, dans Québec.

— On voit de loin, c'est beau.

— L'monde grasseille.

— Ben du monde porte la canne.

— Les filles sont ben pattées.

— Y a des vieux murs partout.

— Pis des statues, une grande glissoire et des hommes en glace.

— À midi, y a un canon qui pète.

— Les taxis vont pas vite.

— Dans les restaurants, ça a l'air à ben manger.

— Dans toutes les vitrines, on voit quelque chose d'empaillé.

— Ça doit être fourni par le département de Beaublond Laferté.

— Ça doit être Soulard ou Lavigne qui fait la distribution.

— Dans c'cas-là, elle est bien faite.

— On m'dit que c'est des bons iâbles.

— Oui, mais y ont une mauvaise parenté, à Marial.

— Des toffes nottes !

— Des gars que l'minisse aime pas !

— C'est bien d'valeur, avoir des moutons noirs dans la famille !

On était déjà arrivés sur la rue Saint-Louis, car pour économiser sur les frais de taxi, on avait décidé de s'en aller à pied, jusqu'au Château Saint-Louis. Pourquoi cet hôtel plutôt qu'un autre ? Parce que, expliqua Sirop, William Tremblay, Aimé Guertin[55] et leur gang, au grand déplaisir de Houde, se retirent à cet endroit-là, de même que le nouveau ministre Godbout[56] et sa gang, « et comme ça, on pourra avoir des deux bords des secrets qui peuvent nous aider à monter en grades dans la politique ». Sirop, malgré sa naïveté naturelle, avait encore certain flair de politicien.

— On a passé l'après-midi assises et on commence à avoir faim, dit Popeline, ousqu'on pourrait ben aller manger ?

— On va aller sus Kerhulu, dit Sirop. Le vrai Kerhulu ! C'ui-là qu'était à Montréal dans l'bon vieux temps, avec Odiau.

— Comment, demanda Popeline, tu as été un habitué des restaurants chic ?

— Ben oui, j'ai fait un peu d'hobème, car sous mes dehors grossiers je cache une âme raffinée, comme pourront le dire les Barbeau, les Dugas, les Chauvin, les Gendreau, les de Boissieu et les Nantel. D'pus c'temps-là, il est vrai que j'ai pelleté d'la neige pour la corporation, mais j'sus encore l'même homme. Encore que j'viens d'recevoir une lettre de Conrad qu'est à Saint-Ours, et qui vient de m'rappeler tout ça.

Flannellette devint songeuse et pensa en elle-même : « J'aurais donc affaire à un grand homme sans le savoir ! »

Voyant l'effet de ses paroles sur sa blonde blonde, Sirop pensa de son côté : « J'sus ben bête aujourd'hui, mais j'devrais plus souvent parler d'mon passé. Ubald m'avait toujours conseillé, pour renforcir avec les femmes, de parler d'son passé ».

On alla donc chez Kerhulu, on se fit servir des omelettes aux cornichons doux, des gâteaux comme on n'en mange plus à Montréal, l'un de ces cafés capables de réveiller les morts, et on continua la route, après avoir été serrer la main du patron, dans le fond d'la cuisine. En sortant, Armand Lavergne, précédé de sa canne, entrait. Comme il connaissait bien Sirop Lafrance, il le présenta avec sa compagnie aux gens qui l'accompagnaient, des Langlais, des Dionne, des Dorion, et autres gens très huppés que les clients

---

[55] Guertin était alors député pour le Parti conservateur provincial.

[56] Adélard Godbout était alors ministre de l'Agriculture. Il a été Premier Ministre du Québec de 1939 à 1944.

regardaient avec des yeux d'envie. Ensuite, on se rendit au Château Saint-Louis, où les deux sœurs jumelles prirent une chambre à lits jumeaux, sur la suggestion du gérant et le consentement de Tit'Phonse à payer ce que ça coûtait. On se lava, on se poudra, on défit les valises de carton.

— Nous autres, dit Sirop sans que personne lui ait fait aucune remarque, on couche au Club de la Garnison. J'ai choisi mon Chesterfield.

— Moi, dit Tit'Phonse, j'ai mon coin près des fournaises parce que j'aime la chaleur.

— Y a pourtant pas d'obligation, fit remarquer Flannellette.

— Non, répondit Sirop, mais faut qu'les crachoirs, les cendriers et les plats à vomir soient nettoyés pour dix heures du matin. Pareil comme à la Réforme de Montréal. Comme ça, on dort jusqu'à neuf heures, comme les minisses.

— Pis moi, dit Tit'Phonse, j'ai des clients qui gardent leur sac de glace sur la tête jusqu'à l'heure de la session. Y paraît même que l'mal de tête et l'mal de cœur durent plus longtemps par icitte qu'à Montréal.

— Ben oui, la boisson est un peu plus mauvaise, parce qu'on doit tout prendre à la Commission, et y a moins d'*bootleggers* de Saint-Pierre Miquelon qu'à Montréal.

— Les meilleurs *bootleggers* viennent d'Ontario, dit Tit'Phonse. La boisson est meilleure, a coûte moins cher, et au moins y ont du Cointreau. Y ont ôté c'te boisson-là du marché parce qu'y paraît qu'y veulent jouer un coup d'cochon aux Goglus.

— Pour un coup d'cochon, c'est pas l'premier qu'y jouent.

Les sœurs jumelles refusèrent une invitation de Sirop à souper, prétendant que Kerhulu les avait nourries pour vingt-quatre heures.

78
Le Goglu, vol. II, n° 27, 6 février 1931

Cela ne fit pas grand'peine à Sirop, qui n'avait plus que trois piastres et devait attendre la prochaine paie sur ce montant. Tit'Phonse demanda ce qu'on allait faire.

— On va aller à l'assemblée du Parlement, suggéra Flannellette. Y parait qu'des hommes en beaux habits s'traitent de morveux et d'écœurants. J'ai ben hâte de voir ça.

On se rhabilla et on se dirigea vers l'édifice du Parlement qui, de loin, paraissait tout illuminé et resplendissant au centre de Québec endormi. Par une erreur bien compréhensible des rues, on arriva par la rue Sainte-Julie, étroite, tranquille et sombre. Près de la demeure de maître Delâge[57], qui ne veut pas déménager dans l'espoir d'être exproprié, on fut bousculé par cinq garçons qui jouaient au hockey sur le trottoir et qui s'interpellaient aux noms de Jean, Yoland, Maurice, Georges et Robert[58], et qui ne manquèrent pas de lancer la rondelle sur un mollet de Sirop, qui fit entendre une de ses menaces furibondes. Il n'avait pas fini sa phrase qu'il recevait cinq balles de neige tapées dures sur la caboche. Ce fut le signal de la déroute et nos quatre amoureux, avec Tit'Phonse à leur tête, disparurent en un clin d'œil, du plus rapide de leurs jambes. On se trouva en quelques secondes à l'entrée principale du Parlement.

Une foule disproportionnée à l'intérêt réel du spectacle qui se donne généralement dans ce genre d'édifices, s'engouffrait par la grand'porte. Le lecteur ne doit pas s'en surprendre s'il considère qu'on était à une époque de crise aiguë, alors que l'entrée non taxée du Parlement coûtait énormément moins cher que l'entrée d'un théâtre.

— On prend-y l'élévateur ? suggéra Sirop.

— Non, dit Flannellette, prenons l'escalier, pour voir mieux les détails de tout.

---

[57] Probablement Cyrille Delâge, notaire et surintendant de l'Instruction publique.

[58] Ce sont les premiers prénoms des cousins d'Yvonne Giguère et fils d'Arthur Lavigne.

En se retournant, Sirop frappa par inadvertance Alfred Morisset[59], qui descendait pompeusement l'escalier sans regarder. Les excuses de Sirop ne furent pas acceptées, ce qui fit bien rire J.-A. Hudon[60], qui avait observé la scène avec un plaisir incontrôlable.

— On s'croirait pas dans un Parlement, fit observer Jack White.

— Comment ça ?

— Ben, ça sent l'iâbe et l'renfermé, tout est usé, défraîchi, y a d'la poussière dans tous les coins.

— Y laissent ça d'même rien que pour achaller les bleus si y prennent le pouvoir. Personne fait jamais le ménage de la maison qu'il lâche, quand y déménage. Mais si les rouges restent encore, ôtez-vous d'là qu'y vont en dépenser, d'la peinture et du vernis !

Cette explication de Sirop donna entière satisfaction.

On arriva à l'étage de la salle des débats et Sirop conduisit ses compagnons à l'entrée de la Chambre Verte, d'où on voyait aussi bien dans la Chambre Rouge. Apercevant des banquettes libres, de chaque côté d'une grande table carrée, Sirop dit aux quatre autres : « Vite, allons-nous assir là avant que d'autres prennent les places ». Et, en moins de temps qu'il n'en faut pour le dire, ils avaient opéré une ruée vers les sièges et s'en étaient emparés. Mais à peine étaient-ils assis qu'une voix formidable, impérieuse, menaçante, laissait entendre ce gigantesque cri : « Voulez-vous ben vous pousser d'icitte, vous autres ! » Sirop regarda d'où venait le cri et vit Balloune Vautrin[61], orné d'une bavette blanche, assis sur la chaise de l'Orateur, entre deux gros palmiers artificiels et poussiéreux. Des petits garçons étaient assis sur les marches de l'escalier qui conduit au fauteuil, et cela lui donnait un faux air de père de grosse famille.

On n'avait pas eu le temps de se remettre de cette surprise que Taschereau arrivait en criant : « Y m'ont volé ma place, sortez-les, sortez-les ! » En effet. Tit'Phonse était bel et bien assis au pupitre

---

[59] Greffier du Conseil exécutif.

[60] Un des officiers du Bureau du greffier en loi.

[61] Irénée Vautrin était alors député libéral. Il fut impliqué dans un scandale financier en 1936 qui contribua à la victoire de Maurice Duplessis.

du premier ministre, alors que les jumelles et leurs cavaliers occupaient les fauteuils d'autres membres du cabinet.

— J'vous l'avais dit, leur murmura Sirop, que la place est rare icitte. On va vouloir nous voler nos chaises, mais occupons-nous pas d'eux autres.

Taschereau s'avança vers Tit'Phonse et lui dit :

— Déguerpissez, jeune malappris.

— J'partirai pas.

— Vous êtes assis sur mon siège.

— C't'autant à moi qu'à toi, c'est l'public qui paie.

— Je vais te faire expulser de force.

— Essaye à m'aouerre !

Taschereau alla parlementer avec Saint-Jacques, Panet, Turcotte et Guy, pendant que les ministres Perreault, David, Mercier et Turgeon[62] discutaient pour ravoir leurs sièges avec Jack, Sirop, Popeline et Flannellette.

Houde[63] criait : « Des philistins sont sur le parquet, sortez la masse, sortez la masse ! C'est des Goglus, étripez-les ! »

Voyant que les huissiers et sergents d'armes n'osaient s'avancer, pour la bonne raison qu'ils avaient remarqué la carrure de Sirop et la grosseur de ses poings, Taschereau revint parlementer devant son siège.

— Savez-vous que vous êtes assis sur les sièges des ministre, mesdames et messieurs ?

— Hein ? Quoi ?

---

[62] On reconnaît les noms de Joseph-Léon Saint-Jacques, alors avocat et ancien député, de Joseph-Célestin-Avila Turcotte, député libéral et des ministres Joseph-Édouard Perreault, Athanase David, Honoré Mercier (fils). Adélard Turgeon était Orateur du Conseil législatif. Il est décédé en 1930.

[63] En plus de ses fonctions de maire de Montréal, Camillien Houde a été chef du Parti conservateur provincial entre 1929 et 1932.

79
Le Goglu, vol. II, n° 28, 13 février 1931

Flannellette s'évanouit, Popeline piqua une crise d'hystérie, Tit'Phonse disparut comme par enchantement, Jack se mit à bégayer et Sirop se sentit gagné par la paralysie.

— Eh bien ! dix pieds pis une slaille ! commanda le premier ministre.

— Plus vite que ça, ça presse ! hurlait Houde. C'est des Goglus, des anti-juifs, arrêtez-les ! J'vas payer les frais d'la Couronne et de tous les procès.

Beaublond Laferté arriva en courant avec un bocal de poissons rouges, les seuls non-empaillés de son département, qu'il était allé chercher dans son bureau. Il en vida lentement le contenu sur le front de Flannellette, qui reprit lentement conscience et qui, comme si elle se fut trouvée devant une apparition, s'écria : « Qu'il est beau, ce beau blond ! Je l'embrasserais sans remords de conscience. »

Laferté rougit pudiquement, mais Sirop fut déparalysé net. Il se leva, comme mu par un ressort, prit Flannellette par un bras et l'entraîna rapidement vers la sortie, suivi par les deux autres. De ce moment, Sirop avait juré une haine éternelle à Laferté, sans vouloir comprendre que ce n'est pas par sa faute si un homme est beau et fait fondre les cœurs, ou du moins s'il le croit.

Quand Athanase David se rendit à son siège, il faillit tomber à la renverse, car Tit'Phonse sortit subitement de son pupitre, où il s'était caché. En un instant le jeune champion du sac de glace traversa le parquet de la Chambre, renversant au passage les livres et cahiers du greffier, puis rejoignit ses compagnons, qui montaient le grand escalier. Les cinq visiteurs purent facilement trouver place dans la galerie, car la séance ne faisait que commencer.

Sirop, à force d'examiner, reconnut quelques figures qu'il avait rencontrées dans la cave du Club de Réforme. « Tiens, dit-il, regardez au bout de mon doigt, là, là. C'est Cornichon Lemieux, le huitième des 57 Variétés. Au Club, y l'appellent Frilonn'che. Y vient jamais pour parler ni écouter, mais y mange pour quinze. Pis l'autre, r'gar' donc, le grand Totole Plante[64], le troisième député des Juifs d'après les journaux. »

— Quiens ! s'écria Tit'Phonse, la Balloune m'a r'connu, y m'fait des signes. Y paraît qu'c'est Houde qui s'présente contre lui, parce qu'y est sûr d'être battu dans son autre comté. Ça, plus loin, c'est Red. Poulin ; encore là-bas, c'est Barbotte Delisle, pis l'Juif Cohen, pis Bêta Lapierre[65] avec son dessus de tête en équerre et ses roues flaquettes à cheveux frisés.

Beaublond Laferté passa, habillé en vrai fachionne-craffe. Comme dans *Les Cloches de Corneville*, il regardait en l'air. Flannellette sentit son cœur battre et se dit en elle-même : « Il n'y a que les yeux de Constant Gendreau pour bitter c'beau blond-là. » Le regard de Laferté rencontra les yeux furieux de Sirop Lafrance, et le poissomptif ministre baissa timidement la tête.

Soudain, les regards de tout le monde se portèrent vers le premier ministre, sur le pupitre duquel une main mystérieuse venait de déposer un petit paquet. Le grand Alexandre le prit d'une main distraite et l'ouvrit d'un doigt encore plus distrait. Surprise ! Stupéfaction ! C'était une copie du *Goglu*, le journal maudit entre tous et auquel Tédé Déparqué Bouchard a interdit l'entrée de la Chambre. Le grand Alex. se regardait en première page, luttant avec Camillien dans une arène, puis ne put retenir un éclat de rire. Le fou-rire se communiqua aux galeries, d'où on avait tout vu. Le grand Déparqué, enragé, se mit à hurler : « À l'ordre ! À l'ordre ! » lançant au premier ministre des yeux furibonds pour avoir violé le règlement bouchardien.

Ensuite, on entendit d'en haut Athanase demander : « Suis-je à l'honneur cette semaine ? » et Godbout ajouter : « Y ont-y commencé à m'ploguer ? » pendant que Henri alias Honoré demandait à Poléon Francœur[66] : « C'est-y parce qu'ils m'aiment ou parce

---

[64] On reconnaît Anatole Plante, député libéral de Montréal-Mercier.

[65] Les députés libéraux Ernest Poulin, Gustave Delisle, Joseph Cohen et Lauréat Lapierre.

[66] Le député libéral Joseph Napoléon Francoeur. On retient aujourd'hui notamment de lui qu'il a déposé en 1917 la première motion concernant l'indépendance du Québec. Cette motion fut évidemment retirée.

qu'ils me trouvent pas assez important qu'y mettent pas mon portrait plus souvent ? » — « Je me le demande moi-même », répondit en soupirant le vieux garçon de Lotbinière.

Tit'Phonse continuait à faire des signes à ses nombreuses connaissances, à qui il montrait Popeline et Flannellette du doigt en disant silencieusement du plus voyant mécanisme de ses babines : « C'est mes sœurs ». Ce jeu ennuyait fort Jack et Sirop, qui firent mine de se lever quand tout à coup on entendit un début de discours qui ressemblait plutôt à un bêlement plaintif.

— C'est l'veau Gauthier, dit Tit'Phonse. Je l'ai vu une fois et j'le r'connais rien qu'à sa voix.

Le discours ne voulait rien dire et l'on bâilla ferme tout le temps qu'il fut gémi. D'autres lui succédèrent avec des voix de crécelles, des bouches molles, sur des tons nasillards, mirlitonnants. Chacun avait choisi pour sujet l'idée suivante : vanter mon voisin, qui me vantera à son tour quand il parlera.

L'opposition, perdue dans le grand nombre des ministériels, semblait divisée en deux camps, l'un comprenant Smart, Gault, Tremblay et Guertin, avec Blain[67] tout près d'eux, pendant que trois ou quatre autres se tenaient bien ensemble, le reste semblant indifférent à ce qui se passait.

80

Le Goglu, vol. II, n° 29, 20 février 1931

De huit heures et demie jusqu'à la fin, on n'entendit que deux grands discours, par Tremblay et Guertin, dont les coups de massue tombaient d'aplomb sur la caboche des ministres, leur faisaient passer le visage par toutes les couleurs, les faisaient grimacer et faisaient tortiller Houde de malaise sur sa chaise. Il sursautait nerveusement, comme s'il eut oublié de dire lui-même ces choses, qu'il avait sans doute négligé d'approfondir. Lorsque la séance fut levée, les deux chefs soupirèrent d'aise et de satisfaction.

---

[67] On reconnait les députés conservateurs Charles Allan Smart, Charles Ernest Gault et Aldéric Blain.

Sirop entreprit de trouver la route du retour vers le Château Saint-Louis, monta des côtes, en descendit, tourna, retourna, se retrouva dix fois à la même place, et finalement ce n'est que vers une heure du matin qu'on put arriver à l'hôtel.

Durant les quinze jours qui suivirent, nos gens retournèrent tous les soirs de séance au Parlement. Il faut dire que les deux sœurs Dubois avaient télégraphié d'urgence à leurs magasins pour dire qu'elles étaient retenues auprès de leur mère mourante, et qu'elles ne pourraient travailler avant, soit la mort, soit le rétablissement de la malade. Les maisons Dupuis et Eaton, peu habituées à pareilles excuses, avaient répondu ces deux lettres : O. K., probablement pour payer moins cher de télégraphe. Mais, pratiques autant que pleines d'initiative, Popeline et Flannellette, travaillaient durant ce temps, l'une chez Légaré et l'autre chez Paquette.

Ainsi on allait tous les soirs au Parlement, où on était bien reçus, car les fonctions du porteur de sacs de glace et du laveur de plats avaient un succès énorme tout en comblant une nécessité de première urgence, au Club de la Garnison. Les députés de partout étaient devenus des familiers, des intimes même, et ne se gênaient pas pour faire des petits signes amicaux du parquet de la Chambre à leurs auditeurs nocturnes. Soulard et Lavigne avaient réussi, un soir, dans la cave du club, à faire comprendre à Sirop Lafrance que Beaublond Pouponne Laferté, la coqueluche poissomptive des Québécoises, promenait des regards langoureux sur Flannellette avec le même platonisme qu'à regarder une statue. Sirop avait accepté l'explication, mais se méfiait toujours, car il avait remarqué que Flannellette frémissait imperceptiblement et se dilatait les narines à la vue de Soulard, qui annonçait toujours la venue prochaine de Beaublond, l'as des as de cœur, l'Adonis désiré, le frisson intérieur des vieilles filles, le réceptacle des soupirs et le fondoir des cœurs palpitants. « Si beau et ne vivre que parmi des poissons ! » pensait Flannellette. « Il ferait un bien beau mannequin vivant dans la vitrine de Charles Laforce, ou ferait bien de l'argent dans une vue avec Greta Garbo. » Cela voulait tout dire et les jaloux n'avaient qu'à tirer l'échelle.

Pour la troisième fois, l'auteur répète que nos Montréalais se rendaient tous les soirs au Parlement. Ils voulaient à tout prix entendre parler Camillien Houde.

— Ça fait quinze jours qu'y est pas v'nu, dit Jack White.

— Tu parles d'un chef de parti ; ç'a pas l'air à l'intéresser l'iâbe, c'qui s'passe en Chambre.

— Bah ! dit Sirop, paraît qu'c'est un chef d'opposition qui s'oppose pas.

— J'ai r'marqué qu'c'est ses hommes qui sont obligés d'faire son ouvrage, dit Flannellette.

— Ousqu'y peut ben être ? demanda Sirop.

— À Montréal, répondit Tit' Phonse. Sa djobbe de maire est ben plus importante que celle de chef du parti bleu.

— D'abord, dit Jack White, y a pas d'affaire icitte. Y a tout approuvé au commencement quand y a dit que l'discours du Trône était correct. J'vois pas pourquoi qu'y s'dérangerait rien que pour v'nir répéter ça.

À ce moment, une grande surprise s'abattit sur les galeries. On chuchotait, on murmurait. Camillien Houde venait d'entrer. En quel honneur ? Mais il devait sortir presque aussitôt. En effet, à peine était-il assis que tous les députés, rouges comme bleus, sortaient de leurs pupitres des copies d'un journal appelé *Le Miroir* et se mettaient à en faire la lecture à voix basse, étalant les pages du bout de leurs bras. « Quand je veux lire un journal, j'sus capable de le lire tout seul, grommela le chef à son plus proche voisin ; j'm'en r'tourne avec Allan ; lui, au moins, y sait moins lire que moi et me met pas des journaux comme ça à la face. Bonsoir ! »

— Y va r'venir pour son discours, dit Sirop.

— Non, y a pas ôté ses guêtres avant d'sortir, dit Jack.

— C'est ben vrai, renchérit Popeline. J'connais ça, moi, un homme qui sort pour pas r'venir. Y r'viendra pas !

— Dans c'cas-là, on est v'nu icitte quinze soirs pour rien ? demanda Tit'Phonse.

— Ben non, soupira Flannellette.

Et Sirop vit qu'elle regardait en bas, et que Beaublond regardait en haut.

— Allons-nous-en, gémit le gros Lafrance. On s'lève de bonne heure demain matin.

81

Le Goglu, vol. II, n° 30, 27 février 1931

Ce matin-là, Tit'Phonse et Sirop eurent la surprise de leur vie. Le gérant du club de la Garnison leur signifia leur congé. Il donna pour raison que la moitié des députés passaient leurs soirées au club, au lieu d'aller aux séances nocturnes de la Législature. Et comme nos deux Montréalais assistaient régulièrement à ces séances, le club était privé de son expert de sacs de glace et son laveur de plats à vomir, de sorte qu'il était menacé de perdre sa clientèle. La surprise fut moins douloureuse, cependant, quand Sirop apprit de la bouche d'un député que le Club de Réforme allait les reprendre car, Montréal n'ayant pas de séances parlementaires, il n'y avait pas lieu de craindre l'absence des deux employés aux beuveries du soir.

Les sœurs Dubois, leur jeune frère et leurs cavaliers durent donc refaire leurs valises et quitter la Vieille Capitale le jour même. Ils regrettaient ce départ et, à la gare, Flannellette soupira profondément en voyant de nouveau les *exhibits* de Beaublond Laferté, dans une grande vitrine. On alla s'installer dans le dernier wagon.

— Tu parles d'un beau char ! s'écria Popeline. Y a des coussins, des radios et des tapis !

— On n'a pas vu ça en s'en v'nant, fit remarquer Jack White.

Sirop, les bras chargés des valises de tout le monde, marcha de tout son poids sur le pied d'un voyageur qui lança un « Oyoye ! » féroce.

— Pardon, excuse, dit Sirop. Quiens, mais ma foi seigneur, c'est m'sieu Duplessis !

En effet, c'était Maurice Duplessis en personne. Popeline le regarda, stupéfiée, et sourit imperceptiblement. Maurice fut pareillement stupéfié et sourit de même, sans que Jack ne s'en aperçut.

— Oui c'est bien moi, répondit-il à Sirop.

— J'ai ben aimé vot' discours d'hier soir, continua Sirop en installant ses valises. Francœur n'a pas aimé ça. Au club, il sacrait contre vous.

— Bah ! je sais que je suis leur terreur. Ils aimeraient bien mieux que je n'y sois pas.

— Ils préféreraient que vous vous poussiez pendant des semaines, comme Houde, dit Popeline revenue de sa stupéfaction. Ousqu'il est donc, votre chef ?

— On dit qu'il a reçu un blac-aille et qu'il est gêné de se montrer.

— Un blac-aille ! s'écria Flannellette. J'pensais pas que des grands hommes comme ça se battaient !

Le train se mit en marche et un nègre vint demander à Sirop s'il avait ses numéros.

— On n'a pas.

— *Then, go into the front car.*

— Quoi c'qui dit ? demanda Sirop.

Maurice Duplessis fit comprendre aux cinq voyageurs qu'ils étaient dans un wagon-salon et devaient payer un supplément de 90 cents par tête. Tit'Phonse, qui avait toujours de l'argent plein ses poches, s'offrit encore de payer, et personne ne refusa cette offre. Duplessis s'était installé confortablement pour sommeiller, mais Sirop, lui secouant le bras, se mit à continuer la conversation commencée.

— Vous parlez ben, vous savez !

— On le dit.

— C'est-y vrai que Durand se r'présente ?

— J'ignore ce que fait le fédéral, c'est le dernier de mes soucis.

— À c't'heure que Bettez n'y est plus, allez-vous aider Durand ?[68]

— Non, je ne veux pas prendre de risques, comme dans Maskinongé.

— C'est-y vrai que, par chez vous, y faut être rouge pour travailler au charbon ?

— Oui.

— Comment qu'ça s'fait ?

---

[68] Arthur Bettez, député libéral au fédéral, est décédé le 4 janvier 1931. Il a été remplacé par Charles Bourgeois, député conservateur. Lors des élections partielle, Maurice Duplessis a soutenu ouvertement Bourgeois.

— Demandez ça à M. Duranleau[69]. Moi, j'me contente de rire.

— Vous êtes *wise* ! murmura Sirop.

— Il faut bien être quelque chose !

— Pis, parlez-moi donc de Houde ; y paraît qu'y fait ben du tort au parti !

— Faut bien l'endurer.

— Même au risque de tous vous faire battre ?

— Lui, va se faire battre ; pas moi.

— Vous êtes bien sûr de vot' coup, même sans Bettez ?

— Absolument sûr !

— J'aime des hommes certains comme vous, hasarda Popeline.

— C'est pour ça qu'a m'aime, ajouta Jack.

— J't'ai jamais dit ça, dit sèchement la jolie brunette.

— Mais tu l'dis aux autres !

— C'est pas la même chose.

Maurice parut énormément satisfait. Jack grimaça. Sirop se rapprocha de Flannellette, pensant à Beaublond Laferté.

— Les femmes doivent vous aimer ! minauda Popeline.

— Est-ce un aveu, mon enfant ?

— Non, j'ai jamais fait d'vœu.

Jack commençait à grincer des dents. Il bouillonnait. Pour son apaisement, un homme que Duplessis salua du nom de Frigon et qui avait un faux air de chat palestinien sortit du fumoir et vint s'asseoir à côté de lui. Duplessis s'excusa, tourna le dos à Jack et entreprit à voix basse avec Frigon une conversation qui dura jusqu'aux Trois-Rivières, où tous deux descendirent,

— T'en fais des belles ! dit Jack à Popeline.

82

Le Goglu, vol. II, n° 31, 6 mars 1931

— Quoi c't'as encore ? demanda Popeline. J't'ai-t-y fait, honte ? J'ai ben droit d'parler au monde comme du monde !

---

[69] Alfred Duranleau a été ministre de la Marine de 1930 à 1935 dans le gouvernement Bennett.

— Commençons pas la chicane, intervint Sirop. Moi, j'ai enduré ben plus que ça sans rien dire.

— Comment ! cria Flannellette. T'as enduré ? Quoi c'est qu't'as enduré ? Veux-tu commencer à jouer à l'enfant martyr ? Si quelqu'un endure, c'est ben moi !

Un silence plat tomba sur cette dernière phrase, et un malaise évident se peignit sur tous les visages. Instinctivement, tous sautèrent sur les écouteurs de radio et s'en coiffèrent, pour s'endormir peu après dans leurs confortables fauteuils.

. . . . .

Le retour de nos voyageurs à la chambre de la rue Du Berri occasionna presque une panique. En effet, Popeline avait à peine ouvert la porte que des vapeurs asphyxiantes envahissaient le reste de la maison. Les fromages importés avaient fermenté, les viandes non protégées s'étaient faisandées, les fruits de toutes sortes avaient depuis longtemps passé la maturité, de sorte que la chambre était remplie à haute pression d'un mélange de gaz et de senteurs qu'aucun nez ne saura jamais définir, qu'aucune plume ne saura jamais décrire, qu'aucun chimiste ne saura jamais cataloguer.

— Ouf ! Ouf ! Comme ça pue ! Vite, Sirop vas ouvrir les châssis ! cria une voix que l'auteur n'a pas encore identifiée.

On fit de la lumière. Un seul cri s'échappa des cinq poitrines, cri que nous ne saurions reproduire ici. Une légion de souris et de rats se baladaient sur les caisses, les meules de fromage, les charcuteries, émergeaient des paniers de fruits. Ils ne marquèrent ni crainte ni surprise à la vue des intrus, car ils semblaient avoir conscience d'être chez eux, dans leur domaine, sur leur propriété ; ils avaient tous la panse ronde et le cou gras. Les deux sœurs Dubois se précipitèrent vers l'escalier supérieur, abandonnant manteaux et bagages sur le plancher.

— On va avoir du fonne ! dit placidement Tit'Phonse.

Il alluma un morceau de journal tordu en torche et se mit à la poursuite des rats qui, pris de panique, s'élancèrent dans les corridors et les escaliers avec la vitesse lente des animaux repus et lourds. Bientôt il n'en restait plus un seul dans la chambre.

Sirop avait ouvert la fenêtre et lançait dans la rue un formidable stock de meules grouillantes, de paniers juteux, de paquets humides et de caisses dégoulinantes, au grand ébahissement des rares passants qui, après s'en être approchés, reprenaient prestement leur chemin en toussant et en se serrant le nez.

— On aurait dû penser à ces affaires-là, en partant, dit Jack White.

— Ben oui, toi surtout, répondit Sirop. T'as rien qu'ça à faire, penser. Y a quasiment pour cent piastres de bon butin gaspillé, par ta saprée faute.

— Comment ça, ma faute !

— Si c'est pas d'ta faute, ferme ta trompe. C'est pas toi qui l'charrie, c'manger-là !

— Comment c'qui t'coûte ?

— T'es ben content de l'manger !

L'entrée des deux sœurs, enfin rassurées, mit fin au dialogue, qui menaçait de s'envenimer.

— On est ben, chez nous, souffla Flannellette.

— Oui, mais ça pue martyr ! ajouta Popeline.

— Phonse, sais-tu si les rats blancs sont sortis, en même temps qu'les rats noirs ?

— J'les ai pas vus.

— Hein ?

Et Flannellette courut vers le tiroir du petit chiffonnier. Elle poussa un cri aigu, formidable, et tomba sans connaissance. On se porta à son secours et l'on vit, dans le tiroir, deux charognes putrides, horribles à voir. Les deux rats blancs étaient morts de faim en essayant de trouer le tiroir, ironie du sort : à côté d'une montagne de provisions de luxe.

— Ah ! qu'c'est écœurant à voir, soupira Flannellette en reprenant ses sens. J'pourrai rien manger de c'qui y a icitte !

— Avec ça qu'y a encore la moitié du stock qu'est pourri.

— V'là c'que j'vas faire, dit Sirop après avoir réfléchi. J'vas tout rapporter ça au Club de Réforme et changer chaque paquet pour du neuf. Y mangeront les affaires pourries, eux autres, et nous autres on mangera les provisions fraîches. Je r'grette d'en avoir tant j'té dans la rue. C'était autant qu'on pouvait r'changer dans la glacière du club.

— J'vas aller chercher les morceaux qui sont pas trop endommagés ! décida Tit'Phonse en se dirigeant vers la rue.

Jack White l'accompagna et bientôt tous les deux remontèrent, les bras chargés, la figure contorsionnée de sentir les exhalaisons suffocantes qui se dégageaient des provisions gâtées.

— Ça va être toffe à dormir icitte, dit Popeline.

— Laissez faire, ça va être rien que pour un soir ; demain j'aurai rapporté au club tout ce qui pue.

Cette nuit-là, les sœurs Dubois furent éveillées constamment par des cris de terreur venant de tous les coins de la maison. C'étaient les autres chambreurs, aux prises avec les rats répandus dans toutes les autres pièces du logement.

83
Le Goglu, vol. II, n° 32, 13 mars 1931

Et, durant les quinze jours qui suivirent, les habitués du Club chiquèrent avec d'horribles grimaces, et sans rien comprendre, ce qui leur fut servi dans la salle à manger.

. . . . .

Le printemps approchait avec rapidité ou, si l'on préfère, l'hiver s'en allait rapidement. Tit'Phonse et les sœurs Dubois songeaient au déménagement, car on avait permis au propriétaire d'apposer l'affiche « À louer » à la porte d'entrée. Ce soir-là, Jack et Sirop étaient venus pour discuter le sujet avec leurs blondes ; la question était devenue d'autant plus importante que les tapis et les meubles apportés tous les jours du Club par Sirop commençaient à encombrer la grosse moitié de la chambre, l'autre moitié étant encombrée par les caisses de provisions fraîches,

— Il va vous falloir un logement avec une cave, dit Sirop, car sans ça je devrai arrêter d'apporter de la mangeaille, on saura pus où la mettre.

— Pis un boudoir, ajouta Flannellette, si tu penses pouvoir le meubler.

— Phouah ! Je pourrais en meubler cinq ! s'exclama Sirop.

La conversation allait bon train quand, soudain, la porte d'en bas s'ouvrit en coup de vent, aux accompagnements d'un terrible bruit de sabots. On aurait dit un troupeau de chevaux s'engouffrant dans le corridor et piochant dans l'escalier.

— Qu'est-ce que c'est qu'ça ? cria Popeline, stupéfiée.

— Ça m'a l'air à s'en v'nir icitte, dit Tit'Phonse.

En effet, au même moment, la porte de la chambre s'ouvrait violemment, livrant passage à une vingtaine d'individus à mines rébarbatives, à faces de bommes ; un simple coup d'œil les annonçait comme des bandits.

— Quoi c'vous v'nez faire icitte ? demanda Sirop de sa plus grosse voix, en se levant.

— Y s'passe queuqu'chose de criminel icitte, répondit un gaillard de six pieds, qui semblait le chef de la bande.

Les deux sœurs, leurs cavaliers et Tit'Phonse, pensant aux meubles et aux provisions apportés du club, pensèrent semble : « On est poignés ! » Sirop ne sut que répondre et ne put empêcher son visage de trahir un air coupable. Les autres baissèrent l'a tête en rougissant.

— Oui, dit encore le plus grand de la bande. Y s'passe queuqu'chose de criminel icitte. C'est marqué sur mon mandat.

— Lis-le donc, ton mandat, demanda Jack White.

— On l'lira pas. Ousque sont vos papiers ?

— Quels papiers ? Y a rien que du papier à toilette icitte, dit timidement Flannellette.

— Vous voulez faire les bêtes ? Dans l'tas, les gars !

En un instant, les tiroirs furent vidés, les sacoches éventrées, les vêtements fouillés, les caisses virées sens dessus dessous, bref on ne laissa pas un pouce carré de la chambre en bon ordre. Les vingt intrus ressemblaient à des terroristes bolchéviques pendant la révolution russe.

N'ayant rien trouvé qui les satisfasse, ils semblaient en proie à une rage violente, et leurs airs bestiaux inspiraient certaines craintes. Le chef vint finalement retrouver Sirop et, lui braquant un revolver sur le nez, lui demanda : « T'es mieux de l'dire, ousque sont les papiers ? »

— Quels papiers ?

— Les papiers d'élection.

— Y a pas d'élection icitte, dit Flannellette.

— C'est marqué sur mon mandat que vous avez des affaires d'élection, des cahiers et des listes de noms.

— Quand même qu'on n'n'aurait eu, y a pas d'mal à ça !

— Si l'maire veut pas qu'personne en aie, personne va n'n'avoir.

— Quoi c'que vous êtes, vous autres ? demanda Tit'Phonse.

— On est la police des merses.

— À votre air, j'vous aurais pris pour une gang de bandits, murmura Popeline.

— L'habit fait pas l'moine, riposta le chef de l'escouade.

— J'vois ben ça, ajouta Sirop. En tout cas, vous d'vez vous être trompés d'adresse.

Cette réflexion sembla troubler le grand gaillard, qui demanda à un compagnon : « Lucien, as-tu l'mandat ? »

— J'l'ai pas vu, l'mandat, pis j'sais pas qui c'qui l'a, répondit Lucien.

— Comme ça, on sait pas ousqu'on allait ?

— Quoi ça peut faire, ça, dit Lucien, on a ben l'droit d'entrer ousqu'on veut, pis d'faire c'qu'on veut. On est pas l'escouade des merses pour rien !

Et, tout mêlés, semblant ne rien comprendre, les vingt têtes de bolchévistes quittèrent la chambre en maugréant.

— La prochaine fois, vous vous excuserez ! leur cria Popeline.

— Allez donc sus l'iâbe, ! répondit le chef du milieu de l'escalier.

Une fois seuls, nos cinq amis jetèrent un regard consterné sur le bouleversement dans lequel était la petite chambre. Chacun réalisant qu'on en aurait pour la soirée à remettre les choses en bon ordre, on se mit résolument à l'ouvrage, en échangeant des réflexions.

— Sais-tu qu'avec ces Zoudistes-là, personne est pus maître chez eux, dit Sirop.

— Ah ! non, y font c'qu'y veulent, y volent comme y veulent sans personne pour les empêcher. Pis c'est pas la première fois, j'ai vu dans des journaux qu'y font ça tout l'temps.

84

Le Goglu, vol. II, n° 33, 20 mars 1930

— Va-t-y falloir qu'on change de pays, pour être tranquilles ? demanda Popeline.

— Non, dit Jack, moi j'vois ça comme ça : on va d'mander un coup d'main à tout l'monde honnête pis on va leur donner une rince assez forte pour qu'y s'poussent ben loin et r'viennent pus jamais nous achaller.

— Mais si y ont l'dessus sus l'bon monde ? suggéra Popeline.

— Ben, on s'en ira vivre en Russie, car ça s'ra moins pire qu'icitte avec ces Zoudistes-là.

. . . . .

Comme tous les samedis, après la paye, vers une heure, Sirop allait prendre Flannellette à son magasin, et revenait à pied avec elle jusque chez Dupuis, pour prendre Popeline, et Jack White qui l'attendait à la porte malgré les objurgations de Lecavalier de se pousser et de ne pas gêner la circulation dans le tourniquet. Ayant une envie féroce de fumer, Sirop entra avec Flannellette dans le premier bureau de tabac qui s'offrit à sa vue, et y acheta un *Peg-Top* frais. Le commis lui remit la monnaie de son argent en lui disant, sur un ton doux et invitant : « Monsieur va-t-il essayer sa chance ? »

— Quelle chance ? demanda Sirop.

— Dans la machine !

— C'te boîte-là avec une poignée ? Qu'est-ce que c'est qu'ça ?[70]

— Une *slot-machine*, monsieur ; tout l'monde gagne.

— C'est pas défendu, ces affaires-là ?

— Au contraire, monsieur, c'est encouragé et protégé contre les voleurs !

— Pis vous pensez qu'j'ai un' chance de gagner ?

— Mademoiselle devrait vous donner la chance !

— Essaye donc, Sirop ! dit Flannellette ; on sait jamais !

---

[70] Sirop semble découvrir ici ce qu'est une machine à sous alors qu'il nous a été présenté comme « un champion de la slot-machine » dans la tranche 40.

Sirop commença à examiner les pièces de monnaie qu'il avait encore dans la main et demanda :

— Quoi c'qu'on fait ?

— Vous mettez cinq cents dans la fente et vous tirez la poignée. Trois belfroûtes, trois cloches ou trois cerises paient gros. Si vous préférez les machines à dix cents ou à trente sous, on en a en arrière et dans la cave. Ça coûte plus cher mais ça paie beaucoup plus.

— J'vas essayer l'cinq cents.

Là-dessus, Sirop mit sa pièce de cinq sous dans la machine et tira le bras de droite avec une force telle que les ressorts en gémirent. Les trois roues tournèrent pendant quelques secondes, s'arrêtèrent, puis quatre pièces de cinq sous sortirent de la machine avec un bruit très agréable aux oreilles.

— Tu vois ! s'écria Flannellette, toute heureuse, tu gagnes vingt cents. T'as ben fait de m'écouter !

— Pis ensuite, demanda Sirop au commis, qu'est-ce qu'on fait ?

— Si monsieur veut gagner encore plus d'argent, il n'a qu'à recommencer. Vraiment, c'est beau pour un premier coup, et mademoiselle lui apporte sûrement la chance.

Sirop engagea une autre pièce de monnaie dans la machine, puis une autre, puis une troisième qui en rapporta deux. Au bout d'un quart d'heure, il avait perdu une piastre.

— Si mademoiselle essayait elle-même, suggéra le commis, elle réussirait sans doute un peu mieux, car monsieur est très fort et tire trop vigoureusement la poignée.

— C'est vrai, dit Flannellette, tu tires trop fort. Laisse-moi essayer à ta place. Tu vas voir comment c'qu'on sort ça, des cinq cents !

Du premier coup, Flannellette fit sortir huit pièces blanches.

— Tu vois, hein ! Deux ou trois coups comme ça, pis j'vas t'avoir r'gagné tout ton argent.

Au bout d'un autre quart d'heure, Flannellette avait perdu une autre piastre et les yeux de Sirop, qui devait payer deux semaines de pension ce jour-là, commençaient à s'arrondir.

— Allons-nous-en, dit tout bas Flannellette. C'est une machine badloquée ; j'pense aussi qu'elle est féquée.

Et ils sortirent. À deux rues plus loin, prétextant qu'il voulait fumer un autre cigare, Sirop entra dans un autre restaurant. Mais le motif véritable c'est que, à travers la vitrine, il avait vu deux belles *slot-machines* que des jeunes gens faisaient actionner à qui mieux mieux. Nos amoureux entraient à peine que les jeunes sortaient aussitôt, le visage déconfit, murmurant : « J'sus bossé ! », « J'sus cassé ! »

— La machine doit être pleine d'argent et devrait commencer à payer, souffla Sirop à sa compagne. J'ai envie d'essayer encore. On peut tout r'prendre notre argent en quelques coups.

— Tu penses ? C'est correct.

Et, en une demi-heure, Sirop perdit deux autres piastres dans le magasin.

Dans tous les restaurants devant lesquels il passa, il y avait des *slot-machines* en pleine activité, deux, trois, quatre par endroits, entourées de figures angoissées ou désappointées. Le petit salarié, le garçon peu rémunéré avaient la même expression que le richard lavé d'une grande partie de ses revenus, dans un casino de luxe ou dans un club *fashionable*.

Quand il arriva chez Dupuis, en retard de plus d'une heure, Sirop n'avait plus que trois piastres en poche. Flannellette semblait navrée.

85
Le Goglu, vol. II, n° 34, 27 mars 1931

Quand Jack White eut appris ce qui s'était passé, il se prit à rire d'un rire de pitié et de dérision.

— Hhhhun ! Encore un *fish* ! Tu sais ben, Sirop, qu'y y a un tour, dans ces affaires-là. J'ai tout appris ça, aux Stétes, moi. Viens m'voir faire, j'vas t'montrer comment faire sortir les cinq cents d'une *slot-machine*.

On joua durant deux heures. Les quatre salaires s'y engloutirent.

— Quoi c't'as à dire, à c't'heure ? demanda Sirop.

— Ben, y ont dû changer d'patente d'pus qu'j'ai joué.

— Quoi c'qu'on va faire ? Quoi c'qu'on va faire ? murmurait tristement Popeline.

Et, le soir, ce fut encore Tit'Phonse qui sauva la situation. Il avait cent piastres.

— Où c't'as pris ça ? cria Flannellette.

— Dans une *slot-machine*.

— Hein ?

— Oui, j'ai appris l'tour d'les démancher. Quand l'monde est parti, j'ouvre la machine et j'pique l'argent qu'y a d'dans !

. . . . .

On s'était levés très tôt, ce dimanche-là, afin d'assister à la messe de six heures, dans la paroisse de Sirop, qui était venu avec Jack White prendre les sœurs jumelles et Tit'Phonse à leur chambre de la rue Du Berri. Il était à peine cinq heures et demie, et la nature n'était pas encore tout à fait éveillée. Les chevaux des laitiers, au terme de leur course, marchaient d'un pas somnolent et les tramways roulaient de ce train régulier et monotone qu'on ne leur connaît qu'à ces heures-là. On avait monté jusqu'à la rue Ontario, qu'on devait suivre jusqu'à Fullum. À l'angle de la rue Papineau, on entendit un vacarme : mélange de musique hystérique, de grognements, bruit de verres cassés, cris, déboulements dans un escalier.

— Ça m'a l'air à s'battre, dit Sirop, allons voir ça.

On se rendit à l'endroit d'où venait le bruit, une porte au-dessus de laquelle pendait une enseigne prétentieuse au nom de « La lionne dort ».

— Ça m'a l'air qu'a dort pas la nuit, remarqua Popeline en lisant l'enseigne.

Comme on ne voyait rien, on décida d'entrer, car c'était un endroit public, apparemment un cabaret quelconque. Mais on s'aperçut vite que ce n'était pas un endroit quelconque. En effet, il brisait facilement le record des endroits du genre les plus mal tenus. Quelques ivrognes, endormis sur des tables, laissaient voir la stupidité béate de leur visage. Des jeunes gens, étirés et pâlis par l'insomnie, dansaient avec des airs idiots et des yeux cireux, au son d'un orchestre criard. Des filles dégueulasses, aux visages affreusement barbouillés de rouge et de noir, traînaient la savate en essayant de suivre le rythme de la musique, se donnant des poses de femmes-serpents, essayant de donner à des yeux décolorés et endormis de petits airs faussement enjôleurs. Sur le plancher, des débris de verres, des sandwiches piétinés, des mares de vin.

— Phouah ! qu'ça pue icitte ; ça sent le vomi ! dit Flannellette. Allons-nous-en.

— Y t'a une charretée de grues pas ordinaire, affirma Sirop.

— R'gardez donc, dans l'coin, celle qui vide les poches du p'tit vieux soûl, leur dit Jack en indiquant la scène du doigt.

Dans un autre coin, un grand type au faux-col arraché, affligé d'un terrible et sonore hoquet, tentait d'expliquer quelque chose à un autre, bavant plus qu'il ne parlait, lui faisant des menaces et lui passant le poing sous le nez. Il fallait s'attendre à quelque chose. Le gérant passait presque tout son temps à répondre aux voisins qui l'appelaient au téléphone : « Oui, oui, ça achève, on va farmer dans queuqu'minutes, vous allez dormir. Quoi ? Quoi ? Envoyer la police ? On la connaît mieux qu'vous, la police, on n'n'a pas peur ». Et il accrochait l'appareil. Ayant vu les nouveaux arrivés, le gérant vint vers eux d'un pas empressé et leur demanda : « Une table pour cinq ? Vous arrivez en temps pour prendre un bon coup et danser quelques steppes, car ça va farmer dans une demi-heure. Pas d'danger, icitte, vous savez, y a pas d'descentes ».

— C'est pas ça, dit Sirop. J'sus v'nu vous dire qu'c'est dimanche, qu'c'est l'heure d'la messe et qu'y s'rait à peu près temps d'farmer l'boucan.

Le gérant lança un rugissement féroce : « Arnest ! » À ce cri, un colosse vêtu d'un chandail zébré sortit de la cuisine, une garcette de cuir dans la main droite et un barreau de chaise dans la main gauche. Sirop n'eut que le temps de dire : « Poussons-nous ! » et de s'élancer derrière ses amis dans l'escalier. À la porte d'entrée, on bouscula par mégarde une femme qui parlait à deux autres et semblait les commander.

— Vous allez vous en v'nir à la maison, disait-elle, ou ben j'vas vous envoyer chercher par vot' père.

— Mais oiyons, m'mouan, on peut ben rester encore un peu ; y est pas si tard !

— Non, j'dis qu'y est assez tard. Skidou à la maison !

— Vous devriez écouter vot' mère, intervint Sirop. Des filles de votre âge devraient être dans leur lit depuis longtemps.

— Mon frilonn'che, toi, mêle-toi donc de tes affaires ! cria la plus petite.

— Donne-z-y, la Toune, ajouta la mère.

86
Le Goglu, vol. II, n° 35, 3 avril 1931

— A-t-on déjà vu ça, un inconnu qu'on connaît pas, v'nir s'mêler dans nos affaires.

— Madame, dit Jack sentencieusement, vous devriez ben savoir qu'on n'envoie pas des filles de c't'âge-là dans des cabarets comme ça !

— Pour que mes filles trouvent à s'marier, y faut qu'a sortent ! riposta la mère avec une logique écrasante.

— Des maris comme ceux qu'y a en-dedans, dit Flannellette, j'en voudrais pas pour cracher d'sus.

— Tu s'ras jamais capable d'n'aouerre, dit encore la plus jeune.

— A peut avoir ben mieux qu'ça, répondit fièrement Sirop. Allons-nous-en, reprit-il, j'ai encore la senteur d'en-d'dans dans l'nez, et ça peut nous faire vomir.

. . . . .

Le lendemain, comme Sirop sortait de chez lui pour aller voir si le pont de glace était rompu, en attendant l'heure de se rendre au Club, il vit passer un groupe nombreux de travailleurs qui marchaient dans le milieu de la rue en maugréant et en gesticulant. Le ton des voix et l'air des figures étaient peu rassurants. Il était facile de constater que toutes ces gens étaient mécontents et qu'ils ne s'en allaient pas à une excursion de plaisir.

« Je ne sais pas où ils vont, pensa Sirop, mais je vais toujours bien les suivre, pour savoir ce qu'il en est. » D'autres nombreux curieux durent penser la même chose car, à chaque coin de rue, une dizaine de piétons venait emboîter le pas et grossir la foule, suivant en demandant : « Quoi c'qu'y a ? » On suivit la rue Ontario sur la longueur d'un demi-mille puis la colonne s'arrêta soudainement à un élargissement de la rue qui formait à cet endroit une espèce de petit square. La foule serra les rangs, se massa et approcha, imposante, d'un vaste édifice en construction. Les ouvriers qui y travaillaient, visages d'étrangers et d'importés pour la plupart, cessèrent leur travail et se mirent à regarder vers le grand remous populaire, avec des visages visiblement peu rassurés.

Un homme bien mis, qui semblait avoir quelque autorité sur ce chantier, vint à la rencontre des meneurs de la foule et demanda, en anglais : « Qu'est-ce que vous voulez ? »

— Nos enfants sont affamés, nous n'avons pas travaillé depuis six mois et nous voulons de l'ouvrage, cria l'un des dirigeants de la cohorte.

— Il n'y en a pas, riposta l'Anglais. Tout notre personnel est au complet.

— Ceci est un édifice public qui se bâtit avec notre argent, et votre personnel ne se compose que d'importés. Nous, nous sommes des Canayens, et nous voulons travailler aux constructions payées de nos deniers.

— Cela ne me regarde pas, dit encore le blôque.

— Ça nous regarde, nous autres, cria un autre meneur.

— Je n'ai rien à y voir, ajouta le surintendant.

— T'engages des polocks parce qu'ils te remettent deux piastres sur leur paie ! hurla une voix dans la foule.

— Nous ne sommes plus chez nous, dans notre patrie ! mugit une autre voix. On nous taxe, on nous arrache notre argent, et ce sont les importés qui en ont le profit, quand nos enfants nous crient : « Du pain ! » et que nos pauvres femmes se désespèrent.

— Honte ! hurla la foule indignée.

Le surintendant pâlit. Il leva ses deux bras devant la foule bouillonnante et leur cria : « Vous êtes des communistes ! »

— T'as menti ! dit le chef des meneurs. Il n'y a dans cette foule que des Canadiens-français, des gens paisibles, mais qui sont tannés de voir comment on les pressure et on les exploite sans leur rendre justice.

— Je vais faire venir la police, si vous ne vous dispersez pas ! cria le surintendant, qui réalisait qu'il allait se passer quelque chose.

— Fais-la v'nir, la police à Houde ! gémit d'une voix rageuse un grand visage famélique du milieu de la foule. Oui, fais-la v'nir. Il ne manqu'rait pus qu'ça. C'est Houde qui fait faire ces travaux-là et il ne donne de l'ouvrage qu'aux importés. Il rit de nous autres, lui qui s'est tant mis à quatre pattes devant nous autres pour avoir notre vote. On va le r'voir !

Un cri formidable, « Chou ! À bas Houde ! » retentit sur le square. La foule grossissait d'instant en instant et s'animait étrangement. Bientôt le surintendant sortit d'un bureau et cria : « La police s'en vient, vous feriez mieux de vous en aller ».

— On va-t-y s'laisser m'ner chez nous par un importé ? cria une voix.

— Non ! répondit la foule.

Le chef qui avait parlé le premier monta un escalier et, arrivé près du surintendant, lui demanda d'une voix forte : « Au nom des Canayens ici présents qui n'ont rien à manger, voulez-vous renvoyer tous vos blôques et tous vos importés pour nous donner la préférence ? »

— Non, répondit le surintendant.

Il ne put en dire plus long et tomba, assommé par une pierre lancée d'en bas. Ce fut le signal d'une ruée sauvage vers l'édifice en construction et d'une bataille en règle avec les polocks du chantier, qui durent reculer. On entendit au loin les cloches des voitures de patrouille. La police chargea sur la foule, une vingtaine de pauvres diables furent blessés.

87

Le Goglu, vol. II, n° 36, 10 avril 1931

Une heure plus tard, tous les importés avaient été congédiés et des Canadiens-français travaillaient, heureux, au même endroit. Le sacrifice des blessés, la fierté de race, la noblesse de sentiments et la détermination avaient gagné pour les nôtres une bataille tellement logique que les autorités avaient dû se rendre à la raison. Une page d'histoire locale avait été écrite, marquant la première victoire de la race et des ouvriers contre le monstre hideux du Houdisme, qui les avait jusque-là tant bafoués. Et Sirop, reprenant sa course vers les quais, pensait : « Les Canayens ont encore du poil aux pattes ».

. . . . .

L'hôpital de la Miséricorde languissait mollement dans le calme pieux d'un dimanche tranquille, ensoleillé. Les malades attendaient plus de visite qu'à l'ordinaire, se demandant : « Qu'est-ce qu'on va m'apporter, aujourd'hui, des fleurs ? des bonbons ? ou une bonne bouteille de gin ? » On se laissait aller à la paix du jour et chacun laissait paresseusement flotter ses idées en essayant inutilement de découvrir des mouches sur les murs quand, ô stupeur ! l'édifice fut soudainement ébranlé sur ses bases, les fenêtres tintèrent et les murs gémirent, pendant que les patients terrifiés appelaient au secours et les garde-malades, affolées, couraient vers les portes de sortie.

C'était seulement Sirop Lafrance qui entrait ; il avait fermé la porte un peu fort. Il était accompagné de Jack et des sœurs Dubois. La garde Rosanna, plus épouvantée que les autres, descendait l'escalier du vestibule avec sa petite valise quand elle se trouva face à face avec Sirop. Ce dernier fut alarmé et apitoyé par l'air de terreur qui se peignait sur la figure bien peignée de Rosanna.

— Les Zoudistes sont-y v'nus faire un hold-up ? demanda-t-il.

— Non, dit Rosanna, mais j'pense que les fournaises ont sauté. Avez-vous entendu ?

— J'ai rien entendu, dit Sirop. Tout c'bruit-là, c'est p't'être parce que j'ai fermé la porte un peu rofment.

Rosanna fut rassurée et retourna dans le corridor avec sa valise. Puis elle se mit à crier : « Prends tes sangs, Rosette, c'est rien pantoute. »

— Quand on parle bien, on dit pantout ! répondit de loin la voix de Rosette.

— Fais donc pas tant la fraîche, dit Rosanna. J'sais comment parler, moi. Mon cavalier belge m'écrit en tarmes et y peut t'en r'montrer,

— Tu peux en parler d'ton cavalier belge ! dit encore vivement Rosette. J'ai vu son portrait sur un' carte postale. Faut y voir les roues flaquettes, son nez en tire-bouchon et ses babines de nègre, à ton Roger !

— Bah ! dit dédaigneusement Rosanna, les filles de Québec sont toutes jalouses comme toi.

— Fieu ! On peut t'parler des filles de Sainte-Rosalie !

Le duel cessa quand Sirop, s'arrondissant poliment la bouche, pour ne pas ressembler au cavalier belge, demanda d'un ton dodu : « Perdon, mam'zelle, y aurait-y moyen d'voir mon nouveau n'veu ? »

— Je n'ai pas l'honneur de connaître votre neveu, répondit Rosanna, en saluant légèrement.

— Vous pouvez ben pas l'connaître, dit Popeline, y est v'nu au monde rien qu'hier.

— Ah ! un nouveau-né ? dit Rosanna en se déridant.

— Oui, un beau p'tit toffe avec des jueux rouges, ajouta Sirop. C'est l'garçon d'ma belle-sœur qui est icitte. Y s'appelle Pat !

— Comment se nomme madame ? demanda Rosanna.

— Pour ça, j'm'en rappelle pus. J'sais ben son nom d'fille, mais j'sais pas son nom d'mariage. A vient du Dégelé, une grosse créature qui pèse dans les cent soixante et qui a une tête entre blond et brun.

— Si madame votre belle-sœur est l'épouse de votre frère, elle doit porter le même nom que vous ? suggéra Rosanna.

— C'est ben vrai ! s'écria Sirop. Torrieu que j'sus bête ! C'est Mam' Lafrance, Mam' Zac Lafrance.

— Poignez l'couloir de droite, dit Rosanna, suivez jusqu'au mitan de la bâtisse, puis tournez à gauche, faites un p'tit croche près d'l'élévateur, faites une dizaine de pas à hue et vous voirez l'numéro 131 sur une porte brune. C'est là !

— Merci ! dit Flannellette.

Et les deux couples commencèrent à arpenter le corridor en tous sens. Au bout d'une demi-heure d'inutiles recherches, Jack White déclara : « Y a pas de 131 à cet étage icitte. Ça doit être en haut. Allons-y ! »

Il fallut une autre demi-heure de recherches pour trouver l'ascenseur. Arrivés au premier étage, les deux couples recommencèrent leurs pérégrinations, avec autant d'insuccès qu'auparavant, montèrent un autre étage, puis un autre, et redescendirent finalement vers six heures après avoir trouvé toutes les portes imaginables de l'hôpital sauf la porte 131.

— C'est fatigant, marcher dans un hôpital, dit Popeline. J'ai les jambes rentrées dans l'corps.

— Si au moins y avait des chaises dans les corridors, on pourrait s'assir ! dit en soufflant Flannellette.

88

Le Goglu, vol. II, n° 37, 17 avril 1931

— Ça sent la pharmacie partout, icitte, et ça m'donne mal au cœur, dit Jack. On devrait s'en aller.

— Ça doit être un tour qu'on m'a joué ! murmura Sirop. J'ai vu pas une face qui ressemble à la femme de Zac, et y a pas d'chambre 131.

— Si y en avait une, on l'aurait trouvée d'pus longtemps ! décida Flannellette. Poussons-nous.

Et Sirop sortit sans avoir connu son neveu aux cheveux roux, qui était pourtant bien là.

. . . . .

À la nouvelle que toutes les grandes routes étaient ouvertes, dans la province, Sirop Lafrance avait pensé de sortir sa bécane à saille-car, qui était remisée depuis les premières neiges dans le hangar d'un voisin. Pour la première fois depuis qu'il l'avait en sa possession, la motocyclette était en bon état et fonctionnait parfaitement. La poussière et la cendre du hangar avaient peut-être aidé le moteur à ne pas rouiller. Il se rendit au plus proche garage pour faire huiler sa machine et la faire remplir d'essence, car il projetait un long voyage pour le lendemain. Pour compléter sa satisfaction, il décida de faire une randonnée de quelques milles dans les rues de la ville et monta vers le Petit Nord, par la rue Saint-Denis, puis tourna vers l'est, à Mont-Royal. Il avait à peine passé la rue Saint-André qu'un Chevrolet presque neuf et apparemment tout payé attira son attention. « Ma foi, pensa-t-il, je connais c'te machine-là. » Il s'arrêta et fouilla les replis de sa mémoire, puis se souvint que c'était l'auto qu'il avait sorti d'un trou de sable fin, sur la route de Saint-Alexis, l'été auparavant, lors du voyage au cours duquel le grand Desrosiers de Joliette avait sauvé Flannellette des eaux du Lac Caché. « Quiens ! se dit encore Sirop, c'est l'auto de

Magloire, le p'tit homme à grandes lunettes qui a toujours une casquette. Il doit être entré dans c'magasin-là ! » Et il entra dans un beau magasin de radios, dont la vitrine était remplie de jolies lampes très appropriées pour des cadeaux de Noël, bien qu'on fût alors en avril.

Sirop ouvrait à peine la porte qu'il était salué par son nom. C'était Magloire lui-même, qui l'avait reconnu.

— Es-tu v'nu icitte ach'ter des *records* ? lui cria Sirop.

— Non, j'sus v'nu pour t'en vendre.

— C't'y à toi, c'beau grément-là ?

— Si Omer était pas icitte, j'dirais oui. Mais quand Omer y est, faut répondre : « À nous autres ».

— Oui, dit Omer, qui écoutait d'une oreille distraite mais attentive ; et si y met son portrait, j'mets l'mien aussi.

Sirop n'avait pas compris grand'chose, ni les autres occupants du magasin, sauf cependant Jean-Baptiste, le rouge entre les rouges, qui ne perdait jamais rien de ce qu'il était possible d'écornifler.

— Pis, comment c'qu'est ton monde ? demanda Magloire.

— Fine guidoune ! Pis d'ton bord ? T'as l'air continental, de c'temps-là !

— Non, j'ai plutôt l'air industriel.

— Coudonc, j'vois Desmarais, dans l'coin, là-bas. Y travaille pas, c'gars-là ? C'est drôle, on m'dit qu'y est toujours, icitte.

— Y a assez travaillé pour lôfer d'temps en temps. As-tu vu Jos., dernièrement ?

— Oui, je l'vois assez souvent. J't'assure qu'y bardasse martyre et qu'y joue d'la flûte !

— J'ai pas été mieux emmanché, y a queuqu'temps !

— On m'a dit ça. T'es a dételés, c'qui paraît ?

— Une minute et quart !

Et Magloire entraîna Sirop dans un petit cabanon de démonstration, pour lui conter pour la six centième fois le menu détail d'un serrage dans le coin et d'un trou de sortie trouvé à la dernière minute. Lorsqu'ils en sortirent, Bibiane et la p'tite Chaboillez s'obstinaient sur les qualités de leurs cavaliers, l'une prétendant que le sien n'était pas zarzais, l'autre affirmant que le sien n'était pas bezouf, bien qu'il soit aussi rouge que la p'tite Chaboillez.

L'arrivée de nouveaux clients qu'il leur fallut servir mit fin à la discussion.

— J'sus ben content d't'avoir vu, dit Sirop en sortant. Es-tu allé aux sucres ?

— Oui.

— Pis, quoi ç'a a l'air, la politique, en campagne ?

— D'mande-moi pas ça ; ça va assez mal que j'sus pas pour te l'dire ; avec ta grand'yeule, tu vas aller crier ça dans toute la ville !

— Non, mais entre nous autres, on peut ben s'parler !

— J'te dirai rien. On avait une belle chance, j'pense qu'on l'a pus.

— C'est ça qu'ça m'a l'air partout. En tout cas, c'est pas d'not' faute.

— Faut prendre ça comme ça vient. On peut pas gagner des deux trois fois d'suite !

Et Sirop sortit, content de sa découverte. En faisant repartir le moteur de sa bécane, il souleva un énorme nuage de fumée noire, épaisse et crasseuse, qui s'abattit sur les vitrines de Magloire et les charbonna au point qu'on ne pouvait presque plus rien voir au travers.

Et dans le vacarme qu'il traînait à sa suite, Sirop crut entendre vaguement le mot « cochon », lancé d'une voix claire et flûtée.

89

Le Goglu, vol. II, n° 38, 24 avril 1931

Plus coppé qu'à l'ordinaire, à cause des connaissances nouvelles qu'il faisait tous les jours au Club de Réforme, et des gros tippes qu'il recevait, Sirop avait payé la gazoline et l'huile d'un voyage autour de l'île, dans sa bécane à saille-car. Comme précédemment, Flannellette était assise en arrière sur le petit siège à sprigne, et Jack et Popeline occupaient tout l'espace du saille-car. On s'était attardé à manger des zottedogues à Pointe-aux-Trembles et il était déjà sept heures quand Jack s'écria soudainement : « On va manquer les Six Jours ; nos passes sont bonnes rien que pour à soir, si on y va, poussons-nous vite. »

Le rugissement du petit moteur et son bruit de ferraille annonçaient aussitôt le départ des deux couples. Les autos de la route, croyant entendre venir un camion de dix tonnes, se rangeaient sur le bord du fossé avec prudence, de sorte que Sirop dévorait l'espace comme un véritable chauffeur de course. On fut à Maisonneuve en moins d'une demi-heure. À l'angle de la rue Lasalle, la bécane faillit renverser un petit homme qui traversait la rue Notre-Dame, les bras chargés de branches et de petites chaudières ; en l'évitant, il alla frapper un poteau, mais sans aucun dommage, car le moteur n'avançait que sur la fin de son élan.

— T'es pas capable ouerre clair ! cria le piéton.

— Les rues, c'est pas pour les trotteux ; prends l'trottoir ! répondit Sirop.

— On peut t'en faire ouerre, un trottoir ! dit le petit homme en se redressant.

Sirop, ne pouvant permettre pareille provocation sans réponse, en présence de Flannellette, désenfourcha sa motocyclette et courut d'un bond vers le piéton, qui l'attendait, défiant.

— Non, mais c'est Dovic ! s'écria Sirop. D'où c'tu d'viens ?

— Quiens, si c'est pas Sirop ! J'viens d'la pêche, au quai Pie IX.

— Montre-moi donc c'que t'as poigné.

— Bah ! ça valait pas la peine d'les apporter.

— Mais quoi c't'as dans tes chéyéres ?

— Des vers, des ménés, le reste de mon lonn'che, des ains, des plombs, toutes sortes d'affaires.

— Pis t'as rien poigné avec tout ça ?

— Ben, j'ai poigné queuqu'chose, mais comme j'te dis, ça valait pas la peine !

— Ça veut dire que t'as baisé l'anneau d'la vieille ! ricana Sirop. En tout cas, t'as toujours ben poigné un beau coup d'soleil.

— Ça cuit.

— Oui, c'est moins dur à cuire qu'tes poissons.

— T'es ben fin, toi, j'voudrais t'voir pêcher !

— Oui, j'viendrai, pis j'te montrerai comment faire. Bonsoir.

Tandis que Sirop et Dovic étaient en conversation, deux autres pêcheurs qui ne semblaient avoir été guère plus heureux les avaient dépassés.

Pendant que la bécane reprenait son chemin vers le Forum, Dovic, fâché de savoir qu'il ne pourrait plus jamais raconter ses histoires de pêche à Sirop, rejoignait Ernest et Henri en disant : « Ah ! y a pas d'soin, c'en est encore un autre fénix qui pourrait ben s'trouver trompé ! »

La motocyclette était arrivée au Forum.

— C't'y bon, à soir, demanda Jack, en allant changer ses passes.

— T'as rien qu'à entrer pour le voir ! répondit le guichet.

Et l'on entra. Aux cris d'une foule immense, une dizaine de pédaleux tournaient autour d'une espèce de plancher penché, essayant de se dépasser les uns les autres.

— Pour moi, c'est l'p'tit blond qui gagne, dit Flannellette.

— Pourquoi c'qu'y tournent en rond ? demanda Popeline.

— C'est pour mieux, s'étourdir, dit Jack en connaisseur. Quand y sont ben étourdis, y voient rouge et y s'lancent sans r'garder. Un pédaleux qu'est pas étourdi peut pas gagner.

À ce moment, on entendit un grand fracas. Au plus petit détour, une mêlée de bicyclettes se produisit, les roues se butèrent, les bécanes tournèrent sens dessus dessous, roulant par terre, emportant dans leur tourbillon la plupart des coureurs. De fait, il n'en restait plus qu'un, le petit blond, sur la piste. Gérants et entraîneurs se précipitèrent avec des seaux d'eau et des éponges vers les débris, examinant d'abord les bicyclettes, puis les coureurs. Heureusement, il n'y eut personne blessé.

Un crieur armé d'un porte-voix vint annoncer que, toutes les bicyclettes moins une étant brisées, le programme se continuerait avec des courses en motocyclette. Mais, comme il n'y en avait alors qu'une seule dans le Forum, on priait les spectateurs d'attendre un peu, pendant qu'on en ferait venir d'autres.

— Si ça payait, j'irais, fit remarquer Sirop.

— J'peux ben l'savoir, dit Jack, en quittant son siège.

Sirop se sentit un pincement au cœur. S'il fallait qu'on vienne le chercher. « J'ai trop parlé, se disait-il en lui-même. J'ai voulu faire le frais devant Flannellette ; ça va p't'être me coûter cher. » De fait, Jack revint au bout de quelques minutes avec un homme très bien mis, qui le prit par le bras et l'attira avec lui.

— Où c'tu vas, Sirop ? demanda Flannellette.

— J'sais pas, mais attends-moi, j'vas r'venir.

90
Le Goglu, vol. II, n° 39, 1ᵉʳ mai 1931

Quelques instants plus tard, Sirop apparaissait au centre de l'arène, avec sa bécane, qui toussait et fumait plus que jamais. Un immense éclat de rire retentit dans le Forum ; on crut que le plafond allait sauter. Sirop ne comprit rien et s'agenouilla près de sa motocyclette pour détarauder le saille-car. On le regarda faire avec attention. Soudain, Sirop se leva, tout en sueurs, et cria d'une voix qui déchira l'air : « Jack, viens 'citte ». Jack White en ressentit une grande importance et, se gonflant la poitrine, descendit de son pas le plus martial vers la piste de bois.

— Quoi c'tu veux ? demanda Jack, une fois rendu auprès de Sirop.

— Quiens mon côte, dit Sirop en enlevant son gilet. Vas dire à Flannellette qu'a me r'garde faire. J'vas leur montrer comment qu'ça s'mène, un engin.

Et Jack remonta les gradins du vaste amphithéâtre, portant fièrement l'habit gris de Sirop comme si c'eut été le hockey de Morenz[71] ou le chapeau du roi d'Espagne.

Les deux motocyclistes furent bientôt alignés, l'un chevauchant un appareil ultra-moderne à huit cylindres, Sirop enfourché sur son vieux moteur tout rouillé. Sitôt que le coup de revolver détona, le premier coureur monta comme un coup de vent sur la piste et il avait déjà fait un tour complet lorsque Sirop réussissait à démarrer, ne s'apercevant pas des signes de dérision que lui faisaient les spectateurs, n'entendant pas les cris indignés, les « Chou ! », les « Pourri ! », les « Féque ! » que clamaient les galeries. À peine fut-il sur la piste que, n'ayant pas assez de vitesse acquise et n'étant pas habitué à tenir l'équilibre sur une pente aussi raide, il commença à zigzaguer. Bientôt il fut en train et commença à accélérer son allure, sans cependant pouvoir empêcher son concurrent de prendre constamment de l'avance.

----

[71] Howie Morenz (1902-1937), une des premières grandes stars du hockey.

Flannellette s'apitoyait plus que tout autre sur l'illusion de Sirop. Elle tenait son gilet sur ses genoux. À un moment excitant de la course, elle le laissa tomber par mégarde et, en le relevant, aperçut sur le plancher une lettre qui était apparemment tombée d'une des poches de l'habit. C'était une écriture de femme ! Du papier parfumé au pois de senteur ! Prétextant une légère indisposition, elle dit à Jack qu'elle allait se retirer pour quelques instants et reviendrait dans quelques minutes.

On devine que la curieuse voulait lire la lettre adressée à Sirop. On ne se trompe pas en devinant cela. En effet, arrivée à un bout de corridor éclairé par une ampoule solitaire, Flannellette sortit vivement la lettre de son enveloppe et commença à lire un billet rédigé comme suit :

« Mon cher Sirop,

« Tu es venu nous voir, au magasin de Magloire. J'aurais cru que tu te serais plus occupé de moi que tu l'as fait. Mais non, tu as à peine fait un salut obligé quand tu m'as vu. Ne te souviens-tu donc pas de moi, de ta Flore, de ta Noire, qui se désâme et se morfond en soupirs stériles pour gagner ton amour et enflammer ton cœur ? Lâche donc la jumelle Dubois, qui te fait perdre ton temps... »

— La garse ! interrompit Flannellette.

« ... et qui ne sort avec toi que pour se faire sortir et profiter de ton argent... »

— L'écœurante ! pensa encore tout haut Flannellette.

« ...et parce qu'elle n'est pas capable de trouver d'autre cavalier... »

— T'as ben menti ! répondit aussitôt la jumelle en elle-même.

« Si tu sors avec moi, je ne te ferai pas dépenser tant d'argent, je paierai même l'huile et la gazoline quand nous ferons une raill'de, et je repriserai tes bas, tandis que la fille Dubois te laisse sortir avec des trous dans tes chaussettes. Si tu ne peux pas te passer de Jack White, je lui présenterai Momon, qui n'est pas aussi jolie ni aussi fine que moi, mais qui peut lui faire une blonde passable. On sortira ensemble, vous aurez plus de fonne qu'avec ces deux écervelées qui vous mettent toujours dans l'embarras partout où vous allez, qui vous font honte avec leur mauvaise instruction et leur langage de ruelle... »

— Écœurante d'écœurante ! dit encore Flannellette, tu m'paieras ça !

« ..., qui sont des filles communes et indignes de vos beaux esprits. Écris-moi, ou viens me répondre au magasin, mon beau gros Sirop. (Signé) Flore la Noire. »

On s'imagine quel flot de bile envahit le foie de Flannellette, quelle rage lui monta à la gorge, quelle colère vint rougir son front. Elle revint dans l'amphithéâtre, pour entendre la foule crier de délire, se lever, rugir, manifester. Elle se leva sur le bout des pieds et vit la piste de course couverte d'une épaisse fumée noire qui s'était échappée du moteur de Sirop et dans laquelle on ne distinguait que par moments les têtes des deux coureurs. Les signaux faits avec des drapeaux indiquaient que Sirop avait regagné le temps perdu et était en avance d'un tour complet sur son rival. Celui-ci, aveuglé par la fumée, à laquelle il n'était pas habitué, avait considérablement diminué sa vitesse pendant que Sirop avait augmenté la sienne. C'était dans la salle un chahut, un brouhaha, un bruit assourdissant de moteurs à ne pas s'entendre.

91
Le Goglu, vol. II, nº 40, 8 mai 1931

Les spectateurs acclamaient le succès imprévu du coureur montréalais et pariaient avec les Juifs qui étaient là, car les Juifs parient toujours contre les athlètes de notre race. À mesure que la fin de la course approchait, on n'entendait plus qu'un gigantesque cri, lancé pour l'encourager : « Lafrance ! Lafrance ! » Et Flannellette commençait à voir grandir Sirop dans les proportions d'un héros populaire, ce qui augmentait sa rage que Flore la Noire avait voulu lui enlever son cavalier. Ce n'était pas de l'amour qu'elle avait pour Sirop, c'était du dépit, de la soif de vengeance et de la jalousie contre Flore qui, par sa façon d'écrire une lettre, s'affichait dès le début comme une rivale très dangereuse. « Il faudra que je rencontre cette fille » se dit Flannellette, qui avait sans doute un plan dans sa tête.

Ce ne fut que trois heures plus, tard, dans la nuit, que la bécane à saille-car réarrangée, put partir du Forum, conduite par un champion nouveau, qui venait de gagner une bourse de cinquante piastres.

. . . . .

Sirop était à faire un choix dans la glacière du Club de Réforme afin de renouveler le stock du garde-manger des sœurs jumelles, lorsqu'il entendit un pas qui venait vers la cuisine. Il fit un bond de côté, craignant d'être surpris. Heureusement, ce n'était que Tit'Phonse.

— Aye, Sirop, dit-il, y a queuqu'un qui veut t'parler au téléphone. À part de d'ça, tu serais ben mieux de t'faire appeler à d'autre place qu'icitte, tâche d'avoir un peu de r'quiens ben !

— J'sais ben pas qui c'qui peut m'appeler icitte.

— Va répondre, tu vas l'savoir.

Sirop se rendit au téléphone.

— Allô ?

— Coûte donc, la belle finesse, le beau fénix, c'est l'temps d'main de v'nir montrer ton savoir-faire !

— Comment, mon savoir-faire ? Qui c'est qui parle ?

— C'est Dovic. Joseph m'a donné congé pour la journée de d'main, et pis si tu veux v'nir assayer ta chance au quai Pie IX, c'est l'temps !

— J'appelle ça. Où c'que tu prends tes ménés ?

— J'ai pris les miens chez Moussette, y sont ben beaux. Mais y en a aussi au p'tit restaurant tout proche du quai.

— Ben, c'est correct, on y ira demain, et tu vas voir comment qu'c'est qu'on t'poigne ça du poisson.

Bien que la montre de Dovic ne marquât que huit heures moins quart, il était exactement huit heures et dix lorsque le bicycle à saille-car fit son arrivée sur le quai Pie IX dans une pétarade qui faisait trembler le quai déjà pas mal démantibulé, au grand mécontentement des autres pêcheurs déjà rendus. Sirop était accompagné de Tit'Phonse et de Jack White.

— Y a-t-y longtemps que t'es t'arrivé ? demanda Sirop.

— Ça fait à peu près vingt minutes, répondit Dovic.

— Ç'a pas encore mordu ?

— Viande ! prends vent, laisse-moé l'temps d'arriver !

Pendant que les arrivants sortaient le bagage du bicycle à saille-car, Dovic s'approcha :

— As-tu ach'té ben du méné ? s'informa-t-il.

— Deux douzaines.

— Hein ? Deux douzaines ? J'cré ben qu't'as envie d'en poigner du poison !

— Comment ? J'avais pas envie d'manquer d'ménés !

— J'vois ben ça. Deux douzaines, icitte, généralement, on n'a pour un mois.

Sirop lui jeta un œil de travers, tout en greyant ses lignes, aidé de Tit'Phonse et de Jack.

— C'est parce que vous savez pas pêcher. Demande ça à Jack comment qu'c'est qu'on t'poignait ça la truite grise au Lac Caché.

— Écoute, Sirop, dit Jack White, tu peux ben conter tes histoires de pêche si tu veux, mais rentre-moé pas là-d'dans.

— As-tu envie d'dire qu'c'est des ment'ries ?

— J'dis rien en toute, mais mets-moé pas là-d'dans.

Sirop bougonna un peu, mais bientôt il demanda à Dovic :

— Y en a-t-y qui en ont pris ?

— Oui, celui-là, y a pris un brochet.

Puis se tournant vers le pêcheur, Dovic dit :

— Ernest, montre-z-y donc celui qu't'as poigné.

Ernest tira sa chaîne de l'eau et montra un brochet qui réellement n'était pas très gros.

— Y est pas gros, dit Sirop.

— Comment, pas gros, répliqua Ernest, pas gros, c'est du poisson !

— On l'sait, dit Sirop en mettant un méné après son hameçon. En tout cas, si y a moyen, on va tâcher d'en prendre des plus gros.

— Envoye-toé, dit Ernest en remettant son poisson à l'eau.

Sirop avait décidé de pêcher au doré, c'est-à-dire, au fond. Depuis quelque temps déjà il trôlait le long du quai lorsque tout-à-coup il lança un rugissement de victoire :

— J'en ai un... Et pis ça doit en être un beau parce qu'il tire martyre !

En un instant il fut entouré de tous les pêcheurs des alentours.

— Laisse-le mordre, dit Jack White.

— Aie pas peur, dit Sirop, on sait pêcher.

92
Le Goglu, vol. II, n° 41, 15 mai 1931

Depuis quelques minutes la ligne restait pliée, mais aucun coup n'indiquait la présence d'un poisson. Dovic, qui connaissait bien ces parages, dit à Sirop dans un éclat de rire :

— Écoute, Sirop, la police du havre s'en vient : a aimera pas ça si tu sors le quai de l'eau !

En effet, la ligne du pauvre Sirop était prise dans le quai qui obliquait à partir du niveau de l'eau.

— Ça empêche pas que j'en avais un beau, dit Sirop. C'est lui qui m'a accroché.

— On la connaît celle-là, répliqua Dovic en retournant à ses lignes.

— Coûte donc, toé, maigre échine, on connaît ça quand ça mord !

— J't'astine pas...

Pendant que Sirop travaillait pour décrocher sa ligne, Tit'Phonse, qui trôlait le long du canal de la « fact'rie » de sucre, sortit un moyen brochet de l'eau en disant :

— Tiens, Sirop, c'est comme ça qu'on sort ça du poisson !

Sirop le regarda avec des grands yeux ronds, mais ne répliqua rien.

Enfin, vers cinq heures, heure fixée pour le retour, à part Tit'Phonse, toujours plus chanceux, les autres pêcheurs n'avaient rien pris. Sirop, rouge comme un homard, commença à dégreyer sans rien dire. Lorsque tout fut placé dans le bicycle à saille-car et qu'on fut prêt à partir, Dovic demanda :

— T'as pas besoin d'l'aide pour porter ton poisson, Sirop ?

— Toé, viens pas m'bâdrer ; quand t'inviteras du monde à la pêche, tu tâcheras d'les amener à des places où c'qu'y a du poisson.

— Viande ! t'as pas à t'plaindre, toé, t'as eu un vrai beau coup à matin !... À part de d'ça, c't'une saprée belle vieille !

— Va au yable, dit Sirop en enfourchant sa bécane.

Et sans rien dire de plus, il mit son moteur en marche ; la motocyclette vira bord en levant un nuage de poussière qui souleva un concert de jurons de la part des autres pêcheurs qui restaient sur le quai, attendant en vain les poissons qui ne voulaient pas mordre.

. . . . .

Au Club de Réforme, Tit'Phonse avait entendu parler de Lucerne-in-Quebec. Il avait surpris une conversation dans laquelle on disait qu'il y avait de l'argent à faire à cet endroit-là. Sirop avait à peine appris la nouvelle que sa décision était arrêtée d'aller voir si c'était vrai.

Le dimanche suivant, on partait au petit jour pour Lucerne-in-Quebec. Le seul incident de la route fut une discussion sur le pont Galipault, où Sirop ne voulut pas payer, prétextant que sa bécane n'était pas assimilable à un automobile. Popeline discuta l'esprit de la loi, Jack White insista pour qu'on s'en tienne à la lettre. Flannellette, elle, fit un beau petit clin d'œil au gardien, qui dit alors qu'il allait écrire à Montréal pour trancher la question et leur permit, en attendant, de passer gratuitement.

— J'aime mieux payer, dit alors Sirop, qui avait surpris le clin d'œil.

— Y vient fou ! protesta Flannellette.

— Pousse ! pousse ! cria Popeline.

Et l'on repartit, pendant que Sirop grommelait entre ses dents : « J'aime mieux perdre cinq piastres plutôt que de la voir faire un clin d'œil à un autre ! »

Après trois heures de voyage, on arriva à l'ancienne seigneurie de Montebello.

— Ça a l'air d'un chantier endimanché, fit remarquer Jack White en examinant la conciergerie de l'entrée, faite en bois rond.

— Les binnes doivent être bonnes, icitte, ajouta Sirop. On va toujours ben en prendre une vraie platée !

Le gardien examina curieusement les occupants du bicycle à saille-car et fit mine de les empêcher d'entrer. Mais Sirop lui lança, sur un ton hautain : « On est pas des frilonn'ches et on est capabe payer ! » Ce semblait être le mot de passe voulu pour entrer, car le gardien se retira dans sa cambuse.

À peine était-on arrivés devant le corps principal de l'hôtellerie, placé comme un nid au milieu des grands arbres, qu'une superbe limousine importée venait s'arrêter à l'entrée de l'édifice.

— Tu parles d'un souelle bazou ! dit Jack.

Il en sortit une femme, des enfants, deux servantes, puis un gros homme ventru apparemment gêné dans un corset.

— Coudon ! c'est Camille, ça ? demanda Sirop avec surprise,

— Ben oui, on r'connaît son nez d'icitte !

— Y brille !

— Quoi c'qu'y vient faire icitte.

— Quand on veut faire un arrangement avec le Cipiarre, c'est ici qu'on vient discuter, dit Sirop à voix basse. Y a pas de sténographes cachés,

— Tu penses qu'y vient chercher d'l'argent ?

— Ou ben faire une combine pour achaller le Ciennarre[72] !

— Pis, l'soir, y peut aller à Ottawa, qu'est tout près, sans que tout l'monde le sache pour trop l'humilier.

— Ousqu'y a pris c'belle machine-là ?

— C'est nous autres qu'a payé ça !

— Ma foi, c'est une machine importée d'Europe ?

— Oui. Acheter une machine canayenne aurait p't'être trop donné d'ouvrage aux ouvriers canayens. Faut envoyer l'argent des citoyens à l'étranger !

93

Le Goglu, vol. II, n° 42, 22 mai 1931

Les occupants de la belle limousine entrèrent dans l'hôtellerie, pendant que le chauffeur allait faire un détour pour remiser sa voiture dans un garage.

— J'me d'mande, dit Sirop, pourquoi Houde, qu'est un chef qui se dit bleu, voyage dans un automobile peinturé en rouge vif.

— Tu connais pas la politique, toi, riposta Tit'Phonse. Vois-tu, Houde a déjà été plus rouge que la machine ; le goût du passé lui revient et il ne peut pas se défaire de c'te couleur-là. Même son nez est rouge, il ne veut pas l'avoir bleu.

— À part ça, ajouta Flannellette, qu'en se montrant avec du rouge, il a une chance d'attirer des rouges à sa suite. Il a pour lui

---

[72] Arcand fait référence au CNR, Canadian National Railway.

les Zoodistes, mais y en a pas assez pour le faire élire, c'est pour-quoi il va essayer de se faire passer encore pour rouge devant les rouges.

— Mais les bleus ? demanda Popeline.

— Il s'en fiche. Ils ne sont pas assez nombreux, dit encore Tit'Phonse. Il les a envoyés au iâbe, aux élections fédérales ; ils sont obligés de le soutenir et leur fait des menaces, annonce par-tout qu'ils seront obligés de marcher de force à sa suite,

— C'est un homme *wise* ! conclut Sirop. Le monde, ça s'mène par la peur et par la force, j'f'rais comme lui.

— Mais l'monde s'tanne vite, des fois, suggéra Flannellette. Napoléon a eu son Waterloo et l'kaiser a été obligé de s'pousser ; pourtant y faisaient comme Houde.

— Mais Houde se croit plus fin que Napoléon et l'kaiser ! ajouta Tit'Phonse.

— Ces finfins-là, on connaît ça ! conclut Popeline.

Puis la bécane recommença son vacarme, conduite jusqu'au garage où on avait vu entrer la limousine rouge. On marcha ensuite vers l'entrée de l'hôtellerie, dont un valet tout galonné gar-dait la porte. Il reluqua curieusement Sirop et sa suite, mais les laissa passer sans difficulté.

— C'est beau martyr, icitte ! dit Tit'Phonse en sifflant.

— Ça doit coûter une coppe pis une autre ! ajouta Jack White, en connaisseur.

On discuta ensuite sur ce qu'on allait faire et il fut décidé una-nimement qu'on irait se laver et s'épousseter.

— Suivez-moi, dit Sirop.

Et, accompagné par le bruit des semelles cloutées de ses énormes godasses, Sirop prit le devant, s'engouffrant dans un long corridor, s'arrêtant à chaque porte pour voir si elle indiquait le bon endroit où on pouvait se laver. Les cinq voyageurs parcoururent tous les corridors du rez-de-chaussée, puis se trouvèrent au même endroit qu'à leur arrivée, sans avoir trouvé l'endroit cherché.

— Va-t-y falloir marcher comme à l'hôpital de la Miséricorde ? demanda Flannellette, d'une voix qui annonçait un épuisement des jambes.

— On peut aller examiner l'premier, suggéra Sirop.

— Non, c'est toujours dans les soubassements, les lavabos, dit Tit'Phonse. Attendez-moi icitte, j'vas aller examiner.

Les sœurs jumelles et leurs cavaliers restèrent sur place, examinant de tous côtés les curiosités et les beautés de l'hôtellerie. On vit passer des députés, des sénateurs, toutes sortes de monde, comme dirait le témoin.

— On dirait qu'tout l'Parlement est rendu icitte ! fit remarquer Jack White.

— C'est pas loin d'Ottawa, pour v'nir se reposer, expliqua Popeline.

— Tu sais ben, dit Sirop, que là ousque va un sénateur ou un député, c'est pas pour se r'poser. C'monde-là va pas queuqu'part pour rien ; y a queuqu'chose certain !

— C'est p't'ête icitte qu'y viennent se dire : « Fesse pas sur un tel, c'est mon ami ; vote pas pour ça, ça va faire faire d'l'argent aux Canayens-français. »

Là-dessus, Tit'Phonse revenait glorieux, faisant comprendre par les gestes de ses bras qu'il avait trouvé ce qu'il fallait. On descendit à sa suite. Une demi-heure après on remontait.

— J'étais sale vrai, dit Sirop, il m'a fallu changer d'eau trois fois.

— Moi, j'ai encore du sable dans les oreilles, ajouta Jack White.

— J'avais assez d'poussière sur mon capot que j'le r'connais pus d'la même couleur, ajouta Popeline.

— Quoi c'qu'on fait, à c't'heure ? demanda Tit'Phonse.

— Y s'rait à peu près temps de s'coller queuqu'crêpes au paquet. J'ai faim effrayant ! répondit Sirop.

— Ousqu'est la place pour manger ?

— On va-t-y être encore obligés d'marcher une heure pour la trouver ?

— J'sus fatiguée, j'marcha pus !

— Ça s'rait plus simple d'aller à la première binnerie.

— Un hotte-dogue fait aussi bien l'affaire, pis on n'est pas obligé d'payer pour l'argent'rie et les pots d'fleurs.

— On pourrait r'venir s'assir icitte ensuite pour faire sa digestion.

— Ben, quoi c'qu'on fait ?

— On va aller prendre un peu l'air, dehors, et on va décider ça.

Le portier galonné les regarda sortir aussi curieusement qu'il les avait regardés entrer. Tout en marchant d'un pas ballant, on se dirigea instinctivement vers le garage, chacun reprit sa position difficile et fatigante sur le petit espace qui lui était disponible, Sirop remit le moteur en marche, puis demanda : « Eh ! ben, quoi c'qu'on décide, rester icitte ou s'en aller ? »

94

Le Goglu, vol. II, n° 43, 29 mai 1931

— Allons faire un tour dans les environs ! dit Sirop.

À peine était-on sorti du domaine qu'on arrivait devant une cabane à hot-dogs.

— Tu vois ben, dit Tit'Phonse, qu'on mange pas à sa faim, là-bas ; si on a installé un stand icitte, en face de l'hôtel, c'est parce que l'monde a encore faim après avoir mangé et qu'y viennent finir leur r'pas icitte.

Tous approuvèrent la réflexion de Tit'Phonse, qui cria au tenancier du cabanon : « Cinq hottes, cinq pétaques frites, cinq mains à la m'lasse, pis cinq crîmesodas ».

— Ajoute donc trois autres hottes-dogues, ajouta Sirop, j'paie la différence.

— C'est pas un bisaillon ? demanda Jack White.

— Non, pas d'splittage, c'est moi qui paie tout ! dit fièrement Tit'Phonse.

On avait faim. La commande de Tit'Phonse fut enfournée en un rien de temps. Une deuxième commande, donnée par Jack White, fut avalée un peu plus lentement, puis une troisième, payée par Sirop, requit près d'une demi-heure de travail des mâchoires.

— Ouf ! j'sus plein, dit Jack.

— J'ai un' vraie bosse dans l'corps, ajouta Tit'Phonse.

— C'est pas dans un hôtel qu'on peut s'bourrer comme ça ! fit remarquer Popeline.

Chacun se sentait lourd, disposé à dormir. « Si on s'laisse aller, dit Sirop, on va dormir sur le bord de la route. On s'en va-t-y ? »

Le temps était gris, il ne faisait pas chaud ; en se remettant en route immédiatement, on arriverait vers six heures à Montréal. L'avis unanime fut de revenir sans tarder, car on ne trouvait rien d'amusant à faire en-dehors de la ville. Chacun reprit sa position difficile sur la bécane ou dans son panier et le moteur, dont le bruit tenait à la fois de la locomotive et du paquebot, fendait l'air de ses rugissements,

Au bout de quelques heures, Sirop fit entendre qu'il faudrait arrêter au prochain village pour prendre de l'essence, car le réservoir était presque à sec. On put heureusement se rendre jusqu'à Sainte-Thérèse. La motocyclette s'arrêta un peu plus loin que l'église, devant un garage qui marquait le détour de la route. Pendant que le garçon de service remplissait le réservoir, Sirop remarqua de l'autre côté du chemin, un groupe de petits vieux qui gesticulaient en discutant à haute voix.

— Quoi c'qu'y ont ? demanda-t-il au vendeur de gazoline.

— Y discutent d'pus l'matin.

— Y a-t-y eu un accident ?

— Non, ça parle de politique.

— Quoi c'qu'y disent ?

— Y en a qui s'disent pour, pis d'autres qui avisent contre.

— Ça doit être intéressant, si y sont là d'pus l'matin, fit observer Sirop.

Et il traversa la route, pour mieux entendre ce qui se disait. Le petit groupe était divisé en deux camps, dont les membres se lançaient des regards peu rassurants.

— En tout cas, disait l'un du groupe le plus nombreux, on a vu c'que vous êtes, aux élections du conseil. Vous r'f'rez pas ça la prochaine fois, ou ben ça va barder.

— Écoute, Gros Jos., disait un autre, c'est pas les bleus qu'ont fait ça, c'est les aigrefins envoyés d'Marial par les Houdistes. Aux élections d'Bennett, t'as pas vu d'affaires comme ça.

— C'est pas parce qu'on est des habitants qu'on va s'laisser faire par les voyous ! ajouta un grand homme sec au teint brun.

— On dit comme toi, Abramme ; on est aussi bleus qu't'es rouge et on hait autant qu'vous autres les individus que la p'tite canaille d'Marial envoye icitte pour faire des coups. On veut les tarauder autant qu'vous autres.

— Si vous êtes pas pour ce monde canaille-là, dit Abramme, quoi c'que vous allez faire, aux élections ?

— On aime mieux pas voter que s'mêler à ces bandits-là.

— Oui, mais faut voter ?

— Jamais tu m'f'ras voter pour vous autres ; d'un autre côté, j'vot'rai jamais pour du mauvais monde. Y ont tout des faces de diables, des vrais snoraux ; y a pas d'parti ni d'argent pour me faire emmancher avec des gars qui sont allés en prison, qui sont prêts à nous vendre comme y ont vendu tout le monde parce qu'y font d'la politique rien que pour leur profit et envoient tout l'monde au diable.

— Moi, j'sus d'la ville, dit soudainement Sirop au grand étonnement du petit groupe, et j'trouve qu'y parle correct. On pense comme ça, nous autres aussi.

— Pourquoi c'que vous j'tez pas c'monde-là dehors ? demanda Gros Jos. à Sirop.

— Tout l'monde leur a demandé d'partir, et y veulent pas, parce qu'y veulent pas perdre leur argent ni perdre leurs djobbes. On peut toujours pas les sortir de force. On aime mieux le conseil des vieux sages : leur donner une rince effrayante pour pus qu'y r'viennent, pis choisir du beau monde honnête ensuite.

La conversation menaçait de durer encore longtemps si les quatre occupants de la motocyclette ne s'étaient pas mis à interpeller Sirop pour le faire revenir.

— On commence à g'ler !

— On va arriver à la noirceur !

— Viens-t'en, y va mouiller !

— Faut payer l'gaz !

95

Le Goglu, vol. II, n° 44, 5 juin 1931

Sirop revint, suivi des yeux par les villageois qui pensaient comme lui, paya sa note, enfourcha sa bécane qui repartit en coup de vent, pendant que Abramme disait glorieusement à ses concitoyens : « Tu vois, c't'un homme de Marial, ça, et y dit comme moi ; on a rien qu'à jongler deux minutes pour penser toute pareil ».

. . . . .

Sirop avait reçu d'un gros client du Club quelques billets de faveur pour l'inauguration des séances de lutte au Forum. Il avait envoyé Tit'Phonse les échanger pour des sièges du rigne-saill'de, payant avec regret le prix de la taxe, car il avait le pressentiment que ce serait pourri.

— Pourquoi qu'ça va être pourri ? avait demandé notre Tit'Phonse.

— Parce qu'on a vu les meilleurs lutteurs du monde à l'Aréna, et toutes les plorines battues trop souvent qui ne peuvent pas se r'monter sont dans la nouvelle gang. C'est comme qui dirait les restants des bleus et des rouges qui se mettent ensemble pour faire un parti d'Zoodistes.

— Oui, mais y ont l'champion du monde !

— Pas l'champion des lutteurs, mais l'champion des jambons, dit Sirop. Y s'est fait coller quinze fois par Strangleur Lewis, s'est fait tapocher par n'importe quel zarzais et, la dernière fois qu'y s'est battu, il a fallu faire arrêter son adversaire par la police pour que Londos, étant tout seul dans le rigne, soit proclamé champion par défaut. Si l'autre lutteur avait pas été sorti du rigne, y aurait massé le gros champion de la graisse.

— Londos vient de la Grèce ? demanda Tit'Phonse.

— Oui, c'est l'champion de la graisse. Avec ça qu'y a pas encore répondu au défi de Deglane[73]. C'est un homme, ça, Deglane, c'est pas un emplâtre !

— Oui, y est prêt à s'battre avec n'importe qui et y choisit pas des gars assez sans-cœur pour s'laisser battre.

Le même soir, ayant obtenu un congé du club, Sirop se rendit au Forum avec Jack White et les deux sœurs Dubois, qui s'étaient mises sur leur trente-six.

— On arrive-t-y en r'tard ? demanda Flannellette au portier.

— Non, y attendent encore le monde ; y a presque personne.

---

[73] Henri Deglane, d'origine française, est devenu champion du monde de lutte lors d'un combat à Montréal le 4 mai 1931. Il a alors défait Ed « *strangler* » Lewis.

— Vous m'dites pas !

— Ça s'comprend, reprit Jack, le monde est pas ben fort sur les exhibitions de jambons. J'pense que Léo s'est rentré un doigt dans l'œil ; ça va lui changer son sourire de petit prince.

On entra sans trop se presser, bien qu'il fût déjà près de neuf heures. Il y avait peu de monde, en effet, tellement peu que la foule était moins considérable que l'ensemble du personnel, des journalistes et des seineux ordinaires qui cherchent à entrer partout pour rien. Les lutteurs inscrits pour le premier combat faillirent perdre connaissance en voyant la rareté des spectateurs dans l'immensité de la salle. Il fallut leur porter un verre d'eau.

Le premier lutteur, qui était Grec, demanda en juif à son adversaire russe : « Est-ce une séance d'entraînement ou un vrai show ? » L'autre répondit : « Si on est pour se battre devant douze mille sièges vides, autant pas s'morfondre ; fais-moi pas mal et j'te ferai pas mal ».

La cloche sonna et l'arbitre monta dans l'arène. Était-ce possible ! Quoi ? Oui, Lucien Vaillancourt en personne. « Qu'est-ce qu'il connaît, dans la lutte ? » demanda un journaliste. « Bah ! répondit l'autre, il est là pas pour la lutte mais pour surveiller la moralité des lutteurs. D'pus qu'il a été chef de l'escouade des mœurs il ne peut plus faire autre chose. » La cloche sonna de nouveau et les deux lutteurs se levèrent d'un pas lourd, se firent des grimaces pendant cinq minutes, se donnèrent de petites tapes puis se mirent à se serrer les bras.

— Chou !

— Pourri !

— Camembert !

— Fromage raffiné !

La foule se mit à rugir tout ce qu'un Canayen sait dire lorsqu'on essaie de rire de lui. Le chronométreur avança sa montre de dix minutes afin de faire finir le numéro plus vite. Les promoteurs étaient découragés, Léo s'arracha une couette de rage. Mais, espérait-on, le deuxième numéro va ramener la foule à de meilleurs sentiments.

Pour le deuxième numéro, on vit apparaître ce qu'on appelle communément deux gros bîfe-trosses, deux énormes blocs d'oléomargarine. Ils passèrent leur temps à essayer de se faire peur en faisant des sauts croches, en grinçant des dents. Le vacarme reprit de plus belle. Les deux lutteurs se décidèrent à faire semblant de lutter, roulèrent sur le tapis, et finalement l'un d'eux se jeta à bas de l'arène, se mit à crier, à se masser les reins puis déclara qu'il ne pouvait continuer.

— C'est pas des plorines ordinaires ! dit soudainement Flannellette.

— Scor Major trouve ça bien beau, dit Jack ; r'gard'-le donc applaudir.

— Les p'tits gars de hangars font mieux qu'ça ! ajouta Sirop. J'ai jamais vu un cirque comme ça.

— C'est rire du monde, dit Popeline. On s'rait aussi ben d's'en aller.

— Poussons-nous, dit Jack, on pass'rait pour des pareils si on restait plus longtemps.

Ils se levèrent pour s'en aller, mais le pressédjeunt accourut vers eux précipitamment. « Allez-vous-en pas, dit-il, tout l'monde va vous suivre.

96

Le Goglu, vol. II, n° 45, 12 juin 1931

« T'nez, v'là des passes pour la prochaine fois, restez, causez pas d'paniques en vous en allant. »

— Tes passes, tu peux t'les fourrer où c'tu voudras, on n'en veut pas, dit Sirop. Vous nous prenez pour des *fishes*, on n'n'est pas !

Comme l'employé l'avait prévu, le geste fut contagieux et le reste de l'assistance se leva en même temps que Sirop et ses invités. Le chronométreur eut beau sonner la cloche dans les haut-parleurs accrochés au plafond, la petite foule se rua vers les portes de sortie, comme si le feu avait menacé tout le monde. On murmurait dans tous les rangs : « On s'est fait fourrer », « C'est pourri », « Ça vaut pas l'Aréna », « Deglane peut manger tout c'monde-là tout rond », « On me r'poignera pus », « C'est un vrai cirque » et autres réflexions qui n'étaient pas de nature à annoncer un succès colossal.

Le troisième combat eut lieu devant les gérants des lutteurs, le quatrième n'eut pas lieu et les portes furent fermées à dix heures, au milieu du plus grand silence.

. . . . .

L'estrade était immense. Les vendeurs de billets avaient habilement distribué l'assistance dans les diverses sections de la vaste arène pour faire croire à la présence de plus de monde qu'il n'y en avait. En allant s'asseoir à leurs sièges, à l'extrême droite, les sœurs Dubois et leurs cavaliers passaient des remarques sur ceux qu'ils reconnaissaient.

— Quiens, l'ex-chef Bélanger ! Y prend encore d'la panse !

— R'gard' donc Lucien Vaillancourt. La partie est pas encore commencée et y dort déjà !

— Pis ça, c'bonn'che-là, y m'semble que j'connais ça ?

— Ben oui, c'est la gang à Trépanier, avec Gabias, Balloune Legault et l'gros Pit Monette, Pit rit de Bray, qui est là-bas, avec le maire.

— Penses-tu qu'y salue l'monde, le maire, mais personne y répond, personne applaudit. Y doit trouver ça un changement avec auparavant.

— Ça y apprendra à ben traiter l'monde qui l'a ben traité.

— Quiens, une bataille !

— Non, c'est rien qu'une discussion, c'est Jalbert qui s'ostine avec Zappa.

— Pis l'gars qu'est en arrière ?

— Ça c'est Eczéma Salvail. Vois-tu, y s'met d'la poudre, comme une femme !

— Pis ces trois-là, dans la loge d'en bas, qui c'que c'est ?

— Oh ! c'est les Goglus, ça ; y sont avec William Tremblay. Penses-tu que Houde les r'garde travers !

— Pis dans l'autre loge, en arrière du home ?

— C'est Tit'Bram Demers, avec Lamarre[74], son chien d'poche.

— Tu connais ben tout l'monde, Sirop ?

Et Sirop baissa la tête avec modestie, pour ne pas avoir l'air de se vanter. Le quatuor fut bientôt rendu aux sièges de sa section.

---

[74] Probablement Gaston Demers et Henri Lamarre, deux conseillers municipaux de Montréal.

Comme tous les sièges du Stadium, ils étaient sales, poussiéreux. Un siège ne peut pas tout avoir !

On s'assit, on acheta des pinottes, salées pour Jack White, et naturelles pour les trois autres.

— Comment ça s'joue, l'bésebâle ? demanda Popeline.

— On prend un bat, commença Sirop.

— On prend une pelote, dit en même temps Jack White.

— Ben laisse-moi parler, dit Sirop. J'connais ça, j'ai déjà pitché dans un club. Vois-tu, dans l'fond tout à faitte, ça c'est les trois vaches. Une pour la droite, une pour la gauche, une pour le milieu. Faut qu'ça courre, une vache, sans ça c'est un trois-béses ou ben un aumeronne. En avant des vaches, y a l'shorestoppe, qui prend les pelotes à terre. À côté d'lui, c'est l'deuxième buxe. De c'côté-citte, c'est l'feursbése ; juste en face, l'pitcheur, pis plus loin, là-bas, l'teurdbése. Dans l'fond près du monde, avec une grosse mitte, tu vois l'catcheur avec son masque et son préserveur, pis derrière lui l'empailleur en habit bleu, avec des pelotes plein ses poches.

— Ça c'est les places des joueurs, mais c'est pas l'jeu, dit Jack. Pour jouer, un homme va au bat avec un bat, et l'empailleur crie : « Plébâle ». Le pitcheur garroche la pelote le plus en face de la plète que possible et le batteur fait un souigne pour la prendre. Si y l'a, ça peut être une fâle ou une faire, si y l'a pas c'est une straill'ke dans la mitte. Y a trois straill'kes et quatre fâles. Sur les fâles y prend son bése, sur les straill'kes y l'prend pas.

— Oui, mais quand y frappe, dit Sirop, y peut faire le premier, ou le deuxième, ou le troisième, ou l'daill'monne.

— J'comprends pas encore ce jeu-là ! dit Flannellette.

— Dans c'cas-là, r'garde-les faire, y vont commencer, j'vas t'expliquer ça à mesure.

Et la partie commença, plate, terne, sans incident remarquable.

— Si y sont pour faire ça tout l'temps, dit Popeline, on est aussi ben d's'en aller ; on a tout vu c'qui y avait à voir.

À ce moment, Sirop se levait en disant : « Loquésèvenne ! » Les autres se levèrent, remarquant que leurs voisins et toute la foule en faisaient autant.

— J'avais deviné juste, dit Popeline. Allons-nous-en.

— C'est pas encore fini, dit Sirop. Attendons l'gagnant, ça s'ra pas long.

Popeline, qui trouvait la partie fort ennuyante, d'autant plus que, malgré les explications de Sirop, elle ne comprenait rien au baseball, prit un journal qui avait été laissé sur un siège voisin et se mit à lire.

97
Le Goglu, vol. II, n° 46, 19 juin 1931

Le score était encore de 0 à 0, vers la fin de la neuvième manche. Les Royals[75] avaient trois hommes sur les buts et Bucky Gaudette était au bâton. Il avait à son compte trois bâles et deux straill'kes, avec deux hommes retirés du jeu. Comme le lanceur avait pris son élan et allait lancer la balle, Popeline se leva, son journal à la main, et lança un cri tellement déchirant, tellement terrible que toute la foule se tourna vers elle, décontenancée, pendant que le lanceur avait perdu le contrôle de son élan et dirigeait sur Gaudette une balle qui fut frappée jusque par-dessus la clôture. Popeline était tombée évanouie sur son siège et les spectateurs, quand ils se retournèrent vers le jeu, virent les deux clubs revenir vers leurs quartiers, ne pouvant croire que le Montréal gagnait par 4 à 0.

Le vaste Stadium était complètement vidé lorsque Popeline reprit ses sens. Il fallut attendre encore un quart d'heure pour lui permettre de se remettre avant qu'elle pût parler.

— Quoi c'qu'y a ? demanda enfin Flannellette à sa sœur jumelle.

— On est riche, on est riche ! murmura Popeline.

— Tu rêves, repose-toi encore !

— Non, j'ai gagné le souîpstéks, regarde sur le journal.

Ce fut un choc presque semblable pour les trois autres. Il fallut relire dix fois la nouvelle pour y croire. « M{ᴵˡᵉ} Popeline Dubois gagne les *sweepstakes* de la Calédonie. » Ce n'était que trop vrai !

---

[75] Les Royals était une équipe de baseball mineure de Montréal active de 1897 à 1917 et 1928 à 1960. Elle était un club-école des Dodgers de Brooklyn.

Et, ironie du sort, il fallut deux heures d'efforts héroïques, déchirant leurs vêtements et égratignant leurs membres, pour que les quatre jeunes gens, capables d'acheter un million d'échelles, pussent grimper le mur élevé du Stadium et le redescendre, afin de retourner chez eux.

Le même soir, il y eut un grand conciliabule dans la petite chambre de la rue Du Berri. Nos lecteurs ne doivent pas oublier, en effet, que, malgré le grand désir que tous avaient exprimé de déménager au premier mai, on avait jugé plus prudent, vu la crise, de ne pas se charger d'une inutile augmentation de loyer, sans compter les frais de déménagement.

L'occasion était importante et solennelle. Pour la circonstance, Sirop avait apporté du Club de Réforme un gros saumon frais que l'on gardait sur la glace pour la venue prochaine d'un ministre. « Y mang'ra des sardines ! » avait pensé Sirop en allant piquer le saumon dans la glacière. Popeline, qui commençait à être une excellente cuisinière et à savoir apprêter toutes les bonnes choses que Lafrance apportait, avait fait un petit chef-d'œuvre avec le saumon, cuit tout d'une pièce au four, aromatisé, inondé d'une sauce merveilleusement étirée et coupée de jus de citron. Sirop, devenu connaisseur, avait fait frapper deux grosses fioles d'Anjou mousseux, dont les tempérants et les abstèmes doivent sûrement se désaltérer au ciel en récompense de leurs sacrifices d'ici-bas. Manger, goûter, avaler sont des termes trop vils et trop barbares pour exprimer la subtile opération par laquelle on fit disparaître toute trace du saumon et de la flamme glacée d'Anjou ; nous laissons à des connaisseurs et étroits amis comme Paul DeMartigny et Louis Dupire le soin de définir ce rite quasi-narcotisant, en leur laissant le griguenaudiste Eugène Lamarche[76] pour rifri.

L'auteur ne s'est pas trompé, quelques lignes plus haut, quand il disait que l'occasion était importante et solennelle. En effet, Popeline avait annoncé qu'on devait y discuter l'emploi qu'elle ferait des cent dix-neuf mille dollars auxquels lui donnait droit son coupon dans les *Caledonia Sweepstakes*. L'aînée des deux jumelles

---

[76] Martigny était écrivain et journaliste à *La Patrie*, Dupire était journaliste au *Devoir*, Lamarche était le rédacteur en chef de *La Presse*.

Dubois allait aborder le sujet lorsqu'une main encore invisible vint frapper à la porte.

— Comine ! cria Sirop.

Et la porte s'ouvrit. Un jeune homme au pantalon fraîchement pressé, aux cheveux encore humides de s'être trop récemment peigné, entra poliment, le chapeau à la main, de l'autre (main) ajustant une cravate semblable à celle du maire quand il porte son habit gris.

— Mademoiselle Popeline Dubois ? demanda-t-il avec l'accent artificiel et soigné d'un annonceur de radio.

— A è t'icitte ; quoi c'tu y veux ? demanda Sirop.

— C'est une proposition d'affaires...

— Encore un agent ! s'écria Popeline. Y ont pas arrêté d'me r'lancer d'pus que j'sus arrivée. Y a donc pas d'aut' clients dans Montréal que moi ? C't'effrayant, y m'lâchent pas une minute !

— Je ne suis pas un agent, corrigea le jeune homme. Je suis un représentant. Mademoiselle doit constater qu'il y a là une différence notable.

— Quoi c'tu r'présentes ? demanda bourrument Sirop.

— Voici, j'aurais un plan remarquable pour faire faire beaucoup d'argent à mademoiselle.

— Un plan ! C't'encore d'l'assurance ! C'est rien que de d'ça. Pour chaque agent d'machine à coudre, de radio, de mines, d'moulin à laver, d'piano et d'terrains qu'est v'nu icitte d'pus cinq heures, y a vingt agents d'assurances.

— Tu comprends c'que ça veut dire ? demanda Sirop au jeune homme, qui commençait à sortir des brochures de sa poche.

98

Le Goglu, vol. II, nº 47, 26 juin 1931

— Je comprends, répondit-il, que vous avez repoussé tous les agents qui sont venus ; ce sont des exploiteurs et vous avez eu raison de les éconduire. Mais moi, ma compagnie, mon plan...

— Dix pieds ! trancha Sirop en se raidissant les nerfs du cou.

— Puis-je laisser ma carte ?

— La chéyére en est pleine, mettez-la avec les autres, là, dans l'coin.

Le jeune homme ne put s'empêcher de trahir sa surprise lorsqu'il aperçut la chaudière, remplie jusqu'au rebord, de centaines de petites cartes. Il y laissa tomber mollement la sienne et sortit avec une révérence en disant : « J'ai la consolation que ma carte est la première sur le dessus et que mademoiselle la lira avant les autres ».

— Quand la chéyére sera vidée dans le quart à vidanges, ta carte sera la dernière en-d's'sous ! répondit Sirop.

Le lecteur ne sera pas surpris d'apprendre que la porte se referma en claquant à faire vibrer les vitres des fenêtres et que le petit jeune homme, en descendant l'escalier, donna presque l'illusion que chaque marche était fendue d'un coup de talon. La porte d'en bas ébranla de nouveau la maison, le calme revint, puis la délicate conversation s'engagea.

— Comme ça, reprit Popeline, quoi c'qu'on va faire avec les cent dix-neuf mille piasses que je vas recevoir ?

— Quoi c'qu'on va faire ! quoi c'qu'on va faire ! C'est un peu gênant pour nous autres à dire, répondit Sirop avec une gêne véritable. C'est pas à nous autres, c't'argent-là !

— Oui, mais vous pouvez ben m'dire quoi c'vous feriez si vous l'aviez.

— Moi, j'irais chercher mon Pontiac qu'est au garage d'pus un an, dit Jack White.

— Moi, j'f'rais un train d'vie sus l'pied d'ma fortune, dit Sirop. Je m'mêl'rais avec la haute gomme, je jouirais d'parler fort au gros monde, je m'montrerais dans le lobbé du Ritz et j'irais danser dans les salons d'Outremont. Ben des filles s'raient contentes d'connaître un gars qu'a cent dix-neuf mille tôles !

— Oui, mais tu les as pas ! dit sèchement Popeline.

Il y eut un silence, pendant lequel Sirop se demanda s'il avait dit une bêtise, sans pouvoir cependant se trouver le moindre reproche.

— Si on allait voir un brôqueur suggéra Flannellette. Ces hommes-là font faire ben d'l'argent au monde. Quand j'étais sauceuse sus Viau, une fille avait fait cent piasses avec trente dans l'Niqueul, par rapport à un brôqueur.

— Moi, j'crois pas aux brôqueurs, dit Jack White. Un Anglais qui a fait affaire avec eux-autres m'a dit qu'il était r'viré brôke.

— Une vieille tante m'a déjà recommandé d'placer dans l'cimitière de l'Est, dit encore Flannellette ; paraît qu'ça paie !

— Rien qu'le mot m'fait peur ; pas d'ça pantoute ! décida Popeline.

— L'immeuble ? demanda Jack.

— Non, faut avoir trop d'amis dans la politique. Y a rien qu'Laframboise ou le p'tit Charbonneau qui font d'l'argent dans ça, dit Sirop. Popeline se f'rait laver en criant binne.

— Faut dire « En criant ouac », si t'as envie d'aller faire le frais dans les salons d'Outremont, reprit Flannellette avec ironie.

— Scie-moi pas ! demanda Sirop avec des airs de pitié.

— Par chez-nous, on dit « En criant ciseau », murmura Jack.

Il y eut un nouveau silence, puis Popeline soupira : « Savez-vous qu'c'est pas si facile que ça savoir quoi faire avec d'l'argent, quand on n'n'a ! »

— J'sais ben quoi ce que j'f'rais avec, moi, dit encore Sirop. D'abord j'me prendrais un comté. Un d'mes amis qu'est bon avec Dubuque m'a dit qu'on peut prendre un comté avec quinze mille piasses, quand on a une bonne gagne qui vole pas trop. Pis, quand on a l'comté, on fait d'l'argent martyre. Paraît qu'on peut vend' des djobbes, d'l'a gravelle, des limites de bois.

— Ça paie ben plus d't'archevin, dit Jack White. Y a moins d'monde pour s'partager un montant quasiment aussi gros. Moi, archevin, j't'assure qu'j'en vendrais, des terrains, pis d'l'asphatte, pis du ciment, pis des djobbes. Paraît qu'en moins de deux mois, on peut avoir un beau char neuf !

— Oui, mais si tu t'fais poigner ?

— Ça s'rait toujours autant d'pris !

— C'est-y d'même dans tous les pays ?

— C'est d'même rien qu'là où l'monde laisse faire. Aux Stétes, plus un homme vole, plus sa statue est grosse quand y est mort. En Italie, à c't'heure, un archevin qui vole cinq coppes est chanceux si y s'fait pas tirer.

Tit'Phonse arriva sur les entrefaites et, quand il fut consulté, répondit à sa sœur : « Prends tes sens pis attends d'avoir ton argent ; je l'croirai quand je l'voirai ».

La discussion sur l'emploi de la fortune de Popeline fut donc remise à plus tard.

Le lendemain, Popeline recevait des lettres de cinq banques lui demandant sa clientèle. Vers midi, deux hommes bien mis se présentaient à sa porte, munis de cartes et de badges du gouvernement.

— Nous venons pour le rapport !
— Quel rapport ? demanda Popeline.
— L'impôt sur le revenu.
— Mais je n'ai pas cinq cents dans la maison !

99
Le Goglu, vol. II, n° 48, 3 juillet 1931

— Oui, mais vous êtes détentrice d'un billet qui représente cent dix-neuf mille dollars. Vous devez nous signer une redevance de trente pour cent, soit exactement : trente-cinq mille sept cents dollars.

— Hein, quoi ?
— Oui, vous devez trente-cinq mille dollars au département de l'impôt sur le revenu.

— Vous r'viendrez quand je l'aurai !

À peine une heure après, des auditeurs du ministère des Finances, de l'hôtel de ville, du gouvernement provincial, du Revenu de l'Intérieur et quelques autres de moindre importance étaient rendus à la petite chambre de la rue Du Berri, réclamant tous quelque chose.

— Avec tout ça, y m'rest'ra pus rien ! cria Popeline.
— C'est bien regrettable, mais c'est la loi !
— La loi miaille ! J'pas pour m'laisser pleumer comm' ça. J'vas aller chercher Sirop.
— Merci, nous n'prenons pas de sirop, dit poliment le représentant du Revenu de l'Intérieur.
— Prend ou prend pas, vous allez l'prendre de force !

Et Popeline sortit précipitamment, suivie dans l'escalier par la meute des auditeurs à serviettes de cuir, répétant les uns et les autres : « Votre quote-part est de trois et demi pour cent », « Vous êtes taxée à deux et sept huitièmes, plus un quart de un pour cent sur la balance des exemptions », « L'achat de votre billet était une affaire d'affaires, et vous tombez sous la taxe d'affaires », « Ces cent-dix-neuf mille dollars sont un placement étranger en Canada et sont imposables à deux pour cent. »

Popeline dut sauter dans un tramway pour se débarrasser des mathématiciens, qui la suivaient avec un courage et une conscience admirables. Une fois seule, elle murmura, découragée et fâchée : « Les cochons, y m'laiss'ront même pas mes deux piasses que j'ai payées pour le billet ! »

. . . . .

Sirop avait à peine commencé de nettoyer la cave du club, cet après-midi-là, qu'il recevait la visite de l'assistant-gérant de l'institution réformiste. Ce dernier, avec un air mystérieux, lui dit que les directeurs désiraient le voir, et il l'invita à monter au bureau particulier du président.

« Ça y est, pensa Sirop, j'sus poigné. Y ont r'tracé les fromages et les bouteilles que j'ai piqués, y veulent m'faire arrêter. » Et, tout tremblant, essoufflé par les quelques marches de l'escalier de la cave, il entra dans le bureau des directeurs. À vrai dire, il ne les avait jamais vus, de sorte qu'il ne pouvait dire s'il avait devant lui les directeurs véritables ou d'autres personnes. Celui qui semblait le plus au centre de la grande table ronde, le salua d'un sourire rassurant et lui indiqua une chaise, disant sur un ton très cordial : « Assoyez-vous, je vous en prie ». Sirop ne put que répondre : « Merci excuse ».

Il y eut alors un assez long silence, qui semblait opprimer autant que Sirop les hommes à figure grave assis autour de la table. Comme on toussotait et on faisait des « hum ! hum ! » sans se décider de parler, Sirop engagea timidement la conversation.

— Vous l'savez ? demanda-t-il.

— Oui, dit l'un des prétendus directeurs.

— Quoi c'vous allez faire ?

— C'est à vous à décider ça, répondit un autre.

— C'est ben embêtant pour moi, décider ça, dit encore Sirop.

— J'comprends, car le montant est gros, trancha celui qui semblait présider.

Le silence retomba sur la petite salle, plus écrasant qu'auparavant.

— J'sus prêt à faire c'que vous voudrez, dit enfin Sirop, résigné.

— Hein ? Quoi ? C'que nous voudrons ?

Tous se levèrent comme un seul homme, gais, victorieux, et allèrent serrer la main de Sirop, lui donner des tapes amicales dans le dos. On lui disait : « T'es un ami », « Tu pouvais pas nous lâcher comme ça », « Ça, c'est un blodde ! » et autres phrases du même genre. On se rassit de nouveau et Sirop prit un siège à côté du président autour de la table ronde. En un clin d'œil, des garçons avaient apporté des boîtes de cigares, du champagne et des liqueurs fines.

— Comme ça, dit l'aîné des prétendus directeurs, vous êtes avec nous autres ?

— Comme un seul homme, répondit Sirop.

Applaudissements, « ah ! ah ! », bruit de bouteilles et nouvelles tapes dans le dos.

— Et quand peut-on avoir l'argent ? demanda encore le plus âgé.

— Quel argent ? dit Sirop, interloqué.

Silence, douche froide, grimaces.

— Ben oui, les cent dix-neuf mille bocs de votre fiancée.

— Ma fiancée ?

— Ben oui, Popeline Dubois, qui a gagné les souipstékes !

— On n'est pas fiancés !

— Faites pas d'farces, tout l'monde le sait !

— Ben moi, je l'sais pas encore, dit Sirop.

Les garçons rapportèrent aussitôt boîtes et bouteilles, la table fut rasée en dix secondes.

— Alors, vous nous lâchez ?

— J'comprends rien à tout ça, dit Sirop.

100
Le Goglu, vol. II, n° 49, 10 juillet 1931

Le président apparent regarda ses collègues, estomaqué. Il se frotta les mains douloureusement puis, après avoir recherché son sourire, prit la parole, sur un ton très doux : « Voici, M. Lafrance. Nous avons lu dans un journal très populaire ici que votre fiancée a gagné cent dix-neuf mille dollars sur un billet de courses. Alors nous avons pensé, puisque nous vous avons aidé, que vous pourriez faire un bon placement dans le même genre, sur une entreprise électorale par exemple, une proposition sûre, doubler votre mise en deux ou trois ans, puis... vous assurer la reconnaissance d'un grand parti, puis...

— Oui, mais Popeline a pas encore son argent, et j'sais pas c'qu'a va faire avec.

— Votre devoir vous oblige à surveiller les intérêts de mademoiselle Dubois, à ne pas la laisser dans les griffes des exploiteurs, des filous qui veulent avoir son argent.

— Quoi c'que c'est, la reconnaissance d'un parti ? demanda Sirop.

— Oh ! c'est une belle position, parfois des contrats, de beaux voyages...

— C'est curieux, dit Sirop ; moi, j'ai toujours reçu des coups de pied dans le derrière chaque fois que j'ai travaillé pour un parti.

— Sans doute que vous étiez avec des pieds ! dit le plus jeune.

— J'dis pas non, déclara Sirop. J'vas voir Popeline, j'vas y faire vot' proposition et j'prendrai pour vous autres.

La table fut de nouveau chargée, on trinqua, puis Sirop reçut, pour son beau travail accompli jusqu'à date, un congé de huit jours, après un vote unanime. Il fut reconduit jusqu'à la porte par les prétendus directeurs, qui lui serrèrent la main.

Sirop était à peine sur le trottoir de la rue Sherbrooke qu'il entendit signaler un klaxon et une voix qui l'appelait par son nom. De fait, un auto l'attendait. Une merveilleuse voiture importée, une Mercédès allemande, toute peinte en rouge vif.

— Quiens, bonjour Jibé ! cria Sirop.

— Embarque donc, j'vas te r'conduire chez vous.

— C'est pas de r'fus, dans un souelle bazou comme ça.

Et Sirop monta dans la Mercédès.

— Comment qu'ça va, demanda-t-il.

— Pas trop pire, l'argent est ben rare, dit Jibé.

Après quelques instants de silence, Jibé reprit la conversation : « Dis donc, Sirop, j'ai vu dans mon journal favori que ta blonde a fait un beau coup d'argent. Tu devrais voir à c'qu'a place ça dans queuqu'chose de bon. Moi, j'connais une tanante de proposition pour la rendre ben riche ».

— Quoi c'que c'est.

— Tu sais, moi j'tiens le satchel du Zou ; j'pourrais arranger ça pour que chaque piasse en rapporte cent.

— Quoi c'que faudrait faire ?

— Me passer les cent-dix-neuf mille tôles. Une partie irait dans *L'Illusion*, l'autre dans des procès payants, une autre dans de l'immeuble, une autre sur une chance dans quinze comtés, pis ma p'tite commission, pas grand'chose.

— J'ai ben mieux qu'ça, dit Sirop.

— Quoi ?

— Au Club, tout à l'heure...

— Laisse-toi pas emplir. L'bacon est d'mon bord. Oh ! connais-tu l'maire ?

— Pantoute.

— C'est pas un type ordinaire. Quoi c'tu dirais si on veillait ensemble avec lui ?

— Pas fou ?

— Shoure ! Y est pas gênant. C'est mon tchomme. J'ai quasiment envie de l'emmener veiller chez vous, à soir. Si on allait prendre une raill'de, avec lui, ta blonde et moi ? Lui, y n'n'a, des bons plans !

— Ma blonde l'haguit ben gros, dit Sirop. A voudra jamais y voir la face.

— Elle a tort. Bon j'tourne de c'côté-là.

— J'pensais qu'tu v'nais me r'conduire chez nous !

— Tu comprends, Sirop, j'ai ben du monde à voir, j'sus pressé. Bonjour !

Et Sirop, laissé en plein champ, au centre du parc de Maisonneuve, descendit en bougonnant jusqu'à la rue Sainte-Catherine, pour prendre son tramway vers l'ouest. « Pour un ami, se dit-il en lui-même, y est pas mal cochon. »

Le même soir, comme on s'en doute, Sirop était rendu chez les sœurs Dubois. Ayant eu un congé payé d'une semaine, s'étant fait dire qu'il était un protecteur naturel des deux jumelles, ayant été traité presque sur un pied d'égalité par du gros monde, il se sentait heureux, important, pesant. De plus, il avait vaguement conscience qu'il pourrait devenir quelqu'un dans le monde de la politique. Pour fêter son état d'esprit, il avait pris le risque de soustraire deux caisses du meilleur champagne, dans la cave du club. L'ignorance évidente manifestée par les directeurs, le matin même, lui donnait une légèreté de conscience et une assurance que seuls connaissent les esprits en parfaite sécurité.

— C'est curieux, dit Sirop aux deux jumelles, on m'a appelé le fiancé de Popeline, à matin.

— Tu t'es laissé dire ça ! cria Flannellette.

— C'est pas une insulte ! lui répondit Popeline.

— Ça doit être une erreur du romancier, continua Sirop.

— Oui, y est souvent mêlé dans notre histoire.

— J'pense que c'est pour compliquer la situation, hasarda Popeline, parce qu'y nous connaît pourtant mieux qu'ça.

101

Le Goglu, vol. II, n° 50, 17 juillet 1931

Comme les bouteilles mises sur la glace suintaient déjà à grosses gouttes, Sirop fit sauter un bouchon de Lanson, disant : « On est mieux de l'boire avant qu'y r'sue tout c'qu'y a dans l'corps ». Après un agréable bruit de bouteilles et de claquement de babines, on reprit la discussion sur l'emploi de l'argent de Popeline.

— Ça sert à rien d'y penser, dit Popeline, y m'rest'ra rien.

— Hein ? demanda Jack.

— Ben oui, y est v'nu toute sorte de monde qui veulent se faire payer des taxes. Y ont tous des raisons pour m'arracher l'argent jusqu'à la dernière coppe. Y disent dix pour cent, exemption, un huitième, deux et quart, et comme ça jusqu'à temps qu'y m'reste rien.

— Écoute-les pas si y ont pas d'papiers, dit autoritairement Sirop. On a droit d'voir des papiers. C'est des frémeux, tout c'monde-là. J'vas les descendre, moi, quand y viendront !

Et Sirop lança sur le plancher un crachat sonore, pour marquer sa détermination et la justesse de sa cause.

— En tout cas, j'ai pas encore l'argent, soupira Popeline.

— Des gros montants comme ça, ça prend toujours du temps. Si y peuvent sauver les intérêts quinze jours de plus, y vont l'faire. J'connais ça, moi, déclara Jack.

— Quoi c'tu dirais d'placer ton argent dans la politique ? suggéra Sirop.

— Quoi c'que je r'cevrais ? demanda Popeline.

— De grandes espérances !

— C'est pas c'qui a d'plus pesant ! dit encore Jack.

— Oui, mais si on frappe une loc, on r'trouve ça vite pas pour rire, continua Sirop. On peut faire placer tous nos parents, se faire donner queuqu'licences et des contrats icitte et là, sans parler des titres qui peuvent v'nir quand on vieillit. M'as t'dire franchement, Popeline, deux grands partis ont les yeux sur toi.

— Quand j'voudrai un parti pour me marier, j'le trouverai ben toute seule !

— C'est pas c'genre de parti-là, j'veux dire des partis politiques. Y a Jibé, qui veut nous faire veiller avec son *boss*. Y voudrait qu'on place dans des concerts de radio, un journal qu'y a besoin d'être pompé parce que Laframboise peut pas fournir assez vite, des tournées et ben d'autres affaires.

— Qui c'est, son *boss* ?

— C'est Houde.

— Parle-moi pas de c'te face de tueur-là !

— Pis y a l'autre bord, ousque Tit'Phonse travaille, avec moi.

— Ceux qui nous ont nourris tout l'hiver au camembert, au champagne et aux fruits confits ?

— C't'en plein eux autres !

— Faudrait que j'leur voie la face. Comment c'qui s'appellent ?

— Je l'sais ben pas.

— Comment, tu travailles pour du monde que tu connais pas ?

— Si j'étais tchomme avec eux autres, j'pourrais pas déménager la mangeaille de leur club à mesure qu'a rentre.

— En tout cas, ça s'rait ben mieux d'avoir l'argent d'vant nous autres pour décider quoi c'qu'on doit faire avec.

La conversation tomba et Sirop alla ouvrir une autre bouteille dont la transpiration abondante pouvait inspirer de justes craintes.

— En tout cas, on vit ben mieux qu'eux autres, dit Sirop.

— Tu penses ?

— Shoure ! Les meilleurs morceaux, y restent dans la cave. C'est pour nous autres. Si on se sert pas les premiers, dans c'bas monde, c'est pas les anges qui vont v'nir nous en porter. Faut s'la couler douce. On a ben du fonne, des fois, quand on s'cache un saumon frais derrière un bloc de glace, et qu'on leur sert les restes d'un vieux saumon qui commence à pourrir !

— J'rirais ben d'voir ça si j'étais là, dit Flannellette. Rien que ça, ça vaut le plaisir de travailler pas d'salaire pantoute.

— J't'emmènerais ben voir ça, dit Sirop, mais j'ai peur à ces gars-là effrayant. C'est pas une place ousqu'une femme est séfe.

À ce moment, trois coups firent craquer les vieilles planches de ta porte. « Entrez ! » cria Sirop.

Un monsieur bien mis entra, une serviette sous le bras.

— C'est l'homme qui veut un deux-huitièmes, dit Popeline.

Sirop ne lui donna pas le temps de s'asseoir.

— Quoi c'tu veux ? demanda-t-il.

— Je représente le département de l'impôt sur le revenu. Mademoiselle a...

— A l'a rien, dit Sirop. Si t'as son chèque, amène-toi ; si tu l'as pas, dix pieds !

— Je ne viens pas pour porter un chèque, je viens pour en percevoir un.

— T'en perceras pas certain ! D'abord, tu m'as l'air pas mal crouque. As-tu une badge ?

— Nous n'en avons pas dans notre département.

— Ah ! t'as pas d'badge ! T'as pas d'badge ! Ben, j'vas t'en donner une, moi, une badge, espèce de frémeur de femmes qui connaissent rien.

Et, en moins de temps qu'il n'en faut pour le dire, le monsieur bien mis avait fait un demi-tour, avait reçu un coup de semelle à en écrabouiller l'os mignon et avait pris un plongeon rapide dans l'escalier. Puis Sirop secoua ses manches et referma la porte.

— Si c'est un vrai collecteur ! dit Flannellette, craintive et émue.

— J'sus dans mon droit, y a pas d'badge.

— Quiens, son satchel, il l'a pas emporté !

102
Le Goglu, vol. II, nᵒ 51, 24 juillet 1931

— R'gardons c'qui y a d'dans, dit Jack White.

On ouvrit la serviette de cuir ; il en sortit des formules pour l'impôt sur le revenu, des copies de statuts, des avis de pénalités et autres paperasses.

— J'pense que tu t'es trompé, dit Jack à Sirop. Y peuvent se venger.

— Pas d'badge, pas d'loi ! trancha Sirop. Même les inspecteurs du gaz sont obligés d'en montrer. On m'emplira pas, moi ! Si on s'met à donner d'l'argent à tout l'monde qu'a pas d'badge, on va s'faire squinner jusqu'au coton !

Cette dernière réflexion sembla convaincre tout le monde. Pour se remettre de l'émotion qu'on venait de subir, Sirop alla ouvrir une autre bouteille de Lanson, qui suait à plus grosses gouttes que les deux premières. On commençait à se sentir gai, et les deux jolies jumelles versaient dans la conversation des cascades de petit rire nerveux, clair, aigu.

— Non, mais l'as-tu vu descendre ! criait Popeline. Hi ! hi ! ha ! ha ! hi ! ho ! ha ! hi ! ho !

— Hè ! hè ! hè ! hi ! hi ! hi ! hè ! hè ! hi ! ha ! ha ! répondait Flannellette.

. . . . .

Un mois et demi s'était écoulé depuis le jour où Popeline s'était évanouie en apprenant qu'elle gagnait le gros lot des *Caledonia Sweepstakes*. On n'avait pas encore eu de nouvelle du chèque de cent dix-neuf mille piastres qui devait arriver. Et les percepteurs d'impôts, les agents de maisons de courtage, d'assurances, d'immeubles et de prêts ne cessaient d'envahir la petite chambre de la rue Du Berri.

« Si on va pas chercher l'argent, on l'aura jamais », avait conclu Sirop. Aussi avait-il résolu, avec Jack White, de trouver l'agence qui représentait à Montréal l'organisation calédonienne. Après avoir longuement questionné le barbier qui avait vendu le billet à Flannellette, avoir longtemps fait l'antichambre dans les bureaux de M. Duranleau pour savoir qui représentait la Nouvelle-Calédonie à Montréal et retracé finalement l'importateur des billets distribués en Canada, il se rendit pour voir ce dernier au troisième étage d'un vieil édifice de la rue Saint-Sacrement, non loin de l'hôtel de la Bourse. L'importateur était un Gallois né en Irlande, émigré en Australie, puis en Nouvelle-Calédonie, puis au Canada. Cela suffit à faire comprendre qu'il ne parlait pas un traître mot de français. Sirop entra sans frapper, Jack ferma la porte.

— C'est vous autres qui vendez des billets ? demanda Sirop sans présentation ni préambule à l'unique occupant du bureau.

— *I don't speak French.*

— You vender les tiquets ?

— *Oh! yes, we have lots more to sell.*

« Quoi c'qui dit ? » demanda le gros Lafrance à Jack.

— Y dit qu'y a encore ben des billets à vendre.

— Comment ! y en a encore ! Mais l'tirage est fini, y a pus d'course ! Dis-y ça.

— The rush est finish, no horse qui ronne encore. Why, lots de billets ? demanda Jack.

Le Gallois émigré se leva de son siège, ahuri, et s'approcha des visiteurs.

— *What in hell are you looking for?*

« J'pense qu'y nous envoie sus l'iâbe », fit remarquer Sirop. « Si y veut une morniffe sus la suce, y va l'avoir. »

— Non, dit vivement Jack, y veut savoir quoi c'qu'on veut.

— Tu y as pourtant d'mandé !

— Y doit comprendre mal mon anglais, ça doit être un bloque. J'vas y parler autrement… Say, sir, we come for tiquet win the course, the big premier cash for Popeline Dubois.

— Oh! poplin! See next door, they sell dry goods.

« Quoi c'qu'y répond ? » demanda Sirop.

— Y dit que c'est la porte à côté.

— À côté, y vendent rien que du stoffe et du linge, j'ai vu dans la porte. Y veut nous dodger.

Résolument, soulevant ses énormes épaules, Sirop s'appuya sur le comptoir, regarda le Gallois dans les yeux et lui fit signe de regarder ce qu'il allait écrire. Puis, prenant une feuille de papier et un crayon, il écrivit : « Popeline Dubois, chevaux, Caledonia, $119,000, gagné, sister my blonde, want the money ». Il remit le papier au Gallois et le scruta d'un œil effilé pendant que l'émigré essayait de déchiffrer l'écriture.

Le Gallois sourit platoniquement, retourna à son bureau, y prit un câblogramme et le remit à Sirop, qui le lut sans rien comprendre puis le passa à Jack pour le faire traduire.

Jack lut et relut. Finalement, parlant plus avec son visage qu'avec sa bouche, il expliqua à Sirop que le télégramme annonçait la faillite de la compagnie dès le lendemain de la course, qu'on avait eu affaire à des filous maintenant disparus et que la police de la Nouvelle-Calédonie était à leurs trousses.

Après avoir réfléchi pendant quelques secondes, Sirop demanda avec un calme comprimé qui annonçait quelque chose : « D'mande-z'y si y pense m'emplir avec c't'histoire-là ».

— This man ask if you penser emplir ourself with the telegram ?

— What?

Le Gallois n'avait pas fini de prononcer sa monosyllabe que, de par-dessus le comptoir, il recevait sur le côté du cou une claque formidable qui l'étendait à plat sur le plancher. D'un bon Sirop était à ses côtés. Il vit la trace de ses gros doigts qui enflait en relief là où il avait frappé.

103

Le Goglu, vol. II, n° 52, 31 juillet 1931

— Help! help! cria faiblement la voix de l'importateur.

— The money or gueule cassée !

Et Sirop secouait son homme avec la même facilité qu'un chat qui bouscule une souris. Cependant, il commit l'imprudence d'aller l'asseoir sur son fauteuil et lui mettre une plume dans la main. Car le Gallois, ouvrant un tiroir apparemment pour en sortir un carnet de chèques, y prit un revolver qui, comme tous les revolvers dont parle *La Presse*, était de fort calibre. Comme tous les revolvers aussi, celui-là eut le don de calmer instantanément le courroux de Sirop et de répandre sur son visage une pacifique expression de conciliation. Mais le Gallois ne voulut pas être conciliant et il dirigea la menace de son arme sur la tête de Sirop jusqu'à ce qu'il eut passé la porte. Inutile de dire que Jack était sorti depuis déjà assez longtemps.

Popeline et Flannellette attendaient impatiemment le résultat de l'entrevue, se promenant sur l'étroit trottoir de la rue Saint-Sacrement. Elles venaient de s'entendre sur la Banque ou serait déposé l'argent, lorsque Jack et Sirop sortirent de l'édifice.

— Y s'est-y fait prier pour donner son chèque ? demanda Popeline.

— Prié ! Prié ! Y a voulu m'tuer.

— Hein ?

— Ben oui, y a failli m'tirer son révolveur sus a yeule.

— Pourquoi c'qu'y voulait t'tuer ?

— À cause que j'y ai sacré une morniffe de travers.

— Tu y as donné une morniffe ! Gros t'épais, c'est pas comme ça qu'on d'mande d'l'argent au monde.

— L'argent, y veut pas l'donner ! intervint Jack White.

— Comment, y veut pas l'donner ?

— Oui, c'est un agent sans argent.

— J'comprends rien !

Il fallut un quart d'heure d'explications très détaillées pour faire comprendre aux jolies jumelles la scène qui venait de se passer au troisième étage.

— Comme ça, dit Flannellette, c'monde-là paie pas leur concours. Y font comme *L'Illusion* avec son concours ?

— C'est à peu près pareil. Y promettent gros et ne donnent rien. Ça doit être des Houdistes, le monde de Nouvelle-Calédonie !

— Ben, y vivront pas longtemps.

— Quoi c'qu'on va faire ? demanda Popeline. J'dois avoir des droits, mon nom est dans l'journal et j'ai l'bon numéro du tiquette.

— On va aller voir la police ! décida froidement Sirop, qui avait encore devant les yeux l'image du canon de revolver dirigé vers son visage.

— Oui, mais si l'agent sans argent a de la protection ?

— Un agent sans argent peut pas avoir de protection, affirma Jack. Il faut que ça soit un agent avec de l'argent.

— Mais j'pense que ça a changé d'pus queuqu'semaines, dit Sirop. Dufresne[77] a pas mal bardassé tout ça.

— La police, a va nous renvoyer sus un avocat, dit Flannellette. Aussi ben aller en voir un tout de suite. As-tu des amis avocats, toi, Sirop ?

— J'connais rien que Brosse Masson !

— Dans c'cas-là, lâchons tout et pensons pus à rien.

— J'en connais, moi, s'écria Jack White.

— Nomme-z-en, nomme-z-en, on n'est pas pour rester icitte sur le trottoir toute la journée !

— Ben, y a Alban Germain, Lepage, Canelle, Prunier...

— Tu sais ben que c'est un crâne-prosécuteur qu'y nous faut, quelqu'un pour poursuivre, pour fesser, pas pour défendre notre voleur. On aura assez d'les avoir dans les jambes si not' gars est arrêté, y s'ront tous là.

— T'as raison, Popeline. En connais-tu un, qui peut fesser ?

— Ces années-citte, y ont pas mal la main molle !

— T'appelles ça la main molle, toi ! Essaye donc de leur ouvrir quand tu leur as mis cinq piasses dedans.

— Les fesseux sont rares. Les pas-chérants sont dans l'rigne, avec les Juifs qui coupent les prix ; les chérants vont nous assommer avant d'commencer ; les plus honnêtes voudront pas s'en mêler, parce que c'est une affaire malhonnête ; les meilleurs nous r'garderont pas, parce qu'on n'est pas une corporation...

— Mais la Couronne, y reste la Couronne ! cria victorieusement Sirop.

— A fesse martyre. J'ai peur qu'a fesse trop fort, dit Jack.

---

[77] Fernand Dufresne a été directeur de la police de Montréal de 1931 à 1946.

— Si on n'est pas pour fesser fort, aussi ben d'pas fesser pantoute.

On se décida donc d'aller au palais de justice. En montant les escaliers, Sirop buta sur un petit vieux à barbe blanche qui regardait en l'air. Il s'excusa, le petit vieux se mit à rire, montrant le fronton de l'édifice de son doigt.

— Quoi c'y a ? J'vois rien que des pigeons.

— *Frustra legis auxilium quaerit qui in legem committit.* C'est ce qui est écrit là-haut. Cela veut dire : « C'est en vain que le contempteur des lois cherche ici la protection des lois ».

— Quoi ça veut dire ?

— Vous ne comprenez pas, primaire ! Eh bien ! quand vous comprendrez, vous aurez autant de plaisir que moi.

Le petit vieux continua son chemin en riant tout seul.

— C'est un fou ! dit Sirop.

— Non, ça m'a l'air d'un acquitté ! rectifia Jack.

104
Le Goglu, vol. III, n° 1, 7 août 1931

À peine les deux couples étaient-ils entrés dans le grand hall de l'édifice qu'un garde vint les prier de circuler. « Restez pas là, vous bâdrez l'monde ! »

— Où c'qu'on va aller ? demanda Sirop.

— Prenez c't'escalier-là !

L'escalier conduisait à une salle de toilette, où somnolait un vieillard à casquette officielle. En entendant le bruit de leurs pas, il s'éveilla en sursaut et cria : « Restez pas longtemps, icitte ; lés femmes de c'côté-là, les hommes par icitte. Y en a assez qui viennent icitte pour prendre un coup, tâchez d'pas casser vos flasses sus l'plancher ». On remonta sans l'écouter.

— Avec tout ça, on sait pas encore ousqu'est la Couronne.

— C'est ben simple, on va d'mander.

Jack se décida le premier à interpeler un officier.

— La Couronne ?

— Allez au greffe !

« Bon, dit Sirop, on sait toujours ben ça. On va d'mander à un autre ousqu'est l'greffe. » On courut à la recherche d'un autre. On ne vit qu'un garçon d'ascenseur.

— Le greffe, s'y vous plaît, demanda Popeline.

— Quel greffe ?

— J'sais pas au juste.

— Si vous l'savez pas, vous perdez votre temps. R'tournez chez vous.

On fut consternés. « Tout d'un coup, dit Flannellette, l'agent d'Calédonie s'rait v'nu icitte pour prendre les d'vants ! »

— D'la façon qu'on nous amanche, j'en s'rais pas surpris, dit Sirop.

Soudain Sirop aperçut dans la foule le grand Léonce Plante, qui avait fait acquitter Houde dans l'affaire du Vin Rita.

— J'connais ça, c'grand là, dit Lafrance. Ben oui, au club, j'l'ai vu au club ! Aie ! Aie ! m'sieu, j'ai besoin de vous pour une cause.

En moins de cinq secondes, Sirop était entouré par une vingtaine d'avocats qui, les mains tendues, la figure souriante, disaient ensemble : « Me v'là. Pas d'arrangement, plaidez, plaidez, j'vas vous gagner ça ». Mais Sirop fendit cette foule accueillante de toute l'énergie de ses puissants coudes et se mit à courir à la suite de sa connaissance, qu'il put heureusement atteindre au moment où l'avocat allait disparaître dans une petite porte.

— Aie ! m'sieu !

— Tiens ! dit l'avocat. Je vous ai vu quelque part.

— Ben sûr, à la Réforme. C'est moi qu'arrange les fournaises dans la cave.

— Ah ! oui, que me voulez-vous ?

— Ben, on s'est fait voler cent dix-neuf mille piasses et on veut faire arrêter l'gars.

— A-t-il encore l'argent ?

— Y dit qu'il l'a jamais r'çu, que sa compagnie a failli.

— Dans c'cas-là, voyez un procureur de la Couronne.

— C'est ça que je cherche depuis une heure.

— Ils sont au troisième étage

— Merci, j'vas y aller.

Au troisième étage, tous les bureaux étaient fermés. On ne rencontra qu'un garde décrépit, représentant plus que fragilement l'idée imposante de la Justice. Il leur fit savoir que les procureurs étaient dans les différentes salles d'audience et que, pour loger une plainte, il était préférable de voir le juge en chambre. On chercha pendant deux heures l'endroit où se logeait ce juge ; on trouva la chambre, mais elle était vide, car tous ceux qui devaient s'y trouver étaient partis pour ne revenir que le lendemain.

Il fallut se résigner à s'en aller. Nos plaignants étaient désolés.

— C'qu'y a d'mieux à faire, suggéra Sirop, c'est d'acheter un directoré d'la loi ; on va le r'garder ensemble et, quand on r'viendra, on saura où aller.

Leur déconvenue s'aggrava lorsque, à la porte de sortie, ils apprirent par un autre garde qu'il ne s'imprimait pas de « directoré » du palais de justice.

— C'est d'l'amanchure d'avocats, tout ça, soupira Jack White. C'est arrangé d'même pour qu'on soit obligé d'aller les d'mander.

On allait remonter le boulevard Saint-Laurent, par la descente de la côte Saint-Lambert, lorsque, devant l'édifice de *La Presse*, on aperçut un attroupement de gens qui lisaient les bulletins de nouvelles dont le style, un jour, avait provoqué un commencement d'angine au baron de Roumedrue.

— Quoi c'qu'y peuvent annoncer ? demanda Flannellette.

— Hein ! Les élections le 24 ![78] cria Jack, qui s'était rapproché.

— Pas fou, casse ?

— Ben oui, viens voir.

En effet, un bulletin écrit en grosses lettres rouges annonçait la dissolution de la Législature et un appel au peuple.

— Y va y avoir du poil ! remarqua le gros Lafrance.

— Comment ça ?

— Ben, d'pus deux ans, y a une gang qui fait des hold-ups et qui assomme le monde. On a beau les envoyer en prison, y r'commencent. Ça va être beau, si y s'en fait dans chaque comté !

— Les neuf qui sont allés en prison après le hold-up de Sainte-Marie par les Zoodistes, ça devrait faire un bon exemple, pourtant ! dit Flannellette.

— Le monde qu'est fait comme ça, ça change pas ! affirma Jack White.

---

[78] Des élections provinciales ont eu lieu le 24 août 1931.

— J'sais ben que si j'étais candidat, y f'raient pas ça avec moi, dit encore Sirop. Y en a qui s'feraient escouer.

— Oui, mais y ont des révolveurs, des garcettes et y font ça quand y ont été ben soûlés, dit Jack ; y a pas d'chance à prendre avec des bandits comme ça. T'as vu qu't'as été obligé d'sortir, quand l'agent des souipstékses t'a visé.

105
Le Goglu, vol. III, n° 2, 14 août 1931

Pourtant, tu l'avais ben escoué !

Chacun devint songeur et l'on marcha la distance de quelques rues sans dire un mot.

— L'monde honnête doit finir par être plus fort qu'les méchants ! pensa Flannellette.

— Oui, mais des fois, ça prend du temps, répondit Sirop. R'garde donc, Capone, ça a pris queuqu'z'années à avoir le d'sus sus lui. Y faisait les élections d'Chicago avec le révolveur et les bootleggeurs, y m'nait tout. Y a eu son Waterloo.

— Comment c'qu'y s'y sont pris ?

— Ben, l'monde honnête s'est fâché, Capone et son maire ont été trimmés à leurs élections, la police a r'pris le d'sus et la gang des bootleggeurs est allée en prison.

— Si c'est une élection qui décide de d'ça, y va y avoir un vrai clînoppe c'fois icitte, dit Popeline. Les Zoodistes sont pas aimés par l'monde honnête et tout l'monde attendait rien qu'la chance d'les flauber.

— Les bleus se sont laissés ben mal amancher c'fois-là, quand y ont laissé c'gang-là prendre les d'vants, dit encore Sirop.

— Y sont les premiers à vouloir les sortir, ajouta Jack ; et quand y se r'prendront, y s'ront pauzetés martyr !

· · · · ·

Ce soir-là, quand il vint veiller chez sa blonde, Sirop Lafrance traînait avec lui un gros paquet qu'il portait précieusement. Naturellement, comme toute femme aurait fait dans les mêmes circonstances, Flannellette lui demanda ce qu'il y avait dedans.

— C'est des affaires pour l'élection. J'sus allé m'chercher ça un peu partout.

— Tu vas t'occuper d'l'élection ? cria Popeline, du fond de la garde-robe, où elle changeait de robe.

— Non, j'm'en occupe pas pantoute.

— Si tu t'en occupes pas, pourquoi c't'as des affaires d'élection ?

— C'est pas des affaires d'élection, reprit Sirop.

— J'comprends pus rien, dit alors Flannellette.

— C'est pas des affaires d'élection, expliqua le gros Lafrance, mais c'est des affaires pour l'élection. J'me mêlerai pas d'l'élection, mais j'vas empêcher que des bons à rien s'en mêlent.

— J'comprends pas mieux !

Sirop alla alors déficeler son gros paquet et se mit en frais d'expliquer son histoire.

— Tu vois, ça c'est des préseurveurs de genoux pour le hockey.

Et, retroussant ses jambes de pantalon, il se mit en frais d'installer les protecteurs sur ses deux genoux qui, les jambes du pantalon retombées, paraissaient être d'énormes nœuds comme on en voit aux grosses branches des chênes.

— Pis ça, c'est un préseurveur de police, pour que les balles passent pas quand on tire sur nous autres.

Il enleva son gilet et se recouvrit le torse d'une espèce de petite tunique faite de mailles de chaînes et de lames d'acier grandes comme des *transfers* de tramways.

— Pis ça, c'est des préseurveurs pour les coudes.

Et il fixa à ses coudes deux moules d'aluminium recouvert d'un cuir épais.

— Pis ça, des préseurveurs pour les cannes.

Et il ceignit ses mollets de jambières à baleines de bois.

— Pis ça, c'est un masque de bézebâle.

Et il mit le masque sur sa figure. Avec tout cet attirail protecteur, il semblait deux fois plus gros qu'au naturel ; son aspect était formidable, on aurait cru voir un immense gorille, aux jambes et aux bras énormes.

— Pis ça, c'est pour fesser ! dit-il en sortant le dernier morceau.

— Quoi c'que c'est, ça ?

— C'est mon blac-djac, un vrai spécial. J'ai pris toute la soirée d'hier à l'faire. C'est une *hose* de pompier, avec du sable, du mâchefer et des bouts de tuyau de plomb dedans.

— Et c'est pour pas t'mêler des élections que tu as ramassé toutes ces affaires-là ? demanda Flannellette en éclatant de rire. J'voudrais ben savoir c'qu'y t'passe par la tête.

— C'est ben simple, dit-il. L'affaire du hold-up de Sainte-Marie m'a tracassé la tête, d'pus queuqu'jours. Jack dit qu'on peut pas empêcher ça, que les bandits viennent avec des révolveurs et des garcettes, qu'y peuvent tirer, et qu'on est obligé d'les laisser faire. Ben, on va voir si c'est vrai ! J'me mêlerai pas des élections, mais j'vas m'tenir les deux derniers jours dans l'principal comité qu'les Houdistes peuvent avoir envie de ôledopper, et qu'y viennent ! Qu'y tirent ! Qu'y avancent ! J'ai des préseurveurs, leurs garcettes et leurs balles me font pas peur. Si t'as jamais vu des voleurs décamper, tu vas en voir c'soir-là ! Si t'as jamais vu fesser, tu vas voir marcher mon blac-djac ; y est capable de faire dérailler un p'tit char ! J'veux pas m'mêler de rien, j'veux simplement savoir si l'monde canaille peut avoir le d'sus sus l'monde honnête.

— Hi ! hi ! hi ! hi ! hi !

— Ho ! ho ! ho ! ho ! ho !

Et les deux jumelles riaient à en étouffer, secouées par l'hilarité, pliées en deux. Il faut dire, aussi, que l'énorme Sirop avait un accoutrement capable de faire rire même un cheval.

· · · · ·

106

Le Goglu, vol. III, n° 4, 28 août 1931

Une incroyable agitation, un remue-ménage indescriptible, un va-et-vient sans précédent jetaient une fièvre fatigante dans toutes les pièces et à tous les étages du Club de Réforme. On n'entendait qu'un piétinement nerveux et continu sur les planchers, le crépitement d'un appareil télégraphique, la voix large d'un haut-parleur de radio, des sonnettes de téléphone, des cris, des éclats de voix, des rires sonores, des bruits de bouteilles et de verres entrechoqués, des courses interminables dans les escaliers ; à ce vaste bruit se mêlait celui des clameurs de la rue, des moteurs et des klaxons d'automobiles.

En manches de chemises, essoufflé, Sirop Lafrance se dépensait en autant d'efforts par minute qu'il n'en avait jamais produits en une journée. Les blocs de glace lui arrivaient, énormes, par la porte de cour, et il avait à peine fini de les briser en petits morceaux que d'autres arrivaient, toujours, toujours. Tit'Phonse, le frère des sœurs Dubois, avait les traits étirés et ne semblait plus que l'ombre de lui-même tant il se dépensait en courses vertigineuses dans les escaliers, transportant sac de glace après sac de glace qu'il allait installer confortablement sur la tête des clubistes frappés par la migraine avant l'heure règlementaire. La clientèle était si compacte, si massive que l'on manqua bientôt de sacs. Le gérant du club, pris d'une générosité que devaient justifier les circonstances, n'hésita pas d'autoriser Sirop à s'en procurer quelques douzaines supplémentaires aux pharmacies les plus rapprochées. Mais ce ne fut pas encore suffisant. Les pharmacies ne pouvant plus fournir, on dut appeler en hâte Horace Lauzon pour le dépêcher à son magasin de gros et lui faire apporter tout ce qu'il y avait de sacs en stock. Malgré cela, les hôpitaux étaient appelés, quelques heures plus tard, à fournir leur contribution de sacs, car à mesure que la soirée avançait, les migraines se multipliaient dans une proportion logarithmique.

Quant à la glace, qui alimentait tous ces sacs, il fallut des prodiges d'ingéniosité, de présence d'esprit et de vitesse pour s'en procurer suffisamment. Le réfrigérateur du club était taxé à sa pleine capacité maximum sans qu'il puisse fournir à deux pour cent de la demande. On emprunta quelques réfrigérateurs voisins, on fit venir le frigidaire du président de l'exécutif, qui avait quitté son bureau très tôt pour aller discuter de ses affaires judiciaires chez Masson ; le Viger déserté consentit à en prêter trois. Cependant, toutes ces machines ne pouvaient produire suffisamment ; on téléphona à divers marchands de glace qui vinrent vider le contenu de cinq gros camions dans la cour du club. Il serait impossible d'expliquer par quel prodigieux dévouement Sirop Lafrance réussit à piler tant de glace dans une nuit, et comment Tit'Phonse réussit à faire tant de voyages précipités dans les escaliers, couvrir tant de centaines de têtes et rafraîchir tant de crânes qui, eux aussi, menaçaient de venir volcaniques.

À trois heures du matin, Sirop, qui n'avait pas encore compris la raison d'une telle nécessité de glace et de tant de train-train, profita d'une courte accalmie pour demander à Tit'Phonse ce qui pouvait bien se passer là-haut, dans les salles.

— Y est battu[79], dit Tit'Phonse.

— Qui ça, battu ?

— L'coco pointu !

— Pas fou, casse ?

— Ben sûr, battu partout. Lavé, neyé !

— Dis-moi-z-en pas tant, j'pourrai pus travailler.

— Tous les étouffeux d'Goglus ont pris l'bord ; y ont r'çu ça dans l'boulezaille. Y en a pas un d'manqué.

— Ça vaut un coup, descends donc une bouteille d'en haut.

— Y a pus rien, c'est draille comme du sable.

— Pus rien ? Pis y a encore du monde ? On peut pas les laisser d'même.

Et d'un bond, Sirop monta voir le gérant, qui était, de fait, dans un certain état de gêne.

— J'connais une place ousqu'on peut avoir d'la bonne boisson et du bon manger pour apporter icitte, dit Sirop. Si vous voulez qu'j'aille en chercher !

— Tu nous sauves la peau, cria le gérant. Vite, va chercher.

On sauta dans un magnifique Rolls-Royce qui était à la porte et l'on fila sur le temps d'une ambulance jusqu'à la petite chambre de la rue Du Berri. Les sœurs Dubois n'avaient pas encore eu le temps de se réveiller que toutes les provisions accumulées là depuis six mois étaient enlevées avec précipitation et que Sirop et Tit'Phonse étaient repartis.

. . . . .

---

[79] Louis-Alexandre Taschereau remporta les élections de 1931 par une écrasante majorité. Le Parti conservateur de Camillien Houde ne fit élire que 11 députés. William Tremblay, qu'Arcand a présenté comme le favori des Goglus à la tranche 96, a été battu.

107
Le Goglu, vol. III, n° 5, 4 septembre 1931

En moins de huit jours, les provisions de la petite chambre de la rue Du Berri avaient été renouvelées ; il serait même plus exact de dire que le stock était encore plus considérable qu'auparavant. Les provisions étaient plus fraîches, les boîtes plus neuves, les vins de meilleur choix. Il serait injuste de passer sous silence la gratification que Sirop Lafrance avait reçue du gérant du Club qui, pour le beau stock fourni le soir de l'élection, lui avait fait tenir un chèque de trois cent vingt-cinq piastres, et l'avait nommé officiellement « gérant de la cave », quoique Sirop y fût seul à travailler. Cela revenait à dire que Sirop était un titré et était le gérant des fournaises, gérant du frigidaire, gérant des cendres, gérant de la cour, gérant du charbon, et qu'il se faisait appeler comme tel par les nombreux fournisseurs.

Rien ne vaut une cave pour méditer. Et Sirop y avait depuis longtemps médité les variations, les risques et les surprises de la politique. Il était devenu presque un connaisseur et avait des opinions bien définies sur les avantages du pouvoir et les désavantages de l'opposition. « Le pouvoir, c'est pouvoir », se répétait-il à lui-même, « et impossible de pouvoir sans le pouvoir ». À l'entendre se parler à lui-même, on aurait cru qu'il était devenu un sage. Les esprits simples voient la lumière, nous enseigne l'expérience. L'esprit simple de Sirop commençait-il à laisser pénétrer en lui des rayons lumineux ?

Lorsqu'il retourna veiller chez les jumelles Dubois, avec Jack White, il leur annonça son intention de poser sa candidature à l'échevinage, au mois d'avril suivant.

— Hein ? demanda Flannellette.

— Oui, archevin. C'est c'qu'y va y avoir d'plus facile.

— C'est vrai, dit Jack, n'importe qui va pouvoir battre un Zoodiste.

— Dans c'cas-là, fit remarquer Popeline, tout l'monde va ben s'présenter !

— C'est ça qui va être achallant, dit Sirop. Y va n'avoir vingt par place pour diviser les votes.

— Avec ça qu'ça commence à canter, ajouta Jack.

— Comment, à canter ?

— Ben oui, les Zoodistes commencent à r'virer d'bord et y veulent faire voir qu'y ont toujours été contre Bray.

— Mais y ont pourtant voté avec lui ! s'exclama Flannellette.

— Oui, mais si y votent contre sa gang d'icitte à sept mois, y pensent de faire oublier ça.

— Ça prend-y du monde vlimeux, pareil ? dit Popeline.

— Pour des vlimeux, c'est des vlimeux, dit encore Sirop.

— Dans quel quartier qu'tu t'présent'rais ? demanda Jack.

— Y sont tous bons la même chose.

— L'meilleur, j'pense que c'est l'quartier à Savignac, dit Flannellette. J'ai ben entendu parler de sa bécosse à soixante-douze mille piasses et d'ses emmanchures avec Coutu.

— C'est pas aussi bon qu'dans Sainte-Marie, dit Jack. C'est tellement bon, là, que Quintal a déjà commencé à r'virer d'bord.

— Non, j'aimerais Villeray, dit Sirop. L'affaire de la rue Jean Talon va s'vendre comme des p'tits pains chauds, de c'côté-là.

— Dans Papineau, dit Popeline, Totor le ténor a les pattes de d'vant ben faibles. Y a invité l'hôpital juif chez eux, y a pas voulu donner l'grand marché à son monde, y a fait assez l'fou pour battre Camillien ; c'est effrayant comme c'est bon chez eux.

— Y a aussi l'bout à Lalonde, qui est mûr pour un Waterloo !

— Pis celui de Mathieu, le grand ami des Polocks. Oh ! lui va en manger une, avec son granit et son barrage en ciment !

— Pis parle donc d'Lamarre, qui pense qu'les lutteurs pourraient pas lutter si y était pas là. C'est lui qui dit des p'tits compliments, en présentant des fleurs que Houde veut dévorer.

— Pis l'ferblantier L'Archevêque ; avec c'que Plante y a fait prendre l'autre soir, y s'en vient beau !

— Pis Lesage, parlez-en donc.

— Pis Ricard, l'groceur bouché !

— Pis Angrignon, avec son peintre et ses pirouettes !

— Pis Deguire, avec ses pelleteux d'neige importés d'en-d'hors !

— Pis Dubreuil, qu'est rentré dans son trou !

— Pis...

— Pis...

— Mais tout ça ça vaut pas Saint-Henri, dit Flannellette. Oh ! l'homme chanceux qui va s'présenter là. Y va-t-y y en faire voir des balancignes, des canaux, des yachts, des voies élevées, des clôtures, des souimmigne-poûles, des tennis, des mérégoronnes, au gros Bray !

. . . . .

108
Le Goglu, vol. III, n° 6, 11 septembre 1931

Grâce à l'argent que Sirop avait reçu du Club pour la boisson et les provisions apportées de la chambre de la rue Du Berri, il avait pu aller chercher le Pontiac de Jack White au garage, où il était gardé en garantie du prix des réparations depuis plus d'un an. Ce fut avec une bien grande joie que l'on apprit cette nouvelle, car les sœurs Dubois avaient soudainement décidé de ne plus voyager dans la bécane à saille-car, après quelques attaques de torticolis et une répétition presque régulière de tours de reins. On avait entrevu immédiatement la possibilité de voyager confortablement et on comptait sur les beaux jours ensoleillés de l'automne pour s'en servir, car ce Pontiac n'avait pas de toppe. L'occasion se présenta de faire un voyage dès le premier dimanche après la sortie de l'auto de son garage, un jour où le gérant du Club n'avait pas prévu une forte assistance et avait donné congé à Sirop. Inutile de dire que Tit'Phonse n'avait que très rarement la permission de quitter le Club, où sa virtuosité du sac de glace le rendait indispensable presque à toute heure du jour et de la nuit.

— Ousqu'on va ? demanda Flannellette, lorsque les deux couples furent installés dans l'auto.

— On va tirer ça à tête ou bitche, suggéra Jack. Bitche, c'est du côté d'Charlemagne ; tête, c'est du côté d'Lachine.

— Pis l'côté d'Cartierville ? demanda Popeline.

— Y a des côtes, dit Sirop, ça peut chauffer l'engin. Tirons pour les bords qu'a dits Jack.

Le premier trente sous alla rouler dans un trou d'homme. Le deuxième tomba du côté de bitche.

— Oqué !

Ce fut la seule réflexion qu'on entendit. Le lecteur devinera de lui-même qui l'avait prononcé.

On était encore dans l'Est, dans le cœur même de la deuxième ville française du monde, quand Sirop pensa à apporter de quoi manger ; pensée ingénieuse et pratique, car il est toujours bon d'apporter quelque chose à manger quand on part en voyage.

On arrêta donc au premier restaurant que l'on trouva. À la question que Sirop posa, le restaurateur répondit : « *Popolokosky ardzouka hottedogosky* ». Inutile de dire qu'il sortit et marcha vers un autre restaurant pendant que le Pontiac de Jack le suivait lentement le long du trottoir.

Au restaurant suivant, à la même question, le restaurateur répondit : « *Die frikostein schnaill-feur jgroskfrutz schnou-schnou* ». Sirop sortit plus vite encore.

Au troisième restaurant, il lui fut répondu : « *Kremopotoulos tofalos kaillo-iou dibiskistinos aillennefroun* ». Le gros Lafrance, épouvanté, sortit en disant : « On peut donc pus manger, dans not' pays ! »

Il se risqua dans un autre restaurant, où le premier commis lui répondit : « *Iienne-iong dzong kong tong ieu ta-i-to-long* ».

— Coudon ! cria Flannellette lorsque Sirop sortit, on est-y en train d'jouer au fou, avec c't'histoire de manger-là ?

— Ça m'a l'air qu'les Canayens sont pas ouverts le dimanche, répondit Sirop. J'en ai pas encore vu un. C'est tous des importés que j'comprends pas.

— Embarque, embarque, on s'f'ra faire des sannewishs sus un habitant !

— T'aussi ben de s'greiller avant d'partir, cria Sirop, j'vas en voir d'autres. Continuez tranquillement.

Au restaurant suivant, Sirop se fit dire : « *Furre gli ruffiani ! Si non è fàcisté, dégringolé è poussaté !* »

— Qu'os-tu dis ?

— *Quos aquo ? Ché è il signor, gogloufacisté o commounisté ?*

— J'te comprends pas, j'veux avoir de quoi manger. Manger !... Manger !... comme ça, mâchoires, faim, estomac, pour descendre dans l'dalot !

— *Canaglia ! Canaglia ! A mé la poliss ! A mé la cohorta !*

Sirop eut à peine le temps de sortir, car déjà une demi-douzaine de marmitons portant des couteaux et des chaudrons menaçants sortaient de la cuisine au pas de course et s'élançaient vers le gros Lafrance décontenancé.

— J'vas n'essayer un autre, cria Sirop aux occupants du Pontiac. J'vas sûrement finir par trouver du monde. Et, à trois cents pas plus loin, il entrait dans une autre boutique. Dès qu'il ouvrit la porte, se tenant sur ses gardes, il demanda :

— Aye, écoute, j'veux insulter personne, mais y a-t-y moyen d'avoir de quoi manger pour emporter en campagne. J'voudrais du stoffe pour quatre.

— *Amazouzoubll grigantlzpt shloudzinne frfroungogoxinoménol...*

109
Le Goglu, vol. III, n° 7, 18 septembre 1931

Lafrance n'attendit pas plus longtemps et se retrouva sur le trottoir. Flannellette lui criait de revenir.

— J'y vas. Y a pas moyen d'rien faire. J'comprends pus rien. On n'est pas chez nous ! Pas moyen d'trouver un Canayen dans Montréal. C'est p't'êt' ben parce que les commis canayens travaillent pas, mais y a pas un damné homme qui m'comprend.

— Tu parles tellement mal le français ! lui dit Jack White.

— Mais si tu voyais c'qu'y m'ont répondu, rétorqua Sirop, tu comprendrais encore ben moins. Y a de toutes les races et d'tous les patrons. Y ont rien compris de c'que j'ai dit : « J'veux d'quoi manger ! » C'est pourtant pas toffe à comprendre ! Ma foi du seigneur, on n'est pus dans Montréal, j'me r'connais pus !

— As-tu pris un coup avant d'partir ? demanda Popeline, intriguée.

— Un coup ? Quand Jack m'a téléphoné, y m'a même pas donné l'temps de m'laver les dents. Si tu m'crois pas, vas voir ma brosse, elle est encore sèche d'pus samedi dernier !

La preuve était concluante, et Sirop avait raison. La chose fut admise, car Popeline fut obligée de dire : « Sirop a raison, on n'est pus dans Montréal ; j'l'ai vu ben souvent ».

Un peu avant d'arriver à la rue Desery, Popeline suggéra à ses compagnons d'aller du côté de Belœil, dans le pays des pommes.

— On n'a pas l'bon ch'min, dit Jack en stoppant son Pontiac.

— Ça fait rien, c'est l'temps des pommes, allons en manger ousqu'y en a.

— Va falloir r'venir prendre le pont, la traverse marche pas.

Ici, l'auteur de ce feuilleton croit devoir faire une digression d'un genre nouveau et comme on en rencontre dans bien peu de romans. Notre feuilleton ayant pour qualité principale l'originalité, nous présentons cette pièce originale.

On sait que tout auteur peut user d'une licence, qui s'appelle licence littéraire, quand cette licence a été dûment payée en temps. Or, l'auteur, pour ne pas faire perdre de temps au lecteur et pour faire arriver ses personnages plus vite à Belœil, use du privilège de sa licence pour faire passer le fleuve à ses héros par le traversier de la rue Desery, bien que ce traversier n'existe plus depuis déjà assez longtemps. Ce n'est ni le lieu ni l'occasion, dans un roman comme celui-ci, de faire encourir de nouvelles dépenses publiques, même imaginaires, pour construire de toutes pièces un troisième pont qui, en réalité, n'existe pas. Il y a assez que pareilles choses arrivent dans la vie réelle, comme en fait foi le petit pont de Vaudreuil. Quant aux lecteurs qui seraient mécontents du fait que nous ne faisons pas rebrousser chemin au Pontiac pour lui faire passer le pont Jacques Cartier, il y a une chose qu'ils peuvent facilement faire : cesser de lire notre feuilleton. Mais seul l'auteur sait ce qu'ils vont manquer par la suite, et il ne le leur dira pas !

Donc, le Pontiac descendit sur terre ferme aussitôt que le traversier eut amarré au quai de Longueil sur lequel ne se trouve plus la petite cabane qui, autrefois, eut si souvent l'honneur de recevoir la visite de Camillien Houde. L'auto roula longtemps sur les beaux pavages qu'Alexandre Thurber avait fait construire dans l'unique espoir de se faire un jour dépavé lui-même, espoir auquel il rêvait depuis longtemps et qui s'est enfin matérialisé.

Tout en longeant les beaux vergers de pommes qui font la richesse de la région, nos gais voyageurs causaient de choses et d'autres en grignotant des McIntosh pas tout à fait mûres.

— Coud'on, Sirop, j'sais pas si Jos. Rainville[80] va avoir son quart de pommes, c't'année, dit Flannellette.

— J'sais pas. Y a plus d'chances de pas l'avoir. Son envoyeux pense pus pareil comme la dernière fois ! dit Sirop.

— Jos., lui, j'sais pas si y pense encore pareil ; j'aimerais ben à savoir si y dit encore qu'y faut qu'les Goglus meurent ! soupira rêveusement Popeline.

— Ça dépend si lui-même est mort ou pas mort. Un mort, ça crie pas fort !

À ce moment, on aperçut un attroupement devant une maison, non loin de l'église.

— Quiens, un enterrement protestant ! s'exclama Sirop.

— Non, ça m'a l'air d'une vente à l'encan par le shérif, dit Jack d'un air connaisseur.

— Tu sais ben qu'y a pas d'encan l'dimanche, reprit Popeline. Ça doit être un accident !

— Ou ben une exposition de légumes.

— Dans c'cas-là, les grosses légumes sont rares !

110

Le Goglu, vol. III, n° 8, 25 septembre 1931

— Non, mais r'gar' donc. Je r'connais des faces ! Ça c'est Lucien Vaillancourt, ça c'est Brizard, ça c'est Dubuque, ça c'est Tit'Bert Roy !

— Si Tit'Bert est icitte, y s'est fait un mauvais coup certain ! Non, mais quoi c'que c'monde-là est v'nu faire icitte ? Sont-y v'nus seiner queuqu'chose ?

En regardant mieux, on aperçut, sur la galerie de la maison, une magnifique toile de peinture.

— Coud'on, mais j'connais ça, c'tête pleumée-là, cria Flannel-lette. Oyons, j'perds son nom !

— J'l'ai sûr'ment pas vu au Club de Réforme, dit Sirop.

— Ma foi, c'est Duranleau.

— C'est pas lui, c'est un portrait !

---

[80] Joseph Rainville, ancien député conservateur, était alors président de la Commission du port de Montréal. Il a été nommé sénateur en 1932.

En examinant plus attentivement, on vit en effet que c'était un superbe portrait à l'huile, car un portrait à l'huile est toujours superbe surtout quand il est seul. Quand il est avec d'autres, comme dans les corridors attenant au Sénat, il devient d'une fadeur extrême, car — est-ce l'ambiance, la magie du lieu ? — les visages portraiturés prennent une expression figée, inerte, les yeux s'éteignent, les joues se dessèchent, les lèvres refroidissent, et l'on a l'illusion que le peintre avait pris un cadavre pour modèle.

— Y a l'air d'un homme qui r'vient d'voyage, sus c'portrait-là ! dit Sirop.

— Une expression de r'venant, tu veux dire ? demanda Flannellette.

Sirop n'eut pas le temps de donner la réponse qui aurait grandement éclairé le lecteur, car un bruit d'applaudissements flasques et sans enthousiasme se fit entendre. On se doute que quelqu'un s'était levé pour parler. En effet, c'était Jos. Rainville lui-même, si étrange que cela puisse paraître, qui, d'une main distraite et d'une voix qui l'était un peu moins, s'efforça de raconter, comme il aurait raconté une chasse à la perdrix, que Duranleau est le ministre le plus extraordinaire, le plongeur en eau profonde le plus fantastique, le marin le plus sincère, le navigateur le mieux boussolé, le submersible le plus agile que le Canada ait produit. Les applaudissements eurent vite cessé et les quelques rares députés qui étaient là eurent vite fait de sortir leur yoyo pour passer le temps plus agréablement. Le discours du président donna à l'assistance le même rapide réchauffement que les réfrigérateurs du port peuvent donner aux canards sauvages qu'on y envoie conserver.

— As-tu compris quoi c'qu'y font là ? demanda Popeline.

— Y y donnent un portrait parce qu'il est bâtonnier, dit Jack en connaisseur.

— Ah ! oui, y a l'gros bout du bâton ?

— Ben non, y est l'chef des avocats.

— Si c'est une affaire d'avocats, c'présentation-là, pourquoi c'qu'y la font pas au Palais d'Justice, et ça fait ben plus d'effet.

— Avec ça qu'ça encourage les électeurs à s'pousser moins vite du député.

— Des avocats, j'en vois pas l'iâbe !

— Y a encore moins d'politiciens !

— Ça m'a l'air d'être tous des vendeurs de pommes. Y doivent ben savoir qu'un même homme est pas capable d'ach'ter toutes leurs pommes !

— Dans des temps comme de nos jours, tout l'monde court sa chance.

Est-ce fatalité, est-ce hasard ? Toujours est-il que le ministre se leva sur cette dernière phrase et apparut à la foule comme un frère jumeau de son portrait, si bien qu'à certains moments on ne savait plus lequel des deux parlait. La nature a de ces rares et curieuses fantaisies !

Il faut dire que le ministre fut éloquent ! Il raconta à deux cents personnes qui n'ont jamais connu d'autre bateau que le traversier de l'île Sainte-Hélène, les plaisirs de grandes randonnées sur le fleuve aux frais du gouvernement, le grand confort des bateaux et de la cuisine fine payés par les citoyens. Puis, à la grande surprise des auditeurs, il fit la révélation de découvertes sensationnelles qu'il avait faites lui-même depuis un an. Nous pécherions contre la science en ne les énumérant pas. Voici ces heureuses découvertes : Vancouver est à trois mille milles de Montréal ; il y a 6 800 bateaux enregistrés au Canada ; nous avons deux bateaux de guerre, bien que le peuple ait unanimement voté contre une marine de guerre en 1911 et n'ait pas encore désavoué ce vote ; le fleuve Saint-Laurent a un bel avenir devant lui ; le port de Montréal est très bien outillé, bien que Duranleau n'en soit aucunement responsable ; le port de Trois-Rivières est situé entre Montréal et Québec ; la saison de navigation à Halifax dure douze mois par année, et c'est pour cela qu'on s'est hâté de reconstruire ce port incendié.

111
Le Goglu, vol. III, n° 9, 2 octobre 1931

À mesure que parlait le ministre, l'assistance se sentait plus rassurée sur la situation maritime. On reprenait confiance et on avait la certitude que les eaux du fleuve continueront de couler aussi longtemps que Duranleau sera ministre. La nature elle-même partagea cette joie et l'on vit quelques pommiers environnants frémir de satisfaction et laisser tomber des pommes que la moitié de l'assistance s'empressa d'aller cueillir, malgré les avis placés de six pouces en six pouces sur la clôture : « Prenez garde au chien ». Le ministre dit aussi son grand dévouement à la cause des chômeurs, sans s'arrêter à donner d'inutiles détails sur les nombreux travailleurs qui ont été expulsés du port de Montréal, puis, pour se reposer des énormes fatigues qu'il s'est imposées pour voyager jusqu'à Vancouver, jusqu'à Halifax et pour recevoir deux fois le même portrait avec la même surprise spontanée chaque fois, il fit entrevoir son désir d'aller passer six semaines en Angleterre, pour voir s'il y a plus de chômeurs là-bas qu'ici et pour voir s'ils sortent plus vite du port de Liverpool qu'ils sortent du port de la métropole canadienne.

Rainville se leva en criant « Hip ! Hip ! Hip ! », de sorte qu'il fallut bien applaudir, un peu moins fort qu'au début cependant car, les auditeurs ayant les mains remplies de pommes, ils entrechoquaient légèrement les pommes pour marquer leur approbation.

Quelques autres orateurs firent aussi l'éloge du ministre, pendant que plusieurs assistants discutaient entre eux. Comme cette discussion devenait assez vive, Sirop et Jack s'approchèrent pour entendre mieux.

— J'te dis qu'a en parlera pas ! murmurait un petit vieux d'une voix sourde et agitée.

— Ben oui, *L'Illustration*[81] engueule tout le monde qui se pousse au loin quand il faut rester à son poste pour régler la question du chômage.

— Non, *L'Illustration* est pas capable de dire que Duranleau a tort de se sauver en Europe pour six semaines, parce que les échevins ont pris cinq semaines cet été, parce que Houde a pris deux mois à la dernière session.

— C'est curieux comme y aiment les congés, ces gens-là.

---

[81] Journal quotidien fondé en 1930. Camillien Houde en a été le copropriétaire entre 1930 et 1934. Le journal est devenu *L'Illustration nouvelle* en 1936. Arcand en fut le rédacteur en chef pendant plusieurs années.

— Y s'tiennent ensemble, aussi !

— Quoi c'que dit Bennett de d'ça ?

— Y a pas l'temps de rien dire, y travaille tout l'temps.

— Mais y doit s'en apercevoir ?

— Quand un homme comme Houde ou Duranleau est absent, personne ne s'en aperçoit.

— Tu penses ?

— J'sus sûr, y nuisent plutôt qu'autre chose. Ça va toujours mieux quand y y sont pas.

— Pourquoi c'qu'on les paie, dans c'cas-là ?

— Pour qu'y s'la coulent douce. En faut toujours, comme ça !

— J'aimerais à être de ceux-là.

— C'est le front qu'y t'manque. Tu devrais perdre un peu d'cheveux !

Lorsque le dernier discours fut prononcé, devant quelques rares assistants, qui semblaient se demander encore pourquoi ils étaient là, on rentra le portrait dans la maison, de sorte qu'on put savoir sans crainte d'erreur qui était l'objet de la fête, et les invités suivirent le portrait à l'intérieur.

Sirop, qui crut prendre un signe fait de la galerie pour une invitation, hésita, mais retourna vers le Pontiac en disant : « Poussons-nous, y va faire frette ». Le fait, chacun avait les pieds transis.

Le retour se fit assez rapidement et le lecteur n'a pas à craindre qu'on lui fasse de nouveau franchir le fleuve sur le traversier de Longueuil. Non, on se dirigea vers le nouveau pont, que les commissaires du port sont les seuls à appeler « pont des commissaires », justement parce qu'ils sont les commissaires, et qu'ils appelleront « pont Jacques Cartier » aussitôt qu'ils auront cessé d'être commissaires, événement qui peut se faire attendre assez longtemps mais qui peut aussi se précipiter, suivant le caprice des hommes et des circonstances.

En passant dans le petit parc de Longueuil, où les concerts publics se font de plus en plus rares, on remarqua un attroupement de gens qui semblaient se quereller. Le Pontiac, comme il faut s'y attendre, stoppa.

— On va n'avoir, une enquête !

— Nous autres, on n'en veut pas !

Le lecteur remarquera avec nous qu'il était assez difficile de comprendre de quoi il s'agissait.

— Moi, j'sus pour ! cria Sirop.

— Hourra ! répondit l'immense majorité de l'attroupement.

112

Le Goglu, vol. III, n° 10, 9 octobre 1931

À force d'écouter, on comprit qu'il y avait dans la ville de vives récriminations concernant la tenue des livres de la municipalité. On parlait de rapport d'audition, de trésorier, de sous-ministre, de destination, d'écrasement à l'élection, et un petit vieux ne cessait de répéter d'une voix stridente : « Vous allez braire, vous allez braire ! » Sirop, qui passait pour un contribuable de la place, fut invité à se rendre à la prochaine assemblée du conseil pour protester avec tout le monde.

D'un air hautain, il répondit : « On va les settler ! », ce qui souleva l'approbation énergique de la majorité, et figea sur place ceux qui prétendaient ne pas vouloir braire.

Jack remit le Pontiac en marche et s'engagea sur le grand pont dont le ministre Duranleau avait promis le passage gratuit dans les trois mois qui suivraient son élection, promesse dûment tenue à la façon houdiste.

En passant devant l'édifice de *La Patrie*, on remarqua quelques personnes qui s'attardaient à lire les bulletins affichés à la porte, au-dessus du salon de coiffure, car il arrive que des bulletins soient oubliés le samedi soir et il est normal qu'un salon de coiffure occupe le sous-sol d'un gros édifice. Doit-on dire que le Pontiac de Jack White s'arrêta devant les bulletins ? Non, car on connaît déjà suffisamment la curiosité de nos héros pour n'avoir pas à le mentionner.

— Coudonc, dit Sirop en rapetissant ses yeux pour mieux lire, les contestations sont faites !

— Comment, les contestations ? demanda Popeline.

— Ben, oui, les contestations des élections.

— Quoi c'est, ça ? demanda à son tour Flannellette.

— C'est une façon de dire aux gagnants : « Pas vrai, t'as pas gagné, j'veux pas crier onqueul ».

— Oui, mais ça les empêche pas d'être des gagnants pareil, ajouta Popeline.

— Non, mais ça les achalle.

— Et ça leur fait dépenser des bidoux, ajouta Jack. Tu comprends qu'un député est pas pour s'faire ôter son quéque comme ça. Y s'défend.

— Pis, à quoi ça avance, quand c'est fini ?

— À rien pantoute. C'est comme un lutteur qui s'fait coller les deux épaules et qui s'met à quiquer et à brailler quand le rifri a crié : « Ciseau ! » Y est battu pareil et ça l'avance pas plus si y va contester la décision à la Commission de boxe.

— Dans c'cas-là, c'est une grosse dépense d'argent pour rien ?

— Oui. J'me demande, quand l'monde a tant besoin d'argent, quand y a tant d'enfants qu'ont pas la bouchée d'pain, pourquoi c'est faire qu'on va dépenser queuqu'cent mille piasses.

— Queuqu'cent mille ???

— Aie, t'as jamais eu affaire à des avocats, toi ? Sont un peu là pour pleumer quelqu'un, quand il leur tombe dans les pattes.

— J'ai entendu dire à travers les branches qu'les avocats vont travailler pour rien, dans ces affaires-là, dit Jack.

— Ça, c'est pour rassurer les candidats qui s'sont fait étamper. Y ont déjà eu assez d'leur rince sans qu'on les épeure encore avec des frais. On garde ça pour la fin. On attend que les pots soient cassés pour les leur faire payer.

— Y est *wise*, encore, c'te Houde-là !

— Y bourre son monde comme y veut. Si un autre disait c'qu'y dit, y s'f'rait lyncher. Mais parce que c'est Houde qu'y l'dit, y trouvent ça fin effrayant et y avalent tout. Imagine-toi qu'y leur a fait croire qu'en contestant tout l'monde ensemble, y aurait des élections générales dans un an.

— Pas fou ? Mais y doit ben savoir qu'y peut jamais y avoir deux jugements ensemble. Même si y réussit à trois ou quatre places, y va s'faire des p'tites élections partielles à répétitions, mais pas toutes ensemble.

— Oui, mais j'te dis qu'y leur fait accroire c'qu'y veut. Y s'imaginent que quand il a parlé, ça va marcher ou ben la terre va arrêter d'tourner. Y leur avait ben fait accroire qu'y s'rait premier ministre, et avec ça y les a fait travailler comme des nègres, les a endettés, y les a coulés. Et y veulent pas encore croire qu'c'est à cause de lui, parce qu'y leur donne d'autres raisons.

— J'ai vu en grosses lettres dans les journaux qu'un député d'en face de Sorel, un nommé Desplis, Déplié, ou quequ'chose comme ça, a engueulé Houde pour les contestations, dit Flannel-lette.

— Ah ! oui, Duplessis. Tu comprends, lui et les autres bleus élus vont s'faire contester par la faute de Houde, et y aiment pas ça. Y ont ben raison.

113
Le Goglu, vol. III, n° 11, 16 octobre 1931

On sait jamais c'qu'y peut arriver. Ça s'pourrait qu'les bleus ratent leur coup, comme la dernière fois et qu'ça soient les rouges qui gagnent les contestations.

— Ça s'rait-y fonné, hein ?

— Mais, dit Popeline, qui c'qui peut ben avoir eu c't'idée-là, d'contester ?

— M'as t'dire. Ça, c't'une idée d'Maillet[82]. Tout c'que Houde a eu d'idées bêtes, c'est Maillet qui les a fournies. J'pense qu'y a pour mission d'tuer son ami, c'gars-là. L'affaire d'la Griffe, c'était du Maillet. Houde qu'avait peur de s'faire assommer au coin d'un p'tit bois par Taschereau, c'était du Maillet. Houde condamné à mort, c'était du Maillet. Houde menacé d'empoisonnement par ses aliments, c'était du Maillet. « L'homme du jour » qui s'est fait écrapoutir, c'était du Maillet. L'invasion de Québec par les francs-maçons, c'était du Maillet. Et l'affaire des contestions en bloc, c'est encore du Maillet. La semaine avant les élections, y disait que si Houde était battu, il lui procurerait l'moyen d'avoir des nouvelles élections générales au bout d'huit jours. C'est avec toutes ces folies-là, les vers et les citations baroques qu'il a fait apprendre à Houde qu'il a réussi à l'descendre.

---

[82] Probablement Roger Maillet, propriétaire du *Petit Journal*, un hebdo-madaire à sensation.

— En résumé, y a passé l'maillet !

— Oui, et Houde, qu'est pas ben fin quand il est tout seul pour jongler à c'que l'monde lui a dit, en r'vient toujours à écouter Maillet, sans s'apercevoir que c'est ça qui lui passe le maillet.

— Aussi ben qu'ça soit comme ça !

— Oui, mais ça achalle tout l'monde et ça bouleverse la province, qu'est déjà assez bouleversée par la crise.

— Bah ! les contestations vont tomber dans queuqu'mois. Les vrais bleus ont décidé d'les laisser faire, puisqu'ils peuvent pas les contrôler. Mais quand Houde aura été débarqué pour tout d'bon, au grand souipe municipal, et qu'il pourra pus nuire à personne, on va laisser tomber ces affaires-là, qui seront les derniers souvenirs de deux années de haute folie.

. . . . .

Grâce à l'influence de Tit'Phonse et de Sirop, Jack White, qui chômait depuis environ six mois et vivait d'expédients et de ce que voulait bien lui avancer le gros Lafrance, avait enfin réussi à entrer au service du Club de Réforme en qualité de gardien, laveur de vitres, balayeur et homme de charge. Le gérant aurait préféré imposer ce travail à Sirop, mais depuis que ce dernier avait sauvé la situation en trouvant des vins, des liqueurs et des vivres, le soir du vingt-quatre août, il en imposait au gérant, autant d'ailleurs que par sa façon de prévenir les besoins de chaque jour, de voir aux fournaises et au service laborieux de la glace, que par l'empressement qu'il avait montré à intervenir auprès de Popeline quand on crut qu'elle devait recevoir cent dix-neuf mille piastres des *Caledonia Sweepstakes*.

Ce matin-là, assis tous deux sur un part de cendres froides, Jack et Sirop parlaient de leurs blondes.

— Tu sais, disait Sirop, j'aime ben gros Flannellette, mais j'y ai pas encore dit.

— Moi aussi pareil pour Popeline, dit Jack White.

— A est faite martyre, avec ses beaux yeux pas foncés et des yeux qui me r'virent à l'envers.

— Parle donc d'Popeline, *some* shépe !

— As-tu déjà pensé à t'marier ?

— Quasiment tout l'temps. Mais pour une fille comme ça, j'pense que j'gagne pas assez. C'est une papaille comme on n'en voit pas souvent.

— Pis avec ça qu'y commencent à aimer les choses qui coûtent cher. Si j'perdais ma d'jobbe, j'pourrais pas y fournir le Mumm, le Lanson, le Roquefort, l'Amieux à pleines brassées comme aujourd'hui. A manquerait ça.

— D'abord, j'pense que même si j'pouvais avoir de quoi en mains pour que Popeline soit mieux qu'une femme mariée ordinaire, j's'rais trop gêné pour y d'mander ça.

— J'te comprends, c'est pas une affaire ordinaire à d'mander. Ça m'a pas encore arrivé.

— J'me d'mande comment qu'les autres peuvent ben faire pour régler une affaire de même.

— J'pense qu'y attendent que la femme parle la première.

— Dans mon cas, j'aurais peur d'attendre longtemps.

— C'est pas des indépendants ordinaires !

— Oui, pis y a des vrais doudes qu'y les r'gardent !

— C'qu'y peut nous arriver, si on attend trop, c'est qu'a s'tannent avec nous autres et qu'a r'gardent ailleurs.

— On vieillit chaque année !

114

Le Goglu, vol. III, n° 12, 23 octobre 1931

— J'sais pas si a parlent de nous autres, quand a sont seules ?

— Si y avait un moyen d'être queuqu'part pour écouter, quand on n'est pas là.

— On devrait r'monter l'escalier, quand on est partis, pour écouter c'qu'a disent.

— Moi, quand j'pense à la mienne, j'viens quasiment fou. A m'f'rait tuer.

— Pis la mienne ! Y a pas d'pétard pareil !

— Pour ton goût ! Mais la mienne frappe mieux.

— C'est parce que t'as mal vu.

— Viens donc pas, j'connais ça mieux qu'toi.

— Cherches-tu la chicane ?

— Non, mais on peut ben donner son opinion.

— Correct, donne ton opinion d'la tienne, mais parle pas d'la mienne !

— Oqué. En tout cas, j'pourrai jamais y dire.

— Sais-tu une chose ? Si on faisait tâter l'terrain par Tit'Phonse ?

— En l'payant, y nous rapporterait ça correct.

— J'vas essayer. J'y gliss'rai ça soffe.

— Parle-z-y pour moi aussi.

— Fine guidoune !

. . . . .

Le dimanche suivant, le Pontiac, chargé de ses quatre occupants réguliers, prenait le chemin du nord pour se diriger vers Saint-Justin, la jolie paroisse à villas cosmopolites assise dans un vallon des Laurentides, pour continuer de là jusqu'au Camp Riopel, cette nichée de petites cabanes coquettes distribuées sur une grande butte qui descend dans le petit Lac Supérieur, qui n'a de supérieur que le nom.

On sait que le Pontiac de Jack White n'a pas de « top ». On sait qu'il pleuvait dru, ce dimanche-là. On sait qu'il y a, avant d'arriver à Saint-Faustin, de fameuses côtes à monter pour pareil auto pareillement chargé. Pourquoi alors, se demandera le lecteur, nos héros s'astreignaient-ils à cette misère volontaire, alors qu'il aurait été préférable pour eux de rester au chaud et à l'abri en mangeant des fromages importés ? En écoutant parler ces personnages, chemin faisant, on comprendra la cause et le but de leur voyage.

— 'Tention ! Tu vas trop vite dans les tournants, s'écria Sirop. Oui, mon vieux, j'ai ben hâte de voir c'te cheval-là.

— Paraît qu'y a un grand nom avec un pidigri, dit Popeline.

— Oui, y s'appelle Eugène Q.

— Avec un nom d'même, y doit courir fort !

— Ça s'adonne.

— Y est-y à vendre pour ben cher ?

— C'est c'que j'vas voir. Y a longtemps que j'rêve d'avoir un cheval coureur ; celui-là devrait être abordable, d'après c'que m'a dit le gars qui m'a donné l'tuyau.

— Quel gars, ça ?

— Narbonne. Mais dis-lé pas à personne.

— J'comprends pas, dit Jack, que tu ais choisi un temps pareil pour y aller. On n'est pas encore à moitié ch'min, y mouille plus que jamais et on est mouillé jusqu'aux os. C'était si facile d'attendre, y a pas tant d'presse !

— C'est ça qu'y en a, d'la presse ! rétorqua Sirop. Même qu'ça s'pourrait qu'les autres soient arrivés avant nous autres.

— On n'est pas tout seuls à y aller ? demanda Flannellette. Dans c'cas-là, on n'arrivera pas les premiers, certain. Aussi ben de r'virer d'bord !

— Y a pas d'chauffeur pour arriver avant moi ! dit fièrement Jack en accélérant sa vitesse.

— Qui c'est, les autres qui veulent voir aussi ce cheval-là ? demanda Popeline.

— C'est du monde comme moi qui connaît ça, dit Sirop. Y a là les ach'teurs de l'écurie Raymond, de l'écurie Whitney, d'autres qui sont venus d'Angleterre et d'un peu partout.

— C'que j'comprends pas, dit Flannellette, c'est qu'tant d'monde coure après une plogue, parce qu'après tout un vieux ch'val c'est une plogue. Y a pas rien que ce ch'val-là dans l'monde !

— Y en a pas dans son genre, dit Sirop. Y vient d'faire encore un nouveau record.

— Un record ? À son âge ?

— Oui, le record de la bétille. Y a amblé l'mille en quasiment six minutes, avec une bétille.

— J'peux courir plus vite que ça, moi, dit Popeline.

— Ben oui, mais toi, t'es pas un cheval ; ensuite, t'en f'rais pas autant sur une bétille.

— En tout cas, j'voudrais pas être comme ce ch'val-là. Mieux vaut pas avoir de pidigri, mais aussi pas avoir de béquille pour courir.

115

Le Goglu, vol. III, n° 13, 30 octobre 1931

Sirop essaya d'allumer une cigarette, mais le déplacement d'air fait par l'auto éteignait les allumettes, et la pluie trempait les cigarettes à mesure qu'il les sortait du paquet. Par endroits, la route était couverte de grandes mares d'eau, car les fossés ne suffisaient pas à déverser dans les ruisseaux déjà grossis. Et lorsqu'un autre auto dépassait le Pontiac en vitesse ou le rencontrait en sens inverse, Jack et ses invités recevaient en pleine figure une douche froide et grasse qui venait de la route.

— Ça prend-y des cochons ! disait Sirop chaque fois.

— Ça a jamais été él'vé ! ajoutait Flannellette.

— Ça leur s'ra remis ! soupirait Jack.

— On s'croirait bien plus dans une éponge que dans un auto ! gémissait Popeline.

— Tout ça pour aller voir une picouille ! reprenait Flannellette.

— Un ch'val qui va p't'être être mort avant qu'on arrive ! renchérissait Popeline.

— Vous r'grett'rez pas l'voyage, disait Sirop d'une voix encourageante, et vous s'rez ben contents de v'nir faire des raill'des avec moi en barlot c't'hiver.

Lorsqu'on arriva au Lac Supérieur, les enfoncements des champs ressemblaient à des petits lacs, et les routes à des canaux. Il y avait près de deux pouces d'eau sur le plancher du Pontiac et nos quatre voyageurs donnaient à croire qu'ils avaient fait le voyage à la nage dans une rivière. Le Camp Riopel n'offrait aucune apparence de vie, sous cette pluie torrentielle, et l'on ne voyait pas le plus petit moineau voltiger. Le seul bruit qu'on pouvait entendre, à part le crépitement des gouttes d'eau, était la voix sonore de Grenon qui chantait à tue-tête et sur un air douloureusement faux, d'une fenêtre de sa maison, sur la butte.

Jack White arrêta son auto devant une grande salle située au bas de la côte, tout près du lac, du côté droit du chemin. On entra sans frapper, dégoulinant une abondance d'eau par les semelles. À l'intérieur, un bon feu de cheminée flambait autour duquel trois hommes étaient assis en rond.

Un gros gaillard portant des lunettes se leva et vint au-devant des visiteurs.

— Avez-vous fait vos réservations ? demanda-t-il.

— Non, dit Sirop, on voulait voir avant.

— J'ai trois camps de libres, mais je pense que ça va faire votre affaire.

— On vient pas pour des camps, dit Jack.

— Alors, pourquoi c'que vous voulez voir avant ?

— C'est pas des camps qu'on veut voir, dit Popeline.

— Qu'est-ce que c'est ?

— Le ch'val !

— J'ai pas d'cheval à faire voir.

— Comment, reprit Sirop, on fait cent milles à la pluie pour voir le ch'val et vous v'nez m'dire qu'y a pas de ch'val à voir !

— J'vous ai jamais demandé de venir voir un cheval, dit le gros gaillard.

— J'comprends pus rien ! s'exclama Sirop.

Inutile de dire que Jack et les sœurs Dubois comprenaient encore moins.

— On s'est p't'être trompé d'place ! suggéra Flannellette.

— C'est-y icitte, le Lac Supérieur ? demanda Sirop.

— Oui, m'sieu.

— Dans c'cas-là, où est l'ch'val ?

— Quel cheval ?

— Eugène Q. !

— Ah ! Eugène Q. ! Ben, y est r'parti.

— Hein ?

— Oui, r'parti !

Vraiment, c'était un coup de masse pas ordinaire sur le crâne de Sirop. Eugène Q. était reparti. Il était arrivé trop tard, malgré la promesse de Jack White ! Les sœurs Dubois regardaient Sirop avec des yeux brillants et se contenaient pour ne pas lui dire devant des étrangers ce qu'elles éprouvaient.

— C'est d'valeur, soupira Sirop. Qui c'qu'y l'a ach'té, Eugène Q. ?

— Personne.

— Hein, personne ? Dans c'cas-là, pourquoi c'qu'y est r'parti ?

— Parce qu'y pouvait pas faire autrement.

— J'comprends pas.

— Oui, Eugène Q. a été am'né dans un camion. Quand il est arrivé, il n'a pas été capable de descendre du camion, parce qu'il avait les pattes trop raides ; ensuite sa béquille était engourdie et le sang n'y circulait pas. Les boules qu'il a au-dessous des genoux n'étaient pas, non plus, de nature, à l'aider.

116

Le Goglu, vol. III, n° 14, 6 novembre 1931

— Pis c'est pour voir une plogue comme ça, explosa Flannellette, que tu nous a fait mouiller pour qu'on s'en sente trempe pendant un an !

— Si j'avais su ça, dit Jack, j'aurais pas fait pourrir la carrosserie d'mon char !

— Un homme qui nous joue un tour de même, dit Flannellette, moi j'appelle ça une tête de beu.

Sirop se résignait aux reproches, car il admettait intérieurement qu'il avait trop promis pour ce que présentait la réalité. Il essaya cependant, pour calmer ses amis, de faire valoir le cheval par quelques mots du gros gaillard.

— À part queuqu'p'tites bosses et les pattes un peu raides, y paraît qu'c'est du ch'val !

— J'peux dire qu'il a des bons poumons, car on l'entendait souffler de Saint-Faustin, à dix milles d'ici.

— Hein ! cria Popeline. Un ch'val qui marche pas, qui s'fait promener dans un troc et qui souffle fort comme ça ! C'est pas une plogue, c'est une carcasse qu'est bonne rien qu'à faire du savon.

— Pour du savon, ça ferait du savon un peu sec, dit le gros gaillard, car on voyait presque le jour à travers.

— Sirop, cria Flannellette, as-tu perdu la tête ?

— T'es soffe pour te faire bourrer, ricana Jack White.

— T'es rien qu'un épais !

— J'ai pourtant mon livre de pidigri, murmura faiblement Sirop.

— Pidigri miaille ! On s'fait mouiller, on s'fait mourir et on fait rire de nous autres, avec ton pedigri.

— Soyez donc contents que je l'aille pas ach'té ! dit sèchement Sirop.

Cette réponse frappa vivement les trois autres et les remarques cessèrent.

— Quand j'pense, dit Flannellette, qu'faut r'tourner comme on est v'nus !

— On n'est pas rendus !

— J'sus donc tannée.

. . . . .

Ce soir-là, c'était fête dans la petite chambre de la rue Du Berri. Sirop avait apporté des vivres du Club et avait demandé aux sœurs Dubois de préparer un grand souper. La veille, il leur avait expliqué que ce jour était pour les Anglais le jour d'action de grâces, une fête à l'occasion de laquelle on mange la première dinde de l'automne. C'est pourquoi il avait apporté une belle grosse dinde truffée et toute cuite. Pour cacher son larcin au cuisinier du club, il avait à son insu rentré la carcasse d'une autre dinde qui avait été jetée dans le quart à vidanges, puis l'avait déposée sur le plancher de la cuisine, appelant les deux chats souriciers du club. Quand le cuisinier revint dans sa cuisine, il trouva les deux chats en train de dévorer les restes de la carcasse, de sorte qu'il les prit pour les coupables et ne pensa pas à soupçonner l'ingénieux Lafrance.

Après le repas de cette fête d'action de grâces, qui avait vu fondre la grosse dinde comme jamais dinde ne fut aussi complètement enfournée par quatre estomacs, la conversation s'éveilla, entre le champagne et les liqueurs fines.

— Quoi c'y a d'nouveau en ville ? demanda Popeline.

— Ben, Houde a vu des fifollets, le soir des morts, dit Jack White.

— Comment ça ?

— Ben, y a fait v'nir trois polices, ce soir-là. Y a l'habitude d'en avoir deux, un sur sa couverture pour guetter dans la ruelle, et l'autre sur le trottoir pour ouatcher la porte d'en-avant. L'jour des morts, y n'a fait v'nir trois, et tout l'monde dit qu'c'est à cause des fifollets.

— Y a p't'être délivré un loup-garou ! suggéra Flannellette.

— Lui ?

— Si y a fait v'nir une troisième police !

— Pantoute !

— Pour moi, dit Sirop, c'est parce qu'la session commençait l'lend'main du jour des morts et qu'ça y donnait des cauchemars d'penser qu'y s'rait pas là.

— C'est une chance pour lui qui y soit pas, dit Jack.

— Pas fou, casse !

— Shoure, y aura pus l'affront de s'faire sacrer dehors d'la salle.

— Ça a du bon sens.

Sirop, qui prenait peu à peu les manières raffinées des clubs sélects, prépara du bout de ses doigts un café au kirsch, comme il s'en préparait tous les matins dans la cave du Club de Réforme. Après avoir servi ses amis, il devint songeur et dit :

— J'me d'mande quoi c'qu'y va faire, c'pauv' Houde, après l'mois d'avril.

— Y va aller à la guerre, dit Jack sans hésiter.

— Hein ?

117

Le Goglu, vol. III, n° 15, 13 novembre 1931

— Oui, lui qu'y s'prétend brave et fonceux, y va pouvoir s'montrer comment c'qu'il est.

— D'abord, on va pas en guerre comme on veut. En faut, une guerre, pour aller en guerre !

— Y va n'avoir une, aussi.

— Avec quoi ?

— J'sais pas, mais y vont arranger ça. Ça s'brasse drôl'ment, de c'temps-là.

— Mais si l'monde en veut pas, y n'aura pas !

— Bah ! y n'a ben qu'en veut. L'Japon en veut, la Russie en veut, la Chine en veut, les pays capitalistes haïraient pas à flauber une fois pour toutes les bolchéviques qu'y est temps qu'y fassent pus les jars.

— Ça s'prépare-t-y sérieusement ?

— J'ai entendu dire par un de mes amis qu'dans sa choppe on fait des échantillons d'obus.

— Un d'mes tchommes me dit qu'y ont un gros contrat pour des bottines de soldats dans sa manufacture.

— Not' pays irait-y ?

— Non, mais y fournirait ben d'quoi pour ceux qui n'auront besoin.

— Ça aurait plus d'bon sens.

— Ben, not' pays est trop jeune et a passez d'monde pour fournir du sang. C'est pas un' poignée qui f'rait gagner une guerre. Par exemple, on a icitte n'importe quoi pour fournir à n'importe qui et on s'rait ben plus utile à fournir qu'à aller s'faire écharper sans résultat pour personne.

— C'est d'même que j'pense, moi aussi.

— Pourquoi c'est qu'la Russie veut une guerre ?

— Parce que ses squîmes pour rendre le monde bolchévique prennent pas.

— C'est vrai, en Angleterre y viennent de donner une dégelée pas ordinaire aux bolchéviques.

— C'est pareil comme a fait aux élections provinciales avec nos *bootleggers* bolchéviques.

— On n'est ben débarrassés.

— L'aut' monde des aut' pays aimerait aussi à s'en débarrasser.

— C'est ça qui s'en vient.

— J'espère qu'on aura ensuite la paix.

— J'sais pas si l'monde aura jamais la paix.

— Les pays, c'est comme les familles, les villages et les villes ; y en a toujours qui sont pas contents de queuqu'chose et qui ruent dans les baculs, même quand c'qu'est fait est ben fait.

— Ceux-là, on peut toujours finir par les témer.

— Oui, mais quand y sont témés, y en vient d'autres sur un autr' bord.

La soirée avançait. Dix heures ! Sirop décida que c'était le moment d'ouvrir les huîtres. En effet, l'auteur a jusqu'ici délibérément oublié de dire que Sirop et Jack avaient pu soustraire de la cour du Club un beau baril d'huîtres, afin de faire une agréable surprise à ses lecteurs. C'était un baril payé un peu plus cher que le prix standard, parce que le gérant avait commandé des huîtres « spéciales choisies », à chair ferme et blanche, trois fois et même quatre fois plus grosses que les huîtres ordinaires. Pendant que Jack White était occupé à les ouvrir, Sirop ouvrait quelques bouteilles d'Anjou-Saumur, marque de la Carte d'Or, dont il avait su flairer la présence dans la case privée d'un gros bonnet du Club. Pendant près d'une heure, on se lécha et pourlécha les babines. Cela n'empêcha pas la conversation de se poursuivre autour de la guerre d'Orient, qui semblait un peu tracasser tout le monde.

— Pourquoi c'qu'on dit la guerre sino-japonaise, au lieu de la guerre chino-japonaise, demanda Flannellette.

— Parce qu'en Chine, la Chine s'appelle Sine, dit Sirop. T'as jamais entendu un Chinois dire Shaill'na ; y dit toujours Saill'na.

— Comme ça, on s'trompe quand on dit Chine ?

— Oui, on devrait dire Sine. Le grand monde, eux autres, y disent Sine. Écoute au radio, tu vas entendre m'sieu David, Robert Choquette, Henri Letondal[83] et les autres dire : la Sine, les Sinois.

— La monnaie chinoise s'appelle « sen », elle aussi.

— Sen veut dire cent chinoise.

118

Le Goglu, vol. III, n° 16, 20 novembre 1931

— Pis, chiner le chignon, ça doit être une expression chinoise, ça aussi.

— Oui, on devrait dire : siner le sinon. Les Chinois ont toujours eu un chignon, et chiner le chignon, ça veut dire : faire le Chinois avec une couette chinoise.

Le savoir de Sirop jeta ses camarades dans l'étonnement. On n'en revenait pas.

— Oust'as appris tout ça ? demanda Flannellette avec des yeux illuminés.

— On sait c'qu'on sait ! dit le gros Lafrance avec une humilité encore plus étonnante. Si on est ignorant d'la Chine, on est autant

---

[83] Robert Choquette, poète et romancier, Henri Letondal, comédien et animateur de radio.

ignorant du reste. Comme ça, on dit Brésil quand on devrait dire Brazil ; on dit Melbourne quand on devrait dire Cranberré…

— Cranberré, c'est d'la sauce, ça ?

— Non, c'est la place ousqu'y la font !

— Moi, dit Jack, j'sais ben qu'on dit Bélanton quand on devrait dire Beurlignetonne.

— Non, c'est Beul'n't'n, corrigea Sirop.

Après un long silence et une cinquième bouteille de « Carte d'Or », Flannellette, qui commençait à rire de son petit rire aigu et clair, à avoir les joues brûlantes et à rapetisser les yeux, dit :

— Sais-tu c'que t'aurais dû faire, Sirop ? Tu l'sais pas ? Ben, à ta place, j'aurais fait un maître d'école. Quand on sait des choses de même, on tâche d'en faire profiter tout l'monde.

Sirop répondit par un profond ronflement. Il s'était endormi devant la table encore chargée, le coude pesamment enfoncé dans une meule de camembert en transpiration.

. . . . .

Comme les dernières feuilles d'automne s'apprêtaient à tomber, Sirop et ses amis avaient décidé d'aller faire une dernière promenade à l'île Sainte-Hélène, avant que la saison ne fût trop avancée. On y passa quelques moments agréables, la principale occupation de l'après-midi étant de grignoter des pinottes et des patates frites, de regarder passer les bateaux et, avant de partir, de se faire dépouiller de quelques dollars par des exploiteurs qui, au su et au vu des autorités municipales, opèrent différentes sortes de jeux de hasard. On passa par le pont Jacques Cartier, surnommé le Pont Croche, en payant, naturellement, malgré la promesse formelle du ministre Duranleau que ce pont devait être gratuit trois mois après son élection. Il y en a, comme ça, qui ne sont jamais chanceux avec leurs promesses, surtout dans le clan des Houdistes, s'il faut en croire les pensées intimes qui agitaient l'esprit du gros Sirop Lafrance.

Lorsqu'on fut à peu près au-dessus des quais de la rive nord, Jack White attira l'attention de ses camarades sur un bateau d'aspect curieux qui était amarré au quai Tarte, du côté d'Hochelaga.

— Quoi qu'c'est qu'ça ? demanda Popeline.

— Ça m'a ben l'air d'un bateau de guerre, dit Sirop. Oui, mais oui, c'est un bateau de guerre. J'me d'mande comment ça s'fait qu'y a un bateau de guerre par icitte.

— Ben, tu sais ben que l'bateau d'guerre français vient à Montréal chaque année, fit remarquer Flannellette.

— Non, c'est pas l'bateau de guerre français. Je l'connais, celui-là, il vient d'bonne heure, dans l'été et r'part pas longtemps après. Ensuite, il a un pavillon français. Celui qu'y a là-bas, il a un flaille que je r'connais pas et qu'est pas un flaille français.

— Ça m'a l'air d'un flaille anglais, dit Jack.

— Y a d'l'anglais d'dans, reprit Sirop, mais pas rien que d'l'anglais. J'pense que c'est un flaille de bateau canadien.

— Tiens, c'est vrai, c'est l'bateau d'guerre canadien. J'y pensais pas. On n'a deux bateaux d'guerre, en Canada, s'écria Popeline.

On contempla quelque temps la fine silhouette, presque à fleur d'eau, du beau vaisseau gris pâle, qui semblait comme une mince lame de couteau. Sirop regardait comme dans une rêverie.

— Ça empêche pas, dit-il, qu'on s'est fait fourrer pour vrai, avec c't'affaire-là.

— Comment ça ?

119

Le Goglu, vol. III, n° 17, 27 novembre 1931

— Ben oui. En 1911, Laurier a demandé aux Canayens si y voulaient une marine de guerre. Y proposait qu'on achète deux bateaux qu'y coûteraient à peu près vingt millions, pour aider l'Angleterre à faire des guerres. Ben, on a pris la peine de battre Laurier pour prouver qu'on n'en voulait pas, de marine de guerre. Aujourd'hui, on l'a pareil, nous v'là avec deux bateaux d'guerre sur les bras et qu'y coûtent plus de vingt millions.

— T'y possible ! Mais comment c'que ça s'est fait ?

— Vois-tu, c'est pas encore les Canayens qui mènent, dans c'pays-citte. C'est toujours l'Angleterre, malgré quoi c'qu'on dit. L'Angleterre avait dans la tête que l'Canada ait des bateaux d'guerre. Ben, on n'a. Et encore, l'argent qu'on a payé pour les avoir, a pas été dépensé icitte, on l'a dépensé en Angleterre.

— Mais si on n'en veut pas, nous autres, de marine de guerre ! dit Flannellette.

— Quoi c'que ça peut faire à l'Angleterre, c'qu'on veut ou c'qu'on veut pas, dit Sirop. C'qui compte, c'est c'qu'a veut.

— Pourtant, on peut pas forcer nos députés à voter c'qu'on leur dit qu'on veut pas.

— Y ont des touisses qu'y peuvent faire faire c'qu'y veulent. J'plains l'député qui veut pas filer doux !

— C'est effrayant, deux bateaux d'guerre, pour un pays comme nous autres qu'a pas d'ennemis nulle part. Pis, si on avait peur de quelqu'un, qu'est-ce qu'on peut faire avec rien que deux bateaux ? Quand est-ce que ça s'est fait, ces bateaux-là ?

— C'est ben drôle. Quand on a commencé à citer le Canada en exemple comme la nation la plus pacifique du monde, quand on a fait président d'la Société des Nations le sénateur Dandu-rand[84] parce qu'y r'présentait le pays le plus paisible de la terre, quand on a commencé à parler de désarmement naval et qu'on a signé un pacte pour empêcher les marines de guerre de trop gros-sir, on a alors pensé à faire bâtir des bateaux de guerre pour le Canada. Penses-tu qu'c'est pas une farce, dans l'fond, toutes ces histoires-là de paix, de désarmement ?

— Moi, j'crois pus à ça. R'gard' donc, si la Chine et l'Japon avaient été tout seuls pour régler leur affaire, a s'rait réglée d'pus longtemps. Mais à c't'heure que la grosse Ligue s'est fourrée l'nez d'dans pour s'en mêler, y a pu moyen de s'comprendre et ça empire tous les jours.

— Y risent de nous autres !

— Y nous prennent pour des fous !

— Y pensent qu'on connaît pas l'tabac !

— Y essaient de nous emplir !

. . . . .

Comme personne n'en pouvait douter, puisque les grands jour-naux l'avaient annoncé, la session de la Législature s'ouvrit avec

---

[84] Le sénateur Raoul Dandurand a été président de l'Assemblée générale de la Société des nations en 1925 et 1926.

faste et pompe. Huit soldats du 22ᵉ avaient fourni le faste et les pompiers de Limoilou avaient fourni la pompe. Dire que la Législature était ouverte, c'est dire que le Club de la Garnison faisait de l'argent ; s'il faisait de l'argent, c'est admettre la popularité du sac de glace et comprendre combien les services de Tit'Phonse Dubois étaient indispensables au bon fonctionnement de la Législature. Pas un seul homme dans tout Québec et la région avoisinante n'avait pu faire oublier Tit'Phonse, le virtuose du sac de glace ; le Club avait été gâté par son habileté et les clubistes des districts éloignés ayant constaté, à leur retour, que leur Tit'Phonse n'était pas là, se mirent à faire des protestations et à menacer le Club d'aller porter leur clientèle ailleurs. La Garnison dut se rendre à ces pressantes demandes et envoyer un S.O.S. immédiat à la Réforme montréalaise.

Tit'Phonse fut approché par le gérant du Club avec tout le tact requis dans les circonstances et le jeune Dubois, n'écoutant que son cœur, fit la même réponse que l'année précédente : « J'peux pas laisser mon monde comme ça ». Le Club, comme l'année précédente aussi, proposa de payer le voyage des sœurs Dubois et leurs cavaliers, ces deux derniers devant continuer à la Garnison leurs fonctions ordinaires de la Réforme. Quand Sirop en fut informé, il se récria :

120
Le Goglu, vol. III, n° 18, 4 décembre 1931

— M'sieu l'gérant, j'peux pas vous laisser d'même, j'ai été trop ben soigné.

— Votre reconnaissance me touche, monsieur Lafrance, car je devrai me passer durant plusieurs semaines de mon gérant des caves et mon surintendant des cendres. Cependant, il faut donner satisfaction à ma clientèle.

— Ben oui, votre clientèle est icitte, pourquoi m'envoyer ?

— Mes meilleurs clients sont à la Garnison. Vous devez les y accompagner. Monsieur Tit'Phonse ne peut priver ses protégés de ses soins, au moment où ils en ont le plus besoin. D'ailleurs, vous serez nécessaire là-bas, vous aussi, pour ouvrir les huîtres en vitesse et suffire à la demande.

— Hein ? des huîtres à Québec ? J'pensais jamais qu'y connaissaient ça !

— On connaît mieux ça même qu'ici.

— Dans c'cas-là j'accepte tout d'suite, cria Sirop.

Puis il sortit précipitamment pour annoncer la nouvelle à Jack White, le gérant du lavage des planchers et des crachoirs, murmurant en lui-même : « On va toujours ben s'rincer la dalle encore queuqu'temps ».

Le même soir, la nouvelle causa une agréable surprise aux sœurs Dubois. Elles savaient pouvoir travailler le jour, s'amuser le soir, avoir une belle chambre à l'hôtel alors que Tit'Phonse, Jack et Sirop occupaient la suite des visiteurs au Club. Québec est tellement hospitalier ! Cependant, le bonheur de Flannellette ne semblait pas sans mélange et sa figure, maintenant bien connue de Sirop, disait que quelque chose ne lui plaisait pas.

— Quoi c'qu'y a encore ? demanda le gros Lafrance.

— J'pense aux provisions. Tu sais c'qu'est arrivé l'année passée, quand on est r'venu. Tout était pourri. Et les rats ! Oh ! les rats !

— Si fromage que j'sus, j'me sus raffiné, moi aussi, dit Sirop. En écoutant dans l'tuyau d'ventilation, j'ai vu l'squîme qu'y ont dans l'gros monde pour voir à ces affaires-là. On va mettre tout l'manger dans des bonnes caisses, et on va envoyer les caisses refroidir dans l'entrepôt parégorique d'la Commission du Port, à côté des perdrix de Jos. Rainville. Comme ça, ça va s't'nir au froid tout l'temps et y aura rien qu'y s'ra pas en bonne condition quand on r'viendra.

— Pour des progrès, t'en as fait des progrès, dit Popeline éblouie. Chaque fois qu'tu viens, t'as queuqu'chose de nouveau à nous apprendre. J'aim'rais ben que Jack en fasse autant.

— Aimes-tu mieux Sirop, à c't'heure ? demanda sèchement Jack White.

— As-tu envie de m'souitcher mon cavalier ? demanda Flannellette toute surprise.

— Vite, allons chercher des caisses, dit Sirop que la rougeur congestionnait au point d'en paraître bleue et violette.

— C'est pas ça, mais on peut ben parler sans qu'tout l'monde s'mette à beugler ! riposta Popeline.

— Dans c'cas-là, fais 'tention comment c'tu parles, dit Jack.

— R'gard'-moi donc c'tit bout ! cria Popeline. T'imagines-tu qu'on peut pas parler d'toi pis d'te dire qu'tu pourrais en savoir plus ? Pour quoi c'tu t'prends ? Es-tu un colonel, es-tu l'maire, as-tu déjà été frère ? Quoi c'que t'es donc ?

Un silence abasourdi s'aplatit sur la chambre.

— C'est la surprise du voyage, chuchota Flannellette. A a ses nerfs. Parlons pus.

· · · · ·

Le lendemain soir, vers six heures, nos quatre Montréalais arrivaient à la gare du Palais. On avait convenu, durant le trajet, que Popeline et Flannellette séjourneraient au Château Frontenac, dans une suite deux pièces. Elles y installeraient un petit poêle électrique pour faire leur cuisine, car Sirop s'était aperçu, l'année précédente, qu'il serait plus facile de sortir des provisions de la Garnison que de la Réforme, de sorte que les sœurs Dubois pourraient manger mieux même qu'au Château tout en n'ayant rien à payer pour leurs repas.

121

Le Goglu, vol. III, n° 19, 11 décembre 1931

Ce fut donc avec une certaine arrogance que Sirop cria au chauffeur du taxi : « Château ! » Les corridors et les salles du Château étaient remplis de députés, ministres, *lobby-men*, membres de délégations, éclaireuses envoyées pour manœuvrer le bill du vote des femmes, conseillers législatifs, voyageurs de commerce et jeunes gens habitués de venir à l'hôtel chaque jour vers l'heure du souper afin de se faire répondre aux saluts qu'ils faisaient aux grands personnages. L'arrivée du groupe fit quelque sensation, car les visages des occupants semblaient dire : « Tiens, voici de vrais pensionnaires ; ce ne sont pas des gens qui viennent ici seulement pour se faire voir et user les tapis de l'hôtel sans nécessité ».

Pour aller prendre l'ascenseur qui conduisait à la chambre assignée aux sœurs Dubois, il fallut traverser un groupe assez considérable que Sirop ouvrait avec l'aide de ses épaules et des deux valises qu'il portait au bout de ses énormes bras. La beauté caractéristique des deux jumelles, la rougeur dont la gêne colorait leurs joues, leur taille gracieuse, leur démarche élégante qui rappelait celle de pintades intimidées soulevaient des expressions spontanées sur leur passage :

— *Some* bébés !

— Tu parles de deux beaux pétards !

— C'est des belles papailles une minute et quart !

— C'est pas des valentins !

— Penses-tu, Hector, que c'est des créatures qui font ouvrir l'œil !

— C'est loin d'être des chromos !

— Ça, c'est du monde !

— Regarde-moi donc ça aller !

— C'est pas de la petite bière !

— On peut pas s'empêcher de se revirer !

— Quoi c't'en penses, Arthur ?

Sirop suffoquait. Il aurait explosé, s'il avait tardé davantage d'arriver à l'ascenseur. Une fois que tous furent entrés dans la cage, il risqua cette remarque :

— J'ai peur que vous soyez achallées, dans un hôtel comme icitte.

— Bah ! non, dit Popeline avec empressement. Les faces du monde ont l'air correct. J'pense même qu'on va être mieux.

— J'pense comme Sirop, dit Jack.

— Vous connaissez pas ça, reprit Flannellette. C'est chic, icitte, c'est beau à voir partout, ça a l'air solide et y a du monde. On s'ra pas dans un désert ! Si on a envie d'danser, l'soir, en attendant qu'vous v'nez nous dire bonsoir, y aura sûrement des danseurs !

Sirop laissa tomber ses valises au milieu du corridor.

— Qu'as-t'as ?

— C'est rien, c'est l'élévateur qui m'avait étourdi un peu. J'aime pas les hôtels avec des élévateurs.

— Heureusement qu'y a des escaliers, dit Flannellette. Tu pourras les prendre.

On arriva finalement à la petite suite où devaient demeurer les deux jumelles.

Le premier soir était congé pour les nouveaux employés du Club de la Garnison, comme on s'en doute. Il fallut manger ailleurs qu'au gros hôtel, malgré ce qu'avaient pensé les seineurs des corridors. On alla s'emplir la dent creuse dans une « binnerie » quelconque de la rue Saint-Joseph puis, comme il était trop tard pour aller au théâtre et que la Législature ne siégeait pas, ce soir-là, on décida de faire une promenade dans la rue des grands magasins. On avait à peine fait quelques pas dans la rue Saint-Joseph que Flannellette s'écria :

— Tu parles qu'il y a du Juif, par ici !

— Ben oui, dit Jack White, j'ai remarqué ça. Quasiment tous les magasins sont youpins.

— Tiens, en v'là un autre, pis un autre icitte, cinq, huit, douze ! C'est effrayant, on se penserait en Palestine.

— Oui, dit Sirop, quand j'sus v'nu icitte y a queuqu'z'années, c'étaient rien que des Canayens. J'me d'mande ousqu'y sont allés !

— J'en ai ben rencontrés dans les chantiers, dit encore Jack. C'est p't'êt' là qu'y sont tous rendus.

— Tiens ! cria Popeline. R'gard' donc ça, là-bas, tout c'monde ! Quoi c'que ça peut ben être ?

122

Le Goglu, vol. III, n° 20, 18 décembre 1931

— Allons voir ça.

En approchant de plus près, on vit une foule assez considérable de laquelle s'élevait un sourd murmure. On gesticulait, cent doigts indiquaient quelque chose.

— Y ont l'air de r'garder en l'air, dit Sirop. Approchons encore.

Et l'on découvrit finalement que toutes ces gens étaient rassemblés devant le nouveau magasin du Juif Maurice Pollack[85], un superbe édifice moderne, le magasin le plus imposant de la ville. Au-dessus de la porte d'entrée, fière et arrogante, s'élevait une énorme grille dont les motifs décoratifs étaient, suivant les passants, une affirmation du magasin à ses titres de juif et de franc-maçonnique.

— Non, mais ça prend-y du culot, v'nir nous flanquer ça à la face, disait un vieillard. Pensez-vous qu'y rit d'nous-autres, ce pouilleux-là !

— Pis dire que c'est nous-autres qu'a payé ça, avec notre argent ! disait rageusement une fille.

— C'qu'y doivent les trouver poires, les Canayens, ces Juifs-là. C'qu'y doivent en avoir du fonne, quand y parlent de nous autres !

— C'est ça, jamais les Juifs nous ont aidés, mais nous autres on s'empresse de tout leur donner et d'les r'monter tout l'temps !

— J'ai jamais eu tant honte de ma vie. Ça, à not' nez, à not' face, chez nous !

— Les touristes juifs et francs-maçons vont ben rire, quand y verront ça après avoir vu nos églises !

— Jamais je r'mettrai les pieds icitte !

— Y m'a vu pour la dernière fois !

— Dire que c'est pour en arriver à ça qu'on a négligé nos commerçants !

— Y manque pus rien qu'à changer le nom de la rue Saint-Joseph pour le nom de rue Judas !

— Poussons-nous, c'est trop enrageant d'voir ça, dit Sirop.

Le lendemain avant-midi, Popeline et Flannellette firent la tournée des grands magasins pour s'engager comme commis. On leur répondit partout que le personnel supplémentaire engagé pour les fêtes avait été retenu depuis déjà deux semaines, mais qu'elles auraient une meilleure chance chez le Juif Pollack parce qu'il était graduellement abandonné par ses commis, qui venaient

---

[85] Maurice Pollack (1885-1968), un des entrepreneurs les plus prospères de la ville de Québec. Son magasin de la rue Saint-Joseph a été fondé en 1906. Il a été agrandi à plusieurs reprises au cours des années 1930.

s'engager les unes après les autres chez les marchands canadiens-français. « Il doit en avoir grand besoin, disait-on partout, car il lui faut remplacer celles qui partent. »

Nos deux jumelles marchèrent donc jusqu'en face de l'église Saint-Roch, devant le clocher de laquelle le Juif a fièrement arboré son étoile judaïque et ses colonnes maçonniques.

— On doit s'tromper, dit Popeline, j'vois personne.

— C'est effrayant comme y a pas grand'monde en d'dans !

— Entrons pareil.

En effet, l'intérieur du magasin ressemblait à une synagogue déserte. Il y avait si peu de commis qu'on avait peine à les voir, près des grosses colonnes. Il aurait été aussi difficile de trouver un client dans cette immense boutique que de trouver un grain de farine dans un voyage de sable. Flannellette, ayant aperçu une servante endormie derrière un comptoir, l'éveilla doucement et lui demanda :

— Y ont-y besoin d'commis, icitte ?

— Hein ? Parlez-moi-z-en pas ! On est à la veille de tous partir.

— Comment ça ?

— Ben, ça marche pus ! Y vient pu d'monde pantoute.

— Pourquoi ça ?

— J'sais pas. Y viennent pour entrer, des fois, à force d'habitude, mais en l'vant la tête au-dessus d'la porte, y r'virent frette comme si y voyaient l'iâbe.

— Pourquoi ça ? C'est-y une place hantée, icitte ?

— J'm'en sus pas encore aperçue. Mais y a au-d'sus d'la porte des signes que l'monde trouve insultants.

— Ah ! dit Popeline, c'est la place ousqu'on est v'nus d'vant, hier ! C'est d'vant icitte que l'monde était si fâché. Ben, mam'zelle, j'comprends que l'monde vienne pus. Y paraît qu'au-d'sus d'la porte y a une invitation aux Juifs et aux francs-maçons d'entrer ; et comme y n'a pas gros à Québec, ben y n'a pas gros qui entre.

123

Le Goglu, vol. III, n° 21, 25 décembre 1931

— Si c'est d'même, dit la serveuse, j'm'en vas d'icitte et j'vas aller travailler ailleurs. Y a toujours des limites, dans sa ville, en face de son église, s'faire traiter pour une commis d'synagogue !

Et elle se précipita vers une porte pour en ressortir presque aussitôt toute habillée, et s'enfuit dans la rue sans rien dire, secouant son linge et ses claques sur le trottoir, comme pour faire tomber des microbes.

N'ayant aucun espoir de trouver quelque emploi ce jour-là, les sœurs Dubois décidèrent d'aller assister aux débats de la Législature jusqu'à l'heure du dîner, alors qu'elles iraient rencontrer Sirop et les provisions de la Garnison dans leur suite du Château Frontenac.

— C'est l'meilleur show en ville ! dit Flannellette.

— Pis on a une chance de voir Idola[86].

— J'peux pas croire qu'a est encore par icitte !

— Tu comprends, pour badrer l'monde, a lâche pas.

— A a donc rien à faire ?

— Critiquer ; y paraît qu'c'est faire queuqu'chose.

— C'est vrai qu'une jeune fille pas enragée, c'est toujours agréable, même quand ça critique !

— Ça doit être parce qu'a sait qu'on aime à la voir souvent qu'a vient.

— A est bien chanceuse.

Déjà, les deux séduisantes jumelles arrivaient à la porte d'entrée du Parlement, sans oublier de faire remarquer qu'il y avait, au-dessous des fenêtres principales, des niches vides réservées pour les statues futures des grands tribuns Bray, Houde, Gault et Hector Dupuis.

Le corridor principal du Parlement remuait de façon étrange, agité par un va-et-vient plus que curieux. Des agents de la Police Provinciale se tenaient à l'attention, devant les portes des bureaux

---

[86] Idola Saint-Jean, journaliste et suffragette. On notera que les femmes ont eu le droit de vote en 1917 aux élections fédérales. Elles l'ont obtenu au provincial en 1940.

ministériels, près de la sortie des ascenseurs, à l'entonnoir des escaliers, bref partout où l'intérieur d'un édifice parlementaire peut présenter quelque danger. Des chasseurs et des commissionnaires passaient en coups de vent, les portes claquaient, toutes les lumières électriques étaient allumées.

Si, par ce qui se passait, on pouvait croire que les bureaux de l'administration étaient comme des forteresses se préparant à un état de siège, les groupes d'oppositionnistes qui se partageaient les corridors et les vestibules donnaient à croire à des troupes ralliées pour un assaut. Dans le brouhaha des conversations et des murmures, on pouvait discerner des rumeurs de coup d'État.

Les oppositionnistes, comme on le sait, formaient deux camps bien distincts : celui des Houdistes et celui des conservateurs. Le camp des conservateurs se faisait remarquer par son absence de l'édifice. Il ne restait donc, pour battre la semelle sur les planchers du Parlement de notre patrie, que les Houdistes. Ils avaient la figure désemparée, suivant leur tradition habituelle, et l'abattement de leurs yeux trahissait la série de déconfitures, reculades, défaites et déroutes qui avaient été leur partage depuis près d'un an, tout en trahissant leur inébranlable confiance dans une autre série de déroutes futures plus complètes encore. Leurs chefs, cependant, avaient un accoutrement qui aurait dû annoncer tout le contraire. Ils étaient vêtus comment auraient dû l'être les ministres eux-mêmes : paletots de riches fourrures, tuques de vison, guêtres gris perle, gants poilus, cannes jaunes, chemises fines et cravates de cinq piastres. Tant est vrai qu'un homme ne peut pas tout avoir à la fois.

Les deux sœurs Dubois furent prises sans doute pour de grandes dignitaires du groupe féminin houdiste, car on ne les regarda pas de cet air de suspicion qui s'abattait sur tous les passants. Elles firent semblant de s'intéresser à examiner l'extérieur, par les fenêtres, mais c'était pour mieux écouter ce qui se disait autour d'elles.

— Faut que l'gouverneur signe, disait un gros joufflu à gros nez ; sans ça, l'affaire en finit là et on coule plus vite.

— C'est not' dernière planche de salut, disait un autre. Le squîme devait nous faire flotter jusqu'au mois d'avril, mais avec le bill Dillon, on cale longtemps avant l'temps.

— Si l'gouverneur signe pas ?

124
Le Goglu, vol. III, n° 22, 1er janvier 1932

— On ira voir l'autre.
— Si l'autre signe pas ?
— On enverra Tit'Douard demander au roi de signer.
— Si le roi veut pas ?
— Ben, dans c'temps-là, on aura eu l'temps d'faire les élections municipales. Tout l'temps que l'affaire ne sera pas réglée et que nos gens auront encore une lueur d'espoir, même si c'est un espoir bête, ça nous donne plus de chance que de leur faire savoir qu'on est accroché au fond sans pouvoir r'monter.
— Alors, on fait un roshe sur le gouverneur ?
— L'faut.
— Qui c'qu'on va envoyer ?
— Not' faiseux ordinaire de commissions.
— Tu sais ben qu'il n'est pas assez bouché pour se laisser convaincre de faire ça.
— Bah ! Il ne comprendra rien à tout ça, il fera la commission comme on lui dira et, comme ça, on sera encore à l'abri du ridicule en l'envoyant à notre place.
— Ah ! Ah ! Ah ! On a, tout d'même, des fameux numéros pour faire nos djobbes !

Après un silence, qui fut occupé à allumer des cigares, le gros reprit :

— C'est d'valeur que tout l'monde ait pas signé, ça casse l'unanimité.
— Et ça fait voir que les gens intelligents sont plus rares que les autres...
— Chtt, dis pas ça si fort, on peut s'faire poigner. Regarde-les donc, ils sont tous tellement contents d'avoir signé la pétition, ils prennent ça tellement au sérieux. Maurice doit rire, dans l'fond, quand il voit tout faire ça. Lui il nous voit v'nir et il l'a percé, not' jeu !

À ce moment une porte éloignée s'ouvrit, des personnes se parlèrent, un chuchotement distant approcha avec rapidité et l'on sut
en un instant que le gouverneur, en faisant un grand effort pour
ne pas rire, avait refusé d'agréer la pétition, avait signé le bill et
avait dit : « Veut-on me faire passer pour un fiche ? »

Les visages tombèrent plus bas qu'à leur niveau précédent, les
voix baissèrent encore leur ton et les pétitionnaires sortirent lentement, lourdement, mollement, pendant qu'un de leurs chefs soupirait : « Nos djôkes ne collent pas. Au lieu de s'acharner à une
élection qui est finie, on serait bien mieux de préparer la prochaine ».

Une fois que le groupe fut dispersé, les deux jolies jumelles se
rendirent dans la galerie des débats, mais pour s'apercevoir que la
Chambre ne siégeait pas. Elles s'informèrent auprès du gardien,
qu'il leur fallut dix minutes à trouver, de la prochaine séance et
apprirent que la députation ne viendrait pas avant le lendemain.
Il fallut bien sortir.

Dans leur petite suite du Château Frontenac, une agréable surprise les attendait. Sirop, revenu plus tôt que de coutume, avait en
effet préparé un succulent dîner sur le petit poêle électrique. Un
fumet exquis remplissait les deux chambres. Sur la table du petit
boudoir, on pouvait voir, étalées, les meilleures choses de la province, un filet d'orignal, des canards, perdrix, bécassines, de la
truite de saison défendue, un gigot de caribou et autres raretés.

— Où c'que t'as pris ça ? demanda Flannellette à son amoureux.

— Oh ! tu devrais voir le caulstorége du club. J'ai jamais tant
vu d'bonnes affaires que dans c'place-là. J'sais pas où c'qu'y prennent ça, mais y a là du gibier de toutes sortes pour manger pendant
un an. Pis avec ça qu'y en arrive quasiment tous les jours d'un peu
partout.

— On va faire des beaux snacs, dans c'cas-là !

— Ben meilleur qu'à Montréal. Pis y a les vins ! C'est des
gueules fines, dans c'club-là. On voit qu'y connaissent les bonnes
bouteilles. Y a là tous les beaux lébeuls qu'on peut voir à la
Réforme, avec d'autres que j'connais pas.

— Ça s'comprend, dit Popeline, les ministres s'rassemblent presque tout l'temps icitte, les belles bouillottes se font quasiment toutes icitte ; pis y a ça qu'les Québécois soignent ben mieux leur panse qu'les gens d'Montréal. Y s'la coulent plus douce.

125
Le Goglu, vol. III, n° 23, 8 janvier 1932

— C'est tellement bon, dit Sirop, qu'j'arrête pas d'manger et d'boire tout l'temps que j'sus là. J'me sens déjà plus pesant que quand j'sus arrivé. Y a un couque qui a l'tour pas pour rire de r'virer un filet mignon et d'farcir des oies, et y m'a pris assez en considération qu'les meilleurs et les premiers morceaux sont toujours pour moi.

— C'est ben partout pareil, dit Flannellette ; ceux qui paient pas ont toujours le meilleur, et ceux qui paient gros ont leurs restants.

— Vois-tu, dit Sirop en clignant un petit œil malin, par tout où c'qu'y a d'la cuisine et du manger, les employés sont comme une fraternité, et on n'a pas besoin de se l'dire pour s'réserver le meilleur de tout. Dans les vins, c'est la même chose. Si y a une bouteille avec un fond brouillé, avec un bouchon éventé, c'est ben entendu qu'ç'est pour le client. On s'rait ben bête de donner l'meilleur à du monde qu'on connaît pas et qui f'rait comme nous autres si y avait notre place.

Leurs démarches de l'avant-midi et le fait d'avoir écouté parler les Houdistes avaient profondément creusé l'estomac des deux gracieuses jumelles, de sorte que l'auteur ne sera pas taxé d'exagération en disant qu'elles engouffrèrent jusqu'à la dernière fibre les appétissantes victuailles que Sirop avait apportées et avait préparées avec une science presque parfaite. Ayant encore une heure libre à lui, Sirop, qui avait fait chauffer de l'eau, se mit en frais de laver la vaisselle afin de pouvoir causer plus à l'aise avec sa Flannellette et la Popeline de l'autre. C'était le premier vrai moment de répit qu'il avait eu depuis son arrivée et, en moins de cinq minutes, la vaisselle était lavée, essuyée et classée dans un tiroir de commode.

En moins de cinq minutes aussi, puisqu'il faut le dire, les deux jumelles, appesanties par un dîner qui aurait pu nourrir toute une classe de versification, s'étaient endormies d'un de ces sommeils qu'on ne connaît que le soir qui suit la veillée d'un mort. En voyant les sœurs Dubois stupéfiées sur leurs chaises, béatement écrasées par un excès de manger, Sirop regretta de s'être tant dépêché, puis il pensa : « C'est d'ma faute, aussi, tant leur donner à manger. Une autre fois, j'aurai rien qu'à servir moins gros ». Et il sortit le moins pesamment possible, pour ne pas troubler un sommeil qu'une explosion de dynamite n'aurait certes pas dérangé, tant il était lourd.

. . . . .

Ce soir-là, Tit'Phonse, en venant saluer ses sœurs avant d'aller se coucher à la Garnison, ne fut pas peu surpris d'y trouver des journaux de Montréal. Popeline lui expliqua très sagement :

— Tu comprends, on n'a pas encore trouvé de djobbe par icitte, cette ville ne nous fait pas vivre, alors on n'encourage pas les journaux de cette ville. Dans des conditions comme ça, j'aime mieux lire les nouvelles de par chez nous.

— Oui, mais vous êtes toujours bien nourries par le club, c'est pas Montréal qui vous nourrit ! dit Tit'Phonse.

— La nourriture, c'est d'l'extra sans conséquence. Si une ville peut pas nourrir ses visiteurs, elle mérite de disparaître. Mais, il y a le salaire...

En regardant les journaux, au hasard, Tit'Phonse tomba sur une feuille qui reproduisait une foule de portraits.

— Quoi c'est ça ? Tu parles d'une ménagerie, ça a l'air des diables de l'enfer !

— Ça, c'est des bolvéchiques.

— Des bolvéchiques ?

— Oui, les chefs des bolvéchiques.

— C'est effrayant, des têtes de même !

— C'est pas surprenant, dit Flannellette, c'est tous des Juifs.

— Ah ! bon, j'comprends mieux.

— Quoi c'qu'y font, ces bolvéchiques-là ?

— Y tuent l'monde qu'est baptisé. Quand y peuvent pas les tuer, y les volent.

— Pis c'est ça qu'les Juifs veulent nous am'ner, au Canada ?

— Pour eux autres, y ont ben raison ; c'est une façon d'avoir ben d'l'argent et ben des bonnes choses sans travailler.

— Tuer l'monde, c'est déjà un travail !

126

Le Goglu, vol. III, n° 24, 15 janvier 1932

— Pour eux autres, c'est un plaisir. T'as jamais entendu dire qu'un serpent trouve ça fatigant de mordre et d'empoisonner.

— Ton serpent m'fait mieux comprendre.

— Moi, dit Flannellette, y a des choses que j'peux pas comprendre. Par exemple, on m'a dit que les seuls gagnants de la guerre, c'étaient les Juifs. Y ont refusé de s'battre et quand tout a été fini, y s'sont fait donner la Palestine en cadeau, comme pays pour eux autres. Si y aiment tant leur système, pourquoi c'qu'y vont pas l'essayer là-bas ?

— Pas d'chance, dit Tit'Phonse. Là-bas, y a dix arabes contre un Juif, et les arabes veulent pas s'faire plumer comme les Canayens se sont fait plumer dans Québec. Y voient clair, c'monde-là !

— Y sont pas endormis !

— Y s'laissent pas bourrer !

— Y connaissent les Juifs depuis longtemps.

— Paraît qu'en Allemagne, y les connaissent aussi. Ça ch'naille, de c'temps-là.

— En Pologne aussi !

— En Autriche aussi !

— Faut toujours ben qu'y paient c'qu'y ont fait en Russie, au Mexique et en Espagne !

— Pas rien qu'payer, faut qu'y remboursent aussi les intérêts.

Là-dessus, Sirop et Jack entrèrent.

Inutile de dire que les cavaliers des deux jumelles avaient apporté chacun une brassée de bouteilles de vins mousseux des meilleurs crus. Sirop en ouvrit une, servit dans des verres à bière, puis ranima la conversation.

— De quoi c'vous parliez ? demanda-t-il.

— De c'que les Juifs font ailleurs et ont envie de faire ici.

— Oui, intervint Jack White, c'est une affaire plus importante qu'on pourrait le croire. Ces cochons-là ont été jusqu'à bâtir un monument à Judas en Russie.

— Hein ? Quoi ? Mais pourquoi ça ?

— Ma foi, c'est pour offrir aux citoyens de par-là le modèle que les Juifs aiment le mieux.

— Mais c'est pas un modèle, Judas ! dit Popeline.

— C'est un modèle des qualités juives, reprit Jack. Il aimait tant l'argent !

— Pas rien que ça, dit Tit'Phonse, il a aussi trahi ceux qui lui avaient fait du bien.

— C'est ça aussi, répondit Jack. Ses descendants ont trouvé ça tellement beau qu'ils ont continué de faire pareil.

Une deuxième bouteille fut alors ouverte par Sirop, car boire du vin mousseux dans des verres à bière fait perdre la notion de la quantité absorbée. Le verre lui-même fait imaginer que c'est de la bière.

— Au club, avant-hier, dit Jack, un membre étudiait avec un autre des chiffres sur la montée des Juifs dans la province depuis une soixantaine d'années. En 1851, paraît qu'y avait pas trois cents pouilleux dans Québec ; dix ans après, y en avait plus de cinq cents ; dix ans après, mille ; dix ans après, trois mille ; dix ans après, huit mille ; dix ans après, vingt mille ; dix ans après, cinquante mille ; et, depuis dix ans, leur nombre en cette province a été porté à plus de cent quarante mille, grâce paraît-il à un squîme d'immigration qui fit faire ben d'l'argent à ben du monde. C'qu'y a d'plus surprenant, c'est que les trois quarts de tous les Juifs du Canada sont dans la province de Québec.

— Comment ça s'fait ? demanda Flannellette.

— Ben, les Anglais les endurent pas, dans leurs provinces, et y veulent pas ach'ter sus les Juifs. C'est pour ça qu'les pouilleux s'en viennent dans Québec, où les Canayens les ont toujours bourrés.

— Si on est une race de tondus, dit Sirop, c'est ben parce qu'on aime à s'laisser tondre. Personne nous force à aller ach'ter sus les Juifs, on y va parce qu'on s'imagine qu'les Juifs sont nos amis parce qu'les Anglais les font ch'nailler. Moi, j'trouve ça ben bon d'voir les Juifs nous manger la laine sus l'dos, surtout parce que c'est nous autres qui leur affilons les dents quand y les ont pas assez pointues.

— Sirop ! Parle pas d'même, tu m'enrages ! cria Flannellette.

— C'est pourtant vrai, c'que j'dis là, reprit le gros Lafrance.

— Ça fait rien, j'aime pas ça.

127

Le Goglu, vol. III, n° 25, 22 janvier 1932

— Jack vient de dire en quelles grosses gangs qu'sont v'nus icitte depuis queuqu'z'années, c'est pas pour rien, c'est pas parce que les affaires étaient pourries. Ceux qui étaient icitte écrivaient à leurs parents : « On fait ben d'l'argent dans Québec, les Canayens nous aiment et nous enrichissent, venez vite, venez vite ». Et les autres pouilleux s en v'naient.

— Oui, mais y s'faisaient passer pour des colons.

— Colons miaille ! C'est toujours pas dans Montréal sus la rue Sainte-Catherine, la rue Saint-Laurent et la rue Craig qu'y peuvent travailler comme colons.

— Ça veut dire qu'y sont entrés sous de fausses présentations, en contant des ment'ries.

— Quand est-ce t'as vu un Juif qui contait pas d'menteries ?

— Rinçons-nous la bouche, dit Sirop en ouvrant une troisième bouteille. Quand on parle des Juifs, on vient l'gargoton assez gras qu'on a mal au cœur.

. . . . .

Sirop avait eu, la veille, une longue conversation avec Flannellette. Elle lui avait dit, en résumé : « Tu me dis, Sirop, que tu peux faire n'importe quoi. Ce n'est pas vrai. Tu ne peux faire des plans de maison, ni réparer une locomotive, ni écrire un livre, ni construire un pont, ni travailler comme barbier, ni comme constable de trafic. Un homme qui sait faire n'importe quoi est un homme qui ne sait rien faire. Tu es comme tous ceux qui s'adressent à un ministre pour avoir une djobbe ; ils peuvent faire n'importe quoi mais ne sont bons dans rien. Ça, ça n'avance pas, dans la vie. Ce qu'il faut, c'est bien connaître une affaire, la faire mieux qu'un autre, et avec ça un homme a toujours de l'emploi. En temps de crise, un bon homme dans un bon métier n'est pas en peine. Toi, Sirop, tu ne peux pas rester sasseur de cendres et laveur de crachoirs toute ta vie, même si c'est dans un beau club. Moi, être homme, j'aimerais mieux être président du club et avoir des hommes qui travaillent pour moi dans la cave. À ton âge, surtout, c'est pas prometteur pour l'avenir. Si tu sais faire rien que ça aujourd'hui, je me demande ce que tu pourras faire quand tes forces commenceront à canter. Tâche d'apprendre, pendant que c'est l'temps, tâche de r'garder plus haut que ça. L'avenir est pas c'qu'y a d'plus rose pour une femme, dans ces conditions-là ».

Sirop avait cru comprendre que Flannellette avait sur lui des vues plus grandes qu'il n'avait cru jusque-là. Aussi, la suggestion de Flannellette lui fit-elle un plaisir extrême. « A me d'mande pas grand'chose, pensa-t-il ; a me d'mande de faire queuqu'un avec moi. C'est rien qu'un cinn'che, étudier. A pourrait ben me d'mander de descendre les rapides de Lachine à la nage, et j'l'f'rais pareil. »

Le lecteur n'a pas tardé à deviner que, le jour même, Sirop s'était arrangé avec le gérant du club pour avoir ses avant-midis libres, le gérant lui disant : « Pourvu que le travail soit fait dans la journée, je n'y regarde pas ». On sait déjà, aussi, que Sirop était allé faire son entrée à l'École Technique, où le directeur commença par refuser, prétextant que les cours étaient déjà trop avancés, que le maximum possible d'élèves était dépassé, et toutes les autres raisons qui lui passaient par la tête. Mais quand Sirop lui eut dit : « Si vous écrivez pas mon nom tout d'suite dans vot' gros cahier, j'vas vous faire téléphoner du club d'la Garnison, par tout l'monde qu'y a là. J'sus plus pesant qu'vous pensez, faites attention à vot' d'jobbe ! », le directeur s'empressa de sortir son livre, sa plume et son encrier. Trois secondes plus tard, Sirop était un élève régulier de l'école.

— Maintenant, dit le directeur, vous reviendrez, pour votre premier cours...

— J'sus écrit dans l'livre, je r'viens pas. J'commence tout d'suite.

— Oui, mais on ne commence pas comme ça, il faut se donner le temps de respirer.

— Mon haleine est bonne, j'attends pas. J'sus-t'y élève ou pas élève ? Si j'sus élève, j'lâche pas.

Force fut donc au directeur de conduire Sirop vers les ateliers de l'école.

— Au fait, dit-il, qu'est-ce que vous voulez étudier, plus exactement ?

128
Le Goglu, vol. III, n° 26, 29 janvier 1932

Le directeur ressentit de vagues craintes lointaines car il vit qu'il avait affaire à un élève costaud, solide, qui devait être plus fort qu'il ne le paraissait. De plus, c'était la première fois que pareille demande lui était faite, les parents des élèves lui demandant ordinairement de voir à ce que leurs fils ne forcent pas et ne se salissent pas les mains. « C'est dommage, pensa-t-il, que le sassage de cendres ne soit pas un métier régulier, car je lui ferais sasser les treize tonnes de mâchefer qui encombrent la cour. Il aurait de quoi satisfaire ses nerfs et ses muscles. » Puis, bien timidement, il hasarda la question :

— Monsieur Lafrance, dit-il, n'avez-vous jamais pensé qu'il se consomme en cette province plusieurs millions de tonnes de charbon chaque année et que cela veut dire quelques millions de tonnes de cendres à sasser ?

Sirop s'arrêta net. Il se ramassa sur lui-même, comme un rhinocéros prêt à foncer, et sur ce ton calme et grave qui annonce généralement l'explosion, s'adressa au directeur en le prenant par les deux épaules : « Coudon, vous ! Pourquoi c'vous m'prenez ? Pensez-vous m'faire croire que vous avez une classe scientifique de sassage de cendres ? C'est-y une race d'abrutis qu'vous êtes chargé d'faire, icitte ? Voulez-vous que j'vous fasse sonner l'tombereau en plein Parlement par le ministre des Écoles Techniques, que j'vous fasse engueuler dans l'*Soleil* ? J'connais c'monde-là mieux qu'vous, vous rirez pas longtemps d'un homme comme moi, vous savez ! À c't'heure que j'sus élève icitte, vous avez rien qu'à filer doux pis vous t'nir le corps raide et les oreilles molles. À c't'heure, quoi c'vous avez encore à dire pour m'achaller ? »

Le directeur, bouleversé, livide, ne comprenant pas comment une suggestion aussi inoffensive pouvait pareillement déchaîner un homme, se contenta de répondre : « Monsieur Lafrance, je vous en prie, on vous a parlé en mal de notre institution et de son directeur. Vous serez très satisfait, quand vous nous connaîtrez mieux. Veuillez me suivre aux ateliers ».

Au bout du corridor, le directeur ouvrit une porte qui donnait sur un vaste atelier.

— C'est ici la salle de mécanique pour l'automobile, dit-il.

— Ça m'a l'air pas mal arriéré. J'sus pas expert, et pourtant j'vois des moteurs que j'ai vus quand j'étais p'tit gars. Vous m'f'rez pas croire qu'ça a pas changé d'pus c'temps-là ?

— Vous devez comprendre, monsieur Lafrance, que nous ne sommes pas pour acheter des moteurs de Rolls-Royce pour mettre entre les mains d'élèves sans expérience, surtout quand ce sont des moteurs qui ne servent à rien autre chose qu'à être taraudés, détaraudés, dévissés, déboîtés, dérinn'chés, désappareillés et désempiècés.

— Pas besoin d'tant en dire. J'pas un fou, j'peux comprendre avec rien qu'un d'ces mots-là.

— C'est pour vous expliquer les multiples usages que nous savons tirer d'un seul moteur.

On visita aussi la salle des machines à vapeur, celle des dynamos électriques et celle de la menuiserie.

— J'me sentirais plus à l'aise dans les engins, dit Sirop.

— Quels engins, les engins à gazoline, les engins électriques ou les engins à vapeur ?

— J'en connais rien qu'une sorte, les engins à stimme.

— Oh ! les locomotives, vous voulez dire !

— Lâchez donc vos grands mots et tâchez donc de comprendre.

Le directeur conduisit alors Sirop dans la salle des machines à vapeur.

— C'est donc ici que vous apprendrez, dit-il. Demain, vous reviendrez avec vos salopettes.

— Mes quoi ?

— Vos pantalons de travail.

— J'en ai rien qu'une paire, toujours la même. Puis, j'pas pour m'ach'ter des oveurâles rien que pour le temps que j'vas être à Québec. Pas besoin de r'venir, j'commence tout d'suite.

— Mais c'est congé ! Vous voyez bien qu'il n'y a pas d'professeur !

— C'est toujours pas l'professeur qui va faire c'que j'ai à faire. Si y d'vait faire c'que j'ai à faire, ça m'servirait pas à grand'chose.

129
Le Goglu, vol. III, n° 27, 5 février 1932

— Alors, dit le directeur découragé, mettez-vous à l'œuvre. Commencez avec cette grosse machine-là, la plus grosse, et essayez de savoir comment elle est faite. Ne manquez pas de sortir à quatre heures, car le gardien va fermer les portes à clef. Bonjour, il faut que je m'en aille.

En moins d'un instant, Sirop avait trouvé une clef anglaise et s'était mis consciencieusement à apprendre les secrets de la machine. Il défit boulon après boulon, roue après roue, jusqu'à ce que toutes les parties de la machine fussent étendues autour de lui. Incapable de se rappeler l'ordre dans lequel il fallait remettre les parties en place, Sirop se dit : « Celle-là est trop compliquée, je l'arrangerai demain avec le professeur. Cette petite-là m'a l'air moins roffe à comprendre. Essayons-la ».

Lorsque, à quatre heures, Sirop s'empressa de sortir pour ne pas être enfermé dans l'édifice, il n'y avait pas un seul morceau à sa place dans tout l'atelier. Tout y avait passé et la grande salle ressemblait plutôt à une fabrique bouleversée par des explosions d'obus qu'à un atelier de démonstration.

. . . . .

Un grand émoi agitait la cave du Club de la Garnison, lorsque Sirop revint à ses fournaises, après sa première leçon à l'École Technique. Tous les employés du club, assis autour d'un quart d'huîtres auquel ils faisaient honneur avec une vélocité capable de rendre envieux n'importe quel clubman, commentaient l'événement du jour avec des voix ardentes et des gestes cassants.

— D'quoi c'vous parlez ? demanda Sirop.

— T'as pas su ?

— Quoi ?

— Ben, la nouvelle !

— Quelle nouvelle ?

— La nouvelle youpine !

— J'sais pas, expliquez ça !

— Ben, les Juifs sont enragés de s'voir dénoncer parce qu'y peuvent pus voler tranquilles, et y vont d'mander une loi pour les couvrir et les cacher.

— Hein ?

— Oui, Beder Bercovitch[87] a commencé à écrire son bill.

— Pas fou, casse !

— C'est d'vant l'Parlement.

— Si c't'affaire-là passe, moi j'fais sauter les fournaises !

— Moi, j'mets des braquettes sur les chaises !

— L'meilleur moyen pour les Juifs d'avoir la paix s'rait d'arrêter d'voler, de faire du bolchévisme et d'changer leur enseignement.

— Non, loi ou pas loi, l'meilleur moyen pour eux-autres est d'ch'nailler en Palestine.

— Not' Parlement est-y un Parlement pour les Juifs ou pour les Canayens ?

— Ça m'a ben l'air qu'y n'a pas gros icitte qui l'savent !

— C'est pour ça que l'monde de partout m'a l'air à être tanné.

— C'est comme si on était chez nous et pas chez nous. N'importe qui fait c'qu'y veut, surtout les Juifs.

— Si tout l'monde de partout peut faire icitte tout c'qu'un Canayen peut faire, ça veut dire qu'on n'est pus chez nous.

— Ça c'est sûr. Mais par exemple, un Canayen a pas les mêmes chances dans une ville juive du pays youpin.

— J'pense qu'on s'rait mieux de s'dire juifs, pour avoir d'la chance ; on pourrait mal t'nir nos livres, tricher la douane, donner

---

[87] Peter Bercovitch, premier député juif à l'Assemblée législative. En 1932, il a tenté de faire adopté une loi contre la diffamation. Il visait particulièrement Arcand. La plupart des députés ont voté contre le « bill Bercovitch » comme on le surnommait.

une mauvaise pesée, on s'rait pas taxé pour l'université, on paierait pas les pertes de nos écoles, on n'aurait pas besoin de s'considérer Canayen et on marcherait partout comme des rois et maîtres en riant des Canayens.

— Penses-tu, s'y fallait qu'les journaux pas peureux parlent pus de c'que font les Juifs ! Penses-tu qu'ces rats-là grugeraient à leur aise sans être dérangés ! C'est ça qui les fatigue le plus.

— Non, c'qu'y les fatigue le plus, c'est d'pus faire d'argent. L'argent, pour un Juif, c'est son dieu, c'est son ciel, c'est son âme, c'est son cœur, c'est son sang. Ôte-z-y l'argent, tu lui ôtes le cœur et les entrailles, y s'met à brailler comme si c'était la fin du monde. D'pus qu'on connaît les Juifs, personne ne leur donne son argent. Prends Pollack, icitte, y est en train d'crever. Y peuvent pus endurer ça, parce que si ça continue y vont être obligés d's'en aller vivre dans des autres pays, et y veulent pas partir.

130

Le Goglu, vol. III, n° 28, 12 février 1932

— Pourtant, quand les journaux amis des Juifs engueulent les Grecs et les Syriens, ces derniers ne demandent pas de loi spéciale ; quand les journaux youpins rient d'nous autres et d'notre religion, quand y d'mandent de changer notre genre de gouvernement pour avoir un régime communiste, nous d'mandons pas d'loi spéciale ; quand des journaux d'Ontario foncent sur les Canayens, on d'mande pas des lois de Juifs pour les arrêter. On s'lève et on fonce à not' tour. Vois-tu comment les Canadiens-français seraient reçus, dans leur propre pays, en Ontario, si y d'mandaient c'que les Juifs, qui sont pas dans leur pays, d'mandent icitte ?

— On s'f'rait moucher.

— Et y auraient raison !

— Et si on passait une loi d'même dans Québec, en s'mettant à quatre pattes devant les pouilleux, penses-tu qu'les Anglais d'ailleurs nous prendraient pour des couillons et des aplatis.

— C'est ben vrai, c'est parce qu'on s'est toujours trop aplatis et qu'on a tout donné chez nous aux autres qu'y rient d'nous autres en-dehors de Québec et que dans les autres provinces, où on est dans notre patrie, pourtant, on est r'gardé comme des étrangers.

— Si ça passe, moi j'propose la grève.

— Oui, la grève, la grève. Pus d'sacs de glace, pus d'chauffage, pus d'rien !

· · · · ·

Avec cette tranche commence une série d'événements qui auront une répercussion profonde sur quelques-uns des héros que nous accompagnons partout depuis deux ans et demi, et sur le statut du feuilleton tel qu'observé jusqu'ici par l'auteur. Après cent trente tranches, rares sont les auteurs ahuris qui n'en feraient pas autant.

Qu'il soit d'abord permis à la victime de cette section de notre journal de faire quelques réflexions préliminaires destinées à ne pas trop surprendre le lecteur de ce qu'il lira par la suite. Les fréquentations trop prolongées finissent toujours par être ennuyeuses, autant pour ceux qui en entendent parler que pour ceux qui en sont l'objet. Ces derniers ont, en plus, l'avantage, ou si on préfère, le désavantage, de passer par un processus psychologique, anatomique et surtout physiologique qui rend ces fréquentations dangereuses. La curiosité qu'éveille d'abord le charme de personnes agréables à voir se transforme avec le temps et le contact répété en amitié, puis en intimité, puis en familiarité, de sorte que les ferments mentaux ou sentimentaux se développent fort naturellement, ascendant l'échelle de l'acuité dans une progression aussi sûre et vigoureuse qu'elle reste imperceptible. Il est vrai que le conscient a toujours un couvercle à placer sur le chaudron qui renferme les levains du subconscient, mais quand peut-on garantir que les fermentations ne feront pas sauter le couvercle ? C'est dans la crainte de voir sauter le couvercle, qui jusqu'ici a fait de vagues bruits de sonnerie d'alarme, que l'auteur devra précipiter l'action et amener avec plus de hâte qu'il ne l'aurait voulu des événements orthodoxes, qui en d'autres circonstances seraient fort répréhensibles, et qui sans doute feront fort bien l'affaire de ceux qui y seront mêlés. L'honorable Hector Laferté, comme on a dû le soupçonner dans le passé, ne devra pas être étranger à ces événements. Il en sera même l'étincelle allumatoire, le brandon inflammatoire et, s'il devra être momentanément tenu pour suspect, l'auteur lui devra une excellente porte de sortie pour passer d'un domaine dans un autre mais, qu'on ne s'effraie pas outre mesure, l'autre ne sera pas un domaine poissonnifère, du moins *de facto*.

De nombreuses lettres reçues depuis plusieurs mois nous font entendre que Jack White est un caractère étranger aux vibrations sentimentales, que Popeline, sûre de son cavalier, ne peut pas avoir le cœur aussi en peine que ça, que Flannellette n'a frémi qu'une seule fois, en voyant Constant Gendreault, et qu'elle est une fille froide, que Sirop Lafrance est un homme « *slow* ». Nous devons avouer que ces graves erreurs sont dues à la façon même dont ce roman est écrit, car l'auteur y raconte ce que font les personnages, mais il oublie de dire ce qu'ils pensent.

· · · · ·

131

Le Goglu, vol. III, n° 29, 19 février 1932

Cet après-midi-là, Sirop, qui avait été expulsé de l'École Technique, non sans y avoir provoqué une panique de tous les élèves par ses cris et la résistance qu'il offrit pendant une demi-heure aux dix constables venus pour le sortir, s'était empressé de courir à la galerie de la Chambre, pour entendre la discussion sur ce qu'il appelait avec ses amis le bill des pouilleux. Il en avait entendu parler au Club, depuis une dizaine de jours, et se promettait bien de ne pas perdre un mot de la discussion.

Le gros Lafrance attendait impatiemment l'ouverture de la séance, regardant évoluer ministres et députés autour des banquettes, examinant ses voisins des galeries, mesurant l'épaisseur des couches de poussière et comptant les ampoules électriques des électroliers. À chacune de ses visites au même endroit, il ne manquait pas de regarder, d'un œil moins que sympathique, le ministre des Chasses et Pêcheries, se souvenant toujours avec une fureur sourde mais bien contenue du regard enflammé que Flannellette lui avait déjà lancé et des paroles qu'elle avait prononcées à son sujet. Au moment où il regardait le ministre, celui-ci regardait d'un air indifférent dans la galerie des femmes. Sirop y porta ses regards.

Faut-il dire ce qu'il y vit ? Le lecteur peut-il soupçonner ? Eh ! bien oui, c'était Flannellette qui était là, Flannellette en personne, regardant elle-même dans la direction du ministre, les prunelles en feu, les lèvres enfiévrées, les joues plus rouges qu'en aucun autre temps, penchée sur la rampe de la galerie, tellement prise dans sa contemplation qu'elle ne semblait pas avoir conscience de ce qui se passait autour d'elle. Jamais Sirop ne l'avait vue plus belle, plus séduisante, plus élégante. C'était pour lui comme une apparition de l'au-delà, comme une image détachée d'un portrait de musée, enfin quelque chose qu'il ne pouvait définir tant il était par elle subjugué. Mais en même temps, il eut la même sensation que si un obus l'eut pénétré par le creux de l'estomac, que si une masse à pilotis lui eut tombé sur le dessus du crâne. Durant quelques secondes, il ne sut pas s'il était pour s'évanouir de vertige, il crut que les cloches assourdissantes qui tintaient dans ses oreilles annonçaient pour lui une surdité subite, le brouillement de ses yeux lui fit croire qu'il devenait aveugle. La force de l'assommade qu'il venait de recevoir le retint à son siège deux ou trois minutes, pendant lesquelles, les yeux baissés, il revint doucement à lui-même. Puis, lorsqu'il eut complètement repris ses sens, il se leva avec difficulté et, n'osant plus regarder en bas ni dans la galerie d'en-face, il sortit à pas chancelants et peu sûrs. On le prit pour un homme ivre.

Combien de temps Sirop marcha le long des remparts, puis autour de la Terrace, puis dans les côtes conduisant à la rivière Saint-Charles, on ne saurait le dire. Cependant, vers six heures, il se retrouva devant l'édifice du Parlement, sans savoir pourquoi. Sans savoir plus pourquoi, il entra et prit les escaliers et le corridor qui conduit vers la galerie. Il allait monter vers le petit escalier qui conduit aux banquettes des spectateurs, lorsqu'un brouhaha de pas et d'éclats de voix le ramena à la réalité et lui fit comprendre que la séance était terminée. Il se retourna pour rebrousser chemin quand, stupeur ! il vit passer le ministre des Chasses et Pêcheries qui sortait par la grand'porte du parquet et, le croisant en sens inverse, Flannellette ! Ce fut pour Lafrance un nouveau vertige pire que le premier. Ses jambes s'amollirent, sa tête s'appesantit et, bien lentement, il s'assit sur une des marches de l'escalier, coudoyé et bousculé par les gens qui descendaient.

— Comment, il n'est pas encore sorti, cet ivrogne-là !

Cette réflexion tira Sirop de la rêverie ténébreuse dans laquelle il était engourdi. Il se leva, abasourdi, et ne se sentit revivre un peu que lorsqu'il eut pris, au-dehors, quelques inspirations du petit air froid et piquant soufflé par le vent venu des collines Lorette. À ce moment, il était aussi loin de ses fournaises et ses cendres qu'un député se croit loin des prochaines élections, bien qu'il n'y ait plus déjà que trois autres sessions à tenir.

133[88]

Le Goglu, vol. III, n° 30, 26 février 1932

Hagard, à demi-conscient, Sirop se trouva soudainement dans le hall d'entrée du Château Frontenac, encore sans savoir pourquoi. Sentant une grande fatigue s'appesantir sur lui, il alla s'asseoir lourdement sur un fauteuil, pour reprendre haleine. Il commençait à peine à voir distinctement que, soudain ! par une fatalité méchante, il apercevait encore le ministre des Chasses et Pêcheries, au comptoir de l'hôtel, et tout à côté de lui... Flannellette, qui recevait ses clefs et ses journaux du commis en service.

Sirop eut juste conscience qu'il poussait un sonore et profond grognement, puis rien, plus rien.

. . . . .

Lorsque Sirop rouvrit les yeux, il faisait jour. Il avait les membres endoloris et lourds. Il baissa les paupières pour rassembler ses souvenirs et définir dans son esprit tout le concours des circonstances et des conditions dans lesquelles il se trouvait. Son esprit ne répondant pas, il écouta ses oreilles et entendit de légers bruissements autour de lui, des pas menus qui tentaient de se faire légers.

— Je me demande quoi c'qu'y a ben pu lui prendre. Y était pourtant pas soûl, y sentait pas la boisson pantoute.

---

[88] Saut dans la numérotation des tranches qui, de l'édition du 19 février 1932 à celle de la semaine suivante, passe directement de 131 à 133.

— Y a p't'être r'çu un coup sur la tête. As-tu vu si y a des marques ?

Sirop sentit passer sur sa tête deux mains douces, tièdes et menues dont les doigts lui écartaient les cheveux. Il se souvint vaguement que, tout petit gars, des mains comme celles-là avaient pareillement cherché dans ses cheveux, et il se souvint aussi que c'était pour une opération différente.

Les voix qui murmuraient autour de lui étaient tellement voilées qu'il ne pouvait les reconnaître. « Je dois être dans un hôpital », pensa le gros Lafrance ; « c'est des neurses qui parlent ».

Qui n'ouvrirait pas les yeux, lorsqu'il a conscience d'avoir une neurse inconnue à son côté ? N'étant pas une exception, Sirop ouvrit de nouveau les yeux, cette fois avec la ferme intention de voir. Il les ouvrit comme fait tout le monde quand on veut voir sans laisser voir aux autres qu'on regarde : à peine un filet entre les deux paupières, juste pour laisser passer la lumière. Que vit-il ainsi ? La plus belle paire de jambes au monde, les pattes les mieux tournées qu'il serait possible de trouver parmi toutes les charmantes petites monteuses de côtes de Québec. « J'en ai jamais vu d'pareilles, pensa encore Sirop ; aussi ben d'tout r'garder. » Et, avec la même détermination que celui qui ouvre une porte toute grande d'un coup sec, il ouvrit tout grands ses yeux.

— Flannellette !

— Hein ! T'es réveillé ?

Sirop vit qu'il n'était pas dans un hôpital, mais dans la petite suite des sœurs Dubois, au Château Frontenac. Lorsqu'il aperçut Flannellette, heureuse et souriante, s'élancer vers lui, son esprit y associa aussitôt les visions qu'il avait trop bien vues la veille, et il fit une horrible grimace.

Flannellette s'arrêta, l'air surpris :

— R'gard'-moi pas d'même, tu m'fais peur !... Quoi c't'as ? Une autre attaque ?

— Oui.

Ce « oui » était le premier essai que Sirop faisait de sa voix. Il fut étonné lui-même de constater à quel point sa voix était grave, profonde, creuse et éraillée.

— Attaque de quoi ? demanda Flannellette.

— Attaque de toi.

— Attaque de moi ? Quoi t'tu veux dire ? J'comprends pus rien !

— J'comprends, moi.

— Ben, dis-le, seigneur. Ça fait deux docteurs qui viennent te r'virer les yeux, te r'garder la langue, te tâter les bras, écouter en-d'sous d'ta ch'mise, et personne comprend rien. Y ont dit qu't'as des poumons d'joual et un cœur de bœuf.

— Y ont pas ajouté qu'j'ai une tête de cochon ?

— C'est pas l'temps d'rire, Sirop. Tu peux mourir, emmanché comme t'es là.

— J'le sais, et j'vas mourir, aussi.

— Mourir pourquoi ?

— C'est toi qui m'tues.

— Hein ? Comment qu'tu dis ça ?

— J'ai dit qu'c'est toi qui m'tues.

134

Le Goglu, vol. III, n° 31, 4 mars 1932

— Quoi c'j'ai donc fait ? Si c'est l'manger qu't'as mangé icitte qu'était poison, c'est pas d'not' faute, c'est toi qui l'as emporté du Club. Tu sais, t'en as tellement pris qu'y t'ont p't'ête joué un tour pour savoir qui c'qu'y l'prenait.

— J'aim'rais ben mieux mourir par le poison que par c'que tu m'as fait.

— Sirop, explique-toi. Tu m'rends nerveuse et j'ai envie d'pleurer.

— C'est déjà assez de l'voir sans être obligé de l'dire. Tu sais mieux qu'moi c'que j'veux dire.

— Popeline ! Popeline ! Y va m'faire mourir, c't'homme-là ! J'pus capable d'rester, viens y parler, toi !

Et Flannellette prit son manteau, son chapeau et sortit précipitamment.

— Prends ton temps ! lui dit lugubrement Sirop.

Popeline approcha de la chaise longue sur laquelle Sirop était écrasé depuis vingt heures.

— Veux-tu m'dire quoi c't'as, Sirop ?

— J'ai c'que tout l'monde aurait si y était dans ma peau.

— Mais ça peut pas durer comme ça. Flannellette t'a veillé toute la nuit, elle a été énervée d'inquiétude, elle a pleuré longtemps, et l'premier mot qu't'as en la voyant c'est pour l'énerver encore.

— Sais-tu, Popeline, j'ai envie d'tuer queuqu'un !

— Aye ! cria Popeline horrifiée.

— Pas vous autres, pas mon monde, reprit-il.

— Mais qui ? Mais qui ?

— Lui.

Et il prononça son « lui » de façon tellement majestueuse et tragique que Popeline ne put faire la moindre association d'idées.

— Mais Sirop, tu es fou, ma foi. Vouloir tuer l'monde, à c't'heure. Sais-tu c'que j'vas faire ?

— Non.

— Eh ! bien, j'paqu'te les valises et on prend l'premier train.

— J'ai pas mon argent !

— J'vas aller au Club chercher ta paie et j'vas dire à Tif'Phonse et Jack de s'en revenir avec nous autres. D'abord la session a fini...

— Les Juifs ?

— Battus !

— Ça m'console un peu.

Lorsque Popeline se présenta au gérant du Club de la Garnison pour retirer la paie de Sirop Lafrance, tous les membres qui s'y trouvaient se levèrent avec empressement et vinrent se placer dans la porte. Tit'Phonse, qui se trouvait alors dans la salle, s'empressa de vider tous les verres dans les crachoirs, afin de pouvoir faire profiter le Club de nouvelles commandes. Lorsque le gérant sut que Sirop allait partir, et avec lui Jack et Tit'Phonse, il échappa un profond soupir, sachant que les recettes allaient diminuer et que la saison morte allait commencer. Il paya avec regret, sans toutefois se faire prier, et ajouta même un bonus qu'il avait été autorisé à donner aux trois Montréalais.

Les valises furent bouclées aussi promptement que s'il se fut agi d'évacuer Shanghai. Les sœurs Dubois ne vivaient plus, dans l'atmosphère québécoise. Le choc de la veille les avait saisies, les propos incohérents de Sirop les avaient complètement bouleversées. Inutile de dire qu'on ne manqua pas le premier train en partance.

Il n'y a rien comme le voyage en chemin de fer pour calmer, apaiser les nerfs de ceux qui ne redoutent pas les collisions, faire penser lentement et parler posément. Après une heure d'un silence plat qui ennuya Jack et Tit'Phonse au point de les repousser vers le compartiment des fumeurs, Popeline profita du moment propice qu'elle avait attendu et engagea la conversation.

— Sirop, tu vas nous dire quoi c't'as !

— Demande à Flannellette.

— Flannellette peut rien voir dans tout ça, c'est toi qui vas parler.

— Ben, a s'occupe trop des autres !

— Hein ? cria Flannellette.

— Oui, l'minisse ?

— Quel minisse ?

— Ç'ui-là qui t'a regardée.

— J'ai pas vu un minisse me r'garder !

— J'ai trop vu faire trop d'fois pour que tu m'ostines.

— En tout cas, si un minisse m'a r'gardée moi j'l'ai pas r'gardé !

— Oui, tu l'as r'gardé. Pis t'as été à côté d'lui ben des fois !

— Y est fou ! Ma foi, y est fou !

135

Le Goglu, vol. III, n° 32, 11 mars 1932

— Non, j'pas fou.

Popeline, émue par le ton assuré des paroles de Sirop, fixa Flannellette.

— Es-tu ben sûre, Flannellette, qu'Sirop a pas raison ?

— J'peux pas t'dire plus que j'lui dis à lui.

— Ben, Sirop, ça d'vrait être assez c'qu'a dit là.

— Si j'avais pas vu, Popeline, j'la croirais.

— Quoi c'est qu't'as vu ? demanda Flannellette avec une teinte d'exaspération.

— Ben, v'là. J'ai vu l'minisse te r'garder, te croiser, se trouver près d'toi quatre fois la même journée, et t'avais pas l'air à détester ça.

— Sirop !...

— Moi, j'peux pus endurer ça. A veut pas d'moi, c'est correct, j'sais que j'sus pas grand'chose, mais c'est pas nécessaire de me l'faire voir dru comme ça. A aurait dû me l'dire avant...

Flannellette éclata :

— Quand j'pense que j'ai lâché tout c'que j'connaissais de doudes et de souelles d'pus qu'j'ai rencontré c'gars-là, et y a jamais arrêté de me r'virer à l'envers. J'peux rien faire, j'peux rien dire, faudrait que j'me cache dans une valise dans l'fond d'une cave pour y faire plaisir. Certain, certain, Popeline, y va m'faire mourir !

Et Flannellette se leva brusquement et disparut dans la porte qui donnait sur le wagon suivant. Sirop était décontenancé. Il regarda Popeline avec des yeux dont il serait impossible de dépeindre l'hébétement et la stupéfaction.

— Ben, quoi c't'en pense ?

— C't'à toi à aller la r'joindre, Sirop. Faut qu'ça s'arrange, c't'affaire-là, va y parler dans l'aut' char.

Sirop s'avança lentement vers l'autre wagon, qui était presque vide, car il y a toujours beaucoup moins de voyageurs qui vont de Québec à Montréal qu'il y en a qui vont de Montréal à Québec. L'occasion était propice. Flannellette était seule sur un banc de peluche rouge, ses deux jolies jambes reposant sur le banc d'en-face. Sirop contempla longuement les deux jambes, pensant en lui-même : « Pour être pattée, elle est saprement ben pattée ». Puis il s'assit le plus doucement du monde, pour ne pas donner de soubresaut au banc de peluche rouge. Flannellette ne se détourna pas ; elle regardait sans le voir le paysage qui courait le long de sa fenêtre. Sirop lui donna sur l'épaule un tout petit coup de son gros pouce charnu, mais elle ne bougea pas plus. Il se décida alors à parler.

— An-an-lette !

— Quoi c'tu veux ?

— Es-tu encore fâchée ?

— J'pas fâchée.

— Dans c'cas-là, quoi c't'as ?

— C'est toi qu'as quelque chose, quoi c't'as ?

— Ben, j'tout mêlé. Y m'semble que tu veux pas d'moi et que t'as vu trop longtemps ma face.

— Qui c'qui t'a dit ça ?

— Personne m'a dit ça, mais ça m'a l'air comme ça.

— Quoi c'qui t'fait dire qu'ça a l'air comme ça ?

— L'minisse...

— Hein ? Ça va-t-y r'commencer, c't'affaire de minisse-là ? D'abord, vas-tu t'décider à t'expliquer, avec cette histoire-là, qu'on en finisse et qu'on en r'parle pus.

— L'aimes-tu ?

— Faudrait d'abord que je l'connaisse. Qui c'que c'est, l'minisse, où c'qu'y est, quoi c'qu'y fait ?

— C'est l'grand blond, l'minisse des poissons...

— Ça m'dit pas plus c'que tu veux dire. J'comprends rien à ton affaire.

— En tout cas, Flannellette, j'ai pensé que tu m'lâchais pour le minisse et, rien qu'd'y penser, j'ai manqué d'en v'nir fou. Si ça arrivait, ça, je l'tuerais pour me soulager les nerfs, pis j'me tuerais ensuite pour te soulager.

— Pis tu penses pas à c'que j'deviendrais, dans tout ça, moi !

Sirop tenta, dans sa grosse tête, de démêler les situations possibles en cas de pareil événement, mais tout y était encore vague et nébuleux. La solennité du moment l'écrasait, il était oppressé et soufflait comme un piston de machine à air comprimé. Il définissait mal ce qu'il ressentait, et les mots sortaient plus difficilement encore.

— Tu sais, Flannellette, y a assez longtemps qu'on s'connaît que ça me mal à l'aise.

— Quoi c'tu veux dire ?

— C'est drôle, d'pus queuqu'temps, m'semble que j'sus plus gêné avec toi que quand j't'ai vue la première fois.

136

Le Goglu, vol. III, n° 33, 18 mars 1932

— Ça doit être parce qu'on est trop habitués ensemble, c'est d'venu ordinaire et j'te dis moins qu'dans c'temps-là.

— An-an-an-an-ellette, grogna puissamment Sirop. Ah ! c'est pas ça pantoute. C'est tout l'contraire.

— Dans c'cas-là, tu devrais pas être gêné.

— Tu sais, j'vois rouge à c't'heure quand queuqu'un te r'garde, j'voudrais pas qu'tu parles à personne, qu't'ailles nulle part...

Déjà Sirop parlait beaucoup plus bas, il soufflait presque dans le cou de Flannellette qui, d'abord surprise, commençait à ne pas trouver désagréable ce puissant souffle chaud, qui lui élevait la température du bras gauche tout en lui donnant la chair de poule sur le bras droit.

— Sirop, dit-elle d'une voix de moins en moins cassante, tu m'fais frissonner, j'pensais pas qu'tu pouvais être mauvais comme ça.

— Mauvais pour les autres, continua-t-il comme un soufflet de forge dans le cou de Flannellette, mais tu sais ben que j'pas capable d'être mauvais pour toi.

— Certain ? Certain ?

— Ahrhrhrhrh...

Les poumons du gros Lafrance en sifflaient, il avait les yeux complètement ronds, lumineux comme des smauqués. Flannellette, souriante, la tête appuyée au dossier recouvert de peluche rouge, les yeux mi-clos, la bouche entr'ouverte, murmura : « Dis-moé donc des belles choses ».

À ce moment, la porte du wagon s'ouvrit avec fracas, un cri déchirant perça l'air du wagon : « Saint-Henri – Montréal, Saint-Henri – Montréal », et un homme à casquette noire et palette reluisante se mit à pousser violemment les fauteuils placés du mauvais côté, ce qui faisait un grand vacarme.

En descendant à la gare, l'attention du groupe des Dubois, Lafrance et White fut attirée par un groupe de Juifs qui se lamentaient, gueulaient, gémissaient.

— Quoi c'qu'y ont ? demanda Jack White à un officier qui se tenait près de là.

— Ce sont des youpins, monsieur ; des youpins entrés au Canada avec de faux documents et sous de fausses déclarations. On les déporte dans leur pays d'origine.

— Mais, dit Sirop, y ont pas besoin de tant brailler pour ça.

— Ils sont originaires d'Allemagne, dit encore l'officier, et ils viennent d'apprendre que Hindenburg a été battu grâce aux gains fantastiques faits par les anti-juifs depuis deux ans. Ils ne sont pas anxieux d'arriver en Allemagne dans des conditions comme celle-là.

— Qu'y s'imaginent pas qu'on les aime plus ici qu'en Allemagne, ces Juifs-là, dit Popeline.

Et nos amis continuèrent leur chemin. Flannellette, qui avait encore une épaule brûlante et l'autre couverte de chair de poule, se tenait de tout son poids sur le bras du gros Sirop, qui aurait voulu la trouver dix fois plus pesante. Ses yeux étaient encore mi-clos, malgré le vent sec, et ceux de Sirop étaient encore tout ronds. En traversant le grand hall qui donnait sur les portes de sortie, Sirop s'arrêta net. Flannellette sentit de fortes pulsations agiter son gros bras. Le gros Lafrance avait le visage congestionné, son front se plissa lentement, ses yeux devinrent malins.

— Quoi c't'as ? lui demanda Flannellette à l'oreille.

— Il est là ! grommela sourdement Sirop.

— Qui, lui ? Où, là ?

— Ton minisse, juste en avant !

— Je l'vois pas. Et pis, quoi c'que ça peut ben faire ? Y a droit d'vovager, lui aussi !

— Ah ! Y a choisi l'même train qu'toi ! C'est pas pour rien ! Lâche-moi l'bras, j'vas aller y dire queuqu'chose.

— Sirop ! Sirop ! chuchota vivement Flannellette en lui serrant le bras davantage, fais pas l'fou, laisse faire, y t'arriv'rait malheur.

— Malheur pas à moi, mais à lui ; laisse-moi aller.

À ce moment une importante délégation se présentait au-devant du ministre, et en passant à côté de ces gens, on entendit dire que le banquet était bien organisé, qu'il y aurait des délégués d'un peu partout.

137

Le Goglu, vol. III, n° 34, 25 mars 1932

— Tu vois ben, murmura Flannellette, que c'est une affaire de banquet. Ça a rien à faire avec moi.

— Oui, mais y aurait pu arranger son banquet avant que tu r'viennes.

— Vois-tu, Sirop, dit soudainement Flannellette, si on s'mariait, tu s'rais ben plus malheureux que comme on est là.

— Ben moins, dit-il, ça s'rait différent.

— Tu penses ?

— J'pense pas, j'sus sûr.

Le gros Lafrance sentit que Flannellette était un peu plus pesante et que sa petite main serrait son gros bras un peu plus fort, et l'idée du ministre lui sortit complètement de la tête.

Peu après, pendant que le taxi roulait vers la rue Du Berri, Sirop dit à l'oreille de Flannellette : « J'aurais queuqu'chose de ben sérieux à t'dire ».

— C'est-y une affaire qui m'f'rait séparer de Popeline ? demanda la jumelle blonde.

— Un peu comme ça, s'séparer sans s'séparer !

— Dans c'cas-là, dis à Popeline c'que t'aurais à dire. Moi, j'peux pas vouloir m'séparer d'elle. On est v'nues au monde ensemble, on s'est jamais lâchées, et j'voudrais jamais qu'a m'fasse des r'proches.

Sirop se pencha alors vers Popeline et lui dit tout bas, assez bas pour que Jack White ne comprenne pas : « Popeline, j'aurais queuqu'chose de ben important à te d'mander ».

— C'est-y une faveur, ou un sacrifice, ou un conseil, quoi c'que c'est ?

— C'est quasiment tout ça ensemble.

— Ma foi, tu parles de façon pas mal tragique.

— Tu comprendras mieux quand j't'aurai parlé.

— Si c'est une faveur que je dois t'accorder, moi, es-tu prêt à la gagner ?

— Pour sûr, Popeline. D'mande n'importe quoi, y a rien que j'vas r'fuser.

— Dans c'cas-là, d'mande-moi rien avant d'avoir fait battre les pouilleux de zoudistes qui empoisonnent la ville.

— C'est pas une faveur, ça, c'est une satisfaction que tout l'monde veut s'payer.

Inutile de dire que le gros Lafrance, dès le lendemain, se mettait résolument à l'œuvre, tout feu tout flamme. Dans tout ce qu'il entreprenait, il mettait toute son énergie et toutes ses forces, car c'était un sincère. Mais, dans la présente entreprise, voulant obtenir le droit de demander à Popeline la faveur qu'il convoitait, il s'était lancé à corps perdu, tel une locomotive sous pression de vapeur. Il avait eu beaucoup de peine à obtenir du gérant du Club de Réforme la permission de s'occuper de politique active, car le gérant lui avait dit : « Je tiens à ce que mon établissement ne soit pas accusé de partisannerie, car ce n'est pas dans nos habitudes de se mêler des affaires des autres. Cependant, par exception, vu qu'il s'agit pour vous d'obtenir une faveur, je tolérerai. Mais pour cette fois seulement ». Cette permission spéciale était pour lui une autre raison de se surpasser, car il aurait pu tout aussi bien être écarté de la lutte.

Sirop était allé s'engager aux quartiers houdistes, où il était inconnu, et il avait amené avec lui Jack White. Dans ces quartiers déserts, on avait été tellement heureux de voir deux partisans inattendus venir offrir leurs services, gratuitement, qu'on leur avait confié la tâche délicate de contrôler l'exactitude des listes électorales. Bien qu'ils fussent alors au pouvoir, les Houdistes craignaient que l'ennemi n'eût eu un trop gros mot à dire dans la confection de ces listes. Et Sirop, conduit dans le vieux Pontiac de Jack White, passait de maison en maison avec une rapidité vertigineuse, parcourant un quartier entier par avant-midi. Et, chaque fois qu'il sortait d'une maison, il disait à Jack : « Encore un autre de r'viré, encore un anti-houdiste, c't'effrayant c'que ça va être c't'année ; j'me d'mande comment c'qu'y peuvent avoir le front de s'présenter quand l'monde est aussi monté qu'ça ».

— Quand on s'bourre en safre comme y s'sont bourrés, répondait Jack, on pense rien qu'par le ventre et on comprend pas l'bon sens.

138

Le Goglu, vol. III, n° 35, 1er avril 1932

Et, chaque soir, Sirop se rendait aux quartiers-généraux du Zoo pour faire son rapport de la journée. On s'empressait autour de lui, on le harassait de questions, on le « pompait », suivant l'expression chère au grand chef. Sirop, l'air toujours souriant et gai, répondait par des paroles encourageantes, par des rapports rassurants, des pronostics plus tonifiants que le Riga ou le Rita à quarante pour cent. Et il ajoutait : « On va les manger tout ronds, on les a par la ganse, on va rentrer comme dans l'beurre ». Mais, pendant ce temps-là, il pensait en lui-même : « C'est le seul moyen de leur faire abouler leur argent ; si y étaient sûrs d'être battus, personne n'aurait une tôle. Ça colle, y mordent, mais y vont avoir l'air bête quand y vont s'apercevoir du rinn'che que j'leur ai mis dans leur machine ». Il était tellement enthousiasmant, tellement convaincant, que le grand chef Houdiste lui avait proposé d'être candidat indépendant, d'être son principal orateur, de le suivre partout afin de le stimuler. « Quand j'sus sûr d'être premier ministre ou d'être maire, j'parle ben mieux, et j'sus plus drôle devant les foules », lui avait dit le chef. Mais Sirop sut lui faire comprendre qu'il était plus utile à travailler dans l'ombre et le secret.

Le soir du dimanche de Pâques, Sirop alla faire la tournée de toutes les assemblées houdistes, en sa qualité de « surintendant ». Dans les petites salles, les comités, c'étaient partout des contracteurs municipaux, des experts en expropriations qui adressaient la parole à de rares groupes d'électeurs, forcés de venir à cause de leur situation, d'autres qui avaient inutilement versé de l'argent pour avoir des positions, d'autres venus par curiosité pour compter combien l'échevin agonisant du quartier allait admettre de vilénies et de scandales. Puis il se rendit à la grande assemblée générale du chef, tenue au Marché de Maisonneuve.

Il y constata les mêmes méthodes chères au maire Houde, pour s'étourdir et se donner de la contenance. Il y reconnut les quatre groupes salariés placés près du haut-parleur, payés pour applaudir jusqu'à 11 heures, avec supplément de un dollar s'ils voulaient rester dans la salle jusqu'à minuit et demi. Comme toujours, Houde fit son coup de scène, en bon acteur, n'arrivant qu'à 9 heures, pour faire entendre à la radio des applaudissements artificiels qu'il n'aurait pas eu sans cela, dérangeant tout le monde, les occupants de l'estrade, les présidents de l'assemblée et ce pauvre Lalonde, qui était en train de bafouiller sans se comprendre lui-même. Auguste-la-défaite commença un discours insignifiant dans l'intention de chauffer l'assistance et préparer un auditoire plus chaleureux à son maître. Mais il ne réussit qu'à faire sortir quelques centaines de personnes. Puis Houde se leva, au milieu de cris de toutes sortes, des hourras, des chous, des sifflets, et le chant de l'hymne national par les crieurs salariés. Le résultat fut le même que celui des assemblées de la tournée du bas de Québec, l'été dernier. Une demi-heure après que Houde eut commencé de parler, soit vers 10 heures, la salle était dégarnie du tiers des assistants et les haut-parleurs de l'extérieur glapissaient lugubrement sur une vaste place publique complètement déserte. Voyant qu'il ne pouvait pas être pris au sérieux par la foule, le chef en décadence dut se contenter de faire des farces, de se mettre la bouche en cœur en faisant le fin. C'était comme à une représentation de comédie. On n'applaudit le comédien ou le bouffon que lorsqu'il fait une grosse grimace ou dit un mot bien salé. C'est ce que le chef du Zoo comprit. Il fut vulgaire à son goût et son esprit ritasien trahit constamment des idées licencieuses, basses, faubouriennes. Il ne réalisait pas que la foule le traitait en pitre quand, après une grosse farce salée, elle criait « Encore du pareil » ; il recommençait, malgré les chuchotements désespérés de ses voisins de l'estrade qui lui disaient : « Politique, parle de politique ». Et, comme l'été dernier, il répondait : « D'la poulitic, j'en f'rai plus tard ».

139

Le Goglu, vol. III, n° 37, 15 avril 1932

Le grand soir venu, Sirop, tout seul dans sa cave, ouvrit le cadre du ventilateur qui donnait sur la grande salle du club, où fonctionnait un appareil de radio ; puis il s'assit, le cou tendu, l'oreille penchée sur la bouche du ventilateur par lequel lui parvenaient tous les bruits qui se faisaient entendre en-haut. « J'ai ben hâte de voir si j'ai assez travaillé », pensait-il en lui-même.

C'était le poste transmetteur de la *Presse* qui irradiait les rapports de l'élection. Sept heures, sept heures trente, sept heures quarante-cinq... Rien toujours rien. On ne pouvait entendre que la musique endormante d'une apparence de concert offert par un tailleur juif. « C'est ça qu'y appellent du service public, quand toute une province attend comme dans l'feu ! grogna Sirop. Y lâchent les rapports d'élection pour faire queuques piasses avec un Juif. C'est ben toujours Phiphile[89] ! Et ensuite y s'ra surpris qu'tout l'monde est tanné et qu'on veut l'étatisation. »

Après une attente interminable d'une heure, la *Presse* se décida enfin à donner les premiers rapports de quelques *polls* dans Ahuntsic. « Ça sent un peu bon, pensa le gros Lafrance, la Houderie commence par avoir le d'sous ; si ça peut continuer comme ça ! » Et il fallut attendre encore longtemps, des dialogues en anglais, des chanteurs à voix éraillée, des orchestres de cinq-demiards, des annonces interminables. Finalement, après des erreurs, des corrections de toutes sortes, un emmêlage à n'y plus rien comprendre, Sirop commença à avoir l'assurance que son travail avait porté fruit et que sa victime était bel et bien perdue. D'ailleurs, de féroces cris de victoires commençaient à retentir de la grande salle d'en-haut, confirmant que Sirop ne se trompait pas trop. Puis, quand il eut eu le rapport de la lutte à la mairie pour 1 021 *polls* sur 1 028, Sirop se sentit pris d'un délire soudain et, d'une voix à faire fendre les murs, il rugit : « On les a par la ganse, on les a par la ganse ! » Et, tel un obus lancé par une charge irrésistible, il s'élança de tout son poids et de toute son enthousiasme dans l'escalier, passa comme une locomotive dans des groupes compacts qui s'ouvraient sous son choc, fonça tête baissée vers la sortie, renversa sans s'en apercevoir le maire-élu[90] qui faisait son entrée triomphale et partit en trombe vers l'est, nettoyant les trottoirs sur son passage. Un chasseur de grands fauves aurait cru à une charge

---

[89] Arcand réfère encore une fois ici à Pamphile Du Tremblay.
[90] Fernand Rinfret a été élu maire de Montréal lors des élections municipales de 1932. Il a été battu en 1934 par Camillien Houde.

de rhinocéros ; les profanes moins avertis croyaient à la fuite désespérée d'un bandit poursuivi par la police. Des foules en allégresse processionnaient sur la rue, chantant la grande délivrance ; mais Sirop n'entendait rien, ne voyait rien, poursuivant sa course aveugle comme un rocher tombant dans une avalanche, fendant les groupes, renversant les obstacles, faisant pirouetter ceux que la malchance mettait sur son passage. Guidé par son instinct, Lafrance arriva à la petite porte de la rue Du Berri. Elle était fermée à clef et rien ne répondit aux coups répétés qu'y frappait le cavalier de Flannellette. Le lecteur n'hésitera pas à croire que d'un petit coup d'épaule, Sirop fit ouvrir violemment la porte, dont la serrure et une penture furent arrachées...

« Personne ! s'écria Sirop, comme s'il eut sorti d'un rêve. Mais on m'a pas attendu ! Où c'qu'y sont ? » Il fouilla sa mémoire, pour se rappeler si on ne lui avait pas donné d'indication spéciale. Rien, il ne pouvait se souvenir de rien. La première joie de sa victoire commençait à se changer en une tristesse lasse lorsque des voix joyeuses venant apparemment de la rue lui firent comprendre que ses amis arrivaient.

— Sirop, t'as gagné comme un blodde ! cria Flannellette du milieu de l'escalier.

— On les a par la ganse ! cria encore Sirop.

140
Le Goglu, vol. III, n° 38, 22 avril 1932

— Ça mérite un bec ! s'écria Flannellette, qui descendit à sa rencontre.

Sirop resta cloué sur place. Sa vue s'obscurcit, ses oreilles tintèrent, un flux de sang lui gicla à la tête par toutes les artères, et il faillit s'écraser lorsqu'il sentit les bras gracieux de Flannellette l'encercler doucement, sa bouche parfumée approcher son visage, et ses lèvres, douces comme le satin d'une rose, chercher sa bouche à tâtons, dans la demi-obscurité de l'escalier.

C'était trop de surprises et d'émotions pour une même journée.

— T'es ben smatte de l'avoir aplati comme ça ! murmura Flannellette en desserrant sa légère étreinte. Viens en haut qu'on parle des résultats.

Tout ce que Sirop put faire fut de s'asseoir lourdement sur une marche de l'escalier, et se prendre la tête entre les deux mains.

— Es-tu malade, Sirop ?

— Hhhheu !

— C'est parce qu'y doit êt' ben fatigué, cria Popeline en redescendant. Viens-t'en, Sirop, une tasse de thé va t'faire du bien. Quand on a aplati du monde comme t'as aplati les trigauds du Zoo, on a le droit d'être fatigué.

— J'pas malade. J'sus t'ému.

Flannellette se sentit rougir, devinant la pensée de Sirop.

— Tu sais, dit-elle pour changer de sujet, on est allé à la lutte ; Tit'Phonse avait pu sauquer Phiphile pour deux passes, au Club.

— T'as queuqu'chose à d'mander, dit Popeline, viens m'dire c'que c'est.

Là-dessus, Sirop se leva comme mu par un ressort et, en deux enjambées, remonta le petit escalier.

Pendant que, dans le semblant de cuisine formée par un paravent à dessins japonais, Popeline préparait le thé, Flannellette parlait à Sirop avec ses yeux, lui disant d'enlever son paletot, de s'approcher, de s'asseoir. Lafrance avait peine à supporter les regards des beaux grands yeux violets de la blonde jumelle. Non pas qu'il eut quelque chose à se reprocher, mais parce qu'il en ressentait un affolement qui menaçait de le transporter hors de lui-même.

« A embrasse comme personne peut embrasser, se disait Sirop, et avec ses yeux a peut mettre un homme ben fou. »

— À quoi c'tu penses ? lui demanda tout bas Flannellette.

— À à à à à rien.

— Tu penses à rien, quand t'es t'avec moi ?

— C'est pas ça que j'veux dire, mais j'peux pas dire c'que j'pense.

— T'as des cachettes avec moi, Sirop ?

— Ouf ! J'sus essoufflé ! Non, j'ai pas d'cachettes ; même que j'voudrais t'dire c'que j'pense, mais c'est pas disable.

— Dans c'cas-là, c'est des bêtises que tu voudrais m'dire !

— Ben non, ben non, mon p'tit mimine, ma p'tite soie...

— Hein ? Quoi ?

— Écoute, Flannellette, parlons pus. On est mieux d'se regarder pis d'rester tranquilles.

Par le bruit qui se faisait derrière le paravent, on comprit que Popeline sortait les tasses et les soucoupes.

Malgré la demande de Sirop, Flannellette reprit la conversation.

— T'as queuqu'chose à d'mander à Popeline ?

— Oui.

— Quoi c'que c'est ?

— J'peux pas l'dire.

— Pourquoi ?

— Ça m'gêne trop.

— Ah ! t'as des secrets avec Popeline.

— C'est une affaire par rapport à toi.

— Si c'est par rapport à moi, j'sus intéressée, tu vas me l'dire.

— D'mande-moi pas ça.

— C'est-y qu'tu veux m'lâcher et qu'ça t'gêne de me l'dire en face ?

— C't'effrayant, supposer une affaire de même ! Oyons, Flannellette, t'as pas envie d'dire qu'tu penses à ça ?

— Ben, avec toi, t'es si mystérieux, si caché, on peut supposer ben des choses ! Comme ça, c'est pour le contraire de m'lâcher ?

— Oui.

— Pis quoi c'que Popeline a à faire dans ça ?

— L'joint doit être queuqu'part.

— Quel joint ?

141

Le Goglu, vol. III, n° 39, 29 avril 1932

— L'joint qu'tout l'monde soit content.

— Mais, Sirop, si c'est par rapport à moi, tout l'monde a pas d'affaire à être content, ça doit être moi qui doit l'être !

Sirop parut bien songeur. Puis, comme Popeline avançait avec sa théière et les tasses, il murmura :

— À c't'heure, j'sus tout mêlé, tu m'as embrouillé et j'sais pus pantoute quoi c'que j'avais à dire.

— De quoi c'vous parliez ? demanda Popeline en présentant le thé.

— Y parlait de c'qu'y a à te d'mander qu'tu y as promis qu'tu y accorderais, dit Flannellette.

— C'est ben vrai, j'commençais à oublier. Quoi c'que c'est qu'tu veux que j'dise oui, Sirop.

— Ben, c'est assez difficile à d'mander quand Flannellette est là ; ça la r'garde pas mal.

— C'est justement pour ça qu'a doit l'savoir, dit Popeline.

— Ouf ! ton thé est chaud ! murmura Sirop en s'épongeant le front.

En effet, le thé était chaud, car, en quelques secondes à peine, il avait mis le gros Lafrance en transpiration. Son front ruisselait comme s'il eut été à charger un voyage de foin sous les ardeurs d'un soleil de juillet.

— T'en as pourtant pris pas gros, fit remarquer Flannellette, ta tasse est remplie presque jusqu'au bord.

— Quand le thé est ben fort, m'en faut pas gros pour avoir chaud !

— J'pensais pas en avoir mis tant que ça dans l'eau, ajouta Popeline.

Déterminé sans doute à avoir chaud pour de bon, Sirop avala d'une seule gorgée sa tasse de thé, avalant les feuilles avec sans s'en apercevoir. Il se décroisa et se recroisa les jambes plusieurs fois, s'épongea le front de nouveau, changea de position, toussota, se moucha, fit entendre deux ou trois « heuuu » sonores, puis se tint coi. Personne ne parla plus. Popeline rompit finalement le silence :

— Ben, l'as-tu trouvé, c'que t'as à d'mander ?

— Ça m'coûte ben gros de l'dire. D'abord, comme on peut s'parler, avez-vous déjà pensé à plus tard ? On peut pas être comme ça cinquante ans, faut qu'ça dédjamme un jour !

— On est ben jeunes pour penser à plus tard ! dit Flannellette.
Sirop soupira.

— Quoi c'est qui doit dédjammer ? demanda Popeline.

— Ben, la position qu'on est. On vit quasiment ensemble sans vivre ensemble. Si on est pas pour toujours être ensemble, ça s'rait aussi ben de se l'dire tout d'suite.

— Pourquoi qu'ça changerait ? demanda Flannellette, on est ben comme ça.

— On pourrait p't'êt' êt' mieux, suggéra Sirop.

— Comment ça ? demanda encore Flannellette.

— Ben, en réglant c't'affaire-là une fois pour toutes. Si on est pour l'être, pourquoi pas tout d'suite ?

— Quoi, l'être ?

— Ensemble pour tout d'bon.

— J'comprends pas exactement c'que tu veux dire, interrompit Popeline. On l'est ensemble, personne parle de pus être ensemble !

— Vois-tu, dit Sirop, qui perdait graduellement sa contrainte, en sortant tout l'temps avec vous autres, ça peut vous empêcher d'avoir d'autres cavaliers.

— On n'a pas besoin d'autres, on n'a déjà !

— Oui, mais des fois...

— Y a pas d'fois ; si on avait envie d'avoir d'autres cavaliers, on n'aurait ; d'abord, tu dois penser qu'on pourrait n'avoir d'autres ?

— J'fais pas rien qu'le penser, dit Sirop ; je n'n'ai peur par bouttes.

— On devrait être assez ben schépées pour pas en manquer ! demanda Flannellette avec un regard allumant.

— Parle pas d'même, ça m'tracasse ! dit Sirop, allumé. C'que j'voulais dire, c'est qu'si vous vouliez qu'on reste ensemble et si vous voulez pas avoir d'autres cavaliers, pourquoi qu'ça s'arrangerait pas une fois pour toutes ?

— Comment c'tu combinerais ça ? demanda Popeline.

142

Le Goglu, vol. III, n° 40, 6 mai 1932

— Ben, toi pis Jack, pis moi pis Flannellette... comment c'que j'dirais ben ça ! Oui, on s'rait obligés d'pus s'lâcher !

— C'est correct, s'écria Flannellette, lâchons-nous pus !

— Moi, j'sus pour ça, dit aussi Popeline. Es-tu content, Sirop, on pense comme toi ?

— Oui, j'sus content. Mais faudrait faire plus que penser ?

— Quoi, faire plus ?

— Ben ! faire ! faire !

— Sirop, dit Flannellette, t'as queuqu'chose à dire qu'tu veux pas dire !

Le gros Lafrance hésita, se ramassa sur lui-même, puis, dans un grand effort de détente, laissa échapper toute sa pensée :

— Ben, c'que j'veux dire, c'est que j'me d'mande si y s'rait pas temps qu'on pense à s'marier,

— Hein ! s'marier ? cria Flannellette. S'marier avec qui ?

Sirop resta quelque peu stupéfié. Difficilement, il continua :

— Ben, toi avec moi, pis Jack avec Popeline.

— M'as dire franchement, j'y ai jamais pensé.

— C'est c'que j'me disais, reprit Sirop. Si queuqu'un d'vait y faire penser, aussi ben moi qu'un autre.

— Pour ça, t'as raison, dit Popeline.

— Et quoi c'que vous en pensez ? demanda Sirop.

— Tu comprends, dit Flannellette, ça nous arrive comme une douche froide quand on a chaud.

— Si tu t'en défends, déclara gravement Sirop, c'est qu'ça fait pas ton affaire et qu'j'aurais pas dû en parler.

— C'est pas ça, Sirop, mais on aurait pu attendre un peu plus tard.

— Ma pensée, moi, c'est qu'si ça doit s'faire plus tard, ça pourrait s'faire tout d'suite. On s'rait ben bêtes d'attendre si y faut qu'ça en vienne là.

Cette fois, c'étaient les deux jumelles qui étaient intimidées. Sirop avait repris son aplomb, sentant qu'il n'y avait plus rien à perdre, si tout était perdu.

— Vois-tu, dit Popeline avec gêne, y aurait une question d'préparation.

— On peut avoir le temps de tous mourir pendant qu'on s'prépare, répondit Sirop.

— Non, mais on pourrait s'mettre d'l'argent d'côté, ajouta Flannellette.

— J'en ai assez pour le commencement, dit Sirop.

— On pourrait n'n'avoir plus, dit encore Flannellette.

— Plus ou moins, ça peut rien changer, répondit le gros Lafrance. L'mariage, c'est pas une affaire d'argent, on peut même s'en passer et s'marier sans avoir une tôle.

— En temps d'crise, c'est pas drôle ! soupira Popeline.

— On n'n'a pas plus comme on est là, dit Sirop, on n'n'aurait pas moins si on était mariés !

Popeline se leva pour servir une autre tasse de thé, heureuse de n'avoir pas à parler pendant ce temps-là. Flannellette était songeuse. Il fallut que ce fût Sirop qui reprît la conversation.

— À quoi c'tu penses, Flannellette ?

— Ça m'fait drôle, quand j'entends dire « s'marier ». J'peux pas m'habituer l'oreille à ça.

— Y m'semble, moi, qu'on doit s'habituer ben vite !

— Toi, tu y avais pensé !

— Pour être franc, Flannellette, j'y ai pensé la première fois que j't'ai vue.

— Pis tu me l'as jamais dit ?

— J'sais qu'j'ai l'air bête et que j'sus pas ben fin, et j'avais toujours peur que tu rises de moi.

— C'est pas une proposition qui fait rire personne ! répondit Flannellette.

— Ça t'fait pas rire, c'est parce que ça t'plaît pas. Ah ! j'ai ben compris vite, t't'à l'heure ! J'aurais p't'êt' été mieux d'pas parler d'ça, mais à c't'heure que c'est fait, c't'aussi ben l'savoir.

Et Sirop, tout moulu, se leva lourdement, visiblement bouleversé. Il tourna deux ou trois fois autour de la petite chambre, comme un homme qui cherche sans savoir exactement ce qu'il veut, regarda sa montre, rangea sa tasse près des autres dans l'armoire, prit un journal qui était sur la table et l'y replaça sans en avoir lu une ligne.

143
Le Goglu, vol. III, n° 41, 13 mai 1932

Puis, soudainement il aperçut son chapeau, s'en saisit et passa la porte sans rien dire. Les deux sœurs Dubois le regardaient, ahuries, ne sachant quoi dire. Aussitôt qu'il eut refermé la porte, Flannellette courut après lui, ressaisie, et lui cria, du haut de l'escalier :

— Où c'tu vas, Sirop ? On peut s'parler... J't'ai rien dit pour te choquer... J't'ai pas dit non.

Le bruit de la porte d'en-bas qui se refermait fut la seule réponse.

— J'sus toute à l'envers ! dit Popeline.

— Moi aussi, dit Flannellette.

— C'est effrayant c'qu'y m'a mêlée dans mes idées !

— Moi aussi !

— Quel effet qu'ça t'a fait, quand y a parlé de...

— Ça m'a serré partout, en-d'dans.

— Moi aussi !

— Dans l'fond, j'ai pas haï la sensation.

— Moi aussi !

À ce moment, la porte d'en-bas claquait de nouveau.

— Quiens, Sirop qui r'vient, dit Popeline.

— C'est pourtant pas son pas, dit Flannellette en écoutant attentivement.

Ce n'était pas Sirop. C'était Jack White. En entrant, il ne put s'empêcher de lire le trouble qui bouleversait les deux jumelles.

— Quoi c'z'avez donc, vous autres ? Vous avez l'air tout à l'envers !

— Ben, Sirop est v'nu. Tu l'as pas rencontré, en bas ? Ça fait pas deux minutes qu'il est sorti.

— Non, j'v'nais par l'aut' bord. Y a-t-y eu d'la bataille, avec Sirop ?

— Pas pantoute, c'est quasiment l'contraire, mais y est parti fâché.

— Comment ça ?

— Ben, y a voulu parler d'mariage...

— C't'une saprée bonne idée ! déclara Jack. Sirop est pas ben fin, mais des fois y a des bonnes idées.

— Y est aussi fin qu'toi, dit Flannellette vivement, y l'est même plusse. Fais pas ton p'tit Jean Lévesque quand tu parles des autres. Toi, t'as la manie de dire des choses qu'tu as peur de dire quand l'monde que tu parles est là.

— Moi, peur ? Moi, peur ? Vas l'chercher, ton Sirop !

— Bon, on va-t-y commencer à s'chicaner ? demanda Popeline. C'est pas d'ces affaires-là qu'on parle.

— C'est vrai, reprit Jack, on parlait qu'Sirop a parlé d'mariage. Ben, ça a dû vous faire un p'tit v'lours. C'est pas toutes les filles, de nos jours, qui s'font parler d'ça !

— Ça dépend par qui, dit sèchement Flannellette. J'te laisserais pas m'en parler !

— Fais-toi pas d'bile, j't'en parl'rai pas non plus !

— Si vous arrêtez pas d'vous pauquer, cria Popeline, j'me pousse.

— Correct, répondit Jack, mais que Flannellette me scie pas. J'pas du bois mou, j'ai des nœuds ! Pis, quoi c'vous avez dit quand y a parlé d'mariage ?

— Ben, on savait pas quoi dire. C'est arrivé comme un glaçon, qui tombe d'une couverture.

— D'pus c'temps-là, vous avez eu l'temps d'y penser…

— Mais non, Jack, j'te dis qu'Sirop vient rien qu'de sortir et qu't'as dû l'rencontrer en ch'min.

— J'l'ai pas rencontré. Mais c'est pas une raison pour vous autres de pas savoir quoi faire. Moi, si Popeline me d'mandait, j'dirais oui tous d'suite.

— C'pas moi qui demanderais un homme, dit Popeline.

— C't'une année bissextile, t'aurais l'droit sans qu'ça paraisse mal. D'abord, j'pas un trop mauvais parti. Y a des papailles qui me r'gardent encore, j'm'habille ben et quand j'aurai d'l'argent en masse, tu verras comment c'que j'peux être doude. Ensuite, j'passe pour *bright* et j'connais comment qu'ça s'passe dans le monde riche ; ça veut dire qu'un jour ou l'autre j's'rai queuqu'un en ville.

— Oui, mais t'es pas steddé dans c'que t'entreprends !

— C'est quand j'm'aperçois qu'y a pas d'gros av'nir pour moi ; je r'vire de bord avant d'm'encrasser dans une affaire d'où c'qu'on sort pus quand on sort pas tout d'suite. Sirop est un bon iâbe et j'vois pas pourquoi Flannellette quiqu'rait.

144

Le Goglu, vol. III, n° 41[91], 20 mai 1932

C'est vrai qu'y ira jamais loin comme moi, y est pas buzunusse, mais c'est gars ben matché pour Flannellette. Y a pas d'la science ni d'la félosophie, comme moi, mais y a ben du cœur.

— Si y avait rien qu'toi dans l'monde pour me marier, interrompit Flannellette, t'attendrais un' mèche.

— Oui, mais y a ça qu'y a pas rien qu'nous deux ! En tout cas, j'sais m'ner un char et Sirop est pas capable.

— Sirop ? Y mène un bicycle à saille-car et toi, t'es pas capable.

— Correct, correct, c'est un génie. Ensuite, y as-tu dit qu't'étais pour le marier ?

— Tu sais, j'sais pas c'que j'devrais dire. J'voudrais pas lâcher Popeline.

— Popeline, j'sus là pour voir à elle, j'sus pas un trognon. A a pas besoin d'toi, quand j'sus là.

— Oui, toi t'arranges toujours tout, mais t'es toujours dans l'pétrin. Tu parles, tu parles, pis t'es jamais plus avancé.

— Tous les hommes riches ont commencé comme ça. Prends l'sénateur Dandurand, tu m'diras pas qu'c'est pas un parleux ; ben, r'garde où c'qu'y est rendu ; y est riche. Prends...

— Toi, tu s'rais pour le mariage ? demanda Popeline.

— Shoure ! Vois-tu, vous autres, faut qu'vous vous décidiez à vous marier un jour ; Sirop pis moi aussi. Qu'ça soit tout d'suite ou qu'ça soit plus tard, qu'est-ce que ça peut faire de plus ?

— Y a pas rien qu'ça, y m'semble, dit Flannellette. Faudrait être sûres d'avoir les vrais hommes pour nous autres ; et vous autres, faudrait être sûrs aussi.

— Si Popeline me pense pas séfe, a a rien qu'à l'dire. Moi, j'passe pas de r'marques et j'quique pas.

---

[91] Erreur dans la numérotation du journal puisque l'édition de la semaine précédente portait déjà ce numéro.

— J'sais pas, dit Popeline, mais des affaires de même, ça devrait s'parler mieux rien qu'à deux, avec c'lui-là que ça concerne, tranquillement, pas fort, pas faire ça comme un achat de gramophone.

— J'sus pour ça, moi aussi, dit Jack, mais faut toujours ben faire les préliminaires. Ensuite, quand l'gros d'la djobbe est fait, ben on s'parle à deux. J'pas tout à fait aussi fait de bois qu'tu peux penser. J'connais des beaux mots, moi aussi, et j'pense ben des affaires que j'dirai rien qu'à toi.

— Sirop est-y d'même, lui aussi ? demanda Flannellette.

— Tous les hommes sont d'même, trancha Jack White.

Une lueur plus vive alluma les yeux des sœurs Dubois, dont les fronts se déridèrent graduellement. Les deux entretiens qu'elles venaient d'avoir prirent imperceptiblement une toute autre signification.

. . . . .

Les événements avaient pris une tournure curieuse, qui par moments paraissait tragique. Depuis plus de deux semaines, Sirop ne s'était pas montré chez les sœurs Dubois. Les soirées étaient horriblement longues et monotones, dans la petite chambre de la rue Du Berri. Comme Jack White se trouvait seul à veiller, il partait tôt. Popeline et Flannellette sentaient un vide immense. Comme elles n'avaient jamais songé à ce qu'elles pourraient faire de leur temps libre, si Sirop ou Jack venaient à partir, elles étaient prises au dépourvu, sans défense contre cette situation nouvelle, si différente du train-train ordinaire des deux dernières années. Popeline avait bien proposé à sa sœur d'aller assister à un spectacle quelconque, mais Flannellette avait répondu : « Mais si y v'nait pendant qu'on s'rait parties, ça empir'rait p't'ête les affaires ». Et la jumelle brune avait accepté comme sensée cette réflexion de la jumelle blonde.

Tit'Phonse, qui agissait sans doute sous la dictée de ses aînées, descendait dans la cave du Club de Réforme, entre deux applications de sacs de glace, et faisait à Sirop des allusions discrètes.

— Viens-tu me r'conduire jusqu'à chez nous, à soir, Sirop ?

— Ben, j'sus tellement pris que j'pourrai pas y aller.

— J'peux attendre jusqu'à temps qu'tu partes.

145

Le Goglu, vol. III, n° 42, 27 mai 1932

— Non, pars tout seul, Phonse, j'vas finir assez tard que j'vas être obligé de courir finir d'l'ouvrage que j'fais chez nous.

— Quoi c'tu fais, c'temps-là, chez vous ?

— Toutes sortes d'affaires, ça s'rait trop long à conter.

Ordinairement, Sirop remettait un colis pesant à Tit' Phonse. Celui-ci le prenait sans rien dire, sachant de quoi il s'agissait. Parfois, c'était une meule de Roquefort, ou une dinde rôtie, ou un rôti, ou des pots d'anchois, bref toujours des victuailles qui permettaient de garder intacte l'énorme provision entassée dans la chambre de la rue Du Berri. Le gros Lafrance, au grand étonnement de Tit'Phonse, qui le rapportait à ses sœurs, ne faisait jamais la moindre allusion à Flannellette. Un soir, cependant, Tit'Phonse, suivant les instructions reçues, devait aborder de front le sujet que voulait toujours éviter Sirop.

— Sirop, demanda-t-il à brûle-pourpoint, pourquoi c'tu viens pas chez nous comme avant ?

— J'te l'ai dit, j'ai des affaires à faire, le soir.

— Tu t'ennuies pas d'Flannellette ?

— Pour sûr que j'm'en ennuie, mais le travail d'abord.

— Si tu t'en ennuyais pour vrai, tu viendrais la voir.

— A s'ennuie-t-y, elle ?

— Comme de raison, qu'a s'ennuie.

— Gros ?

— Ça, c'est elle qui pourrait t'dire ça.

— A t'a-t-y parlé d'moi ?

— A m'a d'mandé comment c't'étais, si t'avais changé, et si tu m'parlais d'elle.

— Quoi c'qu'a a l'air, quand a t'parle de moi ?

— A a l'air triste.

— Tu m'beurres pas ?

— Non.

— Quoi c'que Jack dit ?

— Y y va presque pus.

— Hein ?

— Non, y est gêné d'v'nir tout seul. Popeline dit qu'dans l'fond c'est d'ta faute.

Sirop resta songeur, puis il dit encore :

— Tu sais, tes sœurs, a peuvent avoir ben d'autres cavaliers mieux qu'nous autres !

— Y ont pourtant pas l'air à y penser.

— A m'ont pas l'air des filles pour s'marier.

— Pourquoi pas plus que les autres ?

— Ben, j'ai déjà parlé d'mariage et ça les a g'lées frettes !

— C'est p't'êt' parce qu'a étaient contentes.

— Non, y ont pas souri !

— En tout cas, Sirop, t'as tort de pas v'nir faire un tour. Ça leur f'rait plaisir.

— T'es sûr ?

— Puisque j'te l'dis !

— Allbinne, j'irai à soir. Mais ça m'gêne un peu, j'sus déshabitué.

— Y a pas d'gêne, j'vas arranger ça.

Le soir, après son travail, Sirop s'en vint du Club d'un pas très lent. Il était véritablement gêné. Chemin faisant, il imaginait toutes les questions que Flannellette pourrait lui poser, avec les réponses qu'il devrait donner. « Un homme préparé en vaut deux », se disait-il. Avant de tourner la rue Sainte-Catherine pour s'engager dans la rue Du Berri, il hésita une longue demi-heure, regardant sans rien voir dans la vitrine de la librairie Pony. Puis il se décida. Flannellette, frisée au papier, pomponnée, plus jolie qu'elle n'avait jamais paru, vint rencontrer Sirop au bas de l'escalier.

— J't'ai vu v'nir du coin, dit-elle, et j'sus descendue t'ouvrir la porte.

— Mademoiselle Flannellette, répondit gravement Sirop, je suis profondément touché de cette aimable et gracieuse attention dont je suis un bien indigne sujet.

Flannellette resta abasourdie. « Ce n'est pas Sirop, pensa-t-elle, et c'est pourtant lui ! »

— Monte, Sirop, on va jaser.

— Après vous, Mademoiselle, veuillez me faire l'honneur de monter la première. Il me tarde de profiter du plaisir de votre conversation.

« Il a quelque chose de pas correct », pensa encore Flannellette.

Au haut de l'escalier, Popeline, toute radieuse elle aussi, s'approcha pour accueillir Sirop.

— Le gros boudeux ! lui cria-t-elle ; viens t'assir qu'on te r'garde et qu'on t'conte ça.

146

Le Goglu, vol. III, n° 43, 3 juin 1932

— Veuillez croire que le sentiment de bouderie m'est tout à fait étranger, dit Sirop.

À son tour, Popeline reste interloquée. Elle regarda sa sœur avec surprise. Puis, badinant :

— Sirop, arrête de rire de nous autres, on t'a pas scié. Quoi c't'as fait d'pus si longtemps ?

— Vous me prêtez sans raison une ironie que je n'ai pas, répondit Sirop. Loin de moi la pensée de vouloir même tenter la plus légère satyre à votre égard. Ce que j'ai fait ? Ma foi ? J'ai pâli sous ma lampe durant toutes mes nuits, à infuser dans ma lourde boîte crânienne un peu de l'énorme savoir et de la vaste bienséance qui me manquait. J'ai cru que, pour être digne d'une amitié telle que la vôtre, pour ne pas déceler plus de mes ambitieux désirs, je devais intellectuellement limer mes aspérités ignorantielles et verser un peu de vernis sur l'écorce rugueuse de ma sociabilité mal bridée.

Il y eut un long silence. Flannellette le rompit, toute consternée :

— Sirop, as-tu eu un accident ?

— Non, mademoiselle, je n'ai pas eu d'accident et je ne suis ni ricanatif ni n'ai l'intention de me commettre à des farces. J'ai seulement voulu ouvrir mes esprits comme un éventail à l'impression phosphorescente des angles obtus de la science sociale afin que mon degré soit haussé au niveau convenable pour être digne de fréquenter d'honorables et huppées personnes à rotondités harmonieuses et complexion d'écolières, comme s'en sont les demoiselles Dubois.

— Hein ?

— Quoi ?

— Comment c'tu dis ça ?

— Vous comprenez pas ? demanda Sirop, ahuri.

— Pas rien pantoute, dit Flannellette.

— Comme ça, ça m'a rien servi de tant étudier ?

— Étudier quoi ? demanda encore Flannellette.

— Ben, étudier les livres, lire les dictionnaires.

— T'as des livres ?

— Oui, j'ai acheté un livre de lettres de Madame Sévigny, un livre de séances de chez Racine et un dictionnaire des sydolymes. Monsieur Granger m'a dit qu'avec cela je pourrais aller loin.

— T'es moins avancé qu'avant, dit Popeline, on t'comprend pus pantoute.

— Véritablement, vous croyez que mes expressions linguistiques et babinographes sont moins susceptibles de frapper en plein front votre compréhension ?

— Si tu traduisais à mesure, on pourrait p't'êt' savoir c'que tu veux dire, ajouta Popeline.

— Après nous avoir pas vues pour deux semaines, tout c'que tu peux nous dire, c'est des mots d'sauvage...

— Veuillez bien croire, riposta Sirop, que j'étoffe mon langage avec la ouate nuageuse des principales altitudes de la civilisation.

— Je comprends qu'c'est toffe, d'être dans les nuages et d'être obligé d'manger d'la ouate, dit Flannellette.

— Ce n'est pas cela que j'ai dit ! corrigea le gros Lafrance.

— C'est toujours ben ça qu'on a compris. Pas vrai, Popeline ?

— Queuqu'chose comme ça, autour de d'ça !

— C'est la pratique qui me manque, dit Sirop. J'ai étudié tout seul. Du moment que je conversationnerai le moindrement avec des messieurs docteurs ou des messieurs avocat, j'aurai la vraie tournure et je saurai pénétrer par toutes les portes de votre entendement.

— On t'entend mais on t'comprend pas. T'es t'aussi ben d'garder ça pour l'autre monde et d'parler pas en termes avec nous autres.

Sirop hésita longuement. Il n'avait pas fait grand effet. « Tout de même, pensait-il, elles savent que je sais quelque chose et que je ne leur ferai pas honte avec n'importe quelle haute gomme. Je suis pauz'té. »

— Oqué, dit-il finalement. On va parler comme on parlait avant. Mais j'veux pas qu'vous pensiez que j'peux pas penser autrement et que j'sus un bomme.

Popeline alla préparer le thé. Flannellette en profita pour parler à Sirop à voix basse.

147

Le Goglu, vol. III, n° 44, 10 juin 1932

— T'es-tu ennuyé ?

— Oui. Toi ?

— Oui.

— Tu sais, c'tu m'as parlé l'aut' jour ?

— Quoi ?

— Tu t'en souviens pas ?

— J'ai parlé d'ben des choses.

— Oui, mais la d'mande qu't'as faite ?

— Ah ! oui. Pis...

— Jack nous a dit qu'on est aussi ben d'dire oui.

— La réponse de Jack, ça m'fait ben rien.

— Alors, ça t'fait pas plaisir ?

— Ben non, j'm'attends pas à un plaisir de Jack !

— Pourtant, y a pris ta part.

— Si y a pris ma part, c'est donc parce que t'étais contre moi ?

— Non, non, mais y a pris ta part avant que j'dise un mot.

Popeline apporta la théière et les tasses. Comme elle voyait que les affaires languissaient, elle intervint, pour aider sa sœur : « Ça avait parlé d'mariage, la dernière fois ! Quoi c't'en dit, Sirop ? »

— Ben, j'vas dire, ça m'fait un peu peur de parler d'ça en prenant l'thé. L'thé m'est pas chanceux. Chaque fois qu'j'en prends, y m'arrive queuqu'chose de travers.

— On va boire autre chose. Tu sais, y a encore queuqu'caisses du vin qu't'aimes et qu'on n'a jamais touchées d'pus qu'tu les as apportées du club !

Un bouchon de Vouvray sauta joyeusement, le goulot de la bouteille cracha une volute de fumée bleue, puis un bouillon d'écume, puis le petit vin ambré coula sa cascade allègre dans de beaux grands verres à bière, car les autres avaient été cassés.

— À la santé des poires du Club de Réforme ! dit Flannellette.

— Puissent-ils longtemps nous fournir des vins comme ça ! ajouta Sirop.

La première bouteille fut transformée en cadavre avec une rapidité stupéfiante.

— Ça se boit comme de l'eau, c'est pas fort, dit Sirop.

— Ben oui, j'me souvenais pas du goût, dit encore Flannellette ; quand on n'n'a pris, à Noël, ça m'paraissait plus fort que ça. C'est p't'êt' pas l'même vin, non plus !

— Oui, répondit Sirop, mais il a vieilli. Tu sais, les vins c'est comme le monde qu'a pas l'fond noir, ça s'améliore en vieillissant.

Un autre bouchon sauta, aussi joyeusement que le premier. Puis un troisième, puis un quatrième.

— Tu trouves pas qu'y fait chaud l'iâbe ? demanda Popeline.

— Ouf ! on est mieux d'ouvrir.

Sirop, tout en nage, enleva son gilet. Quelques instants après, il desserrait les cordons de ses souliers. Flannellette ôta ses jarretières, qui serraient trop, au-dessus des genoux. Popeline mit ses pantoufles.

— J's'rais ben curieux d'voir un temmomètre, dit Sirop. J'sais pas comment c'qu'y fait à l'ombre...

— Y, y, y, y, y a pas d'soleil, à soir, dit Flannellette ; y doit pas y, y, y, y avoir d'ombre.

— C'est, c'est, c'est ben chaud, ajouta Popeline.

— J'ai beau essayer d'finir mon verre, plus j'bois plus j'trouve qu'y n'n'a d'dans, fit remarquer Sirop.

— Moi aussi !

— Moi aussi !

— C'est une bouteille qu'est longue à finir.

— Pas rien qu'une bouteille, ça fait deux qu'on rouvre ! dit Sirop.

— Jamais d'la vie, c'est moi qui les rouvre et j'en ai rouvert rien qu'une ! affirma Popeline.

Sirop s'épongea et se moucha, Flannellette alla se passer une serviette sur le front, ne pouvant pas supporter la chaleur, et Popeline alla discrètement enlever sa brassière, qui l'empêchait de respirer.

— Ouf ! qu'y fait donc chaud !

— On n'n'étouffe !

— On va fondre comme d'la g'latine si ça continue !

Il y eut un long moment de silence. Sirop, qui somnolait et cognait des clous, crut s'éveiller d'un long sommeil.

— Excusez-moi, dit-il, j'pensais pas m'endormir comme ça.

148

Le Goglu, vol. III, n° 46[92], 17 juin 1932

— T'as pas dormi !

— Non ?

— Ben non.

— D'quoi c'qu'on parlait ?

— D'mariage, y m'semble.

— C'est vrai, j'avais oublié.

— Quoi c't'en dis ? Flannellette.

— Ça dépend d'quoi c't'en penses.

— C'que j'en pense ? C'que j'en pense ?

Et Sirop, aveuglé par la chaleur du petit Vouvray, les oreilles remplies de tintements, se sentant plutôt triste, laissa épancher son cœur, découvrant le fond et le tréfonds de ses sentiments les plus cachés.

— Ah ! Flannellette, tu t'es donc jamais aperçue qu't'es ma mienne, mon rayon de lune, la rose de mes épines, la chevreuille

---

[92] Saut dans la numérotation du journal qui, de l'édition du 10 juin 1932 à celle de la semaine suivante, passe directement de 44 à 46.

de mon bois, la souris blanche de ma cage, l'odeur de mon tiroir !
Tu sais donc pas qu'avec un gars comme moi, y a pas d'question
d'mariage pour d'l'argent ou du finassage. Avec moi, c'est
d'l'amour, oui d'l'amour, d'l'amour toujours, tout l'tour et nuit et
jour. D'l'amour, ça s'dit pas, ça s'ronfle, ça s'miâle, ça s'geint, ça
se r'nâcle. Me comprends-tu comme j'sus compressé ? Avec moi,
c'est d'même.

— Tu m'aimes, Sirop ?

— D'mande-moi-le pas, j'vas t'grafigner, j'vas t'mordre !

Et Sirop, dont le petit vin blanc assurait mal les gestes, se leva,
les yeux convaincus, les bras en l'air, la bouche en cœur. Les deux
jumelles se regardèrent, autant que des jumelles peuvent se regarder, perplexes.

— Sirop ! cria Flannellette, approche pas, tu m'fais peur !

— C'est parce qu'tu m'connais pas ; t'auras pas peur quand tu
m'connaîtras.

— Sirop, Sirop ! cria vivement Popeline de sa petite voix
aiguë, quoi c'tu veux faire ?

— A me d'mande si je l'aime, j'veux y répondre. Y a assez
longtemps que j'veux y dire.

— Sirop ! Sirop ! T'es soûl, tu sais pas quoi c'tu fais !

— Si j'sus soûl, on est tous soûls, on n'n'a tous bu pareil. Ah !
ah ! ah ! ah ! tu me d'mandes si j't'aime, tu t'en es pas aperçue !
Attends un peu.

— Attends à d'main pour y répondre.

— A m'a d'mandé ça à soir, j'vas y répondre à soir !

Tout en marchant, tout en courant, comme dirait Paul, les
deux sœurs et Sirop tournaient autour d'une petite table que Sirop
faisait pencher chaque fois qu'il passait sur la même planche, une
planche que le moindre pas faisait enfoncer d'un pouce dans le
plancher. Les verres placés sur la table sonnaient comme de petites
cloches d'alarme chaque fois que le gros Lafrance y mettait le
pied.

— Hhhhhhou ! Hhhhhhou ! soufflait Sirop, j'sus comprimé !
Que j't'aime donc ! Que j'aime donc !

Et il reprit sa marche pesante autour de la petite table boiteuse,
poussant des soupirs puissants comme un renvoi de vapeur. Au

bout d'une demi-heure, il eut un éclair de génie et pensa à ranger la petite table près du mur.

— Moi aussi, j't'aime ! cria Flannellette.

Sirop resta cloué sur place.

— Hein ?

— Oui, oui, j't'aime. Tu l'sais ben, gros bêta. Pourquoi m'faire peur comme ça ?

— Tu vois qu'la peur a du bon, des fois ! Comment gros qu'tu m'aimes ?

— A t'a dit qu'a t'aime, intervint Popeline, tu l'sais à c't'heure, assis-toi !

— Tu penses qu'un homme est capable de s'assir quand y s'fait dire une affaire comme ça ! Moi aussi, j'ai ben droit d'y montrer qu'je l'aime.

Et, tendant ses deux énormes bras vers Flannellette, Sirop se fit tout léger pour marcher délicatement vers elle. Flannellette, peu rassurée, recula en même temps vers la porte. Comme Sirop approchait, la porte s'ouvrit, repoussant Flannellette sur le mur et Sirop reçut dans ses bras Jack White qui entrait. Tout s'était fait trop vite pour que le gros Lafrance pût s'en apercevoir. Il enserra Jack dans ses bras comme dans un étau et, se penchant vers lui, lui écrasa sa paire de babines en plein milieu du visage, en lui disant « J't'aime ».

— Mon gros cochon, toi, j'vas t'montrer que j'pas un gars comme ça !

— Quoi ?

— Oui, j'pas un fifi.

— C'est pas Flannellette ?

149

Le Goglu, vol. III, n° 46, 24 juin 1932

— Imbécile, tu m'vois pas ? Je r'ssemble pourtant pas à une femme !

Des cris stridents, des rires fous, aigus, étouffants, emplirent la chambre. Les deux sœurs Dubois, écrasées sur des chaises, les yeux mouillés de larmes, se tenaient les côtes à deux mains.

— Hi hi hi hi hi hi hi hi !

— Ho ho ho ho ho ho ho !

— Vous risez d'moi ! grommela Sirop.

— T'as ben l'air assez bête ! répond Jack White. Animal, tu m'as bavé dans le visage. Passe-moi ton mouchoir, au moins.

. . . . .

Lors de sa dernière mésaventure, Sirop Lafrance était sorti précipitamment, fâché contre lui-même. Sur le moment, il ne se pardonnait pas d'avoir embrassé Jack White, croyant tenir Flannellette dans ses bras. Mais, le lendemain même, il ne se souvenait plus de rien, n'ayant que de vagues réminiscences d'être allé chez les sœurs Dubois, pour la première fois après une absence de plusieurs semaines. Il téléphona à Flannellette, qui lui répondit familièrement comme s'il n'y avait jamais rien eu de désagréable entre eux. Il essaya de revenir sur le sujet pour voir, par les impressions de la blonde jumelle, s'il avait fait quelque gaffe ou s'il lui avait déplu, mais il ne put rien en savoir. Flannellette lui parla de « la date », dit qu'il faudrait fixer ensemble « une date », mais Sirop ne put saisir de quoi il s'agissait, bien qu'il fit semblant de comprendre. Ils s'attendirent pour sortir, le soir même, avec Jack et Popeline.

Dès huit heures, les quatre amis étaient réunis, à l'endroit habituel.

— Quoi c'qu'on fait ? demanda Jack.

— Prenons une ouâque, on décidera ça en chemin, dit Popeline.

— Ça me fitte !

— Fine guidoune pour moi !

En arrivant au boulevard Saint-Laurent, Sirop proposa d'aller voir les amusements à un sou, en face du marché Saint-Laurent. La suggestion fut agréée. Après avoir examiné les vitrines poussiéreuses, sales et crasseuses du Musée Éden[93], où sont remisées les plus dégoûtantes guenilles de la métropole, on arriva à l'endroit cherché.

---

[93] Le Musée Éden était un musée de curiosités célèbre pour ses statues de cire représentant différents criminels. Il était situé au 206 boulevard Saint-Laurent. Il a fermé ses portes en 1940.

— Ouf ! que ça pue, ici ! s'écria Flannellette.

— Ça sent l'iâbe.

— C'est une odeur de Juif, ça doit être comme ça en enfer.

— R'gar'-moi donc si c'est sale. Tiens, des coquerelles, là, en l'air. Un vrai régiment.

De fait, des odeurs fétides se dégageaient de la vaste salle, mêlées à des relents de cave humide, aux senteurs de ragoût du restaurant grec d'à côté, aux arômes épicés du magasin syrien du bord opposé et aux fumets de légumes moisis venant du ruisseau d'en face, attenant au marché, bref le mélange des odeurs cosmopolites et écœurantes particulières à tous les ghettos, des odeurs qui ne sont pas faites pour le nez des honnêtes gens mais dont le sens olfactif israélite se repaît toujours comme d'un agréable parfum. Tout autour de la grande salle crasseusement éclairée par des ampoules jaunes couvertes de poussière grailleuse, étaient disposés d'antiques phonographes à cylindres, ayant chacun une paire de canules grasses que nègres et Chinois de passage se plongeaient dans les oreilles. De vagues sons nasillards se faisaient encore entendre de ceux que des clients abrutis n'avaient pas eu le courage d'entendre jusqu'au bout. Ici et là, une pièce de ferraille raccommodée au « tépe » et qu'on annonçait comme un fusil pour l'exercice du tir, une poche de cuir sur laquelle on était invité à frapper pour connaître sa force, un cabanon obscur pour se faire photographier, une balance ordinaire supposée donner le poids exact, une serveuse automatique à pinottes salées, des boites couvertes de toutes sortes de crasses et dans lesquelles on promettait de faire voir des photos corsées, avec des annonces de grues sordides dans des poses affreusement stupides, une pisseuse à eau de Floride pour parfumer les mouchoirs des marlous, et autres curiosités aussi banales dignes du fond de cave voisin du Musée Éden.

— Quoi c'qu'on essaie ? demanda Jack.

150
Le Goglu, vol. III, n° 47, 1ᵉʳ juillet 1932

— Rien ! dit gravement Sirop. C'est juif, icitte, pas une coppe aux pouilleux. Tout ça, c'est tout de la tricherie et du vol. On s'rait ben bête de s'laisser voler, même pour une coppe.

— T'as raison, Sirop, ajouta Popeline. C'est avec c't'argent-là qu'ces salauds-là essaient ensuite de nous m'ner comme si on n'était pas chez nous.

— Dans c'cas-là, poussons-nous, on va aller ailleurs.

En entendant cette réflexion, une dizaine d'autres curieux qui venaient d'entrer, sortirent sans regarder davantage.

Non loin de là se trouvait une petite vitrine à la lumière violette très criarde, remplie de photographies des principales figures du district. On y annonçait le développement, et la livraison des portraits en moins d'un quart d'heure.

— J'vas m'faire tirer, dit Jack à Popeline. J't'ai jamais donné mon portrait, tu vas n'n'avoir un.

Là-dessus, Jack entra, laissant ses compagnons sur le trottoir, avec tout le loisir d'examiner les figures étalées dans la vitrine.

À l'intérieur, il fut reçu avec empressement par un individu quelconque qu'on aurait pu aussi bien prendre pour un souffleur de blé d'Inde que pour un photographe.

— T'annonces qu'on peut avoir des portraits en dix minutes, et ça coûte rien ? demanda Jack.

— Oui, m'zieu, pour rien des bordraits et rien que dix minutes.

— J'sus prêt, sors tes plaques ! T'es ben sûr, que c'est pour rien ?

— Voui, pour rien, pour l'annonce. Gros d'annonce, gros de bizinisse !

Presque aussitôt, Jack était assis sur un tabouret tournant, la tête lui était accotée sur une double tige de fer qui lui paraissait comme deux grands doigts secs. Une violente lumière bleue, crue et uniforme lui tombait en pleine figure, oppressante, pendant que le photographe se débattait sous le drap noir de son instrument, prenait une pose en vitesse et s'enfonçait en arrière, par une petite porte.

— Resdez là, cria-t-il à Jack ; si la bose est pas bonne, vous serez en blace pour regommencer ; berdez pas votre bosition.

Il faut dire que le photographe sut tenir parole. En moins de dix minutes, il ressortait, tenant dans ses mains une photographie mouillée.

— Regardez za, dit-il à Jack ; z'est de l'ouvrage, za, z'est plus beau que vous !

Complètement aveuglé par la grosse lumière bleue, Jack pouvait à peine distinguer quelque chose sur la photographie, qui semblait danser entre les mains du photographe. Finalement, il distingua de mieux en mieux, jusqu'à ce qu'il s'écriât :

— Ça a pas d'bon sens, ça peut pas être moi, j'ai jamais eu l'air bête de même. Certain que j'prendrai pas ça.

Le photographe lui fit comprendre que, s'il donnait une chance gratuite sur la première plaque, il exigeait un petit dépôt sur la deuxième.

— C'est fri ou c'est pas fri ! dit Jack.

— Vous êtes pas gontent de ce que je tonne ; bayez au moins pour ce que je tonne pas !

— Si je paie la plaque, c'est entendu que les portraits ne me coûteront rien.

— Non, ça goûtera rien. Vous bayez zeulement l'acrandissement et vous avez les bedits bordraits pour rien.

— Comment, l'agrandissement ?

— Z'est le marché, z'est za qu'est endendu !

À ce moment, par la petite porte où était sorti et rentré le photographe, sortit lentement un gaillard énorme qui paraissait deux fois gros comme Sirop Lafrance. Il demanda d'une voix profonde et large comme un son de contrebasse :

— *Vatte s'matteur?*

— *Hi vontte pé!*

Le gros gaillard agriffa Jack par le collet de son gilet et commença à le secouer en murmurant : « *Sho de moné!* » Jack se sentit pris comme dans un étau, pendant que le photographe s'apprêtait d'une main allongée à fouiller dans ses poches. Il poussa un cri de terreur et de désespoir : « Sirop ! »

Presque instantanément la porte vitrée, que le photographe avait refermée prudemment, sauta avec fracas.

151

Le Goglu, vol. III, n° 48, 8 juillet 1932

Lafrance, tassé sur lui-même, le cou rentré, les épaules repliées, les poings crispés, les mâchoires serrées, avait passé à travers la glace épaisse, d'un seul coup d'épaule. D'un œil limpide, qui se faisait tout petit, il scrutait l'intérieur de la cambuse, attendant comme un rhinocéros le moment pour charger. Le gros gaillard relâcha Jack White et se retourna calmement vers Sirop, dont il doublait la corpulence. Cependant, on voyait que Sirop était proportionnellement plus massif, mieux ramassé.

— Quoi c't'as ? demanda Sirop du fond de sa gorge.

— Y a voulu m'dépocher !

— Claire le ch'min, t'es d'trop icitte !

C'était une déclaration de guerre, catégorique, sans revenez-y. Jack sortit de la boutique aussi vite qu'un oiseau. Le gros gaillard se mit en position, le photographe s'arma d'un grand bassin de fer émaillé. Une angoisse rageuse oppressait Sirop, qui voyait rouge.

— Voleur de Juif ! hurla-t-il.

— Chien de chrétien ! riposta le gros gaillard.

Ce fut épouvantable.

Tel un sanglier lancé dans une charge désespérée, Sirop se laissa partir, avec la détente et l'élan d'un gros obus. Le gros Juif n'eut pas le temps de parer ce genre d'attaque inattendue et reçut la tête massive de Lafrance au creux de l'estomac. Sous ce formidable choc, il en fut plié en deux, tomba à la renverse sur l'appareil photographique qui s'écrasa avec fracas dans la vitrine, faisant en même temps éclater les deux grosses lampes bleues. Sirop se releva, recula et, comme un deuxième obus visé au même endroit, plongea encore de toute sa tête dans l'estomac du grand Juif qui vomit une petite gueulée de soupe au riz et de sang. Pour une troisième fois, les deux hommes se relevèrent. Le photographe, qui était allé revoler dans la vitrine avec son plat, était déjà parti en courant vers la rue Craig, criant « Bolice ! Bolice ! », n'ayant eu le temps de rien voir ni rien comprendre et constatant avec effroi que les parties vitales de son studio n'étaient plus qu'un amas d'irréparables débris.

Le grand bounceur juif était haletant, bavant les restes de son souper remonté. Craignant une troisième charge, à laquelle il sentait qu'il ne pourrait survivre, tant il était déjà ébranlé, il prit une pose défensive particulière. Sirop, vif comme l'éclair, chargea de nouveau mais, cette fois, il releva la tête et fit déclancher son énorme poing à la tête du colosse youpin. Par le bruit retentissant et la grimace que fit le pouilleux, on aurait plutôt cru à une ruade de cheval sauvage. Le bounceur, plié en deux, cracha trois de ses dents sur le plancher, grognant : « Gamarade ! Gamarade ! » Mais Sirop continua de bûcher, de la droite, de la gauche, pan ! pan ! paf ! pouf ! crac ! ftoc ! zouigne !

C'était, dans la demi-obscurité du studio démantibulé, une poursuite constante, une grosse masse trapue qui poursuivait une autre grosse masse allongée. Les cadres tombaient des murs ébranlés, les chaises écrasaient sous le poids du Juif culbutant ; armoires, tiroirs, tablettes, shokézes, fournaise et statuettes dégringolaient pêle-mêle, soulevant des nuages de poussière.

— Quiens ! hurlait Sirop, poigne ça, maudit pouilleux !... Puant qu't'es, poigne ça aussi !

Les deux sœurs Dubois, comme on le conçoit, attendaient avec une impatience fébrile l'issue de ce formidable combat qui emplissait l'air d'un vacarme de vitres cassées et de planches enfoncées. Jack White qui, tout tremblant, se tenait auprès d'elles, disait : « Sirop va l'avoir. Écoutez, il lui dit de poigner ça, il a le dessus ». L'affaire s'était faite tellement vite que les jumelles étaient restées clouées sur place, médusées. Elles ne pouvaient que répéter : « Donne-z-y Sirop, tapoche, fesse fort, manque-le pas ! » Et Sirop, qui entendait comme dans un rêve la douce voix flûtée de Flannellette, bûchait ferme, tapant dans le Juif comme dans un vieux matelas.

— Y pue, l'verrat, criait-il. C'est effrayant, y a rien que d'la puanteur dans un Juif. Plus j'fesse dessus, plus la mauvaise odeur sort fort. Quiens, poigne ça ! Pis ç'ui-là, pis ç'ui-là. Pfou ! la peste, l'ail y sort du corps.

152
Le Goglu, vol. III, n° 49, 15 juillet 1932

Et la voix gémissante du bounceur youpin répétait : « Gamarade ! Gamarade ! »

— Y a pas d'gamarade. Tu m'as appelé chien d'chrétien, t'as voulu dépocher mon ami. Fais des excuses, mon cochon, fais-en ! Ah ! tu veux pas ? Quiens, ç'ui-là, à c't'heure, pis ç'ui-là encore ! Poigne donc ça !

Et l'on entendait comme le bruit d'une mailloche frappant interminablement sur un paquet de viande, un bruit de débris tournés en tous sens.

— Qu'ça fait donc du bien, s'soulager ! soufflait Sirop. Je n'n'ai t'un, un youpin, pis un vrai, un gros ! Y a si longtemps que j'voulais en tapocher un ! Défends-toi, maudit lâche, t'es deux fois gros comme moi ! J'vas t'montrer qu'un Canayen, ça vaut dix pouilleux. Poigne ç'ui-là, pis ç'ui-là ! Tu veux que j'te lâche ? Dis pardon, mon cochon ; dis pardon, ou ben tu meurs, icitte !

À ce moment, le photographe revenait avec deux constables.

— Viens-t'en, Sirop, cria Flannellette, v'là la police.

— J'sus dans mon droit, répondit de l'intérieur le gros Lafrance. Y a voulu dépocher Jack.

Alors, la voix du youpin râla faiblement « Bardon, bardon, bardon ». Un profond silence succéda aux bruits du combat, puis Sirop sortit de l'ex-atelier, se frottant les mains.

— Je l'ai mouché vrai ! proclama-t-il.

Les constables arrivaient. L'un d'eux demanda à Jack White ce qui se passait.

— Ben, l'photographe avec son bounceur ont voulu m'dépocher, et mon ami d'icitte leur a cassé la yeule !

— Il y a longtemps que nous avons des plaintes contre ces individus-là, dit le constable. Ça me fait plaisir de les voir oveurâlés par un vrai Canayen. Avec ça qu'c'est des sales Juifs. Si les Canayens faisaient ça tout l'temps, on serait vite débarrassé de cette peste-là. Poussez-vous tranquillement, j'vas faire venir l'ambulance pour le gars d'en-d'dans ; y m'a l'air mal emmanché.

— J'y ai fait une vraie d'jobbe ! dit fièrement Sirop.

— Viens-t'en, mon gros champion, dit Flannellette.

Et le groupe, tout heureux, remonta vers la rue Sainte-Catherine, pour aller mouiller cette victoire, digne de vrais Canayens.

Mais les choses ne devaient pas en rester là, puisque l'auteur n'avait pas encore de plan défini pour les prochaines tranches.

Le propriétaire de l'ex-atelier photographique s'était mis aux trousses de Sirop, le suivant d'une cinquantaine de pas et donnant, partout sur son passage, l'éveil aux Juifs du ghetto montréalais. Il passait la tête dans la porte des magasins du parcours, murmurant des phrases en patois yiddish. Ces phrases, pour les pouilleux qui les entendaient, voulaient dire : « Il y a eu un pogrom terrible. Debout, fils d'Israël, venez venger un mangeur d'ail qui s'est fait mopper ». Alors, sortaient de tous ces trous des bookies, des receleurs, des voleurs, des souteneurs, des pickpockets, des trafiquants de narcotiques, des filous, des escrocs et autres catégories de Juifs. Ils furent bientôt une quinzaine, marchant autour du photographe, discutant tous ensemble avec beaucoup d'agitation et d'excitation, comme au temps où Nabuchodonosor, monarque hygiénique et propre, épouillait son pays.

Un groupe attire toujours un autre groupe. Celui des youpins éveilla l'attention de Canayens qui, ne sachant que faire de leurs bras, flânaient dans les environs. On entendait des voix se demander et se répondre : « Quoi qu'c'est ça ? » — « Ça m'a l'air des Juifs qui veulent faire un coup. » — « Où c'qu'y vont comme ça ? » — « J'pense qu'y suivent les deux Canayens d'l'autre bord. » — « Suivons ça, y a p't'être du fonne à y voir ». Et, chacun de son côté de la rue, les deux groupes grossissaient à mesure qu'ils avançaient. Le photographe youpin et les siens eurent bientôt rejoint les sœurs Dubois et leurs cavaliers. On s'arrêta. Le photographe, comme autrefois Judas Iscariote, avait fait le même geste, s'avança d'un pas vers Lafrance et, le montrant du doigt, dit aux autres : « C'est lui ! »

Le Juif qui semblait le chef de la bande, demanda à Sirop :

153
Le Goglu, vol. III, n° 50, 22 juillet 1932

— Z'est toi gui a fait mal à un bauvre bedit garzon, dans la shoppe ?

— Veux-tu n'n'avoir autant ? demanda brusquement Sirop.

Ce fut le feu aux poudres !

Sirop chancela subitement. Il avait reçu le premier coup, un coup de traître, appliqué avec une garcette, par en-arrière. Un vrai coup de Juif ! Flannellette, qui avait eu le temps de voir l'assaillant sournois, lui sauta au visage et, avec les ongles durs de ses deux mains, qu'elle effilait tous les jours, lui laboura quatre profonds sillons sur chaque joue. Popeline enleva ses souliers et, de deux coups adroitement donnés, assomma deux youpins avec ses talons de bois.

Mais il était difficile, dans cette mêlée si vite engagée, de discerner exactement ce qui se passait. Des cris de femmes, des grognements rauques de Juifs, des jurons bien canayens, des plaintes se faisaient entendre. Sirop, qui titubait, servait de cible à trois grands gaillards qui frappaient sur lui à coups redoublés. Jack White, lorsqu'il ne portait pas un coup, s'enfonçait deux doigts dans la bouche pour faire entendre, en guise d'appels au secours, des sifflements aigus. La joute était inégale, car il n'y avait là que quatre Canayens pour faire face à trente pouilleux, et ces derniers étaient tellement excités qu'ils se donnaient la moitié de leurs coups les uns sur les autres. Tout à coup, de l'autre côté de la rue, dans le groupe qui s'était rassemblé, retentit un cri formidable : « Ensemble, les gars ! C'est des Juifs qui fessent sur des Canayens ! » Un puissant appel vomi en yiddish y fit écho.

Au même moment, le groupe de Canayens traversa la rue au pas de course, pendant que des gens de presque toutes les races sortaient de chaque porte de boutique et de magasin. En moins de temps qu'il n'en faut pour l'écrire, trois cents personnes étaient aux prises, presque à l'angle des rues Sainte-Catherine et Saint-Laurent. Des Grecs, sortis des restaurants avoisinants, pénétrèrent jusqu'aux premiers rangs pour mieux se soulager les bras sur les Juifs ; à eux se joignirent les Syriens, puis quelques Chinois et quelques nègres. À tel point que les Canayens, qui avaient été provoqués, durent tirer tous ces combattants par les bras pour les sortir de la mêlée et être libres de riposter à leur goût. Sirop Lafrance qui, momentanément délaissé par les assaillants, avait repris ses sens, se tâta le dessus de la tête et, y sentant une ronde protubération qui grossissait sous ses doigts, vit rouge de nouveau. Ses énormes bras, semblables à des massues, faisaient le travail d'une faucheuse, créant un vide complet sur leur passage. Quiconque en recevait les extrémités au-dessus des épaules tombait assommé. Ce travail formidable, accompli dans le milieu de la mêlée, pendant qu'un travail aussi efficace se faisait par l'extérieur, eut vite fait de libérer complètement le groupe des Canayens. Cinq minutes à peine après le signal des hostilités, trente youpins dormaient profondément sur le trottoir, les uns par-dessus les autres, comme devaient dormir leurs ancêtres après avoir essuyé les matraques des jouteurs de Nabuchodonosor. Sirop frappait toujours, dans le vide naturellement, croyant voir encore des assaillants. Un ami qui essaya de le faire cesser tomba lourdement comme un bœuf touché du marteau. Seule la voix de Flannellette eut raison de son emportement belliqueux. En entendant cette douce voix, flûtée, caressante et enchanteresse, qui semblait une musique céleste après les grognements infernaux des youpins, le gros Lafrance s'apaisa comme l'antique Saül et rabaissa les manches de son gilet. Deux voitures de patrouille se firent annoncer par leurs timbres lointains. En arrivant, les constables demandèrent ce qui s'était passé.

— *De djou strike de french and de french strike de djou!* dit un Grec.

— Li frenchi moppl li pou di juif ! dit un Chinois.

— *The Canucks gave their change to those Jewish ruffians!* dit un matelot de Liverpool.

154

Le Goglu, vol. III, n° 51, 29 juillet 1932

— Les Canayens ont fait un bon djobbe ! dit un Syrien.

— *And then dah Jews come and hit dah Canucks they trim dah sons of Judah in the right way.*

— Pour un nettoyage, c'est un nettoyage ! dit le capitaine de police qui était en charge des deux voitures. La police n'aurait pas fait mieux. J'espère qu'on va avoir enfin la paix, dans ce quartier-ci. Des affaires comme ça, ça nous sauve de l'ouvrage !

Et les trente combattants sans connaissance furent empilés dans les deux voitures, sans égard aux dents, fausses et naturelles, qui gisaient sur le trottoir.

. . . . .

Sirop Lafrance fut l'homme le plus surpris du monde lorsque le gérant du Club de Réforme, ayant fait l'inspection de la cave pour la première fois depuis que Sirop travaillait là, lui demanda à quelle date il entendait prendre ses vacances.

— On a-t-y des vacances, icitte ? demanda le cavalier de Flannellette.

— Certainement, comme tout le monde.

— Pourtant, ça arrête pas de boire et de manger. Qui c'qu'y va faire mon ouvrage quand j'y s'rai pas ?

— On y verra.

— Dans c'cas-là, j'prêt à commencer demain.

— Entendu. Vous passerez à la caisse pour votre argent.

— Vous êtes du monde, vous !

Jack White était aussi en vacance, chômant depuis plusieurs semaines. Les sœurs Dubois n'avaient pas d'autre travail à faire qu'à consommer les victuailles du Club au fur et à mesure que Sirop les apportait. Aussi fut-on fort à l'aise, le soir même, de discuter quel emploi on ferait ensemble des deux prochaines semaines. Jack tirait de l'arrière, mais Sirop régla les difficultés prévues en disant qu'il avait, en plus de ses économies, trois semaines de salaire dans sa poche.

— Moi, dit Popeline, si on était homme, on irait à Ottawa.

— Y a pas d'session, dit Jack, c'est pas la peine d'y aller.

— Mais y a la Conférence Impériale[94], répondit Popeline.

---

[94] La Conférence impériale eut lieu du 21 juillet au 20 août 1932 à Ottawa. Elle visait à discuter des problèmes économiques suscitées par la grande dépression.

— C'est ben vrai !

— Ça devrait être beau à voir !

— C'est rien que pour les délégués.

— Non, paraît que tout l'monde y va.

— Y vont tirer du canon.

— Pis y va y avoir des soldats avec la bande.

— Des comtes, des lords et des sirs !

— L'gouverneur en culottes de soie !

— On y va-t-y ?

— On y va.

— Moi, j'fournis l'char, dit Jack. Y a pas d'top, mais y marche encore.

— Quand est-ce qu'on part ?

— D'main matin. Tant qu'à y aller, c'est d'y aller pour la peine.

Le lendemain, comme il faut s'y attendre, les deux couples quittaient Montréal au petit jour, juchés sur des piles de coussins, car les sièges de l'auto étaient presque tout déchirés par les ressorts en tire-bouchon qui passaient à travers le cuir cent fois mouillé et cent fois séché ; ils avaient les pieds accotés sur trois cruches de bon vin de Madère et une caisse de liqueurs mêlées, que Sirop avait prises au Club durant la nuit même, en passant par en-arrière. « Ça s'pourrait qu'on aurait à traiter queuqu'délégués, pensait-il ; on va leur montrer qu'on sait r'cevoir le monde. »

Le vieux Pontiac de Jack White, alias Jean Leblanc, chauffait tellement qu'il était obligé de le laisser refroidir presque tous les trente milles. Sirop, qui se sentait en vacances et vraiment libre pour première fois depuis sa tendre enfance, profitait de chaque arrêt pour demander : « Si on goûtait à une autre bouteille. C'lé-beul-là m'a l'air tentatif. C'est fait pour boire, et pas pour regarder, ces affaires-là. Tant qu'ça s'ra dans not' dallot, ça s'ra pas dans l'dallot des pouilleux ». Et, à tous les trente milles, on enfournait une généreuse rasade d'une bouteille différente. À mi-chemin d'Ottawa, près de Hawkesbury, Jack se sentit étourdi et exprima des doutes sur sa capacité de continuer de conduire la voiture.

155

Le Goglu, vol. III, n° 52, 5 août 1932

Inutile de dire que Sirop offrit de prendre sa place et que son offre fut acceptée.

— T'as pas la tête forte, dit-il à Jack, et tu sais pas boire. T'avales trop vite.

— C'est pas ça, mais ça m'étourdit quand j'ai pas d'eau à prendre avec.

Trente milles plus loin, le Pontiac chauffait encore, et l'on s'arrêta à l'ombre de beaux grands arbres, sur les bords de l'Outaouais. Les eaux de la grande rivière paraissaient noires et traîtresses. De l'autre côté, sur la rive nord, s'étendait le prolongement des Laurentides en une chaîne longue et lourde, de hauteur presque uniforme, couverte de forêts sombres, presque noires, dans lesquelles l'œil aimait à imaginer des chasses émouvantes.

— C'que j'ai bu avant m'donne la soif, dit Sirop. On pourrait p't'êt' tâter une cruche pour voir c'qu'y a d'dans ?

— J'aim'rais ben mieux boire de l'eau, dit Flannellette. Ça m'a mis la gorge en fièvre.

— Pas fou, casse ! s'écria Jack. On boit pas d'eau après des affaires comme ça, ça fait des mélanges mal arrangés. Si on prend pas d'eau en même temps, faut pas en prendre ni avant ni après parce que, en plus d'étourdir, ça donne assez mal au siau qu'on croit que le d'sus d'la caboche va nous partir.

— Ça c'est vrai, confirma gravement Sirop. Ensuite, t'es pas pour boire de l'eau, c'est l'temps des canicules et l'eau va t'flanquer une diarrhée qu'tu pourras jamais t'rendre à Ottawa.

— J'ai soif pareil ! soupira Flannellette.

— Donne-z-y donc l'temps dit Popeline, tu vois bien qu'y ouvre la cruche.

Ouvrir une cruche de la Commission des Liqueurs est une opération assez longue, à cause de la mauvaise cire noire qui recouvre le bouchon et dont les granulations tombent dans le vin si on n'a pas la précaution de tout enlever, en se gommant les doigts. Lorsque le bouchon eut sauté, sans faire de bruit parce qu'il était trop sec, suivant la coutume établie, Sirop approcha le goulot de ses narines, qui étaient presque aussi grandes que le goulot lui-même.

— Quelle sorte que c'est ? demanda Jack.

— C'est supposé être du Madère, y a pas d'lébeul dessus. Moi, j'sais que c'est l'spécial du gérant ; les membres du Club ont pas la palette assez développée pour goûter à ça. Ça s'sort rien quand y a des minisses en visite.

— Ça doit encore être une affaire qui cogne ! murmura Popeline.

— Du vin qui cogne pas, dit Jack, c'est pas du bon vin.

— Dans c'cas-là, j'en prends pas.

— Ni moi non plus.

Sirop emplit son grand verre à bière jusqu'au bord et, avec l'attitude de celui qui prend tous les risques pour la sécurité des autres, il avala son demiard de Madère tout d'un trait. Il fit claquer sa langue et prononça : « Ça s'boit ben, c'est pas trop sucré, ça m'a pas l'air trop fort ! »

— J'vas essayer ma chance ! dit Jack.

Le gros Lafrance emplit le grand verre de nouveau et Jack, qui ne voulait pas paraître moins robuste en beuverie, tenta d'ingurgiter tout le contenu du verre avec la même facile rapidité. La conformation de sa gorge devait être quelque peu différente, car, dans sa tentative, Jack avala de travers, toussa soudainement en une fine vapeur ambrée tout ce qu'il avait absorbé, se plia en deux, se prit les côtes à deux mains, passa du blanc au rouge, puis du rouge au bleu, puis du bleu au violet, puis du violet au noir. Déjà il se roulait dans l'herbe, secoué par la suffocation. Sirop se lança sur lui, le souleva par le collet de son habit et, d'une claque à casser un madrier appliquée entre les deux omoplates, fit sortir d'un seul jet tout ce que Jack pouvait avoir dans l'avaloir ou le tube à respirer. Puis Jack, assommé, retomba de tout son long dans l'herbe, mou, relaxé, détendu. Popeline courut chercher de l'eau fraîche, au bord de la rivière, pour le ranimer. Au bout d'une demi-heure, comme il ne rouvrait pas encore les yeux, Sirop décida de lui éponger de l'eau froide sur le torse, prétextant que cela pourrait stimuler le cœur.

156

Le Goglu, vol. IV, n° 1, 12 août 1932

Il le porta dans ses bras sur le rivage, lui enleva son gilet, sa chemise et sa « queue d'chemise ». En le retournant pour lui éponger le dos, il aperçut une énorme plaque rouge, faite en forme de main, soulevée d'un demi-pouce.

— C'est ta main ! cria Popeline. Avais-tu besoin d'fesser si fort ? C'pauv' garçon, t'as dû y casser les os et y déplacer tous les en-d'dans !

— Tu connais rien, dit Sirop d'une voix tremblante, y soufflait pus quand j'y ai donné sa p'tite tape, et à c't'heure y respire. Écoute !

Les deux sœurs Dubois se baissèrent davantage, pour mieux percevoir le bruit de la respiration. Et Sirop, décidé de ranimer son ami, ajouta : « Faut l'surprendre, pour le réveiller », en même temps qu'il laissait tomber sur le dos de Jack tout le contenu d'un large sceau d'eau, éclaboussant assez abondamment les deux jumelles.

— Imbécile ! Nous mouiller comme ça !

— T'as pas d'bon sens ! T'es bête comme tes pieds ! C'est-y pour nous arroser qu'tu nous a fait baisser près d'lui.

— Regardez, dit calmement Sirop. Y r'vient à lui. Quiens, y s'dévire, y ouvre les yeux, y va parler.

Jack était encore trop faible pour pouvoir se lever. De même qu'il l'avait porté dans ses bras sur la rive, Sirop le porta dans ses bras jusqu'au Pontiac. Jack se plaignait d'une douleur cuisante : « Oye, mon dos ! Ça brûle ! Oyoye, qu'ça fait donc mal ! »

— Ça va-t-y mieux ? demanda doucement Popeline, lorsque Jack fut installé sur son siège.

— Oyoye ! Oyoye ! J'pense que j'pourrai jamais rester accoté, c'est comme si j'avais l'dos en bouillie. J'me d'mande quoi c'que j'peux ben avoir là. J'ai-t-y tombé ?

Sirop, dans le caoutchouc d'un vieux pneu, tailla un gros morceau en forme de couronne dont l'intérieur était environ de la grandeur de sa main, il l'ajusta à la hauteur de l'enflure, avec des ficelles, et demanda à Jack de s'accoter.

— J'me sens mieux ! Mais ça va-t-y rester tout l'temps ? L'auto brasse pas pour rire !

— T'es tauképinotte pour le reste du voyage. Quand tu vois v'nir un trou, t'as rien qu'à t'pencher un p'tit brin ; ça sonne moins fort.

Lorsque tout fut remis dans l'ordre, Sirop demanda aux sœurs Dubois si, à leur tour, elles désiraient prendre un verre du spécial du gérant.

— Aie ! J'ai pas envie de m'faire défoncer l'dos !

— Laisse la cruche là. C'est d'la boisson d'malheur, a finira par tuer queuqu'un.

— Pas d'danger, dit Sirop, que j'la laisse là. J'y ai goûté, moi, j'sais c'que c'est. On pourra faire des politesses aux délégués, là-bas, et y sauront apprécier ça.

— Ça peut étouffer un ch'val ! murmura Jack.

— Bah ! j'te l'ai dit, toi, tu sais pas boire. T'as pas l'dallot fait pour le bon.

— En tout cas, dit Flannellette, prends-en pus, on a envie de s'rendre. Ça m'paraît comme si on était parti d'pus quinze jours. Avec ça que l'soleil nous brûle sur tous les bords. Jamais je r'voyagerai dans un auto pas d'top !

— Ni moi non plus, j'ai l'cou en feu !

— Oh ! mon dos ! Mon dos !

Le gros Lafrance, stoïque au milieu de toutes ces plaintes, rabaissa sa casquette sur ses yeux et remit la voiture en marche.

Le soleil de midi écrasait les voyageurs d'une chaleur suffocante, qu'alourdissait la chaleur ardente du moteur qui courait sur le plancher du Pontiac. Les reflets violents de la lumière dans l'eau brûlait les yeux, la poussière soulevée par les autos rapides qui les dépassaient collait sur la peau et cuisait les orifices des pores. Essuyant les rayons solaires de front, les quatre avaient le nez terriblement rouge et enflé.

— On va avoir l'air blôque ! fit remarquer Popeline.

— C'est l'air qu'y faut avec les délégués, dit Jack.

À midi et demi, le Pontiac chauffait encore trop et il fallut stopper pour lui permettre de se refroidir.

— C't'effrayant, une barouche comme ça, souffla Flannellette d'une voix exaspérée. On s'ra jamais rendu !

157
Le Goglu, vol. IV, n° 2, 19 août 1932

À cet endroit, Sirop dut marcher plus d'un quart de mille pour atteindre la rivière, avec sa chaudière de fer-blanc. « Jamais, pensait-il, je n'ai eu plus chaud de toute ma vie, et jamais je ne pourrai souffrir de la chaleur comme ça. » Mais il ne disait pas un seul mot, ne regardait personne. Les trois autres, s'éventant avec leurs chapeaux, leurs mouchoirs, geignaient, murmuraient, grognaient.

— On l'connaîtra, c'Pontiac-là !

— Moi, j'ai faim et j'veux pas manger, j'ai soif et j'ai rien à boire. Si j'bois, j'vas être malade…

— Franchement, j'ai l'dos en fricassée, j'me sens pus tant que j'sus engourdi, j'sus cuit partout…

— J'peux pas croire qu'on a encore vingt milles à faire sur des ch'mins comme ça, par une chaleur comme ça, exposés comme on est…

— Moi, j'voudrais ôter mes souliers, qui m'étouffent les pieds, mais l'engin chauffe l'plancher d'l'auto trop fort…

— Qu'on aurait donc dû rester chez nous.

Une nuée de petites mouches noires s'approcha, attirée par la chaleur du radiateur, et en un instant Jack et les deux jumelles se mirent à se gratter partout avec une intensité rageuse, s'arrachant la peau des boursoufflures causées par l'insolation. Sirop, qui était à quelques pas de là, assis à l'ombre d'un gros bouleau, leur cria : « Quoi c'vous attendez pour v'nir à l'ombre. Débarquez. C'est pas vous autres qu'allez refroidir l'engin ».

On se traîna plutôt qu'on ne marcha. Ils étaient véritablement malades. Sirop, qui les examina attentivement, constata que ce n'étaient pas des caprices. Il se contenta de dire : « C'est pas résistant, c'monde-là », et il disparut vivement dans un petit bois du clos environnant, pour reparaître peu après avec sa chaudière remplie d'eau et sa casquette remplie de mousse et de terre noire.

Jack et les deux jumelles étaient assis sur le bord de la route, les pieds dans le fossé, appuyés sur une vieille clôture de cèdre. Ils avaient enlevé leurs souliers, et déjà leurs pieds étaient tellement enflés qu'ils ne pouvaient plus les remettre.

— J'ai toute la peau du front arrachée ! gémissait Flannellette.

— Moi, c'est dans le cou !

— Moi, j'ai les bras au vif.

— Grattez-vous pas tant ! dit Sirop, ça vous avance à rien.

— Pas s'gratter ! cria Popeline. R'gar'-moi donc les épaules ; rien qu'là, y a cinquante piqûres ! Ces mouches-là, c'est comme des p'tits tisons d'feu. Pis ça enfle l'temps de l'dire, c'est pas endurable.

Sirop plaça la chaudière et la casquette devant eux.

— Passez-vous un peu d'eau fraîche, dit-il en trempant son mouchoir dans la chaudière. Ensuite, vous vous mettrez un peu d'terre noire et d'la mousse là c'qu'ça brûle plus.

Cette opération les soulagea visiblement. Les visages se détendirent, les humeurs s'adoucirent. Il sembla à chacun qu'il faisait soudainement beaucoup moins chaud. Jack White, que ce changement subit avait rendu presque gai, se mit à rire.

— Quoi c't'as à rire ? demanda Sirop.

— Non, mais on va-t-y avoir l'air anglais, pour arriver ! On a chacun son morceau d'pleumé, on est pleins d'bosses, on est tout barbouillés et tout salis avec la terre noire, moi j'me sens pu l'dos, les filles peuvent pus marcher, not' linge est tout fripé. Avec ça qu'j'ai l'visage maganné pour pas être capable de m'raser pour quinze jours. Y nous laisseront jamais approcher des délégués comme ça. On a l'air de vrais sauvages.

— Atch... Atch... Atchou !

— As-tu l'rhume, Flannellette ?

— C't'effrayant, j'vois l'soleil qui chauffe, et y m'semble qu'y fait frette comme en automne. Atch... Atch... Atch... Hou !

— T'as la chair de poule !

— J'te dis que j'me sens g'lée.

De fait, elle grelottait, et les dents lui claquaient dans la bouche.

— J'pense t'as la fièvre des foins, dit sentencieusement le gros Lafrance.

— J'sais pas quelle que c'est, mais j'ai la fièvre.

158

Le Goglu, vol. IV, n° 3, 26 août 1932

— C'est curieux, dit Jack à son tour, j'ai des frissons dans l'dos et y m'semble que j'ai froid, moi aussi.

— Moi, c'est pas la fièvre, dit Popeline, mais j'ai un fameux rhume de cerveau. Regarde-moi les yeux, j'sus toute aveuglée.

Sirop se leva lentement, se rendit jusqu'au vieux Pontiac, le mit en mouvement, alla faire un détour et revint se placer devant le gros pin.

— Quoi c'tu fais ?

— J'ai r'viré la machine de bord. Ça m'a l'air comme si on était aussi ben d's'en r'tourner à Montréal.

À ce moment, un gros auto portant une plaque de licence américaine parut dans un nuage de poussière, au tournant de la route. Il modéra soudainement et s'arrêta à côté du Pontiac, qui paraissait infiniment plus pauvre, comparé à la luxueuse voiture. Un gros bonhomme joufflu en descendit, se détendant les jambes, et vint parler à Sirop en anglais.

— 'Tention ! siffla Jack, ça m'a l'air d'un Juif.

— Je l'sais, dit Sirop, pas besoin d'avoir peur. Tu sais comment j'les trimme.

— Oui, l'photographe d'la rue Saint-Laurent !

Le touriste, l'air hautain, demanda à Sirop s'il était sur la route de Montréal.

— *Yes.*

Puis il dit, en passant, qu'il arrivait de la Conférence Impériale.

— A l'est-y finie ? demanda Sirop.

— *Shoure!*

— Vous êtes-y un délégué ?

— Non, j'étais observateur.

— Observateur pour qui !

— Pour de grosses banques américaines.

— Puis, quoi c'que ça vous dit, c'te conférence-là ?

— Les britanniques sont des salauds, des imbéciles, des idiots, des...

— Hein ?

— Oui, on est roulés jusqu'à zède, et encore jusqu'à zède majuscule. Bennett est un malotru qui ne comprend pas le bon sens.

— Comment ça ?

— On est djammés, on est coulés, on est plogués...

— Qui, « on » ?

— Bien, les messieurs de Russie, les messieurs d'Israël...

— Dans c'cas-là, j'trouve que c'est une bonne affaire, ça !

— Parce que vous êtes un cruchon, comme Bennett et les autres.

— Pardon, garçon, comment c'tu dis ça ?

Sirop commençait à se ramasser sur lui-même, mais le touriste se mit à sourire et à se composer un air amical.

— C'est pour connaître l'opinion des Canadiens que je parlais comme ça. Pour bien savoir, il faut que je paraisse être contre vous autres.

— Vous savez, par icitte, y a des affaires avec quoi on fait pas d'farces.

— J'ai bien vu ça.

Tout en causant, le touriste jeta un coup d'œil dans le Pontiac. Il ne fut pas sans apercevoir les trois cruches d'extra-spécial du gérant et la caisse de fines liqueurs assorties.

— Oh ! dit-il, je tombe à point. Il y a longtemps que je pense à me procurer ces agréables choses. Vous allez m'en passer ?

— Si j'en avais pas besoin, dit Sirop, j'm'aurais pas porté une provision.

— Mais si vous vous en allez à Montréal, vous n'en avez pas besoin d'autant pour faire le voyage.

— Si vous aviez un char qui arrête souvent comme le mien, pour se rafraîchir, vous penseriez pas ça.

— Mais, en payant... Vous savez, je peux y mettre le prix.

Sirop alla consulter Jack et les deux sœurs Dubois, qui étaient assis à l'ombre du gros pin, et revint.

— Êtes-vous juif ? demanda-t-il au touriste.

— Bien, je vais vous dire, je descends de Juifs, mais je ne suis pas Juif.

— C'est d'l'emplissage, ça. Moi, j'peux pas être descendant de Canayens et pas être Canayen.

— Je suis Américain, dit le touriste.

159
Le Goglu, vol. IV, n° 4, 2 septembre 1932

— Je la connais c't'histoire-là ! dit Sirop. Quand les Juifs font des souscriptions pour sauver un condamné à mort juif, pour publier des journaux en juif, pour avoir des hôpitaux juifs, quand ils vantent le bolchévisme, la révolution et toutes leurs affaires, c'est pas en tant qu'Américains ou Grecs ou Polonais, mais simplement comme Juifs. Vous êtes Juifs quand ça fait votre affaire, pis vous arrêtez de l'être quand ça peut vous faire tort.

— Si ça peut m'aider à obtenir une partie de votre provision de boisson, j'admets que je suis Juif.

— C'est assez de ça pour que t'en aies pas. D'la boisson d'même, c'est fait pour des estomacs d'chrétiens, pas pour des estomacs habitués à avaler du poisson pourri et des vieilles gousses d'ail. Si tu veux boire, achète le mauvais stoffe juif qui sert à empoisonner les Américains, ou va voir tes amis Brafman[95]. Y n'ont, du stoffe juif, eux-autres.

— Je vais payer ce que vous demanderez.

Comme Sirop hésitait, Flannellette lança un cri strident :

— Vends-y rien, au pouilleux, t'es mieux, d'casser les cruches pis les bouteilles. Qu'y s'en aille boire son eau sale d'la Mer Morte !

Deux grosses Juives et un autre Juif à tête en bloc d'oléomargarine parurent aux vitres de la limousine, exhibant un rire béat, vraiment israélite, faisant signe à Sirop de leur apporter la boisson, en se plaçant les mains comme le font tous les Juifs. Sirop fit signe que non. Le gros Juif qui lui avait parlé commença à maugréer. Il laissa échapper un juron.

Le touriste répéta son juron, jetant un regard insolent. Mais, au même moment, il poussait un profond cri de terreur. Sirop lui

---

[95] On aura reconnu la famille Bronfman. Elle doit notamment sa renommée à Samuel Bronfman, homme d'affaires qui a fait fortune dans la vente d'alcool. Seagram, son entreprise, a été un temps le plus grand distillateur au monde.

avait appliqué son énorme main sur le cou, une tape à décapiter n'importe qui. Le touriste en fut projeté du coup dans sa voiture qui, presque instantanément, démarra.

— Hourra ! cria Flannellette.

— Ben donné ! cria Popeline.

— Djigalou ! cria Jack White. C'est d'même que j'y aurais appliqué ça !

Une meilleure humeur avait repris nos trois voyageurs qui, d'ailleurs, commençaient à endurer plus patiemment leurs piqûres, leurs brûlures, leurs égratignures, leurs écorchures et leurs enflements. Tant est vrai que l'habitude s'acquiert vite. Leurs pieds ayant quelque peu désenflé, ils les sortirent de l'eau boueuse du fossé pour remettre leurs souliers. Un vent léger, mais frais, rendait l'air plus agréable. De gros nuages blancs, qui se suivaient comme dans une caravane d'éléphants, venaient couvrir le soleil lorsque ce dernier commençait à être trop fatigant.

— L'engin doit être plus frette, dit Jack, on va s'en r'toumer.

— Ouaille.

Sirop se mit à ranger les bagages, la chaudière, les caisses et les cruches.

— Ça empêche pas que j'ai l'frisson pareil, dit Flannellette. C'est la vraie fièvre des foins. J'aimerais ben à arriver à Montréal avant qu'y fasse noir.

— Comme vous avez la fièvre, dit Sirop aux trois autres, ça serait mieux d'vous caler un peu d'vieux gin dans l'corps. Ça empêche les complications.

Il fit sauter le bouchon d'un gros squaire-féce de gin, bien meilleur que les mixtures des frères Bronfman, et en fit prendre un verra à bière à Jack et aux deux sœurs.

— Phoua !

— Maudite boisson !

— Ça gratte pas pour rire !

— Moi aussi, j'en prends, dit Sirop. Quand j'pense qu'un pouilleux voulait nous ôter ça, ça m'donn'rait l'envie d'tout boire d'un coup, pour être plus sûr qu'un youpin y touch'ra jamais.

Il prit donc le reste du flacon, puis le reste de la première cruche de l'extra-spécial du gérant, pour faire descendre le gin.

— Ça fait du bien par où qu'ça, passe !... Non, certain, c'est pas fait pour un dallot d'Juif, ces bonnes affaires-là !

160
Le Goglu, vol. IV, n° 5, 9 septembre 1932

On se remit finalement en route, assis sur le cuir crevassé des sièges qui, chauffés depuis deux heures par le soleil, étaient brûlants comme des ronds de poêle à pont.

— Oui, j'connaîtrai ça, un auto pas d'top ! soupira Flannel-lette.

— J'ai peur qu'y nous manque d'la gazoline, dit Jack. R'gar' donc l'marqueur, c'est à peine si on peut voir un peu d'rouge.

— Toffons jusqu'au bout, dit Sirop. Dans l'temps comme dans l'temps !

— C'verre de gin-là est p't'êt' bon pour la fièvre, dit Popeline, mais y m'a assommée frette. J'vois pus clair et j'me sens les jambes en guenille. Heureusement qu'on est assis pour un bon bout d'temps.

Au moment même où l'auto repartait, une grosse détonation se faisait entendre.

— Hein ?

— On tire-t-y sus nous-autres ?

— Non, grogna Sirop. C'est un bloâte.

— Verrat !!

On redescendit. On examina attentivement l'endroit où l'auto avait été amenée par Sirop.

— R'gar' ça, imbécile ! rugit Jack White. Tu pouvais pas arrêter ailleurs que sur une bouteille cassée ?

En effet, il n'y avait pas de doute possible. Un épais morceau de la bouteille était même resté dans la plaie béante du pneu.

— On n'a pas de spère ! dit Jack avec découragement.

— Et c'qui m'achalle, dit Sirop, c'est qu'on n'a pas de djac !

On discuta quelque temps pour savoir comment on s'y prendrait pour réparer ce malencontreux accident, en réparant aussi le pneu éventré.

— On va continuer tranquillement jusqu'à temps qu'on rencontre une clôture à pagées, dit Sirop. Avec une grosse roche, on fera une bascule avec une pagée et vous tiendrez l'auto en l'air pendant que j'ôterai le tayeur pour le patcher.

— Y a rien qu'ça qu'on peut faire, dit Jack White.

L'auto repartit, très lentement, mais ce n'est qu'après avoir parcouru une distance de six milles qu'on rencontra une clôture à piquets de cèdre. On stoppa. Sirop constata avec effroi que le pneu était beaucoup plus déchiré, presque tordu.

La première pagée, trop sèche, cassa au premier effort. Une deuxième ne fit pas mieux. Ce n'est qu'à la huitième que l'essieu put être soulevé. Le gros Lafrance se mit laborieusement à jouer des pinces et des clefs. Peu après, il tirait vigoureusement le pneu crevé pour l'enlever de la roue, mais cet effort, trop brusque, imposa un poids exagéré à la roue correspondante d'en-avant, et son pneu, déjà fort usé, en éclata sèchement.

— Hein ?

— Quoi ?

— Un autre ?

— Oui, que j'm'en souviendrai, de c't'auto-là !

La situation devenait inquiétante. Deux pneus crevés, pas un seul pneu de rechange, et les deux qui restaient étaient usés jusqu'à la toile, pour ne pas dire au coton.

— Les *flats* s'adonnent sus mes meilleurs tayeurs, dit Jack White. Les deux autres sont pus rien qu'une patche, tant qu'y en a !

— J'pense pas qu'on soit capables de r'tourner sans n'n'ach'ter, dit Sirop.

— Pas fou, casse ! Deux tayeurs neufs, c'est l'prix d'l'auto !

— On peut toujours pas ach'ter un autre auto rien qu'pour le plaisir d'avoir des tayeurs !

Sur les entrefaites, le cultivateur de la maison voisine, prévenu par son garçon, arrivait tout essoufflé.

— Ça fait sept pagées que vous m'cassez, cria-t-il ; vous imaginez-vous que j'pose ça là rien qu'pour vous servir de djac ? C'est comme ça qu'on perd nos animaux. Vous allez m'les payer.

— Comment qu'ça coûte ? demanda Sirop, visiblement harassé.

— Cinquante cents chaque.

— Quiens, voilà quat' piasses.

— J'ai pas d'change.

— Garde tout pis pousse-toi !

— Le prix d'un tayeur neuf ! murmura Flannellette.

161
Le Goglu, vol. IV, n° 6, 16 septembre 1932

Il fallait tout de même partir. L'après-midi avançait, le soleil faiblissait et la fièvre des foins secouait de plus en plus les trois malades. Après un long silence, Jack prit soudainement une décision énergique.

— On va ôter les deux autres tayeurs, qui valent pus rien pantoute, et on va s'en aller sur les rimes !

— On va avoir l'air fou pas pour rire ! protesta Popeline.

— Mieux vaut avoir l'air fou mais finir par arriver chez nous, dit solennellement Sirop.

Sirop était considéré par ses amis comme le dépositaire de la sagesse du quatuor, malgré les prétentions souvent répétées de Jack. Quand il avait pris une décision, on la suivait. Il s'était prononcé sur la proposition de Jack, et il fallait y donner suite. Aussi, sans rien dire, songeant sans doute au genre de voyage qu'ils allaient entreprendre, à leur arrivée curieuse dans la métropole illuminée, les deux cavaliers des sœurs Dubois enlevèrent les deux pneus, à coups de roches et de piquets de clôture, sans prendre ni peine ni précaution. On fut enfin prêt pour le départ ;

— On s'sent bas pas pour rire, emmanché comme ça ! dit Flannellette.

— Pis écoute-moi donc c'vacarme, dit Popeline. On a l'air de voyager avec des roues d'faucheuse à foin.

— Ça empêche pas qu'on marche pareil, dit Jack.

— Oui, mais on s'fait sonner comme dans un tomb'reau, dit encore Flannellette.

— C'est dur à m'ner, dit Sirop. L'stîrigne est raide à tourner et ça obéit quasiment pas.

— Dans c'cas-là, va pas vite.

— J'peux pas aller plus vite que ça, dix milles à l'heure. Les rimes forcent l'engin c't'effrayant. J'ai peur qu'y chauffe et qu'on arrête souvent pour le r'fraîchir.

— Non, dit Jack, le soir y fait plus frais, et l'auto chauffe jamais.

— Tant mieux. Ah ! si on peut donc arriver ! Oui, je l'aurai connu, c'Pontiac-là !

Il était tard, dans la soirée, lorsque le Pontiac démantibulé fit son entrée dans l'île de Montréal. Il avait fallu s'arrêter environ quinze fois, pour permettre au moteur de se refroidir, car la fraîcheur de la nuit n'y faisait rien. La faible vitesse à laquelle filait la voiture alourdissait le générateur électrique, qui ne fournissait presque pas de lumière aux fanaux.

On grelottait, la fièvre des foins aveuglait Jack et les deux sœurs Dubois. Sirop, les pieds chauffés par le moteur, le dos glacé par la brume du chemin, commençait à éternuer. Lorsqu'on fut rendu à Lachine, il avait la vue tout embrouillée et il fit part de son malaise à ses compagnons.

— J'me d'mande si j'vas pouvoir voir assez ben pour m'rendre au bout, dit-il.

Un grand fracas métallique, des cris de freins et de filles furent la seule réponse. La vue de Sirop lui avait fait donner un mauvais coup de roue, près du petit viaduc creusé sous la voie ferrée, et un gros auto qui filait à grande allure eut juste le temps d'éviter une collision désastreuse, mais non sans arracher les garde-boue et le marchepied de tout le côté gauche du Pontiac. Les occupants de l'autre voiture descendirent, croyant avoir causé un grand massacre, mais Sirop leur cria :

— On marche encore, occupez-vous pas des réparations, on va j'ter le char à la dompe, en arrivant.

— Animal ! murmura Jack White. Y m'reste encore un paiement à faire dessus ! On aurait p'têt' pu s'faire payer au moins ça !

— Bah ! c'est d'ma faute, dit Sirop, je l'f'rai, ton paiement ! Veux-tu prendre la roue, j'vois pus clair ?

— J'vois pas plus que toi !

Le bruit de l'accident avait, en un rien de temps, attiré une foule nombreuse autour du Pontiac. D'où tant de monde pouvait-il sortir si vite ? C'est-ce que nos voyageurs se demandèrent, avant de penser à examiner l'arrachement qui mettait toute une moitié du Pontiac à découvert. Un agent de police parut dans la foule, comme c'est d'usage, et s'avança vers l'auto.

— Y a-t-il queuqu'un d'blessé ? demanda-t-il.

162

Le Goglu, vol. IV, nº 7, 23 septembre 1932

— Non, dit Jack, on est séfes.

— Ma foi du seigneur ! Quelle sorte de char que c'est ça ?

— Un spécial ! dit Jack. Pas d'top, pas d'tayeurs, pus d'garde-boue ; ben vite, y va nous rester rien qu'les sièges. Mais ça marche pareil.

— C'est pas un taraud ordinaire ! dit le constable.

La foule se mit à rire. Le constable ayant parlé, la populace pouvait continuer :

— *Some* tomb'reau !

— Une vraie quicanne !

— D'la vraie ferraille !

— Ça doit marcher par la peste !

Le constable s'approcha encore, pour prendre les numéros règlementaires. Il parut satisfait lorsque Sirop lui annonça que l'accident ne dépendait pas de la corporation.

— J'ai honte, j'm'en va par les p'tits chars, dit Popeline.

— Moi aussi, ajouta sa sœur.

— Vous pouvez pas laisser parquer votre bazou icitte, dit le constable, c'est défendu.

— On vous l'donne, dit Jack, le voulez-vous ?

Le constable prit soudain un air très grave.

— C'est pas un char volé, ça ? Vous avez l'air pressés d'vous en débarrasser !

— Non m'sieu, non m'sieu, c't'à moi !

— Quoi c'est ça ? demanda encore le constable. Des cruches ? Une caisse de boisson ? C'est du moune-shaill'ne, ça !

— Non, dit Sirop, c'est l'extra-spécial du gérant.

— Je ne vois pas les étiquettes d'la Commission, riposta l'officier. J'embarque avec vous autres, on va aller s'parler à la station.

La consternation du groupe Lafrance-Dubois-White fut profonde. On était pris ! Comment allait-on sortir de tout ça ? Un grand silence s'abattit sur la foule, qui, ahurie, regardait le constable avec un respect difficile à décrire.

— Y manquait pus rien qu'ça ! dit Flannellette en pleurant ; on est malade, on a d'la misère sur tous les bords, et v'là qu'on s'en va en prison.

— Que j'm'en souviendrai donc, de c'voyage-là ! ajouta Popeline qui, au lieu de pleurer, sentait monter en elle un agacement rageur et exaspérant.

Lorsqu'on fut au poste de police, le sergent qui était de garde dit au constable : « L'chef Durocher n'est pas là, il va falloir attendre ».

— Quand est-ce qu'y va v'nir ? demanda Flannellette.

— Y peut v'nir rien qu'demain.

— Hein ?

— On peut pas déranger l'chef à tout bout d'champ pour des affaires comme ça.

— Comment, des affaires comme ça ? Y a pas d'affaire contre nous autres ! s'écria Popeline. On attrape un coup d'soleil, on s'fait manger par les mouches, on poigne la fièvre des foins, on perd nos quat'tayeurs, on s'fait frapper par une machine, on est malade comme des chiens et, en plus d'ça, va falloir passer la nuit icitte ? D'habitude, j'pas quiqueuse, mais j'vas quiquer c'fois icitte !

Le sergent se gratta la tête avec son crayon et suggéra qu'il pourrait peut-être régler l'affaire.

— D'où vient c'boisson-là ? demanda-t-il.

— D'la cachette du gérant, dit Sirop.

— Quel gérant ?

— L'gérant d'la Réforme.

— L'gérant d'la Réforme ! Ça doit pas être d'la bagosse !

— Non, c'est d'l'extra-spécial. Goûtez-y.

D'une tape sur le fond de la cruche, Sirop fit sauter le bouchon et emplit un grand verre à bière qui se trouvait sur la table.

— Hum ! J'vas dire comme vous, c'est du vrai !

Six autres verres furent versés, et chaque fois, une grosse voix disait : « C'est du vrai ! »

— Ça empêche pas, dit le constable, qu'les étiquettes d'la Commission sont pas d'sus.

— Pas besoin d'étiquette, à la Réforme ! fit observer l'autre.

Sirop raconta qu'il était le gérant des cendres, qu'il était en vacances, qu'il n'avait pu se rendre à la Conférence Impériale, et il relata ses mésaventures. Jack, le propriétaire de l'auto, raconta que le Pontiac ne pouvait plus lui être d'aucun usage, qu'il ne pouvait pas apporter la caisse et les cruches dans les tramways, qu'il en faisait cadeau au sergent et à ses hommes.

163
Le Goglu, vol. IV, n° 8, 30 septembre 1932

— J'vois que vous êtes mal emmanchés, dit le sergent. Si vous continuez à Montréal dans c't'auto-là, y va encore vous arriver malheur. Vous avez décidé sagement, prenez les chars, soyez prudents. Pour les cruches, vous r'viendrez les chercher un aut'tantôt, ça vaut trente-cinq cennes chaque !

— On veut pus les r'voir, dit Popeline. Gardez tout !

— Merci ben. À la r'oyure !

. . . . .

Une agitation inaccoutumée animait le Club de Réforme, lorsque Sirop Lafrance vint y reprendre ses importantes fonctions, d'autant plus importantes que les membres commençaient à grelotter dans les différentes salles et se plaignaient d'avoir à payer six verres au lieu de trois pour parvenir à se réchauffer. Le gros Lafrance ne fut pas lent à rallumer sa fournaise, éteinte depuis la mi-mai, et à procurer à ces membres une douce chaleur enveloppante, que le gérant trouvait contraire aux intérêts de la caisse mais devait subir, à cause des caprices frileux de quelques ministres. Une fois son feu bien stabilisé, Sirop, qui cherchait toujours à s'instruire, alla s'installer près du gros tuyau de ventilation, par où lui parvenaient les bruits et les conversations de presque toutes les salles. À prime abord, il s'aperçut que l'on discutait chaudement ; ensuite qu'il s'agissait de Taschereau et des Juifs. Il colla son oreille sur le gros tuyau carré de fer-blanc et écouta attentivement. Au milieu du bruit des verres entrechoqués, des bouchons qui sautaient, des morceaux de glace qu'on agitait, il discerna les phrases suivantes :

— Il a mis les pieds dans les plats...

— Non, si on est pour s'faire écrapoutir avec ça, aussi ben tout d'suite !

— Je l'pensais pas aussi enjuivé que ça !

— Oui, mais ça l'paie plus d'être pour les Juifs que pour les Canayens...

— Les Canayens, on les endort comme on veut, mais les Juifs, on leur pile pas sur les pieds...

— Pour moi, c'est une grave erreur...

— Qui risque rien n'a rien...

— Ma gang est contre ça...

— Par chez nous, ça va m'faire ben du tort...

— Ça va nous garder les deux comtés juifs, on peut même en ouvrir un troisième...

— C'est se mettre la tête entre le marteau et l'enclume...

— Si c'est une erreur, comment c'qu'on peut r'barrer ça ?

— On les menacera de les faire traverser, si y s'tiennent pas tranquilles...

— Asselin va patcher toute l'affaire...

— Penses-tu qu'ses articles sont capables de travailler les juges d'avance ?

— Ça m'a l'air à ça, à moins qu'les Goglus...

— Penses-tu qu'y peuvent avoir des réserves spéciales...

— Avec eux autres, on sait jamais de quel bord qu'ça va v'nir...

— Sont ben mouzeusses !

— C'que j'voudrais savoir, c'est comment tout ça va finir !

— Faudrait saill'traquer l'affaire d'un autre côté...

— Ça s'fait pas comme on veut...

— Paraît qu'les grands ralliements vont r'commencer !

— Pas fou ?

— Ça s'ra pas amusant !

— Pour moi, on gagne rien, avec c't'affaire-là ; on peut pas avoir plus d'Juifs pour nous autres, on les a tous ; mais comment c'qu'on peut perdre de Canayens ?

— Moi, ça allait si ben, dans mon commerce !

— Bah ! on va faire rire de nous autres...

— Ça s'ra pas la première fois.

— J'comprends, mais faut toujours ben calmer Peter !

— On va-t-y tous aller au diable pour l'amour de Peter ?

— On avait pourtant déjà assez d'nos affaires...

— Pourquoi, aussi, qu'on a fait tant v'nir d'Juifs ? On n'n'avait-y tant besoin qu'ça ?

— Oui, ça dérougissait trop, par places.

— Franchement, quoi c'que ces Juifs-là ont apporté au pays ? On marchait ben sans eux autres !

164

Le Goglu, vol. IV, n° 8[96], 7 octobre 1932

— Mon vieux, ils ont apporté du vrai rouge, pas du rose nanane, pas du rouge déteint, du vrai rouge, ça vaut toutes les fortunes, tous les millions.

— Si ça continue, y vont être nos maîtres !

— En tout cas, ils ont obtenu du *boss* plus que n'importe qui d'nous autres a jamais obtenu.

Tout en écoutant, Sirop jouait distraitement avec un gros ciseau à tôle, que ses mains avaient rencontré inopinément, sur un coffre, tout à côté. Ce n'est qu'après plus d'une demi-heure, quand les conversations d'en-haut tombèrent un peu, qu'il s'en aperçut. La vue du ciseau, comme le cas psychiatrique s'en rencontre souvent, frappa curieusement son esprit et lui inspira une idée qui peut paraître extraordinaire mais que les Freudistes comprennent clairement. Doucement, Sirop fit un petit trou dans le gros tuyau carré du ventilateur, il y passa la pointe du ciseau puis, le plus sérieusement du monde, y tailla la grandeur d'un fond de saucoupe.

Le gros Lafrance attendit quelque temps puis, lorsque les conversations d'en-haut furent ranimées, il approcha son visage du tuyau de ventilation, colla sa bouche sur le rond découpé et d'une voix ronflante, grave comme un tuyau de contrebasse, calme,

---

[96] Nouvelle erreur de numérotation : l'édition de la semaine précédente portait déjà ce numéro.

basse, lente, il laissa échapper ces mots : « Chou pour Tasche-reau ! »

Inutile de dire qu'un silence instantané et profond tomba subitement sur l'édifice ; un silence de tombeau, de chapelle funèbre, comme si la mort et la désolation avaient en un éclair de seconde passé sur ce lieu de boustifaille et de beuverie.

Au bout de quelques minutes, Sirop, en écoutant plus attentivement que jamais, entendit des chuchotements timides :

— As-tu entendu ?

— C'est curieux, ça m'a paru ben clair, pourtant...

— Ça doit être une illusion auriculaire ; je suis auriculiste et j'ai entendu parler de cas spécifiques comme...

— D'où que ça peut v'nir ?

— Ça m'a l'air comme ça devrait être au jugement dernier, c'est une voix qui venait de tous les bords à la fois et qui remplissait toute la bâtisse.

— Ça m'a fait un drôle d'effet.

— Moi aussi, car c'est pas icitte qu'on pouvait s'attendre à une chose de même.

— Y a pas un haut-parleur, caché queuqu'part ?

— C'est vrai, y a rien qu'un haut-parleur pour faire un effet pareil.

— Pour moi, ça vient d'en face, c'est un tour.

Le bruit des propos joyeux reprit de plus belle. Dans toutes les chambres, on semblait sceptique. Les garçons ne fournissaient pas à transporter en temps les bouteilles commandées de toutes les salles, car il était apparent que, pour se ramener d'un pareil choc, on rappliquait à doubles doses de vieux scotch. Une heure s'était écoulée joyeusement, tout était oublié, le plaisir de vivre battait son plein. Sirop se dit : « C'est le temps ». Et, s'approchant du trou comme la fois précédente, il mugit, plus lentement et plus profondément encore qu'auparavant : « Chou pour Taschereau ! » On entendit tomber des chaises à la renverse, des bouteilles dégringoler, puis ce fut un silence plus lourd encore ; on sentait même un vent d'angoisse circuler dans le gros tuyau carré.

À ce moment, les portes d'entrée claquaient, des bruits de pas crépitaient dans le vestibule. Puis une voix sonore retentit : « V'là l'maire Rinfret, levez-vous tous, acclamez ! » Jamais, dans toute l'histoire de l'humanité, un cri eut aussi peu de réponse. D'en-bas, Sirop entendit des voix énervées : « Quoi c'qu'y a ? Y a-t-y un hold-up ? Y ont l'air de statues ! Quoi c'qu'y s'passe ! On est-y dans un club de bleus ? C'est pourtant la bonne place ! » et autres exclamations que le lecteur justifie naturellement.

La stupeur qui figeait l'édifice se détendit graduellement. Sirop entendit un vague murmure, des pas nerveux, comme si on examinait les murs, les fenêtres, les plafonds, les portes, les dessous d'escaliers, les dessous de tables, les chaises.

165

Le Goglu, vol. IV, n° 9, 14 octobre 1932

On virait les chesterfields à l'envers, on levait les tapis, on fouillait les gueules des cheminées. Les voix étaient sèches et indignées :

— C't'effrayant !

— C'est pus des tours à jouer !

— Moi, ça m'vire la bile !

— J'peux pas endurer ça !

— Moi, si j'poigne les gars qu'ont installé ça, ça s'ra pas drôle !

— On n'est pus cheux nous !

— C'est-y not' club, ou ça l'est-y pas ?

— C'est sciant pareil, dans not' place, payée avec notre argent.

Puis l'énorme tuyau d'orgue, la colossale vibration, le gigantesque roulement fit entendre encore avec une lenteur et un poids effrayant les trois mots : « Chou pour Taschereau ! »

Cette fois, ce ne fut plus un profond silence, ce fut une panique, des beuglements, des rugissements, des cris déchirants, des bousculades et des chutes effarantes :

— Au secours !

— Police !

— Moi, j'm'en vas !

— Vite, mon capot !

— Taxi ! Taxi !

— Faites venir Jargaille !

— J'me meurs !

— Le cœur me manque !

— J'ai les jambes comme d'la guénille !

Le temps de le dire, la moitié des visiteurs du club avaient quitté les lieux, maugréant et vociférant. Il restait à peine une centaine d'habitués, répandus dans les diverses salles. Ils n'étaient pas restés là par bravoure, ou pour ne pas perdre les consommations déjà inscrites sur leur compte courant, mais parce que le grand cri qui remplissait l'établissement flattait agréablement leurs oreilles. C'étaient, comme on pourrait dire, des libéraux non-intégraux, d'une autre école que celle de M. Taschereau, et il leur était plaisant d'entendre mugir la voix ronflante qui créait tant de malaise chez les autres.

Néanmoins, le gérant était intervenu et, moins d'une demi-heure après l'arrivée et la sortie du maire, six officiers de la Police Provinciale, trois pompiers spères avec une échelle, deux détectives municipaux et cinq agents de la Commission des Liqueurs arrivaient presque ensemble au Club, en réponse à un appel général au secours. Le gérant leur expliqua l'affaire, disant qu'une grosse voix qui venait de partout insultait l'autorité en criant : « Chou pour... » un grand chef de gouvernement.

Les cadres furent tous décrochés, les tuyaux à eau chaude furent sondés, les électroliers furent examinés en tous sens, les pompiers se risquèrent jusque dans le feu de cheminée, bref chaque pouce carré de la bâtisse, des meubles et des ornements fut minutieusement scruté dans tous les sens. On ne put rien trouver.

— Ça devait être crié par quelqu'un qui était ici avant et qui est parti tout à l'heure, opina le chef de l'escouade provinciale.

— Ça se peut, dit un officier municipal ; j'ai entendu parler de petits gramophones de poche et de haut-parleurs qui peuvent entrer dans une petite boîte grosse comme ça.

— Ça devait être un ventriloque, dit un agent de la Commission des Liqueurs.

— Moi, je n'ai rien entendu du tout, dit un client qui avait trouvé le cri très agréable. J'ai pourtant l'oreille fine.

Les agents de la Commission devinrent songeurs. Leur chef dit solennellement, comme s'il eut interprété la pensée de ses camarades : « Ça peut dépendre de la boisson qui a été bue ; nous avons souvent rencontré des cas quasiment pareils à ça, des cas de zallu-cinations causées par du mouneshaill'ne poison ».

— Y rentre rien autre chose que ce que vous fournissez, inter-rompit le gérant. S'il fallait que vous nous envoyiez du stoffe comme ça, vous perdriez tous vos djobbes.

— Dans ce cas-là, reprit l'officier de la Commission, ça peut pas dépendre de la boisson, parce que vous avez ce qu'il y a de mieux.

— À moins, dit le gérant en se grattant la tête, que ça dépende d'un nouveau coquetéle que j'essaie depuis le matin.

— Un nouveau coquetéle ? À quoi ?

— Venez voir ça.

166
Le Goglu, vol. IV, n° 10, 21 octobre 1932

Et officiers et pompiers suivirent le gérant dans le petit bar, en-arrière. On sentit, huma, respira et renifla le grand bol de coque-téle.

— Ça sent j'sais pas quoi, dit un pompier.

— Ça paraît curieux, dit un officier de la Commission.

On but chacun son verre, lentement, pour discerner par toutes les papilles de la langue. Pour mieux préciser, on en but un second. Comme personne ne devinait ce qu'il y avait dedans, on en but un troisième. Devenus familiers avec le goût, égayés par l'expérience, les officiers plongèrent une quatrième fois leur verre dans le grand bol quand soudain, consternation ! le formidable grondement roula avec force et lenteur dans tous les recoins de l'édifice. « Chou pour Taschereau ! »

— C'est bien ça, dit l'officier de la Commission, ça dépend du coquetéle, y a quelque chose dedans qui donne des zallucinations. Vous êtes mieux de le jeter.

La grosse voix, qui semblait sortir de tous les plafonds et tous les murs, qui faisait vibrer et tinter les verres, roula encore une fois son colossal cri profond et lent : « Chou pour Taschereau ».

Nerveusement, le gérant vira le grand bol à l'envers, et le coquetéle tomba tout d'un coup, comme une portion de cataracte, sur le plancher. Les détectives sortirent leurs revolvers, les constables prirent leurs matraques, les Provinciaux firent voir leur badge, les pompiers demandèrent un extincteur. Dans la grand'salle du rez-de-chaussée, des rires hystériques et fous roulaient à pleine gueulées. C'étaient ceux qui aimaient le grand cri. Les officiers, entendant ces rires provocateurs, se demandèrent entre eux s'il ne s'agissait pas d'une farce dont ces gens étaient au courant. Ils rappliquèrent dans la grand'salle, où ils firent irruption juste au moment où la formidable voix, remplissant chaque pouce cube de la pièce, répétait son gigantesque ronflement : « Chou pour Taschereau ». Les rires des membres dégénérèrent en véritables crises incontrôlables ; on en étouffait on en était congestionné, ça en faisait mal ! Jamais figures ne furent plus noires de rire, jamais le fonne ne fit couler de plus abondantes et plus grosses larmes.

— C'est-y pour rire de nous autres, que vous nous avez fait venir ? demanda le chef de l'escouade provinciale.

— On a autre chose à faire qu'à courir des poissons d'avril ! grommela le chef des agents de la Commission des Liqueurs.

— Tu parles d'une farce, dit le premier des pompiers ; on nous fait revirer la maison à l'envers, et ensuite on se moque de nous autres.

— J'vas faire mon rapport ! dit d'une voix courroucée le chef des municipaux.

Et, à chaque phrase qui était prononcée, les rieurs riaient plus violemment encore, glapissant, soufflant, geignant, rendus au dernier stage de l'épuisement risionnaire. Les sueurs les abîmaient, c'en était douloureux à voir. Déjà les plus convaincus étaient presque sans connaissance, à bout de souffle, renversés sur leurs fauteuils, comme des moribonds entre deux crises d'angine. Celui qui semblait le mieux conservé et le plus fort, fit signe de ses mains aux officiers de s'en aller, murmurant : « Allez-vous-en, allez-vous-en, on va mourir, ça n'a pus d'bon sens ».

Les officiers, complètement perdus, mystifiés, se regardèrent les uns les autres, avec des yeux qui se demandaient si on était dans une maison de fous ou si on souffrait d'hallucinations. Puis ils se décidèrent à partir, chacun cherchant au fond de ses méninges de quelle façon il ferait un rapport à son supérieur pour ne pas être soupçonné d'aliénation mentale.

Sirop, dans sa cave, jouissait des moments les plus gais de sa vie. Il aurait continué de répéter son cri de guerre, dans le tuyau carré du ventilateur, si le gérant, avec une face désespérée et les yeux sortis de la tête, n'était pas venu le chercher, en criant : « Vite, Lafrance, montez tout de suite. Il y a plusieurs personnes sans connaissance, dans le grand salon, venez les transporter dans les chambres d'en haut.

167
Le Goglu, vol. IV, n° 11, 28 octobre 1932

Faut pas que personne meure icitte, je ne veux pas voir les gens de la Morgue arriver. Il y a assez que tous les services publics sont venus nous achaller, faut que ça arrête. Venez m'aider ». Sirop, en bon serviteur, monta l'escalier en vitesse et alla donner une aide généreuse à son patron.

. . . . .

Ce soir-là, les sœurs Dubois et leurs cavaliers revinrent de l'Aréna vers minuit. Ils étaient allés voir leur favori Deglane triompher d'un autre adversaire. En entrant dans la petite chambre de la rue Du Berri, pour prendre un biscuit et du thé avant de se séparer, quelle ne fut pas leur stupéfaction d'apercevoir, endormie sur la chaise berçante de Flannellette, une fille inconnue.

Tous quatre la regardèrent attentivement, cherchant à comprendre le mystère de cette présence insolite. La dormeuse était maigrelette aux cheveux noirs, avec des ongles pareillement noirs, une dent d'or et de petits mollets courts, légèrement tordus et visiblement très durs. Quatre-vingt-dix livres d'os et de chair réparties en cinq pieds de hauteur, le tout couvert de souliers bruns à talons français, de bas en soie japonaise, d'une blouse de chez D'Allaird et d'une jupe en gros tweed carreauté.

— Quoi c'qu'a peut bien faire icitte ? demanda Sirop.

— Qui c'que c'est ? dit Jack,

— D'où c'qu'a d'vient ? dit Popeline.

— En quel honneur ? demanda Flannellette.

— On va-t-y la laisser dormir ?

— Comment c'qu'a pu rentrer ?

— Quand est-ce qu'a est v'nue ?

— A r'semble à pas un parent que j'connais.

Popeline, en allant pour prendre sur la petite table du coin la théière et les tasses à thé, y trouva une enveloppe et une clef de la porte d'entrée. Elle ouvrit la lettre et revint aussitôt vers ses trois compagnons en disant : « J'pense que v'là la raison ». Puis elle lut la lettre, rédigée comme suit :

« A mai deux seur,

« La fille qu'a la clai sait Méla ma blonde que son paire a pas voulut laissé rentré assoir parce qua l'est arrivé apprès 9 heures et j'y ai dis prend ma clai et va voire mai deux seurs et dis leure que tai ma blonde et que je veut que tu couchent avec eusses autre jusse qua tant que je voi son paire à Méla pour y ferre comprende qu'on étais en retar à cause des char et que son paire dois pas la jeté dehors pour rien et en attendan mai deux seur vont voire à toi Méla parce que sait du bon monde et a vont ferre sa pour moi qui les emme bien. Votre jeune frère Alphonse. »

— On peut pas r'fuser ça à Tit'Phonse, ajouta Popeline, y nous a sorti du trou souvent.

— Mais où c'qu'a va coucher ? demanda Flannellette.

— Tu dois l'savoir. On a rien qu'un lit, on va s'tasser.

— Pourvu qu'a l'aille pas d'poux, toujours !

— Non, dit Sirop, a l'a l'cou net ! Quand quelqu'un a pas d'barre noire dans l'cou, y a pas d'poux !

Cette remarque rassura grandement les deux sœurs Dubois. Popeline alla préparer le thé, sur le petit poêle à deux ronds, pendant que Flannellette se mit à disposer les tasses et les plats de biscuits sur la table. Le bruit occasionné par ce travail éveilla la jeune étrangère, qui, prise de frissons à la vue des quatre personnages entrés, se mit à éternuer violemment.

— As-tu pris du froid ? lui demanda Popeline.

Méla répondit par un petit pleur aigu.

— Qu'a c't'as ?

Méla, cette fois, échappa un long gémissement.

— On t'mangera pas, tu peux dire qu'a c't'as !

Ce fut une formidable explosion de soupirs, de larmes, de plaintes et de cris lugubres : « Cheux nous veut pas d'moi ! Cheux nous veut pas d'moi ! »

— Laissez-la s'calmer, dit Sirop. A va [*texte illisible*] et a parl'ra mieux ensuite.

— Y a une tasse et une place pour toi, viens t'mettre à table, dit Popeline à Méla.

Celle-ci, nerveuse comme un ressort détendu, se leva tout d'un saut et vint s'asseoir, entre Flannellette et Popeline.

168

Le Goglu, vol. IV, n° 12, 4 novembre 1932

On prit le thé gravement. Méla but le contenu de sa tasse comme s'il n'y en eût eu qu'une goutte, et avala ses trois biscuits comme s'ils n'eussent été qu'une pinotte. Popeline comprit qu'elle avait faim et lui offrit trois autres biscuits, qui disparurent aussi vite, puis trois autres, puis trois autres encore. Au septième trio biscuitaire, Méla ralentit de vitesse. Faute d'avoir pris en temps sa neuvième tasse de thé, elle fut frappée d'un ennuyeux hoquet qui la soulevait presque complètement de sa chaise.

— Tu peux ben être nerveuse, dit Popeline à l'étrangère. Ça fait quasiment un siau de thé qu'tu envoies !

— Hhhhic ! J'p... j'p... j'pas nerveuse.

— Ostine pas, dit Sirop, c'est nous autres qui voit ça.

— Hhhhic ! A... a... alrailtttt !

— Tu t'appelles Méla ? demanda Flannellette.

— Ouaille.

— Méla qui ?

— Mé... Mé... Mélas… Mélass...

— Mélasse ?

— Nn... nn... non. Hhhhic ! Méla Senay.

— D'quelle rue ?

— D'la rue Clarke.

— Près d'quelle rue ?

— Près d'Rachel.

— C'est dans l'bout juif ça ?

— Ouaille.

— Quoi c'qu'y fait ton père ?

— Y est stimm'fitter, hhhhhic ! Y a pas d'ouvrage.

— Toi, travailles-tu ?

— Ouaille.

— Quoi c'tu fais ?

— J's'sauceuse.

— Ioù ?

— Sus Laura.

— Sus Laura ?

— Ouaille, sus Laura.

— Y a-t-y longtemps qu'tu sors avec Phonse ?

— D'pus avant-hier.

— Où c'vous êtes allés, à soir ?

— À l'Electra.

— Tu pouvais pas y aller assez d'bonne heure pour arriver chez vous avant neuf heures ?

— On... on... on a r'gardé l'chau deux fois.

— Pourquoi ?

— Pour voir encore Roneuld embrasser la sauvée.

— La sauvée ?

— Oui, Djertreud qu'y avait sauvée du feu avant. L'histoire, ça commence...

— Stop, stop ! cria Jack White. Y est trop tard pour écouter c't'histoire-là.

Puis, ce fut au tour de Sirop, à poser des questions :

— Ton père a pas voulu t'laisser rentrer ?

— Non, y avait dû prendre son coup un peu fort.

— Y prend l'coup ?

— Quand y n'n'a.

— La bière ou l'fort ?

— Tout c'qu'y peut poigner.

— Y bat-y ta mère ?

— Quand a veut pas farmer sa yeule, ça l'achalle.

— Hum ! Hum ! C'est sérieux, c'cas-là. Ta mère aimerait-y à l'voir souincer, si y fait trop l'jars ?

— Certain qu'non. Une fois qu'la patrouille est v'nue pour les séparer, ma mère a l'a assommé l'premier qu'est monté, et les autres sont en r'tournés.

— Comment c'y a d'monde en tout, chez vous ?

— J's't'seule, à part eux autres.

— Qui c'qui gagne, à part de toi ?

— Ben, ma mère, quand l'père stimm'fitte pas ; a va aider au lavage sus ma tante d'Outremont qu'est riche.

— T'as n'tante d'Outremont.

— Ça s'adonne, une vraie.

— A est-y ben riche ?

— A l'a enne coppe pis enne autre ! Pas d'enfant, trois chars farmés, deux salons, des chuinées partout pis des peaux d'ours à terre, dans l'plus beau bout ! Hhhhic !

— Phoui ! T'as-t-y une chance dessus, quand ta tante va mourir ?

— J'y vas souvent, dans temps qu'l'ouvrage est slaque. Y paraît que j'vas avoir tout ça à moi.

— Tu s'rais une fille d'Outremont ! dit Flannellette.

— Une doude de souelle ! dit Popeline.

— Ouaille, une vraie papaille ! dit Méla.

169

Le Goglu, vol. IV, n° 13, 11 novembre 1932

C'était un samedi après-midi. Fort peu de membres étaient venus au Club. La plupart d'entre eux avaient profité du beau temps pour aller pêcher la truite hors-saison, chasser la bécassine et le pluvier. À vrai dire, l'édifice du Club était somnolent, on n'attendait presque personne avant le lundi suivant.

Dans le fond de la cave, Sirop achevait de sasser les cendres de la semaine. Par le peu de bruit qui descendait dans le gros tuyau carré du ventilateur, il comprit que la fin de semaine serait terne et calme, et que le gérant lui accorderait facilement toutes les libertés voulues, pourvu que la bâtisse soit assurée d'une chaleur raisonnable. Il se préparait au départ, en pensant à l'emploi qu'il pourrait faire de son temps avec ses amis, lorsque le ventilateur lui indiqua soudainement que le Club était envahi par une foule assez considérable d'arrivants. « Bigre ! pensa Sirop, c'est assez d'ça pour me faire manquer mon ouiquenne ! »

Pour s'assurer de la qualité et des intentions des nouveaux-venus, il s'approcha du gros tuyau carré et se colla l'oreille au trou qu'il y avait découpé, dans la tôle. Les voix ne lui étaient pas familières, pas plus que le sujet de la conversation. Il sentit avec son oreille que ces gens étaient enfermés tous ensemble dans une chambre particulière du Club, celle où vont généralement ceux qui ont des secrets à se dire et qui ne veulent pas être entendus. Après avoir écouté durant quelques minutes, Sirop se dit : « D'après ce que je puis comprendre, ce sont des contracteux, des entrepreneux, des toucheux, avec les faiseux de conditions et leurs faiseux de commissions ». Cela l'intrigua, il écouta davantage. Les voix étaient animées :

— Qui c'qui peut ben leur avoir dit ça ?

— On est trahis !

— Moi, j'donnerais mille piastres pour savoir qui c'qui leur a parlé d'l'automobile à McDonnell. Quoi c't'en penses, Mac ?

— Goglous bi damned !

— Comment c'qu'on va ben arranger ça ?

— T'es pas dans l'fond d'tout ça, Trudeau ? T'as la musique longue, des fois ?

— Ma grand'conscience !

— Ça s'rait pas la bibite, par hasard, parce qu'y s'rait pas content ?

— Quoi c't'en penses, Jean Nain ?

— Pour moi, ça doit être des contracteurs jaloux !

— Parles-tu d'Oscar ?

— Pas Oscar, y vient d'avoir la Rivière-du-Loup.

— C'est-y l'Métropole ?

— Non, y ont pas d'raison, eux autres.

— Dans c'cas-là, qui ?

— Ça s'rait-y Poléon parce qu'y s'rait jaloux de pas s'faire présenter d'cadeau, lui aussi ?

— Tu m'réveilles des soupçons !

— Moi, c'qui m'achalle, c'est l'Cadillac. J'donnerais mille belles piasses.

— Mais c'qu'y a d'plus achallant, c'est ma fête à moi. Ça tombe mal pas pour rire.

— As-tu essayé d'savoir, au journal ?

— J'ai essayé d'faire pomper queuqu'un. Y a répondu : « Quand un contracteur veut pas donner ce qu'il a promis, il s'arrange pour que les journaux le sachent ».

— Jamais j'ai fait ça !

— Pas vrai ! Ni moi non plus !

— On est pas d'même, nous autres !

— J'dis pas ça pour vous accuser, mais c'est c'qu'on a répondu.

— Victor, toi qui sais tout, vois-tu jour à travers ça ! Tu sais, c'est pas mal achallant à cause de Jacques-Cartier. C't'assez d'ça pour le perdre !

— Moi, j'veux pas être fourré, avec toute c't'affaire-là. J'ai mon contrat, je l'garde. Y a des limites à abouler tout l'temps pour le profit des autres !

— Calme-toi, mon petit, on te dit pas qu'on va te l'ôter. Mais faut mettre la pédale douce, pas s'faire poigner, empêcher l'braillage et arriver pareil où c'qu'on veut arriver. Quand une roche tombe sus l'chemin direct, on prend un chemin détourné.

170

Le Goglu, vol. IV, n° 14, 18 novembre 1932

— J'en veux pas, de chemin détourné. C'est toujours avec ça que j'me sus fait fourrer. Y n'n'a toujours un qu'arrive mieux qu'moi et qui s'fait ensuite payer plus d'extras que j'en avais demandé.

— C't'achallant vrai !

— Maudit baultage, j'sais pas qui a inventé ça.

— Encore, si ça leur rapportait quelque chose !

— Quoi c'qu'on va faire ?

. . . . .

La foule se pressait, dense et gaie, dans les vestibules du Forum et se répandait en flots épais dans les escaliers et les corridors. C'était l'ouverture de la saison de hockey. Toutes les classes étaient représentées dans cette vaste foule anonyme, depuis les millionnaires et les hauts titrés jusqu'aux plus humbles journaliers de la métropole. Comme les spectacles de cirques, les joutes de hockey sont presque les seules occasions où chefs d'État et balayeurs, grands artistes et apprentis obscurs, richards et miséreux, magnats d'industrie et les moindres de leurs employés, qu'ils ne connaissent même pas, agitateurs et amis de l'ordre, grands seigneurs et pauvres hères, se réunissent, se coudoient, s'interpellent, échangent leurs réflexions d'égal à égal, anonymement, sans que l'un connaisse la condition de l'autre. Et, à les regarder faire, à les entendre parler, à examiner leurs physionomies durant les péripéties de la joute, on sent que, pris en eux-mêmes, tous les hommes sont pareils et se valent, qu'il n'y a en eux vraiment qu'une chose réelle qui compte, au-dessus de toutes leurs petites différences d'emploi ou de situation dans la grande machine sociale de l'humanité : le fait d'être bons, ou moins bons, ou simplement méchants. Tous réagissent de la même façon aux mêmes spectacles, ou plus vivement ou plus froidement, il n'y a de différence que dans l'intensité de ressentir et d'exprimer.

Les sœurs Dubois et leurs cavaliers, traînant comme à leur remorque la petite Méla, que son père n'avait pas encore voulu reprendre sous son toit, étaient comme perdus dans cette immense foule qui débordait par toutes les issues du vaste Forum. Quoiqu'ayant à jouer des coudes pour ne pas être enserrés dans les remous des allées, ils étaient tellement absorbés par le spectacle qu'ils se sentaient comme isolés ; l'isolement dans la foule ! sensation subie par la grande majorité des spectateurs. Sirop avait attendu une grande partie de l'après-midi, faisant la queue devant le guichet, pour obtenir des billets retenus par plusieurs membres du Club. Comme il avait reçu un pourboire de cinq dollars, il ne dut pas se travailler l'imagination longtemps pour savoir quel emploi faire de cette somme. Cinq piastres, cinq billets de standigne !

Ils étaient tout à fait au haut de l'amphithéâtre, debout sur un grand banc étroit, à la naissance des charpentes du toit. La patinoire, très loin, au bas, paraissait grande comme une ardoise. On ne reconnaissait les joueurs que par leur style particulier. Quand les équipes parurent sur la glace, ce fut la grande clameur assourdissante, le grand cri, mélange de tous les cris, d'un timbre particulier dont les vibrations électrisent l'atmosphère, un cri confus, donnant la note du la moyen, et qui fait comprendre que la majorité des gens ont une voix plutôt éloignée de la voix de basse.

Les « millionnaires » firent voler une grande pluie de confettis sur les têtes de leurs voisins d'en-bas, firent entendre leur cri de guerre, puis entonnèrent l'hymne national, à la suite du disque de gramophone grossi par les haut-parleurs électriques. Tout à coup, dans ces bruits de fête, se creuse un silence profond. La foule paraît stupéfaite, ébahie, surprise. On chuchote, d'un siège à l'autre.

— Qui c'est qu'ça ?

— C'est Athanase et Fernand.

— Quel Fernand ?

— L'maire !

— L'maire ?

— Oui, l'nanan, l'gant de velours !

— Ah ! oui, l'enjuivé, l'ami des youpins ?

— Quoi c'qu'y vient faire là ?

171

Le Goglu, vol. IV, n° 15, 25 novembre 1932

— J'sais pas, attendons.

Avec son plus beau sourire, invisible à la hauteur du toit, le Secrétaire Provincial présente un immense fer à cheval aux joueurs du Canadien. On applaudit légèrement, timidement. Puis, le maire Rinfret s'avance. Grand murmure dans la foule. Pas un applaudissement, pas un cri, même de femme ! Le maire prend la rondelle qui lui est offerte et, sans élégance, sans touïsse, la laisse tomber entre les deux joueurs du centre.

— Malheur ! s'écrie Sirop. Il a touché au poc, on est fini, c'est la badloque ! Aussi ben de s'pousser tout d'suite, y a rien pour r'monter c'côté-là !

. . . . .

Avec la neige était arrivée à Montréal une troupe de comédie française. Comme toutes les troupes du genre qui sont supposées représenter la crème des artistes parisiens, cette troupe comprenait une vedette de premier plan et une foule de Belges, Polonais francisés, une couple de Juifs, un Syrien et plusieurs Marseillais dépositaires de l'accingne. On les présentait tous comme des premiers-plans de la Comédie-Française, de l'Odéon, du théâtre de Guitry, etc., que justifiaient leurs emplois préalables de figurants, ouvreurs, etc. À l'étranger, on se permet de ces amusantes fantaisies qui, même à Toulouse ou Nancy, seraient considérées comme des provocations à l'émeute et à la sédition.

Nos grands quotidiens, toujours hospitaliers, faisaient une réclame tapageuse à la troupe, réclame proportionnée aux désirs de ruban entretenus par les directeurs de journaux. Tit'Phonse, parce qu'il en avait parfaitement sac-de-glacé l'imprésario de la troupe, en avait obtenu des billets de faveur pour chaque représentation. Ce fut avec une exubérance bien compréhensible qu'il apporta les billets à ses sœurs, qu'il savait très friandes de pièces françaises.

Ce soir-là, il s'agissait de diviser entre Popeline et Flannellette la série des billets, parce qu'il n'y en avait que pour un seul couple chaque soir. Comme à l'ordinaire, après toutes les discussions, on demanda l'avis de Sirop Lafrance.

— Avant d'décider n'importe quoi, dit le gros Lafrance, je voudrais ben savoir quelles sortes de pièces qui vont se jouer.

— Y paraît qu'c'est les plus belles pièces françaises, dit Popeline.

— Par qui ?

— Par les plus grands auteurs.

— Qui c'est, ces auteurs-là ?

— Ben, *La Presse* dit qu'c'est Bernstein, Francis DeCroisset, Pierre Wolff, Henry Bataille...

— C'est pas des auteurs français, ça, c'est tous des Juifs !

— Hein ?

— Oui, des vrais youpins pareils comme les crasseux qu'on voit dans les pâne-choppes d'la rue Craig.

— Y vivent ben en France, et y parlent français ?

— Non, y empoisonnent la France et massacrent le français.

— Ça fait rien, du moment qu'la pièce est bonne !

— Y a queuqu'z'années, quand Scheller et sa gang étaient icitte, j'ai vu les pièces de ces auteurs-là. Ça porte des noms différents, mais c'est toujours rien que la seule et même pièce. Ça change de décors et de toilettes, mais c'est toujours la même histoire.

— Quelle histoire ?

— C'est ben simple, écoute-ça. Toutes ces pièces-là, c'est un pauvre iâbe qui travaille fort pour sa femme et ses enfants. À un moment donné arrive un doude qui commence à dire à la femme qu'elle est magannée, que son mari est un sans-cœur qui s'occupe pas d'elle, que c'est effrayant d'avoir une belle femme comme ça et la laisser dessécher à la maison à faire des toasts et repriser des bas. Et le doude ajoute d'une petite voix sifflante : « Ah ! si j'étais ton mari, tu passerais ton temps aux courses, au théâtre, à l'hôtel, à la salle de danse, aux magasins ». Dans le deuxième acte, la femme qui croit déjà que son mari est un vrai sans-cœur, se sauve avec le doude. Au troisième acte, le mari, qui est cocu par-dessus la tête et jusqu'à la gauche, se traîne à genoux et demande pardon à sa femme parce qu'elle s'est sauvée avec un autre. Pis le rideau tombe.

172
Le Goglu, vol. IV, n° 16, 2 décembre 1932

Les spectateurs s'en vont enragés, les spectatrices s'en vont jongleuses, se demandant si elles ne sont pas mariées à des sans-cœur, elles aussi. Elles raffolent de la pièce, disent à leurs amies d'y aller. C'est comme ça que les Juifs essaient de corrompre la chrétienne, en essayant de justifier ses erreurs possibles, et de les provoquer.

— Non, mais ces Juifs-là, y n'n'ont-y, une façon sournoise de salir les esprits !

— Pour moi, j'ai vu plusieurs pièces comme ça, et c'est ben comme dit Sirop. Ça s'résume tout à la même chose : le mari qui demande pardon parce qu'il est trompé, et la femme qui trouve des raisons et des excuses d'avance pour faire pareil comme dans la pièce.

— Quoi c'qu'on fait ?

— À c't'heure qu'on sait l'histoire des pièces, ça m'dit pus rien d'y aller.

— Ni moi non plus !

Lorsque Jack White demanda de nouveau comment on passerait la soirée, Sirop et les deux sœurs Dubois se mirent à réfléchir. La réflexion ne fut pas longue, car, du coin où elle était assise, Méla se mit à faire entendre un petit pleur aigu, traînard, lent, à travers les deux mains qui couvraient sa figure.

— Quoi c't'as ? demande Sirop.

— Hu ! hu ! hu ! tout l'monde parle sortir, pis moi personne parle de moi, hu ! hu ! hu !

— J'ai jamais vu une fille pour tant aimer à brailler, s'écria Flannellette. Si on y dit queuqu'chose, a braille ; si on y dit rien, a braille encore. Tout c'qui s'passe, tout c'qui s'fait, tout c'qui s'dit, a trouve le moyen d'brailler avec ça.

— J'pense qu'a s'ennuit d'chez-eux, dit Sirop. Si on allait la m'ner ? Tant qu'à l'faire, pourquoi pas l'faire à soir ?

— Oui, c'est aussi ben d'faire ça qu'aut'chose, dit Popeline.

— Hu ! hu ! hu ! siffla Méla plus fort qu'auparavant ; hu ! hu ! y veulent pus d'moi, y veulent m'pousser sus mon père et ma mère !

— Bon ! J'l'avais ben dit, reprit Flannellette. A braillait parce qu'a était icitte, a braille parce qu'on veut la m'ner chez eux. Y a pas d'bout pour la prendre.

— Hu ! hu ! hu !

— Quoi c't'as ? Dis-lé !

— J'ai peur de mon père.

— Si y veut pas d'toi dit Popeline, on t'ramènera. On t'a pas maltraitée, icitte, mais t'es t'encore mieux d'être chez vous. Si y t'arrivait queuqu'ehose, en ville, on s'rait mal pris.

— Hu ! hu ! hu ! J'pas une fille comme ça ! Hu ! hu ! hu !

— D'abord, dit Flannellette, j'peux quasiment pus dormir, trois dans l'même lit. Y avait déjà pas assez d'place pour Popeline et pour moi ; avec Méla en plus qui gigotte et r'vire de bord à chaque minute, j'dors pus. Pis j'sais qu'ça l'empêche de dormir, elle aussi. Faut qu'ça arrête. On va tous mourir pour rien !

— Habille-toi, dit Sirop à Méla. On va aller l'voir, ton père. Y a rien comme d'y parler pour voir c'qu'y a envie d'faire. J'ai pas peur, moi, j'peux parler à un homme.

— Moi aussi, dit Jack ; Sirop est p't'êt' fort, mais moi j'connais la loi, pis y a un d'mes amis qu'son cousin est juge !

Les mots « loi » et « juge » firent un effet terrible sur le cerveau de Méla qui, d'un éclair d'imagination, vit passer devant elle tout l'appareil imposant de la Justice, avec le Palais de Justice devant lequel elle avait déjà passé, en tramway, avec les officiers de police, les constables, les menottes, les badges, les voitures de patrouille, la grosse automobile de fer blindée avec une petite balance peinte dessus, les barreaux de fer. Elle se remit à pleurer de plus belle.

— Comprends donc, dit Flannellette, c'est pour ton bien. Ton père a dû s'ennuyer ; il doit avoir de la peine et te chercher. Y a pas d'danger ; d'la façon qu'on va lui parler, y te j'tera pus d'hors, pis tu vas passer des belles fêtes dans ta famille, pis après l'Jour de l'An, tu r'prendras ta djobbe de sauceuse, les affaires vont r'venir. J'sus sûre qu'ta mère braille tous les soirs en pensant à toi.

— Hu ! hu ! hu ! Ma mère... ma mère... hu ! hu !

173
Le Goglu, vol. IV, n° 17, 9 décembre 1932

Méla se laissa habiller, mit dans sa sacoche noire les vieux « compacts » dont les deux jumelles lui avaient fait cadeau, et une boîte de sardines que Tit'Phonse lui avait apporté du Club, le même après-midi.

Lorsqu'on descendit du tramway Saint-Laurent, à la rue Rachel, Jack ne put s'empêcher de dire : « Non, mais ça pue-t-y l'Juif, par icitte. R'garde-moi ça si c'est pas effrayant. C'est sale partout, des déchets, des traîneries ! Quand les pouilleux arrivent dans un quartier, c'est pas long qu'c'est pus vivable. Comme c'est donc pas d'not' monde, c'race-là ! » De fait, l'odeur pénétrante caractéristique aux ghettos juifs, collait dans l'atmosphère, odeur indéfinissable faite du mélange des substances kosher, olives vieillies, ferments de toutes sortes, moisissures, fritures asiatiques, épices détrempées. On se hâta, devant toutes ces boutiques grailleuses où flânaient, parmi les seaux de poissons séchés et les barils de compotes huileuses, des faces barbues à regards faux.

Les parents de Méla demeuraient devant le parc Jeanne Mance, juste en face du terrain de jeux où la juiverie envahissante ne laisse aucune chance aux petits Canadiens-français de prendre leurs ébats sans se faire battre ou insulter. On monta l'escalier, Méla pleurant toujours comme depuis son départ. Lorsque Sirop sonna la clochette d'entrée, elle fit entendre un lugubre gémissement. Une lueur éloignée se réfléchit sur la vitre de la porte, une silhouette s'avança et ouvrit.

— Qui c'est qu'est là ? demanda l'entrebâillure de la porte.

— C'est moi, mouman ! dit timidement Méla.

— Ma fille ! cria une voix de femme avec la force d'un hurlement. Viens citte que j't'embrasse.

— Mouman ! Mouman ! Y a si longtemps qu'on s'est vues !

Après un premier épanchement, la mère demanda :

— Qui c'est qu'c'est que c'monde-là ?

— Du bon monde, mouman, l'monde qui m'a gardé chez eux quand j'avais peur de v'nir, à cause de poupa. Y est-y là, poupa ? Y m'en veut-y, poupa ?

— Y doit pas t'en vouloir, parce qu'y a pas parlé d'toi une seule fois. J'me sus dit qu'c'est bon signe parce qu'y grogne quand y en veut à queuqu'un. Rentrez tous.

On entra.

— J'vas allumer l'autre lampe, dit la mère. D'pus qu'Méla travaille pas, y nous ont coupé la souitche et on a r'tourné à la kérosine. C't'un peu plus d'ouvrage, mais j'aime encore mieux ça. C't'une lumière qui fait endormir plus vite, le soir.

Et, pendant qu'elle escaladait une chaise vers l'armoire de la cuisine pour en sortir une deuxième lampe à gros globe ventru, la mère de Méla criait :

— Lève-toi, l'vieux. Méla est r'venue et y a du monde avec.

On entendit un froissement de linge, dans la pièce voisine, la porte s'ouvrit et livra passage à un grand homme sec, rasé de l'avant-veille, les yeux rapetissés par l'éclat trop vif des lampes, vêtu d'un corps de laine, d'un pantalon à bretelles d'un bleu déteint et de gros chaussons gris tricotés à la main.

— P'pa ! P'pa ! P'pa ! cria Méla en se jetant à son cou.

— Bonsoir, dit le p'pa. Ça t'a pris du temps à r'venir. J'pensais qu'ton souelle viendrait s'expliquer en monsieur avec c'qu'y faut pour faire des politesses.

— Ben, p'pa, y travaille le soir, et j'sus v'nue avec ses deux sœurs avec qui j'ai resté d'pus l'autre soir.

— Dioudou ! Dioudou ! dit le père en présentant une main fine et sèche aux sœurs Dubois.

— Ben merci !

— Faille-guidoune !

— Ces gars-là, c'est-y leur compagnie ?

— Oui, c'est mon p'pa, Jack pis Sirop.

— Comment c'qu'est l'temps ?

— Marci ben !

— Ça se r'freddit.

— Assisez-vous qu'on se r'garde. C'est donc d'valeur que j'vous attendais pas, j'ai pris la dernière couarte t't'à l'heure.

174

Le Goglu, vol. IV, nº 18, 16 décembre 1932

— Ben, à vot' santé, j'ai une fiole de vin pour les femmes et un squaire-féce pour les hommes qu'j'avais r'çus en cadeau, dit Sirop, et on va les ouvrir parce que vont êtes le père de Méla qu'a été quasiment comme notre enfant d'pus queuqu'temps.

— Sapardié, sapardié ! Ça me disait qu'Méla avait frappé une loc, dit le père en se levant vivement pour chercher un tire-bouchon dans un tiroir.

En un tour de main, les deux bouteilles furent ouvertes par le père de Méla qui répétait : « Assisez-vous, assisez-vous ». La mère courut vers une petite table du fond, où était rangé un peu de vaisselle fraîchement lavée.

— Vous comprenez, dit-elle, on n'a rien que deux verres, mais on va prendre des tasses avec. Ça fait rien, ça change pas le goût de ce que vous buvez.

— Bah ! dit le père, y sont pas r'gardants, c'est du monde comme nous autres.

— Méla, cria la mère, va cri la poche de charbon dans l'hangar ; j'pense qu'y en reste encore un peu. Y fait frette icitte !

Méla se leva prestement, heureuse de pouvoir se montrer utile, après une aussi longue absence. Elle revint du hangar presque aussitôt, avec un sac vide.

— Y a rien d'dans, dit-elle.

— Ben, on va brûler la poche, dit le père. Ça f'ra autant d'chaleur de pris.

— On a-t-y un journal pour l'allumer ? demanda Méla.

— Non, j'ai brûlé la dernière presse à soir.

— Quiens, dit le père, prends le papier de monsieur qui enveloppait les bouteilles.

— On finit toujours par s'arranger, nous autres, dit la mère, modestement.

— On n'est pas riche, mais on vit ben, pour le temps qu'y fait, reprit le père.

— J'vois que vous avez pas l'air malade, dit Sirop, et que vous avez d'la force.

— Heille ! dit le père, en emplissant les tasses, on s'laisse pas mourir comme ça. C'est pas nous autres qu'y va s'laisser crever à cause d'la crise. On n'n'a pas gros, mais c'qu'on a, on l'a !

Les tasses et les verres furent disposés en deux groupes, ceux qui contenaient le vin et ceux qui contenaient le gin.

— Approchez pis servez-vous, dit la mère, heureuse de faire les honneurs de sa maison.

— Moi, dit le père, j'ai mon tombleur. Excusez si je me sers le premier, mais j'ai l'habitude de boire dans c'te grande tasse-là, pas d'anse, j'veux laisser celles qu'ont des anses aux autres.

— À vot' santé !

— Santé !

— Ha ! ça fait du bien par y où ça passe !

— Ça rince ben l'dallot !

— C'est pas d'la bagosse !

— J'ai déjà goûté d'ça queuqu'part, fit remarquer la mère en regoûtant lentement son madère.

— Tu prends rien, toi, Méla ? demanda Sirop.

— Ben, y a pas d'tasse pour moi. Ensuite, j'prendrais rien pareil, j'pas habituée à ça.

— Y n'avait-y où c't'étais ? demanda le père.

— Oh ! plein des caisses et des armoires.

— Ben, t'es mieux qu'moi. J'me s'rais habitué vite.

— Ah ! ma Méla, c't'anne bonne tite fille, dit la mère. A l'est ben éduquée, j'sais ben qu'a s'habituera pas à la boisson. A tient d'moi.

Le père se leva presque aussitôt, disant :

— C't'aussi ben d'continuer pendant qu'on a l'goût dans la bouche. Sans ça, ça fait pas un aussi bon effet.

— Comme vous voudrez, dit Sirop, on a apporté ça pour vous. Nous autres, on peut toujours toffer la ronne.

— Parlez-moi d'ça, dit l'père, c'est du monde blodde.

— On fait c'qu'on peut, dit Jack.

— Ça s'rait-y pas poli d'vous d'mander où vous travaillez ? demanda la mère.

— On est au Club d'la Réforme, dit Jack.

— Batêche ! *Some* place une minute et quart ! C'est là qu'on voit qu'les gros bonnets vont parler à la radio ?

175

Le Goglu, vol. IV, n° 19, 23 décembre 1932

— En plein ça.

— Mais vous, vous avez pas besoin d'acheter de radio pour les entendre ?

— Non, moi j'ai mon trou dans l'grand tuyau carré.

— Hein ?

— Oui, une cache à moi tout seul.

— Salusse !

— Salusse !

— C'est meilleur qu'ça a l'air la première fois, dit le père de Méla.

— À force de se répéter l'goût, dit Sirop, on finit par l'aimer. Si c'marque-là fait votre affaire, j'pourrai ben vous en envoyer queuqu'fioles. Nous autres, on remplace ça à mesure qu'ça part.

— Dérangez-vous pas pour rien, dit le père, j'irai ben les chercher, j'ai rien qu'ça à faire, de c'temps-là.

Une troisième rasade fut servie, seulement pour les hommes cependant, car les femmes refusèrent de continuer. On entendit trois glouglous simultanés, puis le gros flacon fut vidé en trois doses égales par le père de Méla qui, s'approchant de la lampe pour verser ce qui restait de gin, usait de son œil vif comme d'un niveau.

— Salusse encore !

— Salusse !

— À c't'heure qui reste pus rien, dit le père de Méla, on va...

— Ben, dit Sirop, y reste encore la moitié de la bouteille de vin.

— Dans c'cas-là, buvons-la d'suite. Moi, j'aime pas à jaser quand y reste d'l'ouvrage à faire.

Et, joignant le geste à la parole, il remplit les trois tasses jusqu'au bord, ce qui fut suffisant pour vider complètement la bouteille.

— Resalusse !

— Salusse !

— Brrrrr ! Ça fait un curieux d'mélange, dit presque aussitôt Jack White, du vin rouge fort après du gin ! Ça donne comme la chair de poule en-d'dans l'estomac,

— T'es pas blindé, dit Sirop.

— Ni galvanisé, ajouta le père de Méla.

Tout le monde se mit à rire, sans trop savoir pourquoi. Les yeux avaient rapidement rapetissé. Il faut dire aussi que les réverbères des lampes à l'huile jetaient sur la cuisine une lumière crue, mal filtrée, fatigante pour les yeux.

— À c't'heure, dit le père de Méla, parlons.

— De quoi c'vous voulez qu'on parle ? demanda Sirop.

— Ben, d'vous autres, d'ma fille...

— Méla, commença Popeline a presque tout l'temps pleuré, chez nous.

— Pourquoi ça ?

— Ben, dit Flannellette, a s'ennuyait d'vous autres.

— Dans c'cas-là, dit le père, a était pas si ben qu'ça, chez vous. Si a avait été ben, a aurait pas voulu r'venir.

— Mais quand on s'ennuie, p'pa, on s'occupe pas d'ét' ben, dit Méla, timidement.

— Toi, Méla, on t'a pas d'mandé d'parler. Attends donc qu'les autres aient conté leur histoire.

Il y eut un froid, un silence subit, puis Sirop continua :

— A l'a dû être ben, parce que Popeline et Flannellette ont tout fait c'qu'y ont pu pour la désennuyer. C'est un peu nous autres qui a ram'né Méla, parce qu'a quiquait un peu pour v'nir. C'est comme si a l'avait eu peur...

— Peur de quoi ? demanda sèchement le père.

— Ben, j'sais pas, a s'sentait pas sûre...

— Pas sûre de quoi ? Quiens, j'gage qu'a m'a fait passer pour une bête féroce et qu'a s'est fait passer pour une enfant martyre...

— Au contraire, cria Flannellette.

— Méla ! dit le père d'une voix sifflante, quoi c't'as dit ?

— J'ai rien dit, p'pa !

— T'as menti, t'as dit queuqu'chose ! J'sens ça par l'air de tout l'monde.

— Voyons, voyons, dit la mère, v'là une chicane qui commence, et c'bon monde-là qu'a été assez gentil de garder Méla et de nous faire des politesses va nous prendre pour c'qu'on est pas.

— J'leur r'proche rien, non plus, dit l'père, mais ça m'agace de voir qu'y a encore d'la discussion à cause de Méla.

176

Le Goglu, vol. IV, n° 20, 30 décembre 1932

— Y a pas d'discussion, c'est toi qui ostines, dit la mère. Vois-tu, t'aurais pas dû prendre de bière avant d'te coucher. Avec le gin et l'vin, ça t'va pas !

— Bon, fais-moi passer pour un souillon, à c't'heure !
Nouveau froid, nouveau silence.

— Vous avez tort d'parler d'même, dit Sirop. On n'n'a pris autant qu'vous, et on s'prend pas pour des souillons.

— J'ai pas tort dans ma maison, dit le père. Allez-vous m'ostiner, vous autres aussi ? J'ai pas l'habitude de m'faire achaller par des étrangers.

— Si on vous achalle, dit Jack White, on va s'pousser !

Froid plus bas, silence plus intense, jusqu'au moment où un long soupir de la mère fut suivi d'un petit pleur strident, mince, retenu, de Méla.

— Bon, ça r'braille encore ! murmura le père. C'qu'y vont m'en faire, une réputation dans tout Montréal. Ouff ! C'est vrai que l'mélange me va pas. Aussi ben d'aller s'coucher chacun chez eux. Marci ben pareil pour la boisson ; j'irai vous r'voir, vous, l'gros. Toi, Méla, r'marcie-les d't'a voir gardée, pis embarque dans ta chambre.

Et le père entra dans sa chambre, comme il en était sorti. Méla ouvrit plus grandes les écluses de ses yeux. Elle aurait voulu retourner avec ses amis des derniers jours, mais le sourire doux et bon de sa mère la rassura. On se leva, sans faire de bruit et, avant que les quatre amis n'eussent franchi la porte, Méla, écoutant son sentiment, les embrassa avec effusion.

· · · · ·

Le lendemain du Jour de l'An, Tit'Phonse le sac-de-glaceur, Jack White le garçon de table et Sirop le surintendant des cendres étaient supposés avoir un congé mais, dès dix heures du matin, le gérant les fit revenir, surpris par une invasion inusitée de clientèle. Le peu d'argent en circulation, le fait que seulement les rares favoris du parti ont du patronage, surtout les Américains, la lon-gueur des visages depuis les récentes visites de M. Lapointe[97], lui avaient fait croire que les fêtes seraient « dolles », particulièrement le lendemain du Jour de l'An. Mais il n'avait pas bien prévu car, tôt dans la matinée, les habitués arrivaient les uns après les autres, pâles, étirés, les yeux petits. Quand le gérant envoya son S.O.S. au groupe Tit'Phonse-Sirop-Jack, il y avait déjà une soixantaine d'habitués efflanqués sur les fauteuils et les chesterfields, sommeil-lant près des cheminées, s'étirant les bras et se frottant les yeux autour des tables à cartes. La plupart demandaient, d'une voix faible et pâteuse, les services de Tit'Phonse, promettant des pour-boires proportionnés à la rapidité du service des sacs de glace. À mesure qu'ils entraient, ils se donnaient une main molle et sans

---

[97] Probablement Ernest Lapointe, premier lieutenant du Parti libéral fédéral au Québec.

énergie, marmottant comme une formule banale : « Eééé ou yire »
ou « N'heureuze z'année ».

Lorsque Tit'Phonse arriva, il dut demander au gérant de faire
venir d'urgence une tonne et demie de glace, car il n'en avait
qu'une centaine de livres à sa disposition. Sirop et Jack travaillaient si fort à piler les gros morceaux qu'ils en suaient comme en
plein été.

Pendant qu'il courait à une allure vertigineuse d'une tête sac-
de-glacée à une autre qui ne l'était pas encore, Tit'Phonse s'amusait à écouter les bribes de conversations. Ajoutées les unes aux
autres, les phrases formaient comme un dialogue compréhensible :

— T'as ben l'air malade !

— Parle-moi-z'en pas, le d'sus du siau va m'partir.

— Moi aussi, j'ai un mal de bloc effrayant.

— Moi, c'est comme si j'voulais vomir tout l'temps.

— Quelle sorte que t'as pris ?

— Y a rien qu'une sorte, c't'année, l'bouze en canisse. Y tape
martyr.

— On n'n'a pour son argent !

— Pour son argent ? On n'n'a pour deux ans !

— Ça apprendra au Branlant à baisser ses prix.

— Y a pas fait une tôle avec moi, c't'année.

— Moi, après l'sixième, j'me sus pus rappelé c'qu'y s'est passé.

177

Le Goglu, vol. IV, n° 21, 6 janvier 1933

— Moi, j'sais que j'sus sorti, mais j'sais pas où j'sus allé.

— Avec ça que rien marche, dans not' camp, ça paraît pas ben
braill'te pour l'année qui commence.

— Toi, Jules, dis-moi donc ça, comment c'qu'y n'n'a, d'partis
rouges, à c't'heure ?

— Une dizaine, j'pense.

— Pis, où c'qu'on est, nous autres, dans ces dix-là ?

— D'mand'-moi pas ça à moi.

— À qui c'qu'on peut l'demander ?

— À personne, ça m'a l'air qu'y a pus personne qu'y comprend.

Et, dans toutes les salles et à tous les étages, on ne semblait parler que de la même chose, ne traiter que le même sujet, car les voix étaient toutes pareillement molles, pessimistes, pâteuses.

Le lendemain du Jour de l'An fut en tous points identique au lendemain de Noël, pour les raisons précédemment données, sauf qu'il y avait deux fois plus de monde au Club, de sorte que Sirop eut à piler deux tonnes de glace. Cette tâche difficile ne fut terminée que vers cinq heures de l'après-midi. Sirop, tout en nage, se disait en lui-même : « Si ça a du bon sens, de faire travailler le monde de même, un jour de fête. J'vais toujours ben m'venger ». Et, comme le lecteur l'a depuis longtemps deviné, il s'approcha du gros tuyau carré du ventilateur, approcha sa figure du pertuis qu'il y avait découpé et, après s'être empli les poumons, laissa échapper de sa voix la plus basse, la plus lente et la plus ronflante le cri devenu célèbre dans l'établissement : « Chou ! pour Taschereau !! » Tout l'édifice en fut rempli et toutes les oreilles en furent pénétrées. Le gérant, affolé, sortit en hâte de son petit bureau pour prévenir une panique, car il se souvenait de la commotion qui, quelques semaines auparavant, avait chassé tous les clients indignés Mais, cette fois, il fut stupéfait de constater à quel point l'assistance était restée calme et sereine, si toutefois deux cents personnes qui ont affreusement mal au bloc et qui se sentent lever la calotte du crâne, peuvent être sereines. Le gérant pensa alors en lui-même, comme tout autre gérant l'aurait fait : « Je savais bien que mes clients sont des gens d'ordre, amis de la pondération ». Il fit tranquillement sa tournée des salles, cependant, pour tâcher de discerner l'humeur générale et aussi les causes possibles de l'ennuyeux incident qui le mystifiait profondément. Voici, de part et d'autre, ce qui se disait dans les divers groupes :

— Moi, j'aime autant c'cri-là qu'un autre, on est tant maganné !

— C'est c'que j'pense, j'vois pas pourquoi j'jouerais au gars fâché.

— C'qui m'achalle, c'est pas l'cri, c'est d'où c'qu'il vient.

— Pour moi, ma tireuse de cartes m'a dit qu'c'est les esprits qui crient ça. Y a eu un sort de j'té sur la bâtisse et sus Taschereau, et ça va être de même, quand les esprits seront choqués, jusqu'à temps qu'on déménage d'icitte

— J'connais une dizaine de gars qui seraient enragés rouges d'entendre ce cri-là, les gros contracteurs favorisés par Taschereau, mais y peuvent pas l'entendre, y sont pas icitte, Franceschini est un Poronto, Prescescsky est un Polock d'ailleurs, McDonnell est un Américain d'Long Island,...

— On dirait que l'gouvernement a été inventé pour enrichir les étrangers et les importés. Y a quasiment pus d'Canayens qui peuvent faire leur sel, avec un gouvernement comme ça.

— Ben, les étrangers sauquent plus et peuvent cracher plus épais.

— Oui, j'ai entendu, l'grand cri. Y devrait l'crier tout l'temps, ça m'soulagerait

— Pour moi, c'est un phénomène psychique. J'pense que c'cri-là est occasionné par tout le vieux passé qui imbibe les murs et les plafonds du Club, c'est les choses qui parlent, c'est le vieux passé qui proteste...

178

Le Goglu, vol. IV, n° 22, 13 janvier 1933

...de tous les membres à la tentative de Taschereau de faire entrer Franceschini dans notre Club. Non, mais a-t-y sorti ! Y a toujours un bout, non seulement y nous arrachait notre argent, mais encore y voulait v'nir nous voler not' place icitte. Le grand Hareng peut faire c'qu'y veut avec les contrats, mais on va y apprendre que, l'club, c'est pas lui ni à lui !

— Moi, aussi longtemps qu'y m'aura pas donné ma présidence, j'applaudirai un tel cri.

— C'est bien curieux, tout de même. Jargailles a essayé, les pompiers sont v'nus, la police d'la Commission a fouillé pis personne a rien trouvé. J'sais pas s'y ont sondé la ch'minée. Bien que ça sorte de tous les côtés à la fois, ça m'a l'air à sortir surtout des calorifères.

— Pour moi, j'ai la mémoire des oreilles, et ça m'a l'air que ça s'rait comme la voix de Tancrède Marsile.

— Moi, j'cherche pus, j'me contente de savoir que la plus grosse voix qui peut exister au monde crie ça. C'est un signe qui fait jongler.

— Surtout au commencement d'une année qui n'est pas bissextile. D'après les signes des almanachs et avec un cri comme ça, c'est pas encourageant l'iâble pour nos prospects.

— Quand on est cuit, fini, c'est curieux comme c'est dans l'air et qu'tout le monde le sent !

De nouveau, la voix profonde et retentissante fit entendre dans un roulement prolongé : « Chou pour Taschereau ! » Mais, comme si c'eut été un bruit tout à fait normal, naturel et justifié, rien ne broncha dans aucune salle. Sirop pensa : « Ils ont l'air à trouver ça correct, j'vas être obligé d'pus crier ». Il s'était à peine relevé qu'il entendit des semelles descendre la dernière marche de l'escalier conduisant à la cave. Il se retourna vivement en se disant : « Poigné ! » C'était, comme on s'imagine, le gérant du Club. Sirop, qui n'était pas un peureux, eut peur pour la première fois depuis quinze ans. Pas par crainte des coups, mais il voyait en imagination s'envoler les vins fins, champagnes, fromages importés, caisses de biscuits, marinades de choix, truffes, liqueurs coûteuses et autres bonnes choses dont il s'empiffrait depuis plus de deux ans avec le groupe Dubois, les boîtes de cigares, cartons de cigarettes, paniers de fruits, saumons frais, gibiers de tout poil et tout plumage dont il touchait l'énorme impôt et que, peut-être, il ne reverrait plus jamais de toute sa vie. Et la perte de toutes ces choses l'attristait beaucoup plus pour Flannellette et Popeline que pour lui-même. Le gérant, de but en blanc, lui posa la question :

— Comme tous les autres, vous avez sans doute entendu le fameux cri... ?

— Heu... heu... heu... !

— Oui, je conçois votre émotion.

— Bah ! grommela Sirop, je ne pensais pas que vous descendriez...

— Je ne suis pas un gérant comme les autres...

— Je vois ben ça.

— Quelle explication pouvez-vous donner pour ces cris affreux qui troublent la paix générale ?

— Ben... heu... heu... !

— Oui, je sais, vous n'êtes pas ce qu'il y a de plus instruit. Et puis, de tels cris vous émeuvent, un fidèle serviteur comme vous, un bon partisan, un bon...

— Pardon ?

— Oui, je dis que des gens instruits comme ceux d'en-haut restent froids, ils peuvent raisonner, mais un simple homme comme vous, qui ressent sans raisonner, est bouleversé jusqu'aux fibres par pareil cri de cannibale. À tout événement, je compte sur vous pour casser la gueule à l'auteur de cette désagréable plaisanterie, le jour où je lui mettrai la main au collet.

— Comment c'que vous dites ça ? demanda Sirop, de plus en plus ahuri.

— Passons. Je suis descendu pour vous demander un nouveau sacrifice. Je compte que vous ne me le refuserez pas. Il est vrai que vous n'avez pas eu d'augmentation de salaire depuis six mois, mais c'est dû à la crise, et en temps opportun nous saurons bien vous récompenser comme vous le méritez.

179

Le Goglu, vol. IV, n° 23, 20 janvier 1933

Ne vous impatientez pas trop, vous avez ici une bonne place permanente et, un de ces jours, vous pourriez fort bien être lancé dans la haute politique.

— Hein ? Quoi ! Me parlez-vous à moi ?

— J'admire votre candeur. On se creuse partout la tête pour savoir quel candidat le parti pourrait lancer pour remplacer Rinfret. Il faut un homme du peuple, vous en êtes un, on peut compter sur vous, je glisserai tranquillement la suggestion de votre nom dans les différentes salles, quand les clients seront un peu gris. Je vous parlerai de cela quand le temps sera venu, j'aurai une combine à arranger avec vous, une proposition de partenaires, mais en attendant j'ai un gros sacrifice à vous demander.

— Dites-le, m'sieu.

— Comme l'an dernier, nos meilleurs clients s'en vont passer quelques mois à Québec, au Club de la Garnison. Ils insistent pour que vous alliez les aider, car personne ne peut être plus fiable que vous pour le cassage de la glace. Alphonse Dubois, notre expert sac-de-glaceur, ira là-bas lui aussi, il vous trouve nécessaire. Puis-je compter sur vous ?

— Ça s'adonne !

— Ah ! monsieur Lafrance, je savais bien que vous ne reculeriez devant aucun sacrifice pour le parti. C'est dans le besoin qu'on connaît les vrais amis. Montez à mon bureau, tout à l'heure, je vous donnerai vos frais de déplacement et un bonus spécial des fêtes. Vos frais d'hôtel seront payés là-bas, de même que votre salaire. Prenez soin de votre santé, vous êtes au service de la vertu, vos patients ne veulent pas vous perdre.

Sirop, une heure plus tard, allait chercher son bonus et ses frais de déplacement au bureau du gérant, où il rencontrait Tit'Phonse qui devait partir avec lui.

Le soir même, chez les sœurs Dubois, il fut décidé que les deux experts dans le bris de glace et le sac-de-glaçage iraient seuls, à Québec.

— Ça va être ben ennuyant, pas vous voir souvent, dit Sirop.

— Ça fait rien, dit Flannellette. Ce qui compte, en temps de crise, c'est d'économiser pour le cas où ça deviendra plus noir encore. Nous autres, on peut toffer une couple de mois ici, sans que ça coûte une coppe, avec le tas de provisions qu'on a. Tit'Phonse a payé la chambre d'avance. Pis, on trouvera ben un squîme pour aller vous voir de temps en temps.

— Ça coûtera pas plus cher là-bas pour la mangeaille, dit Sirop.

— En tout cas, dit Popeline, c'est pas le temps de faire de grosses dépenses.

Jack White seul était vraiment mal à son aise. D'abord, il avait à se séparer de Sirop, puis il sentait que le Club ne le considérait pas comme un expert. Pour la première fois, il se sentait inférieur devant Sirop. Pour sauver de l'argent sur le prix du passage, il fut décidé de partir le lendemain matin, au lieu de prendre un lit de Pullman le même soir. De plus, on prit un billet d'excursion de deuxième classe, avec l'intention de vendre le billet de retour à n'importe qui.

Sirop et Tit'Phonse furent reçus comme des sauveurs, au Club de la Garnison. Ils n'eurent seulement pas le temps de déplier leurs bagages, car plus de quarante patients torturés par la migraine étaient impatients d'avoir leurs services, surtout leurs clients réguliers de la Réforme de Montréal.

Dès son entrée au Club québécois, Sirop, qui avait des velléités politiques depuis sa conversation avec son gérant, comprit qu'il s'était passé quelque chose de grave. À écouter les propos incohérents des clients dans le délire, il s'aperçut que Taschereau avait annoncé un véritable règne de terreur, au dernier caucus général des rouges. Il avait mis ses suiveux en demeure de plier l'échine et se fermer la trompe ou de déguerpir, s'ils avaient de vagues envies de ruer comme Thériault et Ouellet[98]. « Je ne tolérerai pas d'ennemis dans notre camp ; on est pour moi ou on est contre moi », avait-il dit de sa voix la plus grasseyante, en donnant des petits coups de poing sans écho sur son pupitre.

180

Le Goglu, vol. IV, n° 24, 27 janvier 1933

Les plus coupables avaient sorti les premiers, et maintenant, dans leur délire, ils se demandaient s'ils n'avaient pas sorti trop vite.

Le lendemain de son arrivée, Sirop, après s'être installé dans une chambre de débarras près des fournaises, ce qui lui valait comme profit net ce qu'il recevait en frais d'hôtel, fit un examen attentif du soubassement. Il s'aperçut que, comme au Club de Réforme, celui de la Garnison avait un gros tuyau de ventilation qui permettait d'entendre assez bien ce qui se disait dans tout l'édifice, même à voix basse. Penser à percer un trou fut l'affaire d'une seconde ; exécuter la trouaison fut l'affaire d'une minute. Donc, au bout d'une minute et une seconde, Sirop se colla l'oreille sur le

---

[98] Élise Thériault, député libéral, a été nommé conseiller législatif en 1929. Joseph-Charles-Ernest Ouellet l'a été en 1930. L'Assemblée législative du Québec avait alors un Conseil législatif, c'est-à-dire une chambre haute chargée de réviser et modifier les lois. Le Conseil a été aboli en 1968.

trou du ventilateur et, instantanément, il constata que le club était encore sous le coup d'une profonde stupeur. Il lui semblait entendre, d'une certaine salle où la conversation était suivie, la voix de cinq ou six conspirateurs, dont deux de Québec à cause du roulement des r, un homme des Cantons de l'Est à cause de la façon de prononcer en oué les mots en oir, et les autres de provenance montréalaise. Voici comment se déroula l'heptalogue :

— Dis, José, c'est-y vrai qu'tu parais poigné ?

— J'peux pas faire autrement. L'affaire paraît trop.

— Y aurait pas moyen d'ostiner et d'dire qu'c'est pas vrai ?

— Non, parce qu'y en a d'not' gang qui l'savent et qui s'raient prêts à dire que c'est vrai, parce qu'y veulent me t'nir par la ganse.

— Faut dire que t'y as été encore ben plus raide que celui qui était avant toi !

— L'monde va ben dire que faut jamais s'fier aux apparences.

— Bah ! c'est toujours, les visages de Nitouche sont toujours les pires.

— Dans l'fond, vous savez, ça m'a pas donné tant qu'ça, à moi ; j'ai été obligé de l'faire pour la caisse et pour les djobbes du *boss*. Vous l'savez, vous autres, c'est toujours les mêmes toucheux qui empochent. On r'çoit des ordres, on signe, et y s'arrangent ensemble pour le reste.

— Les journaux vont-y en parler ?

— J'ai vu aux nôtres, y n'n'a pas un mouzeusse qui va faire voir de quelque chose.

— Les nôtres, c'est entendu, mais les autres ?

— Ben, j'ai commencé d'mon bord à manœuvrer ça. C'est plus raide qu'auparavant, a fallu trouver un autre canal. Le nouveau canal est plus soffe que l'ancien, pis l'râteau a moins d'dents. L'journal rose est settlé ; quant à Bender, on a rien qu'à y faire un sourire pour qu'y s'accroupisse. On a tellement d'amis partout, on leur fourre la frousse tellement vite, que c'est un plaisir de faire une djobbe comme celle que vous m'aviez confiée.

— Malgré tout ça, moi, j'ai des r'doutances. On sait jamais quand est-ce qu'un siau d'eau frette peut nous tomber sur la tête. Ça gèle l'enthousiasme martyre !

— Bah ! puisque t'as settlé ton affaire correct, sois tranquille.

— Cimiquière d'un nom, s'y fallait !

— Faudra pas !

— Tu me l'promets ?

— Dors sur tes deux oreilles !

— Chaque fois qu'on m'a dit ça, il m'est arrivé malheur.

— Sûrement pas des gros malheurs puisque t'as encore tous tes morceaux.

D'une autre salle, un autre groupe, en apparence composé pareillement de conspirateurs, ne semblait pas plus à l'aise. Les voix dialoguaient ainsi :

— J'peux pas croire qu't'as envie d'faire comme Thériault.

— Oui. Si y m'donnent pas c'que j'veux, j'rue dans les baculs, moi aussi.

— Ça va-t-y t'avancer ?

— Quand on peut pas inspirer la crainte, on l'impose. Mon grand-père disait toujours ça.

— Ça y a pas toujours réussi !

— Ça fait rien, tant qu'y a été d'dans, y a été d'dans.

— Pis, quoi c't'as envie d'amener ?

— Les contrats sans soumissions.

— Hein ?

— Vrai comme t'es là.

— Mais sais-tu que tu risques qu'on aille tous sus l'iâbe ?

— Au moins, je n's'rai pas seul à y aller. Du train qu'ça va là, on y va tous pareil.

181

Le Goglu, vol. IV, nº 25, 3 février 1933

Ma peau avant ma chemise, comme disait encore mon grand-père.

— Mais, ça t'en donnera pas plus, des contrats, baulter comme ça !

— Si j'sus pas pour en avoir avec soumissions, j'sais qu'j'en aurai pas plus sans soumissions.

Sirop se fatigua vite, à écouter ces histoires paraboliques et mystérieuses. Il boucha son trou auditif et alla consciencieusement casser sa glace pour l'heure de l'achalandage qui approchait.

Comme tous ses clients désertaient la capitale en fin de semaine, pour ne revenir que le lundi soir ou le mardi matin, Sirop Lafrance profita de sa première fin de semaine pour venir à Montréal. Un vieux fripé, qu'il avait trouvé inopinément dans la poche retournée d'un client distrait, lui permit de payer le tarif d'excursion et d'acheter un cadeau pour sa Flannellette. Les trois jours de séparation lui avaient paru trois mois et il se demandait sérieusement s'il pourrait faire toute la durée de la session à Québec. Le train était bondé de gens d'en-bas, faciles à reconnaître à leur grassaiement particulier. Pendant la première heure du trajet, tous les voyageurs ne parlèrent que de la même chose :

— On va-t-y avoir de la neige ?

— J'sais pas si y va neiger !

— Ça s'rait ben d'valeur si on n'avait pas d'neige.

— Ah ! pourvu qu'on ait d'la neige !

— Si y a pas d'neige, c'est une affaire manquée.

— Savoir qu'y y aurait pas d'neige, j'me rendrais pas.

— Le temps est pas à la neige.

— Ça s'rait ben la première fois qu'on n'aurait pas d'neige !

— Une tireuse de cartes m'a dit qu'on n'aurait pas d'neige.

— Sans neige, c'est pus l'fonne.

— J'sais pas quoi c'qui r'garde la neige comme ça.

— C't'effrayant, si peu d'neige !

— Avant, on avait trop d'neige, à c't'heure on n'a pas pantoute.

Sirop était plus qu'intrigué. Au risque de passer pour ignorant, il demanda à l'un de ses compagnons de voyage : « Voulez-vous m'dire quoi c'qu'y ont à parler rien que d'la neige ? »

— C'est ben simple, y s'en vont au congrès des raquetteurs. Si y a pas d'neige, y auront apporté leurs raquettes pour rien et y ont peur de faire rire d'eux autres.

— C'est plein d'bon sens. J'me demande quoi c'qu'un homme peut avoir à charrier des raquettes quand y a pas d'neige.

— L'pire, m'sieur, c'est qu'y va y avoir une course de douze milles, en raquettes. Voyez-vous ça, deux cents gars qui courent en raquettes sur du sable, de la cendre, du macadam, des traques de chars ? Y vont pas rien que faire rire d'eux autres, mais y vont abîmer leurs raquettes. En temps de crise, c'est pas tout l'monde qui peut s'payer une deuxième paire de raquettes neuves !

Le problème était délicat. À causer avec son compagnon, Sirop fit connaissance d'un raquetteur, puis d'un autre, puis d'un autre, puis finalement de tout le groupe. Lorsqu'ils eurent discuté pendant deux heures, Sirop leur fit des suggestions.

— V'là, dit-il, ça s'rait fou d'abîmer vos raquettes. Pourquoi qu'vous courriez pas à pied, en bottes de chevreu ?

— On est des coureurs en raquettes, on est pas des coureurs à pied, dit le chef de la délégation d'en-bas. Si on n'a pas nos instruments, on peut pas courir !

— Si y a pas d'neige, vous êtes pas obligés d'courir en raquettes à neige, dit Sirop. Courez donc à pied.

— Mais on vous dit qu'on sait pas courir, à pied !

— Ben, v'là c'que j'propose. Moi, j'sais courir à pied, j'ai d'l'haleine. Vous autres, vous f'rez semblant d'courir, et moi j'courrai pour vous autres, sans faire semblant. J'capable de gagner.

— Faudrait pas qu'vous couriez sous vot' vrai nom.

— Ça s'adonne, parce que j'connu, à Montréal. J'vas prendre n'importe quel nom qu'vous voudrez.

— Dans c'cas-là, on vous appellera Éloi Tremblay.

— Correct !

182

Le Goglu, vol. IV, n° 26, 10 février 1933

À la gare, Sirop descendit avec le groupe des raquetteurs d'en-bas. Soudain, il aperçut Flannellette et Popeline qui l'attendaient, parmi la foule. Il voulut s'élancer à leur rencontre, mais le chef du groupe des raquetteurs le reprit vivement : « Aie, aie ! Vous avez pas l'droit d'vous faire connaître, icitte, vous vous appelez Éloi Tremblay et faut faire comme si vous étiez lui ».

— Ben, y m'connaissent ! reprit Sirop, dont le cœur battait avec la force d'un piston à vapeur.

— Ça fait rien, faut qu'ça paraisse comme si y s'trompaient d'homme, comme si y vous prenaient pour un autre.

Là-dessus, une quinzaine de raquetteurs firent le cercle autour de Sirop, de sorte qu'il passa inaperçu auprès de celle qu'il désirait si ardemment voir, et dont il vit avec la plus douloureuse émotion le désappointement se peindre sur son joli visage.

— Me v'là pris, à c't'heure, dit-il. J'me d'mande pourquoi j'ai été m'fourrer dans c't'affaire-là. J'viens à Montréal comme si j'venais pas ; j'viens pour voir ma blonde, et me v'là pris avec une gang de gars que j'connais pas.

Comme tout le monde l'avait prévu, la course se fit sans raquettes. Les marathonistes qui s'alignèrent au Parc Lafontaine pour courir les douze milles règlementaires n'avaient pas plus l'air de raquetteurs que Newton quand il s'exerce avec ses lunettes, en brayet, les matins du mois de juin. Il aurait été indécent que, sans raquettes, on portât le costume de raquetteur. Aussi, les cinquante concurrents (plus ou moins) étaient-ils emmanchés comme s'il se fut agi de faire une séance de hangar. Il y en avait avec des culottes rouges et des souaiteurs verts, d'autres avec des combinaisons de laine coupées aux genoux, d'autres en simple bividi, d'autres avec les jarrets à l'air et une paire de grosses mitaines aux mains. Sirop Lafrance, qui courait mystérieusement sous le nom de Éloi Tremblay, se donnait des airs de Québécois. Il avait rentré ses jarretières sous ses chaussettes, car c'est tout ce qui lui couvrait les jambes, avec ses souliers de chevreuil empruntés à un zouave de Québec. On lui avait aussi prêté une petite culotte de joueur de hockey et un chandail beige avec un insigne flâzé dessus.

Vint le moment solennel, en présence d'environ quatre cents personnes distribuées sur un parcours de deux milles de longueur, soit environ le contour du Parc du même nom. Ajoutons à ce chiffre une soixantaine de têtes d'observateurs, derrière les fenêtres de l'École Normale, et deux balayeurs de rues que la solennité empêchait de continuer leur travail. Le starteur, qui avait eu des cauchemars toute la nuit à la pensée qu'il devrait tirer un coup de revolver, se reprit à trois fois pour faire partir sa cartouche chargée à blanc. Un bruit sec de .32, des détentes de jarrets, quelques crachats qui revolent à côté de la piste et, déjà, Sirop Lafrance a trois longueurs en avant du plus proche adversaire. Immédiatement le groupe de Québec mugit : « Vive Éloi Tremblay », toujours pour ne pas éventer la mèche.

Au premier tour, Sirop a seize longueurs en avant, et la délégation québécoise trépigne de joie. Les Montréalais, les raquetteurs de Saint-Jean, ceux de Woonsocket et ceux des Grandes Piles ont la face longue. Au quatrième mille, Sirop a un tour complet et il montre de nouveau ses semelles à son plus proche adversaire. Plus il court, plus les flancs lui deviennent souples, comme pour les chevaux de pompiers. Soudain, à la consternation de ses délégués, il s'arrête net.

Sirop a vu, descendant d'un tramway, les deux sœurs Dubois qui, sans doute, viennent assister à la fin de la course. « Y vont m'voir », pense-t-il, comme tout autre ferait à sa place. Que faire, seigneur, que faire ? Quelle inspiration va lui venir ? Inutile de chercher davantage. Comme un cheval de pompier également, il se dévire, se fait esquiver et rebrousse chemin en plus grande vitesse qu'il est possible de l'expliquer. Le groupe québécois change d'allure, et maintenant ce sont les Montréalais qui jubilent. Les délégués de la vieille capitale crient, rugissent ; plus Sirop court, plus il perd sa première avance.

183

Le Goglu, vol. IV, n° 27, 17 février 1933

Il a parcouru le chemin tellement vite qu'il se retrouve tout-à-coup devant ses délégués qui, placés au milieu de la route, forment une barrière et l'arrêtent.

— Maudit fou, où ç'tu vas ?

— J'me sauve, a va m'poigner ?

— Qui ça, la police ?

— Non, ma blonde.

— A va ben plus t'voir si tu cours dans c'sens-là !

— Tu penses ?

— Oui. R'vire de bord, t'as déjà perdu ton mille et quart d'avance, t'es l'dernier.

— J'ai-t-y couru si vite que ça ?

— Ben plus vite encore. À c't'heure, c'est pas l'temps de faire des farces. Faut gagner. Ta blonde va aimer ça, mais fais pas voir devant elle que t'es d'Montréal. Après la course, tu la r'joindras, mais pas d'vant l'monde.

— Correct !

Ah ! il fallait être là, pour voir comment vite peut pédaler Sirop Lafrance dans des moments critiques. Il ne courait plus, il sautait, il dévorait l'espace, il en arrachait des morceaux de macadam, aux endroits mêmes où on ne peut passer aujourd'hui sans faire un flatte. En dix-huit minutes, il avait repris non seulement son ancien mille et quart, mais un tour complet. Il entendit bien une voix de femme crier : « Sirop », pendant qu'il ouvrait l'air de la piste comme un sanglier à l'attaque, mais il se répétait : « Écoute tes jambes avant d'écouter ton cœur ». Cet état d'esprit suffit seul à faire entendre qu'il devait gagner. Et, de fait, il gagna, aux applaudissements des Québécois en délire qui criaient : « Vive Québec ! Vive Éloi Tremblay ! » Les photographes des journaux eurent juste le temps de prendre sa photographie, et il sauta dans un taxi, avec Flannellette et Popeline, pour aller au Viger chercher son linge, et souper sur son triomphe, à même les provisions de luxe gardées dans la chambre de la rue Du Berri.

Ce fut, ce soir-là, ce que l'on appelle communément un snaque. Les meilleures provisions et les vins les plus fins du Club de Réforme furent servis en l'honneur de la visite de Sirop. Jack White, comme on doit le deviner, était là. Le gros Lafrance fut longuement questionné. Il confia à ses amis qu'il avait, au Club de la Garnison, son trou d'audition, tout comme à la Réforme de la rue Sherbrooke.

— Quoi c't'entends ? demanda Jack.

— Ben des choses.

— Quoi c'qu'y s'dit, c't'année ?

— C'est pas rose.

— Comment ça ?

— Ben, d'après les voix d'ministres qui s'cachent dans les petites salles spéciales, ça m'a l'air comme si on avait peur. Ils sont tous énervés. J'sais pas quoi c'qu'y peuvent ben renifler, mais c'est comme s'y s'attendaient à des affaires pas amusantes.

— C'est ben pour dire, ajouta Flannellette, que c'est encore rare le monde qui a la conscience en paix.

— J'veux pas dire qu'y sont coupables, dit Sirop, mais ça sent curieux.

— Les innocents ne redoutent jamais rien dit Popeline.

— Parce qu'y sont trop innocents pour savoir ce qui peut arriver à n'importe qui, déclara solennellement Jack.

Sirop, en dégustant avec sa perdrix truffée une nouvelle bouteille de vin du Rhin, le grand vin des Junkers, ne put s'empêcher de penser au gérant du Club, se disant en lui-même : « Non, mais s'il savait que c'vin-là me tombe dans la panse, il ne penserait pas à me bouzeter comme futur maire ».

— Quoi c'que c'est, au juste, qui leur fait peur ? demanda encore Flannellette.

— Ben, ça m'a l'air comme si y avait des contrats d'tenus cachés, des affaires sans soumissions, des affaires de successions, des affaires d'expropriations. J'entends souvent dire dans mon tuyau : « Faudrait pas qu'mon affaire sorte », ou « Si l'affaire sort, on est flambés ! » et d'autres phrases comme ça. Mais on voit que c'est rien que des gros gars pesants qui parlent de même. Les autres, les plus petits ménés, qui se tiennent dans les grandes salles, parlent rien que d'la même chose. Ça se plaint qu'c'est slo et slaque, que les *boss* ne sont pas lousses. À écouter tout l'monde, tout l'monde est battu aux prochaines élections.

184

Le Goglu, vol. IV, n° 28, 24 février 1933

— Ça doit être déprimant, entendre toujours des affaires comme ça ?

— Ça s'adonne que !

— Quoi c'est qu'y ont envie d'faire, pour améliorer la situation ? demanda Jack.

— Fermer la trompe aux Goglus. Y paraît qu'si les Goglus peuvent être stopcoppés, les affaires de la gang vont remonter facilement. Y ont ben de beaux projets, mais ça les gêne d'passer ça. L'achallanterie les agace et y aiment pas à entendre marcher la scie ronde, surtout quand c'est vrai. Aussi, c'qu'y a de plus pressant, de plus urgent, pour l'intérêt national et le bien public, c'est d'pus entendre les Goglus. Après ça, tout va marcher tout seul, à c'qu'y disent. Quand une jeune voix d'mande à un gros boullé une faveur ou queuqu'chose, le gros boullé répond à tout coup : « Pas moyen, ouatchés, Goglus, vacarme, prudence ». De c'temps-citte, c'est quasiment comme un mot d'passe. Tout l'monde du club répète la même chose. Comme conclusion, tout l'monde veut stopcopper les Goglus.

— Ça s'f'ra pas comme ça, dit Popeline. J'en ai ben entendu parler, c'est pas la première fois qu'on veut faire ça.

— Oui ? dit Jack. Pis quoi c'qu'a résulté ?

— Les stopcoppeurs se sont fait mopper !

Une autre bouteille du grand vin des Junkers, soustraite à l'avaloir d'un ministre un soir de banquet donné en un jour de jeûne, fut ouverte et avalée par les deux couples avec autant de facilité que si l'on avait humé une légère vapeur parfumée. Et, à mesure que les autres bonnes choses passaient des assiettes et des verres dans les dallots, Sirop pensait en lui-même, avec les autres : « Dire que c'est eux autres qui ont tout le trouble, et nous autres le profit. Après tout, personne ne peut pas tout avoir, en ce bas monde ».

Et, pendant que des choses aussi graves se disaient, à l'insu de la police ou même du plus proche voisin (car, disons-le pour son honneur, il n'écoutait pas aux murs), l'auteur, dont il faut tenir compte dans tout roman à tranches, se disait en lui-même : « Je suis tanné, tanné, achallé, ahuri de toute cette histoire qui dure depuis bientôt quatre ans sans que j'en puisse sortir par aucun moyen, orthodoxe ou malhonnête. Y aura-t-il un jour un lecteur assez charitable pour m'aider à trouver une solution à ce long et terrible problème qui s'étire interminablement à travers péripéties, voyages et dialogues ? Je n'ai pas le courage de relire cette prose quaternaire qui m'est venue je ne sais trop comment ni pourquoi, et je ne me rappelle pas la centième partie de ce que j'y ai intercalé, ayant même oublié la parenté d'untel et d'untel, au point que je serais apte à faire des mêlements fantastiques si je ne me gardais pas soigneusement d'y revenir. Quelle intrigue amorcée, quel danger annoncé doit être conjuré, est-ce que je sais ? Est-ce que quelqu'un sait ? Pourquoi, aussi, se faire romancier sans en avoir l'aptitude, le talent, la bosse ? Si le passé pèse combien plus l'avenir ?

Surtout quand on se demande par quelle formule magique canaliser tout ça, régulièrement, sans heurter les souvenirs des assidus, sans détruire la magie des vieilles folleries, sans attenter à la logique et au bon sens. N'y a-t-il pas assez de guêpiers dans la vie sans en faire un élevage privé par surcroît ? »

Ces réflexions lointaines, heureusement, frappèrent l'épais et massif cerveau de Sirop Lafrance, sujet réceptif sans qu'il en eût l'air, et ne manquèrent pas de troubler son esprit, que les généreuses rasades fournies par la glacière de la Réforme troublaient déjà. Pour le plus grand plaisir de l'auteur, l'inspiration de Sirop fut coupée net et sec, et il n'eut, ce soir-là, aucune envie de parler davantage ou faire quoi que ce soit. Il se leva soudain, au milieu de ses compagnons, et dit : « À c't'heure j'm'en vas. J'ai pas grand temps pour prendre mon train. J'tâcherai de revenir la semaine prochaine, à moins que des événements imprévus me retiennent.

— Bonsoir donc !

— Bonsoir !

— Bonsoir !

185
Le Goglu, vol. IV, nᵒ 29, 3 mars 1933

— Bonsoir !

Ils étaient quatre, on entendit quatre fois le mot bonsoir.

. . . . .

Lorsque Sirop prit le train, vers la fin de l'après-midi, il ne se doutait pas de ce qu'il ne pouvait encore se douter. Comme il est inutile de le dire, on sait que ses fonctions lui permettaient de voyager dans le wagon-buffet, appelé aussi *parlor-wagon* et qu'on nomme communément char observatoire. Se sentant plus fumatif que de coutume, il alla s'asseoir dans la petite section d'en-arrière du dernier wagon, réservée pour les fumeurs et où on voit encore aux murs les trous des plogues de radios qui ne fonctionnent plus, les tablettes à moitié vides de l'ancienne section des revues et magazines, avec en-dessous un petit espace pour les deux dictionnaires poussiéreux à crossouorde-pozzeuls. Il y avait, dans cette section, quatre hommes gris ou grisonnants, dont l'étoffe des habits, la qualité du cuir des souliers et la soie des cravates indiquaient du premier coup d'œil que c'était du gros monde. Sirop alla prendre le dernier siège, près de la porte qui se trouve de sortie quand elle est la dernière en-arrière du train. Il regarda d'un œil furtif, sans avoir l'air de regarder, et s'aperçut qu'il avait l'honneur d'être dans le même chars que quatre des plus gros ministres de la province. Il se souvint qu'il les avait vus, de loin, dans la galerie de la Chambre ou dans les journaux à images. « Ça vaut la peine d'écouter », se dit-il en lui-même, comme se serait dit tout autre voyageur pareillement prévenu. Quant aux ministres, ils jetèrent un coup d'œil sur Sirop, baissèrent légèrement la voix, mais reprirent leur conversation aussitôt que l'un des quatre eût dit :

— C'est une tête de Polock, il ne comprendra rien.

Cela piqua profondément Sirop Lafrance de savoir que, dans sa patrie, il était pris pour un étranger par les autorités dirigeantes. Tant est vrai que même les grands hommes jugent trop souvent par les apparences !

Celui qui semblait le chef des quatre avait la parole. Il la garda, dans le ton suivant :

— Oui, nous sommes en face d'un vrai pozzeul de djiguesas. Tout est mêlé, mélangé de façon décourageante. C'est à n'y rien comprendre ni rien reconnaître. Dans les campagnes, dans les villes, dans la finance, dans le parti, tout est sens dessus dessous.

— Oui, je le sais, mais je me demande par quel bout on va bien commencer, dit un grand blond avec un collet comme Sir Wilfrid.

— On va commencer par le commencement, dit le plus vieux des quatre. On va d'abord faire le carré. Si les affaires ne sont pas squères d'abord, ça sert à rien de vouloir continuer. Quand le carré sera fait, on pourra avoir une petite idée comment placer les morceaux.

— Je suis de votre avis, dit un autre, mais sommes-nous sûrs d'avoir tous les morceaux pour faire un carré ben squère ?

— Le problème est assez compliqué, ne le compliquez pas davantage, reprit le plus vieux des quatre. Quand on fait un pozzeul, on ne sait jamais à l'avance si tous les morceaux y sont. Si on savait qu'il en manque, on ne commencerait pas. Mais, pour nous autres, notre pozzeul est pire encore. Même si on savait qu'il manque des morceaux, faudrait le commencer pareil, parce que ça ne peut pas rester comme ça.

Encore, si on était tranquilles ! dit un autre qui n'avait pas encore parlé. Mais non, il y a toujours des achallants qui renâclent ; à mesure qu'on essaie de poser une pièce, le vent en emporte une autre qu'il faut courir après. Ensuite, on a un mauvais fond pour faire le pozzeul ; c'est trop glissant et les pièces tournent d'elles-mêmes. Si on veut le faire ailleurs, ça va par bosses et par côtes, il y a un morceau qui baisse d'un côté et qui lève de l'autre.

— On sait ça, on sait ça, dit encore le plus vieux des quatre, mais faut pas s'attarder toujours à trouver des raisons pour que ça ne marche pas. C'est curieux comme vous êtes tous négatifs, vous avez toujours un prétexte pour ne pas grouiller.

186
Le Goglu, vol. IV, n° 30, 10 mars 1933

Trouvez donc des raisons pour que ça avance et que ça se fasse. Vous savez, quand le jour de l'exposition arrivera, vous serez peut-être surpris avec un pozzeul pas encore commencé, et je ne serai probablement pas là ; vous verrez alors comment c'est toffe trouver des excuses et des explications à donner pour expliquer ça.

À ce moment arriva un Écossais qui, armé de sa cornemuse, se mit à arpenter le compartiment des fumeurs de long en large pour se donner un élan et faire fonctionner son outre musicale. Ce fut un vacarme assourdissant, et les quatre ministres se levèrent pour aller dans l'autre section.

« Si je les suis, se dit Sirop, ils vont penser que je les espionne. Restons ici et endurons. Et, tant qu'à être pris à écouter cette musique-là, aussi bien faire voir que je l'aime. »

Comme tout ce qui est humain, le cornemusier écossais devait se fatiguer. De fait, il se fatigua. Les quatre gros personnages, qui avaient visiblement une envie féroce de fumer encore un cigare, s'amenèrent. Sirop, pour mieux écouter sans être tenu en suspicion, fit semblant de dormir, la tête renversée sur le dossier de son fauteuil.

— En tout cas, dit le plus vieux des quatre, les nouvelles ne sont pas bonnes.

— Quelles nouvelles ?

— Les nouvelles d'Allemagne.

— En avez-vous ?

— Oui, le conducteur en a eu du télégraphe, en arrêtant à Trois-Rivières. Les Nazis ont un vote effrayant. J'aime pas ça.

— Pourtant, c'est la fin du communisme en Allemagne et dans une foule de pays !

— Je comprends, mais les Nazis sont des bleus, et ça m'agace.

— Moi, dit un autre, je hais tellement les bleus que j'aimerais quasiment autant voir les communistes arriver au pouvoir que de penser que les bleus pourraient être au pouvoir, avec nous autres en face, dans l'opposition.

— C'est un bien grave problème.

— D'ailleurs, messieurs, nous pourrions toujours bien nous arranger avec les socialistes. Nous nous arrangeons déjà fort bien avec les Juifs.

— Moi, je me sens un peu fou. J'ai été dire que les Juifs sont ici pour y rester. Quasiment tout de suite après, des grands pays disent qu'ils doivent sortir.

— Bah ! les gens ne s'en souviennent plus !

— Je comprends, mais il y a toujours des journaux achallants qui se chargeront de le rappeler.

— La chose est simple, coupons les journaux qui peuvent nous achaller.

— J'y pense souvent, mais je me demande si on atteindra maintenant notre but.

— Pourquoi s'occuper de ce qui peut arriver ensuite ? Ce qui compte, c'est la paix du moment.

À ce moment, le conducteur apportait au plus vieux des quatre un autre télégramme, qu'il ouvrit nerveusement et lut plus nerveusement encore.

— Bigre ! s'écria-t-il. Encore des progrès. Mais ces gredins-là font une vraie souipe. C't'effrayant ! J'me demande qu'est-ce qu'il y a au fond de cette fameuse question juive. On passe notre temps à écouter la chanson des Juifs, à recevoir des délégations juives, à lire la prose et les arguments que nous envoient les youpins et leurs rabbins. Mais ça m'a l'air, du moins par l'Allemagne, que la chanson anti-juive est bien plus populaire.

— Mais ce n'est qu'en Allemagne, et les Allemands ont toujours tort.

— Moi, dit un autre, je reçois les journaux d'Angleterre, et ça commence à fesser dru sur les Juifs. Ça tapoche de temps en temps dans plusieurs villes, et les Juifs sortent les uns après les autres des hauts postes politiques.

— Moi, je reçois les journaux de France, et les événements commencent à prendre une tournure curieuse. On égratigne le Juif, le youpin Léon Blum a été assez bousculé pour être forcé de démissionner, comme Herbert Samuel en Angleterre. (*À suivre*)

LE CORSET DU MYSTÈRE

Le Siffleux, vol. I, n° 1, 28 janvier 1937

INTRODUCTION

Le bébé se mit à pleurer de nouveau. Mais cette fois, ce n'était pas pour avoir son Castoria.

Troublée dans sa lecture du présent feuilleton, la jeune mère courut vers le berceau, espèce de grande cage en treillis de fil de fer peinturé d'email blanc, oscillant entre deux hautes tiges de fonte. Don d'une tante domiciliée à Rosemont, ce berceau était un vestige de l'ancien boûme de l'immeuble. Lorsque l'enfant ayant atteint son huitième mois et étant devenu agile, voulait se lever debout dans le panier suspendu, on se souvient comment le panier penchait abruptement à un angle de quarante-trois degrés et lançait l'enfant sur le plancher. Mais, en l'occurrence décrite ci-haut, l'enfant n'avait à peine que trois mois et ne pouvait encore se livrer à cet exercice, de sorte que la lectrice n'a aucune inquiétude à entretenir.

Se penchant avec amour sur le berceau, la jeune maman entre deux cris désespérés de son chérubin, passa délicatement sa main sous la couverture et murmura :

— Ça fait la treizième couche qu'y mouille aujourd'hui ! Et y a presque pas bu ! Je me demande de quelle race y peut ben être. C'est pas un Dubois, certain que c'est pas un Lafrance !

Puis elle prit avec tendresse son poupon dans ses bras et l'apporta sur la table de la cuisine pour changer de couche.

PRÉFACE

La vie ! Quel mystère tout de même ! Chose si simple et à la fois si compliquée. Si simple quand on regarde les événements passés, si compliquée quand on scrute l'avenir.

L'homme atteint quatre-vingts ans. Il est sage, l'expérience a formé son jugement, le feu de ses passions s'est éteint, tout levain de méchanceté a disparu en lui. Il est devenu un bon citoyen, respectueux des lois parce qu'il en comprend la nécessité, capable de discerner ce qui est utile ou nuisible. Il claque. Qui le remplace ? Un petit sauvage à qui il va falloir apprendre à respirer, à boire, à marcher, à parler, à lire, à se conduire et qui au bout de ses quatre-vingts ans sera remplacé par un autre petit sauvage qui n'en sait pas plus qu'un lapin nouveau-né ! On change la forme du caoutchouc, de la vitre et du fer ; ce qui était hier une paire de claques sera demain un récepteur téléphonique, la vieille bouteille deviendra un tube de télévision, le vieux tuyau deviendra la valve d'un moteur d'avion. Mais l'homme, pourra-t-on jamais en changer la forme, l'essence, la substance, pourra-t-on en faire à sa naissance le sage de quatre-vingts ans qui vient de lui laisser la place dans la vie ?

D'où l'on voit qu'une femme peut avoir des pensées profondes en changeant une couche !

ENTRÉE EN MATIÈRE

Qui aurait cru, qui aurait cru ?

C'est la question énigmatique que s'est posée plus d'une lectrice depuis longtemps.

En effet, quand on voyait passer rue Sainte-Catherine, Flannellette Dubois au bras de Sirop Lafrance, la surprise et la perplexité tombaient sur les cerveaux avec autant de soudaineté que des glaçons détachés d'un toit. Pourquoi ?

Parce que Flannellette Dubois, la sœur jumelle de Popeline du même nom, était la plus ravissante incarnation de la féminité qu'il était possible de voir apparaître devant soi. De tout petits pieds comme ceux de la Pompadour, de fines chevilles comme celles de Marlene Dietrich, des jambes qui constituaient une véritable symphonie affolante comme celles de Diane Chasseresse, des hanches qui tenaient un langage ensorcelant comme celles de Cléopâtre, une taille — ah ! cette taille ! — comme on ne peut en voir que dans les annonces de corset Grenier, les bras mêmes qui se sont échappés de la statue de Milo, les mains que devait avoir Vénus quand elle lança la pomme à Paris, des épaules à faire lever le nez sur celles de madame Simpson, un cou plus gracieux et plus doux que celui du plus beau cygne de l'Olympe. Et la tête ! Le monde n'a pas encore produit le pinceau, la plume, le ciseau ou l'obturateur photographique pour en faire l'image. Sous un front illuminé par les vertus du savon Rux, brillaient comme deux énormes diamants deux yeux violets à la fois vifs et doux et sur lesquels battaient, comme des ailes noires de papillon, des nappes de cils immenses. Le nez, trop beau pour passer pour naturel, ne pouvait se comparer qu'à ceux des statuettes de cire dans la vitrine de Duverger. Les oreilles, petites et roses, n'avaient d'égales que celles de notre nationale Idola quand elle avait trois ans. La bouche, fleur de carmin, de vermillon, d'*American beauty* et de cramoisi, ne pouvait se décrire que par les mots : « le poème des poèmes » et s'ouvrait avec un charme divin sur une incisive en or (la palette de gauche), pépite parmi des perles. Le tout encadré dans la splendeur d'une chevelure couleur miel de pomme qui retenait les plus beaux rayons du soleil. On comprend donc jusqu'à quels tréfonds de leur sensitivité étaient frappés les passants à la vue de cette vision non fugitive.

Mais là où intervenait la sensation du glaçon détaché et tombant sur la tête, c'est quand le passant voyait le compagnon au bras duquel l'apparition féérique marchait avec tant de grâce et d'élégance.

Sirop Lafrance, on ne l'a pas oublié, était un homme carré, massif sans lourdeur, trapu, poilu, presque sans cou avec un crâne immense et très dur que perforaient par en-avant deux petits yeux piquants et remuants. Sa démarche et son port annonçaient l'im-bronchabilité en même temps que la détermination. C'était le type, physiquement de l'homme que seul le chasse-pierres d'une locomotive peut déplacer, moralement de l'homme qui balaie tous les obstacles quand il est en mouvement. Quand il portait son petit feutre cendre de bois, il paraissait aussi grand que Flannellette.

— Est-ce possible, est-ce possible ? se demandaient intérieure-ment les passants masculins à la vue de cette alliance. (*À suivre*)

Le Siffleux, vol. I, n° 3, 13 février 1937

(*Suite*) Quinze jours plus tard, le mariage des deux couples était célébré dans la chapelle de Notre-Dame-de-Lourdes. Ce fut un événement mémorable.

Comme les sœurs jumelles Dubois avaient décidé de garder leurs positions respectives chez Dupuis Frères (Popeline) et chez Eaton (Flannellette), on décida d'avoir un mariage à 6 heures 30, afin de ne rien déranger de la routine ordinaire du travail.

Jack White avait discuté, durant toute la soirée précédente, pour convaincre Sirop Lafrance de s'acheter des guêtres, car lui, Jack, en avait une paire qu'il voulait porter à tout prix.

— Ça a l'air plus monsieur.

— J'en ai assez vu, dans les grands clubs, dit Sirop, et c'est justement ceux qui avaient des guêtres qui étaient les moins mon-sieur.

Finalement, il fut résolu que Jack porterait ses guêtres sans que Sirop fût obligé d'en faire autant.

Le matin, à six heures, les deux mariés se rendirent à la porte de la chapelle, portant dûment un bouton de rose engainé dans un papier de plomb qu'ils étaient allés retenir, la veille, chez Mlle Tracey. Comme ils n'avaient pas de parents en ville, Sirop avait pu obtenir qu'un ami de la maison Dupuis, M. Albion Jetté, lui serve de témoin, et Jack avait eu de son côté un ami d'occasion qui le suivait assidûment, M. Claude Bourgeois. Tit'Phonse, frère des jumelles, et l'oncle Isaïe de Rosemont étaient les témoins des futures.

La demi-heure d'attente parut très longue aux deux mariés qui attendaient sur le portique et que les ouvriers examinaient au passage. Pour tuer le temps, ils sifflotaient tous les deux avec un accent de bonheur véritable

comme ils auraient sifflé toute autre chose. Mais cet air particulier[99] leur paraissait mieux exprimer les sentiments béatifiques de leur cœur.

Enfin apparurent, tournant le coin de la rue Berri, Popeline et Flannellette dans leurs robes de satin collant, tellement bien moulées que, n'eût été la jupe, on aurait cru qu'elles étaient en costume de plage.

— Non, mais r'gard'-moi donc v'nir ça, s'écria Sirop tout ému. On n'n'a-t-y deux vrais beaux pétards ?

— *Some* papailles ! dit Jack en connaisseur.

N'est pas né encore le Praxitèle, le Titien, le Michel-Ange, le Raphaël, le Shakespeare, le Châteaubriant, l'Ubald Paquin ou le Victor Doré[100] qui aurait pu décrire la splendeur, la fraîcheur, la chaleur de ces deux chefs-d'œuvre de la nature humaine auxquels aucun palais du monde n'aurait pu convenir mais que la fatalité hasardeuse du destin avait placés à Montréal, la grande Babylone canadienne qui ne soupçonne même pas les trésors authentiques qu'elle recèle.

Le jeune agneau dans sa prime beauté printanière, la blanche tourterelle dans son albinité neigeuse, la tendre biche inquiète dans sa souplesse gracieuse, la truite multicolore dans ses ébats au milieu du lac, la pomme fameuse penchant de toute sa pourpre au bout de la branche, la carafe de cristal allumant ses sinuosités élégantes de tant de feux éclatants, la fumée capricieuse et enjouée

---

[99] Il s'agit de l'air du *Siffleux*.

[100] Victor Doré a notamment été Président général de la Commission des Écoles catholiques de Montréal et trésorier de la Société canadienne-française pour l'avancement des sciences.

s'étirant au caprice du vent ne pouvaient, séparément ou combinées, se comparer à aucun des éléments détaillés de ces deux impératrices de beauté, de vie, de vision troublante et de mouvements ondulants qui apparurent pathétiquement aux regards de Jack et de Sirop, en ce matin encore légèrement gris parce que l'heure avancée était encore d'usage.

Comme on ne pouvait rester indéfiniment sur le trottoir, on entra. Une altercation faillit troubler le bonheur de la fête lorsque Jack, un peu trop hautain pour la circonstance, demanda à un personnage qui venait justement de débarrer les portes où était le bedeau.

— Il n'y a pas de bedeau ici, répondit le personnage sur un ton digne mais ferme.

— C'est la première fois que je vois une église sans bedeau, riposta Jack White.

— Peut-être venez-vous d'un monde incivilisé. Mais ici il n'y a pas de bedeau. Il n'y a qu'un Suisse. Et le Suisse, c'est moi.

— Pas un Suisse barré, toujours ? demanda Jack.

L'atmosphère se chargea comme par enchantement. Jack était défiant, et le Suisse méfiant. Popeline, toute rose et parfumée, sentit un danger dans son instinct de femme et alla tout de suite s'interposer. Le Suisse devint subitement beaucoup moins méfiant.

— Que désirez-vous ? demanda le Suisse.

— Savoir à c't'heure comment ce qu'on s'rend à l'autel ; si c'est les hommes les premiers, ou les mariées, ou les témoins. Vous savez, j'ai pas l'expérience de d'ça.

— Bah ! dit le Suisse, il n'y a personne dans la chapelle, ça ne fait absolument rien. Allez comme vous désirez.

— Ah ! non, dit Popeline. J'ai passé ma nuit avec Flannellette à lire un manuel de mariage, et on va faire les choses comme elles doivent se faire. Les hommes, allez-vous-en avec vos témoins en avant.

— Pis vous autres ? demanda Sirop.

— On va rester un peu en arrière. Le livre dit que les mariées doivent se faire un peu attendre. Pendant ce temps-là, vous autres, vous vous donnez un air un peu inquiet, énervé, tanné d'attendre.

Les deux futurs se rendirent donc solennellement jusqu'à la balustrade, avec leurs témoins. À peine rendu, Sirop donnait déjà des signes d'inquiétude et d'énervement. Il pensait en lui-même : « Tout d'un coup qu'a s'en r'tourneraient ! » Et il tournait sa grosse tête vers la porte d'entrée, moins pour voir entrer des gens que pour voir si les sœurs Dubois ne sortaient pas.

Finalement les deux jumelles, ravissantes comme des reines s'avançant pour le couronnement, d'un pas grave en même temps que fascinant, vinrent rejoindre leur éternel compagnon.

Sirop ne se sentit sûr de survivre à tant d'émotion que lorsque Flannellette eut prononcé le « oui » capital, fatal et fatidique. Et, pendant tout le reste de la cérémonie, il eut les yeux rivés sur sa femme, incapable de regarder ailleurs. Il lui souriait d'un rire béat autant que bon et, quand par distraction elle le regardait aussi, il remuait les lèvres comme quelqu'un qui parle, mais sans faire entendre un son. De fait, il parlait mais aphoniquement, et il s'imaginait qu'elle comprenait. Que disait-il au juste ? Des expressions comme celles-ci : « Ma belle petite chatte, va ! », « Ma petite souris tout en or », « Mon beau petit pain d'épice à moi tout seul », « Cré beau morceau, va ! » et autres expressions analogues.

Les trois autres, moins sûrs de leur bonheur futur que Sirop, priaient avec ferveur la belle madone de Napoléon Bourassa[101], au-dessus du maître autel.

Après la cérémonie, on se rendit à pied à la chambre-garde-manger de la rue Berri. Comme il n'y avait que quelques ving-taines de pas à faire, on crut mieux faire d'économiser les frais d'une voiture, même si cela devait mieux paraître aux yeux des voisins. L'on fit bien car tout le voisinage dormait encore quand les mariés arrivèrent à la chambre.

Sirop ne laissait pas Flannellette d'une semelle et lui soufflait à l'oreille toutes sortes de noms de petits animaux : chatte blanche, belle anguille, petite grive, perdrix d'amour, chevreuse qu'à pas d'pareille, perchande dorée, trésor d'hirondelle, or en barre et mille autres compliments du même gendre.

Jack, toujours pratique, dit : « On va mouiller ça. J'ai vu dans l'fond d'une caisse, deux bouteilles d'un vieux vin du Rhin qui

---

[101] Architecte, peintre et écrivain. Il a notamment construit la chapelle Notre-Dame de Lourdes de Montréal. Il est le père d'Henri Bourassa.

avait été acheté exprès pour fêter Foch quand il était venu à Montréal et qu'on n'avait pas bues parce qu'il n'était pas allé au club. On a toujours voulu les garder pour une circonstance extraordinaire. C'est l'temps d'les déboucher ».

— Non, dit Popeline, nous autres faut qu'on pense à aller travailler. Le magasin attendra pas qu'on arrive pour ouvrir ses portes.

— Quoi, s'écria Sirop décontenancé, pas même un p'tit congé pour l'avant-midi ?

— Ben non, vous l'saviez, dit Flannellette. C'est ben un beau jour, mais pour le travail c'est un jour comme les autres.

— Ça durera pas longtemps comme ça, grommela Sirop. J'vas arranger ça vite, moi. C't'histoire de travail-là. Si j'peux trouver un flatte à mon goût, pas plus tard qu'aujourd'hui, on va savoir si on est mariés ou si on n'est pas mariés.

— Ben oui, ben oui, on est mariés, gros bébé, mais faut comprendre le bon sens, dit Flannellette. Le mot « gros bébé » rendit Sirop complètement fou.

— Si tu m'dis encore ça, j'te laisse pas partir. C'est donc d'valeur, c'est donc d'valeur, être arrangés comme ça. Non, certain d'certain qu'ça durera pas comme ça !!

Ainsi, après un déjeuner pris en vitesse, les deux jumelles donnaient un très court premier baiser conjugal à leurs époux et dévalaient dans l'escalier pour aller travailler.

Jack et Sirop, songeurs, n'eurent même pas connaissance du départ des témoins de leur mariage. (*À suivre*)

Le Siffleux, vol. I, n° 8, 20 mars 1937

(*Suite*) « Je suis un intellectuel, disait fièrement Jack White à Sirop, et je gagne ma vie avec mon génie. » Sirop était impressionné par la façon dont son beau-frère gagnait sa vie, et il ne se sentait pas humilié par la supériorité que Jack lui faisait sentir en toute circonstance pour imposer ses décisions et ses jugements. Jack opinait, comparait, jugeait, disait ce qu'il convenait de faire, mais là s'arrêtait toute sa capacité. Lorsque venait le temps d'exécuter, il était toujours tellement mêlé, empêtré, que Sirop devait intervenir. De sorte que, dans cette famille bien partagée, un seul s'arrogeait le droit de penser, et un seul avait la charge des efforts physiques.

Nous voici donc à la fin finale du préambule de la préface de l'entrée en matière et, exactement treize mois après tous ces événements, le lecteur se retrouve au début même qui fut relaté tout d'abord, quand Madame Flannellette Lafrance, interrompant sa lecture du présent feuilleton, était allée chercher son bébé de trois mois dans le berceau de broche pour changer sa couche dans la cuisine, en faisant cette réflexion que l'on comprend mieux maintenant : « C'est si ben son père ; c'est pas un Dubois, certain que c't'un Lafrance ».

Une quatrième bouteille de lait chaud fut préparée pour l'enfantelet qui, après quelques légères oscillations du grand panier suspendu en fil de fer, s'endormit profondément dans l'action d'absorber le contenu de sa bouteille.

Timidement, la clochette d'en avant sonna. Flannellette alla répondre et se trouva nez à nez avec un homme d'allure respectable qui portait deux valises noires.

C'était, on l'a deviné, un vendeur de produits de famille apparemment sans licence. Bien dressé par sa compagnie, il mit le pied dans le cadre de la porte dès qu'elle s'ouvrit, très discrètement, de façon à ce que la porte ne puisse lui taper brusquement sur le nez, comme il arrive si souvent aux vendeurs sans expérience.

— J'ai un message important à vous délivrer, madame, dit le vendeur d'un ton mystérieux. Ce ne sera pas long.

Et, discrètement mais avec une force habilement employée, il poussa la porte qu'il franchit avec ses deux valises.

— Un message ?

— Oui, madame, un message. Monsieur est-il ici ? À quelle heure est-ce que je pourrais revenir ? J'aimerais à communiquer ce message à lui personnellement.

Il ne faut pas réfléchir longtemps pour savoir que, en pareilles circonstances, une femme se demande : « Qu'est-ce que ça peut bien être ? Qu'est-ce qu'il peut bien avoir à dire à mon mari ? Y a-t-il des cachettes ? »

— Non, monsieur n'est pas icitte, répondit la belle Flannellette. Y arrivera rien qu'dans une heure d'icitte. Mais si vous voulez me dire, j'y f'rai bien l'message.

— Dans une heure ! dit le vendeur avec un soupir de soulagement que Madame Lafrance ne perçut pas. Alors, je vais vous faire le message.

Et sans plus de gêne, il ouvrit ses deux valises, remplies de toutes sortes d'échantillons de parfums, poudres, essences à gâteaux, poudre à pâte, pâte à dents, peignes, teintures, poudres à limonades, et une foule d'autres choses. Il sortit de la valise un petit tube et dit :

— Avez-vous remarqué que monsieur grinchigne chaque fois qu'il est obligé de se raser ?

— Oui, pis après ?

— Ça dépend de ce qu'il se met sur la peau avant de passer le rasoir.

— Ben, y s'met du savon.

— C'est justement ça.

— Ouaille ?

— Ouaille !

Et il se mit à expliquer les vertus d'une nouvelle crème à barbe à base d'acide phénique rafraîchie au menthol. La description était tellement tentante que n'importe qui aurait voulu manger cette crème merveilleuse.

Flannellette donna sa commande pour un tube mais posa des questions sur les autres articles qu'elle n'avait pas quittés des yeux.

— Qu'est-ce que c'est ça ?

— C'est pour les femmes dont les maris veulent qu'elles aient la peau douce. Mais ce n'est pas un article pour vous, car je vois que, sans rien usager, vous avez une vraie peau de velours. Ce n'est pas toutes les femmes qui peuvent en dire autant.

— Vous croyez ?

— Ah ! ma chère dame, si vous voyiez ce que je vois !

Et son regard se portait, en effet, sur autre chose que des souvenirs. Mais Flannellette, absorbée par l'intérêt des deux valises, examinait les articles. Elle allait les prendre elle-même dans les petits compartiments. L'art sublime d'un bon vendeur est d'amener la cliente dans cet état spécial où c'est elle-même qui court au-devant de la marchandise.

— Et ceci, et cela ?

— Ceci est une série de lotions : « Lilas », « Charme d'amour », « Je fonds d'ivresse » ; cela des parfums nouveaux : « Roce Alba », « Griserie », « Soir de folie », « Tu m'as tu m'as » et autres importations. Mais je ne crois pas qu'aucun parfum ici contenu rendrait justice à vos traits.

— Mes traits ?

— Vous avez des traits parfaits, ma chère, des traits uniques, des traits fins comme on n'en voit pas même aux vues.

— Vous pensez ?

— Je ne pense pas, je vois. Vous avez une personnalité rare et un type inconnu. Il n'y en a pas, je crois, de pareille à vous. Et à part cela, vous me rappelez une personne qui m'était bien chère.

— Oui ? Comment qu'a s'appelait ? On est p't'être parents ?

— Je l'ai follement aimée mais je n'ai jamais su son nom, cette étrangère mystérieuse qui vous ressemblait si bizarrement. Ma blessure n'est pas encore guérie. C'est bien les femmes, que voulez-vous !

— Mais c'était une femme méchante, d'après ce que j'peux voir.

— Ah ! elles sont toutes pareilles !

— Ben, vous les connaissez pas toutes.

— Je n'ai fait que souffrir des femmes, moi ; plus j'ai aimé, plus j'ai souffert.

— C'est ben d'valeur. Mais vous avez tombé sur des mauvais numéros.

— Il est vrai que jamais je n'ai rencontré une femme comme vous. Cela aurait peut-être fait une différence.

Là-dessus, le vendeur fit semblant d'essuyer une larme à moitié tombée et, se faisant la voix basse et lyrique, commença la scène classique que tant de femmes ont vue et que tant d'autres n'ont pas vue. Il murmura précipitamment en approchant Flannellette de plus près : Ah ! oui, ah ! non ! Ce n'était pas vous, ce n'était pas toi. Mais toi, c'est toi, ce n'est pas les autres, c'est tout un monde, tout un univers, c'est toute la différence... »

C'est à ce moment exact qu'avait retenti le mugissement dont toute la rue Marquette se souvient encore, un mugissement qui tenait à la fois du hurlement de la locomotive, du rugissement de la sirène de bateau, mais pire encore que les deux ensemble.

Sirop, ayant vu un bazou parqué à la porte, était monté doucement et sans faire de bruit, avait ouvert la porte avec une infinie précaution. Il savait qu'on doit se méfier quand c'est nécessaire, après avoir entendu tant d'histoires dans les bacstores de pharmacies. Comme Flannellette, sans résistance parce que complétement stupéfaite, allait se laisser embrasser, il poussa donc son effroyable cri : « Ah ! j'vas t'en faire une différence moi ! »

Flannellette perdit connaissance avant même de savoir ce qui se passait, le bébé sursauta éveillé dans son ber comme sous la force d'une explosion ; le vendeur, oubliant son chapeau, ses valises, courut se jeter en bas de la galerie d'en arrière et échappa un cri de douleur en se refoulant une cheville. Il se traîna misérablement dans la cour, dont il escalada plus misérablement la clôture, pendant que Sirop le bombardait à coups d'échantillons et de fioles avec une précision étonnante et sauvage. Les bosses poussaient à vue d'œil sur la tête du vendeur fuyard et escaladeur.

Popeline avait entendu sa vaisselle vibrer, en bas, au cri de Sirop. Elle monta en hâte avec son mari, Jack White. Ils s'occupèrent d'abord de ranimer Flannellette, puis il leur fallut une bonne demi-heure pour calmer Sirop, qui s'acharnait encore sur la pulpe et la poussière des ex-valises du vendeur. (*À suivre*)

Le Siffleux, vol. I, n° 9, 27 mars 1937

(*Suite*) Comme il a été dit dans un chapitre précédent, Jack White, l'époux de Popeline Dubois, gagnait sa vie sans faire un seul effort physique, avec les seules ressources de son génie, gagnant des piastres dévaluées dans les concours d'annonce et de radio, casse-tête, pozeuls, tirages, bingos et autres occupations.

Baptisé sous le nom de Jacques Leblanc, à Lowell, Mass.[102], on l'avait appelé Jack White dès sa deuxième année, pour qu'il

---

[102] Adrien Arcand indique dans *Popeline* que le prénom de baptême de Jack White est Jean et qu'il est natif de Saint-Joseph-de-Tring.

puisse mieux faire son chemin dans la vie. Il faut dire qu'il n'avait pas trop mal réussi puisque déjà il était marié et restait sur la rue Marquette, et ce n'est pas tout le monde qui peut en dire autant.

Jack avait le type bien réussi de l'imitation d'Américain. Toujours habillé en semireddé, sachant conduire une automobile, il pouvait aborder n'importe qui, n'importe quand et lui parler de n'importe quoi. En tout, partout et pour tout, il faisait le premier pas, ce qui explique la facilité de ses succès. Il se donnait un petit accent anglais, ce qui impressionnait beaucoup ceux qui l'écoutaient. Bien que n'ayant aucune affaire particulière pour l'occuper, il passait pour un homme d'affaires. D'abord, il en avait l'air, condition plus importante et plus précieuse qu'en avoir la chanson. S'il faisait moins d'argent, il avait plus de satisfaction, comprenant que l'apparence vaut presque toujours mieux que la réalité, la pauvre et triste réalité.

Dès son jeune âge, il avait appris à jouer aux crabs avec des dés, sur les trottoirs de Lowell. Les quelques petits nègres qui jouaient avec lui avaient beau piper, féquer et flouxer leurs dés, Jack trouvait moyen de gagner quand même. Preuve que l'intelligence avertie l'emporte toujours sur la tricherie organisée. Cette éducation dans la récréation lui avait donné un pli qui resta toujours indépliable : il était joueur, c'est-à-dire gamin'bleur.

S'il s'ouvrait une barboute dans son quartier, il était le premier à le savoir ; si un échevin disait à un *bookie* de venir prendre une chance dans sa circonscription, la première gageure était apportée par Jack ; si un restaurant, après le passage des inspecteurs, remettait sa *slot-machine* en opération, c'est Jack qui en sortait le premier djacpotte, la piastre en pièce de 5 ¢.

La chance n'est pas une chose bête et aveugle comme on se l'imagine. Elle ne vient pas à tâtons sans savoir sur qui elle tombera. Non, loin de là. La chance, comme toute autre chose, est une question de clientèle, de commerce.

Vous gagez aux courses pour la première fois, vous gagnez. Ce n'est pas par hasard que la chose se produit. La chance a besoin que ses clients reviennent ; elle leur donne donc bonne bouche pour commencer ; elle grave dans leur mémoire le doux souvenir d'une surprise piastrée, souvenir qui hante et fait revenir le client.

Le premier gain lui a prouvé que l'espérance n'est pas une illusion. S'il n'en était pas ainsi, personne ne voudrait tenter la chance.

Telles étaient les théories de Jack White qui, dès qu'il eut amassé une petite réserve de vingt piastres au-dessus de ses besoins, dit à Popeline, sa femme : « À c't'heure, regarde-moi bien aller ! »

Quand il revint à la maison, le soir, Popeline lui demanda combien il avait gagné.

— Rien ! dit-il.

— Alors, t'as perdu ?

— Non, j'ai rien perdu ?

— Comment c't'expliques ça ?

— J'ai pu rien gager.

— As-tu eu peur ?

— Peur, moi ? Y a rien au monde pour me faire peur. C'est les autres qui m'ont l'air à avoir peur. J'ai pas été capab' de trouver la moindre place où c'qu'on peut gager cinq cents.

— Comme ça, t'es sûr qu'tu perdras pas tes vingt piasses.

— J'suis sûr aussi que j'pourrai pas en faire mille avec.

— Ça paie tant qu'ça ?

— Si tu gagnes.

— Avec si… !

— L'si, moi je l'ai toujours.

— Comment ça s'fait qu't'es pas plus riche ?

— Parce que j'ai toujours négligé de m'occuper de faire d'l'argent.

Jack trouva fort étrange que, au moment même où il voulait sérieusement se mettre à faire de l'argent, les maisons de paris avaient disparu comme par enchantement. « Mais on ne m'aura pas comme ça », pensa-t-il avec une inflexion déterminée de sa volonté.

Il se mit donc en quête de joueurs et s'entêta plus dans ces recherches qu'ils étaient difficiles à trouver. Finalement, il apprit que dans de grandes maisons chic et dans les clubs d'hommes riches, on jouait tous les soirs, à la roulette de Monte-Carlo, au bloffe, au stodde, au lala frimé, aux baguettes chinoises et à une foule d'autres jeux.

« Dans le monde riche, c'est en plein ce qu'il me faut, pensat-il encore, car il y a là de l'argent qui n'est pas ailleurs. Mais comment entrer dans ces clubs-là et dans ces grosses maisons riches ? »

Sa pensée fut pour les clubs de golf, mais il découvrit vite qu'ils ne fonctionnaient pas en hiver. Il se mit alors à surveiller les parties de bridges annoncées dans les journaux et vit qu'il y en avait pour des choses auxquelles ne s'intéressent pas les petites gens, entre autres pour la Société de Distraction Humanitaire des Perroquets, la Société de Bienfaisance pour les Chevaux en Retraite, la Société de Refuge des Chiens Écartés, la Fédération Archiviste des Poissons à Pidigri et autres sociétés analogues et semblables.

Il se rendit à la Bienfaisance des Chevaux, la B. C. de son petit nom, dans un grand hôtel *fashionable* de l'ouest de la ville. L'Assistance était féminine pour les trois quarts au moins. La salle était garnie tout autour de gerbes d'avoine, fers à cheval nickelés et dorés, brides, selles et harnais de tous genres et de toutes dimensions. Un immense cheval noir empaillé, égaré des caves de l'ancienne maison Lamontagne, était au centre de la pièce, et tous les invités allèrent lui faire une salutation, touchant le crin de sa queue avec la main gauche pour avoir de la chance aux cartes.

La partie était commencée depuis quarante minutes à peine qu'une nouvelle étrange circulait dans la salle : « Il y a un joueur qui a fait six *slams* depuis le commencement ! » — « Quel homme extraordinaire. » — « J'aimerais bien à l'avoir comme partenaire. » — « C'est peut-être Culbertson en personne ». On ne parlait plus que de cela, dans toute la salle. Au bout de dix minutes, on disait : « Un huitième *slam* ! »

Quelques joueuses qui perdaient depuis le début annoncèrent soudainement : « C'est platte, j'ai pas d'jeu, je vais aller voir jouer ce joueur ». Comme si tout le monde avait pensé la même chose en même temps, on se leva de ci de là et on vint faire le rond autour de la table où Jack jouait. Bientôt toute l'assistance était là, debout sur des chaises et des tables pour regarder. Un quart d'heure après, Jack comptait huit petits *slams* et trois grands. Ses adversaires, découragés, abandonnèrent la partie. On déclara le pont-levis, ou plutôt le bridge levé et Jack reçu solennellement le grand prix de la B. C., deux beaux billets de 10 $. Le thé et les gâteaux furent ensuite apportés en vitesse par les ouéteurs affairés.

Jack fut incontestablement la plus grande attraction que la B. C. eu jamais présentée à ses membres. On l'appela « maître », « *dear professor* » et autres titres universitaires. Quand il quitta la salle, il avait en poche, avec numéros de téléphones et adresses, onze invitations pour Westmount, quinze pour Outremont et deux pour la Haute-Ville de Québec. Comme il allait passer la porte, une dame très chic vint l'apostropher : « Monsieur, je suis mariée depuis onze ans, et ça fait onze ans que mon mari me scie sur mon intelligence parce que je n'ai jamais pu le battre au bridge. Il se croit supérieur à tout le monde et je donnerais n'importe quoi pour le scier une fois dans ma vie. Si vous voulez venir chez moi jouer contre lui, je vous promets que vous pourrez le plumer d'une centaine de piastres au moins et je vous paierai cinquante piastres comme professeur. Voulez-vous me rendre ce service ? » — « C'est pas de r'fus, Ma'me, faites la dète et j's'rai là comme un' tâche ! »

Pour une fois, Popeline sentit diminuer tout enthousiasme pour les projets de son mari. Elle le lui fit sentir délicatement, mais il la rassura : « Si j'veux rencontrer les maris et m'faire inviter dans les clubs d'hommes, où c'qu'y jousent des gros montants en cachette, faut ben qu'j'endure les femmes d'abord. À part de d'ça, oublie pas que j'vas t'emmener partout où c'que j'vas aller. Vois-tu c'qu'on va sauver sur les r'pas ? » (*À suivre*)

Le Siffleux, vol. I, n° 10, 3 avril 1937

(*Suite*) Le jeudi suivant, ce n'est pas sans ressentir une profonde envie que Flannellette Lafrance aidait sa sœur Popeline White dans ses préparatifs pour aller dans la haute gomme.

— Nous v'là lancés dans la société, disait Jack White à Sirop Lafrance sur un petit air de triomphe qui voulait dire : « Essaye d'en faire autant ».

— Bah ! ces gens-là, j'les ai connus au club quand y fallait leur mett' un sac de glace su' la tête ! dit Sirop. Quand on a vu ça on tient pas à les r'voir.

En ajustant la dernière frisette de la belle coiffure de sa sœur, Flannellette lui dit : « En tout cas, si t'es pas la plus riche, tu vas êt' la plus belle d'la gagne. Tu vas voir si y vont te r'garder ».

Jack lui-même, apparemment si blasé en toutes circonstances, trouva sa femme trop belle pour en croire ses yeux. Et il pensa tout haut, en se gourmant quelque peu : « Y vont voir que j'ai pas rien que l'talent ! »

— C'est pas d'mes affaires, lui dit Sirop, mais fais attention à ces gars-là. Tu sais, avec les femmes, c'est des enjôleurs…

— Qu'y essayent à m'avoir ! trancha Popeline.

— Faut jamais dire à l'eau qu'on boira pas dans sa fontaine, fit observer Sirop.

Et l'on partit, pendant que Flannellette, la belle blonde sans rivale de beauté, soupirait en se demandant si, un jour, elle ne marcherait pas, elle aussi, sur des tapis de trois mille piastres. Sirop comprit, se sentit petit, inférieur, mais non découragé. Il sortit à son tour, pour aller faire trois heures d'extra à la livraison de la pharmacie.

Par économie, M. et Mme White se rendirent en tramway jusqu'à l'avenue du Parc. Là, ils prirent le taxi qui devait les conduire au haut de l'avenue Maplewood, à la porte du château de la famille Partiron.

Un garçon en livrée, comme dans les grands hôtels, les aida à enlever leurs claques, manteaux, etc., les conduisit à travers une grande salle faite d'une vaste piscine et de fleurs et arbres divers, puis cria dans une porte : « Le professeur et Madame White ».

Les femmes vinrent au-devant de Jack en caquetant : « Professeur, oh !! professeur, comme vous êtes gentil ». Les hommes, ayant tous le regard de Marc-Antoine à sa première vision de la splendeur de Cléopâtre, vinrent au-devant de Popeline en faisant des saluts et des sourires.

— Madame, dit M. Partiron, le maître de la maison, je comprends qu'avec une pareille inspiration à regarder, monsieur le professeur puisse gagner comme on me l'a rapporté.

— C'est curieux, répondit Popeline, y me r'gard' pas pantoute quand y joue aux cartes.

— Vous savez, dit tout bas Mme Partiron à Jack, je compte sur vous pour le trimmer dans les grands prix.

Les tables à cartes furent apportées par des domestiques chamarrés comme des officiers de la garde Duvernay. Jack, à titre de professeur venant donner une leçon, eut Mme Partiron comme partenaire ; M. Partiron avait comme vis-à-vis un voisin, riche directeur de compagnies réputé pour l'un des plus forts joueurs du club Saint-Denis.

— Vous savez, dit M. Partiron sur un ton destiné à scier sa femme, ayant affaire à un professeur, nous jouons deux hommes ensemble. Cela ne vous ennuie pas trop, M. White ?

— Vous pouvez jouer à cinq ou six hommes ensemble, si vous voulez, répondit Jack sur le ton d'un maître, ça m'fait pas un pli.

— Attrape ! soupira Mme Partiron.

— Vous, dit M. Partiron à Popeline, venez vous asseoir à côté de moi ; je ne veux pas que la chance reste de l'autre côté.

— Vous pensez que j'peux vous donner la loc ? demanda Popeline.

— Oui, la plus belle des plus belles !

Et il lui présenta une cigarette de grand luxe, valant sûrement dix cents chaque, et lui présenta la flamme d'un briquet en or fin portant une petite montre et de gros diamants.

— *Some* lailteur ! s'écria Popeline,

Mme Partiron fronça les sourcils tout en sourcillant du front, Jack se sentit légèrement mal à l'aise, Popeline fut heureuse de voir que l'attention générale n'était fixée que sur elle.

— Une cent du point ? demanda M. Partiron.

— L'prix qui vous ira, dit Jack.

— Alors, cinq cents ?

— N'importe comment, c'pas moi qui paie.

— Mais si vous perdez, vous paierez, sans doute !

— Le professeur ne perd pas ! dit sèchement Mme Partiron.

Les cartes furent données. Les deux voisins millionnaires, lisant comme à jeu ouvert dans leurs annonces et leurs déclarations, montèrent l'enchère à cinq cœurs, juste comme sonnaient les neuf heures.

— *Slam* de pique ! dit enfin Jack qui n'avait pas encore ouvert la bouche.

— Le petit ou le grand ?

— À vot' choix, j'poigne tout !

— Le grand, alors ? Doublé.

— Redoublé !

— Moi pareil !

Jack lava la table avec autant de facilité que s'il eut joué seul. Les deux millionnaires se regardèrent, quelque peu éberlués, et commencèrent à croire que le professeur était vraiment dangereux.

Au coup suivant, ce fut un autre *slam*.

— On a dû plier sur quelque chose ! dit le voisin.

— Vous êtes trop chanceux aux cartes, dit M. Partiron à Jack tout en faisant un petit clin d'œil à Popeline.

— Mon mal de tête est parti et je me sens tellement de bonne humeur, dit Mme Partiron, qui à son tour avait un petit ton sciant.

Les deux hommes se firent apporter plusieurs John Collins successifs, croyant que cela les réchaufferait et les ferait mieux jouer. Mais ce fut de mal en pis, un désastre à n'y rien comprendre. La bonne humeur les quitta avec la chance et ils firent des remarques plutôt aigres en plusieurs circonstances.

— Que je suis heureuse ! Que je suis heureuse ! criait Mme Partiron presque pâmée. Ah ! professeur, professeur, quelle leçon vous me donnez ! Et aux autres, donc !

— Tu es heureuse ? dit M. Partiron. Ça te fait plaisir de me voir perdre de l'argent ?

— C'est un cours de bridge qui n'a pas de prix. Je ne le donnerais pas pour rien au monde. Et puis, si tu ne perdais pas, c'est moi qui perdrais. Ça revient au même.

— Non, ça ne revient pas au même ! C'est moi qui paie.

— Comme ça me fait plaisir de te voir payer ! Sors ta science, si tu ne veux pas payer.

À onze heures, les deux buveurs de John Collins, assommés et désorientés par les coups terribles de Jack, avaient peine à rassembler leurs cartes. Ils maugréaient sur leur malchance, s'entreblâmaient sur leurs erreurs, pendant que Mme Partiron répétait : « Que je suis heureuse ! Que je suis contente ! » Popeline, sentant couver quelque chose comme une explosion prochaine chez les deux perdants, dit alors : « Jack, je suis très fatiguée, viens donc me r'conduire ». La séance fut levée et on fit les comptes. Mme Partiron insista que son mari avait fixé le tarif à cinq cents du point et exigea le paiement intégral des huit cents dollars dus, dont quatre cents à Jack, et un chèque de quatre cents à son nom payé par le riche voisin. (*À suivre*)

Le Siffleux, vol. I, n° 11, 10 avril 1937

(*Suite*) C'était un de ces matins d'avril froid et sec, avec un petit vent vif qui pinçait la peau. À la pharmacie, on avait remis à Sirop six tablettes d'empirine dans une petite enveloppe en lui disant qu'il fallait faire la livraison en grande vitesse. C'était pour une grosse cliente, dans les hauteurs de Westmount. Inutile de dire que la motocyclette de Sirop Lafrance escalada l'avenue des Pins toute d'un morceau.

Après plusieurs tours et détours pour trouver une rue à nom impossible, Sirop stoppa enfin devant une fort belle maison très impressionnante par le fait qu'elle ne ressemblait à aucune autre.

Sirop sonna. Pour toute réponse, une fenêtre du deuxième s'ouvrit et une voix de femme dit ces mots : « Poussez la porte, je descends ». Sirop poussa, mais la porte ne broncha pas. Il poussa un peu plus fort, et la porte s'ouvrit avec un gémissement de ferrures tordues et arrachées. Il ouvrit une autre porte, qui se laissa faire sans résistance, et se trouva dans un grand hall rempli de vraies peintures, grosses statues, avec une vraie armure du Moyen Âge qui se tenait debout entre deux palmiers d'une dizaine de pieds de hauteur.

Il attendit, mais pas longtemps. Des pas mesurés, légers et étouffés se firent entendre. Il leva la tête et vit descendre une image resplendissante en même temps que curieuse et bizarre.

C'était une femme d'environ 35 ans, svelte et mince, au visage exotique à cause de ses yeux en amandes, aux cheveux lisses et d'un noir parfait. Elle ne semblait vêtue que d'une très légère robe de chambre toute noire et de pantoufles-sandales d'un rouge feu. Son regard froid, lent, tranquille et calme se posa sur les yeux de Sirop, qui se mit à cligner des paupières.

— Excusez-moi si personne n'est allé à la porte, dit-elle d'une voix grave et chantante, mais mes domestiques sont en grève et ne sont pas encore revenus.

— Ça prend ben du monde vlimeux, laisser seule une femme comme vous ! dit Sirop.

— Oui, hélas ! je suis seule.

Sirop présenta la petite enveloppe. « Suivez-moi », dit-elle. Et elle remonta l'escalier avec autant de légèreté qu'une ombre, et autant de majesté et de régularité qu'un voilier filant sur des eaux calmes. Pendant qu'il la suivait, Sirop n'avait plus sur lui le regard intimidant de la mystérieuse cliente, et il regardait en devinant cette silhouette noire et mince si imposante qui le précédait. Il se dit en lui-même : « Une face étrangère comme dans les vues, tout le contraire de Flannellette comme type mais aussi belle en proportion ; ça doit être la femme d'un gros millionnaire ».

Au bout de l'escalier, ils tournèrent à gauche et se trouvèrent dans un grand boudoir avec cheminée, peaux d'ours sur le plancher, et des meubles trop chers pour que la moyenne de nos lecteurs comprennent l'importance de leur description. Dans un coin, il y avait un piano droit.

— Là, dit gravement la saisissante beauté mystérieuse, en indiquant le piano.

Sirop ne comprit rien.

— Je ne sais pas jouer du piano ! dit-il, gêné sous le regard placide et supérieur de la cliente.

— Ce n'est pas cela, reprit-elle. J'avais un billet de cent dollars, il est tombé sous le piano.

— Dans c'cas-là, c'est rien pantoute !

Et, comme s'il se fût agi d'une chaise d'osier, Sirop leva le piano d'une main et balaya le plancher de l'autre. Il ne trouva rien.

— Recommencez, voulez-vous ? demanda la séduisante étrangère.

Sirop recommença, quatre ou cinq fois, sans plus de résultat.

— Comme il est fort ! murmura-t-elle en regardant Sirop avec des yeux qui semblaient un peu moins placides. Laissez-moi toucher vos biceps.

Et ses mains étroites, longues et parfumées vinrent se poser sur les gros bras noueux de Sirop, durs comme des branches d'érable.

— Aie ! Aie ! Lâchez-moé, j'sus chatouilleux des mosseuls ! cria Sirop en faisant vivement un pas en arrière.

Pour la première fois, elle esquissa un sourire, mais presque imperceptible.

— Vous êtes nerveux ! dit-elle d'une voix terriblement calme.

— Non, j'sus chatouilleux. Et pis, j'pense que si vot' mari nous poignait dans un tableau comme ça, parce que moi, si j'voyais ça chez nous...

— Ne parlez pas de ce lâche qui m'a abandonnée.

— Ah ! vot' mari vous a lâchée ?

— Depuis six ans, après avoir tiré six balles sur moi.

— Hein ? C'est pas du monde, tirer su' n'femme comme vous !

À ce moment, un petit chien à peine gros comme un rat entra dans le grand boudoir,

— Vous avez les pastilles ? demanda-t-elle. Le pauvre petit souffre des dents, j'ai fait venir l'empirine pour lui.

Une pastille fut soigneusement coupée en huit parties, l'une d'elle fut diluée dans un peu d'eau et le caniche mexicain fut forcé de l'avaler.

Puis la troublante inconnue dit : « Je prenais le café quand vous êtes arrivé. Vous avez fait une longue course pour m'apporter ces pastilles, ne prendriez-vous pas un bol de café avant de retourner au froid ? »

— C'est pas de r'fus.

— Et puis, dit-elle, ne serait-ce que pour quelques moments, je me sens en sécurité dans cette immense maison avec un homme fort et courageux comme vous. Quelques gouttes de cognac, dans le café ?

— S'plaît. Vous vous s'entez pas séfe, d'habitude ? J'comprends que quand on est une belle créature fragile, faut s'méfier.

— C'est curieux, vous, vous m'inspirez confiance.

— Avec moi pas de danger, dit Sirop. Et j'voudrais ben qu'on s'attaque à vous quand j'sus là !

— Combien gagnez-vous, à votre emploi ?

— Douze piastres et demie.

— Est-ce possible, un homme fort comme vous, qui peut arracher une porte d'une simple poussée et lever un piano comme une assiette !

— Ces années-citte, vous savez, l'monde s'fait exploiter.

— À votre place, je ne me laisserais plus exploiter, je changerais d'emploi.

— Ça s'dit mieux qu'ça s'fait !

— Je dirige une grande et difficile entreprise, dit mystérieusement la mystérieuse étrangère. Si vos services étaient disponibles, je vous paierais le double de ce que vous gagnez, et beaucoup plus.

— Hein ?

— Oui, le double, et beaucoup plus.

— À quoi c'est faire ?

— Conduire mon automobile, me tenir compagnie ici quand je me sens nerveuse et craintive, faire des messages pour moi, aller à la banque, aller parfois à New-York, parfois à Ottawa, agir comme homme de confiance. Mes domestiques vont revenir, ou j'en aurai d'autres, vous n'agirez pas comme domestique. Une femme seule dans la vie a tant besoin d'un appui ! ajouta-t-elle en soupirant et en remplissant de nouveau les grands bols, moitié cognac moitié café.

Sirop pensa en lui-même : « Jack White a sa chance, j'pense que j'ai la mienne ». Et il plongea dans une courte rêverie, oubliant qu'il n'était pas seul. Il se vit bien habillé, homme important, monsieur de confiance, avec une maison richement montée ; mais quand lui vint la pensée de Flannellette, il eut une espèce de malaise, comme s'il eut été dans une fausse situation.

— Je sais à quoi vous penser, dit lentement la femme mystérieuse.

— À quoi ? demanda Sirop en sortant vivement de sa rêverie.

— À celle que vous aimez. Comme vous, elle sera heureuse si votre situation s'améliore suivant vos mérites. Je vous comprends, dit-elle sur un ton plus bas, plus grave, plus lent et plus troublant ; car moi, j'aime tellement quand j'aime !

Sirop se leva. Il avait chaud et se sentait légèrement étourdi. Il avait hâte de retourner au grand air.

— Quand saurai-je si vous acceptez votre nouvel emploi ? demanda l'affolante inconnue.

— Si c'est rien qu'de moi, c'est accepté net fret sec. En tout cas, si y a pas d'objection nulle part, je r'viendrai. (*À suivre*)

TABLE DES MATIÈRES

<u>Lectures conseillées pour mieux connaître la vie et les idées d'Adrien Arcand :</u>

• TREMBLAY (Rémi), *Adrien Arcand et le fascisme canadien, Les Cahiers d'Histoire du nationalisme*, n° 12, Synthèse éditions, 2017.

• *Serviam, la Pensée politique d'Adrien Arcand*, Reconquista Press, 2017. Anthologie préfacée par M. l'abbé Olivier RIOULT, complétée par un essai de Joseph MÉREL et une biographie établie par Rémi TREMBLAY.

• TRÉPANIER (Pierre), « La religion dans la pensée d'Adrien Arcand », *Les Cahiers des dix*, n° 46, 1991, p. 207-247. (Disponible sur le site www.erudit.org)

Mars 2018
Reconquista Press
www.reconquistapress.com